藏中さやか 編著

尾崎雅嘉

増補和歌明題部類

―翻刻と解説―

青簡舎

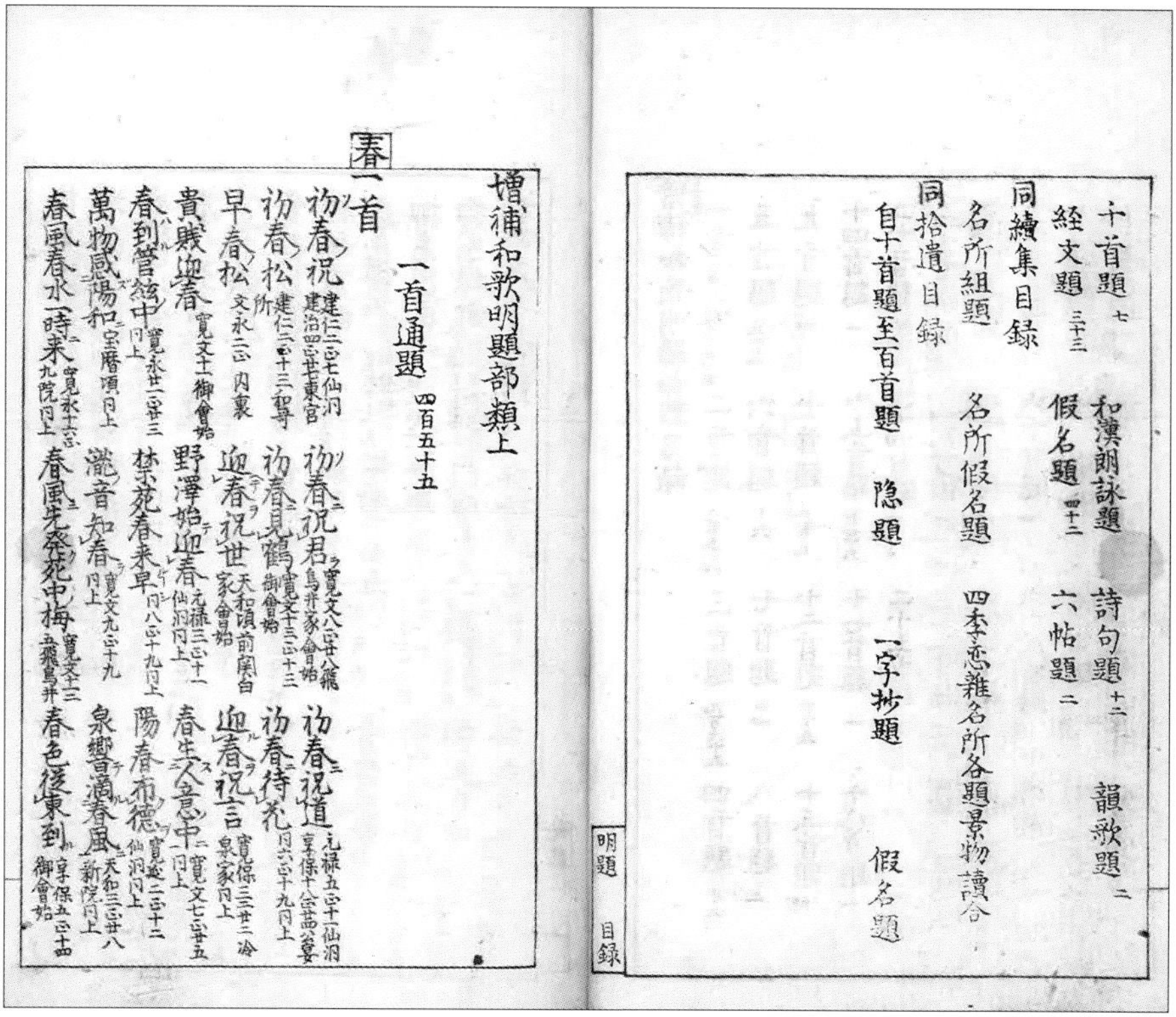

十首題 七　和漢朗詠題　詩句題 十二　韻歌題 二
経文題 三十三　假名題 四十二　六帖題 二
同續集目録
名所組題　名所假名題　四季恋雑名所各題景物讀合
同拾遺目録
自十首題至百首題　隠題　一字抄題　假名題

明題 目録

増補和歌明題部類上

一首通題 四百五十五

春

一首

初春祝 建仁二〻七仙洞 建治四〻廿七東宮　初春祝君 寛文八〻廿八飛鳥井家會始　初春祝道 元禄五〻十一仙洞 享保十八〻廿四公宴
初春松 所 建仁二〻十三和哥　初春見鶴 寛文十三〻十三御會始　初春待花 同六〻十九同上
早春松 文永二〻 内裏　迎春祝世 天和頃前関白家會始　迎春祝言 寛保三〻廿二冷泉家同上
貴賤迎春 寛文十一御會始　野澤始迎春 元禄三〻十一仙洞同上　春生人意中 寛文七〻廿五同上
春到管絃中 寛永廿一〻廿三同上　禁苑春来早 同八〻十九同上　陽春布徳 寛延二〻十二仙洞同上
萬物感陽和 宝暦頃同上　瀧音知春 寛文九〻十九同上　泉響添春風 天和三〻廿八新院同上
春風春水一時来 寛永十一〻 九院同上　春風先発苑中梅 寛文十三 飛鳥井　春色從東到 享保五〻十四御會始

上巻　一首通題

雁 菊 恨　享保二九清水谷家　秋時雨 秋将暮 秋眺望　同十六年廿四御月次
柞紅葉 晩秋鹿 樵路雨　元文元九廿四同上　秋里 秋橋 秋旅　同四九廿四同上
遠山霧 蔦懸松 池辺鶴　寛保元九廿四同上　霧籠紅葉 秋草欲枯 海辺眺望　同二九廿四同上
黄葉 惜秋 田家　延享元九廿四同上　葛風 秋霜 河筏　同二九廿四同上
谷菊 秋時雨 故郷　同三九廿四同上　柞紅葉 秋不留 漁舟火　宝暦頃冷泉家
里擣衣 擣頭菊 浦眺望　年紀可尋之同上　擣衣 葛風 河鳥　同上
擣衣忩 紅葉遍 山家水　同上　月前菊 水辺菊 寄菊雑　同上
惜月 尋紅葉 釣舟　同上　紅葉 初恋 池水　同上
野外秋望 仙家見菊 松声入琴　同上　河霧未晴 擣衣到暁 山家秋深　同上
寝覚月 葛風 古寺路　同上　遠山鹿 暮秋 寄弓恋　同上
紅葉誰家 暮秋暁月 隔海路恋　同上　紅葉色々 鐘声送秋 寄灑書恋　同上

河紅葉 暮秋霜 夕眺望　同上

冬

三首

関路落葉 水鳥近馴 臨期違約恋　嘉應二十歌合　社頭月 旅宿時雨 述懐　同二十九住吉社歌合
紅葉残梢 寒夜埋火 海濱重夜　治承二十七新宮同上　初冬嵐 暮漁舟 枯野朝　同年當坐歌合
初冬 時雨 寒野　元久元十右清水同上　時雨 恋 羈旅　同年北野社同上
落葉 暁月 松風　同年春日社同上　時雨 水鳥 寒草　建保二内裏
海辺残月 庭上冬草 暁聞竹風　定家卿家之　寄社祝 初冬霜 暮松風　同上住吉社
時雨 落葉 冬月　俊頼朝臣會　浦千鳥 野初雪 寄竹恋　順徳院御製
山寒草 海上霰 旅松風　同上　河落葉 寄鳥恋 深山雨　同上

上巻　三首題

此身何足恋萬劫煩悩根此身何足厭一聚虚空塵

百首　年紀可尋之頓阿法師詠之

春

遥峰帯晩霞　残雪更兼枝　春浅霜連夜　梅残数點雪　清月上梅花　柳間黄鳥路

春江浪抱空　春深花始開　花開紅樹乱　花発風雨多　坐久落花多　花落樹猶香

類蔓掛藤　歳時春尚歩　春盡鳥声　夏　深谷夏聞鴬　緑樹連村暗　山雲夏忽繁

松風五月寒　風樹鳴蟬咽　秋声帯雨村　扇羅風生竹　泉声入池盡　雨餘生晩涼

螢入定僧衣　秋　露氣早涼秋　一雨洗残暑　野色混秋光　天高雁横空　終夜着蓬声

稲花千頃浪　江声入秋寺　月色一窓虚　江清月近人　雞声茅店月　山曉月初上

月向白波沈　遠山青入霧　風便數砧声　新霜染楓樹　冬　落葉無行路　木落見他山

人跡板橋霜　破林霜後月　山寒水欲氷　一鳥過寒水　清晨雪擁門　晴雪落長松

獨釣寒江雪　流年川暗度　恋　心知人不知　唯有涙痕多　三年不見書　涙盡腸欲断

旅　入夢到如今　花開更憶君　空閨残燭夜　思別鳥驚心　別後會難期　何處更相逢

山路雲間没　江邊向船子　舟行夜已深　棹入黄芦浦　蒼苔満山径　郷信寄胡雁

人行秋花中　路明残月在　灘声入夢寒　客愁催鬢髪　閑居　幽居有餘楽　盡日掩柴扉

秋月離喧見　深居絶是非　雑　山中無暦日　鳥啼人不見　残生随白鴎　閉門留野鹿

身在能無事　竹径通幽處　半山無夕陽　鐘声雲外残　水窮天盡頭　流水浸雲根

山光落釣舟　船與浪高低　風林無鳥宿　天色無情談　人間多苦人　世路山河嶮

清渓孤影　松多寺不見　遠嶂収残雨　落日沈沙頭　清風隔世塵　衰鬢臨朝鏡

瀑近夜疑雨　鷺立斜陽裏　山田級々高　僧談悟色空

百首　旦　自撰文集句題道通院詠之

春

春風来海上　雪消氷又釋　朝尋霞外寺　南枝暖待鴬　風揺白梅朶　波拂黄柳梢

暮采山上薇　背春有去雁　風燕雙々飛　月流春夜短　春深微雨夕　巣鴬下自呼　文集下謝不

下巻　詩句題

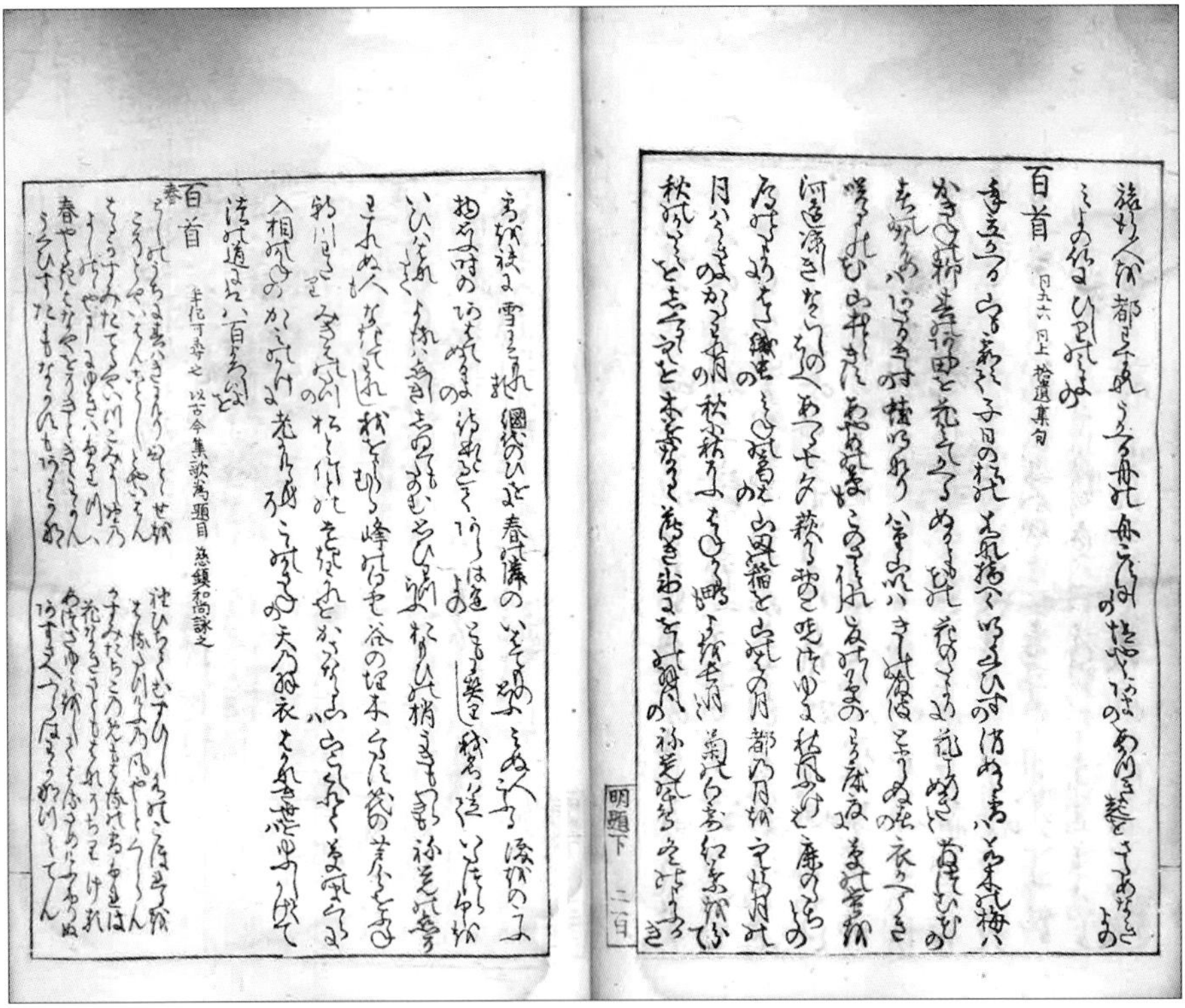

下巻　假名題

目次

凡例

一、本書は尾崎雅嘉『増補和歌明題部類』（架蔵・寛政六年板・二冊本）の翻刻をおこなったものである。翻刻にあたっては、行繰り・字配りを含め原本に近づけることを心掛けたが、活字化に伴い、変更を余儀なくされたところがある。

二、丁オ・ウの切れ目は 」 で示し、行を追い込む場合は ／ で原本の改行位置を示す。

三、利用の便宜のために、歌会・百首等、詠作機会ごとに、通し番号を上下巻別に算用数字で付した。ただし、一首通題～五首題については、項目自体を1～24とし、各項目内に個別の枝番号を与え斜字体で記し、原本の行末を ／ で示した。

四、漢字は、「享―亨」「閏―壬」の通用を含め、原本に忠実であるよう努めたが、一部、通行の字体に改めた。

五、「歌―哥」、「鶏―雞」、「雁―鴈―鳫―厂」「瀧―滝」等は字体の区別を残した。また「擣（搗）」「留（畄）」「寝（寢）」「踈（疎）」「閑（閒）」等については字体を統一した。

六、歌題の送り仮名に用いられる合字は片仮名に改め、読みを記す片仮名に濁点を示す「〇」が付される場合は当該の片仮名を濁音とした。

七、本文不審箇所については、特にこれを訂正していない。ただし、歌題の送り仮名で「ヲ」とあるべきところが「ラ」と読み取れる場合についてのみ意により判断し改めた。

翻刻

この書は和歌の題てふた
いをあけて中比より今の
世までのこす事なくそ
れかおこれる所をたゝし月
日をさへしるせりされはこ
とはの林をわけ道にのそ
めるものゝ助すくなからさ
るものならむかし」

寛政五癸丑年季春

北皐主人（花押）

従二位庭田中納言殿」

増補和歌明題部類目録

増補和歌明題部類上

一首通題 四百五十五

春

1 一首

1 初ソ春ノ祝 建仁二正七仙洞 建治四正廿七東宮
2 初ソ春ニ祝レ君ヲ 寛文八正廿八飛鳥井家會始
3 初春ニ祝レ道 元禄五正十一仙洞 享保十八正廿四公宴
4 初春ノ松 建仁二正十三和哥所
5 初春ニ見レ鶴 寛文十三正十三御會始
6 初春ニ待レ花 同六正十九同上
7 早春ノ松 文永二正内裏
8 迎ヘテレ春ヲ祝レ世 天和頃前関白家會始
9 迎ルレ春ヲ祝言 寛保三二廿二冷泉家同上
10 貴賤迎レ春 寛文十一御會始
11 野澤始テ迎レ春 元禄三正十一仙洞同上
12 春生ス二人ノ意中ニ一 寛文七正廿五同上
13 春ハ到ル管絃ノ中 寛永廿一正廿三同上
14 禁苑春来ルコトシ早 同八正十九同上
15 陽春布クレ徳ヲ 寛延二正十二仙洞同上
16 萬物感ズ二陽和ニ一（ママ） 宝暦頃同上
17 瀧ノ音知レ春ヲ 寛文九正十九同上
18 泉響テ滴ル二春風ニ一 天和三正廿八新院同上
19 春風春水一時ニ来 寛永十六正九院同上
20 春風ニ先ク発苑中ノ梅 寛文十一二五飛鳥井
21 春色従レ東到ル 享保五正十四御會始」

22 待二早鶯一 亨徳元正廿二修理大夫家會正徹詠之
23 鶯告レ春 天和頃御會始
24 山鶯告レ春 亨徳三二廿九平等坊會正徹詠之
25 早春鶯 寛永頃近衛家會始
26 鶯入二新年語一 同五正十九御會始
27 栽レ梅待レ鶯 寛文九正廿二新院同上
28 南枝暖待レ鶯 寛永十四正十二御會始
29 梅近聞レ鶯 正保二正廿八同上
30 春鶯呼レ客 年紀可尋之或家會始
31 春情有レ鶯 延宝五正十九御會始
32 鶯声和レ琴 寛永十五正十四同上
33 竹裏聞二鶯声一 享保二正廿四同上
34 鶯有二歡声一 同十九正廿四同上
35 鶯有二慶音一 永正五正十九同上
36 鶯千春友 延享三二二冷泉家會始
37 鶯是萬春友 元禄七正廿四御會始
38 鶯知二萬春一 承應二正十九同上
39 鶯花契二萬春一 享保十五正十八院同上
40 柳辨レ春 永正十三正十九御會始
41 柳辨二春色一 寛文七二廿五飛鳥井家會始
42 柳色辨レ春 年紀可尋之為村卿懐紙
43 春色柳先知 寛文十正十九御會始
44 風来楊柳邊 同六正廿一新院同上
45 青柳風静 延宝二正廿七同上
46 柳糸随レ風 同六正廿三同上
47 垂柳臨レ水 享保二正十四院同上
48 柳臨二池水一 永保三二内裏
49 柳糸緑新 元禄十一正十四仙洞御會始
50 門柳春久 亨徳三二廿五右兵衛佐家會
51 柳先レ花緑 明暦四正十九御會
52 松柳遶二池水一 享保十六正廿一院同上
53 梅柳渡レ江春 慶安五正廿三御會始

54 梅花告レ春 寛永廿正廿三同上
55 梅花薫レ風 永保二殿上
56 梅花久薫 同三二后宮
57 梅花薫レ砌 文安四正十九日野中納言勝光卿月次
58 梅花盛開 同年正廿一伊勢備中守貞親家同上
59 梅花庭薫 長禄三正廿正徹月次
60 梅花久芳 同二壬正廿一冷泉政為卿月次
61 残雪半蔵レ梅 正保五正十二新院御會始
62 毎年愛レ梅 寛永三正十九同上
63 毎春翫レ梅 大永二御會始
64 逐レ年梅盛 慶安二正十九同上
65 梅度レ年香 万治三正十九同上
66 梅有二喜色一 寛文六二晦飛鳥井家會始
67 梅有二佳色一 永正四正十九同上
68 梅有二色香一 享保十三正廿四同上
69 梅久馥 宝徳元二廿一隠岐入道素球家月次
70 梅交レ松芳 明和六十十九柿本御法楽通題
71 梅浮レ水 寛永十五二七仙洞梅見御會
72 梅風 寛延四風早家
73 梅有二遅速一 承應二二十
74 梅開露暖 宝徳三二十九修理大夫家月次
75 梅近衣香 亨徳二正十九渋川義穏家會
76 梅香染レ衣 同三二廿正徹月次正月分
77 多年翫レ梅 寛永六二十九御會始
78 庭梅盛久 文安四正廿二修理大夫家月次
79 庭梅春久 宝徳元正廿四道堅家月次
80 庭梅久芳 年紀可尋之定家卿懐紙
81 露暖梅開 元文四正廿四御會始
82 寄レ梅祝 或人四十賀貞徳詠之
83 梅萬春友 寛永九御會始
84 梅花契二萬春一 建暦三二幕下御會

85 子日催スレ興ヲ 享保六正十四御會始

86 子日ノ祝 明和五冷泉家會始

87 寄二子日ニ一祝 宝暦十一正廿四御會始

88 若菜知レ時 寛永十一正十九同上

89 多春採ル二若菜ヲ一 延宝三正十九同上

90 雪中ニ求ム二若菜一 慶長五正七會始玄旨詠之 ／

91 若菜契ニ二遐年ヲ一 元文五正廿四御會始

92 寄二若菜ニ一祝言 寛保二正六烏丸家内會

93 若草緑也 亨徳三三廿五正徹 ／

94 泉暖ニシテ 草色春也 宝永四正廿四御會始

95 春到テ氷釋ル 元禄八正廿四同上

96 春風鮮クレ氷ヲ 正保四正十九同上 ／

97 池ノ氷盡ク鮮ル 正徳五正十四院同上

98 雪消テ氷又釋ル 延宝三正十九

99 雪消テ春水来ル 承應二正廿二院御會始 ／

100 雪消テ山色静也 寛永十八正十一同上

101 氷消テ池水暖也 享保十七正廿四御會始

102 東風暖ニシテ 入ルレ簾ニ 天和四正廿七同上 ／

103 春風不分タレ處ヲ 承應三正廿三同上

104 風光處々ニ生ス 寛文十正廿三新院同上

105 風光日々新也 天和二二十八御會始 ／

106 閑中日長シ 康正元正廿招月菴月次

107 閑中ノ春朝 亨徳元正廿同上

108 山ノ春ノ朝 同二正廿同上 ／

109 春日望レ山 寛文八正廿二新院御會始

110 毎ニレ山有レ春 亨禄五正五御會始

111 毎ニレ山有二春色一 長禄元正廿招月菴月次 ／

112 毎ニレ家有レ春 永正六正十九御會始

113 毎日有レ春 寛文八正十九法皇御所同上

114 春情處々多シ 享保十六二六同上 ／

115 江上春興多シ 元禄十五正十二仙洞同上

116 江山春興多シ 慶安二正十九御會始

117 水郷ノ春望 延享二二廿三水無瀬御法楽 ／

118 春色浮フレ水ニ 長禄元二十二細川勝元家月次

119 春ノ水澄メリ 同年正廿六平等坊円秀月次

120 華夷皆楽レ春 寛文五正御會始

121 家々ニ翫フレ春ヲ 天和四正廿四同上

122 心静ニシテ 酌二春酒ヲ一 元禄七正十三仙洞同上

123 霞春ノ衣 寛文九正十九同上 ／

124 霞遠山ノ衣 万治二正十九御會始

125 霞隔ツ二山樹ヲ一 康正二正廿八平等坊円秀月次

126 霞添二山色一 永正十正十九御會始 ／

127 霞添フ二春色ヲ一 慶安五正十九同上

128 霞添二春光一 寛文十二十八飛鳥井家會

129 緑竹辨レ春ヲ 慶安四正十二仙洞御會始 ／

130 竹添二春色一 建保元正十宝暦十正廿四御會始

131 松添二春色一 寛延三二廿八冷泉家會始

132 松樹遇フレ春ニ 宝暦九正廿八御會始

133 松契ルレ春ヲ 建保七三八院水無瀬殿

134 松ノ色春久シ 宝治二正十七仙洞

135 松有ニ二春色一 建仁三正十五高陽院殿 ／

136 松竹春増スレ色ヲ 寛永十七正十九御會始

137 松迎テレ春新也 寛永四正十八仙洞同上

138 松契ニ二多春ヲ一 宝徳三正十六細川勝元家月次 ／

139 松契二萬春一 同年正廿二一色左京大夫月次

140 春松契ニレ齢ヲ 亨禄二正十九

141 春松久シク緑也 延享四二二冷泉家會始 ／

142 春松千年 康正元正廿八細川頼久家

143 春松契二千年一 建治四正廿一院

144 春松契久シ 享徳二二廿一細川勝元家月次 ／

145 庭ノ松春久シ 享保十九二廿八関日（ママ）家會始

146 庭ノ松経ルレ春ヲ 永亨四二廿二阿波守家月次

147 椿葉春久 元禄十三正廿四御會始／
148 椿壽八千春 正徳四正十一同上
149 花有二喜色一 保元四二条院御時／
150 花契二遐年一 堀河院御時弘長年中又用之／
151 花契二千年一 永長元三嘉保三三中殿
152 花契二多春一 應徳元三十二中殿
153 花光契二萬年一 大御門御時

154 花為二久友一 年紀可尋之諸卿家
155 花樹久芳 寛治元親王家
156 花添二山気色一 寛文三三十新院御會始／
157 花為二佳會媒一 同十正廿三同上
158 花多春友 貞治六三廿九中殿御會
159 花契二万年一 應永十五三廿三／
160 花添二春色一 寛延三二廿二洞中水無瀬宮御法楽
161 花手向 享保十五三十八柿本社御奉納
162 庭花盛久 文永六三二内裏／
163 庭花春久 建永元正十一高陽院殿
164 庭花年久 鳥羽院御譲位後
165 庭花久薫 宝徳二二十七刑部大輔家會／
166 見レ花延レ齢 長治二二
167 心静見レ花 享保十九三十三中院家會始
168 見レ花延レ年 年紀可尋之飛鳥井家出題／
169 逐レ日看レ花 嘉保二三仙洞鳥羽殿
170 依レ花待レ友 文安四壬二廿七東漸寺花下會
171 風静花芳 承徳三三十八后宮／
172 風静花盛 宝徳三二廿一入道々堅家會始
173 逐レ年花盛 天治二三三三条院仙洞
174 逐レ年花珍 寛永十六仙洞御會始／
175 毎年愛レ花 貞享四二十四同上
176 毎レ春花有レ約 元禄九正九同上／
177 鴬声誘引来二花下一 延宝二飛鳥井家會始／

178 禁中翫レ花 延享四三十二御會
179 池上花 嘉承二三七鳥羽殿行幸日
180 暮山花 寛延四風早家會／
181 翫二新成櫻花一 天喜四壬三廿七中殿
182 寄レ花神祇 享保十四三十八柿本社法楽冷泉家
183 落花埋レ庭 承徳三三文殿／
184 吉野山櫻 明和五三十八柿本影供為村卿出題
185 遥見二伏見桃一 享保十三二十三従法皇御所悠然臺眺望伏見桃山被催内々御會

186 藤花遶レ松 享徳三三廿六刑部大輔家月次
187 藤花年久 中宮皇嘉門院
188 藤花久薫 続詞花集時代女御入内／
189 藤花久盛 正保二三十八仙洞御會始
190 藤松樹花 正徳六三十八同上
191 藤為二松花一 保延内裏／
192 春夕月 永享二二十五招月菴月次
193 河上春月 延享五二廿二洞中後鳥羽院影供
194 春月憶レ昔 武者小路家西行上人影供／
195 春祝言 寛文五正十九御會始

夏

2 一首

1 郭公 寛文頃冷泉家出題
2 卯月郭公 延享二四同上
3 郭公声稀 長治元四廿三鳥羽殿仙洞／
4 郭公数声 寛文頃冷泉家出題
5 穉竹可レ人 同元五廿一御會始
6 竹亭夏来 長禄元四廿八正徹新造草菴月次始／

7 清風入管絃 享保八五三仙洞詩御會題中取勺

8 風来水樹間 同十五冷泉家會

9 愛瞿麦 寛保三五一御會／

10 瞿麦勝衆花 年紀可尋之内親王家

11 五月五日 寛保二五五當座御會通題

12 盧橘年久 康正元五八修理大夫家月次

13 夏懐舊 享保九為家卿四百五十回忌冷泉家勧進

14 夏祝言 慶安三四廿四仙同(ママ)御會始

秋

3 一首

1 七夕草花 寛延二七夕御會

2 七夕管絃 元禄八同上

3 七夕手向 宝暦六冷泉家會／

4 七夕夜深 同上

5 七夕瑶琴 享禄二御會

6 七夕即事 元禄十一同上／

7 七夕天象 寛文八同上延享三同上

8 七夕地儀 元文五同上

9 七夕秋興 年紀可尋之資慶卿懐紙／

10 七夕言志 明和元御會

11 七夕惜別 年紀可尋之同上

12 禁中七夕 明和頃同上／

13 名所七夕 寛文二同上

14 庚申七夕 万治三同上宝暦三同上

15 七夕祝 寛文五同上／

16 星夕言志 元禄十同上

17 星夕燈火 宝暦十同上

18 星夕涼如水 享保十六同上／

19 乞巧奠 享禄二同上寛保二同上

20 織女待夕 貞享二同上

21 織女期秋 寛文七同上

22 織女恨曙 元禄九同上

23 織女契久 延享五同上

24 霧織女衣 寛文十同上／

25 今宵織女渡天河 延享元同上

26 牛女悦秋来 寛文十同上

27 夜深思牛女 寛保元同上／

28 憶牛女言志 寛永十七夕七種御遊之時

29 二星期秋 明和三冷泉家

30 二星適逢 万治二御會／

31 二星待契 年紀可尋之同上

32 二星契久 延享二同上

33 星河秋久 元禄十法皇詩御會題中取勺／

34 銀河月如舟 延宝二御會

35 水邉望天河 享保十三同上

36 烏鵲成橋 寛文十三同上元文四同上／

37 萩如錦 寛保元八九御會勅題

38 雨中草花 承元四八十一河崎當座仙洞

39 夕露 享保十三八廿定家卿正忌冷泉家會通題／

40 寄露懐旧 寛保三八廿九三回忌 冷泉家

41 寄虫懐旧 同上

42 臨暁聞虫 年紀可尋之親王家／

43 秋夕傷心 享保十五八冷泉家會

44 雁初来 同十五八同上

45 暮山遠雁 建仁元七廿七仙洞／

46 翫月 永承七九十六后宮

47 翫池上月 寛治八八十五鳥羽殿仙洞

48 池月久明 建保六八十三中殿／

49 庭上月 建永元八五仙洞

50 月照林 年紀可尋之 東宮／
51 月照松 同上親王家／
52 野外月明也 享保十六九十三 幡枝御幸勅題
53 名所月 貞永元八十五哥 合判者定家
54 月夜聴松風 文永八八廿九 内裏
55 秋月入簾 延享二九十三御 會勅題
56 明月照衣 年紀可尋之 親王家
57 毎秋月白 長禄二八十一招月 菴／
58 禁中翫月 寛保元九十三 勅題
59 緇素見月 寛文九中秋烏 丸家當座通題
60 月似古 享保廿七廿七贈大相国 武智麿千年忌冷泉家／
61 思十五夜月 元文五八十三為久 卿江府旅館當坐
62 十五夜晴 享保十六院御 當座通題
63 三五夜 同頃御會／
64 三五月正圓也 寛文六御當 座
65 見月言志 元文五中秋於江 府為久卿詠之
66 對月言志 寛保三八廿九冷泉 故亜相三回忌／
67 對月述懐 同上
68 對月思昔 同上
69 對月談往事 同上／
70 寄月懐旧 同上
71 秋月添光 元文五八廿定家 卿五百回忌地下 勧進冷泉家
72 月添秋思 同上／
73 月前言志 同上
74 對月懐旧 同上
75 對月問昔 同上下冷泉家／
76 月催旧情 同上
77 月前幽情 同上
78 月前懐旧 享保十五冷泉 家／
79 寄月釈教 明和八八廿五同上 観自在尊前供養
80 月契多秋 慶安二九仙洞 御當座通題

81 月契千秋 寛文十九新院 月次御會／
82 菊久馥 寛文六九九御 會
83 菊久盛也 宝暦十一同上
84 菊有新花 万治元九十九 同上／
85 菊為花第一 為久卿懐紙
86 菊粧如錦 元文五九九御 會
87 菊送多秋 大治五同上仙洞
88 菊契多秋 保延二九法金 剛院行幸日
89 菊契遐年 永保二九廿七 后宮
90 菊契千年 寛延二九九 御會／
91 菊有傲霜枝 慶長十同上
92 菊花久芳 延享三同上
93 菊花盛久 承應二九廿 御月次通題／
94 菊花宴久 延享元九九 御會
95 菊花秋久 寛文四同上
96 菊花薫袖 寛保二同上／
97 菊花臨水 元禄十同上
98 菊花帯露 享保十六同上
99 菊花色々 寛文七同上／
100 菊花半綻 年紀可尋之 同上光廣卿詠之
101 翫菊花 元禄九同上
102 月前菊花 元文四同上／
103 菊香随風 明暦元同上
104 菊香春不如 寛文十三同 上
105 秋菊有佳色 明和三同上／
106 秋菊盈枝 天文頃同上
107 菊蕋獨盈枝 慶長六同上
108 花中唯愛菊 宝永四同上／
109 終日見菊 宝暦頃同上
110 終日愛菊 元禄頃同上
111 終日翫菊 年紀可尋之 同上／

112 翫宮庭菊 宝暦四同上
113 翫菊延齢 延宝二同上
114 露光宿菊 天文五同上／
115 對菊惜秋 享保十五九廿定家卿忌日冷泉家
116 白菊戴露 寛文二九九御會
117 黄菊泛觴 元禄頃同上／
118 籬菊露芳 延宝七同上
119 籬菊色々 寛保三同上
120 籬菊新綻 寛延元同上
121 籬菊帯秋風 享保十三九九冷泉家内會
122 池邉菊 寛文元九九御會
123 池邉紅葉 永保三九廿直廬／
124 紅葉浮水 年紀可尋之小一條院御幸

冬

4 一首

1 山皆紅葉 享保十十八修学院御幸詩哥題詩韵用紅字
2 池上落葉 年紀可尋之殿上
3 禁庭残菊 元文五　御會勅題／
4 残菊匂 享保十五新玉津島社御法楽
5 初雪 天和三十一廿五新院御當座通題
6 松上雪 建保二十十六／
7 雪中遠情 享徳元十一廿九正徹一首懐紙
8 冬懐旧 延享三十一廿冷泉家追善會
9 冬祝言 承應元十四

雜

5 一首

1 松影浮水 寛治鳥羽殿　仙洞
2 松枝映水 二条皇后宮いつきと申せし時
3 松色浮池 建治二八亀山殿初度／
4 緑松臨池 寛延四六十二御會
5 池邉松 宝治二八鳥羽院出題故入道殿
6 池邉松久 永亨五正廿六阿波守家月次／
7 池上松風 建仁元四廿六鳥羽殿仙洞
8 社頭松 正徳五二播州曽根天満宮御法楽
9 禁庭松久 貞享四四十七御會始／
10 庭上松 弘長三内裏
11 庭松久緑 長治元正廿七
12 庭松久友 亨徳二正十三正徹詠之／
13 砌下有松 永亨五正十右馬頭家月次
14 松添氣色 大永三正十九御會
15 松添栄色 永正九正十九同上／
16 松有佳色 天和元十廿七同上
17 松契千年 年紀可尋之同上
18 松契遐年 康和三十廿七白河院／
19 松契多年 正治二七六北面御哥合
20 松契齢 宝徳元正十八武田信賢家月次
21 松契遐齢 天承中殿／
22 遐齢如松 宝徳二正十三隠岐入道素球月次
23 松延齢友 元禄七内大臣宗條公七十賀
24 松久友 年紀可尋之顕季卿山居／
25 松為久友 同上春日鳥羽院直廬
26 松久緑 同上中宮近衛御堂に渡らせたまふ時
27 松有歓声 延享四六十三仙洞御會始／
28 對松争齢 仁安三正摂政閑院家弘安三正内裏
29 砌松契齢 承應三正十九御會始
30 伴松栄久 延宝四正廿三新院同上／

31 栽松祝言 文永十一正北邉中院入道殿

32 寄松祝 天正十六四十六聚楽第行幸時

33 松樹契久 宝徳二正十八大光明寺月次

34 松樹緑久 年紀可尋之御會

35 松樹久緑 天承元十中殿

36 松樹契千年 宝暦十三十一九御子左長家卿七百回忌冷泉家／

37 竹有佳色 寛保三二十六御會

38 竹不改色 長治三二五中殿

39 竹樹有嘉色 享保三正十四御會始／

40 緑竹辨色 慶安四正十一仙洞同上

41 緑竹年久 寛永廿正十九御會始

42 竹契齢 元禄四十二十四仙洞／

43 竹為師 永正十二正十九御會

44 植竹為友 寛文十三正廿八飛鳥井家

45 庭上竹 嘉禄二摂政家／

46 竹遐年友 乾元二内裏

47 竹契遐年 寛永三九八御會

48 寄竹祝 元文五五廿二御會勅題／

49 椿葉久緑 天和三正廿三御會始

50 椿葉契久 年紀可尋之飛鳥井家出題

51 椿葉伴齢 宝徳二二六右馬頭家月次／

52 鶴有遐齢 長治元四廿九春宮蔵人所

53 鶴契遐年 貞永元六廿五中宮初度

54 鶴伴仙齢 建保三正六内裏／

55 對鶴争齢 長承三二一諸卿家

56 鶴遐年友 永正七正十九御會始

57 鶴千年友 永亨四二廿五畠山持純家月次

58 鶴全千年壽 逍遥院懐紙

59 鶴宿松樹 寛永頃御會始

60 池岸有松鶴 延宝五十廿四御會

61 庭鶴 文永四正　内裏

62 庭上鶴 寛永頃中宮御産七夜

63 砌鶴 同頃御會始／

64 鶴馴砌 正保五正十九同上

65 池上鶴 承久三六廿八東三条

66 松上鶴 建久三八十一

67 亀萬年友 元禄十三正廿三御會始

68 對亀争齢 元和七正十九同上

69 寄亀祝 明和元冷泉家御稽古始／

70 水石契久 元文三六十二御會

71 水石歴幾年 永正十一正十九同上

72 泉石有佳趣 貞享五正十一同上／

73 水樹多佳趣 寛永頃同上

74 河水流清 文安四正廿四道堅家月次

75 河水久澄 嘉應元入道前関白家／

76 池水久澄 享禄三正廿三御會始

77 池水長澄 享保三正廿四同上

78 池水浪静 貞享三正廿四同上／

79 池水似鏡 正保三三四同上

80 山影写水 享保十一正十四院同上

81 飛瀧音清 延宝五正廿三新院同上／

82 遠山如画図 正保四正廿四同上

83 松声入夜琴 規子内親王家

84 筆写人心 延宝八二十三新院御會始／

85 興遊未央 享保十九二八中院家會始

86 歓遊不限年 同十七正十四院御會始

87 心静延壽 延宝三正廿三新院同上／

88 世治文事興 貞享二正廿四御會始

89 幸逢太平代 元禄十四正十二同上

90 仙家勝趣 享保十四正十八仙洞同上／

91 禁中佳趣 寛文八正十九同上

92 禁中祝 元禄三正廿四同上

93 甘露 享保十三五廿露降 御製巳下廿餘首通題／
94 象 同年四廣南より象来る 詩哥四十餘首同上
95 釋教 正嘉元二十五蓮生八十 賀相副一首為家卿
96 獨述懐 寛延四八二十定家卿 影供冷泉家／
97 寄レ道懐旧 同元十二八北畠禅 尼四百五十回忌同上
98 寄レ涙懐旧 寛保三八廿九 三回忌同上
99 寄レ夢懐旧 同上
100 寄レ露懐旧 年紀可尋之風 早実積卿一周忌
101 追レ日懐レ旧 同上冷泉家
102 思二往事一 或人七回忌葛岡 家／
103 寄レ巌祝 亨徳元五十九修 理大夫家會始
104 寄レ巌祝言 享保四正十四 御會始
105 寄レ道祝 延享元五十八古今 御伝授竟宴御會／
106 寄レ道祝言 天和三二十八御 會始
107 寄レ道祝レ世 宝永四正十四仙洞 同上
108 寄レ道慶賀 寛永十五公宴／
109 寄レ神祝 延享二三十八柿 本影供御會
110 寄レ世祝 寛永十四公宴（ママ）
111 為レ君祝レ世 享保廿正廿八 関白家會始／
112 寄レ民祝レ國 同十三三廿一御 會始
113 萬民祝 宝暦六正廿四同上

二首題 二百五十四

春

6 二首

1 海邉霞 関路鶯 建仁元影供御 哥合
2 松上霞 翫二梅花一 年紀可尋之 順徳院御製／
3 遠嶋朝霞 山家残雪 建仁元正十八御 哥合
4 朝聞レ鶯 寄レ神祝 年紀可尋之 冷泉家出題／
5 春曙 恨恋 同上
6 山花 瀧水 正治二閏二廿八 詩哥合／
7 待レ花日暮 春夜増恋 同上出明月記
8 海邉霞 深夜春雨 年紀可尋之 順徳院御製／
9 松添二春色一 山路梅花 同上
10 春朝雨 社頭春 同上／
11 春風 春雨 同上
12 春山月 野外柳 同上／
13 竹間鶯 寄レ松祝 文暦二二廿六庚 申
14 海邉霞 互忍恋 寛文五二十五 御月次／
15 幽栖春月 思不レ言恋 同六二十四新院 同上
16 門柳漸緑 隔二海路一恋 同七二十三同上／
17 河邉柳 言出恋 天和四二廿七御月 次

18 霞ノ中ノ鶯　返スレ書恋 元禄十二七仙洞

19 河ノ上ノ春ノ月　鐘ノ声何方 同年閏二廿九同上月次御會

20 菴ノ春雨　僅ニ見恋 同十五二清水谷家／

21 晴天ノ遊絲　祈テ経レ年恋 正徳二二同上

22 浦ノ春ノ曙　初テ逢恋 同四二同上／

23 野外ノ霞　不レ遇恋 同五二同上

24 柳靡レ風　山家ノ夕 同六二同上／

25 山ノ花　逢恋 同六壬二同上

26 望レ山待レ花　来テ不レ留恋 季信卿懐紙／

27 閑中ノ春ノ曙　関路ノ行客 享保二二清水谷家

28 野ノ菫菜　契テ久恋 同三二同上／

29 春ノ曙ノ雁　洩始ル恋 同七二同上

30 残雪　忍恋 同九二同上／

31 水郷ノ柳　共ニ忍恋 年紀可尋之冷泉家出題

32 帰雁幽也　菴ノ春雨 同上／

33 尋二残花一　遊二山寺一 花山院観音院へおはしける時

34 河ノ上ノ花　野外ノ霞 建保二内裏詩哥合／

35 山路ノ花　竹ノ裏ノ鶯 年紀可尋之順徳院御製

36 月前ノ花　雨中ノ燈 同上／

37 夕ノ花　春雨 同上

38 朝ノ霞　山ノ花 同上／

39 暁ノ山ノ櫻　浦ノ帰雁 同上

40 遠山ノ櫻　隔レ霞恋 同上

41 暮春　暁ノ恋 同上

42 花ノ時遠ク行　恋不レ知レ程ヲ 年紀可尋栄雅詠之／

43 花ノ下ニ送レ日　寄二欵冬ニ一恋 明暦二三廿四御月次

44 瀧ノ邊ノ花　夢ニ逢恋 寛文六三十四新院同上／

45 欵冬ノ露　朝ノ海路 天和三三廿一御會

46 夜思レ梅　待テ久恋 同年同月廿七同上／

47 春ノ月暁静也　深山ノ残花 元禄十五三清水谷家

48 惜二暮春一　夕ノ眺望 正徳二三同上／

49 春雨　山ノ旅 同四三同上

増補和歌明題部類上

50 暮春　懐旧同五三同上／
51 欵冬　旅宿同六三同上
52 交ルレ花ニ　恋ノ衣享保二三同上／
53 花随レ風　社頭ノ燈同四三同上
54 江ノ藤　眺望同七三同上／
55 花ノ春友　寄レ松祝同九三四院御所題者雅香
56 花ノ春友　社頭水同年三清水谷家／
57 禁中ノ花　寄レ花祝寛保二三十當座御會題者為村
58 櫻　欵冬寛延三三廿四御月次題者同上／
59 早蕨ノ　春香同年三風早家
60 苗代　残花宝暦三三廿四月次御會／
61 見レ花恋レ友　薄暮惜レ花年紀可尋之冷泉家出題
62 籬ノ欵冬　欲スルレ別ントト恋同上
63 花　思同上

夏

7 一首

1 暁待二郭公一　水邉ノ晩涼年紀可尋之順徳院御製
2 江ノ蛍　夕ノ恋康正元壬四廿六恩徳院哥合／
3 獨聞二郭公一(ママ)　依レ涙ニ顕ル恋寛文六四十六新院御月次
4 岡ノ郭公　不レ逢恋天和三四廿九御月次／
5 葵ノ露　海村元禄十五四清水谷家
6 尋二郭公一　橋上ノ苔正徳二四同上／
7 新樹ジウ　郭公同四四同上
8 首夏ノ藤　寄レ松恋同五四同上／
9 首夏　見恋同六四同上
10 初郭公　名所ノ山享保二四同上／
11 挿葵　海路同四四同上
12 郭公何方　深夜ニ待恋同七四同上／
13 郭公驚スレ夢　寄レ海ニ契ル恋同九四同上
14 短夜ノ月　海上ノ雲同年壬四同上
15 遅櫻稀也　早苗多シ宝暦五四廿四月次御會

16 残花少シ　寄レ枕雑 年紀可尋之冷泉家出題／
17 新樹ジウ　暁ノ鐘 同上
18 竹ノ風夜涼シ　山家ノ五月雨 建仁元四晦／
19 松ノ間郭公　水ノ邉ノ夏月 順徳院御製
20 夕ノ五月雨　暁ノ恋 同上／
11 水ノ邉夏艸　夏ノ夜待レ月 同上
12 梅雨　社頭 享禄四五廿七／
13 雨ノ後早苗　山ノ路旅宿 年紀可尋之牡丹花
14 橋ノ五月雨　疑二行末ヲ一恋 寛文五五十二新院御月次／
16 暁ノ鵜河　夕ノ幽思 同六五十八同上
17 浦ノ五月雨　被レ妨レ人ニ恋 年紀可尋之同上／
18 暁ノ水雞　山家ノ橋 天和三五十六同上
46 夏ノ月易レ明シ　待テ空恋 雅喬王懐紙／
47 夜ノ盧橘　閑居ノ水 元禄十五五清水谷家
48 野ノ夏草　浦ノ夏月 正徳二五同上／
49 早苗多シ　旅ノ宿雨 正徳四五同上
50 蛍　瀧 同五五同上／

---

51 早苗多　古寺ノ松 同六五同上
52 五月雨　寄レ雲恋 享保二五同上／
53 鵜河　籬ノ竹 同三五同上
54 五月雨晴ル、　寺近シテ聞レ鐘 同四五同上
55 水雞　旅行 同七五同上
56 夏草　暁ノ雞 同九五同上／
57 夏ノ月涼シ　浦ノ松 寛保四五廿三御月次
58 鴨クヰナ　瀧 宝暦三五廿四同上／
59 採二早苗一　鵜河ノ篝 年紀可尋之冷泉家出題
60 水上蛍　契テ久恋 同上／
61 樹ノ陰ノ夏月　山家ノ人稀也 寛文五六十二新院御月次
62 夏野　夏声 同六六十四同上／
63 松ノ風如レ秋　旅行ノ夕ノ友 年紀可尋之同上
64 夏ノ草露　寄レ水雑 天和三六御月次／
65 山ノ納涼　通レ書恋 元禄十六六清水谷家
66 杜ノ納涼　思二往事一 正徳二六同上／

67 樹陰ノ蟬　後朝ノ恋 同四六同上
68 納涼　夏祓 同五六同上／
69 杜ノ蟬　別ルヽ恋 同六六同上
70 泉　橋 享保二六同上／
71 杜ノ夏祓　寄レ木恋 同四六同上
72 籬ノ夕顔　夢ニ會フ恋 同七六同上／
73 避ルレ暑ヲ　悔恋 同九六同上
74 瞿麦　祈恋 年紀可尋之冷泉家出題／
75 林間ノ蟬　瀬ノ夏祓 同上

秋

8 二首

1 関路ノ早秋　野草露滋シ 年紀可尋之順徳院御製
2 雨中ノ萩　深夜ノ恋 同上／
3 暁ノ月入レ窓　早涼思レ衣 同上
4 月照二草花一　夜ノ虫 同上／
5 初ソ秋ノ衣　秋ノ田ノ風 長禄二七十高松大神宮哥合

6 浦ノ初ノ秋　不レ逢恋 寛文五七九新院御月次／
7 新秋雨涼シ　忍テ不レ逢恋 年紀可尋之同上
8 野ノ径ノ薄　人ノ伝恋 天和三七廿七同上／
9 風ノ前ノ薄　名所ノ河 元禄十五七清水谷家
10 海ノ邊ノ秋ノ風　旅泊重レ夜 正徳二七同上／
11 萩對レ水ニ　古寺ノ松 同四七同上
12 初ソ秋ノ風　山家ノ水 同五七同上／
13 獨聞レ荻ヲ　深山ノ雨 同六七同上
14 初ソ秋ノ月　経レ年恋 享保二七同上／
15 砌ノ萩　旅ノ友 同四七同上
16 閑庭ニ秋来ル　草花色々 同七七同上
17 初ソ秋ノ衣　閑中ノ燈 同九七同上
18 萩似レ錦　尋二虫ノ声一 宝暦三七廿四御月次／
19 荻ノ風　見恋 年紀可尋之冷泉家出題
20 渡ノ霧　浦ノ松 同上／
21 山路ノ夕ノ雁　朝ノ草花 順徳院御製

22 雲間ノ月　庭上ノ露同上／
23 秋ノ夕ノ鹿　深夜ノ雁同上
24 月前ノ竹　月前ノ松同上／
25 湖上ノ月　暁ノ山ノ鹿同上
26 野ノ月　山ノ鹿同上／
27 深夜ノ月　述懐同上
28 海ノ月　野ノ月同上／
29 山ノ鹿　社頭同上
30 禁庭ノ虫　雨中ノ恋同上／
31 峰ノ月照レ松　濵ノ月似タリレ雪ニ瀧尻王子御會
32 月多秋ノ友　月前ノ述懐寛文五八十二新院御月次／
33 荻告レ秋ヲ　急テル、別恋同六八十五同上
34 湖上ノ雁　秋ノ野ノ夕同頂(ママ)冷泉家出題／
35 月前ノ松　月前ノ竹天和三八廿九御會
36 寝覚ニ聞レ鹿　月前ノ浅茅元禄十五八清水谷家／
37 田ノ鴫　稲妻同年壬八同上
38 寝覚ノ虫　寄レ鐘恋正徳二八同上
二首題

39 雲間ノ雁　浦ノ眺望同四八同上
40 月　思同五八同上／
41 萩　鹿同六八同上
42 聞レ虫　樵夫享保二八同上／
43 月似タリレ玉ニ　松歴レ年同三八同上
44 月前ノ松ノ風　帰テ無レ書恋同四八同上／
45 山ノ月　懐旧同七八同上
46 明月如レ晝ノ　寄ニ名所一恋同九八同上／
47 月前ノ雁　月前ノ舟寛延二八廿九風早家
48 月　戀宝暦四八廿四御月次題者為村／
49 岡ノ鹿　窓ノ竹年紀可尋之冷泉家出題
50 山家ノ月　夕ノ紅葉順徳院御製／
51 野亭ノ月夜　暮山紅葉同上
52 朝ニ見ニ紅葉一　山行伴フレ鹿ニ同上／
53 擣衣　月同上
54 遠山ノ紅葉　海邉ノ眺望切目王子御會／

55 十三夜 折句 水無瀬河 隠題 建仁二九十三當座御會
56 山家擣衣 関路暁霧 年紀可尋之定家卿詠之／
57 擣衣妨レ夢 祈久恋 寛文五九廿一新院御月次
58 菊花色々 歴レ夜待恋 同六九十三御會／
59 薄暮初雁 水郷眺望 同上
60 深山紅葉 逢不レ會恋 天和三九廿七同上
61 擣衣繁 経レ年恋 元禄十五九清水谷家
62 擣二寒衣一 隣里雞 正徳二九同上／
63 鹿 虫 同四九同上
64 暮天雁 羇中友 同五九同上／
65 遠郷擣衣 逢不レ遇恋 同六九同上
66 暮秋露 羇中河 享保二九同上／
67 擣衣 巌苔 同四九同上
68 秋不レ留 田家烟 同七九同上／
69 柞 夕 同九九同上
70 禁中翫レ月 寄レ月眺望 同十三九十三當座御會／

71 秋風 秋山 寛延二九廿四御月次題者為村卿
72 紅葉色深 海邉眺望 宝暦三九廿四御會／
73 十三夜 寄レ月祝言 同十九十三當座御會
74 玉津島月 和歌浦松 明和二九廿八同上 題者為村卿／
75 里擣衣 不レ逢恋 年紀可尋之冷泉家出題
76 菊露 逢恋 同上／
77 暮秋 砌松 同上

冬

9 一首
1 河邉落葉 旅宿冬月 建仁元十十三出 明月記
2 初冬衣 椎柴嵐 宝徳元十十八正徹詠之／
3 夕落葉 後朝恋 寛文六十十四御會
4 寒草霜 遠村雞 天和三十廿九同上／
5 山路時雨 冬夜難レ明 元禄十五十清水谷家
6 木枯 鴛鴦 正徳二十同上／
7 篠上霜 寄レ弓恋 同四十同上

8 時雨　古寺 同五十同上／

9 庭ノ残菊　思二往事一 同六十同上

10 枯野　見ル恋 享保二十同上／

11 庭ノ霜　絶ル恋 同三壬（ママ）十同上

12 谷ノ残菊　寄レ琴恋 同四十同上／

13 落葉　樵夫 同七十同上

14 寒庭ノ霜　寄レ関恋 同九十同上／

15 霜　思 元文元十十八院月次御會

16 落葉　渡ノ舟 年紀可尋之冷泉家出題／

17 谷ノ寒草　羇中ノ友 同上

18 社頭ノ霜　東路ノ月 正治二御哥合／

19 池上ノ冬ノ月　寄レ松祝言 順徳院御製

20 網代　炭竈 寛永十五木下長嘯

21 雪朝ノ遠望　山家ノ古松 寛文六十一廿一新院御月次

22 浦ノ千鳥　寄レ衣恋 天和三十一廿五御月次／

23 湊ノ氷　仙宮 元禄十五十一清水谷家

二首題

24 網代ノ雪　瀧ノ邉ノ氷 正徳二十一同上／

25 池ノ氷　埋火 同五十一同上

26 炭竈　山家 享保二十一同上／

27 池ノ水鳥　寄レ舟恋 同七十一同上

28 浦ノ千鳥　窓ノ前ノ竹 同九十一同上／

29 網代　埋火 宝暦三十一廿四御會

30 篠ノ霰　遠村ノ烟 年紀可尋之冷泉家出題／

31 暁ノ千鳥　初テ逢恋 同上

32 冬ノ月　眺望 年紀可尋之清水谷家／

33 深夜ノ氷　寄レ炉恋 順徳院御製

34 早梅　浦ノ鶴 寛文六十二十六新院御月次／

35 雪朝ノ眺望　窓前ニ栽レ竹 天和三十二十六御月次

36 炭竈　故郷 正徳四十二清水谷家／

37 雪　釋教 享保十四十二三大善院僧正追善

38 禁庭ノ雪　雪中ノ旅 寛保二十二七御會／

39 浦ノ千鳥　寄レ松ノ祝 寛延元十二二住吉玉津島御法楽

40 神楽　鷹狩 年紀可尋之冷泉家出題／

41 歳暮近シ　獨述懐　同上

四季

10 二首

1 水郷春望　山路秋行　元久二四廿九

2 春　秋　順徳院御製／

3 山中花夕　野外秋望　同上

4 海上夏月　故郷落葉　同上／

5 江上春望　山中秋興　建長二九仙洞詩哥合

雑

11 二首

1 暁山　夜恋　建保二九三

2 山風　忍恋　順徳院御製／

3 山路苔　羇中夕　同上

4 夕風　暁月　同上

5 述懐　祝言　同上

6 五百品　山家祝言　仙洞報恩會詠二首慈鎮和尚／

7 薬草喩品　懐舊　文明十六九二公夏朝臣勧進品経懐紙

8 般若心経　懐旧　同上准三宮増運詠之／

9 阿弥陀経　懐舊　同上准三宮道興詠之

10 釋教　懐旧　亨禄二三廿肖栢追善／

11 松樹契二千年一　述懐　宝暦十三十一九冷泉家太祖長家卿七百回忌

三首題　九百六十五

春

12 三首

1 初春祝　松間鶯　朝若菜　建仁元正七定家卿詠之

2 遠嶋朝霞　隣家夜梅　山家残雪　同年正十八影供御會／

3 初春松　春山月　野邉霞　同二正十三和哥所御會

4 初春鶯　雪中梅　寄レ松祝　文永四正廿六前内大臣家／

5 初春鶯　霞中梅　湖邉梅花　定家卿家會

6 氷始鮮テル　雪似レ梅　寄レ松祝文永六正中院／
7 初春ノ霞　雪中ノ鶯　寄レ梅恋同十正十四西園寺
8 霞春ノ衣　松ノ残雪　寄レ神祝永亨二正十二／
9 早春ノ雪　行路ノ梅　寄レ鶴祝同四正廿六海印寺
10 立春ノ日　松ノ残雪　寄レ都祝同五正十八招月菴／
11 朝ノ霞　春ノ恋　春ノ祝同六正十二承祐法印坊
12 若菜　春ノ月　浦ノ松同年正十二招月菴／
13 餘寒ノ風　行路ノ柳　寄レ海祝同年正廿二淵貴家
14 山ノ立春　梅薫レ庭　寄レ神祝文安四正朔試筆正徹／
15 立春　松ノ鶯　社頭宝徳元同上
16 初春　梅薫レ袖　神祇同二同上／
17 初春ノ祝　梅花ノ風　住吉ノ社同三同上
18 春ノ神祇　春ノ釋教　春ノ祝言亨徳元同上
19 氷鮮ル　春ノ木　神社同二同上
20 立春　雪中ノ鶯　祝言同三同上／
21 遠村ノ柳　帰雁連ル　旅泊ノ恋同年正廿八招月菴月次
」

22 春ノ天象　春ノ地儀　春ノ人事康正元同上試筆／
23 海邉ノ霞　餘寒ノ月　松年久シ同年正廿二同上哥合
24 春ノ天　春ノ地　述懐同二同上試筆／
25 残雪　恨　祝同年正廿一政為卿家會
26 関ノ霞　松ノ残雪　社頭ノ水同正廿三恩徳院哥合／
27 春ノ朝ノ日　春ノ夕ノ月　春ノ祝言長禄元正朔試筆正徹
28 朝ノ鶯　梅ノ風　浦ノ松同正廿三恩徳院哥合／
29 春ノ天　春ノ地　春ノ人同二正朔試筆正徹
30 山ノ朝ノ霞　餘寒ノ雪　社頭ノ榊同正廿六高松大神宮哥合／
31 氷消　春雨　恋ノ夕同壬正十同上法楽哥合
32 関路ノ霞　草漸クシ青　久シク聞恋同廿八修理大夫家月次／
33 遠山ノ霞　餘寒ノ月　名所ノ松同三正十三住吉法楽哥合
34 早春ノ霞　梅薫レ風　寄レ神祝年紀可尋正尭孝出題／
35 霞春ノ衣　求二若菜一　寄レ神祝同上梶井殿注進
36 早春ノ暁　関路ノ鶯　天象年紀可尋冷泉家／
37 浦ノ春ノ曙　樵路ノ蕨　通レ書恋同
38 待レ花　径ノ春雨　田家ノ水同／

39 故郷花　春山月　釋教 年紀可尋後鳥羽院

40 海邉霞　関路鶯　忍恋 建仁二二十院御哥合

41 朝鶯　夕霞　春恋 土御門院御製

42 海上霞　山路花　祈神恋 定家卿詠之／

43 春風不分處　梅花薫暁袖　晩霞隔旅山 院御會慈鎮和尚詠之

44 春山　河柳　神祇 順徳院御製／

45 山路帰雁　山霞　野梅 同上

46 雨中柳　月前霞　寄春雑 同上／

47 朝野菫　水邉鶯　社頭風 同上

48 松色添春　山家夕霞　花洛月 一条前大政大臣家會／

49 浦霞　尋花　神祇 新玉津島哥合

50 依梅待人　帰雁似字　春夜恋 弘長三二十九中院／

51 深山尋花　海邉春月　来不留恋 文永五二廿九二条勧進／

52 帰雁契秋　花催懐旧　寄春月恋 同六二廿二後鳥羽院／

53 関路春月　毎春思花　初見切恋 同十一二持明院

54 故郷花　暁帰雁　寄木恋 同十二二勧進／

55 関路鶯　山花未開　寄雨恋 建治二二

56 湖上霞　暁帰雁　閏月花 家長朝臣日吉會／

57 海邉霞　春月　不逢恋 永亨二二七下野守會

58 河邉柳　夕春月　名所鶴 同二八凞貴家月次／

59 都早春　山路梅　寄國祝 同二九阿波守月次

60 谷餘寒　月前梅　寄関恋 同十五招月菴月次／

61 梅風　春月　近恋 同五二三同上

62 落梅　待花　路芝 同二十四十輪院月次

63 夜帰雁　独待花　田家水 永亨頃

64 若草　春曙　田家 文安四壬二廿四右馬頭家／

65 春夕月　山春曙　名所松 宝徳元二十九利長月次

66 柳風　春雨　磯巌 同廿四右馬頭家月次／

67 帰雁　尋花　忍恋 同二二廿一常徳院出題

68 柳辨春　月帯霞　恋雑物 同廿六修理大夫月次／

69 柳露　春月幽也　忍恋 尭孝出題

70 梅薫　契恋　関雞 亨徳元廿右京大夫家／

71 落梅香シ　春ノ月幽也　恨レ身恋（同廿二招月庵）

72 月前ノ梅　園ノ春草　適逢恋（同廿三大光明寺月次）／

73 河ノ新柳　二月ノ餘寒　寄レ関恋（同三六上総介家月次）

74 霞ノ中ニ聞レ鶯　雪消テ松緑也　河ノ水流清シ（同二二十一三井寺）／

75 暁尋レ花　花慰レ老　寄レ花恋（同廿招月庵）

76 行路ノ花　静ニ對レ花　寄レ花夢（同廿九修理大夫家）／

77 朧月　馴レ花ニ　海村（同三二五同上）

78 田ノ柳　江ノ帰雁　苑ノ竹（康正元二廿二或所哥合）／

79 暁天ノ春ノ月　遥ニ見二帰厂一ヲ　悦二偽ノ書一ヲ恋（同廿六平等坊月次）

80 花ノ雲　月前ノ花　惜レ花（同二二廿三恩徳院哥合）／

81 野ノ遊絲　閑居ノ花　古渡ノ舟（同廿八平等坊月次）

82 春ノ曙　花匂　河ノ鳥（長禄二二五修理大夫家）／

83 帰雁　待レ花　暁ノ鐘（同八敏景月次）

84 樵路ノ早蕨　見レ花忘レ身　寝覚ノ遠情（同十三招月庵哥合）

85 花ノ衣　花ノ鐘　花匂（同廿招月庵月次）

86 柳ノ風　帰雁　待恋（同三二十三哥合）／

」

87 霞ノ中ノ花　簾外ノ燕　嶺上ノ曙（同廿招月庵月次）

88 春ノ月　帰雁　忍恋（年紀可尋尭孝出題）／

89 谷ノ餘寒　待レ花　祈テ久恋（宗祇懐紙）

90 江ノ春ノ月　岡ノ雉　古寺ノ鐘（宗長詠之）／

91 見レ花恋レ友　苔ノ上ノ落花　隔二海路一恋（永正十一壬二（ママ）御會）

92 遥ニ尋レ花　静ニ見レ花　寄レ花恋（大永三二廿五同上）／

93 海邉ノ霞　山ノ残雪　忍テ待恋（寛文二二七御点取）

94 竹ノ裏ノ鶯　月前ノ花　適逢恋（通茂公）／

95 春ノ草　遅日　春ノ恋（年紀可尋冷泉家）

96 花ニ有二遅速一　故郷ノ春ノ月　羇中送レ日（同上）／

97 暁尋レ花　花慰レ老　古渡ノ舟（同上）

98 霞　花　述懐（同上）／

99 山家ノ朝ノ霞　湖邉ノ夕ノ花　社頭ノ述懐（建永二三七鴨社哥合）

100 河ノ邉ノ帰雁　暮山ノ春雨　社頭ノ夜ノ風（同月賀茂社哥合）／

101 霞隔二残花一　暮春ノ暁ノ月　深夜待恋（順徳院御製）

102 山路ノ花　暮春ノ月　暁増恋（同上）／

103 雨中ノ落花　宴遊待レ暁　對レ泉ニ恋レ友（同上七条行幸夜當座）

104 野花　海霞　河上花承久三三御内會／

105 野径霞　深山花　暮春雨家隆卿詠之

106 春浦松　水邉鶯　夜山花同上前内大臣家會

107 庭上櫻花　暮春欸冬　山家夕藤家隆卿詠之

108 花欲散　落花似雪　寄藤恋弘長三三十四中院／

109 朝尋落花　藤告暮春　互忍恋文永十三北野

110 暮春欸冬　暮春藤　暮春恋同頃公宴／

111 暮春落花　暮春欸冬　寄花恋同上

112 浦霞　尋花　神祇貞治六三廿三新玉津嶋／

113 山家春興　幽思不窮　海邉眺望元亨頃詩歌合

114 待花　暁春雨　見恋永亨二三六

115 山晩霞　花交松　忍忘恋同五三二

116 山花似雲　三月三日　夜涙餘袖同三三招月菴月次／

117 古屋春雨　暮春欸冬　旅行夕友同六三十四

118 蛙声幽也　山家暮春　忍逢恋文安四三廿三／

119 欸冬露繁　留春不駐　依恋祈身同廿五修理大夫家月次

120 暮聞蛙声　藤花始綻　無名立恋同三晦／

121 花面影　田雲雀　羇中恋宝徳元三三右馬頭月次

122 山路雉　暮春月　塩屋烟同三十修理大夫同上／

123 夕花　河蛙　遠村同三十三

124 纔見落花　深山残鶯　海邉夕雲同三十六／

125 花形見　夕田蛙　寄湊恋同三十八大膳大夫家月次

126 夕雲雀　躑躅紅也　寄月恋同三二尭孝出題／

127 夕落花　月帯霞　初見恋同三九大光明寺月次

128 春月　欸冬　渡舟同三十三

129 春田蛙　暮春雨　遠山松同二三晦恩徳院月次

130 春雲　春鳥　春鐘同三三二／

131 蛙声幽也　雨中藤　行路市同廿三一色殿月次尭孝

132 海邉春曙　花下送日　時々見恋亨徳元三五／

133 月前落花　夕蛙声幽也　船中夢覚同十一明栄寺月次

134 雲雀　躑躅　樵夫同二四七／

135 残鶯　兼惜春　厭恋同三廿招月菴月次

136 遊絲　春田　湊舩 同廿二／

137 慰花　早蕨　洲鶴 同廿六

138 残花　雲雀　暮春 同廿八招月菴月次／

139 暮春月　春恨恋　田家春 同廿九

140 春山風　春野草　春夜恋 同十六／

141 花随風　春田蛙　古寺鐘 同晦

142 落花　田蛙　釋教 康正元三廿招月菴／

143 夕雲雀　水邉藤　古郷恋 同廿三恩徳院哥合

144 朝欵冬　暮春鴬　湖上舟 同二三廿六／

145 蛙声幽也　残春少　羇中恋 同三廿三恩徳院哥合

146 田蛙　春不留　恋袂 同廿六／

147 夕落花　野雲雀　旅店雨 長禄元三十四恩徳院

148 閑中春雨　苗代蛙声　隔物會恋 同二三五修理大夫家／

149 春雨　夕野遊　誓思絶恋 同十三住吉哥合

150 霞中月　水郷柳　憑誓恋 同十七兵部少輔家

151 浦邉松藤　暮春暁月　隔遠路恋 同二三廿八高松神前哥合

152 春曙雨　花埋路　海上雲 同三三十三住吉法楽哥合／

153 湊春月　隣落花　寄車恋 同廿招月菴月次

154 遊絲　朝菫　杣木 正徹懐紙／

155 絲遊　雲雀　杣木 同上

156 山路春雉　名所欵冬　旅泊重夜 尭孝出題／

157 遠尋山花　花下送日　寄花述懐 同上

158 雲雀　遅日　山家 同上／

159 終日尋花　風静花香　花浮澗水 宗長詠之

160 花似雲　雨後花　寄風恋 文亀四三御會／

161 花間鴬　花浮水　暮春恋 永正二三同上

162 惜花　花不拂庭　来不留恋 同三三同上／

163 喚子鳥　花纔残　初逢恋 同四三同上

164 落花入簾（ママ）　惜春似友　寄名所恋 同五三同上／

165 對月惜花　深山花残　旅宿逢恋 同六三同上

166 野雲雀　無風花散　言出恋 同七三同上／

167 花下言志　残花薫風　忍伝書恋 同八三同上

168 風静花芳　山路踏花　被慰人恋 同九三同上／

169 花浮レ水　暮春月　待空恋同十三同上
170 花形見　野外雉　羇中恋同十一三同上／
171 夕落花　河欵冬　寄レ門恋同十三三同上
172 河欵冬　暮春月　忍久恋天文頃
173 夕花　花下明月　山花留レ人寛永頃大原野會
174 雲雀　欵冬　逢恋明暦元三廿四御月次／
175 見レ花恋レ友　惜レ春不レ駐　披レ書逢レ昔寛文二三十五
176 夕花　田蛙　久恋同十三廿四／
177 落花　暮春　恋衣季信卿懐紙
178 春駒　関花　浦舟享保三三清水谷家／
179 雉思レ子　花纔残　寄レ海恋同十六三廿四御月次
180 夕花　苗代　変恋同上院／
181 野遊絲　暮春鶯　寄レ花恋元文四三廿四御月次
182 野雉　岸欵冬　春恋寛保元三廿四同上／
183 桃花曝レ錦　連日苗代　寄二名所一恋同二同日同上
184 落花随レ風　鶯帰レ谷　寄二暮春一恋同三同上／

185 簾外燕　暮春藤　通レ書恋延享元同上
186 朝花　夕蛙　夜恋同二同上／
187 春夕雨　山梨花　寄レ鏡恋同三同上
188 野春駒　松上藤　見増恋同四同上／
189 池藤　暮春　待恋寛延二同上
190 藤　躑　思宝暦頃為村卿／
191 朧月　馴レ花　海村年紀可尋冷泉家
192 遊絲　春雨　湊舟同上／
193 帰雁　春月　逢恋同上
194 鶯梅　春月　卜恋同上
195 落花　欵冬　路芝同上
196 月前落花　江上暮春　晩風催レ恋同上／

夏

13 三首

1 渓卯花　野郭公　雨後鵜河年紀可尋之定家卿詠之

2 更衣　遅櫻　早苗同上家隆卿詠之／

3 鶴　卯花　月正子内親王家

4 新樹風　夏月明　古寺松永亨四四廿八招月菴月次／

5 首夏　待郭公　変恋同五四三同上

6 新樹　郭公　絶恋同六四十二同上／

7 樵路卯花　雲間郭公　寄鏡述懐文安四四八兵部少輔家

8 嶺上新樹　郭公一声　長河似帯同廿招月菴／

9 林新樹　磯夏月　庭上鶴宝徳元四十六正徹詠之

10 簾葵　早苗　祈恋同廿西坊長海會／

11 卯花　郭公　旅泊同二四九大光明寺月次

12 水郷卯花　雨後郭公　依恋祈身同十六常楽寺同上／

13 水鶏　採早苗　尋恋同廿七恩徳院同上

14 羇旅更衣　卯花似月　遠帆連浪同三四一色殿同上」

15 雲間郭公　夏夜易明　社頭松風同廿二春日参籠正徹

16 菖蒲　水邉蛍　恋裳亭徳二四廿四招月菴／

17 曙水雞　岡夏艸　塩屋烟同廿六平等坊月次

三首題

---

18 林新樹　卯月郭公　逢夢恋同廿七或所月次／

19 郭公一声　雨中早苗　披書恨恋同廿八大光明寺同上

20 郭公一声　山田早苗　祈不逢恋同三四十右兵衛佐家同上／

21 曙郭公　河夏月　憑詞恋同廿招月菴

22 早苗　夏月　旅雑同廿二哥合／

23 嶺新樹　河夏月　遠恋康正元四廿招月菴月次

24 餘花在何　寝覚郭公　海村烟幽同廿三恩徳院哥合／

25 卯花　水雞　恋夢同晦平等坊月次

26 夏天象　夏動物　夏人事同壬四廿招月菴同上／

27 夏雨　夏虫　夏夢同十四明栄寺同上

28 更衣　郭公　海路同頃尭孝出題／

29 首夏朝　寄鳥恋　古郷木康正二四四右京大夫家

30 船路卯花　薄暮郭公　古寺残月同廿招月菴月次／

31 雲外郭公　夏月易明　雨中旅恋同廿三恩徳院哥合

32 餘花　郭公　渡舟長禄二四六修理大夫家／

33 夏夜月　採早苗　忘易恋同廿招月菴月次

34 路夏草　月前郭公　夕杣山同廿六高松神前哥合／

35 新樹　郭公　磯浪 同廿八住吉法楽哥合

36 首夏風　谷新樹　望遠帆 宗長詠之

37 庭新樹　待郭公　祈身恋 尭孝出題

38 賀茂祭　薄暮郭公　寄雨恋 同上／

39 新樹朝風　待聞郭公　瀧水乱絲 永正元四御會

40 待客聞郭公　風前夏艸　寄名所述懐 同九壬四同上／

41 新樹　夕郭公　橋雨 同十二四同上

42 卯花隠路　郭公驚夢　瀧水乱絲 大永三同上

43 遠山新樹　暁郭公　顕後悔恋 寛文三四七御点取

44 遠郭公　採早苗　羇中関 寛保三壬四廿四御會／

45 路卯花　初郭公　寄戸恋 冷泉家出題

46 江夏月　市郭公　寄枕恋 同上／

47 新樹　初郭公　蕭寺 同上

48 遅櫻　曙郭公　瀧水 同上／

49 暁山郭公　海邉夏月　忍恋 建安元哥合

50 社頭祝言　雨中郭公　野寺水涼 建仁元城南寺同上／

---

51 暁聞郭公　松風暮涼　遇不逢恋 同二五哥合

52 雨中郭公　遇不逢恋　寄述懐雑 建永二／

93 五月雨久　蛍火透簾　松風入琴 後鳥羽院御製

94 暁郭公　海濵恋　水上月 順徳院御製／

95 羇旅郭公　河邉夏艸　寄松述懐 同上

96 夏野風　深夜恋　寄海雑 同上／

97 郭公　菖蒲　盧橘 家隆卿詠之

98 夏杜夕雨　夏旅暁雲　夏山朝松 同上

99 郭公　瞿麦　恋 修理大夫家哥合

100 照射　夕顔　橋苔 永亨二五廿二阿波守家／

101 峯照射　盧橘風　海路遠 同四五廿五海印寺月次

102 夕顔　蚊遣火　江菅 同六五十八山名持豊家／

103 盧橘薫枕　五月雨晴　寄埋木恋 文安四五廿三左京大夫家

104 盧橘薫　連夜鵜河　待空恋 宝徳二五十九大光明寺／

105 夏月易明　夕蚊遣火　旅人渡橋 同廿恩徳院月次

106 夏夜風　水上蛍　松歴年 同廿六備前入道家／

107 夏ノ山 夏ノ衣 夏ノ船 同晦仏地院

108 採二早苗一 逢テ増恋 遠村ノ鶏 同三五廿招月菴 ／

109 五月雨 蛍 窓ノ竹 亨徳元五十八大光明寺

110 橘薫レ袖 鵜河ノ篝 懇ナル切恋 同十九三首哥合 ／

111 樗 照射 舟 同二五十五大光明寺

102 盧橘近レ砌 深山ノ照射 恨二前世ヲ一恋 同廿招月菴 ／

103 河ノ蛍 五月雨 寄二道芝一恋 同廿六平等坊月次

104 庭ノ蓬滋シ 蛍近ク飛 恨テ絶ル恋 同廿八刑部大輔家 ／

105 菖蒲 瀬ノ鵜河 人ニ伝恨恋 同三五五修理大夫家

106 簷ノ菖蒲 雲間ノ郭公 夜増ス恋 同十四明栄寺月次 ／

107 蛍火透レ簾 行路ノ夏艸 恨テ互ニ別ル、恋 同廿招月菴

108 舩中ノ五月雨 逢テ後増恋 嶺林猿叫ブ 同廿六平等坊 ／

109 瞿麦ノ露 朝ノ氷室 寄レ鳥恋 康正元五十四明栄寺

110 鵜河 樗誰家 舟浮二湖水一 同廿招月菴

」

111 船中ノ五月雨 遠村ノ蚊遣火 見レ家思出ル恋 同廿四恩徳院哥合

112 盧橘 河ノ蛍 片恋 同廿六平等坊 ／

三首題

113 菖蒲 鵜河 嶺ノ雲 同二五五修理大夫家月次

114 早苗 五月雨 誓フ恋 同廿招月菴同上 ／

115 更衣 寄二菖蒲一恋 述懐多シ 長禄元五四右京大夫家

116 水ノ邉夏艸 里ノ蚊遣火 原上ノ行人 同六恩徳院哥合 ／

117 河ノ五月雨 野蛍似レ露 待テ不レ堪恋 同十高松大神宮哥合

118 林ノ樗 暗夜ノ蛍 恋ノ鏡 同廿二或所會正徹 ／

119 夏ノ山 夏ノ鳥 夏恋 同廿三恩徳院哥合

120 郭公遍シ 五月雨 寄レ衣雑 尭孝出題 ／

121 盧橘 五月雨 旅行 同上

122 盧橘 水雞 尋ル恋 同上 ／

123 郭公 砌ノ橘 偽恋 宗長詠之

124 鵆（ホト、ギス） 樗 瀧 文亀二五御會 ／

125 樹陰ノ夏ノ月 水邉ノ納涼 寄レ道祝言 同三御哥合

126 郭公数声 夏艸深シ 旅ノ夢 同五御會 ／

127 惜二郭公一 五月雨晴 古寺ノ松 永正二五同上

128 梅雨 水雞 海路 同三同上 ／

129 海邉ノ郭公 遠村ノ蚊遣火 竹風如レ雨 同四同上

130 盧橘晩薫　雨中蛍　山家人稀也 同五同上／

131 暁月聞二郭公一　瞿麦勝二衆花一　對レ鏡知二身老一 同六同上

132 郭公声老　夏月透レ竹　岸頭待レ舩 同七同上

133 夏杜　夏鳥　夏夢 同八同上

134 暁聞二郭公一　古宅五月雨　寄二名所一述懐 同十三同上／

135 夏雨　夏山　夏衣 同十五同上

136 蛍過レ窓　松風忘レ夏　寄レ車恋 大永三五廿五同上／

137 夏天象　恋地儀　雑植物 同五五晦同上

158 郭公晩過　故郷橘　岸頭待レ船 同頃懐紙／

159 鴨（クヰナ）　扇　燈 亨禄二五廿七同上

160 橘薫レ袖　浦夏月　遠村烟 明暦元五廿四御月次／

161 郭公数声　水郷夏月　遠帆連レ浪 寛文十同上

162 野外夏艸　連夜照射　夕陽映レ島 享保十六同上／

163 早苗多　滝邉蛍　雨中竹 元文五同上

164 里樗　鵜河　樵夫 寛保元同上／

165 夏色　夏香　夏声 同二同上／

---

166 橘　鴨　河 延享元同／

167 郭公　夏月　浦松 同二同上

168 池菖蒲　瀬鵜河　遠村烟 同三同上／

169 五月雨　聞二郭公一　松歴レ年 寛延二同上

170 郭公　五月雨　松歴レ年 宝暦頃同上／

171 早苗　蛍　海邉 同十四同上

172 愛二瞿麦一　五月蝉　名所滝 明和三同上／

173 曳二菖蒲一　五月雨晴　暁述懐 冷泉家出題

174 水雞　瞿麦　河藻 同上

175 郭公帰レ山　樹陰夏風　水邉旅宿 同上

176 林樗　晴夜蛍　恋鏡 同上／

177 霖（サミダレ）　橘　渡 同上

178 蝉声秋近　被レ返レ書恋　寄二社頭一雑 順徳院御製／

179 松風如レ秋　月前水雞　朝瞿麦 同上

180 立田河夏　名所夏月　山納涼 慈鎮和尚詠之／

181 草野秋近　水路夏月　雨後聞レ蝉 同上

182 海邉夕蛍　夏夜待風　寄柚木恋 永亭元六廿正徹詠之／
183 城外夕立　江上蛍火　歎無名恋 同二六六招月菴月次
184 泉　扇　夢 同八刑部少輔家同上／
185 夏風　夏水　夏恋 同十右馬頭家同上
186 朝氷室　暁夏月　聞久恋 同廿二阿波守家同上／
187 水邉蛍　夏月涼　山家路 文安四六廿四右馬頭家同上
188 雨後蝉　河納涼　待空恋 同晦修理大夫家同上／
189 夕立　夏月涼　路芝 宝徳元六十一正徹詠之
190 夏夜　松下水　朝市 同十三同上／
191 遠山夕立　名所夏祓　寄埋木恋 同二六廿三尭孝出題
192 橋蛍　夕立　岡篠 同八刑部大輔家會／
193 朝氷室　松下水　寄月恋 同十六常楽寺月次
194 夕立晴　沙月涼　寄國祝 同十七上総介家同上／
195 嶺林蝉　湊夕立　稀問恋 同廿恩徳院同上
196 名所氷室　晩夏涼風　悔前世恋 同三六朔仏地院同上
197 夕立雲　水風涼　晴天鶴 同八修理大夫家月次
」

198 旅夕立　沙月涼　増恨恋 同十六常楽寺同上／
199 夕顔　納涼　野水 同十七上総介家同上
200 河蛍　晩夏涼　遠恋 同廿招月菴同上／
201 遠夕立　樹陰逐涼　柚河筏 同廿三左京大夫家同上
202 夏衣　鵜河　述懐 亭徳元六五修理大夫
203 橋上蛍　泉忘夏　面影恋 同八刑部大輔家月次
204 澤夏艸　沙月涼　市行客 同十一右兵衛佐家／
205 蓮　扇　鳥 同廿招月菴月次
206 鵜河　夕顔　恋風 同二六十三正徹詠之／
207 蚊遣火　氷室涼　遠山松 同十四明栄寺月次
208 朝蝉　晩涼　磯浪 同廿招月菴同上／
209 夕立風　夏月涼　寄神祝 同廿七右兵衛佐家同上
210 夕蚊遣火　名所氷室　窓前竹風 同三六四修理大夫家／
211 田家早苗　寄夢恋　閑中燈 同五右京大夫家月次
212 夕立　林蝉　岩松 同十八明栄寺同上／
213 夕顔　河夏祓　夜鶴 同廿招月菴同上
214 暁風如秋　河邉夏祓　不憑待恋 同廿二正徹詠之／

215 閨扇　山納涼　晝恋 同廿六同上
216 扇風　夏祓　負恋 康正元六廿招月菴月次
217 夕顔　晩夏涼　旅夢 同廿三恩徳院哥合
218 夜蛍　納涼　海路 同廿六當坐褒貶
219 見蓮　晩夏　谷松 同廿六平等坊月次
220 遠夕立　閨中扇　山路橋 同二六十三恩徳院哥合
221 水上蛍　晩風涼　幽径苔 同廿招月菴月次
222 郭公　夏月　磯松 長禄元六四大光明寺
223 夕蝉　納涼　野水 同五修理大夫家月次
224 氷室　夕顔　古寺 同十高松大神宮哥合
225 窓蛍　納涼　海路 同廿招月菴月次
226 鵜河　晩涼　別恋 同廿三恩徳院哥合
227 暁照射　山家樗　恥人恋 同二六十高松哥合
228 見池蓮　夕納涼　田家鳥 同十七兵部少輔家
229 閨扇　松下水　旧恋 同廿招月菴月次
230 夏月　鵜河　嶺松 同廿二円秀坊會

231 夕立晴　晩風涼　江上舟 同廿七住吉法楽哥合
232 夏月　納涼　片思 尭孝出題
233 蛍　扇　恋 同上
234 山路聞蝉　晩夏雲　往事如夢 宗長詠之
235 瞿麦　晩夏蛍　祈恋 永正元六御會
236 浦夏月　納涼風　惜別恋 同九六同上
237 夏草露　水風夜深　難忘恋 同十二六同上
238 夏草露　夕納涼　社頭榊 天文五六廿五同上
239 瞿麦露　蚊遣火　夏夜恋 後水尾院御製
240 氷室　納涼　顕恋 享保三六清水谷家
241 泉　扇　恨 寛保三六廿四御月次
242 旅夕立　晩夏月　初見恋 年紀可尋冷泉家
243 夏月　夏草　恋命 同上
244 樹陰蝉　納涼月　草菴雨 同上
245 蛍来窓　夕納涼　山中滝 同上
246 垣夕顔　野夕立　難逢恋 同上

247 納涼　被厭恋　山家 同上

秋

14 三首

1 初秋風　暮山雨　田家風 元久元七十八北野御哥合
2 湖邉月　暮山雲　行路風 建永元七當座哥合／
3 朝草花　海邉月　羇中暮 同廿五卿相侍臣哥合
4 暁聞雁　田家鹿　深山恋 同日當坐御哥合／
5 初秋風　山家暮　社頭雑 建暦二七十七松尾社哥合
6 残暑　萩露　恋涙 後鳥羽院御製／
7 新秋露　鹿声夜友　橋上苔 同上
8 泉邉初秋　野径薄　詞和逢恋 同上
9 七夕　山　海 順徳院御製
10 秋朝風　秋夕草　秋夜恋 同上／
11 初秋暁　暮山雨　田家風 仙洞北野御哥合
12 立秋暁　夕萩風　田家鳥 永亨二七六招月菴／

13 初秋月　籬槿　古渡舟 同十右馬頭家月次
14 海邉秋風　虫声何方　雲埋山路 同廿六阿波守家／
15 初秋　薄露　述懐 同五七十二招月菴月次
16 初秋露　遠聞鹿　古郷松 同六七十二同上／
17 萩驚夢　暮山鹿　寄露恋 文安四七廿同上
18 初秋月　外山鹿　寄世祝 宝徳元七九山名教之家／
19 初秋萩　深夜虫　寄舟恋 同十一或所會正徹詠之
20 早秋　秋田　嶌松 同十八同上／
21 早秋　夜虫　嶺松 同廿五同上
22 新秋雨　萩映水　名所鶴 同頃同上／
23 初秋風　田上露　寄蓬恋 同上
24 早秋露　虫声滋　寄泻恋 同二七九大光明寺月次／
25 幽栖秋来　野花動風　寄宿木恋 同十三正徹詠之
26 薄風　田稲妻　磯浪 同廿恩徳院月次／
27 早涼知秋　薄未出穂　寄埋木恋 同廿一尭孝出題
28 萩風　夜虫　初恋 同廿二上総介家月次／
29 早涼到　虫声悲　秋遠情 同廿二左京大夫家同上

30 初秋見レ月　霧中草花　浪洗二石苔一（ママ）同三七六刑部大輔家
31 稲妻　虫怨　悔恋 同廿招月菴月次
32 草花　尋二虫声一　樵夫 同廿一常楽寺同上／
33 初秋松風　霧中聞レ鹿　契二明日一恋 享徳元七五修理大夫家
34 草菴萩　蛬思深　移香恋 同廿招月菴／
35 荻告レ秋　嶺稲妻　秋恨恋 同廿六平等坊月次
36 古渡秋夕　月前雁来　馴不レ逢恋 同二七五修理大夫家／
37 初秋薄　鹿声遥也　谷樵夫 同十四明栄寺月次
38 原虫　秋夕風　卜恋 同十七大光明寺／
39 初秋風　秋田露　雨中鷺 同十八修理大夫家
40 閑庭萩　江上月　隔レ山恋 同廿招月菴／
41 早涼到　草花露　湖水船 同廿七或所月次正徹詠之
42 露底槿花　田家聞レ鹿　見レ書増恋 同廿九平等坊／
43 朝萩　秋夕　夜恋 同三七三修理大夫家
44 江亭荻　暁聞レ鹿　田家雨 同廿二或所哥合／
45 草花　見レ月　秋恋 同廿三刑部大輔家

」

46 秋夕風　田上霧　名所杣 同廿六或所哥合／
47 暁荻風　田家鹿　霧中燈 康正元七廿招月菴
48 初秋暁露　閑庭虫吟　契二後世一恋 同廿六恩徳院哥合／
49 秋田　別無レ書恋　浦松風 同二七四右京大夫家
50 早秋　秋田鹿　寄二秋夜一恋 同廿招月菴／
51 新秋露　秋夕風　寄レ月恋 長禄元七十高松哥合
52 萩盛開　山秋夕　社頭祝 同廿招月菴
53 初秋月　草花風　寄レ道祝 同廿五山名政清家會
54 立秋　待二七夕一　恋玉 同二七朔藤原元貞月次／
55 閑庭薄露　秋夕傷レ心　寄レ月恨恋 同八正徹住吉法楽哥合
56 風告レ秋　月出レ山　松積レ年 同十一中原高忠興行／
57 庭荻　虫吟レ露　忍恋 同十七兵部少輔家
58 草花風　夜聞レ鹿　海上雲 同廿招月菴／
59 残暑　萩露　恋涙 尭孝出題
60 初秋朝風　草花露滋　湖水眺望 同上／
61 山月明也　暁雲　立レ名恋 同上

」

62 愛レ萩　遠ク尋レ虫　偽ル恋 文亀二七御會／
63 江ノ荻　袖ノ露　祈恋 永正二同上
64 初秋憶ニレ月　鹿ノ声増レ興　水ノ邉旅宿 同三七同上／
65 早秋　野ノ虫　尋恋 同四七同上
66 萩漸ク盛也　鹿ノ声繁シ　後ノ朝恋 同頃同上／
67 女郎花ノ露　秋ノ夕ノ情　深夜ニ帰ル恋 同五七同上
68 残暑　草花　厭恋 同六七同上／
69 稲妻　聞レ鹿　幼キ恋 同七七同上
70 初秋ノ月　月前薄　寄レ玉恋 同八七同上／
71 秋来ニ水辺一　霧ノ間ノ野花　深更ニ帰ル恋 同十七同上
72 萩ノ露　鹿声幽也　見恋 同十一七同上／
73 初秋ノ衣　秋ノ野ニ忘レ帰　寄レ鳥恋 同十三七同上
74 水ノ邉月　野ノ径ノ月　月ノ前鐘 大永三七廿五同上
」
75 薄出レ穂ニ　虫近レ枕　寄レ関恋 享保十六七廿四御月次
76 海ノ邉ノ秋風　草花色々　寄ニ松虫一恋 元文四七廿四同上／
77 風ノ底ノ荻声　夜ノ鹿　後ノ朝恋 同五七廿四同上

---

78 愛レ萩　霧　羇中ノ恋 寛保元七廿四同上／
79 七夕ノ後朝　露ノ底ノ槿　秋ノ恨ル恋 同二七八御内會勅題
80 残暑　野ノ蘭　誓フ恋 同廿四御月次／
81 女即花(ママ)　暁ノ更虫　寄レ玉恋 延享元七廿四同上
82 薄　鹿　思 同二七廿四同上／
83 江ノ荻　虫　別恋 同三七廿四同上
84 江荻　露深シ　見恋 寛延二七廿四同上／
85 残暑　槿　恋ノ夢 宝暦頃為村卿詠之
86 荻　露　虫 明和元七廿四御月次／
87 河ノ邉ノ萩　野外虫　寄レ月恋 同三七廿四同上
88 初秋ノ朝風　閏月ノ七夕　聞テレ声忍恋 冷泉家出題／
89 月宿レ松ニ　山家ノ虫　海ノ邉ノ雲 同上
90 稲妻　鹿　隔ル恋 同上／
91 立秋ノ風　七夕契　旅ノ行山 同上
92 見テレ月思レ旅　對シテレ月問レ昔　月契ニ潤月一 建久五八十五左大将家／
93 昨日明月　今日微雨　明日逢恋 同八十六出明月記
94 関路ノ月　故郷ノ虫　門ノ田ノ稲花 正治二哥合／

95 松ニ契二多年一　水邉ノ月　初テ見二紅葉一同北面御哥合
96 社頭祝　池上ノ月　野ノ邉ノ虫同八朔新宮哥合／
97 月前ノ雁　月前ノ旅　月前ノ恋建仁元八十五當座御會
98 月前ノ虫　月前ノ鹿　月前ノ風同二八十五／
99 江ノ月ニ聞レ雁　夜ノ風似レ雨　依レ忍ニ隔恋同八廿哥合
100 山ノ暁ノ月　野ノ夕ノ風　河ノ朝ノ霧建暦三内裏哥合／
101 湖ノ上ノ月　杜ノ間ノ月　田家ノ月建保三同上
102 月前ノ風　月前ノ擣衣　月前ノ眺望同年八十五
103 秋ノ山ノ月　秋ノ野ノ月　秋ノ庭ノ月同六内裏哥合
104 待レ月　見レ月　惜レ月承久二同上／
105 秋ノ瀧ノ霧　江ノ舟ノ月　寄レ野秋前内大臣家會
106 田家ノ月　野ノ径ノ月　水郷ノ月同上哥合／
107 嶺ノ上ノ月　水郷ノ月　寄レ月恋後鳥羽院御製
108 立ノ待ノ月　月前ノ女郎花　寄テレ月顕恋同上／
109 湖ノ邉ノ月　暮山雲　行路ノ風同上
110 擣衣　黄葉　渡ノ舟同上／

---

111 月ニ契二久シキヲ秋一　草花満レ庭ニ　秋ノ風ニ増恋順徳院御製
112 浦ノ月　野鶏　夜恋同上／
113 杜ノ間ノ鹿　寄レ濵恋　寄レ船恋同上
114 山ノ秋　寄レ河恋　寄レ月述懐同上／
115 月前ノ露　月前ノ風　月前ノ祝同上
116 月前ノ風　暮ノ紅葉　寄レ海祝同上／
117 野ノ径ノ月　霧ノ中ノ雁　寄レ雲恋同上
118 暮天ニ聞レ雁　紅葉添レ雨ニ　湖ノ上ノ眺望同上
119 野ノ亭ノ鹿　行路ノ霧　寄レ水恋順徳院御製
120 深山ノ月　秋ノ野ノ月　秋ノ庭ノ月同上／
121 江ノ上ノ月　旅宿恋　暮山ノ松同上
122 深夜ノ秋ノ月　遠山ノ暁ノ霧　社頭ノ松ノ風同上／
123 古寺ノ秋ノ風　月前ノ暁ノ雁　虫ノ声ニ増恋慈鎮和尚詠之
124 霧篭二関路一　羇中ニ逢恋　水ノ邉ノ述懐同上／
125 寄レ月祝　寄レ旅恋　寄レ山雑同上
126 山ノ風　水ノ月　野ノ路宇治御所院御會／

127 海邊ノ月　尋ニ虫ノ声一　霧中ノ雨 永亨元八九哥合

128 初雁　秋ノ夕　恨恋 同十二同上／

129 初テ聞レ雁　山ノ月明也　故郷ノ松 同十五中務大輔家

130 浦ノ月　初雁来ル　野ノ旅 同二八八刑部少輔家／

131 古寺ノ秋ノ夕　海上ニ雁飛フ　寄ニ樵夫一恋 同十右馬頭家

132 山ノ月　野ノ虫　祈ル恋 同十三招月菴／

133 月前ノ露　月前ノ鴫　寄レ月恋 同五八十二同上／

134 擣衣　蔦ノ風　河ノ鳥 同十九同上／

135 月前ノ風　田ノ上ノ雁　寄レ道祝 同廿六阿波守家

136 山ノ月明也　秋ノ田ノ露　寄レ世祝 同廿七中務大輔家／

137 放生會　深夜ノ月　不レ見恋 文安四八十五修理大夫家

138 水郷ノ秋ノ夕　雲収テ月明也　夢中ニ逢恋 同廿四右馬頭家／

139 薄出ルレ穂ニ　秋ノ夕ノ月　名所ノ鶴 宝徳元八四刑部大輔家（ママ）

140 名所ノ月　小鷹狩　寄レ風恋 同八弾正少弼家

141 風前ノ雁　獨對スレ月ニ　名所ノ松 同九備前入道家月次

142 秋ノ夕　見レ月　橋ノ雨 同十正徹詠之／

143 霧中ニ雁来ル　深夜ノ閑月　始テ尋レ縁恋 同十六兵部大輔家

144 枕ノ下ノ蛬　在明ノ月　簷ノ忍草 同廿恩徳院月次／

145 夕ノ虫　江ノ月　恋ノ涙 同廿三左京大夫家

146 初雁来ル　月前ノ松ノ風　別ルヽレ夢ニ恋 同廿九仏地院／

147 山ノ月明也　月前ノ鹿　寄レ月恋 同二八九尭孝兼日題

148 霧中ニ雁来ル　月前ノ秋ノ風　寄テレ秋ニ恨恋 同廿恩徳院月次／

149 夕ノ鹿　江ノ月　橋ノ雨 同廿一尭孝兼日題

150 遠郷ノ月　寄レ月恋　月前ノ夢 同三八十六常楽寺月次／

151 月照ニ孤舟ヲ一　秋ノ日ノ村雨　押テレ涙悔恋 同廿招月菴同上

152 秋ノ田　暮ノ天ノ月　泊ノ舟 亨徳元八五修理大夫家／

153 旅店ニ聞レ雁　貴賤憐レ月　山寺ノ懐旧 同廿招月菴月次

154 秋ノ植物　秋ノ動物　秋ノ雑物 同壬八廿同上／

155 月前ノ露　寄レ月恋　旅ノ泊ノ月 同二八十八刑部大夫家同上

156 夕ノ雁　暁ノ天ノ月　朝ノ市 同十九明栄寺同上／

157 松虫　廿日ノ月　野ノ分 同廿招月菴同上

158 秋ノ浦　月前ノ雁　秋ノ恋 同廿三仏地院／

159 初雁連ニレ雲　秋ノ夕傷レ心　寄スルレ月ニ釈教 同三八廿八招月菴月次

160 早秋《ノ》月　行路《ノ》薄　鶴宿レ松《ニ》康正元八七正徹詠之／
161 對《シテ》レ山待レ月　海邉《ニ》見レ月　月前《ノ》遠《キ》恋同廿招月菴月次
162 早秋《ノ》雨　秋《ノ》夕《ノ》涙　立レ名《ニ》恋同八平等坊同上
163 月前《ノ》荻　月如レ鏡《ノ》　月似レ昔《ニ》同十四明栄寺月次
164 夕《ノ》初雁　終夜見レ月　朝《ニ》帰《ル》恋同廿六修理大夫家／
165 上弦《ノ》月　終夜《ノ》月　月似レ心《ニ》同二八五右京大夫家
166 薄《ノ》風　秋《ノ》夕　忘《ルヽ》恋同七恩徳院哥合／
167 月前《ノ》雁　月下《ノ》擣衣　月似レ古《ニ》同廿八同上
168 暁《ノ》庭《ノ》虫　月催《ス》レ恋　羇旅遠《シ》同修理大夫家／
169 荻《ノ》風　夜《ノ》虫　釋教同平等坊
170 初雁　河《ノ》月　古松同廿八招月菴／
171 古寺《ノ》秋《ノ》月　寄《テ》レ月恨恋　月前《ノ》懐旧長禄元八廿同上
172 田《ノ》上《ノ》秋《ノ》霧　野分《ノ》後《ノ》月　遇《テ》不レ逢恋同廿三恩徳院哥合／
173 秋《ノ》田《ノ》露　月前《ノ》雁　寄レ神祝同廿五正徹詠之
174 初雁　見レ月　神祇同廿七同上／
175 初雁作レ字《ヲ》　草《ノ》露映レ月《ニ》　依《テ》レ恋祈レ身同二八十高松神前哥合

176 秋《ノ》田　立待《ノ》月　渡《ノ》舟同十七兵部少輔家／
177 暁《ノ》残月　秋《ノ》遠望　寄レ水恋同廿招月菴
178 三日月　水郷《ノ》月　寄レ月恋尭孝出題／
179 立待《ノ》月　月前《ノ》女郎花　寄《テ》レ月顕《ルヽ》恋同上
180 野《ノ》鹿　嶺《ノ》月　羇旅宗長詠之／
181 澤《ノ》畔《ノ》鴫　松《ノ》月幽《也》　羇中《ノ》衣永正六壬八御會
182 暮天《ノ》旅雁　依《テ》レ處《ニ》月明《也》　隠士出《ル》レ山《ヲ》同九八同上／
183 風前《ノ》雁　月下《ノ》擣衣　旅宿《ノ》月同十二八同上
184 秋《ノ》花　秋《ノ》恋　秋《ノ》祝永禄六八廿三哥合
185 八月十五夜　山家《ノ》秋《ノ》月　暁《ノ》月《ニ》聞レ鹿寛永十七八十七長嘯詠之
186 女郎花　暁聞レ鹿　寄レ舟恋明暦元八十五御會／
187 水邉《ノ》月　野径《ノ》月　月前《ノ》鐘同頃同上
188 蕣《ノ》思　擣衣　巌《ノ》苔元文五八廿四御月次／
189 翫《フ》二秋《ノ》花一　野分　海邉《ノ》烟寛保三八廿四同上
190 霧隔二行舟一　擣衣声遠《シ》　松《ノ》風入レ琴宝暦頃為村卿詠之／
191 雲間《ノ》初雁　湖上《ニ》翫レ月　寄レ燈釈教冷泉家出題

192 夕ノ霧　槿ノ花　恨恋同上／
193 見二山ノ月一　田ノ上ノ雁　懐旧ノ涙同上
194 雁過ルレ湊ヲ　月前ノ鐘　白地ナル恋同上／
195 夕ノ雁　暁ノ月　朝ノ市同上
196 古渡ノ秋ノ夕　月前ニ雁来ル　馴テ不レ逢恋同上／
197 駒迎　瀧ノ月　遠キ恋同上
198 秋ノ月勝レ花ニ　月似レ古ニ　月下ノ旅宿同上／
199 山家ノ秋ノ夕　雲間ノ残月　経テレ年ヲ祈恋同上
200 山ノ月　野ノ風　庭ノ露保安二九十二関白家哥合／
201 松ニ契ル二多年ヲ一　水邉ノ月　初テ見二紅葉一正治二北面哥合
202 月ニ契ル二多秋一　暮ニ見二紅葉一　暁更ニ聞レ鹿同九月盡哥合／
203 月前ノ秋ノ風　水路ノ秋ノ月　暁ノ月ニ聞レ鹿建仁二九十三水無瀬哥合判後
204 深山ノ月　寒野ノ虫　寄レ風雑建暦三壬九十九仙洞哥合／
205 月前ノ秋ノ風　小河ノ秋ノ月　暁ノ月ノ鹿ノ声建保二九廿三
206 秋ノ夕ノ露　聞二擣衣一　庭ノ紅葉承久元内裏哥合
」
207 夜深テ待レ月　故郷ノ紅葉　河ノ邉ノ擣衣建保五前摂政家哥合

---

208 紅葉　擣衣　九月盡ジン遠所影供御會／
209 暮山ノ紅葉　對シテレ菊惜レ秋　紅葉見レ秋九十三内裏定家卿詠之
210 秋ノ山ノ月　秋ノ野ノ月　秋ノ庭ノ月同上／
211 閨中秋深シ　遠山ノ丹葉　暁ノ月ニ聞レ鹿土御門院御製
212 月前ノ菊　水邉ノ草　寄レ菊雑順徳院御製／
213 舟　風　秋同上
214 月前ノ竹ノ風　月前ノ擣衣　月前ノ眺望同上／
215 秋ノ日易シレ暮　終夜ノ擣衣　毎月過恋慈鎮和尚詠之
216 行路ノ紅葉　暁ノ擣衣　九月盡ジン延應元九廿出東鑑／
217 草花色々　獨惜二暮秋一　披テレ書恨恋同上
218 遠キ擣衣　田家ノ月　寄レ神祝永亨元九十五正徹詠之／
219 沢ノ邉ノ暁ノ鴫　鐘ノ声送レ秋　残月ニ越レ関ヲ同廿二同上
220 垣ノ葛　擣衣　眺望同二九二同上／
221 河ノ霧　柞ノ紅葉　夜ノ燈同十三招月菴月次
222 秋ノ夕ノ雨　夜ノ籬ノ菊　寄レ車恋同十四正徹詠之／
223 江ノ月冷也　秋ノ時雨　名所ノ松同廿六同上
224 谷ノ紅葉　暮ノ秋ノ霜　寄レ道祝同四九二同上／

225 秋ノ月冷也　山ノ紅葉　田家ノ鳥同廿九海印寺哥合

226 秋ノ霜　初恋　神祇同六九廿六招月菴／

227 菊延レ齢　山家ノ恋　古寺ノ鐘文安四九九正徹詠之

228 野径ノ鶉　秋ノ時雨　人ノ伝恋同年同上

229 擣衣　黄葉　水郷同五九十尭孝出題

230 河ノ霧　籬ノ菊匂フ　野ノ宿宝徳元九六正徹詠之／

231 秋ノ雨　岡ノ葛　海路同十七同上

232 黄葉　秋ノ霜　恋ノ筵同廿恩徳院月次／

233 擣衣到レ暁ニ　紅葉浅深　旅人渡レ橋同廿三左京大夫家同上

234 海ノ邉ノ霧　野ノ草欲スレ枯ント　憑レ媒恋同廿七正徹詠之／

235 擣衣幽也　小鷹狩　隔レ河恋同二尭孝出題

236 十三夜晴ル、　南北ノ擣衣　媒思移テル恋同九十三同上

237 初ノ雁　海ノ月　麓ノ枕同廿二大光明寺月次

238 田ノ鴫　紅葉　幽栖同廿招月菴／

239 柞ノ紅葉　水ノ邉ノ菊　野ノ亭ノ草ニ康正元九九正徹詠之

240 紅葉　秋ノ時雨　夜ノ燈同廿招月菴／

241 蔦　秋ノ霜　舊恋同廿三恩徳院哥合

242 浅茅ノ露　夢ノ後ニ見レ月　鷗浮レ水ニ亨徳元九廿四明栄寺／

243 秋ノ蛬　暮秋　疑恋同廿招月菴

244 葛ノ風　夕ノ霧　故郷同廿七平等坊／

245 遠ノ郷ノ擣衣　紅葉移レ水ニ　旅船聞レ浪ニ同二九廿招月菴

246 蔦ノ風　暁ノ秋ノ霜　寄二名所一恋同三九廿同上／

247 露染二山ノ葉一　野ノ草欲スレ枯ント　寄二海人一恋同頃同上

248 菊ノ露　秋ノ月冷也　暮ノ雲長禄元九五正徹詠之／

249 行路ノ霧　江ノ上ノ鶉　寄レ秋恋同十同上

250 擣衣　紅葉　河ノ鳥同廿招月菴

251 櫨紅葉　秋ノ朝ノ霜　望二遠ノ帆一同廿三恩徳院哥合

251 紅葉如レ錦　鐘ノ声送レ秋　寄レ海恋同廿六正徹詠之／

253 紅葉　暮秋　初恋同廿八同上

254 菊　紅葉　獣同二九十同上／

255 月ノ前ノ行客　故郷ノ擣衣　寄二秋ノ露ニ一恋同十六住吉法楽哥合

256 擣衣　紅葉　渡ノ舟尭孝出題／

257 擣衣　黄葉　閑居同上
258 尋二紅葉一　暮秋ノ霜　後朝ノ恋同上／
259 菊花色々　獨惜二暮秋一　披レ書テ恨恋宗長詠之
260 菊ノ露　池ノ邉ノ菊　樵夫文亀二九御會／
261 擣衣寒シ　蔦ノ紅葉　憑レ媒恋同三九同上
262 百舌鳥　深山ノ紅葉　秋不レ留永正二九同上／
263 名所ノ菊　菊花映レ霜　見二偽書一慰恋同三九同上
264 河ノ霧未レ晴　紅葉透レ松　對レ月懐旧同四九同上／
265 残月掛レ峰ニ　紅葉如レ酔　晴後ノ遠水同五九同上
266 月多二遠情一　海邉ノ擣衣　松ノ葉不レ失同七九同上／
267 夕ノ霧　蔦懸レ松　窓ノ燈同八九同上
268 暁出ル月　紅葉似レ錦　塩屋ノ烟同十一九同上／
269 山ノ紅葉　惜レ秋　被レ慰恋同十三九同上
270 初雁横レ月　月前ノ擣衣　寄レ月待恋亨禄元九廿五同上／
271 擣衣　紅葉　瑞籬天文頃同上
272 秋ノ霜　惜レ秋　野ノ風明暦元九廿四御月次

」

273 雁　菊　恨享保三九清水谷家
274 秋ノ時雨　秋将レ暮ントス　秋ノ眺望同十六九廿四御月次／
275 柞ノ紅葉　晩秋ノ鹿　樵路ノ雨元文元九廿四同上
276 秋ノ里　秋ノ橋　秋ノ旅同四九廿四同上／
277 遠山ノ霧　蔦懸レ松　池ノ邉ノ鶴寛保元九廿四同上
278 霧籠二紅葉一　秋ノ草欲レ枯ントス　海邉ノ眺望同二九廿四同上／
279 黄葉　惜レ秋　田家延享元九廿四同上
280 葛ノ風　秋ノ霜　河ノ筏同二九廿四同上／
281 谷ノ菊　秋ノ時雨　故郷同三九廿四同上
282 柞ノ紅葉　秋不レ留　漁舟ノ火宝暦頃冷泉家／
283 里ノ擣衣　挿頭ノ菊　浦ノ眺望年紀可尋之同上
284 擣衣　葛ノ風　河ノ鳥同上／
285 擣衣忩シ　紅葉遍シ　山家ノ水同上
286 月前ノ菊　水邉ノ菊　寄レ菊雑同上／
287 惜レ月　尋二紅葉一　釣舟同上
288 紅葉　初恋　池ノ水同上／
289 野外ノ秋望　仙家ニ見レ菊　松ノ声入レ琴同上

290 河《ノ》霧未レ晴　擣衣到レ暁　山家秋深《シ》同上／
291 寝覚《ノ》月　葛《ノ》風　古寺《ノ》路同上
292 遠山《ノ》鹿　暮秋　寄レ弓恋同上／
293 紅葉誰家　暮秋《ノ》暁《ノ》月　隔二海路一恋同上
294 紅葉色々　鐘《ノ》声送レ秋　寄二濺盡一恋同上
295 河《ノ》紅葉　暮秋《ノ》霜　夕《ノ》眺望同上
」

冬

15 三首
1 関路《ノ》落葉　水鳥近馴《クル、》　臨レ期違レ約恋嘉應二十十六哥合
2 社頭《ノ》月　旅宿《ノ》時雨　述懐同三十九住吉社哥合／
3 紅葉残レ梢　寒夜《ノ》埋火　海濱《ニ》重レ夜正治二十七新宮同上
4 初《ソ》冬《ノ》嵐　暮《ノ》漁舟　枯野《ノ》朝同年當坐哥合／
5 初《ソ》冬　時雨　寒野元久元十石清水同上
6 時雨　忍恋　羇旅同年北野社同上／
7 落葉　暁《ノ》月　松《ノ》風同年春日社同上
8 時雨　水鳥　寒草建保二内裏／
9 海邉《ノ》残月　庭上《ノ》冬草　暁聞二竹《ノ》風一定家卿詠之
10 寄レ社祝　初冬《ノ》霜　暮《ノ》松《ノ》風同上住吉社
11 時雨　落葉　冬《ノ》月俊頼朝臣會
12 浦《ノ》千鳥　野《ノ》初雪　寄レ竹恋順徳院御製／
13 山《ノ》寒草　海上《ノ》霰　旅《ノ》松《ノ》風同上
14 河《ノ》落葉　寄レ鳥恋　深山《ノ》雨同上
」
15 山《ノ》時雨　江上《ノ》月　暁更《ノ》衣(ママ)同上
16 時雨　残菊　恋内大臣家哥合／
17 朝《ニ》見二初雪一　夕《ニ》聞二時雨一　晝夜思《フ》恋慈鎮和尚詠之
18 社頭《ノ》冬《ノ》月　古池《ノ》寒草　聞(ママ)レ詞増恋同上北野會／
19 暁更《ノ》時雨　庭上《ノ》落葉　遇不《ラ》レ逢恋弘長二十廿五関白家
20 初冬　寒草《ノ》霜　古寺永亨二十八正徹詠之／
21 月前《ノ》寒草　寄二時雨一恋　湖水《ノ》眺望同四十十九同上
22 松《ノ》時雨　河《ノ》千鳥　寄レ琴恋同五十十二同上／
23 江《ノ》寒芦　不レ逢恋　嶺上《ノ》雲同六十廿八招月菴次

24 時雨晴ル、　椎柴ノ霜　寄レ鳰恋 文安四十廿九同上／

25 初ソ冬ノ時雨　落葉随レ風　来テ不レ留恋 宝徳元十六正徹詠之

26 時雨　落葉　祈恋 同十九同上／

27 暁天ノ時雨　暮山ノ木枯　晴後ノ遠水 同廿恩徳院哥合

28 冬ノ月　残雁　海路 同廿三左京大夫家／

29 落葉埋レ菴　行路ノ時雨　残ニ形見一恋 同廿九仏地院

30 落葉埋レ路　霜ノ夜聞レ鐘　難シテレ忘顕ル、恋 同二十十五大光明寺／

31 擣衣幽也　紅葉秋深シ　田家ノ氷 同十七上総介家月次

32 時雨晴陰　寒艸纔ニ残ル　湖水ノ眺望 同廿一尭孝出題／

33 時雨　寒草纔也　河ノ舩 同廿五恩徳院月次

34 落葉　千鳥　初恋 同明栄寺同上／

35 夜ノ時雨　寒草疎也　野亭ノ鐘 同正徹詠之

36 落葉混レ雨　寒艸帯レ霜　羇中ニ憶レ都 同上

37 時雨過ル　暁ノ水鳥　関屋ノ烟 同廿四同上

38 屋上ノ霜　冬ノ田ノ氷　旧事ノ恋 亨徳元七十三同上／

39 暮山ノ木枯　月前ノ千鳥　雲浮ニ野水一 同十七同上

」

40 椎柴ノ嵐　水鳥少シ　寄レ裳恋 同十九大光明寺月次／

41 時雨　寒夜ノ水鳥　山路ノ篠 同廿招月菴同上

42 河ノ千鳥　竹ノ上ノ朝ノ霜　行路ノ市 同廿六平等坊同上／

43 時雨　江ノ残雁　誓恋 同二十十二大光明寺同上

44 落葉　残雁　田家 同三十廿招月菴同上／

45 時雨　寒草　洲ノ鶴 康正元十五正徹詠之

46 閑居ノ霰　松ノ上ノ雪　依レ雪待レ人 同頃或所會／

47 木枯　寒草　冬ノ恋 同廿招月菴

48 寝覚ノ時雨　冬ノ田ノ残雁　山家ノ夕ノ嵐 同廿三恩徳院哥合／

49 初時雨　江ノ残雁　樵路ノ夕 同二十五正徹詠之

50 暮天ノ霜　湊ノ千鳥　名所ノ市 同廿招月菴月次／

51 落葉　橋ノ霜　片恋 長禄元十五同上

52 初冬ノ山ノ嵐　霜ノ夜ノ寒月　海上雲遠 同八同上

53 夕ノ時雨　庭ノ寒草　江上ノ船 同十七同上

54 松間ノ霜　田ノ残雁　寄レ夢恋 同廿招月菴／

55 時雨　水鳥　恋ノ夕 同廿三恩徳院哥合

56 聞ニ時雨一　朝ノ河ノ氷　寄レ星恋 同二十十高松神前同上／

57 時雨　河千鳥　恋 同廿招月庵月次
58 時雨雲　枯野篠　被レ忘恋 尭孝出題
59 時雨雲　嵐吹二寒艸一　稀逢恋 同上
60 寒草　落葉　忍恋 同上
61 時雨　枯野　忘恋 正徹懐紙
62 時雨　寒草纔也　田家 宗長詠之
63 初冬嵐　故郷雪　逢レ夢恋 永正頃御會
64 山路時雨　葉落月明也　寄二催馬楽一恋 同六十同上
65 夕時雨　庭寒草　寄レ船恋 同九十同上
66 落葉　千鳥　偽恋 同十二十同上
67 枕上時雨　墻根寒艸　寄二催馬楽一恋 大永三十廿五同上
68 冬天象　冬地儀　冬植物 寛永十六十五仙洞哥合
69 里時雨　野径霜　忍久恋 弘資卿
70 風拂二落葉一　深夜千鳥　隠士出レ山 同上
7 渡時雨　寒草　寄レ夢恋 元文五十廿四御月次
72 篠霜　水鳥　尋恋 寛保三十廿四同上

73 時雨　初雪　忍恋 冷泉家出題
74 初冬嵐　霜夜寒月　海上雲遠 同上
75 夕時雨　庭寒菊　江上舟 同上
76 時雨　寒夜千鳥　山路篠 同上
77 初冬霰　暁山風　後悔恋 同上
78 落葉　初雪　暁恋 同上
79 朝時雨　枯野　恨絶恋 同上
80 遠近時雨　水郷寒芦　寄二筌篝（ママ）一恋 同上
81 落葉　千鳥　馴恋 同上
82 朝時雨　枯野　社頭榊 同上
83 落葉満二山路一　氷結浪不レ起　詣二古寺一祈恋 同上
86 窓落葉　寒月　思二往事一 同上
87 谷落葉　氷初結　独述懐 同上
88 落葉深　尋二千鳥一　名所山 同上
89 江寒芦　霜夜鶴　寄レ繪恋 同上
90 暮山雪　古寺月　朝遠望 正治二十一八影供哥合

91 社頭ノ祝　海邉ノ雪　羇中ノ月 同廿九住吉御幸／
92 落葉　時雨　冬ノ月 元久元十一七哥合／
93 落葉随レ風　寒草帯レ霜　論スル恋 後鳥羽院御製
94 湖ノ邉ノ雪　旅宿ノ冬　社頭ノ冬 信成卿日吉會／
95 山ノ家ノ雪　暁ノ千鳥　暮ノ鷹狩 後頼朝臣影供
96 寒草　水鳥　庭ノ雪深シ 定家卿詠之／
97 千鳥　雪ノ朝　神楽 同上
98 寒閨ノ月　行路ノ霰　遠村ノ雪 同上／
99 朝雪　故郷ノ雪　湖邉ノ雪 同上
100 朝ノ寒芦　深夜ノ千鳥　故郷ノ雪 同上／
101 池ノ邉ノ冬月　暁ノ千鳥　寒草待レ春 同上出明月記
102 浦ノ邉ノ雪　河ノ千鳥　羇中ノ月 順徳院御製／
103 山ノ寒草　河ノ上ノ霰　旅ノ松風 同上
104 行ノ路ノ夜ノ氷　鷹狩ノ日暮ル、　来テ不レ留恋 同上」
105 冬ノ山ノ月　遠ノ村ノ雪　寄レ芦恋 同上
106 寒ノ夜ノ冬ノ月　山ノ家ノ暮ノ嵐　初恋 慈鎮和尚詠之／

三首題

107 社頭ノ松　月前ノ雪　旅宿ノ嵐 同上
108 野霰　暮山ノ雪　久クフ忍恋 弘長元十一十二内裏／
109 冬ノ月　千鳥　待恋 永亨元十一六招月菴月次
110 氷　朝ノ霜　竹 同二十一十右馬頭家／
111 網代ノ寒シ　古庭ノ冬ノ月　羇中ノ杜 同廿二或所會
112 竹ノ霰　炉ノ火　島ノ鶴 同廿八招月菴月次／
113 深キ雪　神楽　顕ル、恋 同廿十一八正徹詠之
114 冬ノ日　網代　舊キ恋 同十同上／
115 炭竈　舩ノ中ノ雪　暁ノ恋 同十三招月菴
116 連ノ日ノ雪　池ノ水鳥　寄レ塵恋 同廿六正徹詠之／
117 都ノ内ノ初雪　古ノ寺ノ冬月　海ノ邉ニ見レ鶴 同五十一十二招月菴
118 山ノ家ノ初雪　旅泊ノ千鳥　懐ノ旧ノ夕ノ涙 同六十一十二同上／
119 寒夜月　湊ノ千鳥　庭ノ前ノ松 同十六正徹詠之
120 山ノ雪　祈テ逢恋　河ノ鳥 同廿八招月菴哥合
121 冬ノ夜ノ難レ曙　羇ノ中ノ夕雪　山ノ家ノ人ノ稀也 宝徳元十一十九正徹詠之
122 氷ノ未タレ深カラ　雪ノ夕ノ残雁　寄レ灯恋 同廿恩徳院月次／
123 石ノ間ノ薄ス氷　野ノ径ノ深雪　寄二宿木一恋 同二十一五修理大夫家

124 冬雲　冬鳥　冬恋 同十四或所月次 ／
125 湊千鳥　薄暮雪　孤夢驚 同十六大光明寺
126 寒夜千鳥　雪朝行人　馴不逢恋 同十七上総介家月次

127 冬暁山　遠嶌雪　互思恋 同廿一恩徳院哥合
128 寒夜千鳥　風拂松雪　晴後遠望 同廿五正徹詠之 ／
129 霜夜月　竹雪深　寄船恋 同廿八尭孝出題
130 寒夜月　山家雪　歎身恋 同三十一六大光明寺月次
131 落葉　霜夜鶴　偽恋 同日常楽寺同上
132 水鳥多　雪中行人　古寺嵐 同廿招月菴同上 ／
133 遺水氷　風前雪　寄繪恋 亨徳元十一五修理大夫家
134 寒閨月　船中雪　寄灯恋 同廿招月菴 ／
135 枯野曙　連日雪　恨世恋 同廿二正徹詠之
136 雪　薪　恋 同廿八同上 ／
137 山寒松　野亭雪　名所濵 同晦明栄寺月次
138 霜夜寒月　遠山見雪　寄塩木恋 同二十一十四同上
139 河氷　夕雪　岡松 同廿招月菴同上

140 月似氷　薄暮雪　野亭嵐 同廿五平等坊同上 ／
141 朝見水鳥　雪中遠情　逢後絶恋 同三十一廿招月菴
142 寒月　水上雪　遠恋 康正頃正徹詠之 ／
143 暁天千鳥　連峯初雪　名所駅路 同元十一五同上
144 氷　雪　鳥 同廿招月菴 ／
145 夜網代　野深雪　恨言恋 同廿三恩徳院哥合
146 河上千鳥　山中朝雪　庭松年久 同廿六平等坊月次 ／
147 木枯　寒草　夜灯 同二十一十四恩徳院哥合
148 氷閉細流　雪中遊興　恨不言恋 同廿招月菴月次
149 暮天残厂　遠山見雪　岸頭待舟 長禄元十一五修理大夫家
150 遠雪　千鳥　祈恋 同十七兵部少輔家 ／
151 河寒月　枯野霜　尋所恋 同十九高松法楽哥合
152 氷　雪　旅 同廿招月菴月次 ／
153 寒閨月　風前雪　行路市 同廿三恩徳院哥合
154 枯野嵐　遠山雪　契夕恋 同二十一十三住吉法楽哥合 ／
155 朝寒松　屋上霰　寄市雑 同廿招月菴月次

156 寒松　行路雪　晩鐘 同廿六高松神前哥合／
157 曙水鳥　雪随風　暮山松 同廿八兵部少輔家月次
158 嶺上雪　海邉雪　旅宿雪 尭孝出題／
159 寒夜水鳥　聴雪待人　苔為石衣 同上
160 寒夜月　竹雪深　忍逢恋 文明十二十一十五哥合／
161 鷹　氷　思 宗長詠之
162 冬夜難曙　常磐木雪　詞和不逢恋 文亀二十一御會／
163 雪中眺望　炉邉閑談　河水流清 同三十一同上
164 水鳥多　行路雪　社頭榊 永正元十一同上／
165 湖千鳥　遠嶺雪　初逢恋 同四十一同上
166 橋下氷　山路雪　厭賎恋 同五十一同上／
167 冬夕嵐　故郷雪　逢夢恋 同七十一同上
168 葦間水鳥　山家冬朝　恋不依人 同八十一同上／
169 夕鷹狩　雪中客来　名立恋 同十十一同上
170 冬山月　野雪　寄河恋 同十一十一同上
171 寒夜水鳥　雪蔵帰路　深山幽居 同十三十一同上

三首題

172 水鳥　竹雪　尋恋 公條公詠之／
173 千鳥　庭雪　忍恋 寛文頃冷泉家出題
174 浦雪　池氷　杉 同上／
175 閑居雪　山寒月　暁更雞 享保三十一清水谷家
176 野鷹狩　閨埋火　洩始恋 元文四十一廿四御月次／
177 野行幸　豊明節會　寄禁中恋 寛保元同上
178 芦間鴛　霰似玉　白地恋 同二十一廿八同上／
179 寒夜明月　常磐木雪　後朝切恋 延享元十一廿四同上
180 嶺初雪　網代寒　忍久恋 同二十一廿八同上／
181 冬山　冬鳥　冬恋 同三同上
182 時雨　釈教　冬懐旧 同十一冷泉家追善／
183 湖邉氷　竹間雪　嵐驚夢 年紀可尋冷泉家出題
184 庭雪　早梅　野旅 同上／
185 原雪　鴛　閑居 同上
186 寒月　浦雪　神祇 同上／
187 枯野　井氷　逢恋 同上
188 浦邉雪　河千鳥　羇中月 同上／

189 雪　思　祝同上
190 冬ノ夜　恋ノ夕　雑ノ暁同上／
191 朝ノ寒松　狩ノ場雪　忍レ涙恋同上
192 社ノ頭雪　海ノ上眺望　述懐承安二十一八廣田社哥合
193 暁ノ尋二千鳥一　山家如レ春ノ　海ノ邉歳暮正治二十二哥合
194 寒ノ夜ノ冬ノ月　山ノ家ノ暮ノ嵐　初恋建仁元十二二影供同上／
195 社ノ頭ノ松　月ノ前ノ雪　旅ノ宿ノ風同廿八石清水社同上
196 暁ノ霰　千鳥　恨恋弘長元十二内裏／
197 竹ノ霜　山ノ初雪　寄レ水恋同十二十同上
198 遠ノ山ノ雪　野ノ鷹狩　歳ノ暮ノ恋同廿八同上／
199 山ノ深ノ雪　野ノ寒ノ月　松ノ歴レ年文永九十二資宣勧進
200 浦ノ千鳥　歳暮　寄レ水恋同十二廿八西園寺／
201 炭ノ竈　歳暮　祈恋永享元十二十四正徹詠之
202 栢ノ霰　夜ノ千鳥　歳暮同二十二十四招月菴／
203 炭ノ竈　早梅　契恋同五十二十二同上
204 冬ノ山　冬ノ衣　冬ノ恋同六十二十二同上／

205 浦ノ雪　歳暮　尋ヌル恋同十九正徹詠之
206 駅ノ路ノ雪　炉ノ火似レ春ニ　田ノ家ノ鳥宝徳元十二二同上／
207 神楽　歳暮　嶋ノ松同六同上
208 埋ノ火　年欲スントレ暮　田家同十同上／
209 雪　水鳥　恋同十一同上
210 冬ノ残ノ月　歳ノ暮ノ松　鷺立レ洲ニ同廿恩徳院月次／
211 炉ノ火　冬ノ梅　河ノ橋同二十二六上総介家同上
212 寒松　屋ノ上ノ霰　久ノ恋同九大光明寺月次／
213 狩ノ場ノ暮　檜ノ原ノ雪　橋ノ行ノ客同十正徹詠之
214 神楽　歳暮　旧キ恋同十二同上
215 冬ノ天象　冬ノ雑物　冬ノ人事同廿同上
216 寒ノ松ノ嵐　遠キ炭竈　山ノ家ノ路同上／
217 井ノ氷　炉ノ火　稀ナル恋同三十二六同上
218 暁ノ千鳥　早梅ノ匂フ　竹ノ契レ齢ノ同八同上／
219 水鳥馴レ舟ニ　炉ノ火似レ春ニ　晴ノ後ノ遠ノ水同九大光明寺
220 懸ノ樋ノ氷　狩ノ場ノ雪　江ノ上ノ舟同十二常楽寺／

221 寒夜ノ衾　年欲スレ暮ント　念願スル恋 同廿招月庵
222 氷留二流水一　歳暮ノ炉火　鐘声ノ何方 亨徳元十二十一大光明寺／
223 炉火ノ烟　冬ノ早梅　暁ノ眠覚ル 同十五平等坊
224 炉火　歳暮急シ　杜ノ栢 同十八修理大夫家／
225 神楽　早梅　釈教 同廿招月庵
226 冬ノ雲　冬ノ木　冬恋 同二十二六正徹詠之／
227 雪中ノ水鳥　歳暮寒月　深山ノ松ノ風 同十七同上
228 寒松　炉火　見恋 同廿招月庵／
229 炉火　歳暮ノ夢　濵沙 同三十二廿同上
230 深雪　惜レ別恋　暁ノ更ノ雞 康正元十二二同上／
231 神楽　冬ノ梅　懐旧 同十三恩徳院哥合
232 冬ノ天象　冬ノ地儀　冬ノ人事 同十六平等坊／
233 暁ノ寒月　春ノ漸ク近シ　冬ノ述懐 同廿招月庵
234 雪ノ朝ノ望　炭竃ノ雪　社頭ノ雪 同二十二六哥合／
235 歳暮ノ松　寝覚ノ恋　沢ノ邉ノ鶴 同十四恩徳院哥合
236 栢ノ霰　夜ノ衾　変スル恋 同廿招月庵
」

237 冬ノ天象　冬ノ植物　冬ノ人事 長禄元十二五正徹詠之
238 夜ノ衾　漸ク春近シ　釈教 同八同上／
239 薄暮ノ深雪　暁ノ更ノ神楽　披レ書ヲ逢レ昔 同十同上
240 雹ミゾレ湿ス二旅ノ衣ヲ一　契二歳暮ノ一恋　心静ニシテ延レ寿 同十三恩徳院哥合／
241 寒夜ノ残月　早梅似レ春　旅行ノ夕ノ鐘 同十七正徹詠之
242 月前ノ雪　炭竃ノ烟　寄レ鏡恋 同廿招月庵／
243 寒月　松ノ雪　往事 同二十二七正徹詠之
244 網代　炉火少シ　旅ノ月 同十三同上／
245 炭竃　歳暮ノ梅　冬ノ恋 同十七同上
246 神楽　歳暮　恋ノ書 同廿招月庵／
247 埋火　歳暮　眺望 尭孝出題
248 晩頭ノ鷹狩　契二徃年ノ一恋　雲浮二野水ノ一 同上／
249 埋火　歳暮　恨ムル恋 同上
230 寒閨ノ月　雪中ノ望　渡ノ舟 永正二十二御會／
231 炭竃ノ烟　河ノ歳暮　寄レ衣恋 同三十二同上／
232 禁庭ノ雪　杜ノ神楽　名所ノ鶴 同六同上／
233 雪與レ歳深シ　寒夜ノ埋火　暮林ニ鳥宿ス 同九同上

234 神楽　歳暮雪　砌松同十二同上／
235 夜寒重衾　雪中歳暮　関路行客大永三同上
236 神楽　惜歳暮　砌松元文五十二廿四御月次／
237 寒夜月　歳暮雪　名所橋寛保三十二廿八同上
238 歳中鴬　後朝恋　名所山延享二十二廿四同上
239 鴨　衾　苔宝暦頃御會
240 杜栢　歳暮炉火　鐘声何方冷泉家出題／
241 暁千鳥　山家雪　思往事同上
242 冬月　屋上霰　恋水同上／
243 閑庭冬月　旅山雪深　蒼海雲低同上
244 氷留水流　深閨聞霰　松樹年久同上／
245 雪中眺望　家々歳暮　谷松年久同上
246 炭竃　佛名　朝恋同上／

雑

16 三首

---

1 山居春曙　水郷秋夕　羇中眺望順徳院御製
2 寄風恋　寄雨恋　寄草恋建暦三内裏哥合／
3 寄雨恋　寄水恋　寄葦恋順徳院御製
4 祈恋　後朝恋　恨恋万治三七廿三御点取
5 寄海朝　寄山暮　寄月恋承久四九粟田哥合
6 寄月祝　寄旅恋　寄山雑同二三住吉哥合
7 寄海旅　寄野恋　寄河雑順徳院御製
8 寄風懐旧　雨中無常　被忘恋建永元十當座御會／
9 寄緒述懐　寄月述懐　寄草述懐同年和哥所
10 草　鳥　釈教康正元十十五八幡法楽／
11 神祇　山旅　海旅文永四九但馬湯次中院
12 神祇　釋教　祝言長禄三正朔正徹試筆

四首題十二

17 四首

1 水邉柳　江上霞　朝落花　夜帰雁建保二内裏御哥合／
2 朝紅葉　夕擣衣　深山霧　海邉恋同四八廿二御哥合／
3 深夜秋月　遠山暁霧　暮天聞雁　紅葉添雨
承久元九日吉哥合／
4 秋風　秋庭　秋草　秋色享保十九九十六冷泉家／
5 山家雪　山家水　山家嵐　山家歳暮正治二十二九出明月記／
6 春　夏　秋　冬文明頃人々被詠之／
7 春　夏　恋　雑年紀可尋之順徳院御製／
8 春夕　夏暁　秋朝　冬夜同上／
9 春山花　夏山夕　秋山月　冬山暁建保四八院御熊野詣」
10 曙落花　市郭公　浦秋夕　羇中雪万治三八廿五御点取後水尾院勅点／
11 朝　晝　夕　夜明和五四四冷泉家月次為村卿出題／
12 巽　坤　乾　艮文明頃人々詠之」

五首題九十五

春

18 五首

1 関路晩霞　野外朝鶯　山中夕花　旅宿春月　春夜忍恋
年紀可尋之順徳院御製／
2 暁落花　夕款冬　暮春霞　絶恨恋　欲忘恋同上／
3 鶯帰谷　朝藤花　三月盡　厭忍恋　惜暁恋同上／
4 霞中花　山家鶯　暁帰雁　朝春雨　名所花前内大臣家五首哥合定家卿詠之／
5 野外霞　山間鶯　橋邉花　寄松恋　寄水祝
貞應三正廿三土御門院御製／
6 暮春花　河落花　松間花　不逢恋　恨恋文永三三月盡内裏／
7 山霞　夕梅　春曙　忍逢恋　被忘恋同四二九同上／
8 花初開　山家花　寄月恋　谷松久　名所野永亨元三三大原野覚厳坊會／
9 霞隔松樹　浦早春　春野　寄蛛恋　洲鶴文安四正廿八招月菴月次」

増補和歌明題部類上

10 竹鴬　寄レ雲花　松藤　待恋　羇中衣 万治三三御点取勅点 ／

11 朝霞　夕梅　餘寒月　山家嵐　社頭祝 寛文頃弘資卿詠之 ／

12 谷鴬　待レ花　暮春風　見恋　忘恋 同上 ／

13 梅薫レ風　夕梅　梅盛開　庭梅　梅紅白 亨保十五正廿五天満宮御手向 ／

14 残雪　柳露　春月　見レ花　欵冬 寛延四風早家 ／

夏

19 五首

1 菖蒲　郭公　早苗　祝　恋 年紀可尋之民部卿家哥合 ／

2 郭公　五月雨　忍恋　旅　神祇 明應八四廿二 ／

3 夏月易レ明　水邉納涼　夏草露滋　夢中契恋
不レ知レ栖恋 大永三六哥合判者実隆

4 郭公遍　夏草滋　六月祓　見恋　被レ忘恋 万治三五十御点取 ／

5 照射　杜蝉　祈恋　顕恋　述懐 同頃梅園実清懐紙 ／

秋

20 五首

1 松間月　野邉月　田家月　羇旅月　名所月 元久元八十五夜御會 ／

2 夕草花　古寺月　寒山雁　寄レ雨恋　寄レ石恋
建保四八廿二御哥合 ／

3 萩花　小男鹿　荻　筧水　庚申 土御門院御製隠題 ／

4 七夕　夕風　野薄　田家　暁露 順徳院御製 ／

5 初秋露　野草花　夕嵐　雨後月　羇中恋 同上 ／

6 晩風有レ秋　野花纔開　橋邉秋月　尋不レ逢恋
不レ忘絶恋 同上

7 田家秋夕　山路暁風　寄レ草恋　契忍恋　寄レ海恋 同上 ／

8 朝紅葉　夕擣衣　深山霧　羇中恋　海邉恋 同上 ／

9 深夜雨　暁秋風　朝紅葉　田家霧　旅擣衣 同上 ／

10 九月盡雨　庭菊霜　冬山朝　冬海夕　寄レ風祝 同上 ／

11 未レ出月　初昇月　停午月　漸傾月　入後月 年紀可尋之後京極家五首 ／

12 三五月正圓　狂雲妬二佳月一　月露松檜香　秋月自澄レ江
暁随二残月一行 永正頃竹園詩哥御會 ／

13 幽栖ニ秋来ル　鹿ノ声何方　月不レ撰レ處　祈テ不レ逢恋
後朝ニ増恋 万治二七廿御点取 勅点／

14 山月入レ簾ニ　月照ニ流水一　樵夫帰レ月ニ　寄レ月待恋
對レ月忍レ昔 同上／

15 草花　聞レ虫　山ノ月　忍恋　夜ノ雨 同年七晦同上／

16 墻根ノ槿　水郷ノ月　夜ノ擣衣　逢レ夢ニ恋　隔レ海恋 同年九廿八同上／

17 八月十五夜　月前ノ雁　月前ノ擣衣　月前ノ虫　月前ノ鹿
年紀可尋貞徳詠之 」

18 秋ノ月　秋ノ山　秋ノ鳥　秋ノ恋　秋ノ旅 天和三八廿九新院御當座／

19 菊初テ開　月前ノ虫　紅葉浅シ　寄レ鏡恋　寄レ舟恋 享保十五九八冷泉家當座／

冬

21 五首

1 薄暮ニ思レ秋　連夜ノ時雨　行路ノ冬ノ風　山ノ水初テ氷ル　網代ノ眺望
建久二十三左将軍御會哥合／

2 冬ノ山ノ霜　冬ノ野ノ霰　冬ノ関ノ月　冬ノ河ノ風　冬ノ海ノ雪 正治五内裏哥合／

3 野ノ雪　歳暮　朝ノ恋　夜ノ恋　述懐 年紀可尋之 順徳院御製／

4 朝ノ千鳥　夕ノ河ノ雪　夜ノ炉火　言出ル恋　絶テ久シキ恋 同上／

5 里ノ時雨　庭落葉　冬ノ山ノ月　寄レ筆恋　寄レ松祝 弘長元内裏／

6 野ノ雪　山家ノ氷　関ノ歳暮　忍恋　絶ル恋 年紀可尋之中院家 」

7 庭ノ残菊　水鳥　松ノ雪深シ　忍テ久恋　祝言 康正元十二廿七内裏哥合判者雅親／

8 瀧ノ落葉　閑庭ノ霜　池ノ寒芦　稀ニ逢恋　難レ忘レ恋 万治二七廿御点取／

9 雪逐レ日ヲ深シ　海邉ノ松ノ雪　雪中ニ恋レ人　雪中ノ眺望
雪ノ夕ニ聞レ鐘 同十二廿六同上／

10 月前ノ雪　野ノ鷹狩　歳暮ノ梅　寄レ箏恋　名所ノ松
寛文元十二廿一同上／

四季

22 五首

1 櫻　郭公　月　雪　祝 寛治八高陽院哥 合判経信卿／

2 故郷ノ新柳　垣根ノ卯花　庭上ノ草花　池ノ邉ノ寒芦　迎テ不レ逢恋
久安五三重家朝臣家哥合／

3 花　郭公　月　雪　恋 永万二同上判 顕廣卿後改俊成卿／

4 尋山花　暁郭公　旅宿月　連日雪　隔河恋 同年二廿一東山哥合」

5 遥見山花　故郷郭公　湖上月　野宿雪　談合友恋
承安三八十五三井寺新羅社哥合／

6 春　夏　秋　冬　雑 土御門院御宇御室撰哥合／

7 海邉霞　古寺郭公　杜間月　山時雨　社頭夕風
正治二十一十一新宮哥合／

8 春山朝　夕早苗　行路秋　暁時雨　松歴年 建仁三六二御哥合／

9 春山花　夏山夕　秋山月　冬山暁　山羇旅 同四八廿御熊野詣路次湯浅宿／

10 春夜　夏暁　秋朝　冬夕　久恋 同五四十四庚申哥合／

11 羇旅花　晩郭公　田家月　深山雪　後朝恋 年紀可尋之順徳院御製／

12 春江月　秋野虫　初冬雪　寄蛍雑　閑中雑 同上／

13 春雨　夏月　秋露　冬風　変恋 同上／

14 山花　初郭公　暁月　深雪　久恋 同上民部卿家哥合／

15 関路花　海上蛍　野宿月　河邉雪　暮山恋 同上慈鎮詠之」

16 春野　夏瀧水　秋浦風　冬山月　社述懐 貞應三四北野宮哥合／

17 閑中春雨　河邉夏月　山路秋行　野亭冬雪　暁天無常
天福元八高野哥合／

18 春風　夏雨　秋露　冬雲　恋夕 嘉元仙洞哥合／

19 海霞　島蛍　秋時雨　寒草少　旅店暁 亨徳元六四右京大夫家月次／

20 春夜　夏暁　秋朝　冬夕　釈教 永正頃天王寺五首逍遥院詠之／

21 竹鶯　早苗　田雁　江鴛　浦舟 同十二五／

22 霞隔遠樹　雨後郭公　海邉秋月　依雪待人
披書恨恋 万治二六十三御点 取勅点／

23 柳露　初郭公　杜月　残菊　久恋 同三四廿八同上／

24 梅風　窓蛍　薄似袖　浦千鳥　顕恋 同五十同上／

25 夜帰雁　瞿麦露　深山鹿　海邉雪　契待恋 寛文元六廿五同上／

26 山家梅花　蛍火透簾　月添秋思　紅葉残梢
夕陽映島 同年壬八廿五同上」

27 暮山霞　夏月涼　浅茅露　暁千鳥　寄水雑 同年十一五同上／

28 獨見花　聞郭公　月前雲　雪埋松　羇中山 同頃弘資卿／

29 月前花　五月雨　千鳥　野雪　寄レ鴛恋 年紀可尋之武者小路家／
30 河春月　池蛍　水郷月　遠嶺雪　磯松 明和三六十三冷泉家當座／
31 寄レ風花　夏草露　野月　薪　述懐多之 同四　為村卿詠／
32 春　夏　秋　冬　恋 同五十十冷泉家月次／
33 花　郭公　月　雪　雑 同年十一十一同上／
34 春眺望　夏眺望　秋眺望　冬眺望　河眺望 年紀可尋之同上出題／
35 春野　夏山　秋浦　冬河　寄レ草恋 同上／
36 嶺花　野郭公　江月　里雪　寄レ河恋 同上」

恋

23 五首
1 薄暮恋　故郷恋　旅泊恋　関路恋　海邉恋 年紀可尋之順徳院御製／
2 春恋　夏恋　秋恋　冬恋　旅恋 同上／
3 隔レ我聞レ他恋　互有レ障恋　依レ恋祈レ身　初疎後思恋
稀會不レ絶恋 後二条院哥合／

雑

24 五首
1 木　火　土　金　水 後京極定家卿等詠之／
2 青　黄　赤　白　黒 同上／
3 東　西　南　北　中央 後京極詠之」
4 甘　辛　苦　酸　鹹 後土御門院時人々被詠之／
5 仁　義　禮　智　信 年紀可尋慈鎮和尚詠之／
6 君臣有レ義　父子有レ親　夫婦有レ別　長幼有レ序
朋友有レ信 同上後水尾院御製」

六首題 十六

25 六首 建仁元三十八影供御哥合
梅香留レ袖　翠柳誰家　水邉躑躅　故郷欸冬　雨中藤花
山家暮春
26 六首 建保三六十八哥合
水邉柳　江上霞　朝落花　夜帰雁　山晩風　野暁月

27 六首 建仁二六水無瀬釣殿御哥合
河上夏月　海邉見蛍　山家松風　初恋　忍恋　久恋

28 六首 万治二七廿御点取　後水尾院勅点
照射　暁蚊遣火　貴賎夏祓　寄烟恋　寄山恋　山路旅行

29 六首 建仁元八三影供御哥合
初秋暁露　関路秋風　旅月聞鹿　故里虫　初恋　久恋」

30 六首 建仁三七十五八幡若宮撰哥合
初秋風　野径月　故郷霧　海邉雁　羇中暮　山家松

31 六首 年紀可尋之順徳院御製
杜間露　深夜虫　月前望　寄海恋　寄鳥恋　寄夕恋

32 六首 建仁二三廿二三躰和哥
春　夏　秋　冬　恋　旅

33 六首 年紀可尋之定家卿詠之
春　夏　秋　冬　恋　雑

34 六首 永長二東塔東谷哥合
苗代　水雞　照射　擣衣　鷹狩　神楽

35 六首 建仁二十一和哥所六首
故郷春曙　羇中夏虫　野径秋風　山家冬雪　海邉月明也
寄暮雑」

36 六首 年紀可尋之順徳院御製
深山春　夕帰雁　水邉秋　朝野鹿　被忘恋　暁更恋

37 六首 万治三四廿八御点取　後水尾院勅点
花如雪　五月雨　磯月　炭竈　変恋　古寺鐘

38 六首 天和三九十五御内會御當座
里夕梅　深更蛍　朝草花　冬暁月　共偽恋　幽栖雞

39 六首 宝暦十正廿九冷泉家當座始
霞知春　待郭公　尋虫声　名所月　増恋　寄國祝

40 六首 後土御門院御時人々被詠之
眼　耳　鼻　舌　身　意」

（半丁分空白）

七首題十四

41 七首　寛永頃木下勝俊大原野會兼題七首

聞レ鶯ヲ　柳ノ風　春雨　雲雀　夕ノ花　切ナル恋　祝言

42 七首　永亨二七七正徹詠之

待二七夕（シッセキヲ）一　七夕ノ雲　七夕ノ霧　七夕ノ橋　七夕ノ衣　七夕ノ舩

七夕ノ後朝

43 七首　宝徳二七七同上

七夕ノ月　七夕ノ濵　七夕ノ薄　七夕ノ馬　七夕ノ蛛　七夕ノ櫛

七夕ノ恋

44 七首　文明九七七哥合判者一条禅閤

海邉七夕　折二草花一　晴夜ノ月　歎ク二無名ヲ一恋　不レ憑マ恋

山家ノ雨　砌下ニ有レ松

45 七首　天文二七七逍遥院詠之

七夕ノ月　七夕ノ山　七夕ノ河　七夕ノ草　七夕ノ鳥　七夕ノ扇

七夕ノ祝

46 七首　同上

七夕迎フレ夜ヲ　行路ノ萩ノ露　初雁連ルレ雲ニ　秋ノ夕傷シムレ心ヲ

對シテレ月ニ待レ客　山家ノ擣衣　海邉ノ紅葉

47 七首　年紀可尋之後水尾院御製

七夕ノ月　七夕ノ河　七夕ノ草　七夕ノ鳥　七夕ノ衣　七夕ノ別

七夕ノ祝

48 七首　寛文頃冷泉家出題

七夕ノ月　七夕ノ雲　七夕ノ橋　七夕ノ草　七夕ノ鳥　七夕ノ枕

七夕ノ祝

49 七首　同上

七夕ノ月　七夕ノ風　七夕ノ河　七夕ノ船　七夕ノ鳥　七夕ノ獣

七夕ノ契

50 七首　享保十五七七冷泉家會

七夕ノ月　七夕ノ水　七夕ノ草　七夕ノ鳥　七夕ノ絲　七夕ノ別

七夕ノ祝

51 七首　年紀可尋之同上出題

待二七夕一　織女契久シ　二星適逢フ　海邉ノ七夕　野外ノ七夕
羇中ノ七夕　七夕別

52 七首　建保五十一四哥合
冬ノ山ノ霜　冬ノ野ノ霰　冬ノ関ノ月　冬ノ河ノ風　冬ノ海ノ雪　冬ノ夕ノ旅
冬ノ夜ノ恋

53 七首　延宝八二朔水無瀬殿當座七首
湖上ノ春ノ曙　月前ノ郭公　古渡霧深シ　寒草纔ニ残ル　寄二忍草一恋
寄二注連一恋　松契二遐齢ヲ一

54 七首　年紀可尋之日吉七社本地後京極詠之
大宮　二宮　聖真子　八王子　客人　十禅師　三宮」

八首題二

55 八首　年紀可尋之冷泉家出題
霞ノ春ノ衣　山家ノ鴬　古郷ノ梅　池ノ餘寒　春ノ暁ノ月　柳似レ烟ニ／
春ノ草短シ　嶺ノ早蕨

56 八首　治承二三十八右大臣家哥合
霞　花　郭公　月　紅葉　雪／　祝　恋」

（半丁分空白）」

九首題四

57 九首　建仁元八十五撰哥合
月多秋友　月前ノ松ノ風　月前ノ擣衣　海邉ノ秋ノ月　湖上ノ月
深山ノ暁ノ月／　野ノ月露冷し（ママ）　田家見レ月ニ　河水似レ氷ニ

58 九首　寛永十六九九後水尾院御製
菊映スレ月ニ　菊帯レ露ヲ　菊似レ霜ニ　山路ノ菊　河ノ邉ノ菊　寄レ菊ニ契／
寄レ菊恨　寄レ菊旅　寄レ菊祝

59 九首　享保十三九九冷泉家當座
菊ノ籬ノ月　菊帯レ露ニ　菊交ルレ薄ニ　水邉ノ菊　挿頭ノ菊　寄レ菊契／
寄レ菊恨　老テ對スレ菊ニ　菊延レ齢ヲ

60 九首　元亨元冬外宮北御門哥合
春ノ草短シ」

落葉　冬ノ月　朝ノ霜　不レ逢恋　待恋　恨ル恋／山家ノ松
懐旧ノ夢　神祇」

十首題二百九

春

61 十首　順徳院御製
春ノ風　春ノ雨　春ノ月　春ノ雪　春ノ野　春ノ水／春ノ山　春ノ里
春ノ恋　春ノ祝

62 十首　慈鎮和尚詠之
依テレ花ニ忘ルレ行コトヲ　遥ニ望二藤ノ花ヲ一　欵冬交ルレ路ニ　躑躅留ムレ人
旅泊ニ春暮ル、　一所ノ恋／老後ノ無常　山家ノ述懐　不殺生戒
社頭ニ遇レ友ニ

63 十首　文永二三内裏
湖上ノ霞　雪中ノ鴬　夜ノ梅　雲間ノ帰雁　春ノ月　関路ノ花／庭ノ花
落花似レ雪ニ　寄レ雲恋　寄レ烟恋

八首題　九首題　十首題

64 十首　文安二正十三尭孝出題
朝ノ霞　夕ノ鴬　夜ノ梅　柳ノ露　花盛也　待恋／逢恋　帰ル恋
関ノ雞　神祇」

65 十首　明應八二廿三水無瀬社御法楽
竹ノ裏ノ鴬　水ノ邉ノ柳　春雨　折レ花　松ノ上ノ藤　不レ逢恋／
後ノ朝恋　暁燈　旅行ノ友　神祇

66 十首　年紀可尋之天満宮法楽牡丹花詠之
初ソ春　残雪　梅風　柳ノ露　帰雁　春ノ月／見レ花　欵冬
春ノ恋　神祇

67 十首　永正三三十六　勅題
折レ花　河ノ花　花似レ雲ニ　風前ノ花　隣家ノ花　花留レ人／
寄レ花契恋　寄レ花変スル恋　寄レ花夢　寄レ花祝」

68 十首　同九道堅詠之逍遥院和答
嶺上ノ霞　餘寒ノ月　梅薫レ風ニ　帰雁幽也　山家ノ花　忍久シキ恋／
不レ逢恋　朝ノ眺望　旅宿ノ夢　獨ノ述懐

69 十首 同十称名院試筆
處々立春　遠山霞薄　水邉残雪　梅近聞鴬　柳先花緑
忍尋縁恋／　人伝恨恋　山家客来　飛瀧音清　霜鶴立洲

70 十首 寛文二二七當座御會
夜梅　春雨　帰雁　見花　暮春　忍恋／　恨恋　山家
海路　祝

71 十首 同頃冷泉家出題
春雲　春風　春浦　春野　春草　春木
春獣　春鳥　春床　春船

72 十首 同上
春霞　春烟　春山　春河　春木　春草／　春鳥　春虫
春枕　春夢

73 十首 同上
朝霞　夕鴬　柳露　山花　欵冬　寄烟恋／　寄河恋
寄鳥恋　嶺上松　竹為友

74 十首 同上
霞中春雨　暁更春月　落花如雪　水邉松藤　三月盡夕

75 十首 同上
寄鏡恋／　寄筵恋　寄棹恋　羇中浦　社頭榊
湖上霞　雪中鴬　梅薫風　山家花　里欵冬　寄暁恋／
寄朝恋　寄夕恋　窓雨晴　寄道祝

76 十首 同上
霞隔遠樹　落梅浮水　雲端帰雁　落花如雪　瀧邉紫藤
寄月待恋／　寄露別恋　寄烟恨恋　山家夜灯
竹不改色

77 十首 享保十四二廿五冷泉家當座
社頭梅花　月前梅　夕梅　梅交松芳　梅移水　庭梅／
梅花薫衣　落梅香　紅梅　梅花久薫

78 十首 同年三十八同上
雨後花　夕野遊　雉思子　籬欵冬　兼惜春　寄風恋／
寄木恋　寄衣恋　春眺望　社頭祝

79 十首 同十六三九 勅題

盛花 翫花 朝花 岡花 瀧花 湖花／花雪 花浪
花錦 惜花

80 十首 延享三三廿二烏丸光栄東行御餞別御會 勅題

躑躅紅也 欵冬露 水邉蛙 松上藤 暮春鶯 寄雲恋／
寄山恋 寄衣恋 暁更雞 旅祝言

81 十首 年紀可尋之飛鳥井家出題

湖上霞 雪中鶯 梅薫袖 山家花 里欵冬 寄暁恋／
寄朝恋 寄雨恋 山寺灯 鶴馴砌

82 十首 同上

梅香留袖 春雨夜静也 橋邉帰雁 見花無處 連日苗代
待不逢恋 」

83 十首 同上

夢中談恋 人伝恨恋 樵歌入山 披書知昔
早春 残雪 若菜 梅風 帰雁 待花／春雨 羇旅
山家 祝言

84 十首 同上冷泉家出題

霞初聳 岡若菜 古郷鶯 梅浮水 雁消霞 山花盛也／
欵冬露 落花風 暮春月 藤遶菴

85 十首 同上

朝霞 夜梅 春月 花盛也 苗代 祈恋／待恋 帰恋
谷橋 祝言 」

86 十首 同上

初春霞 松間鶯 雪中梅 餘寒月 花盛開 嶺上雲／
海邉夕 山居夢 旅宿嵐 社頭祝

87 十首 同上

立春子日 朝山残雪 里春早梅 湖水春曙 送日待花
旅行友／山家路 閑居夕 浦眺望 寄神祝

88 十首 同上

花盛也 見花 折花 惜花 落花 忍恋／契恋 恨恋
羇旅 山家 」

夏

89 十首 後京極摂政家緇素哥合

薄暮卯花 暁更盧橘 古池菖蒲 遠山郭公 風前夏草

雨後夏月／ 處々照射 家々納涼 蝉声夏深 蛍火秋近

90 十首 年月可勘注慈鎮和尚詠之

卯花 盧橘 菖蒲 郭公 夏月 夏草／ 照射 納涼

蝉声夏深 蛍火秋近」

91 十首 永正十三四十八

雲外郭公 濵五月雨 舩納涼 杜夏祓 憑恋 顕恋／

隠恋 澗松 晩鐘 述懐

92 十首 年紀可尋之住吉社法楽牡丹花詠之

新樹露 海邉郭公 五月雨 深夜蛍 林下納涼 忍待恋

／逢不遇恋 羇中恋 浦鶴鳴月 社頭祝

93 十首 寛永十五四禁中御會

鵆稀 月前鵆 暁更鵆 里鵆 関鵆 寄鵆増恋／

寄鵆変恋 寄鵆述懐 旅宿鵆 社頭鵆

94 十首 年紀可尋之前田徳善院玄以法印會

朝更衣 卯花 初郭公 夏月 五月雨 逢恋」

恨恋 契待恋 山家風 慶賀

95 十首 同上冷泉家出題

首夏風 新樹 暁郭公 早苗 山夏月 初恋／ 不逢恋

恨恋 山家夢 島鶴

96 十首 同上

浦夏月 窓前蛍 夕納涼 夕立雲 河夏祓 久忍恋／

不逢恋 後朝恋 山家鳥 寄神祝

97 十首 同上

五月雨晴 早苗多 古宅橘 海邉夏月 夏草滋 寄風恋

／寄涙恋 寄鳥恋 旅行友 松年久

98 十首 同上」

夏風 夏露 夏野 夏瀧 夏草 夏竹／ 夏虫 夏筵

夏恋 夏旅

99 十首 同上
夏夕風　夏暁雲　夏夜雨　湖納涼　六月祓　祈恋／別恋
恨恋　名所旅　寄レ神祝
100 十首 天和二五
暁郭公　夕早苗　澤夏草　夏月涼　蛍過レ窓　寄レ雲恋／
寄レ関恋　寄レ衣恋　深山雨　庭上松
101 十首 元禄六二廿五　仙洞當座御會
夏雨　夏風　夏山　夏河　夏木　夏竹／夏鳥　夏虫
夏恋　夏旅」
102 十首 宝暦頃冷泉家當座
夏風　夏雲　夏朝　夏夕　夏山　夏野／夏木　夏花
夏鳥　夏獣
103 十首 年紀可尋之冷泉家出題
夏雲　夏風　夏山　夏河　夏木　夏草／夏鳥　夏虫
夏恋　夏祝
104 十首 同上
新樹　郭公　夏月　鵜河　早苗　五月雨／夏草　夏恋
夏旅　夏祝
105 十首 同上
新樹　郭公　夏月　夕立　納涼　初恋」
不レ逢恋　別恋　田家　神祇
106 十首 同上
新樹　郭公　菖蒲　盧橘　夕立　遠恋／近恋　片恋
暁雲　神祇
107 十首 同上
夏月　瞿麦　氷室　納涼　夏祓　山家／羇旅　眺望
瑞籬　祝言
108 十首 同上
首夏　郭公　夏月　夏草　五月雨　鵜河／蛍　蝉　夕立
納涼
109 十首 同上」

夏草露　里蛍　夜河篝　遠夕立　樹陰納涼　名所浦／
旅行　田家烟　神祇　祝言

110 十首　同上

卯花似雪　待郭公　寝覚郭公　五月郭公　夏草露
菴五月雨／　夜河篝火　里蛍火　遠夕立　樹陰納涼

111 十首　同上

首夏　郭公　夏月　盧橘　納涼　待恋／　逢恋　契恋
社頭松　寄弓祝」

秋

112 十首　建仁元八十五後鳥羽院御哥合

月多秋友　月前松風　月下擣衣　海邊秋月　湖上月明也
古寺残月／　深山暁月　野月露深　田家見月　河月似氷

113 十首　建保二八内裏哥合

秋風　秋露　秋月　秋雨　秋雁　秋虫／　秋鹿　秋花
秋水　秋霜

114 十首　承久二八道助法親王家

秋雨　秋花　秋田　秋霜　秋祝　秋恋／　秋夢　秋旅
秋恨　秋雑

115 十首　年紀可勘注定家卿詠之

暁更荻風　枕上聞虫　深夜見月　霜下菊花　擣衣何方
寄雨忍恋」
寄山待恋　寄木別恋　旅宿夢覚　薄暮眺望

116 十首　宝徳三七廿五尭孝出題

新秋雨　荻似人来　月前虫　月前鹿　月前擣衣
寄秋露恋／　寄秋木恋　寄秋鳥恋　旅宿秋暁
秋神祇

117 十首　年紀可尋之正徹詠之

三日月　上弦月　八月十五夜　不知夜月　立待月　臥待月
／　廿日月　弓弦月　在明月　九月十三夜

118 十首　同上逍遥院詠之

夕菊　砌下菊　河菊　閑庭菊　名所菊花　水邊菊／
菊花薫枕　菊交薄　旅行菊　寄菊祝

119 十首 元和頃後水尾院御製

不知夜ノ月　翫レ月ヲ　松間ノ月　月前ノ鹿　月前ノ雁　都ノ月／
嶺ノ月　水郷ノ月　寄レ月恋　寄レ月祝 」

120 十首 正保三八九御當座

萩ノ露　秋田　待レ月　暁ノ霧　紅葉　契ル恋／　逢恋　忘ルヽ恋
峯ノ雲　祝言

121 十首 同年同月十五

八月十五夜　月前ノ雲　月前ノ時雨　月前ノ萩　月前ノ薄　禁中ノ月
／花洛ノ月　寄スルレ月ニ恋　寄レ月ニ旅　寄レ月ニ祝 」

122 十首 同頃中院家

初ソ秋ノ露　荻ノ風　虫ノ声近シレ枕ニ　山ノ月明也　擣衣　忍レ涙ヲ恋／
別ルヽ恋　披テレ書ヲ恨ル恋　漁舟ノ火　神祇 」

123 十首 寛文元九十三

十三夜ノ月　見レ月　松間ノ月　草ノ露ノ月　菊ノ籬ノ月　都ノ月／
嶺ノ月　野ノ月　河ノ月　寄レ月祝

124 十首 同頃冷泉家出題

秋ノ雲　秋ノ霧　秋ノ岡　秋ノ野　秋ノ草　秋ノ木／　秋ノ鳥　秋ノ虫
秋ノ思　秋ノ祝

125 十首 同上

秋ノ暁ノ山　秋ノ夕ノ浦　秋ノ籬ノ菊　秋ノ黄葉　秋ノ時雨　秋ノ待恋／
秋ノ逢恋　秋ノ別ルヽ恋　秋ノ故郷　秋ノ眺望

126 十首 同上

初ソ秋　織女ノ恋　萩ノ露　野ノ夕ノ虫　初雁　夜ノ鹿 」
山ノ月　海邉ノ月　惜レ月　紅葉

127 十首 同上

深夜ノ荻　薄未タズレ出テレ穂ニ　鹿ノ声遥也　江ノ邉ノ鶉　秋ノ夕催レ涙ヲ
月前ノ草ノ露／　月前ノ孤舟　月前ノ遠鐘　擣衣何方　疎屋ノ蔦

128 十首 同上

早秋ノ暁ノ露　野ノ外ノ夕虫　嶺上月明也　月前雁来ル　海邉ノ擣衣
依テレ忍ニ増恋／　契リテ不レ逢恋　後朝ニ恨恋　旅宿夢覚ル　社頭松久シ

129 十首 同上

荻似人来　露深　雁作字　惜残月　驛路霧　寄雞恋
／寄鴛恋　寄松虫恋　山寺　寄巌恋
130 十首　同上」
初秋夕風　野外荻露　霧中初雁　海邉見月　擣衣驚夢
寄雨恋／寄衣恋　寄虫恋　山家水　獨述懐
131 十首　元禄六八廿九仙洞御當座
荻知秋　野外虫　山初雁　海邉月　遠紅葉　寄雲恋／
寄草恋　寄衣恋　旅行雨　松久友
132 十首　同十九十三仙洞當座御會題者雅豊
十三夜月　嶺月　原月　橋月　浦月　月前草／月前木
寄月恋　寄月旅　寄月祝
133 十首　享保十五三十八冷泉家當座
立待月　閑山月　草露月　船中月　月前虫　月前友／
山家秋　旅行秋　秋釈教　秋遠情」
134 十首　元文五八廿京極黄門五百回忌追善冷泉家勧進當座
荻風　袖露　虫怨　秋夕　霧深　述懐／懐舊　往事
無常　釈教
135 十首　寛延元九十三院當座御會題者雅重
九月十三夜　月前風　月前露　月前萩　月前雁　月前擣衣
／月前紅葉　月前鐘　寄月眺望　寄月祝君
136 十首　年紀可尋之俊成卿遠忌冷泉家出題
月下懐旧　月下擣衣　月前荻　月前雁　月前鹿
寄月忍恋／寄月恨恋　寄月見恋　寄月夢　寄月旅
137 十首　宝暦十九九為村卿詠之
翫菊　菊色　菊香　菊盛也　月前菊　水邉菊」
庭上菊　寄菊恋　寄菊旅　寄菊祝
138 十首　明和五八十五同上
月前雲　月前風　月前雨　月前霧　月前露　暮天月／
深夜月　暁天月　在明月　後朝月
139 十首　年紀可勘注同上
月前風　月前露　月前草　月前木　月前虫　月前雁／

月前ノ鹿　月前ノ恋　月前ノ旅　月前ノ祝

140 十首　同上飛鳥井家出題

新秋ノ露　古砌ノ萩　秋ノ夕雨　虫声幽也　暁惜レム月ヲ　不レ逢恋／
契リテル、顕恋　稀ニ待恋　恨テル、別恋　忍ヒテル絶恋

141 十首

初ソ秋ノ風　朝ノ荻　山ノ初雁　湖ノ月　夕ノ擣衣　寄レ雲恋／
寄レ海恋　寄レ枕恋　名所ノ松　社頭ノ祝」

142 十首　同上

初秋ノ風　霧ノ中ノ雁　月前ノ露　残菊ノ匂フ　紅葉脆シ　初テ逢恋／
後朝ノ恋　被ル、レ忘ラ恋　旅泊ノ雨　暁ノ神祇

143 十首　同上

早秋ノ夜　路ノ薄　遠天ノ雁　山ノ月明也　擣衣　初恋／　不レ逢恋
恋ノ恨　旅泊舟　神祇

144 十首　同上

花洛ノ月　旅宿ノ月　夜聞レ雁　暁ノ擣衣　紅葉ノ露　祈レ身ヲ恋／
契リテ待恋　惜レ別恋　軒ノ松ノ風　窓前ノ竹」

145 十首　同上

秋ノ露　秋ノ雨　待レ月　暁ノ霧　紅葉　契ル恋／　逢恋　忘恋
嶺ノ松　祝言

146 十首　同上

菊花盛也　菊花久シ　紅葉浅シ　紅葉深シ　暮秋ノ月　秋ノ恋／　秋ノ思
秋ノ羇旅　秋ノ山家　秋ノ懐旧

147 十首　同上

月出ルレ山　雲端ノ月　月前ノ風　水ノ邉ノ月　深夜ノ月　獨見レ月／
月似タリレ鏡ニ　寄レ月恋　寄レ月旅　寄レ月祝

148 十首　同上

月前ノ風　月前ノ雲　月前ノ霞　月前ノ霧　月前ノ煙　月前ノ時雨」
月前ノ露　月前ノ霜　月前ノ雪　月前ノ祝

149 十首　同上

月前ノ荻　月前ノ鹿　月前ノ雁　月前ノ擣衣　月前ノ懐旧
寄レ月見恋／　寄レ月恨ル恋　寄レ月忘ル、恋　寄レ月旅　寄レ月夢

150 十首 同上
秋ノ風 秋ノ月 秋ノ河 秋ノ草 秋ノ木 秋ノ鳥／秋ノ獣 秋ノ虫
秋ノ衣 秋ノ夢 ⌞

151 十首 同上
秋ノ風 秋ノ月 秋ノ山 秋ノ野 秋ノ草 秋ノ木／秋ノ鳥 秋ノ虫
秋ノ衣 秋ノ夢 ⌞

冬

152 十首 天仁二十一廿一梁園御會
冬ノ月 雪中ノ旅行 氷 山家ノ雹 鷹狩 炭竈ノ晩ノ烟／
朝ニ看ル二水鳥ヲ一 神楽 佛名 歳暮

153 十首 文治五十二後京極摂政家
禁庭ノ雪 故郷ノ雪 山家ノ雪 野亭ノ雪 社頭ノ雪 古寺ノ雪／
雪中ニ恋レ人 雪中ノ述懐 雪中遠望 雪中旅行 ⌞

154 十首 正治元同上哥合
寒樹交レ松ニ 池ノ水半氷ル 山家ノ夜ノ霜 関路ノ朝ノ雪 旅泊ノ千鳥
水鳥知レ主／ 羇中ノ晩ノ嵐 湖上ノ冬ノ月 炉邉ノ懐旧
契二歳暮ヲ一恋

155 十首 年月可勘注同上緇素哥合
禁庭ノ残菊 田家ノ時雨 深山ノ落葉 野ノ径ノ寒草 海邉ノ千鳥
湖上ノ水鳥／ 旅宿ノ初雪 故郷ノ冬ノ月 古渡ノ寒水 山家ノ歳暮

156 十首 弘長元十亀山殿
初ソ冬ノ時雨 河ノ上ノ落葉 残菊 池ノ水始テ氷ル 野ノ寒草 暁ノ霜／
冬ノ月 山家ノ冬ノ朝 冬ノ夜ノ恋 冬ノ祝

157 十首 亨徳元十一十堯孝出題
朝ノ時雨 夕ノ木枯 霜ノ夜ノ月 遠ノ嶺ノ雪 閨ノ埋火 忍ヒテ待恋 ⌞
稀ニ逢恋 惜レ別ヲ恋 暁ノ寝覚 松積レ年ヲ

158 十首 同年同月十九出題同上
寒夜ノ月 古渡千鳥 嶺ノ初雪 雪ノ朝ノ眺望 狩場ノ雪 忍ヒテ待恋／
夢中ニ逢恋 経レ年ヲ恋 暁眠易レ覚 松経レ年ヲ

159 十首 正保二十三御當座
初ソ冬 朝ノ落葉 冬ノ月 千鳥 遠村ノ雪 久恋／ 祈リテ逢恋

絶恋ル　古寺鐘ノ　祝

160 十首　寛文十十廿四同上

冬暁月ノ　池氷ノ　夕千鳥ノ　夜水鳥ノ　篠霰ノ　遠村雪ノ／　海邉雪ノ
峯雲ノ　澗水ノ　寄レ神祝
」

161 十首　同頃冷泉家出題

冬月ノ　千鳥　水鳥　朝霜ノ　夕雪ノ　夜霰ノ／　冬逢恋　冬別恋ル、
冬述懐ノ　冬水郷ノ

162 十首同上

朝雪ノ　夕雪　夜雪ノ　山雪ノ　浦雪ノ　河雪ノ／　野雪ノ　岡雪ノ
松雪ノ　竹雪ノ

163 十首　元禄十三西山公追悼哀傷十首雅章卿出題

時雨　落葉　寒草　冬月ノ　歳暮　述懐／　懐旧　往事
無常　釈教

164 十首　年紀可尋之　日野弘資卿

田家時雨ノ　野径霜ノ　寒夜千鳥ノ　水郷寒芦ノ　湖氷ノ　深更霰ノ／
林雪ノ　渓雪ノ　岡雪ノ　歳暮
」

165 十首　延享三十一廿故入道一位殿二百五十回忌追善　冷泉家

時雨　落葉　寒松　冬月ノ　千鳥　暁雲ノ／　夜雨ノ　窓竹ノ
懐旧　釈教

166 十首　年紀可尋之冷泉家出題

寒草　冬月ノ　千鳥　深雪　炉火　忍恋／　稀ナル恋　忘恋
羇旅　磯松ノ

167 十首　同上

冬雲ノ　冬風ノ　冬山ノ　冬河ノ　冬草ノ　冬木ノ／　冬鳥ノ　冬獣ノ
冬恋ノ　冬旅ノ

168 十首　同上

冬月ノ　庭霜ノ　夕雪ノ　千鳥　歳暮　忍恋
契恋　逢恋　別恋ル、　祝言
」

169 十首　同上

冬月ノ　千鳥　水鳥　朝霜ノ　夕雪ノ　夜雪ノ／　逢恋　別恋ル、
述懐　懐旧
」

四季

170 十首 應徳三三十九経平大貳哥合

春駒　櫻　郭公　水雞　萩　月／鴛　雪　恋　述懐

171 十首 長治二七無名哥合判俊頼或説俊頼女与兵部大輔師俊合之

霞　櫻　暮春　卯花　郭公　秋風／月　暮秋　雪　千鳥

172 十首 二條院御宇

櫻　郭公　月　雪　祝　初恋／忍恋　初逢恋　後朝恋

會不逢恋

173 十首 永暦元七清輔家哥合

鴬　梅　櫻　郭公　織女　月

紅葉　雪　恋　述懐

174 十首 安元二九十七左大臣家哥合判清輔

花下明月　泉邉翫月　月待秋勝　月照山雪

月契多歳　恋依月増／海上明月　関路惜月

月前述懐　月催無常

175 十首 治承三十十八右大臣家哥合

霞　花　郭公　月　紅葉　雪／祝　恋　旅　述懐

176 十首 文治五十一親長卿哥合

野外霞　暮山花　郭公　暁萩　海邉月　原雪／不逢恋

顕恋　山家夢　述懐

177 十首 後鳥羽院御製

春曙雁　松隔花　朝郭公　月下虫　尋紅葉　驛路雪／

寄草恋　寄木恋　山家夕　獨述懐

178 十首 同上

梅薫枕　江春月　蛍似(ママ)露　閑居月　海邉鹿　路落葉／

忍行恋　経年恋　古寺鐘　名所松

179 十首 正治二九十二仙洞御哥合

神祇　若草　落花　菖蒲　山嵐　暁雪／郭公　浦月

水鳥　庭松

180 十首 建仁元三廿九新宮撰哥合

霞隔遠樹　羇中見花　雨後郭公　松下晩凉　山家秋月

湖上暁霧／　嵐吹寒草　雪似白雲　遇不逢恋
寄神祇祝 」

181 十首　承久元七廿九順徳院御哥合
野径霞　深山花　暮春雨　暁郭公　水邉草　秋夕露／
聞擣衣　庭紅葉　冬夜月　松間雪

182 十首　年紀可尋之慈鎮和尚詠之
雪中子日　尋花宿山　夕採菖蒲　獨聞郭公
始見草花　旅泊暁月／　葉飛渡水　深夜千鳥
忍経年恋　植竹為友

183 十首　同上十題百首(ママ)
花　郭公　月　雪　恋　旅／　祝　述懐　無常　釈教

184 十首　同上十題十首
花　郭公　月　雪　恋　松 」
竹　山家　海路　述懐

185 十首　同上徳大寺左大臣家

遠村霞　花留客　郭公　五月雨　夜泊聞鹿　江上月／
暁天千鳥　閑中雪　寄催馬楽恋　寄源氏名恋

186 十首　嘉禎二七後鳥羽院遠島御哥合
朝霞　山櫻　郭公　萩露　夜鹿　時雨／　忍恋　久恋
羇旅　山家

187 十首　宝治元仙洞御哥合
早春霞　山花　五月郭公　初秋風　海邉月　野外雪／
忍久恋　遇不逢恋　旅宿嵐　社頭祝

188 十首　弘長二十二院　元禄三十二御内會被用此題々者為綱 」
早春霞　静見花　野郭公　深夜蛍　海邉月　山紅葉／
朝寒芦　関路雪　忍待恋　稀逢恋

189 十首　文永四住吉社　行家卿詠之　永正十住吉社法楽道堅詠之
海邉霞　松間花　暁郭公　江上月　野外萩　夕千鳥／
忍久恋　恨絶恋　夜述懐　社頭祝

190 十首　文明十四六十常徳院殿百番哥合判者栄雅
原上霞　見花忘恥　麓納涼　田早秋　月似鏡

葦間氷ノ／不レ叶レ心ニ恋　互ニ恨ル恋　山家ノ戸　祈ルレ世ヲ神祇

191 十首　年紀可尋之牡丹花詠之

春二首　夏一首　秋二首　冬一首　恋二首　雑二首

192 十首　同上住吉社奉納

閑中ノ春ノ曙　深山花遅シ　人伝ノ郭公　遠天ノ旅ノ厂　明月如レ晝ノ

水鳥馴ル、レ舩ニ／　相互ニ思フ恋　披テレ書ヲ恨恋　晴後水遠シ」

松ニ契ル二遐年ヲ一

193 十首　永正九逍遙院試筆

早春ノ霞　静ニ見花　野ノ郭公　海邉ノ月　山ノ紅葉　関路ノ雪／

忍ヒテ待恋　稀ニ逢恋　旅宿ノ嵐　社頭ノ祝

194 十首　同十一十一十五春日御法楽

若草　落花　菖蒲　郭公　浦ノ月　山ノ嵐／　暁ノ雪　水鳥

神祇　庭ノ松

195 十首　年紀可尋之陸奥守政宗亭當座諸家會合

霞知レ春　春ノ曙　翫フレ花　聞二郭公ヲ一　初厂　浦ノ月／山ノ紅葉

朝ノ雪　暁ノ望　慶賀」

196 十首　寛文二二十五御當座

餘寒ノ月　柳靡クレ風ニ　夕ノ納涼　岡ノ邉ノ薄　遠キ擣衣　夜ノ千鳥／

忍レ涙ヲ恋　惜レ別ヲ恋　旅宿ノ嵐　松歴ルレ年ヲ

197 十首　天和二九四新院御製

舊巣ノ鶯　山家ノ花　蛍過ルレ窓ヲ　河ノ邉ノ萩　花洛ノ月　雪埋ムレ松ヲ／

寄レ葦ニ恋　寄レ灯ニ恋　夕ノ幽思　寄レ國ニ祝

198 十首　元禄六十廿九仙洞御當座

簷ノ梅　三月三日　里ノ蛍　朝ノ荻　紅葉増ルレ雨ニ　冬ノ月／

寄レ月ニ恋　寄二塩木ニ一恋　山家ノ路　社頭ノ祝言

199 十首　同七七廿六御當座題者雅豊

故郷ノ梅　春ノ暁ノ月　垣ノ夕顔　擣二寒衣ヲ一　野ノ径ノ鶉　庭ノ初雪」

待テ空シキ恋　祈リテ逢恋　田家ノ水　松歴レ年

200 十首　同上

鶯告レ春　欵冬　五月雨　浦ノ月　菊ノ露　寒草ノ霜／　初恋

絶恋　名所ノ橋　社頭ノ水

201 十首 同上
早春 馴花 砌橋 初雁 山月 松雪／逢恋 忘恋
庭竹 祝言
202 十首 同上
朝鴬 花雪 夜蛍 池月 菊露 深雪／聞恋 恨恋
夜灯 祝言
203 十首 同上 」
澤若菜 花満山 夕納涼 野外鹿 海邉月 浦千鳥／
寄雨恋 寄烟恋 名所松 寄民祝
204 十首 同上
立春 帰雁 葵 七夕 山月 時雨／忍恋 後朝恋 暁
羇旅
205 十首 同上
山霞 早蕨 待郭公 早秋 橋月 落葉／祈恋 遠恋
名所松 述懐
206 十首 同上

竹裏鴬 夕落花 早苗多 山紅葉 深夜月 庭初雪／
不逢恋 被忘恋 山家松 思往事 」
207 十首 同年七二同貴布祢社御法楽同上
柳辨春 帰厂連雲 夏月 野女郎花 田家鹿 河網代／
増恋 人伝恨恋 海邉松 神祇
208 十首 同年閏八廿六同御當座同上
暁更梅 湖上春月 雨後郭公 行路薄 田家霧
遠山見雪／連夜待恋 逢増恋 白鷺立洲 窓前竹
209 十首 同年九七同祇園社御法楽題者雅豊
竹籬聞鴬 舟中見花 山家郭公 風前草花 雨後月明
庭雪厭人／忍通書恋 来不留恋 旅行重日
為君祈世
210 十首 同年十四同社御法楽題者為久
尋若菜 花如雪 江蛍 深夜荻 湖月 瀧氷 」
忍恋 被忘恋 松風 瑞籬
211 十首 同年十一廿三同貴布祢社御法楽題者雅豊

子日松　春夜雨静　湖邉花　里郭公　樹陰納涼　七夕月／
虫吟レ露　菊花色々　暁神楽　歳暮雪深

212 十首　同年十二七同祇園社御法楽題者為久

霞　欵冬　蚊遣火　苅萱　鹿　寒芦／不レ逢恋　旅恋
田家　祝

213 十首　年月可尋之新院御稽古次賜題詠之通茂弘資資慶

海上霞　山家花　水邉蛍　暁初雁　故郷月　薄暮雪／
寄レ鐘恋　寄レ舩恋　旅宿雨　往事夢

214 十首　同上弘資卿

花盛開　帰雁幽　故郷橘　山家虫　海邉月　野径霜／
忍久恋　不レ逢恋　朝眺望　旅宿夢

215 十首　同上通茂公

原上霞　春曙花　湖郭公　秋枕夢　閑山月　冬池雪／
寄レ山恋　寄レ水恋　山家灯　古寺山

216 十首　同上

朝鶯　田蛙　夜蛍　夕鶉　千鳥　見恋／顕恋　嶺椿
杜栢　磯松

217 十首　同上

夕鶯　盛花　樹陰隣レ秋　鹿声遠近　月前荻　氷留レ流／
河邉恋　寄レ風恋　山家夕　社頭松久

218 十首　同上

早春　夜梅　江蛍　夕月　紅葉　松雪／逢恋　忘恋
羇旅　祝言

219 十首　同上

山霞　折レ花　鵜河　初雁　菊露　枯野／忍恋　祈恋
嶺松　神祇

220 十首　同上

澤若菜　池上藤　聞二郭公一　閑庭荻　海邉月　網代雪／
忍待恋　稀逢恋　山家夢　名所鶴

221 十首　同上

澤若菜　花満レ山　郭公幽　新秋露　野外鹿　氷始結

寄レ枕恋　寄レ繪恋　橋上ノ苔　海ノ眺望

222 十首　同八二廿三内々御當座

年内ノ立春　春ノ田　河ノ欵冬　夜ノ盧橘　夏草　浦ノ月／

閏九月盡ジン　初ソ冬ノ時雨　歳暮ノ雪　懐舊

223 十首　同九七十七御内會御當座題者為綱

栽レ梅ヲ　湖上ノ帰雁　五月雨晴ル、　松虫　月前ノ擣衣　雪中ノ旅行

／　恋ノ涙　恋ノ夢　寄レ木雑　寄レ鐘雑

224 十首　宝永七二十四仙洞祇園御法楽題者雅豊

初ソ春ノ風　山ノ花盛也　五月ノ郭公　早秋ノ露　海邉ノ月　野外ノ雪／

逢テ不レ會恋　立レ名恋　旅宿ノ夢　寄レ神祝

225 十首　同年同月卅仙洞貴布祢社御法楽題者同上

河ノ早春　花春ノ友　遠キ郭公　立秋ノ朝　野径ノ月　雪埋ムレ竹／

忍レ涙ヲ恋　適逢恋　浦ノ眺望　寄レ榊祝

226 十首　同年四十八　仙洞同社御法楽題者為久

若菜　春ノ曙　郭公　瞿麦　七夕　嶺ノ月／　谷ノ氷　松ノ雪

庭ノ鶴　瑞籬

227 十首　同年五十四祇園社御法楽題者同上

暁ノ餘寒　野外ノ雉　水邉ノ蛍　草花盛也　聞二擣衣一　篠ノ上ノ霰／

初テ見ル恋　逢テ切ナル恋　田家ノ烟　社頭ノ松

228 十首　同年六廿九同御當座同上

朝ノ霞　山ノ花　郭公　萩ノ露　夜ノ鹿　時雨／　忍恋　久キ恋

羇旅　磯ノ松

229 十首　同上光雄卿詠草

浦ノ春ノ曙　岸ノ柳　杜ノ蝉　明月　紅葉ノ霜　朝ノ雪／　不レ逢恋

恨ル恋　山家ノ灯　庭ノ竹

230 十首　享保七九廿一入道大納言政為卿二百五十回忌追善冷泉家勧進

霞隔ツレ山ヲ　静ニ見レ花ヲ　雨後ノ郭公　夏草滋シ　虫吟ズレ露ニ

月前ノ懐旧／　風前ノ落葉　名所ノ雪　薄暮ノ雲　往事如シレ夢ノ

231 十首　同十正十一仙院

野径ノ霞　深山ノ花　暮春ノ雨　暁ノ郭公　夜ノ盧橘　秋ノ夕ノ露／

聞二擣衣ヲ一　庭ノ紅葉　冬ノ夜ノ月　松間ノ月

232 十首　同十一二為久卿春日祭勅使下向十首各哥首置一字詠之

春二首　夏二首　秋二首　冬二首　雑二首」

233 十首　同十三八廿冷泉家當座

海上ノ霞　山路ノ花　卯ノ花盛也　郭公頻也　萩欲レ散スント　月前ノ望／
落葉深シ　歳暮ノ雪　山家ノ松　釈教ノ灯

234 十首　同十四二廿五同上

若木ノ梅　夕ノ遊絲　山ノ新樹シウ　名所ノ萩　月前ノ松　田家ノ雪／
寄レ鳥恋　寄レ虫恋　晴天ノ鶴　祝言遍シ

235 十首　同十五八廿同上

霞　櫻　菫　𪈐ホトヽキス　泉　月／　萩　蒙モミヂ　氷　雪

236 十首　同年九十六同上住吉社法楽

早春ノ霞　見レ花　夕立　月前ノ望　紅葉　池ノ水鳥」

237 十首　同日同上柿本社法楽

早春ノ梅　見レ花　夕立　月前ノ望　紅葉　池ノ水鳥／　初テ逢恋
顕ル、恋　古松　寄レ道祝

初テ逢恋　顕ル、恋　古松　寄レ道祝

---

238 十首　同年九十八同上春日社法楽

山ノ霞　春ノ草　花ノ麻　郭公　夏ノ月　草花／　夕ノ鹿　紅葉
神楽　雪深シ

239 十首　同日同上祇園社法楽

社頭ノ花　苗代　梅雨　蛍似レ露ニ　月前ノ風　庭ノ菊／　早梅
暁ノ更雲　眺望　松歴ルレ年ヲ

240 十首　同十六八於中務卿御當座」

朝ノ霞　山ノ櫻　郭公　萩ノ露　夜ノ鹿　時雨／　忍恋　久シキ恋
羇旅　祝言

241 十首　元文三雙林寺西行菴蔡花園院十首題者為村卿

春ノ月幽也　花如レ舊シ　聞ニ郭公ヲ一　池ノ上ノ蓮　秋ノ夕ノ露　月前ノ情／
落葉深シ　古寺ノ雪　薄暮ノ雨　山家ノ松

242 十首　寛保三八廿九故大納言三回忌追善冷泉家

霞　春雨　蓮　月　紅葉　雪／　釈教　夢　述懐　懐旧

243 十首　同四三十八柿本社法楽同上

立春ノ霞　若木ノ梅　夏ノ月涼シ　女郎花　庭ノ紅葉　雪中ノ灯／

忍久恋　初逢恋　山家烟　寄松祝」

244 十首　寛延二八廿京極黄門影供於武者小路家被行法楽題者為村

山霞　翫花　郭公　見月　紅葉　深雪／　逢恋　久恋

旅行　浦松

245 十首　同四八廿御當座

関路花　朝帰雁　遠郭公　夜納涼　橋邉月　隣紅葉／

名所雪　歳暮夕　絶後恋　暁述懐

246 十首　年紀可尋之玉津島社法楽為村卿詠之

霞知春　花満山　瞿麦　江邉月　紅葉　松間雪／　忍恋

契逢恋　浦眺望　寄神祝

247 十首　同上冷泉家出題

霞中月　閑山花　短夜夢　薄似袖　月下松　浦邉雪」

見増恋　誓別恋　暁鐘遥　夕幽思

248 十首　同上

原上霞　春曙花　湖郭公　秋枕夢　閑山月　冬池雪／

春契恋　秋別恋　海邉船　社頭松

249 十首　同上

春野　春木　夏獣　夏関　秋夜　秋虫／　冬暁　神楽

恋筵　絶不知恋

250 十首　同上

山朝霞　夕落花　聞郭公　秋暁露　深夜月　見初雪／

寄鏡恋　寄筵恋　山家鳥　社頭松」

251 十首　同上

山霞　帰雁　翫花　郭公　暁露　紅葉／　庭雪　祈恋

嶺松　眺望

252 十首　同上

初春風　湊帰雁　郭公　夕立　秋田鹿　紅葉散／　江水鳥

野外雪　寄風恋　寄鳥恋

253 十首　同上

霞　梅　卯花　虫　月　落葉／　初恋　遇不逢恋　暁

釈教

254 十首 同上
霞 花 郭公 初秋 霧 落葉／不逢恋 初逢恋 竹
懐旧」

255 十首 同上
春雪 花 五月雨 薄 月 時雨／不逢恋 忘恋 橋
述懐

256 十首 同上
海上霞 山家花 暁郭公 野外萩 江上月 夕千鳥／
忍久恋 恨絶恋 羇中友 社頭祝

257 十首
晩霞 暮春 待郭公 夏草 水月 野月／落葉 残菊
夜恋 竹為友」

戀

258 十首 年紀可尋之 順徳院御製
寄雲恋 寄風恋 寄雨恋 寄玉恋 寄草恋
寄松恋／寄竹恋 寄衣恋 寄枕恋 寄簾恋」

259 十首 貞永元七光明峯寺入道前摂政家哥合
寄衣恋 寄鏡恋 寄弓恋 寄玉恋 寄枕恋 寄帯恋
／寄絲恋 寄筵恋 寄舟恋 寄網恋

260 十首 年紀可尋之冷泉家出題
寄原恋 寄峯恋 寄江恋 寄河恋 寄嶋恋 名所濵
／山家畑 羇中野 社頭松 暁更夢」

雑

261 十首 文治頃殷冨門院大輔天王寺にて歌よみし時定家卿詠之
月前念仏 草庵忘帰 暁天懐旧 薄暮観身 旅宿波声
船中述懐／厭離穢土 欣求浄土 掬亀井水言志
於難波精舎即事

262 十首 年紀可尋之 土御門院御製
寄風述懐 寄月述懐 寄雪述懐 寄暁述懐
寄夕述懐 寄海述懐／寄山述懐 寄河述懐

寄レ野述懐　寄レ関述懐

263 十首　同上なき人の名を各とりて卒都婆供養すとて人のすゝめし哥定家卿詠之

磐姫皇后　二条后　高津内親王　斎宮女御　廣幡御息所
在原中納言／小野宰相　衣通王　大伴坂上郎女　中務

264 十首　寛文十二　後水尾院御製

孔子　廬山瀑布　楊貴妃　赤壁　陶淵明　黄河
老子　楓橋　唐堯　渭濱

265 十首　同頃五山の僧に仰せて詩を作らしめたまふ十首の題

菅家　芳野山　聖徳太子　天橋立　弘法大師　須磨浦／
道風　神泉苑　晴明　武蔵野

266 十首　宝永七九十仙洞貴布祢社御法楽題者雅豊

雲　風　山　海　蓬　榊／雞　猿　鏡　弓

267 十首　寛保二十廿四月次御會題者為村

天象　地儀　居處　草　木　鳥／獣　虫　神祇　釈教

268 十首　年紀可尋之冷泉家出題

暁　名所松　窓灯　山家　田家　羇旅／述懐　夢　釋教
祝

269 十首　同上

王昭君　李夫人　楊貴妃　上陽人　楚屈原　李太白／
四皓　七賢　老子　釋迦

十二首題 四十五

270 十二首　天徳四三晦内裏哥合判者小野宮左大臣

霞　鴬　柳　櫻　欵冬　藤／暮春　首夏　卯花　郭公
夏草　戀

271 十二首　長治元五廿廣綱朝臣家哥合

梅花久薫　躑躅交レ道　水邉欵冬　蓮遠薫　逐レ夜聞レ蝦
蚊遣火／月照二流水一　聞レ鹿遅帰　蘭香入レ簾
只詠二暁心一　芦花似レ雪　凍封二池面一

272 十二首　文治六正十一女御入内御屏風哥

小朝拝正月　鴬二月　春駒三月　更衣四月　郭公五月　納涼六月／

秋風七月　月八月　菊九月　千鳥十月　五節十一月　神楽十二月

273 十二首　同上 」

子日正月　春日祭二月　櫻三月　賀茂祭四月　菖蒲五月　夏草六月／

草花七月　駒迎八月　紅葉九月　網代十月　臨時祭十一月　雪十二月

274 十二首　同上

霞正月　梅二月　藤三月　早苗四月　瞿麦五月　六月祓六月／　鹿七月

田家八月　霧九月　寒芦十月　鷹狩十一月　歳暮十二月

275 十二首　建仁二十一釈阿九十賀屏風哥

霞　若艸　花　郭公　五月雨　納涼／　秋野　月　紅葉

千鳥　氷　雪

276 十二首　年紀可尋之　後仁和寺宮月次花鳥哥定家卿詠之

柳正月　櫻二月　藤三月　卯花四月　盧橘五月　瞿麦六月／

女郎花七月　鹿鳴草八月　薄九月　残菊十月　枇杷十一月　早梅十二月 」

277 十二首　同上

鶯正月　雉二月　雲雀三月　郭公四月　水雞五月　鵜六月／　鵲七月

初雁八月　鶉九月　鶴十月　千鳥十一月　水鳥十二月

278 十二首　寛喜元十一女御入内月次御屏風哥

元日正月　梅二月　櫻三月　更衣四月　菖蒲五月　山井六月／　秋風七月

鹿八月　菊九月　水鳥十月　鶴十一月　氷十二月

279 十二首　同上

若菜正月　柳二月　欵冬三月　葵四月　郭公五月　納涼六月／　野花七月

月八月　田家九月　千鳥十月　鷹狩十一月　雪十二月

280 十二首　同上

霞正月　網二月　藤三月　早苗四月　瞿麦五月　六月祓六月 」

虫七月　初雁八月　紅葉九月　網代十月　炭竈十一月　歳暮十二月

281 十二首　年紀可尋之畠山匠作亭栄雅正徹等詠之

梅正月　柳二月　藤三月　早苗四月　穉竹五月　瞿麦六月／　桐七月

萩八月　菊九月　落葉十月　雪十一月　早梅十二月

282 十二首　明應九正宗祇八十等

霞　若菜　花　郭公　五月雨　納涼／　秋野　月　紅葉

千鳥　氷

283 十二首 年紀可尋之有馬山薬師堂十二神哥光廣卿詠之

子 丑 寅 卯 辰 巳／午 未 申 酉 戌 亥 」

284 十二首 元禄四九廿六明正院七十御賀御屏風哥

子ノ日正月 梅二月 春駒三月 早苗四月 菖蒲五月 夏祓六月／鹿七月
駒迎八月 紅葉九月 寒芦十月 鷹狩十一月 雪十二月

285 十二首 同十五月次會兼題清水谷家

柳絲緑新也 菴ノ春雨 春ノ月暁静也 葵ノ露 夜ノ盧橘 山ノ納涼／
風前ノ薄 寝覚聞レ鹿ヲ 擣衣繁シ 山路ノ時雨 湊ノ氷 冬ノ神祇

286 十二首 宝永二同上

處々ノ立春 浦ノ帰雁 愛レ花ヲ 首夏ノ山 菴ノ五月雨 蝉／
江ノ萩 月似レ鏡ニ 重陽ノ宴 寒松 枕ノ雪 河ノ水久澄

287 十二首 正徳二同上

鴬入二新年ノ語一ニ 故郷ノ春雨 花満レ山ニ 朝ノ更衣 簷ノ菖蒲
湊ノ夕立／ 新秋露 月前ノ初雁 古砌ノ薄 朝ノ時雨 寒夜ノ明月
寄レ日ニ祝 」

288 十二首 同年同上

松ノ残雪 晴天ノ遊絲 惜ム二暮春ヲ一 尋二郭公ヲ一 野ノ夏草 杜ノ納涼
／海邉ノ秋風 寝覚ノ虫 擣ツ二寒衣ヲ一 木枯 網代ノ雪
鶴立レ洲ニ

289 十二首 同四同上

鴬是レ万春ノ友 浦ノ春曙 春雨 新樹 早苗多シ 樹陰ノ蝉／
萩對レ水ニ 雲間ノ雁 鹿 篠ノ上ノ霜 炭竃 故郷

290 十二首 同年同上

早春ノ松 逐レ年花盛也 松下ノ躑躅 卯ノ花似レ月ニ 盧橘驚レ夢ヲ
山ノ納涼／ 竹亭ニ秋来ル 對レ月待レ客ヲ 名所紅葉 閑居ノ時雨
関路ノ雪 社頭ノ枕

300 十二首 同五同上

毎レ家有レ春 野外ノ霞 暮春 首夏ノ藤 蛍 納涼 」
初秋ノ風月 暮天ノ雁 時雨 池ノ氷 寄レ鶴ニ祝

301 十二首 同上

早春ノ河 江ノ帰雁 落花似レ雪ニ 更衣惜レ春 池ノ菖蒲

遠村夕立／　田家秋夕　露底槿花　九月盡　落葉帯霜
垣根寒艸　寄道祝

302 十二首　同六同上
初春待花　柳靡風　欸冬　首夏　早苗多　杜蝉／
獨聞荻　萩　遠郷擣衣　庭残菊　冬月　窓前竹

303 十二首　同上
梅薫袖　依花客来　暮春月　新樹露　浦夏月　納涼／
二星適逢　月前雁　菊帯霜　初冬嵐　江寒芦　年内早梅」

304 十二首　享保二同上
風光日々新　閑中春曙　交花　初郭公　五月雨　泉／
初秋月　聞虫　暮秋露　枯野　炭竃　寄亀祝

305 十二首　同上
初春見鶴　夕春雨　暮聞蛙声　籬卯花　故郷橘
荒和祓／　荻声催涙　三五月正圓　原苅萱　夕時雨
磯千鳥　翠松遶家

306 十二首　同三同上
春従東来　雲間帰雁　山花盛　首夏風　五月郭公
蛍過窓／　秋来水邉　秋夕雲　紅葉色々　山館冬到
屋上霰　春漸近

307 十二首　同上
鶯是万春友　野菫菜　春駒　夕卯花　鵜河　氷室／
新秋風　月似玉　雁　落葉満流　閑居雪　寄鏡神祇」

308 十二首　同四同上
初春待花　餘寒　花随風　挿葵　五月雨晴　杜夏祓／
砌萩　月前松風　擣衣　谷残菊　鴨　幸逢太平代

309 十二首　同上
霞隔遠樹　山家鶯　名所藤花　待聞郭公　夏草露深
晩夏蝉／　織女契久　垣根槿　鹿声幽　初冬風　雪中眺望
家々歳暮

310 十二首　同七同上
早春祝　春曙雁　江藤　郭公何方　水鶏　籬夕顔／
閑庭秋来　山月　秋不留　落葉　池水鳥　雪中松

311 十二首 同上
野若菜 霞遠山衣 山家鶯 竹亭夏来 名所夏月
松下納涼 」
風前萩 秋夕浦 橋紅葉 冬夜難明 氷留水声（ママ） 春漸近
312 十二首 同九同上
隔霞聞鶯 残雪 花春友 郭公驚夢 夏草 避暑／
初秋衣 明月如晝 柞 寒庭霜 浦千鳥 寄弓祝

313 十二首 同上
毎山有春 草漸青 旅宿帰厂 残花何在 曳菖蒲
行路夕立／ 野草花 暮天雁 菊久盛 落葉満流
海邉雪 池上鶴

314 十二首 年紀可尋之十二支哥合風早実種卿詠之
龍 牛 虵 犬 馬 鼠／ 羊 猪 猿 虎 雞 兎 」

315 十二首 寛延二仙臺侯七十賀屏風哥為村卿出題
子日 櫻 苗代 卯花 郭公 瞿麦／ 鹿 小鷹狩 菊
時雨 千鳥 雪 」

316 十二首 明和七三十六頓阿法師手向哥冷泉家
花始開 花久盛 静見花 月映花 雨後花 古寺花／
草菴花 松間花 花留客 花形見 花如舊 惜落花

317 十二首 年紀可尋之為村卿出題
初花 新月 盛花 明月 落花 傾月／ 閑居 幽夕
琴調 笛音 樵夫 海士

318 十二首 同上冷泉家出題
鶯千春友 櫻柳交枝 江上春眺 社頭卯花 郭公数声
泉声入夜涼／ 鹿交草花 峰月照松 紅葉處々
風前時雨 水鳥驚筏 雪中遊興 」

319 十二首 同上
鶯有慶音 遠山春月 見花述懐 更衣惜春
盧橘薫簷 水風如秋／ 野外萩露 叢近聞虫
月照江葉 霜鶴立洲 寒夜埋火 梅告春近

320 十二首 同上

隔レ霞聞レ鶯　戸外春風　花非二一樹一　卯花似レ月　夏雑物
郭公入二夜琴一／　扇風秋近　月前遠望　紅葉留レ人
暁天時雨　山家冬　雪先二春花一

321 十二首　同上

子日遊興　遠浦春曙　桃花曝レ錦　漸待郭公　杜五月雨
蝉声近レ秋／　女郎翫レ露　雲間稲妻　山路秋過
寒樹交レ松　冬夜難レ曙　雪與レ歳深

322 十二首　同上

春従レ東来　幽栖春雨　野径雲雀　卯花遶レ家　池朝菖蒲
氷室忘レ夏」
烏鵲成レ橋　月多秋友　菊叢競レ芳　枯野眺望　雪中残厂
炭竈烟細

323 十二首　同上

霞裏聞レ鶯　江上春曙　庭花久芳　薄暮卯花　郭公声頻也
泉為二夏友一／　野亭夕萩　秋月勝二春花一　山中秋興
屋上時雨　葦間水鳥　常磐木雪」

十三首題四

324 十三首　寛喜元

元日　若菜　霞　梅　柳　苗代／　櫻　欵冬　藤　遠炭竈
湖氷　雪／　歳暮

325 十三首　正保五九十三院御製

九月十三夜　月前星　月前時雨　月前荻　月前鹿　花洛月
／　古寺月　寄レ月忍恋　寄レ月変恋　寄レ月別恋
寄レ月述懐　寄レ月旅泊／　寄レ月祝言

326 十三首　寛保三九九御内會題者為村

菊久盛也　愛レ菊　折レ菊　月前菊　菊帯レ露　菊薫レ霜」
朝菊　夕菊　谷菊　庭菊　寄レ菊恋　寄レ菊旅／　寄レ菊祝

327 十三首　宝暦十九十三為村卿詠之

九月十三夜　風　露　山　野　鳥／　虫　草　木　恋　友」
（しうさむやつきをもてあ）
望／　祝
（そふ）

十四首題一

328 十四首 延享四八廿九故宗匠七回忌追善冷泉家
春月 庭花 暮春 郭公 夏草 夕荻／ 見レ月 紅葉
時雨 竹雪 釋教 述懐／ 往事 懐舊 」

十五首題百四十八

春

329 十五首 文安四正廿六尭孝出題
嶺上霞 野残雪 梅薫レ袖 柳帯レ露 春月幽也 花盛開／
名所藤 忍レ涙恋 契待恋 祈逢恋 惜レ別恋 恨レ身恋／
暁更雞 旅泊夢 寄レ神祝

330 十五首 同五正廿八同上
立春 鶯 梅 春月 花 苗代／ 藤 忍恋 待恋 逢恋
帰恋 顕恋／ 暁 羇旅 神祇

331 十五首 年紀可尋之逍遥院詠之
盛花 翫レ花 朝花 夜花 岡花 杣花
瀧花 河花 湖花 浦花 花雪 花浪／ 花錦 花主
惜レ花 」

332 十五首 同上
春風鮮レ氷 霞隔二行舟一 梅香何方 春月朧々 帰厂離々
見レ花恋レ友／ 落花埋レ路 寄レ月恋 寄レ風恋 寄レ橋恋
寄レ鳥恋 寄レ筵恋／ 薄暮松風 故郷庭草 竹不レ改レ色

333 十五首 同上
春日 春月 春山 春野 春海 春木／ 春草 春獣
春虫 春鐘 春燈 春旅／ 春恋 春夢 春祝 」

334 十五首 明暦二三廿七
都初春 窓前梅 遠村柳 山花盛也 晩春鶯 寄レ草恋／
寄レ鳥恋 寄レ舟恋 寄レ露恋 寄レ筵恋 塩屋烟 山家松／
田家水 旅宿暁 寄レ國祝

335 十五首 延宝三正廿五御當座
海上ノ霞 里ノ梅花 春ノ暁ノ月 見二山ノ花ヲ一 松ノ上ノ藤 忍レ涙ヲ恋／
不レ逢恋 初テ逢恋 欲スルレ別ント恋 恨ルレ身恋 名所ノ松 旅宿ノ夢／
古寺ノ鐘 夕ノ眺望 社頭ノ祝

336 十五首 同年二廿一同上
残雪 鶯馴ル、 梅盛也 早蕨 帰雁 折レ花ヲ／ 苗代 遠キ恋
近キ恋 隠ル、恋 悔ム恋 稀ナル恋／ 山家 田家 樵夫 」

337 十五首 元禄十一三六仙洞御稽古當座
春ノ朝ノ天 春ノ夕ノ山 霞ノ中ノ鶯 春ノ雪 春雨 若菜／ 野ノ雲雀
喚子鳥 花ノ面影 花ノ手向 関ノ路ノ雞 羇中ノ友／ 嶺ノ松 江ノ芦
砌ノ竹

338 十五首 同頃冷泉家出題
朝ノ霞 夕ノ鶯 夜ノ梅 春ノ月 山ノ花 苗代／ 池ノ藤 忍恋
待恋 逢恋 別恋 顕ル、恋／ 暁ノ雞 羇旅 神祇

339 十五首 同上
行路ノ霞 餘寒雪 山家ノ梅 浦ノ春ノ月 帰雁遥也 遠ク見レ花／
惜二落花ヲ一 春ノ山田 河ノ款冬 暮春ノ藤 関路ノ雞 渡ニ待ツレ舟ヲ 」
旅宿ノ夢 海ノ眺望 寄レ神祝

340 十五首 同上
朝ノ花 夕ノ花 夜ノ花 花ノ雲 花ノ雪 花ノ友／ 花ノ色 花ノ香
花ノ鏡 花ノ衣 寄テレ花契恋 寄レ花逢恋／ 寄テレ花恨ル恋
寄レ花旅 寄レ花祝

341 十五首 同上
鶯知レ春ヲ 夜ノ餘寒 梅香留ルレ袖ニ 霞ノ中ノ月 花ヲ為ス二春ノ友ト一
惜二落花ヲ一／ 暮春ノ蛙 尋ルレ契ヲ恋 待夜空キ恋 適〱逢フ恋
互ニ惜ムレ別ヲ恋 恨ルレ世ヲ恋／ 山家ノ夕ノ煙 羇中ノ橋 社頭ノ松

342 十五首 同上
心在リ二山ノ花ニ一 霞ノ中ノ花 花映スレ日ニ 野ノ花留ムレ人ヲ 松ノ間ノ花
河ノ上ノ花 」
海邉ノ夕ノ花 名所ノ花 忘テレ老ヲ折レ花 依テレ花ニ待レ月ヲ 花ノ下ニ忘ルレ帰コトヲ
馬上ニ見レ花／ 古寺ノ暁ノ花 隣家ノ花 花契二千年一

343 十五首 同上
尋花 見花 翫花 朝花 夕花 霞中花／松間花
山花 岡花 古寺花 山家花 閑居花／落花 惜花
暮春花

344 十五首 宝永二四六於花下公宴詩歌御當座
初花 翫花 折花 朝花 夕花 夜花／山花 岡花
杜花 池花 庭花 落花／花友 花本 花祝 」

345 十五首 享保十正十八御當座
餘寒 路梅 若草 春曙 岡雉 糸櫻／田蛙 恋命
恋情 恋涙 恋夢 嶺雲／砌松 浦鶴 述懐

346 十五首 同十六二廿四同上題者雅香
花始開 花漸盛 花映日 花隔月 苑中花 林間花／
池邉花 花交松 花留客 花慰老 寄花待恋
寄花逢恋／寄花別恋 寄花述懐 寄花神祇

347 十五首 寛保三三廿三同上題者為村
禁中櫻 園中櫻 砌邉櫻 庭上櫻 関路櫻 岡邉櫻／
野径櫻 林中櫻 池上櫻 瀧上櫻 海邉櫻 松間櫻／
杦間櫻 旅行櫻 名所櫻 」

348 十五首 年紀可尋之冷泉家出題
早春雪 山霞 野若菜 梅薫風 春月 帰雁／花盛
初恋 不逢恋 後朝恋 恨恋 羇中海／山家 田家
神祇

349 十五首 同上
山霞 梅薫風 春雨 春風 帰雁 見花／松上藤
寄月恋 寄関恋 寄草恋 寄鳥恋 寄鏡恋／嶺松
浦船 寄社祝

350 十五首 同上
早春山 雪中鴬 庭梅開 春月幽 野雲雀 夕見花／
松間藤 初恋 祈恋 契恋 逢恋 恨恋 」
暁更雞 山家松 社頭祝

351 十五首 同上
曙花 朝花 夕花 霞中花 雲間花 月前花／月映花

花散レ雨ニ　落花ノ風　落花似タリレ雪ニ　寄レ花恋　寄レ花旅／
寄ルレ花ニ述懐　寄レ花懐旧　寄レ花神祇

352 十五首　同上

早春ノ雪　名所ノ鶯　沢ノ若菜　河ノ春ノ月　山ノ花盛リ也　池ノ上ノ藤／
忍レ涙ヲ恋　祈レ身恋　契リテ待恋　稀ニ逢恋　後ノ朝恋　旅ノ泊夢／
田家ノ道　山家ノ水　松積レ年

353 十五首　同上

霞ノ中ノ花　花映スレ日ニ　野ノ花留ムレ人ヲ　心在リ二山花ニ一　松ノ間ノ花
河ノ上ノ花 」
海ノ邊ノ夕花　名所ノ花　忘テレ老ヲ折レ花ヲ　依テレ花ニ待レ月ヲ　花ノ下ニ忘ルレ帰コトヲ
馬上ニ見レ花／　古寺ノ暁ノ花　隣家ノ花　落花入ルレ簾ニ

354 十五首　同上

早春ノ雪　名所ノ鶯　沢ノ若菜　梅薫ルレ枕　河ノ春ノ月　山ノ花盛リ也／
池ノ上ノ藤　忍レ涙ヲ恋　祈レ身ヲ恋　契リテ待恋　稀ニ逢恋　後ノ朝恋／
遠村ノ雞　旅ノ泊夢　松積レ年ヲ 」

夏

355 十五首　年紀可尋之　雅康卿出題

更衣　聞二郭公一ヲ　夕ノ早苗　梅雨　暁ノ水雞　夏ノ月／　庭ノ瞿麦
蚊遣火　深夜ノ蛍　松ノ下ノ泉　名所ノ河　山家ノ枕／　羇旅　海路
獨ノ述懐

356 十五首　明暦三五十三御當座

山ノ新樹　採ジウ二早苗一ヲ　河ノ夏ノ月　夏草ノ露　窓ノ前ノ蛍　不レ逢恋／
契リテ待恋　逢テ増恋　惜レ別ヲ恋　立ツレ名ニ恋　薄暮ノ雲　塩屋ノ烟／
谷ノ樵夫　夏ノ眺望　社頭ノ榊

357 十五首　寛文六四十四新院御當座

首夏ノ卯花　郭公数声　野ノ夏草滋シ　蛍火透ルレ簾ニ　水ノ邉ノ納涼
寄レ風恋／　寄レ橋恋　寄レ枕恋　寄レ鶏恋　寄レ筵恋
曙ノ嶺ノ雲　古寺ノ鐘 」
山家ノ松　名所ノ鶴　社頭ノ水

358 十五首　同八四廿一御當座

更衣　聞ク二郭公一ヲ　浦ノ夏ノ月　梅雨　江ノ蛍　簷ノ盧橘／　水雞

夕立過　河納涼　忍恋　逢恋　経年恋／　羇旅　眺望
社頭祝

359 十五首 同十二五廿一同上
雲間郭公　門田早苗　旅船五月雨　毎夜鵜河　池上蓮
林頭蟬／　泉邉納涼　寄朝恋　寄晝恋　寄夕恋
寄夜恋　寄暁恋／　神社　山寺　慶賀

360 十五首 同年六廿六同上
夏風　夏雲　夏月　夏山　夏河　夏野」
夏草　夏木　夏鳥　夏虫　夏筵　夏枕／　夏衣　夏恋
夏祝

361 十五首 同年同月廿七同上
新樹　夕郭公　浦郭公　採早苗　盧橘　五月雨／　夏月
庭瞿麦　鵜河篝　澤蛍　契恋　被忘恋／　古寺路
海眺望　述懐

362 十五首 同頃飛鳥井家出題
首夏　更衣　卯花　郭公　早苗　盧橘／　夏月　忍恋

契恋　待恋　別恋　恨恋／　山家　羇旅　神祇

363 十五首 同上」
松陰餘花　夏月易明　五月郭公　夏草露深　林下蟬声
江邉蛍飛／　向泉忘夏　寄鏡恋　寄筵恋　寄玉恋
寄舟恋　寄車恋／　海路朝　山家鳥　名所松

364 十五首 同上冷泉家出題
雨中新樹　聞郭公　古宅盧橘　短夜月　水邉納涼　初恋
／　不逢恋　祈空恋　旅恋　恨恋　海邉松　山家枕／
田家鳥　羇中関　寄星祝

365 十五首 同上
山新樹　採早苗　河夏月　夏草露　窓前蛍　不逢恋／
待空恋　契後恋　暁別恋　恨絶恋　関路夕　山家夢／
田家鳥　獨述懐　名所松」

366 十五首 同上
早苗　菖蒲　梅雨　夕立　夏草　夏月／　瞿麦　氷室

納涼　夏祓　祈恋　顕恋／絶恋　旅夢　眺望

367 十五首 延宝二六廿二御當座

夏日　夏風　夏雨　夏岡　夏河　夏庭／夏草　夏木
夏虫　夏鳥　夏糸　夏枕／夏燈　夏鐘　夏舟

368 十五首 天和三五十三御内會御當座

更衣　郭公頻也　水雞　梅雨　江蛍　古砌橋／浦夏月
夕立過　夕納涼　忍恋　切恋　経年恋 」
羇旅　樵夫　寄天祝

369 十五首 元禄十六廿一仙洞當座御會題者雅豊

夏雲　夏風　夏月　夏山　夏浦　夏河／夏木　夏草
夏鳥　夏獣　夏衣　夏枕／夏恋　夏旅　夏祝

370 十五首 同十一六廿五同上御稽古會

卯花　待郭公　夏月　梅雨　砌橋　水邉蛍／社蝉
忍恋　通書恋　契恋　増恋　秋忘恋／暁更雞　懐舊
瀧水

371 十五首 享保八六十九内々當座御會題者雅香

雨後夏月　野夏草　垣夕顔　閑居蚊火　蓮満池
遠村夕立 」
閨中扇　山路蝉　樹陰納涼　六月祓　山舘烟細　故郷嵐／
波洗石苔　懐旧非一　竹為友

372 十五首 同十六四十二法皇幡枝圓通寺御幸詩歌當座題者為久

餘花何在　新樹風　行路卯花　遠尋郭公　早苗多
野外蛍／松下泉　寄雲恋　寄河恋　寄鳥恋　薄暮烟
谷古橋／古寺鐘　田家水　山家眺望

373 十五首 寛保三閏四十六當座御會題者雅重

郭公未遍　採早苗　盧橘近砌　樗誰家(ママ)　五月雨
蚊遣火／夏月易明　庭瞿麦　水上蛍　樹陰納涼
祈難逢恋　後朝恋／嶺松年久　窓前竹　寄鶴祝

374 十五首 年紀可尋之飛鳥井家出題 」

深山新樹　郭公一声　山田早苗　夏月易明　水邉納涼
山家恋／故郷恋　旅泊恋　関路恋　河邉恋　古寺暁鐘

嶺林ニ猿叫フ／　山家ニ送ルレ年ヲ　樵夫夕ニ帰ル　社頭松久シ

375　十五首　同上

首夏　郭公　早苗　夏ノ月　鵜河　夕立／　納涼　初恋

不レ逢恋　後朝ノ恋　変ズル恋　恨恋／　海路　古寺　庭ノ松

376　十五首　同上

更衣　聞ニ郭公ヲ　夕ノ早苗　梅雨　暁ノ水雞　夏ノ月／　庭ノ瞿麦

蚊遣火　深夜ノ蛍　松下ノ泉　名所ノ河　山家ノ杦／　羇旅　海路

獨ノ述懐　」

秋

377　十五首　建仁二八十六順徳院御歌合

秋ノ風　秋ノ露　秋ノ月　秋田　秋ノ雁　秋ノ虫／　秋ノ花　秋ノ水

秋ノ鹿　秋ノ霜　秋ノ祝　秋ノ旅／　秋ノ恋　秋ノ懐　秋ノ雑　」

378　十五首　宝徳二九四尭孝出題

荻ノ風　鹿交ニ草花一　田ノ上ノ雁　月出レ山　海邉月明也　獨惜レ月

／　紅葉處々　忍レ涙恋　祈テ難レ逢恋　契テ待恋　夢中ニ逢恋

怨別恋／　嶺ノ松　里ノ竹　寄レ神祝

379　十五首　寛永二八十五豊臣勝俊詠之

十五夜　月蝕　待レ月　古江ノ月　野ノ月　海邉ノ月／　月前ノ虫

月似レ氷　橋上ノ月　月如レ弓　月前ノ薄　月前ノ萩／　月前ノ荻

月前ノ擣衣　月前ノ懐旧

380　十五首　年紀可尋之貞徳自歌合

草花早シ　旅天雁　秋ノ枕夢　月宿レ松ニ　蕭寺ノ月　岡ノ竹ノ月／

寒庭虫　里ノ擣衣　山紅葉　庭ノ残菊　逢テ増恋　切ニ待恋　」

久忍恋　関路ノ雲　寄レ日祝

381　十五首　明暦元八十五御當座

十五夜ノ月　月前ノ風　月前ノ露　山ノ月　野ノ月　浦ノ月／　花洛ノ月

故郷ノ月　山家ノ月　月前ノ雁　月前ノ虫　月前ノ鐘／　寄レ月恋

寄レ月述懐　寄レ月神祇

382　十五首　同年九十三同上

十三夜月　見レ月　夕ノ月　暁ノ月　岡ノ月　野ノ径ノ月／　池ノ月

関ノ月　閑居ノ月　松間ノ月　舟ノ月　翫レ月／　月ニ思レ古　惜レ月

寄レ月祝

383 十五首 同二八禁裏御會

十五夜雨　月欲スレ出ント　見レ月　嶺ノ月　山ノ月　田家ノ月

海邉ノ月　古寺ノ月　月前ノ虫　月多二遠情一　月前逢恋

月前ノ懐旧／　月前ノ述懐　月前ノ神祇　寄レ月祝

384 十五首 寛文三八十五 新院御會

八月十五夜　月前ノ風　月前ノ雲　月前ノ露　山ノ月　杜ノ月／

野ノ月　河ノ月　浦ノ月　故郷ノ月　山家ノ月　月前ノ雁／　月前ノ虫

寄レ月恋　寄レ月祝

385 十五首 同十三九十三御當座

十三夜ノ月　山ノ月明也　原ノ上ノ月　橋ノ月　池ノ月　庭ノ上ノ月／

閨中ノ月　月前ノ虫　月前ノ雁　月前ノ鹿　寄レ月忍恋　寄レ月逢恋

／　寄レ月旅　月前ノ眺望　寄レ月祝

386 十五首 同頃冷泉家出題

新秋ノ露　籬ノ下ノ荻　暮山ノ鹿　湖上ノ雁　月前ノ虫　河ノ上ノ霧／

擣衣幽也　寄二秋ノ雲一恋　寄二秋ノ風一恋　寄二秋ノ日一恋

寄二秋ノ月一恋　寄二秋ノ露一恋／　秋ノ羇旅　秋ノ山家　秋ノ眺望

387 十五首 同上

秋ノ風　秋ノ露　秋ノ月　秋ノ雨　秋ノ花　秋ノ水／　秋ノ鹿　秋ノ雁

秋ノ虫　秋ノ霜　秋ノ恋　秋ノ懐／　秋ノ旅　秋ノ夢　秋ノ祝

388 十五首 同上

七夕ノ雲　七夕ノ風　七夕ノ月　七夕ノ雨　七夕ノ露　七夕ノ烟／

七夕ノ塵　秋ノ忍恋　秋ノ待恋　秋ノ逢恋　秋ノ別ル、恋　秋ノ恨ル恋／

秋ノ述懐　秋ノ懐舊　秋ノ祝言

389 十五首 同上

荻ノ風　夕ノ虫　山ノ鹿　江ノ月　籬ノ菊　擣衣／　暮秋　待恋

別ル、恋　顕ル、恋　恨ル恋　忘ル、恋／　浦ノ松　古寺　神社

390 十五首 同上

秋ノ朝ノ風　秋ノ夕ノ雲　秋ノ夜ノ雨　秋ノ野ノ虫　秋ノ待レ月　秋ノ見レ月／

秋ノ惜レ月　秋ノ顕ル、恋　秋ノ変スル恋　秋ノ恨ル恋　秋ノ古寺　秋ノ田家／

秋ノ水郷　秋ノ旅行　秋ノ神祇

391 十五首 同上
十五夜ノ月 月前ノ風 月前ノ露 山ノ月 野ノ月 浦ノ月／ 花洛ノ月
古郷ノ月 山家ノ月 月前ノ雁 月前ノ虫 月前ノ鐘 」
月前ノ恋 月前ノ述懐 月前ノ神祇

392 十五首 同上
荻ノ似㆓人ノ来ルニ㆒ 露如㆑玉 秋ノ夕ニ傷㆑心 月前ノ雁 月前ニ聞㆑鐘
秋ノ時雨／ 暮秋ノ紅葉 見恋 祈恋 契恋 変恋 久恋／
風破㆓旅ノ夢ヲ㆒ 遠村ノ烟 社頭ノ水

393 十五首 同上
秋ノ夕 野分 澤ノ鳴 海邉ノ月 水邉ノ菊 紅葉浅シ／ 暮秋ノ雨
見㆓手跡㆒恋 聞㆑音恋 纔ニ見恋 逐㆑日増恋 来テ不㆑逢恋／
夜ノ鶴 古郷ノ夢 磯ノ松

394 十五首 延宝七九十三御當座
十三夜ノ月 山ノ月明也 原上ノ月 橋上ノ月 河ノ月 池ノ月 」
庭ノ月 籬ノ中ノ月 月前ノ虫 月前ノ雁 寄㆑月忍恋 寄㆑月逢恋／
寄㆑月ニ恨恋 寄㆑月旅行 寄㆑月祝言

395 十五首 同年八十五同上
十五夜ノ月 月前ノ風 月前ノ露 山ノ月 野ノ月 浦ノ月／ 花洛ノ月
寄㆑月逢恋 寄㆑月恨恋 寄㆑月別恋 月下ノ旅泊 月下ノ眺望
／ 月下ノ述懐 月下ノ懐旧 月下ノ交遊

396 十五首 天和三七廿七同上
初ソ秋ノ月 夕ノ荻ノ風 朝ノ萩ノ露 籬ノ中ノ虫 夜聞㆑鹿 寄㆑筵恋／
寄㆑琴恋 寄㆑玉恋 寄㆑糸恋 寄㆑帯恋 関路ノ雲 遠村ノ鶏／
田家ノ雨 旅泊ノ夢 名所ノ松

397 十五首 同年八廿九同上 」
秋ノ月 秋ノ山 秋ノ鳥 秋ノ恋 秋ノ旅各三首

398 十五首 元禄九七廿同上
早秋ノ朝 七夕 折㆑萩 路ノ薄 田ノ邉ノ雁 海上ノ月／ 擣衣
秋ノ時雨 紅葉深シ 遠恋 近キ恋 久恋／ 浦ノ松 橋ノ行客
述懐

399 十五首 同十八廿五同上

秋雲　秋露　秋月　秋草　秋木　秋水／秋鹿　秋雁
秋虫　秋衣　秋舟　秋旅／秋恋　秋懐　秋祝

400 十五首　享保十三八廿五賀茂御幸
秋日　秋雲　秋露　秋山　秋野　秋路
秋河　秋橋　秋草　秋鳥　秋獣　秋虫／秋席　秋社
秋祝」

401 十五首　同十五九十三同上題者雅香
九月十三夜　横岑待月　山月入簾　野径月　池邉月
河邉月／浦邉月　禁庭月　故郷月　閑居月　寄月見恋
寄月恨恋／寄月忘恋　月前遠鐘　月前神祇

402 十五首　同年同月同夜　法皇詩歌御當座
秋深月明　夕出月　深夜月　暁月厭雲　山中月　野径月
／橋上月　瀧邉月　月前松風　月前楓　月下雞　舩中月
／月前遠望　羇旅月　月毎秋友」

403 十五首　元文五七四當座御會題者為久

栽萩　萩半綻　萩盛　月前萩　雨中萩　萩散風／萩露
朝萩　夕萩　對萩　愛萩　折萩／庭萩　萩移袖
萩如錦

404 十五首　同五八十五同上題者同上
待月　見月　翫月　思月　憐月　嶺上月／原上月
澤邉月　島上月　洛陽月　寄月旅行　寄月眺望／
寄月述懐　寄月神祇　寄月祝言

405 十五首　寛保二八十五同上　勅題
十五夜月　不知夜月　立待月　居待月　臥待月　廿日月／
野径月　江上月　松間月　竹間月　月前雁　月前鹿／
月前虫　寄月旅　寄月祝

406 十五首　同四七七冷泉家會
初秋月　荻風　七夕契　野外萩　小鷹狩　苅萱／野蘭
秋霜　不逢恋　顕恋　聞恋　被忘恋／嶺雲　羇中燈
述懐」

407 十五首　延享元八十五當座御會題者雅重

八月十五夜　嶺月　杜月　野月　浦月　月前風／月前露
月前霧　月前荻　月前薄　月前鹿　月前擣衣／月前舩
月前旅　寄月祝國

408 十五首　同年九十三同上　勅題
翫月　見月　月前風　月前露　竹間月　松間月／山月
海月　故郷月　水郷月　月似玉　月似氷」
寄月恋　寄月情　寄月祝

409 十五首　寛延元八十六　院當座御會　勅題
不知夜月　雲端雁　擣衣響風　澤邊鳴　暮山霧　寄月恋
／寄河恋　寄草恋　寄虫恋　寄弓恋　関路鳥
古寺鐘／旅行友　湖上眺望　寄月祝

410 十五首　宝暦二八十五冷泉家會
十五夜月　見月　翫月　憐月　思月　惜月／
暮天月　深夜月　暁更月　月前荻　月前萩　月前薄／
寄月恋　寄月友　寄月祝

411 十五首　明和三八廿九冷泉家平等心院殿忌日手向
秋夕　秋夜　秋野　秋田　秋寺　秋里」
秋木　秋草　秋花　秋獣　秋鳥　秋虫／秋懐　秋望
秋夢

412 十五首　同六八廿九同上
暁出月　残月　朝霧　夕露　秋風　雁初来／庭菊　紅葉
深夜雨　海邊松　窓竹　山里／暮林鳥　枕夢　秋述懐

413 十五首　同七八廿九同上
秋月　秋風　秋露　秋朝　秋夕　秋夜／秋山　秋野
秋田　秋鳥　秋獣　秋虫／秋木　秋草　秋竹

414 十五首　同頃冷泉家出題
」
三日月　晩月　弦月　十五夜月　停午月　不知夜月／
立待月　居待月　寝待月　廿日月　木間月　露上月／
在明月　山端月　雲間月

415 十五首　年紀可尋之為村卿詠之
山月　野月　関月　浦月　橋月　社頭月／古寺月

水郷月　山家月　田家月　寄レ月神祇　寄レ月釈教／
寄レ月夢　寄レ月述懐　寄レ月祝言

416 十五首 同上
池月　江月　河月　海月　湖月　庭月／　籬月　井月
窓月　閨月　遊士行レ月　釣夫棹レ月／　海人歌レ月
樵夫帰レ月　浄侶對レ月」

417 十五首 同上
待レ月　見レ月　對レ月　翫レ月　馴レ月　露上月／　山中月
河邉月　庭前月　松間月　月前草花　月前虫／　月前鐘
月前友　月前祝

418 十五首 同上冷泉家出題
暁立秋　荻露　霧中雁　月出レ山　月前虫　浦擣衣／
岡紅葉　寄レ松恋　寄レ杦恋　寄レ榊恋　寄レ管恋　寄レ藻恋
／　寄レ花恋　寄レ鏡恋　寄レ市雑

419 十五首 同上
早秋朝　荻風　初聞レ雁　夕鹿　河霧　秋田／　古寺月
山家月　寄レ嶺恋　寄レ原恋　寄レ江恋　寄レ橋恋」
寄レ湊恋　寄レ夢懐旧　寄レ月神祇

420 十五首 同上
初秋薄　旅七夕　月迎二秋情一　江邉擣衣　紅葉深　旦見恋
／　不レ見レ書恋　寝覚恋　待レ人恋　別恋　名所恋
羇中嵐／　山家夕　樵路雨　寄レ水釈教

冬

421 十五首 嘉吉二十二十六尭孝出題
冬朝　冬夕　冬夜　冬山　冬海　冬木／　冬草　冬禽
冬獣　冬衣　冬枕　冬夢／　冬恋　冬旅　冬祝

422 十五首 享徳元十一十三同上
落葉混レ雨　寒草霜　浦伝千鳥　月前初雪　依レ雪待レ人
閑中雪／　炉火忘レ冬　寄二初草一恋　寄二忍草一恋
寄二思草一恋　寄二下草一恋　寄二忘草一恋／　雞声何方
旅宿夢　寄レ神祝言

423 十五首 万治元十五御當座
時雨 夕落葉 寒草 千鳥 氷初結 暁霰／向炉火」
寄雲恋 寄関恋 寄橋恋 渡舩 薄暮烟
山家 古寺松 懐舊

424 十五首 同年十十七同上
寒草霜 屋上霰 遠千鳥 池水鳥 冬山月 野浅雪／
歳暮梅 契待恋 逢増恋 経年恋 暁更雞 窓中灯／
旅宿嵐 湖眺望 寄民祝

425 十五首 寛文六十二十六同上
夕時雨 枯野霜 寒松風 冬月冴 暁千鳥 淵水鳥／
竹間霰 寒朝望 閨炉火 待恋 夢逢恋 別恋／嶺上雲
旅宿 神祇

426 十五首 同頃飛鳥井家出題
冬暁月 池氷 夕千鳥 夜水鳥 篠霰 遠村雪」
海邉雪 忍涙恋 祈恋 契待恋 逢恋 惜別恋／嶺雲
澗水 寄神祝

427 十五首 同上
山時雨 夜落葉 初雪 名所雪 深雪 初恋／待恋 契恋
山 獣 浦 旅／山家 閑居 祝

428 十五首 同上冷泉家出題
閑庭霜 河上氷 霰驚夢 薄暮雪 深夜雪 雪朝望／
暁水鳥 嶺炭竈 向炉火 惜歳暮 山家水 田家路／
古寺鐘 旅宿嵐 名所松

429 十五首 同上」
寒草霜 田邉氷 湖千鳥 水鳥 霰似玉 初雪／浅雪
雪埋松 網代 遠炭竈 名所山 名所野／名所杜
名所河 名所浦

430 十五首 同上
夜落葉 寒草少 松霜深 河千鳥 寒山月 柴上霰／
薄暮雪 池閉氷 暁炉火 嶺炭竈 冬忍恋 冬不逢恋／
冬恨恋 冬述懐 冬眺望

431 十五首 同上
嶺ノ時雨 湖ノ落葉 原ノ寒草 庭ノ初雪 河ノ冬ノ月 田ノ残雁／
炭ノ竈ノ雪 寄レ松恋 寄レ槙恋 寄レ苔恋 寄レ蘋恋 寄レ篠恋
／ 暁ノ関路 海ノ邊ノ松 寄レ國祝 」

432 十五首 同上
冬ノ月冴ル 松ノ上ノ雪 湊ノ千鳥 深山ノ雪 向ニ炉火ニ 寄レ露恋／
寄レ河恋 寄レ虫恋 寄レ枕恋 寄レ玉恋 古ノ渡舟 暁ノ窓ノ灯／
羇ノ旅ノ夕 山ノ舘ノ竹 江ノ松老タリ

433 十五首 同上
時雨過ル 橋ノ落葉 江ノ寒草 夜ノ千鳥 暁ノ寒月 行ノ路ノ雪／
嶺ノ炭ノ竈 寄レ朝恋 寄レ夕恋 寄レ曙恋 寄レ夜恋 寄レ涙恋
／ 山ノ家ノ嵐 羇ノ旅ノ関 松経ルレ年ヲ

434 十五首 同上
山ノ霜 野ノ霜 田ノ霜 池ノ氷 河ノ氷 湖ノ氷／ 初雪 浅キ雪
深キ雪 恋ノ衣 恋ノ弓 恋ノ扇 」

朝ノ旅 夕ノ旅 夜ノ旅

435 十五首 延宝元十一晦御會
時雨ノ雲 落葉ノ風 寒山月 河ノ千鳥 常磐木ノ雪 寄レ月恋／
寄レ雨恋 寄レ露恋 寄レ風恋 寄レ烟恋 暁ノ更雞 薄ノ暮ノ松／
山家ノ夢 旅泊船 夜ノ懐旧

436 十五首 同八十廿二水無瀬家會
初ソ冬ノ暁 夕ノ落葉 浦ノ千鳥 山ノ寒月 網ノ代ノ雪 寄レ橋恋／
寄レ木恋 寄レ鳥恋 寄レ衣恋 屋上ノ霰 歳ノ暮ノ梅 寄レ月恋／
嶺ノ上松 窓ノ前竹 寄レ道ノ祝

437 十五首 天和三十二十六御當座
山ノ雪 岡ノ雪 瀧ノ雪 関ノ雪 浦ノ雪 杜ノ雪
河ノ雪 島ノ雪 渡ノ雪 橋ノ雪 松ノ雪 檜ノ雪／ 杣ノ雪 槙ノ雪 」
榊ノ雪

438 十五首 延享三十十九同上題者為村
初ソ冬ノ雲 落葉深シ 残菊ノ霜 氷初テ結ブ 冬ノ月冴ル 浦ノ千鳥／
嶺ノ初雪 忍ヒテ逢恋 名ニ立ツ恋 暁ノ別ルヽ恋 欲スルレ絶ント恋 関ノ路ノ雞／

閑中ノ灯　旅宿ノ夢　寄レ民祝

439 十五首　年紀可尋之　冷泉家出題

寒樹交ハルレ松ニ　山家夜霜　関路ノ雪ノ朝　旅泊ノ千鳥　羇中ノ暁ノ嵐

湖上ノ冬ノ月／　炉邉ノ懐旧　歳暮ノ早梅　寄レ鏡恋　寄レ弓恋

440 十五首　同上

寄レ玉恋　寄レ絲恋／　草菴ノ雨　橋上ノ苔　田家ノ水」

神社ノ雪　故郷ノ雪　行路ノ雪　竹園ノ雪　杜ノ間ノ雪　海邉ノ雪／

塩屋ノ雪　杣山ノ雪　苅田ノ雪　芦間ノ雪　垣根ノ雪　風前ノ雪／

簾中ノ雪　氷ノ上ノ雪　車ノ中ノ雪

四季

441 十五首　慶安頃曼珠院會當座

都鄙ノ早春　花有二遅速一　惜ムコトレ春似レ友ニ　聞二郭公ヲ一

泉為ヲ二夏栖一　山ノ初秋ソ／　湖上ノ月　霧間ノ紅葉　冬池ノ雪

歳暮近シ　羇中ノ路　漁舟ノ火／　旅泊重ヌレ夜ヲ　薄暮ノ眺望

寄レ國祝

442 十五首　明暦三六十四御當座

海邉ノ霞　山ノ花盛也　里ノ欵冬　五月雨　樹陰ノ蝉　野ノ萩ノ露／

水郷ノ月　聞二擣衣一　谷ノ落葉　雪散レ風ニ　忍レ涙ヲ恋　契リテ久恋／

難レ忘恋　山家ノ友　寄レ世祝

443 十五首　万治元七廿九同上

湖ノ霞　行路ノ梅　松間ノ藤　郭公　納涼　立秋／　秋ノ夕

九月盡　落葉　閑居ノ雪　寄レ草恋　寄レ木恋」

澗ノ松　砌ノ鶴　祝言

444 十五首　寛文十五四同上

鶯知レ春　門ノ柳　花盛リ也　郭公頻也　池ノ蛍　荻ノ風／　古寺ノ月

暁ノ鹿　枯野　雪埋レ竹　寄レ烟恋　寄レ山恋／　寄レ枕恋

山家　松歴レ年ヲ

445 十五首　延宝三三十一同上

海ノ早春　故郷ノ鶯　紅梅遅シ　餘花　卯ノ花　濵ノ初秋ソ／　分レ萩ヲ

翫レ月　寒草　網代　寄レ天恋　寄レ山恋／　寄レ関恋　述懐

祝言

446 十五首 天和三五十三御内會當座
霞春衣 山花如錦 名所藤 雲間郭公 池上蓮
荻似人来 」
月前鐘 暮秋霜 寒樹交松 薄暮雪 思不言恋 逢増恋
／深夜帰恋 海眺望 寄道祝言

447 十五首 元禄三七二 仙洞内々御當座題者雅豊
霞満山 深山花 暮春雨 暁郭公 水邉蛍 秋夕露／
聞擣衣 庭紅葉 冬夜月 松間雪 寄露恋 寄河恋／
寄玉恋 旅宿嵐 社頭祝

448 十五首 同年十一十同上春日社御法楽
野外霞 春田雨 花満山 郭公幽也 夕納涼 行路萩／
虫近枕 深夜月 池水鳥 遠村雪 寄風恋 寄雲恋／
暁更雞 羇中衣 社頭松

449 十五首 同年二十一同上 」
連峯霞 花久盛也 暮春鴬 夜郭公 夕納涼 初秋衣／
鹿声遥也 海邉月 落葉深 遠村雪 忍待恋 恨別恋／
山家夢 巌上苔 寄松祝

450 十五首 同九二廿五御稽古御當座
柳靡風 花處々 夕雲雀 待郭公 庭瞿麦 七夕雨／
行路薄 深夜月 浦千鳥 閑中雪 不逢恋 欲顕恋／
恨絶恋 古寺鐘 池邉松

451 十五首 同十三四當座御會題者雅豊
野若草 月前花 歎冬 郭公 五月雨 萩露／ 浦月
谷鹿 寒草霜 雪中友 初恋 立名恋／ 絶恋 名所橋
眺望 」

452 十五首 同年同月廿六御稽古御内會題者為綱
春濵霞 野亭鴬 花交松 暁郭公 杜納涼 雨中萩／
月前鹿 秋田霧 庭落葉 遠村雪 祈身恋 稀逢恋／
絶久恋 羇中山 寄鶴祝

453 十五首 同年八十一同上題者同上
霞隔行舟 雨中柳 夜思花 暁聞郭公 杜納涼

閑庭露／月前鹿　河邊菊花　遠山初雪　野鷹狩　稀逢恋
人伝恨恋／暮林鳥　羇中眺望　名所松

454 十五首　同十一二四　仙洞春日社御法楽題者同上
霞満山　朝見花　松上藤　聞郭公　麓納涼　野草花／
鹿声遠　月似古　水鳥多　杜間雪　互契恋　難忘恋」
庭上鶴　夕眺望　寄神祝

455 十五首　同年同月廿七同上當座御會題者同上
若菜　夕鶯　翫花　郭公　瞿麦　荻風／浦月　籬菊
池氷　峯雪　恋涙　恋夢／田家　往事　眺望

456 十五首　同年六二同上御稽古御當座題者同上
竹裏鶯　江春曙　花留人　山郭公　夜納涼　野外虫／
田家月　紅葉盛也　夕千鳥　連日雪　寄風恋　寄草恋／
寄衣恋　湖眺望　松年久

457 十五首　同十二二十七同上題者雅豊
池餘寒　去雁遥也　花満山　郭公頻也　麓納涼　幽居荻」

名所月　里黄葉　渡郭公　炭竈雪　寄鐘恋　寄燈恋／
寄筵恋　橋上苔　鶴立洲

458 十五首　同十三六七同上題者為綱
春濵霞　野春雨　山家花　夜郭公　池上蓮　尋虫声／
月前風　菊帯露　庭初雪　江水鳥　寄衣恋　寄車恋／
古寺鐘　谷樵夫　名所鶴

459 十五首　同年八八御當座題者同上
曙霞　柳随風　花雲　夜郭公　夕立晴　萩露／田鹿
月似昔　湊千鳥　竹雪　契恋　顕涙恋／恨恋　古寺
望遠帆

460 十五首　享保八三廿一院當座御會」
関路鶯　對花　春野遊　郭公　松下泉　荻風／暮山雁
杜月　落葉深　竹雪　洩始恋　偽恋／旅泊　閑居
寄民祝

461 十五首　同九五朔為家卿四百五十回忌冷泉為久卿勧進
峯霞　春月幽也　落花　郭公何方　納涼風　草花／名所月

暁雁　霜埋落葉　夜雪　寄雲恋　寄鳥恋／
羇中憶都　砌松　枕夢

462 十五首　同十五正廿三冷泉家當座

霞春衣　山花　春日遅　郭公　泉忘夏　萩露／　月前鹿
黄葉　山初雪　歳暮　忍久恋　契恋／　暁更雞　山家
寄松祝」

463 十五首　同年二廿三有栖川亭御當座題者為久

早春柳　春曙月　霞中花　遠郭公　朝瞿麦　虫声幽／
月前嵐　簷紅葉　池上氷　雪埋松　寄関恋　寄浦恋／
寄里恋　暮山雲　寄竹恋

464 十五首　同十六四朔同上題者同上

竹間鶯　嶺霞　挿頭花　近郭公　夏草　籬虫／　池上月
田雁　庭落葉　深雪　忍逢恋　顕恋／　暁雲　旅宿夢
寄巌祝

465 十五首　元文五三　冷泉家當座

雪中子日　行路春草　花下見月　深夜郭公　樹陰納涼
草花未遍／　霧間暁月　紅葉色々　名所千鳥　庭雪厭跡
尋不逢恋　毎夕待恋」
契後顕恋　海濵重夜　鶴千年友

466 十五首　同年八十三内々御當座

春雲　春風　春雨　夏朝　夏夕　秋山／　秋野　秋岡
冬木　冬草　恋心　恋涙／　恋夢　雑色　雑香

467 十五首　延享四二廿二水無瀬宮御影供　勅題

梅薫風　春夕月　花留人　河卯花　杜納涼　草花露／
閑見月　菊久盛　時雨雲　遠村雪　忍待恋　初逢恋／
惜別恋　山中瀧　寄道祝

468 十五首　寛延四八廿冷泉家

朝山霞　遠帰雁　花初開　暮春雨　聞郭公　樹陰蝉」
秋夕露　閑見月　里擣衣　紅葉深　時雨雲　雪中望／
鐘声幽　山家鳥　獨述懐

469 十五首　宝暦三二二冷泉家當座始

梅　鶯　花　郭公　梅雨　月／　雁　紅葉　水鳥　雪
契恋　別恋／　松　眺望　祝

470 十五首　同六八七烏丸家昇進會始當座
子日松　霞隔花　苗代水　郭公頻也　杜夏草　虫声幽也／
海上月　嶺紅葉　野径霜　河千鳥　僅見恋　稀逢恋／
恨久恋　旅宿夢　寄竹祝

471 十五首　同九二七冷泉家當座」
早春霞　花満山　夕雲雀　尋郭公　野夏草　荻告秋／
浦邉月　雁初来　松上雪　早梅匂　寄草恋　寄鳥恋／
寄虫恋　葦間鶴　竹為友

472 十五首　同十八廿九冷泉家平等心院殿忌日當座
竹裏鶯　春雨　花如舊　郭公　五月雨　草花／　月前虫
黄葉　残菊霜　積雪　忍逢恋　増恋／　欲絶恋　砌松
思往事

473 十五首　明和七三廿三同上當座會
閑居鶯　閑居花　閑居春月　閑居郭公　閑居五月雨
閑居荻／　閑居秋夕　閑居月　閑居落葉　閑居雪　閑居窓
閑居庭／　閑居木　閑居燈　閑居述懐」

474 十五首　同八七廿五同上
鶯　櫻　惜春　郭公　橘　納涼／　草花　月　紅葉
時雨　雪　早梅／　古松　鶴　祝言」

恋雑

475 十五首　建仁二九十三後鳥羽院水無瀬殿哥合
春恋　夏恋　秋恋　冬恋　暁恋　暮恋／　羇中恋　山家恋
故郷恋　旅泊恋　関路恋　海邉恋／　河邉恋　寄雨恋
寄風恋

476 十五首　年紀可尋之慈鎮和尚定家卿等詠之
木　火　土　金　水　東／　西　南　北　中　青　黄／
赤　白　黒」

十七首題一

477 十七首 延享四八廿九冷泉家當座

雲雨烟朝夕夜草／木鳥虫獣鐘燈
（ともかくもときにそむかぬこ）
書／夢涙心」
（ころから）

十八首題一

478 十八首 明和八八廿五観自在法楽冷泉家 載経文題中

（歌題記載ナシ）」

二十首題四百六

春

479 二十首 嘉吉二正九尭孝出題

海邉霞 竹鶯 山残雪 梅風 春月幽也 花盛開 松藤／
未言恋 祈恋 忍待恋 逢恋 後朝恋 顕恋 被忘恋／
暁更鶏 薄暮鐘 名所鶴 浦松 旅泊雨 神祇

480 二十首 文安六正廿八同上

早春雪 鶯出谷 野若菜 梅薫袖 山春月 遠尋花
花盛開／花随風 春田雨 池邉藤 未言恋 忍待恋
祈逢恋 忩別恋／顕涙恋 暁更鶏 薄暮嵐 名所松
旅行友 寄神祝

481 二十首 宝徳三二廿四同上

待花 初花 花盛也 月前花 雨後花 花如雪 花似雲」
花随風 残花 惜花 寄花忍恋 寄花待恋
寄花逢恋 寄花別恋／寄花恨恋 寄花述懐
寄花懐旧 寄花神祇 寄花釈教 寄花祝言

482 二十首 宝徳四正十四月次當座常光院出題

初春 鶯 若菜 梅 春月 尋花 花盛也／惜花 苗代
藤 忍恋 祈恋 逢恋 顕恋／稀恋 暁 山家 橋
海路 神祇

483 二十首 明應八二廿三
湖霞 竹裏鶯 梅留袖 水邉柳 帰雁 春雨 栽花／
折花 春曙雲 松上藤 忍恋 不逢恋 契恋 後朝恋／
恨恋 暁燈 山家 旅行友 述懐 神祇

484 二十首 同年三廿二
江上霞 春雪散風 夜落梅 春草漸青 春月朧也
花下忘帰 帰雁少也（ママ）／ 野遊絲 朧邉藤 三月盡
寄松恋 寄枕恋 寄竹恋 寄藻恋／ 寄夢恋
窓中残灯 山家夢 野水浮雲 旅宿雨 心静延寿

485 二十首 飛鳥井雅康出題
早春風 晩霞 野若菜 鶯馴 見梅 柳垂絲 春雨／
磯春草 初花 挿頭花 苗代 摘菫 忍涙恋 會恋／
別恋 被忘恋 恨恋 鶴立洲 旅行友 神祇

486 二十首 同上
梅遠薫 河柳 春月 山帰雁 花雲 花浪 花雪／
野径雉 夕苗代 松藤 不逢恋 増恋 逢恋 急別恋／
被忘恋 田里 閑中灯 旅泊 朝海路 述懐

487 二十首 同上
霞中瀧 梅移水 若草 海春雨 糸桜 八重桜 野外雉
／ 苗代 籬欵冬 松藤 恋月 恋雲 恋風 恋雨／
恋烟 旅暁 旅朝 旅晝 旅夕 旅夜

488 二十首 同上 寛文六三廿六新院御當座被用此題
翫花 花忘老 折花 暁花 朝花 夕花 花交松／
竹間花 花似雲 花留人 社頭花 古寺花 山花 溪花
／ 野花 池邉花 月前花 雨後花 水上花 惜花

489 二十首 永正十二閏二廿八於石山成就院公條詠之
江上霞 野鶯 山残雪 梅薫袖 春暁月 遠尋花
花盛開／ 花随風 岡雉 暮春藤 不逢恋 祈恋
契待恋 逢増恋

490 二十首 承應四二廿二
惜別恋 立名恋 恨恋 関路雞 浦松 寄道祝

山ノ霞　朝ノ鴬　谷ノ残雪　梅ノ風　若草　岸ノ柳　遥ニ尋レ花ヲ／
花盛也　落花　岡ノ早蕨　欵冬　池ノ辺ノ藤　暮春ノ朝　暁ノ雞／
橋ノ苔　閑居　峰ノ松　窓ノ灯　庭上ノ竹　祝言

491　二十首　明暦二二廿二水無瀬御法楽飛鳥井家出題

早春　残雪　路ノ梅　帰ノ鴈　春ノ月　見レ花　欵冬／　初恋
祈ル恋　不レ逢恋　逢恋　別ルヽ恋　恨恋　暁ノ雲／　夕ノ雨　嶺ノ松
里ノ竹　羇旅　懐旧　社頭

492　二十首　万治年中冷泉家出題

霞ノ春ノ衣　山家鴬　澗ノ落梅　春ノ暁ノ月　去厂遥也　柳似タリレ烟ニ
春ノ草短シ

花満レ山　花半落　古寺ノ藤　寄レ鏡恋　寄レ筵恋　寄レ櫛恋
寄レ琴恋／　寄レ車恋　隣里ノ雞　田家水　羇中衣　旅泊夢
寄レ榊祝

493　二十首　寛文二正廿二水無瀬御法楽

朝ノ霞　夕ノ鴬　春ノ草　春ノ月　折レ蕨　摘レ菫　山ノ花／　河ノ花
花ノ雨　花ノ風　忍レ涙恋　夢ニ逢恋　厭レ暁ヲ恋　変スルレ契ヲ恋／
恨恋　峰ノ雲　谷ノ水　旅宿　旅泊　神祇

494　二十首　同年二廿二同上

朝ノ霞　簷ノ鴬　梅移レ水ニ　春ノ暁ノ月　湊ノ帰鴈　見レ花　花ノ風／
雲雀　松ノ藤　暮春ノ鐘　不レ逢恋　祈リテ逢恋　厭レ別ヲ恋　忘ルヽ恋／
恨恋　塩屋烟　山家夢　旅宿　思二往事ヲ一　祝言

495　二十首　同年三十六御當座

初花　暁ノ花　朝ノ花　夕ノ花　夜ノ花　嶺ノ花　谷ノ花／　岡ノ花
野ノ花　杜ノ花　関ノ花　里ノ花　浦ノ花　江ノ花／　花ノ雲　花ノ雪
花ノ枝　花ノ匂　花ノ色　惜ムレ花

496　二十首　同四二廿二水無瀬御法楽題者為清

朝ノ鴬　残雪　津ノ梅　柳垂ルヽレ絲ヲ　若草　見ルレ花ヲ　雨後ノ花／
帰ノ雁　欵冬　春欲スントレ暮　忍恋　祈ル恋　待恋　逢恋／　別ルヽ恋
暁ノ雞　名所ノ山　海路　羇中ノ関　祝言

497　二十首　同五二十二御當座

初ソ春ノ霞　竹ノ鴬　梅薫ルレ袖ニ　遠キ帰雁　月前ノ花　雨後ノ花
花随フレ風ニ／　春月幽也　田ノ蛙　暮春ノ藤　忍レ涙ヲ恋　祈恋

契待恋　後朝恋／　恨恋　関雞　夕鐘　旅宿夢　浦眺望
寄神祝　」

498 二十首　同六二十四新院御當座
嶺樹霞　湖水餘寒　窓前梅　遠村柳　月前帰鳫　岡早蕨
雨中春草／　山花如錦　忩苗代　晩春鶯　寄暁恋
寄朝恋　寄晝恋　寄夕恋／　寄夜恋　古寺鐘
山家夜雨　故郷木　水郷芦　寄松祝

499 二十首　同年二廿五聖廟御法楽
野霞　暁鶯　求若菜　餘寒　里梅　柳露　岡早蕨／
夕春雨　尋花　路苗代　池上藤　惜春　聞恋　逢切恋／
隔恋　砌下松　遠村竹　田家　懐旧　社頭

500 二十首　同七二十新院御當座
初春待花　山路尋花　山花未遍　朝見花　遠村花
故郷花　田家花／　古寺花　花似雪　河邉花　深山花
暮山花　古溪花　関路花　」

羇中花　湖上花　橋下花　花下送日　庭上落花
暮春惜花

501 二十首　同十二廿二水無瀬御法楽
初春鶯　松残雪　梅薫風　水邉柳　春暁月　遥尋花
花盛開／　夕落花　野径雉　名所藤　忍涙恋　逢増恋
契待恋　不逢恋／　顕変恋　山舘雨　田里烟　鷺立汀
旅行友　社頭祝

502 二十首　同十一二十六御當座
霞　鶯　梅　柳　春月　花　落花／　雉　藤　暮春　暁
夕　松　鶴／　山家　田家　旅　夢　述懐　祝

503 二十首　同十二廿二水無瀬御法楽
初春霞　松残雪　澗落梅　水邉柳　春暁月　遥尋花
花盛開　」
夕落花　野径雉　名所藤　忍涙恋　不逢恋　契待恋
祈空恋／　顕変恋　山舘雨　田里烟　鷺立洲　旅行友
社頭祝

504 二十首 同十三二廿二同上
霞中瀧 里梅花 野春草 春暁月 帰雁稀也 見二山花一
惜二落花一／ 松上藤 苗代蛙 暮春浦 忍レ涙恋 不レ逢恋
初逢恋 欲レ別恋／ 恨レ身恋 名所松 旅宿夢 古寺鐘
夕眺望 社頭祝

505 二十首 延宝二二廿三同上
立春朝 霞始聳 竹裏鶯 木残雪 路若菜 野宿梅
橋邉柳／ 暁帰雁 獨待レ花 河苗代 寄レ山恋 寄レ岡恋
寄レ谷恋 寄レ杜恋／ 寄レ原恋 旅館雨 葦間鶴 樵客情
漁舟火 寄レ民祝

506 二十首 同三同上
早春風 野外霞 餘寒霜 求二若菜一 庭残雪 古宅梅
柳辨レ春／ 路若草 春月幽也 朝春雨 去雁遥也 漸待レ花
河苗代 山家雲／ 山家灯 田家烟 田家水 羇中衣
羇中枕 寄レ世祝

507 二十首 天和三三廿一御會

初花 見レ花 折レ花 朝花 夕花 嶺花 麓花／ 林花
関花 瀧花 河花 野花 江花 磯花／ 都花 花雲
花雪 花匂 花色 花錦

508 二十首 同四二七初卯法楽中院亭
海上霞 里梅花 野春草 春暁月 帰雁稀也 見二山花一(ママ)
惜二落花一／ 松上藤 苗代蛙 暮春浦 忍レ涙恋 不レ逢恋
初逢恋 欲レ別恋／ 恨レ身恋 名所松 旅宿夢 古寺鐘
夕眺望 社頭祝

509 二十首 同年二廿七御當座
梅風 梅雪 翫レ梅 曙梅 朝梅 夕梅 夜梅／ 野梅
路梅 里梅 庭梅 簷梅 窓梅 白梅／ 紅梅 恋命
恋夢 雑色 雑声 雑香

510 二十首 貞享三二六初卯法楽中院亭
曙春霞 餘寒 溪梅風 田帰雁 花匂 花面影 雨後苗代
／ 夕蛙 春有明月 暮春藤 祈請恋 稀逢恋 帰恋
変レ約恋／ 恨恋 山家経レ年 遠村竹 名所鶴 樵夫

神祇

511 二十首　元禄九二廿二水無瀬御法楽飛鳥井家出題

鶯告春　松残雪　梅薫袖　水邉柳　春暁月　遥尋花

花僅開／　夕落花　野径雉　名所藤　忍涙恋　不逢恋

契待恋　祈逢恋

顕変恋　山館雨　田里烟　鷺立洲　旅行友　社頭祝

512 二十首　同年三六當座御會題者同上

餘寒　暁鶯　窓梅　春草　春月　待花　交花／　惜花

池蛙　暮春　忍恋　契恋　逢恋　別恋／　顕恋　山家

田家　浦舟　述懐　砌松

513 二十首　同十正廿九當座御會題者為綱

浦早春　山家鶯　深夜梅　春草短　江春月　野春駒

遠尋花／　夕見花　暁落花　苗代蛙　籬欵冬　暮春霞

寄風恋　寄烟恋／　寄鏡恋　寄枕恋　寄衣恋

庭上竹　行路橋　寄弓祝

514 二十首　同年二十三當座御會題者雅豊

山霞　朝鶯　谷残雪　梅風　若草　岸柳　獨待花

花盛　落花　岡早蕨　欵冬　池邉藤　暮春朝　暁雞／

橋苔　閑居　嶺松　窓竹　庭上竹　祝言

515 二十首　同年二廿二水無瀬御法楽題者為綱

子日　餘寒　白梅　春雁　山櫻　夕桃　燕来／　野遊

折藤　残春　恋鏡　恋枕　恋衣　恋筆／　恋弓　嶺雲

麓菴　苑竹　海路　神社

516 二十首　同年閏二廿九當座御會同上

初花　翫花　盛花　折花　遠花　近花　暁花／　朝花

夕花　夜花　山花　岡花　瀧花　杜花／　関花　島花

里花　花梢　花衣　花錦

517 二十首　同十二二九仙洞春日御法楽

若菜知時　野残雪　夕春雨　関路春月　都春曙

雲間帰厂　春日遅／　山花初開　花作友　橋辺欵冬

言出恋　不憑恋　祈難逢恋　兼厭暁恋／　忍絶恋

遠村烟　杣河筏　風破二旅夢一　幽径苔　社頭祝言

518 二十首　同年二十二當座御會

江上霞　野鶯　山残雪　梅香留レ袖　春暁月　遠尋レ花
花盛開／　風前落花　岡雉　暮春藤　不レ逢恋　祈恋
連夜待恋　逢増恋／　惜レ別恋　依レ涙顕恋　恨恋
関路聞レ雞　浦舩　寄レ道祝

519 二十首　同十五仙洞御會

朝聞レ鶯　関路霞　落梅風　峰春月　帰雁遥也　花始開
滝邉花／　花處々　夕花　松間藤　寄レ山恋　寄レ杜恋
寄レ浦恋　寄レ枕恋／　寄レ衣恋　庭上竹　田家鳥　古寺鐘
羇中友　望二遠帆一」

520 二十首　正徳六二六初卯

初春雪　古渡霞　隣家梅　春浦月　遠尋レ花　社頭花
花半散／　原雲雀　岡躑躅　暮春鐘　寄レ玉恋　寄レ櫛恋
寄レ糸恋　寄レ車恋／　寄レ舟恋　名所山　名所海　名所河
名所里　名所市

521 二十首　享保九二十八西洞院時成卿八十賀題者飛鳥井雅香朝臣

立春風　子日友　連峰霞　竹裏鶯　澤若菜　庭残雪
梅遠薫／　紅葉盛也　岡早蕨　春暁月　野春雨　花初開
花満レ山　池邉花／　籬菫菜　嶺上松　巌頭苔　羇中衣
朝眺望　寄レ鶴祝

522 二十首　同十五二十五院鞍馬御奉納

霞遠聳　晩鶯声幽也　梅散レ水　花洛春月　花未レ飽
惜二落花一　残花少／　山田苗代　藤花繞レ樹　暮春風
思不レ言恋　祈請逢恋　歎二無名一恋　互恨恋」
被レ忘恋　遠村雞　山寺夕鐘　行路市　旅泊暁夢　寄レ巌祝

523 二十首　同十六三廿九院荒神御法楽題者為久

春日遅　尋二残花一　遊絲　桃花曝レ錦　雲雀　摘二菫菜一
蛙鳴二苗代一／　樵路躑躅　欵冬　暮春藤　久聞恋
馴不レ逢恋　祈恋　深夜帰恋／　名立恋　雲浮二野水一
岡松　古渡舟　暁夢　名所鶴

524 二十首　同年三廿一院鞍馬御奉納題者雅香

松下残雪　梅欲散　山家春月　寝覚帰厂　花似雲
雉思子　路苗代／　欵冬移水　深山藤　暮春夕雨
尋不逢恋　契逢恋　別後悔恋　隔遠路恋／　被忘恋
関路暁雲　古寺晩鐘　江上舟　窓前竹　寄巌祝

525 二十首　同十八二廿二水無瀬御法楽
早春風　暁霞　野若菜　鴬馴　見梅　柳垂糸　春雨　」
磯若草　初花　挿頭花　苗代　摘菫　忍久恋　會恋／
被忘恋　恨恋　鶴立洲　旅行友　橋上苔　神祇

526 二十首　元文二六廿四内々當座御會冷泉家出題
春霞　氷鮮　鴬馴　白梅　朧月　初花　花錦／　燕来
径菫　残春　暁雲　夜雨　山旅　海旅／　檜原　杦村
浦鶴　洲鷺　蕭寺　瑞籬

527 二十首　同四二十四同上飛鳥井家出題
柳弁春　雪中鴬　草漸青　濵春月　山春曙　雁別花
春日遅／　夕苗代　雲雀揚　菫染袖　初見恋　春契恋
忍待恋　俄逢恋／　惜別恋　暁天雞　暮山鐘　閑中灯

望遠帆　竹為友

528 二十首　同五二九同上題者為久　」
竹裏鴬　嶺残雪　路梅　野春雨　湖帰雁　尋花　花欲散
／　春暁月　躑躅紅也　惜春　寄月恋　寄水恋　寄草恋
寄書恋／　寄鏡恋　夜雨　浦烟　山家　羇旅　眺望

529 二十首　同六二八當座御會題者為村
二月餘寒　垣根若草　紅梅映日　水辺古柳　江上春曙
故郷春雨　暁更春月／　遠望山桜　苗代夕蛙　樹陰躑躅
寄鏡恋　寄匣恋　寄衣恋　寄笛恋／　寄弓恋　山居
野亭　田里　水郷　海村

530 二十首　寛保二三十八同上題者雅重
春曙霞　湖水餘寒　窓前梅　河邉柳　月前帰鴈　岡早蕨
野雲雀／　庭花久芳　池欵冬　藤懸松　忍経年恋
依涙顕恋　初逢恋　恨別恋／　恨身恋　古寺晩鐘
閑居友　芦間鶴　羇中関　晴後遠望　」

531 二十首 同三三十同上題者為村
曙霞 鶯馴 落梅 若草 朧月 帰鴈 尋レ花／遅日
桃花 雲雀 恋月 恋風 恋雲 恋雨／恋烟 嶺松
関杦 江芦 窓竹 巌苔

532 二十首 延享元三十九同上題者同上
残花薫レ風 野遊絲 春日遅 雲雀 菫菜 水辺蛙 躑躅
／山田苗代 名所欵冬 春欲レ暮 春朝 春晝 春夕
春夜／ 春暁 山家春 田家春 水郷春 故郷春 社頭春

533 二十首 同二二十三同上題者同上
海上霞 雪中鶯 澤若菜 旅春雨 春曙月 遠尋レ花
行路花／ 野雲雀 岸欵冬 暮春雲 初見恋 難レ逢恋
待空恋 後朝恋 」
欲レ絶恋 関路雞 旅行朝 山家嵐 湖眺望 寄レ弓祝

534 二十首 同三三一同上題者同上
花盛開 花盛久 終日見レ花 毎年愛レ花 花色映レ月
風静花芳 花帯レ霞／ 花似レ雲 暮山花 野外花
花影写レ水 禁中花 水郷花 閑居花／ 松間花 杦間花
竹中花 花留レ客 依レ花待レ人 花為二春友一

535 二十首 寛延三二廿二水無瀬御法楽題者同上
雪中鶯 里梅 岸柳 春月 寄レ雲花 寄レ霞花 寄レ雪花
／春田 河欵冬 暮春 見恋 不レ會恋 待恋 後朝恋
／変恋 関雞 旅泊 漁舟火 暁夢 名所松

536 二十首 宝暦二二廿四月次御會題者同上
山中桜 嶺上桜 澗底桜 旅泊桜 野径桜 関路桜
磯辺桜 」
島上桜 岡上桜 浦路桜 瀧上桜 林中桜 池岸桜
園中桜／ 庭上桜 砌頭桜 橋下桜 遠村桜 隣家桜
山寺桜

537 二十首 明和二二廿二水無瀬御法楽
早春 鶯 柳 春駒 雲雀 遊絲 花／ 苗代 田蛙 菫
躑躅 藤 見恋 祈恋／ 逢恋 海 河 旅友 夢 山松

538 二十首 年紀可尋之冷泉家出題

山霞　春雪　梅薫風　春月　帰鴈　見花　松上藤／
寄月恋　寄関恋　寄草恋　寄鳥恋　寄鐘恋　寄衣恋
夜灯／　嶺松　岡篠　山家嵐　浦舩　旅泊　寄神祝
」

539　二十首　同上
早春　松残雪　夜梅　春月幽也　帰雁　見花　暮春花／
初恋　不逢恋　契恋　初逢恋　別恋　後朝恋　嶺上松／
山舘竹　旅宿　海路　夕眺望　述懐　神祇

540　二十首　同上
初春霞　夕春雨　深夜梅　春月幽也　帰厂遥也　山花盛也
春田蛙／　暁恋　朝恋　晝恋　夕恋　夜恋　夢恋　松／
竹　海　山　鳥　獣　祝

541　二十首　同上
初春霞　朝鴬　松残雪　梅風　柳露　春月　帰厂遥也／
待花　花盛也　欵冬　忍久恋　祈身恋　契待恋　逢恋／
後朝恋　関路雞　山家　田家　羇旅　神祇
」

542　二十首　同上
立春　暁霞　梅花　岸柳　山桜　落花　帰鴈／　春月
欵冬　暮春　神祇　神楽　古寺　山家／　田家　古郷
閑居　海邉　羇中　祝言

543　二十首　同上
初春霞　山残雪　野若菜　梅薫風　夕帰鴈　暁春月
閑見花／　花未飽　河欵冬　春欲暮　寄雲恋
寄海恋　寄草恋　寄鳥恋／　寄衣恋　嶺上松　窓前竹
海路月　旅泊夢　寄神祝

544　二十首　同上
早春梅　旧巣鴬　春雪消　霞中月　簷春雨　遠尋花
花未飽／　苗代水　欵冬露　暮春藤　不逢恋　初逢恋
欲別恋　顕涙恋
」
恨身恋　関路雲　海辺松　山家鳥　旅宿暁　社頭柳

545　二十首　同上
初春霞　朝鴬　夜梅　野雲雀　暁春月　水邉柳　山花／

花似レ雪　菫菜　暮春夕　忍久恋　祈恋　惜レ別恋
立レ名恋／　恨恋　海路雲　羇中河　山家鳥　浦松　社頭
546 二十首　同上
春氷消　落梅浮レ水　春月幽　田辺帰鴈　終日見レ花
夜思レ花　落花入レ簾／　苗代水　夕野雲雀　暮春欵冬
春見恋　春契恋　春夢逢恋　春後朝恋／　春恨恋
春山家鳥　春山寺鐘　春水郷　春思二往事一（ママ）　春社頭
547 二十首　同上
霞春衣　山家鶯　故郷梅　池餘寒　春暁月　柳似レ烟
春草短　」
嶺早蕨　花未レ落　残春少　寄レ玉恋　寄レ匣恋　寄レ櫛恋
寄レ笛恋／　寄レ棹恋　山館竹　田家水　羇中衣　旅泊夢
思二往事一
548 二十首　同上
朝霞　春雪　梅薫レ風　春月　帰雁　見レ花　松上藤／
寄レ月恋　寄レ関恋　寄レ原恋　寄レ鳥恋　寄レ鐘恋　寄レ衣恋

夜灯／　嶺松　岡篠　山家嵐　浦舟　旅泊　寄レ神祝
549 二十首　同上
霞春衣　山家鶯　澗落梅　春暁月　去厂遥　柳似レ烟
春草短／　花満レ山　花半落　古寺藤　寄レ鏡恋　寄レ筵恋
寄レ櫛恋　寄レ琴恋／　寄レ車恋　隣里雞　田家水　羇中友
旅泊夢　老述懐　」
550 二十首　同上
海邉霞　竹鶯　春雨　春月　帰厂　禁中花　庭上落花／
里欵冬　寄レ風恋　寄レ山恋　寄レ草恋　寄レ水恋　寄レ衣恋
寄レ戸恋／　暁雞　嶺雲　磯浪　山家夢　山家烟　羇中泊
551 二十首　同上
江上霞　野残雪　餘寒風　依レ風知レ梅　柳靡レ風　春暁月
遠山花／　夕落花　寄レ月恋　寄レ露恋　寄レ草恋　寄レ河恋
寄レ舟恋　寄レ水恋／　寄レ筵恋　山松　野篠　山家暁
草菴　古寺鐘
552 二十首　同上

霞知ルレ春　竹ノ裏ノ鶯　梅薫レ袖　野ノ若草　牧ノ春駒　山ノ春ノ月
遠キ帰厂／　花盛久シ　挿頭ノ花　河ノ落花　春ノ田ノ雨　暮ノ春藤
忍ヒテ久シキ恋　祈リテ逢恋／　後ノ朝恋　経ルレ年ヲ恋　恨ルレ身恋　名所ノ鶴
旅ノ行友　寄レ道祝」

553 二十首 同上
河ノ霞　竹ノ残雪　夜ノ梅　餘寒ノ月　路ノ若草　柳ノ靡レ風　朝ノ春雨
／　帰雁知レ春　折レ花　松ノ藤　寄レ月恋　寄レ夕恋
寄レ海恋　寄レ松恋／　寄レ糸恋　名所ノ浦　山家ノ朝　芦ノ間ノ鶴
海路ノ友　社頭ノ松

554 二十首 同上
朝ノ霞　夕ノ鶯　夜ノ梅　柳ノ露　春ノ月　帰鴈　花盛也／　田ノ蛙
初恋　祈恋　契恋　待恋　逢恋　別ル、恋／　顕ル、恋　関ノ雞
澗ノ水　橋ノ雨　浦ノ松　神祇

555 二十首 同上
待レ花　初花　盛ナル花　見レ花　交ルレ花ニ　翫ブレ花　折レ花／
挿ノ花　花似タリレ雲ニ　花如レ雪ノ　月ノ前ノ花　風ノ前ノ花　雨ノ中ノ花

惜レ花」
落花　寄レ花述懐　寄レ花懐旧　寄レ花離別　寄レ花無常
寄レ花釈教

556 二十首 同上
水ノ郷ノ朝露　岡ノ上ノ若菜　竹ノ籬ニ聞レ鶯　谷ノ底ノ残花　河ノ辺ノ古柳
夜ノ風告レ梅ヲ　田家ノ春雨／　旧宅ノ残花　行路ニ見レ花　浦ノ辺ノ春ノ月
旅宿ノ帰厂　橋ノ上ノ落花　近ノ砌ノ款冬　遠ノ岸ノ紫藤／　三月盡ジンノ雨
初テル祈恋　忍ビテル経レ年ヲ恋　契リテフ違レ約ニ恋　馴テ不レ逢恋　待夜深恋

557 二十首 同上
山ノ霞　春ノ雪　梅薫レ風　春ノ月　帰厂　見レ花　松ノ上ノ藤／
寄レ月恋　寄レ関恋　寄レ草恋　寄レ鳥恋　寄レ鐘恋　寄レ衣恋
夜ノ灯／　嶺ノ松　岡ノ篠　山家ノ嵐　浦ノ船　旅泊　寄レ神祝」

夏

558 二十首 明暦三四十五御當座
夏ノ雲　夏ノ雨　夏ノ風　夏ノ月　夏ノ烟　夏ノ山　夏ノ野／　夏ノ河

夏海　夏里　夏草　夏木　夏虫　夏鳥／夏衣　夏枕
夏筵　夏鐘　夏灯　夏舟

559　二十首　万治三五廿八同上
杜新樹　郭公遍　盧橘風　曳菖蒲　五月雨　短夜月
鵜河篝／水邊蛍　朝氷室　夕納涼　寄月恋　寄山恋
寄草恋　寄鳥恋／寄鐘恋　寄夢恋　寄涙恋
羇中海　山家烟　社頭松

560　二十首　寛文五六十二同上
首夏卯花　郭公数声　民戸早苗　五月雨久　夏野草滋
蛍火透簾　氷室朝風／夕立早過　水辺納涼　杜下夏祓
寄風恋　寄橋恋　寄枕恋　寄雞恋／寄筵恋
曙峰雲　古寺鐘　山家松　名所鶴　社頭水

561　二十首　同六五十八同上
杜首夏　聞郭公　故郷盧橘　湖五月雨　瀬夏月
蛍過窓　嶋夏草／夏夜待風　對泉避暑　河夏祓
寄月恋　寄江恋　寄枕恋　寄蛛恋／寄鏡恋

古寺嵐　山家人稀　旅宿暁　寄玉述懐　寄天祝

562　二十首　同年六十四新院御當座
竹亭夏来　卯花廻菴　郭公何方　磯郭公　早苗多
閑庭橘　籬瞿麦／嶺五月雨　蚊遣火　連夜照射
寄名所恋(ママ)五首　春眺望　夏眺望／秋眺望　冬眺望　河眺望

563　二十首　同八五十三同上
雲外郭公　採早苗　濵五月雨　瀧下蛍　舩納涼　林夕立
杜夏祓／見恋　憑恋　厭恋　隠恋　顕恋　変恋　恨恋／
澗松　洲鶴　暁鐘　暁夢　述懐　神祇

564　二十首　同六十三同上
挿頭葵　郭公未遍　急早苗　雨中盧橘　瀧五月雨
蚊遣火　夏月涼／庭瞿麦　水上蛍　樹陰蟬　不見恋
祈難逢恋　夕待恋　後朝切恋
違約恋　山家嵐　谷松年久　羇中衣　朝海路　述懐非一

565　二十首　同十二四十五御當座

残花在レ何　人伝郭公　盧橘子低　湖五月雨　鵜舩廻レ嶋
連峰照射　里蚊遣火／　閑庭瞿麦　砂月忘レ夏　野亭蛍火
風破二旅夢一　嶺林猿叫　翠松遶レ家　山家人稀也／
野寺僧帰　樵路日暮　晴後遠水　江雨鷺飛　夜涙餘レ袖
竹契二遐年一

566 二十首　天和三四廿九同上
首夏風　墻卯花　暁時雨　早苗多　杣五月雨　夜鵜河
夏月涼／　蚊遣火　窓前蛍　晩夏蝉　寄レ枕恋　寄レ琴恋
寄レ帯恋　寄レ弓恋／　寄レ車恋　遠村竹　旅泊雨　河眺望
古寺樒　社頭榊

567 二十首　同年閏五十一月次御會
夏雲　夏風　夏雨　夏露　夏塵　夏朝　夏夕
夏暁　夏夜　夏昼　夏木　夏草　夏竹　夏鳥／　夏獣
夏舟　夏車　夏恋　夏旅　夏祝

568 二十首　貞享元六二御當座御内會
新樹　夕郭公　浦郭公　採二早苗一　盧橘　五月雨　夏月／
庭瞿麦　鵜河篝　澤蛍　初恋　不レ逢恋　契恋　被レ忘恋／
恨恋　古寺路　樵夫　田家烟　海眺望　述懐

569 二十首　元禄八四廿六當座御會
山新樹　夜卯花　初郭公　里郭公　菖蒲露　早苗多
庭夏草／　夏野月　河辺蛍　夕立雲　納涼風　晩夏蝉
不レ逢恋　契久恋／　稀逢恋　遠村烟　巌頭苔　羇中海
思二往事一　寄レ亀祝

570 二十首　同年五十六同上
朝新樹　路卯花　曙郭公　田家早苗　五月雨晴
沙月忘レ夏　暁水雞／　瞿麦露　水上蛍　瀬鵜河　蚊遣火
夕立早過　樹陰納涼　六月祓／　寄レ月恋　寄レ露恋
寄レ海恋　旅宿嵐　山家人稀也　海眺望

571 二十首　同十四三十仙洞當座御會題者為綱
新樹露　初郭公　夢後郭公　岡辺早苗　盧橘風
夏月易レ明　庭瞿麦／　鵜舩廻レ嶋　夕立晴　對レ泉忘レ夏
寄レ関恋　寄二埋木一恋　寄二忍草一恋　寄レ鳥恋／　寄レ枕恋

山中ノ瀧ノ音　古寺ノ路　野ノ眺望　寄レ鐘述懐　社頭ノ祝言

572 二十首　同年五九

首夏ノ風　卯花ノ籠レ水　山ノ郭公　岡ノ郭公　薄暮ノ早苗

庭ノ五月雨　簷盧橘／　夏ノ野ノ月　林間ノ蝉　江上ノ納涼

聞レ声恋　夢中ニ見ル恋　忍ビテ待恋　逢テ不レ會ハ恋／　立レ名ニ恋

雞告レ暁　海路遠シ　田家烟細シ　故郷ノ草　竹不レ改レ色」

573 二十首　同十一五八當座御會

首夏　路ノ卯花　郭公遍シ　早苗　五月雨　夏ノ月　瞿麦ノ露／

杜ノ蝉　納涼　夏祓　寄レ山恋　寄レ関恋　寄レ河恋　寄レ鳥恋

／　寄レ獣恋　瀧水　古寺　旅ノ夢　樵夫　眺望

574 二十首　元禄頃影現寺奉納日野輝光卿

五月雨晴ル、　水上蛍　名所鵜河　垣根ノ夕顔　夏ノ月涼シ

遠山ノ夕立　氷室ノ夕ノ風／　泉忘レ夏　林頭ニ聞レ蝉　河ノ辺ノ納涼

寄レ露恋　寄レ鳥恋　寄レ獣恋　寄レ涙恋／　寄レ夢恋

田家ノ秋興　谷ノ樵夫　嶋ノ漁翁　泊ノ雨滴レ篷ニ　社頭ニ栽レ松

575 二十首　宝永七長岡天満宮内々御法楽題者為綱

卯花盛也　郭公未ダレ遍カラ　急早苗　盧橘近レ砌　瀧ノ五月雨

蚊遣火　夏ノ月涼シ／　庭ノ瞿麦　水上ノ蛍　樹陰ノ蝉　未ダレ見ザ恋

祈リテ難レ逢恋　夕ニ待恋　後朝ナル切恋」

違レ約ヲ恋　山家ノ風　緑竹年久シ　羇中ノ衣　朝ノ海路　寄レ松神祇

576 二十首　享保十六五廿三院鞍馬御奉納題者為久

暁ノ郭公　夕早苗　菖蒲　盧橘　海ノ夏月　水上ノ蛍　鵜河／

遠キ夕立　夕顔　泉忘レ夏ヲ　寄レ月恋　寄レ風恋　寄レ雲恋

寄レ烟恋／　寄レ塵恋　山家　田里　幽居　神社　古寺

577 二十首　同年五廿八院荒神御法楽題者同上

都ノ郭公　夕早苗　簷ノ盧橘　五月雨　島ノ鵜河　草中ノ蛍

夏ノ月涼シ／　祈ル恋　不レ逢恋　契ル恋　恨ルレ身恋　変恋　絶恋

嶺上ノ松／　谷水　海路雲　旅行朝　山家　述懐　瑞籬

578 二十首　元文四五廿八内々當座御會飛鳥井家出題

五月雨晴ル、　水上蛍　鵜舟多シ　夏月易レ明　蚊遣火

遠山ノ夕立　氷室ノ風」

泉忘レ夏　林頭聞レ蝉　河辺納涼　忍レ涙恋　時々見恋
夕待恋　祈経レ年恋／　顕変恋　草菴雨　名所嶺
羇中送レ日　江松老　獨思二往事一

579 二十首　同年六二同上冷泉家出題
夏月　樗　夏草　蓮　照射　扇　蛍／　夕顔　納涼　晩夏
恋関　恋里　恋瀧　恋湊／　恋島　山　田家　鶴　旅行
竹

580 二十首　同年六廿九同上飛鳥井家出題
樹陰夏風　短夜月　暁鵜河　山蝉　蚊遣火　疎屋夕顔
氷室涼／　夕立　松下泉　晩夏郭公　不レ逢恋　逢レ夢恋
後朝恋　偽恋／　変恋　嶺松年久　窓前竹　羇中憶レ都
述懐　鶴立レ洲

581 二十首　同五五二内々當座御會題者為久　」
曙郭公　夕郭公　忩早苗　五月雨　夏草滋　蛍知レ夜
蚊遣火／　垣夕顔　納涼月　瀬夏祓　共忍恋　待空恋
稀逢恋　被レ厭恋／　恨絶恋　関路雲　山家嵐　羇中泊

朝眺望　松経レ年

582 二十首　寛保元四十六當座御會　勅題
更衣惜レ春　残花何在　人伝郭公　山田早苗　盧橘薫レ風
沙月忘レ夏　鵜舟廻レ嶋／　連夜照射　瞿麦帯レ露
蛍火透レ簾　寄二初草一恋　寄二忍草一恋　寄二思草一恋
寄二下草一恋／　寄二忘草一恋　風破二旅夢一　野水浮レ雲
樵路日暮　江雨鷺飛　心静延レ寿

583 二十首　同年六九同上　勅題
瞿麦露　隣蚊遣火　蛍過レ窓　池上蓮　朝氷室　野夕立
樹陰納涼／　閨中扇　瀧辺蝉　河夏祓　僅見恋　逢レ夢恋
暁別恋　帰無レ書恋／　恨絶恋　芦間鶴　松風入レ琴
海眺望　旅泊重レ夜　寄レ都祝　」

584 二十首　同二四十四同上　勅題
首夏　卯花　郭公　葵　早苗　菖蒲　橘／　夏月　蛍　泉
契恋　逢恋　久恋　思／　恨　雨　砌竹　鶴　旅行　祝

585 二十首　同年五廿五同上題者雅重

雨後郭公　採二早苗一　橘薫レ袖　戸外樗　夏月易レ明
暁水雞　庭瞿麦／　蛍透レ簾　蚊遣火　樹陰納涼　不レ見恋
祈難レ逢恋　夕待恋　後朝恋／　人伝恨恋　旅宿聞レ鐘
名所橋　閑居灯　夏眺望　社頭述懐

586　二十首　同年六四同上題者為村
夏朝　夏夕　夏雲　夏雨　夏山　夏野　夏河／　夏池
夏庭　夏窓　夏蓬　夏蘋　夏松　夏杦」
夏鶴　夏鷺　夏衣　夏筵　夏旅　夏夢

587　二十首　延享元六廿一同上　勅題
沙月忘レ夏　水雞驚レ夢　風前夏草　連夜照射　夕蚊遣火
荷露似レ玉　行路夕立／　蛍火秋近　林間蝉声　水辺納涼
思不レ言恋　契二行末一恋　遇不レ逢恋　見レ書増恋／
恨経レ年恋　暮林鳥宿　水郷眺望　羇中憶レ都　山家人稀也
寄レ民祝言

588　二十首　同二四廿二同上　勅題
朝更衣　新樹露　尋二餘花一　待二郭公一　聞二郭公一　夕早苗
故郷橘／　五月雨　夜水雞　夏月涼　寄レ山恋　寄レ海恋
寄レ河恋　寄レ野恋／　寄レ里恋　暁更雞　庭上竹　漁舟火
獨述懐　社頭榊

589　二十首　同五五廿二院御當座題者雅重
郭公遍　簷盧橘　採二早苗一　五月雨　夏月涼　庭瞿麦
鵜舟篝」
蚊遣火　水邉蛍　樹陰蝉　初見恋　祈久恋　契待恋
逢増恋／　惜レ別恋　嶺上松　窓前竹　羇中関　沖眺望
寄レ世祝

590　二十首　年紀可尋之飛鳥井家出題
夏朝天　夏夕風　夏暁月　夏夜雨　夏萱露　夏山水
夏野草／　夏里竹　夏河鳥　夏原獣　夏田虫　夏閨枕
夏床筵　夏古寺／　夏門車　夏待恋　夏別恋　夏恨恋
夏旅宿　夏遠望

591　二十首　同上
夏日　夏風　夏雨　夏岡　夏河　夏湖　夏庭／　夏門

夏ノ草　夏ノ木　夏ノ虫　夏ノ鳥　夏ノ獣　夏ノ思／　夏ノ旅　夏ノ糸
夏ノ枕　夏ノ灯　夏ノ鐘　夏ノ舩」

592 二十首　同上

卯花似レ月　雲外ノ郭公　田家ノ早苗　池ノ菖蒲　盧橘近レ枕ニ
五月雨　夜ノ水雞／　夏ノ月易レ明　庭ノ瞿麦　樹ノ陰納涼
祈テ不レ逢恋　契ルレ夕ヲ恋　初テ逢恋　隔ニ遠路一恋／　恨テ絶恋
嶺ノ松年久シ　窓ノ前竹　羇中ニ憶レ都　懐ノ旧涙　寄レ鶴祝

593 二十首　同上

雲間ノ郭公　採ニ早苗一　盧橘近シレ砌ニ　樗誰家　久愛スニ瞿麦ヲ一
夜河ノ柵　蛍火透ルレ簾ニ／　荷ノ露成レ珠　山ノ夕立　泉ヲ為スニ夏ノ栖ト一
老後ノ初恋　不レ逢恋　待テ空ク明ス恋　絶テ悔恋／　人伝恨恋
澗底ノ古松　羇中ノ枕　故郷ノ雨　山家ニ送レ年　暁ノ述懐

594 二十首　同上

山ノ新樹　郭公数声　採ニ早苗一　嶺ノ照射　水雞何方
名所ノ鵜河　瞿麦帯ルレ露／　蛍知レ夜　遠夕立　松ノ下納涼
寄ニ初草(ママ)恋　寄ニ忍草一恋　寄ニ思草一恋　寄ニ下草一恋／

二十首題

寄ニ忘草一恋　暁ノ遠情　夕ノ幽思　雲浮ニ野(ママ)水一　旅宿ノ夢
寄レ神祝言」

595 二十首　同上

郭公遍シ　簷ノ菖蒲　朝ノ早苗　五月雨　籬ノ瞿麦　夏ノ暁ノ月
夜ノ水雞／　澤ノ辺ノ蛍　夕立過ル　杜ノ納涼　寄レ枕恋　寄レ筵恋
寄レ弓恋　寄レ灯恋／　寄レ鐘恋　名所ノ松　山家ノ風　巌頭苔
旅行ノ友　庭上ノ鶴

596 二十首　同上

久ク待ツニ郭公ヲ一　盧橘薫ルレ簷ニ　雨後ノ早苗　山家ノ夏月　庭ノ五月雨
湖辺蛍多シ　野ノ草秋近シ／　初テ祈請スル恋　馴テ不レ逢恋　後朝ニ隠ル、恋
憚テレ人絶ル恋　隔ニ遠路一恋　被ル、レ厭ハレ賤キヲ恋　暮山ノ松ノ風／
浦ノ鶴鳴レ月ニ　野外旅宿　深夜夢覚ル　朝ニ観スニ無常ヲ一　薄暮ノ述懐
社頭ノ祝言

597 二十首　同上冷泉家出題

更衣　葵　郭公　早苗　橘　五月雨　夏草／　夏ノ月　蛍
納涼　忍恋　不レ逢恋　祈恋　逢恋」

後朝恋　暁恋　山家　旅宿　眺望　釈教

598 二十首　同上

首夏新樹　郭公頻也　採早苗　盧橘驚夢　雨後夏月
暁鵜河　氷室風／　水上蛍飛　晩夏納涼　六月祓
不逢恋　互契逢恋　兼惜別恋　立名恋／　心中恨恋
山家松風　古寺鐘　旅宿夢　薄暮遠望　寄神祝言

599 二十首　同上

更衣　卯花　待郭公　早苗　五月雨　鵜河　夏草／
夏月　夕立　杜蝉　寄露恋　寄関恋　寄木恋　寄虫恋
／　寄枕恋　窓竹　山家嵐　海路　述懐　神祇

600 二十首　同上

首夏月　郭公　田家早苗　夕立過　疎屋夕顔　氷室
暗夜蛍　」
向泉暮日　河納涼　夏祓　寄風恋　寄山恋　寄木恋
寄草恋／　寄衣恋　暁雲　山家夕嵐　古寺雨　旅泊夢

神祇

601 二十首　同上

新樹　葵　郭公　早苗　橘　照射　夏月／　蛍　夕立
納涼　遠恋　近恋　契恋　稀恋／　厭恋　関　田里　鶴
羇旅　懐舊

602 二十首　同上

朝新樹　夕郭公　採早苗　盧橘風　五月雨晴、　鵜河篝
夏月涼／　夜氷室　夕立雲　山納涼　寄露恋　寄磯恋
寄松恋　寄蚕恋／　寄棹恋　海路遠　薄暮烟　草菴雨
山家鳥　懐旧涙

603 二十首　同上

葵露　卯花似月　都郭公　早苗　砌盧橘　行路夏草　」
鵜河蛍／　樹陰蝉声　夕立風　納涼　寄月恋　寄風恋
寄雲恋　寄烟恋／　寄塵恋　山家松風　田家夕雨
古寺残月　旅宿聞鐘　賀茂

604 二十首　同上

暁郭公　夕早苗　簷盧橘　五月雨　嶋鵜河　氷室蛍
夏月涼／　祈恋　不逢恋　契恋　恨恋　変恋　絶恋
嶺上松／　谷水　海路雲　旅行夕　山家　懐舊　社頭

605 二十首　同上

郭公頻也　採早苗　盧橘驚夢　雨後夏月　暁鵜河
氷室風　夕立雲／　水上蛍飛　晩夏納涼　六月祓
不逢恋　互契逢恋　兼惜別恋　立名恋／　心中恨恋
山家松風　古寺鐘　旅宿夢　薄暮遠望　寄神祝言」

606 二十首　同上

雲間郭公　江中菖蒲　門田早苗　暁更照射　旅舟五月雨
寝覚水雞　叢中蛍火／　毎夜鵜河　池上蓮　林頭蝉
洩始恋　且見恋　憑媒恋　被返書恋／　共忍恋　曙雲
松嵐　澤水　里烟　嶋鶴

607 二十首　同上

海郭公　岡辺早苗　鵜河　山夕立　野蛍　納涼　六月祓／
不逢恋　遠恋　白地恋　恨恋　祈恋　絶恋　契恋／

窓竹　名所鶴　橋雨　山家路　渡舟　独述懐

608 二十首　同上

遠郭公　瞿麦　岡辺早苗　五月雨　鵜河　簷盧橘　旅夕立
／　野蛍　納涼　六月祓　不逢恋　逢夢恋　後朝恋
偽恋」

変恋　寄舩雑　寄鐘雑　寄木雑　寄苔雑　寄水雑

609 二十首　同上

路夏草　夏月易明　朝氷室　暮山蝉　峰夕立　麓納涼
河夏祓／　寄鏡恋　寄匣恋　寄玉恋　寄莚恋
寄舟恋　寄車恋　隣家雞／　嶺上松風　羇中関
山家暁雨　田家鳥　海眺望　往事如夢

610 二十首　同上

盧橘風　夕夏月　深夜月　暁鵜河　湊夕立　松下水
荒和祓／　忍久恋　不逢恋　待空恋　初逢恋　厭暁恋
後朝恋　関路雞／　海辺松　山舘竹　故郷雨　羇中嵐
鶴立洲　懐旧涙

611 二十首 同上
樹陰夏風　短夜月　暁鵜河　山蝉　江蛍　古屋夕顔
氷室涼　」
夕立　晩夏郭公　松下水　忍恋　不逢恋　祈遇恋
変契恋／　恨絶恋　海辺暁雲　山路夕雨　旅泊夢　懐旧
寄月釈教

612 二十首 同上
湖上夏月　樹陰夏月　里蚊遣火　河邉蛍　夕立過山
江上納涼　嶋荒和祓／　初恋　忍恋　不逢恋　逢恋
別恋　顕恋　恨恋／　関路雞　古渡舟　羇中橋　故郷松
古寺水　暁釈教

613 二十首 同上
夏朝日　夏夕月　夏夜風　夏暁風　夏山雨　夏岡露
夏浦烟／　夏木鳥　夏草獣　夏竹虫　夏契恋　夏待恋
夏逢恋　夏別恋／　夏恨恋　夏旅行　夏旅泊　夏述懐
夏懐旧　夏神祇

614 二十首 同上
行路卯花　短夜月　蛍照叢端　夕立晴　水郷夕顔
蓮露似玉　氷室涼／　閨中扇　泉引晩涼　荒和祓
時々見恋　尋契恋　待不堪恋　深夜別恋／　被忘恋
薄暮村雨　田家鳥　江辺芦　岸頭待舟　社頭松　」

615 二十首 同上
新樹露　里卯花　夕郭公　暁照射　夏月涼　池上蓮
氷室風／　閨中扇　夕立晴　六月祓　寄雲忍恋
寄山待恋　寄月逢恋　寄枕別恋／　寄衣旧恋　遠村雞
羇中風　海路舟　名所松　社頭水

616 二十首 同上
山新樹　尋餘花　郭公一声　薄暮水雞　池上蓮
浦辺夏月　林中樗／　瞿麦露　水上蛍飛　晩夏雨
忍涙恋　夢中逢恋　残形見恋　面影恋／　寝覚恋
鶏知夜　暮村烟　旅行友　雲浮野水　社頭栽松　」

秋

617 二十首 永享元九十三実相院僧正より給はせたる題にて正徹詠之

暮山月　河上月　月前木　月前鹿　老惜月　故郷秋風
海辺秋雨／　幽栖擣衣　紅葉交松　野外秋霜
寄秋月恋　寄秋田恋　寄秋草恋　寄秋虫恋」
寄秋枕恋　山家暁　名所旅　朝眺望　述懐涙　釋教月

618 二十首 年紀可尋之幽斎詠之

初秋露　閑居秋風　野草花　夜虫　暁鳫　深山鹿　杜月／
河月　浦月　嶋月　江月　山朝霧　海辺擣衣　田家秋風／
野草欲枯　庭菊　雨中紅葉　河辺紅葉　山家暮秋
閏九月盡

619 二十首 明暦二八十五

八月十五夜　不知夜月　立待月　居待月　臥待月　廿日月
禁中月／　故郷月　山家月　田家月　野径月　江上月
古寺月　松間月／　竹間月　旅宿月　月前鳫　月前鹿
月前虫　寄月祝

620 二十首 万治元八七御當座

早秋風　秋夕　萩上露　野鹿　暁初鳫　夜虫　山月明也」
深更月　擣衣　暮秋霜　初恋　不逢恋　契恋　欲別恋／
恨恋　旅宿雞　山家　田家水　述懐　寄道祝

621 二十首 同年九十三

九月十三夜　嶺上月　岡上月　原上月　橋上月　河上月
江上月／　池上月　海上月　湖上月　月下萩　月下葛
月下菊　月下紅葉／　月下擣衣　寄月旅行　寄月旅宿
寄月旅泊　寄月眺望　寄月神祇

622 二十首 寛文五七十九新院御當座

早秋雨　七夕　暁荻風　萩露　田鹿　初鳫来　山月明也／
湖月　擣衣　紅葉浅　寄星恋　寄河恋　寄松恋
寄鳥恋／　寄床恋　関路雞　浦松　山家烟　旅宿夢
神祇

623 二十首 同六七五同上」

山早秋　露脆　秋花　虫声近　鴈初来　朝鹿　野月／
故郷月　渡霧　蔦紅葉　不レ憑恋　逢恋　別悔恋　白地恋
／隠恋　澗槙　麓柴　名所里　羇中橋　秋祝

624 二十首　同八七六同上
草花早　羇中鴈　秋枕夢　遠村秋夕　田家見レ月　苑秋月
月宿レ松／　岡竹月　寒庭虫　野擣衣　依レ恋祈レ身
逢増恋　契空恋　恨切恋／　絶互悔恋　関路雲　薄暮烟
山家暁　古寺松　河辺鳥

625 二十首　同十九十三御當座
十三夜月　不知夜月　立待月　居待月　臥待月　廿日月
禁中月／　故郷月　山家月　田家月　野径月　江上月
古寺月　松間月／　竹間月　旅宿月　月前鴈　月前鹿
月前虫　寄レ月祝　」

626 二十首　同十三八十五同上
三日月　上弦月　望月　不知夜月　立待月　居待月
臥待月／　廿日月　有明月　下弦月　寄レ月忍恋
寄レ月不レ逢恋　寄レ月待恋　寄レ月別恋／　寄レ月恨恋
旅宿月　旅泊月　故郷月　古寺月　社頭月

627 二十首　延宝七八五中院亭初卯法楽
早秋　夕荻　萩露　野虫　夜鹿　山月　紅葉／　遠恋
近恋　聞恋　見恋　久恋　稀恋　旧恋／　嶺雲　麓柴
故郷　海路　述懐　神祇

628 二十首　天和二九四新院御當座
初秋朝　野萩露　庭荻風　夜鹿　夕虫　山月　浦月／
聞二擣衣一　杜紅葉　暮秋霜　寄レ雲恋　寄レ雨恋　寄レ木恋
寄レ草恋　」
寄レ糸恋　暁雞　簷松　窓竹　山家烟　寄レ神祝

629 二十首　同三九廿七同上
早秋　乞巧奠　荻風　萩露　秋夕　初鴈　秋田／　夜鹿
暁虫　山月　湖月　野月　渡月　庭月／　関霧　聞二擣衣一
重陽宴　杜紅葉　河紅葉　九月盡

630 二十首　元禄八七廿五當座御會

早涼　萩映水　野薄　庭虫　遠聞鹿　木間月　草菴月／
海霧　擣衣　紅葉浅　洩始恋　祈恋　逢夢恋　顕恋／
恨恋　暁雞　窓雨晴　渡舟　古寺松　神社

631　二十首　宝永七長岡天満宮内々御法楽題者為綱

初秋朝風　閏月七夕　野亭夕萩　江辺暁荻　海上待月
深山見月　関路惜月　」
鹿声夜友　田家擣衣　古渡秋霧　初尋縁恋　祈不逢恋
帰無書恋　忘住所恋／　互恨絶恋　暁更寝覚
浪洗石苔　春秋野遊　旅泊夜雨　社頭祝言

632　二十首　享保十三八廿五上加茂細殿　御幸詩歌御當座

秋日　秋月　秋風　秋雲　秋露　秋山　秋野／　秋路
秋河　秋橋　秋草　秋木　秋竹　秋鳥／　秋獣　秋虫
秋扇　秋席　秋社　秋祝

633　二十首　同十五九十二院鞍馬御奉納題者雅香

池辺薄滋　荒籬菊　旅店蛬　月前草露　深山鹿　古寺秋夕
関駒迎／　湖月似氷　月毎秋友　逐夜月明也　梯上霧
鳫随風来　老對菊　待人擣衣／　澤辺鳴　疎屋蔦
雨添紅葉　名所紅葉　暮秋霜　惜九月盡

634　二十首　同十六七廿三同上題者為久　」

暁知早涼　織女契久　荻似人来　薄未出穂
鹿交草花　終夜聞虫　旅厂鳴雲／　對山待月
池上翫月　擣衣何方　田家秋風　紅葉浅深　相互忍恋
憑不逢恋／　見書増恋　従郷帰恋　人伝恨恋
松戸夕嵐　羇中送日　寄世祝言

635　二十首　同年七廿八院荒神御法楽題者同上

秋朝雲　秋夕雨　秋夜月　秋山　秋閨　秋橋　行路秋／
水辺秋　故郷秋　山家秋　田家秋　秋竹　秋松　秋鳥／
秋獣　秋虫　秋旅情　秋枕夢　秋望　秋祝

636　二十首　元文五九十八當座御會題者同上

庭草露　枕上虫　野外鹿　秋時雨　秋田風　湖上鳫
遠山霧／　月前菊　尋紅葉（ママ）　秋欲暮　寄雨恋　寄浦恋
寄芦恋　寄榊恋／　寄葦恋　深山瀧　古寺鐘　閑居松

江上舟　羇中望」

637 二十首　寛保二七廿四同上題者雅重

崎萩　薄滋　苅萱　稲妻　夕鹿　叢虫　橋月／　暁鳫

関霧　黄葉　遠恋　近恋　契恋　稀恋／　絶恋　林鳥

河舟　羇旅　樵夫　眺望

638 二十首　同年九十三同上題者為村

九月十三夜　翫月　見月　月前風　月前霜　月前烟

峰月照松／　野月霧深　月浮河水　瀧辺月　海辺月

禁中月　花洛月　月前鳫／　月前虫　月前紅葉　月前擣衣

月前管絃　寄月神祇　寄月祝言

639 二十首　同三七十同上題者雅香

聞荻　萩露　岡薄　隣槿　鈴虫　初鳫　遠鹿／　杜月

河霧　擣衣　恋草　恋木　恋鳥　恋涙」

恋鐘　嶺松　窓竹　羇旅　往事　眺望

640 二十首　同年八十五同上題者為村

待月　見月　翫月　馴月　未出月　初昇月　停午月

／　既傾月　月前風　月前雲　月前霧　月前露　禁中月

花洛月／　社頭月　故郷月　寄月恋　寄月旅　寄月望

寄月祝

641 二十首　同年八廿九冷泉家當座會

初秋露　近荻　墻根槿　浅茅虫　秋田　秋夕情　在明月／

霧深　紅葉　秋為暮　嶺上雲　山寺鐘　旅行　旅泊／

庭前松　幽径苔　浦舩　夢易驚　懐旧　思往事

642 二十首　同年十四當座御會題者雅香

紅葉盛也　紅葉深　紅葉色深　禁庭紅葉　池辺紅葉　岸紅葉

瀧紅葉」

紅葉映日　月照紅葉　紅葉帯霜　紅葉増雨

露満紅葉　暁紅葉　朝紅葉／　夕紅葉　紅葉勝花

紅葉如錦　紅葉留人　竹間紅葉　松間紅葉

643 二十首　延享二八十六同上題者為村

十六夜月　月前風　月前雲　月前露　嶺上月　野径月

林間月／　関路月　洛中月　禁中月　山家月　田家月
月前松　月前竹／　月前虫　月前鳫　寄月旅行
寄月旅宿　寄月神祇　寄月祝言

644 二十首　同四七七同上題者同上
七夕月　七夕風　七夕雲　七夕霧　七夕山　七夕河
七夕橋／　七夕水　七夕燈　七夕舟　秋暁　秋朝　秋夕
秋夜／　秋草　秋花　秋鳥　秋虫　秋望　秋祝

645 二十首　同年八十五院詩歌御當座題者雅重」
十五夜晴　月前風　月前雲　月前霧　嶺上月　原上月
関路月／　浦辺月　河辺月　湖邉月　洛陽月　水郷月
山家月　田家月／　月下薄　月下松　月下柞　寄月旅
寄月夢　寄月祝

646 二十首　同五七三院御當座題者為村
早秋　残暑　露深　浅霧　聞荻　愛萩　野菊／　籬槿
夕虫　夜鹿　忍恋　祈恋　待恋　顕恋／　隔恋　山家
田里　野旅　海旅　眺望

647 二十首　寛延元閏十朔同上題者同上
翫紅葉　紅葉浅深　紅葉深　紅葉遍　遠紅葉　近紅葉
紅葉處々／　紅葉映日　露満紅葉　霧中紅葉　朝紅葉
夕紅葉　山紅葉　瀧紅葉／　池紅葉　岸紅葉　庭紅葉
紅葉勝花　紅葉交松　竹間紅葉」

648 二十首　宝暦三八廿九御當座
野外薄　閨虫　秋夕風　谷鹿　雲端鳫　花洛月　水郷月／
擣衣　秋時雨　籬菊　暮秋　忍恋　初逢恋　別恋／　浦松
窓竹　閑居燈　旅夢　橋上苔　眺望

649 二十首　同十八十五當座御會
明月　見月　對月　翫月　馴月　惜月　月前山／
月前野　月前橋　月前瀧　月前萩　月前薄　月前松
月前竹／　月前鳫　月前鹿　月前蛬　月前恋　月前望
月前祝

650 二十首　明和四九十五同上冷泉家出題
早秋　乞巧奠　荻風　萩露　秋夕　初鳫　秋田／　夜鹿

暁虫　山月　湖月　野月　渡月　庭月」
関霧　聞擣衣　重陽宴　杜紅葉　河紅葉　九月尽
651 二十首　年紀可尋之飛鳥井家出題
七夕契　浅茅露　朝野分　虫声滋　雲外鴈　遠聞鹿
見月／惜月　暁山霧　紅葉浅　寄暁恋　寄夜恋
寄鳥恋　寄虫恋／暁山　窓竹　浦船　旅泊　述懐
懐旧
652 二十首　同上
初秋露　田上稲妻　古砌萩　庭女郎花　野浅茅　荒籬蘭
雨夜虫／深山鹿　古寺秋夕　山月初昇　月前竹風
沢辺鴫　祈不會恋　契待恋／兼厭暁恋　俄変恋
恨絶恋　山村烟細　水郷鷺　遠帆連波
653 二十首　同上
朝萩　蘭薫　初鴈　聞鹿　夕出月　雲間月　草庵月」
蟋蟀　擣衣繁　秋日　見恋　待恋　遇恋　別恋／怨恋

寄雨恋　寄山恋　寄草恋　寄雲恋　寄席恋
654 二十首　同上
早秋風　秋夕　萩上露　野鹿　暁初鴈　夜虫　山月明也／
深更月　擣衣　暮秋霜　初恋　不逢恋　契恋　欲別恋／
恨恋　旅宿雞　山家　田家水　述懐　寄道祝
655 二十首　同上
早秋　萩露　夜虫　初鴈　山月　浦月　河霧／擣衣
籬菊　紅葉　忍涙恋　夕待恋　暁別恋　契後恋／
恨悔恋　海路遠　羇中浦　山家夕　独述懐　社頭榊
656 二十首　同上」
暁露　行路萩　女郎花　野薄　初鴈　鹿声遥也　待月／
山端月　惜月　遠嶺霧　擣衣　黄葉　不逢恋　増月恋
／欲顕恋　被厭恋　恨恋　山館竹　旅泊　夜述懐
657 二十首　同上
新秋　荻近枕　草花　籬下虫　野鹿　待月　木間月／
海上月　擣衣　紅葉　恋身　恋心　恋涙　恋面影／

恋ノ形見　山家　田里　旅行　旅泊ノ浪　名所ノ松

658　二十首　同上

栽レ菊　折レ菊　菊ノ露　山ノ菊　水辺ノ菊　初紅葉　柞ノ紅葉／
行路ノ紅葉　古寺ノ紅葉　紅葉如レ錦　暮秋風　暮秋ノ雲
暮秋ノ雨　九月尽ノ夕／　惜二九月尽一　籬ノ草　庭ノ苔　路ノ芝
江ノ菅　河ノ藻」

659　二十首　同上

未レ出月　半ル出月　漸クル昇月　停ノ午月　稍ク傾月　欲スルレ入ント月
已ニル入月／　入テ後慕レ月　月前ノ鳫　月前ノ鹿　月前ノ虫
月前ノ松風　月前ノ竹ノ露　月似レ霜／　月似レ氷　寄レ月恋
寄レ月旅行　寄レ月懐旧　寄レ月夢　寄レ月神祇

660　二十首　同上冷泉家出題

早秋　夕ノ荻　夜ノ虫　山鹿　浦ノ雁　見レ月　惜レ月／　擣衣
蔦ノ風　残菊　初恋　待恋　逢恋　別ル、恋／　恨ル恋　嶺ノ松
窓ノ竹　羇旅　述懐　神祇

661　二十首　同上

立秋ノ露　秋ノ夕　初鳫　田家ノ鹿　月秋ノ友　山路ノ月　秋ノ暁ノ月／
夜ノ擣衣　紅葉　暮秋雲　寄レ松恋　寄レ風恋　寄レ河恋
寄レ鳥恋」

662　二十首　同上

寄レ涙恋　数日ノ旅　名所ノ橋　窓ノ雨　古郷ノ夢　神祇

早秋　荻ノ風　野ノ虫　外山ノ鹿　初鳫　山ノ月　海辺ノ月／　擣衣
寄レ月恋　寄レ関恋　寄レ松恋　寄レ雞恋　寄レ筵恋　寄レ夢恋
／　江上ノ舟　羇旅　山家ノ水　浦ノ鶴　述懐　社頭ノ祝

663　二十首　同上

早秋ノ荻　鹿声近レ枕　雲端ノ鳫　秋ノ夕　閑ニ見月　惜レ月
虫ノ声欲スレ枯ント／　擣衣ノ忩シ　白菊　暮秋ノ紅葉　寄レ朝恋
寄レ夕恋　寄レ月恋　寄レ屋恋／　寄レ夢恋　曙ノ松風　窓ノ竹
山家ノ鳥声　羇旅ノ雨　神祇

664　二十首　同上

早秋ノ朝山　幽居ノ荻ノ風　野ノ鹿交ル萩ニ　晴天ノ飛ノ厂　枕上ニ聞レ虫
山館ニ見レ月　海辺ノ暁ノ月」

擣衣何方　紅葉増レ雨　暮秋残菊　欲二言出一恋
歎二無名一恋　祈不レ逢恋　不レ見レ書恋／　不レ来恨恋
嶺上雲深　薄暮村烟　旅宿夕雨　述懐依レ人　社頭祝言

665 二十首 同上
新秋露　秋夕風　外山鹿　深夜虫　霧中鴈　花洛月
湖上月／　澤水鳴　擣衣幽　紅葉浅　寄レ暁恋　寄レ夕恋
寄レ杜恋　寄レ林恋／　寄レ蜘恋　関路雞　羇中橋　山家嵐
懐旧涙　社頭松

666 二十首 同上
新秋夕露　野外草花　秋田稲妻　霧中初厂　枕上聞レ虫
山月初昇　深夜見レ月／　海上暁月　名所擣衣　菊花盛久
寄レ日初恋　寄レ雲忍恋　寄レ風待恋　寄レ雨別恋／
寄レ露恨恋　閑居待レ友　山路旅宿　旅泊重レ夜　懐旧催レ涙
寄二神祇一祝

667 二十首 同上
初秋月　月前草花　雨後月　松間月　山家月　月前竹風
野径月／　沢辺月　浦辺月　月前聞レ厂　月照二流水一
杜間月　月前秋風　江上秋風／　月前虫　月前聞レ鹿
旅泊鹿　月前草露　籠菊露　暮秋暁露

668 二十首 同上
二星適逢　七夕後朝　荻風破レ夢　萩移レ水　雲端厂来
月前聞レ鹿　山月初昇／　江月冷　擣衣遠　暮秋紅葉
忍レ涙恋　連夜待恋　逢増恋　絶不レ知恋／　恨悔恋
関路暁雞　晩鐘幽　山家人稀　旅泊夢　社神祇

669 二十首 同上
浅茅露　雲外厂　見レ月　曙山霧　里擣衣　菊久盛　紅葉
／　暮秋　寄レ月恋　寄レ山恋　寄レ野恋　寄レ鳥恋
寄レ鐘恋　寄レ虫恋／　暁山　夜雨　山家嵐　古郷草　旅宿
神祇

670 二十首 同上
草花露　山鹿　虫声近レ枕　秋田　海辺月　独見月　暁月

蔦風　擣衣驚夢　暮秋霜　寄鏡恋　寄筵恋　寄帯恋
寄糸恋／　寄鐘恋　関路雞　旅宿思都　山家鳥
懐旧涙　社頭祝君

671 二十首 同上
秋風　秋露　秋月　秋雨　秋花　秋水　秋鹿／　秋鴈
秋虫　秋霜　祈恋　顕恋　変恋　忘恋／　恨恋　暁山
窓灯　浦舟　旅宿　神祇

672 二十首 同上
待月　見月　翫月　松間月　竹間月　草露月　菊籬月
／　月前鹿　月前鴈　月前虫　都月　嶺月　河月　野月」
故郷月　水郷月　古寺月　寄月恋　寄月旅　寄月祝

673 二十首 同上
秋風　秋日　秋月　秋雨　秋山　秋野　秋海／　秋河
秋草　秋木　秋竹　秋鳥　秋獣　秋虫／　秋衣　秋枕
秋筵　秋恋　秋旅　秋夢

674 二十首 同上
朝露結来　行人隔霧　古壁蛬　夜擣衣　秋日時雨
晴夜月　陰夜月／　寝所月　羇旅暮秋　山家九月盡
忍忘恋　隠在所恋　適逢恋　互別恋／　恨隠恋　古渡雲
薄暮遠烟　河辺鳥　名所述懐　海辺懐旧

675 二十首 同上
暮秋荻風　暮秋虫声　暮秋聞厂　暮秋朝霧　暮秋見月
暮秋惜月　暮秋擣衣」
暮秋菊花　暮秋紅葉　暮秋時雨　羇中恋　故郷恋　関路恋
旅泊恋／　海辺恋　峯雲　谷松　窓竹　神祇　釈教

676 二十首 同上為村御詠之毎首冠字
後九月十三夜三首　月前風　月前雲　月前露　月前霧
峰月／　麓月　野月　海月　湖月　河月　月前松　月前菊／
月前鹿　月前厂　月前蛬　月前望　月前懐

677 二十首 同上 御當座
荻告秋　風底荻　萩盛開　萩露滋　聞鹿　野鹿　雁初来
／　田上雁　松虫　鈴虫　秋夕雲　秋夕情　遠山霧　河霧

／山家春　田家夏　水郷秋　故郷冬　旅宿暁　旅行朝」

冬

678 二十首　文安四十一廿六
朝霜　夕木枯　寒夜月　河氷　冱千鳥　竹霰　浅雪／深雪
／狩場風　暁神楽　忍レ涙恋　祈レ身恋　契待恋　稀逢恋
／惜レ別恋　山家水　田里路　名所鶴　旅泊夢　寄レ神祝

679 二十首　宝徳二十二五同上
寒樹交レ松　霜夜月　浦伝千鳥　深夜水鳥　袖氷重レ夜
屋上霰　海雪／　澤雪　鷹狩帰路　年欲レ暮　互忍恋
毎夕待恋　逢レ夢恋　忩別恋／　絶不レ知恋　暁寝覚
鐘声何方　閑居友　羇中眺望　寄レ神雑」

680 二十首　同三十一十四月次當座出題同上
木枯　霜　冬月　千鳥　氷　霰　浅雪／　深雪　埋火
歳暮　遠恋　近恋　聞恋　見恋／　恨恋　暁　松　山家
海路　神祇

681 二十首　寛文六十十四新院御當座
霜埋二落葉一　霰　暁寒月　瀧氷　水路新雪　獨見レ雪
夕雪／　夜神楽　椎　炉辺閑談　夢中逢恋　見増恋
隔二遠路一恋　祈恋／　恨恋　野風　山家送レ年　旅
原眺望　寄レ天祝

682 二十首　延宝元十十三御當座
霜夜月冴　枯野朝風　寒芦満レ江　暁聞二千鳥一　屋上霰過
山館見レ雪　炭竈雪深／　寄レ月忍恋　寄レ海待恋
寄レ木逢恋　寄レ草別恋　寄レ鳥変恋　寄レ枕忘恋
寄レ夢恨恋」
行客越レ関　山村夕雲　田家夜雨　旅宿灯幽也　薄暮眺望
名所浦松

683 二十首　天和二十二十七御當座
初雪　浅雪　深雪　積雪　望レ雪　嶺雪　野雪／　里雪
田雪　竹間雪　松上雪　桧原雪　雪中鳥　雪中獣／
社頭雪　古寺雪　海辺雪　山家雪　旅行雪　名所雪

684 二十首 同三十廿九同上
初冬ノ時雨 霜埋二落葉一 屋上ニ聞レ霰 古寺ノ初雪 庭ノ雪厭レ人
海辺ノ松ノ雪 水郷ノ寒芦／ 湖上ノ千鳥 寒夜ノ水鳥 歳暮ノ澗水
初尋レ縁恋 祈リテ不レ逢恋 契リテ経レ年恋 隔二遠路一恋／
互ニ恨テ絶恋 雨中ノ緑竹 関路ノ行客 山家人稀也 寄レ木述懐
社頭祝言

685 二十首 元禄八十一十一同上
朝ノ時雨 夕ノ落葉 野ノ寒草 河ノ千鳥 夜ノ水鳥 冬ノ月冴ル
屋上ノ霰 」
庭ノ初雪 遠キ炭竈 向二炉火一 寄レ鏡恋 寄レ筵恋 寄レ帯恋
寄レ糸恋／ 寄レ鐘恋 関路ノ雞 山家ノ嵐 田家ノ水 古寺ノ灯
名所ノ市

686 二十首 同年同月晦同上
木枯 庭ノ残菊 冬ノ田ノ氷 濱ノ千鳥 篠ノ霰 月前ノ雪 雪随レ風
／ 鷹狩 閨ノ埋火 歳暮 尋ル恋 祈恋 忍ヒテ逢恋 後朝ノ恋／
顕ル、恋 山中ノ瀧 岡ノ松 径ノ苔 旅宿ノ夢 洲ノ鶴

687 二十首 同十一十一十三同上
時雨ノ雲 寒庭ノ霜 夕ノ落葉 野ノ冬ノ月 冬ノ田ノ氷 泊ノ千鳥
池ノ水鳥／ 草ノ菴ノ霰 深山ノ雪 花洛ノ雪 遠キ炭竈 年欲レ暮スント
寄レ草恋 寄木恋／ 寄レ衣恋 寄レ枕恋 寄レ鐘恋 関路ノ雞
／橋上ノ苔 寄レ民祝 」

689 二十首 宝永七長岡天満宮内々御法楽題者雅重
冬ノ暁ノ霜 山ノ寒月 孤嶋ノ千鳥 芦間ノ水鳥 氷留レ流
水路ノ新雪 市中ノ雪／ 常磐木ノ雪 夜ノ炉火 歳暮ノ梅
不レ逢恋 久クテ祈逢恋 兼テ厭レ暁恋 名ニ立恋／ 恨ミテ不レ言恋
山家人稀也 古寺ノ鐘 夕陽映スレ嶋 羇中ノ橋 寄レ神祝

690 二十首 享保十五十七院御當座題者為久
時雨知レ時 月前ノ落葉 庭ノ残菊 木枯 椎柴ノ霜 池ノ氷
島ノ千鳥／ 浅雪 深雪 連日ノ鷹狩 早梅薫レ風 春漸シク近
契ル恋 後朝ノ恋／ 過テ不レ逢恋 径ノ雨 麓ノ菴 故郷ノ木
水郷ノ眺望 寄レ神祝

691 二十首 同十六十廿八荒神御法楽題者雅香

都ノ時雨　杜ノ落葉　寒草纔也　野ノ冬ノ月　嶋ノ千鳥　渕ノ水鳥
竹間ノ霰／　待二初雪一　狩場ノ嵐　峰ノ炭竈　言出ル恋　共ニ契ル恋
不レ逢恋　寝覚ノ恋／　被レ忘恋　遠村ノ雞　薄暮ノ鐘　旅行ノ友
朝ノ眺望　獨ノ述懐」

692 二十首　同年十二廿八院同上題者同上
冬ノ暁ノ霜　山ノ寒月　孤嶋ノ千鳥　芦間ノ水鳥　氷留レ流　市中ノ雪
依レ雪待レ人／　夜ノ埋火　早梅ノ匂フ　老少惜レ年　尋テ不レ逢恋
契リテ逢恋　別レテ後悔恋　隔二遠路一恋／　忘レテ久恋　関路ノ暁雲
鐘ノ声何方　江上ノ舟　窓前ノ竹　寄レ苔祝

693 二十首　元文四十一十五内々當座御會題者為久
暁ノ霜　山ノ寒月　嶋ノ千鳥　瀧ノ氷　水鳥　篠ノ霰　行路ノ雪／
遠村ノ雪　炉火　歳暮ノ梅　恋ノ嶺　恋杜　恋渡　恋ノ里／　恋ノ床
恋ノ鐘　恋ノ灯　山家ノ松　古寺ノ水　社頭ノ雞

694 二十首　同五十一七當座御會
冬ノ暁ノ山　芦ノ葉ノ霜　懸樋ノ氷　湊ノ千鳥　寒夜ノ月　河ノ網代
洛ノ初雪／　夕ノ鷹狩　閨ノ炉火　社ノ神楽　言出ル恋　共ニ契恋

不レ逢恋　寝覚ノ恋
被レ忘恋　海辺ノ松　山舘ノ竹　羇中ノ嵐　樵夫帰ル　久祝レ君」

695 二十首　同年十一十五同上題者為村
落葉　残菊　寒芦　寒月　薄キ氷　水鳥　浅キ雪／　深雪
炭竈　早梅　朝恋　晝ノ恋　夕恋　夜恋／　暁ノ恋　神祇
山路　海邉　公事　宴遊

696 二十首　同五十十九同上
時雨易レ晴　霜　閨上ノ霰　寒月　氷　島ノ千鳥　芦間ノ水鳥／
嶺ノ雪　衾　炭竈烟細シ　初テ見恋　契ル恋　隔二遠路一恋　祈恋／
恨恋　雞告二暁天一　羇旅橋　河　眺望　獨ノ述懐

697 二十首　寛保元十五内々御當座　勅題
落葉　残菊　枯野　霙　野行幸　冬ノ朝　寒松」
椎柴　衾　佛名　寄レ月恋　寄レ雨恋　寄レ野恋　寄レ山恋／
寄レ海恋　寄レ草恋　寄レ獣恋　寄レ笛恋　寄レ絵恋　寄レ席恋

698 二十首　同年十一九同上題者雅重

寒庭霜　河上氷　霰驚夢　海冬月　薄暮雪　深夜雪
雪朝望／　暁水鳥　嶺炭竈　向炉火　寄鏡恋　寄筵恋
寄帯恋　寄糸恋／　寄鐘恋　閑中灯　山家水　旅思都
述懐多　名所松

699 二十首　同年十二二同上題者為村
落葉随風　麓落葉　冬田霜　寒庭霜　深夜木枯　杜木枯
原寒草／　故郷寒草　海冬月　古寺冬月　遠千鳥
名所千鳥　江水鳥　水鳥近馴／　朝初雪　風拂松雪
炭竈烟細　里炭竈　歳暮忩　家々歳暮

700 二十首　同二十一十同上題者雅重　」
朝時雨　夕霜　見残菊　庭寒草　氷初結　冬月　冬夜長
／　水鳥　野鷹狩　浅雪　春恋　夏恋　秋恋　冬恋／
旅衣　山榊　麓柴　野風　故郷雨　寄弓祝

701 二十首　同三十廿八同上題者同上
時雨雲　杜落葉　寒草纔　懸樋氷　濱千鳥　冬月冴
屋上霰／　遠嶺雪　野鷹狩　向炉火　初見恋　久祈恋

契待恋　逢増恋／　暁帰恋　塩屋烟　旅宿夢　山家鳥
古寺鐘　名所市

702 二十首　同年十一十八同上題者同上
寒樹交松　橋上霜　江寒芦　寒月　浦辺千鳥　水鳥馴
狩場霰／　浅雪　嶺炭竈　深夜埋火　不見恋　祈難逢恋
待恋　初逢恋／　後朝恋　遠村雞　杣川筏　風破旅夢
眺望　寄國祝　」

703 二十首　宝暦三十一廿一當座御會題者為村
豊明節會　五節　冬月　寒松　寒草　千鳥　水鳥／　初雪
浅雪　積雪　冬山　冬野　冬海　冬河／　冬衣　冬鐘
冬恋　冬旅　冬望　冬祝

704 二十首　年紀可尋之飛鳥井家出題
落葉　時雨　寒芦　霜　氷　水鳥　冬月／　霰　雪　炉火
待恋　遇恋　契恋　別恋／　恨恋　山　河　松　竹　夢

705 二十首　同上
夕時雨　枯野霜　寒松風　冬月　暁衢　渕水鳥　竹間霜／

雪眺望　閨炉火　歳暮梅　不逢恋　待恋　夢逢恋　別恋」
恨恋　嶺上雲　浦松　山家　懐旧　神祇

706 二十首 同上

落葉　残菊　枯野　霙　野行幸　冬朝　寒松／　椎柴　衾
佛名　寄月恋　寄雨恋　寄烟恋　寄山恋／　寄海恋
寄草恋　寄獣恋　寄笛恋　寄絵恋　寄席恋

707 二十首 同上

初冬　谷落葉　寒草　田霜　冬夕月　残鴈　湊千鳥／
野霰　峰雪　狩場風　寄玉恋　寄衣恋　寄枕恋
寄鏡恋／　寄糸恋　山家　竹風　羇中友　眺望　述懐

708 二十首 同上

時雨過　落葉　竹間霜　原寒草　田氷　千鳥　河水鳥」
栢霰　遠嶺雪　狩場風　言出恋　共契恋　不逢恋
寝覚恋／　忘恋　古寺鐘　山家　旅夢　海眺望　祝言

709 二十首 同上

閨時雨　草霜　江寒芦　瀧氷　海冬月　千鳥　河水鳥／
屋上霰　初雪　社頭雪　鷹狩　遠炭竃　祈恋　日増恋／
會恋　別恋　恨恋　暮山猿　名所旅　神祇

710 二十首 同上

朝時雨　夕落葉　寒草霜　冬月冴　泻千鳥　霰似玉
遠村雪／　海辺雪　閑中雪　向炉火　不逢恋　忍待恋
祈逢恋　忿別恋／　恨身恋　隣里鶏　薄暮嵐　水郷烟
羇中衣　寄竹祝
」

711 二十首 同上

朝時雨　夕落葉　寒草霜　冬月冴　泻千鳥　渕水鳥
竹間霰／　雪眺望　閨炉火　歳暮梅　不逢恋　待恋
夢逢恋　別恋／　恨恋　嶺上雲　浦松　山家　旅宿　神祇

712 二十首 同上冷泉家出題

冬暁山　冬夕嵐　泊冬月　寒夜千鳥　霰残夢　羇中雪
古寺雪／　向炉火　年内早梅　歳暮松　寄嶺桧恋
寄江藻恋　寄林鳥恋　寄閨枕恋／　寄床夢恋

山寺路ノ　夕樵夫ノ　浦漁客ノ　寄レ鏡述懐　釈教ノ水

713 二十首　同上

初ソ冬ノ朝　夜ノ時雨　落葉ノ風　寒草帯ル霜　夕ノ残鳫　暁ノ冬ノ月
河ノ辺ノ千鳥／　篠ノ上ノ霰　嶺樹ノ雪　閨ノ埋火　見テ増ス恋
依テレ恋祈レ身　稀ニ逢恋　変スルレ約ヲ恋／　絶テ後恨恋　隣里ノ雞
山中ノ瀧　山家ノ夢　古寺ノ灯　寄レ世祝」

714 二十首　同上

初ソ冬　時雨　霰　雪　寒芦　千鳥　神楽／　鷹狩　炭竃
歳暮　忍恋　不レ逢恋　後朝ノ恋　旅ノ恋／　恨恋　暁ノ恋
海路　山家　述懐　祝

715 二十首　同上　一二付以藤川百首付之

初ソ冬ノ時雨　霜埋二落葉一　屋上ニ聞レ霰　水郷ノ寒芦　古寺ノ初雪
庭ノ雪厭レ人　海辺ノ松ノ雪／　寒夜ノ水鳥　歳暮ノ澗水　湖上ノ千鳥
依レ恋祈レ身　不レ堪レ待ニ恋　旅宿ニ逢恋　契リテ経レ年ヲ恋／
被レ厭レ賎恋　高山ニ待レ月ヲ　山中ノ瀧ノ水　河ノ水流シ清　海辺ノ暁ノ雲
社頭ニ祝レ君

716 二十首　同上

山ノ初ソ冬　夜時雨　落葉ノ風　寒草ノ霜　夕ノ残鳫　暁ノ冬ノ月
河千鳥／　篠ノ上ノ霰　嶺樹ノ雪　閨ノ埋火　見テ増ス恋　祈レ身恋
稀ニ逢恋　変スルレ約ヲ恋」
恨テ絶ル恋　隣里ノ雞　山中ノ瀧　山家ノ夢　古寺ノ鐘　社頭ノ祝

717 二十首　同上

初ソ冬ノ朝　夕ノ落葉　寒草ノ霜　河ノ千鳥　池ノ水鳥　冬ノ月冴ル
篠ノ上ノ霰／　杜ノ間ノ雪　向二炉火一　歳暮近シ　初テ見恋　久ク祈ル恋
契テ待恋　逢テ増恋／　惜レ別恋　海路暁　羇中ノ嵐　山家ノ鳥
古寺ノ鐘　松経レ年ヲ

718 二十首　同上

初ソ冬ノ時雨　寒草　落葉　冬ノ月　浅キ雪　積ル雪　池ノ氷／
泻ノ千鳥　豊ノ明ノ莭會　歳暮　寄レ雨恋　寄レ木恋　寄レ虫恋
寄レ湊恋／　寄レ弓恋　嶺ノ松　磯ノ巌　浦ノ舟　杣山　旅泊

719 二十首　同上

朝ノ時雨　夕ノ落葉　寒草ノ霜　冬ノ月冴ル　暁ノ千鳥　淵ノ水鳥

竹間ノ霞」

雪朝ノ望　閨ノ炉火　歳暮ノ梅　不レ逢恋　待恋　夢ニ逢恋　別ル、恋

／　恨ル恋　嶺ノ上ノ松　浦ノ松　山家　旅泊　神祇

720　二十首　同上

時雨晴ル　竹間ノ霜　氷始テ結　河ノ千鳥　寒ノ山ノ月　薄暮ノ雪

深夜ノ雪／　暁ノ更ノ雪　炉火少　市ノ歳暮　祈恋　逢恋　別ル恋

変スル恋／　恨ル恋　羇旅　山家　田家　懐旧　神祇

721　二十首　同上

夜時雨　暁ノ落葉　野ノ寒草　山ノ冬ノ月　河ノ邉ノ氷　夕ノ千鳥

竹ノ上ノ霜／　遠樹ノ雪　嶺ノ炭竈　閨ノ埋火　寄レ玉恋　寄レ門恋

寄レ戸恋　寄レ床恋／　寄レ糸恋　塩屋ノ烟　山家ノ灯　羇中ノ鳥

獨ノ述懐　寄レ神祝

722　二十首　同上」

都ノ時雨　山ノ落葉　枯野ノ霜　湊ノ千鳥　杣ノ寒月　柴ノ上ノ霰

杜ノ間ノ雪／　閨ノ埋火　寄レ鏡恋　寄レ匣恋　寄レ筵恋　寄レ衣恋

寄レ弓恋　寄レ鐘恋／　暁ノ天ノ雲　薄暮ノ烟　羇中ノ雨　故郷ノ草

古寺ノ水　社頭ノ松

723　二十首　同上

山時雨　野ノ寒草　浦ノ千鳥　暁ノ水鳥　河ノ朝ノ氷　冬ノ月冴ル

屋上ノ霰／　庭ノ初雪　夕ノ炭竈　歳暮ノ松　寄レ月恋　寄レ原恋

寄レ杉恋　寄レ鳥恋／　寄レ夢恋　海邉ノ松　山家ノ水　田家ノ興

古寺ノ鐘　名所ノ市

724　二十首　同上

山路ノ時雨　落葉ノ嵐　枯野ノ霜　江ノ邉ノ寒芦　田ノ上ノ残雁

月前ノ千鳥　屋上ノ霰／　竹ノ間ノ雪　常磐木ノ雪　年内ノ早梅

寄レ月恋　寄レ浦恋　寄レ松恋　寄レ雞恋／　寄レ夢恋

関路ノ曙ノ雲　山寺ノ鐘　行路ノ友　海邉ノ眺望　寄レ神祝」

725　二十首　同上

氷初テ結ブ　寒ノ松　暁ノ残雁　水鳥　霜夜ノ月　篠ノ霰　嶺ノ樹ノ雪／

江ノ雪　炉火　歳暮ノ夢　不レ逢恋　帰ル恋　遠路恋　難レ忘恋／

恨ル恋　山家ノ夕　故郷ノ雨　山寺ノ鐘　旅宿　松経レ年

726 二十首 同上
霜埋落葉 霰 暁寒月 瀧氷 山路新雪 獨見雪
夕雪／ 夜神楽 椎 炉邊閑談 夢中契恋 見増恋
隔遠路恋 祈恋／ 恨恋 野風 山家送年 旅
原眺望 寄天祝

727 二十首 同上
冬夜山 枯野朝 椎柴霜 海冬月 浦伝千鳥 寒天水鳥
霰似玉／ 雪埋松 河汀氷 深山炭竈 寄岡松恋
寄江藻恋 寄林鳥恋 寄閨枕恋 」
寄床夢恋 遠村雞 山寺水 夕樵夫 寄鐘述懐
名所鶴

四季

728 二十首 建暦二十二 後鳥羽院廿首御會
春五首 秋十首 述懐五首

729 二十首 承久四正廿五 土御門院
春日 夏日 秋日 冬日 春月 夏月 秋月／ 冬月
春雨 夏雨 秋雨 冬雨 春雲 夏雲 」
秋雲 冬雲 春風 夏風 秋風 冬風

730 二十首 貞應元十二三
花三首 郭公二首 月四首 雪五首 恋六首

731 二十首 文安六二十二 御會
鶯告春 梅落衣 尋若菜 花未飽 杜首夏 河卯花
郭公幽／ 待七夕 秋夕雲 海邊月 閑見月 閨時雨
冬暁山 雪似花／ 尋縁恋 祈久恋 忍別恋 名所市
羇中朝 旅宿嵐

732 二十首 明應八正廿二 水無瀬殿御法楽
初春霞 氷鮮 早蕨 浦春月 待花 尋残花 更衣／
郭公頻 夏月涼 萩 水郷月 霧 寒草 埋火／ 言出恋
契恋 逢夢恋 行路市 旅 塩屋烟 」

733 二十首 同頃雅親卿出題

霞春ノ衣　梅ノ風　春ノ月幽也　落花似レ雪ニ　暮春ノ鶯　郭公何方
五月雨久シ／納涼　初秋ノ風　草花盛也　鹿ノ声近レ枕　獨見レ月
紅葉深シ　時雨晴陰／浦ノ千鳥　雪埋レ路　夢ノ後ノ恋
逢テ不レ遇恋　山家ノ烟　寄二神祇一祝

734 二十首　永正頃　実隆公詠之
春ノ暁ノ月　獨見レ花　風前ノ花　惜二残春一　欵冬ノ露　雨後ノ郭公
樹陰ニ避レ暑／萩ノ風告レ秋　山ノ月　月前ノ松　栽レ菊
擣二寒衣一　冬ノ暁ノ月　落葉／寄レ月恋　寄レ雲恋　寄レ雨恋
寄レ風恋　海路　釋迦

735 二十首　同上　住吉社法楽
早春ノ浦　路ノ雲雀　関ノ花　夕ノ欵冬　暮春ノ雲　夏ノ夜　樹陰ノ納涼
／女郎花靡クレ風ニ　海邉ノ鹿　池ノ月　松間ノ紅葉　山ノ雪
夜ノ歳暮　寄レ淵恋　」
寄二千鳥一恋　寄レ扇恋　嶺ノ椿　田家ノ秋　布留　寄レ郡祝

736 二十首　明暦元七廿一　御當座
初ソ春ノ雪　名所ノ花　藤懸レ松　遠キ郭公　夕立過ル　野径ノ萩
橋ノ上月／峰ノ紅葉　庭ノ寒草　雪中ノ望　寄レ雲恋　寄レ雨恋
寄レ風恋　寄レ露恋／寄レ烟恋　暁更ノ雞　砌下ノ竹　山家ノ夢
旅泊ノ浪　寄レ民祝

737 二十首　同三正廿二　水無瀬御法楽
霞ノ中ノ瀧　梅薫レ枕ニ　朝ノ花　浦ノ春ノ月　暮春ノ雨　郭公幽也　窓ノ蛍
／池ノ蓮　荻告レ秋ヲ　峰ノ初雁　夕ノ鹿　夜ノ虫　岡ノ紅葉　松ノ雪
／暁ノ千鳥　名所ノ山　山家ノ橋　田家ノ鳥　旅宿　祝言

738 二十首　同三五廿七　御當座
夕ノ鶯　翫レ花　籬ノ欵冬　郭公遥也　杜ノ蟬　荻ノ風　雲間ノ月　」
紅葉　寒草　野外ノ雪　寄レ鐘恋　寄レ枕恋　寄レ筵恋
寄レ舟恋／寄レ玉恋　浦ノ松　草菴ノ灯　旅宿ノ夢　眺望　神祇

739 二十首　同四二廿二水無瀬御法楽
早春ノ雪　雲間ノ花　藤懸ルレ松ニ　遠キ郭公　夕立ノ風　野径ノ萩
山家ノ月／峰ノ紅葉　庭ノ寒草　雪中ノ望　寄レ月恋　寄レ雨恋
寄レ風恋　寄レ露恋／寄レ烟恋　暁更ノ雞　薄暮ノ松　山家ノ夢
旅泊ノ舟　寄レ民祝

740 二十首 万治二二廿二同上
鶯知春 餘寒嵐 春月幽 花満山 暮春蛙 暁郭公
簷盧橘／ 舩納涼 早秋風 七夕契 湖上鴈 水邉月
紅葉霜 橋落葉／ 夕千鳥 薄暮雪 忍待恋 祈逢恋
羇中衣 名所鶴

741 二十首 寛文五八十二御當座 」
春風 夏風 秋風 冬風 春月 夏月 秋月／ 冬月
春山 夏山 秋山 冬山 春野 夏野／ 秋野 冬野
春旅 夏旅 秋旅 冬旅

742 二十首 同年九廿一同上
霞隔行舟 梅有遅速 桜花盛開 遥見春駒
惜春似友 郭公数声 深更鵜河／ 風告秋使
女郎交垣 薄妨徃反 雲間初鴈 湖上翫月 雪朝眺望
炉火忘冬／ 馴不逢恋 帰無書恋 人伝恨恋
苔為石衣 夜過関路 山家送年

743 二十首 同六十一廿一同上
春暁 春朝 春夕 春夜 夏暁 夏朝 夏夕／ 夏夜
秋暁 秋朝 秋夕 秋夜 冬暁 冬朝／ 冬夕 冬夜
春旅 夏旅 秋旅 冬旅 」

744 二十首 延宝二四廿五御當座
初春霞 鶯知春 梅薫袖 名所花 藤花盛 暁郭公
採早苗／ 七夕契 鴈初来 山月明 秋田露 籬下菊
浦千鳥 遠山雪／ 忍久恋 契待恋 祈逢恋 関路雞
池辺松 寄神祝

745 二十首 同年五廿九同上
霞春衣 梅風 春月幽 落花如雪 暮春鶯 郭公何方
五月雨久／ 納涼 初秋風 草花盛 鹿声近枕 紅葉深
時雨晴陰 浦千鳥／ 独見月 雪埋路 夢後恋
遇不逢恋 山家烟 寄神祝

746 二十首 同四二廿二水無瀬御法楽
野外朝霞 露暖梅開 独見春月 閑中春曙 花下送日
寝覚郭公 杣五月雨／ 夜深聞荻 秋夕傷心 横峰待月

霧中求レ泊　山路秋過　寒草處々　眺二望山雪一
歎二無名一恋　絶レ経年恋　人伝恨恋　風破二旅夢一
竹契二遐年一　社頭祝言

747　二十首　同五仙洞御製
春暁月　独見レ花　風前花　惜二残春一　欵冬露　雨後郭公
樹陰避レ暑／　荻風告レ秋　山月　月前雲　栽レ菊
擣二寒衣一　冬暁月　落葉／　寄レ月恋　寄レ雲恋　寄レ雨恋
寄レ風恋　海路　釈迦

748　二十首　天和二十一七御當座
春天象　夏天象　秋天象　冬天象　春地儀　夏地儀
秋地儀／　冬地儀　春植物　夏植物　秋植物　冬植物
春動物　夏動物／　秋動物　冬動物　春雑物　夏雑物
秋雑物　冬雑物

749　二十首　同三五十六同上
朝鶯　雲雀　田蛙　照射　夜蛍　野虫　初鳫
夕鶉　千鳥　網代　忍恋　見恋　祈恋　別恋／　顕恋
嶺椿　杜栢　洞槙　門杦　磯松

750　二十首　同年九由良山荘通茂
霞知レ春　梅風　春月幽　落花似レ雪　暮春鶯　郭公何方
五月雨／　納涼　初秋　草花露　鹿声近レ枕　海辺月
紅葉深　時雨晴陰／　浦千鳥　暁雪　通レ書恋
隔二遠路一恋　閑居　寄レ神祝

751　二十首　貞享二二一中院亭初卯法楽
遠山霞　河上柳　花處々　野亭菫　夕雲雀　待二郭公一
庭瞿麦／　七夕雨　行路薄　深夜月　池辺菊　紅葉遍
浦千鳥　閑中雪／　不レ逢恋　欲レ顕恋　恨絶恋　名所松
古寺鐘　寄レ國祝

752　二十首　元禄三二五　仙洞石清水御法楽　勅題
春神祇　夏神祇　秋神祇　冬神祇　春山　夏山　秋山／
冬山　春池　夏池　秋池　冬池　春松　夏松／　秋松
冬松　春祝　夏祝　秋祝　冬祝

753 二十首 同年同月十一同上春日社御法楽題者為綱

梅遠薫 野春草 門春雨 花未レ遍 苗代蛙 路卯花
曙郭公／ 深山泉 古砌荻 秋夕雲 鹿驚レ夢 瀧辺月
菊帯レ露 谷落葉／ 氷始結 雪中望 稀逢恋 立レ名恋
獨述懐 寄レ社祝

754 二十首 同月廿二水無瀬御法楽題者同上

梅風 野若草 春雨 栽レ花 水辺蛙 聞二郭公一 菖蒲／
夕立雲 庭萩 原上露 遠鹿 海月 紅葉遍 残菊／
夜千鳥 深雪 寄レ暁恋 寄レ夕恋 山家 社頭祝 」

755 二十首 同年五廿五御當座題者雅豊

夕鴬 翫レ花 籬欵冬 郭公遥也 杜蝉 荻風 雲間月／
紅葉 寒草 野外雪 寄レ鐘恋 寄レ枕恋 寄レ筵恋
寄レ舟恋／ 寄レ玉恋 浦松 草菴灯 旅宿夢 眺望 神祇

756 二十首 同年八四仙洞天満宮法楽題者同上

早春鴬 梅風 花満レ山 春月幽也 春田雨 郭公何方
簷盧橘／ 納涼 初秋風 草花盛也 鹿声近レ枕 海辺月
紅葉霜 時雨雲／ 朝雪 浦千鳥 忍レ涙恋 祈逢恋
山家夕 寄レ神祝

757 二十首 同年八廿五同上題者為綱

野外朝霞 夜風告レ梅 帰雁連レ雲 遠望二山花一 水辺苗代
雨中新樹 郭公声頻也／ 夕立早過 荻似二人来一 径女郎花
寝覚聞レ鹿 湖上月明也 暮秋紅葉 庭草帯レ霜 」
水鳥知レ主 逐レ日雪深 寄二秋枕一恋 寄二秋衣一恋
行客休レ橋 寄レ神祝言

758 二十首 同年九廿五同上題者同上

関路鴬 野亭梅 江春曙 遠嶺花 春田蛙 初郭公
五月雨／ 夕納涼 萩露滋 尋二虫声一 秋夜長 瀧辺月
庭籬菊 落葉風／ 暁千鳥 連日雪 寄レ雲恋 寄レ烟恋
羇中友 寄レ神祝

759 二十首 同四正廿五同上題者同上

鴬出レ谷 岡梅 春曙 花透レ霞 河欵冬 新樹 磯郭公／
夕立 栽二草花一 庭虫 外山鹿 葦間月 擣衣 落葉／

千鳥　連日雪　契恋　忍逢恋　社頭松　祝言

760 二十首 同年二廿五同上題者同上

子日松　挿頭梅　庭春雨　花處々　水辺蛙　郭公頻也

夕納涼」

草花早　露如玉　深山鹿　月前雁　菊久馥　冬田氷

雪中望／寄風恋　寄雞恋　寄車恋　海路雲　巌上苔

寄神祝

761 二十首 同年五廿五同上題者雅豊

初春　残氷　摘若菜　梅久薫　春湊月　郭公遍　草花早

／閑山月　擣衣幽也　冬池雪　不逢恋　切恋　夢逢恋

後朝恋／偽恋　浦松　草菴灯　旅宿嵐　述懐　神祇

762 二十首 同年六廿五同上題者同上

野若菜　木残雪　帰雁離々　月前花　松藤　郭公一声

採早苗／納涼　荻似人来　露似玉　社頭月　河霧

紅葉残　夕落葉／雪埋帰路　向炉火　夢中契恋

別恋　浦船　瑞籬

763 二十首 同年九廿五題者同上

梅花遠薫　野外鴬　江上春曙　花映日　藤懸松　嶺郭公

雨後夏草／泉邉晩涼　草花早　露如玉　霧中初雁

月契秋　風前擣衣　残菊帯霜／湖千鳥　炭竈雪

寄鏡恋　寄本結恋　深山瀧　社頭祝君」

764 二十首 同十壬五十四　御當座　題者同上

餘寒月　橋柳　花留人　春曙　巌松藤　関郭公　夏草／

近荻　秋夕　野外鹿　對月　谷紅葉　浦千鳥　原雪／

通書恋　祈久恋　悔恋　古寺苔　旅友　砌下松

765 二十首 同年七二同上題者為綱

初春風　松間鴬　梅浮水　静見花　暮春月　夕早苗

橋邉蛍／嶺夕立　薄似袖　暁初雁　深夜月　擣衣幽也

秋時雨　谷落葉／河千鳥　歳暮雪　稀逢恋　日増恋

山家雲　庭上竹」

766 二十首 同年九十六題者同上

柳辨春　鴬呼客　庭春雨　遠村花　三月盡　初郭公
夜盧橘／　泉避暑　七夕橋　野外虫　雲間雁　湖上月
杜紅葉　寒草少／　山冬月　名所雪　寄枕恋　寄衣恋
塩屋烟　独述懐

767 二十首　同年二廿五　水無瀬宮御法楽題者同上
柳辨春　鶯梅　帰雁幽　花映日　池蛙　関郭公　瞿麦／
夕立　野露　薄似袖　暁鹿　月契秋　杜紅葉　残菊／
湖氷　雪埋松　逢恋　顕恋　名所鶴　山榊

768 二十首　同八二廿二同上題者同上
二月餘寒　深夜帰雁　水郷春曙　山花如錦　名所歎冬
新樹朝風　五月郭公／　夕立早過　野外草花　田家聞虫
秋月入簾　擣衣何方　松間紅葉　垣根寒草」
水鳥馴舟　雪中待友　忍経年恋　逢不會恋
旅宿憶都　寄社頭祝

769 二十首　同年八廿一當座御會
鴬知春　澤若菜　梅浮水　静見花　暮春月　暁郭公
水邉蛍／　嶺夕立　薄似袖　初聞雁　深夜月　擣衣寒
蔦紅葉　時雨過／　寒草霜　湖千鳥　初逢恋　惜別恋
旅行友　名所松

770 二十首　同年同月廿九同上
梅移水　野鴬　春曙　関路花　夕蛙　聞郭公　菖蒲／
納涼　七夕　萩露　雨中虫　翫月　紅葉　残菊／
池水鳥　庭雪積　不逢恋　稀恋　嶺雲　社頭祝

771 二十首　同九五廿五同上
関路鴬　梅香何方　浦春曙　瀧邉花　庭上落花　郭公早過
麓納涼」
萩似人来　虫吟露　向山待月　月秋友　擣衣幽
落葉浮水　雪中望／　忍涙恋　稀逢恋　被忘恨恋
遠村竹　江雨鷺飛　寄國祝

772 二十首　同十十二五同上題者雅豊
野春雪　路梅　浦春曙　見花日暮　岡雉　初郭公
水邉夏草／　照射　憶牛女　萩花露重　山鹿　独見月

紅葉浅深　木枯／　瀬水鳥　雪中待友　祈恋　夢逢恋
旅泊

773 二十首　同年二四春日社御法楽題者為綱
春朝梅　鴬馴　柳露　山花盛也　杜藤　待郭公　池菖蒲／
夕蝉　薄似袖　野鹿　深夜雁　海邉月　籬菊　里時雨／
暁千鳥　嶺雪　忍逢恋　増恋　松風　寄社祝

774 二十首　同年二七　御稽古御當座題者同上　」
二月餘寒　橋邉霞　野外春草　花留行客　雲雀幽也
早苗多　郭公帰山／　夕納涼　織女惜別　故郷萩
床間虫　月前露　霧中求泊　時雨易過／　池水鳥
嶺炭竈　初言出恋　不逢恋　庭上鶴　竹不改色

775 二十首　同十一正廿六　仙洞當座御會題者同上
餘寒霜　春草短　遠浦春曙　花留客　樵路躑躅
惜更衣　郭公遍／　納涼忘夏　野外萩　虫吟露
月前雁来　秋田霧　松間紅葉　河上千鳥／　雪散風
夜神楽　逢不會恋　立名恋　山家夕雲　寄日祝

776 二十首　同二十六　當座御會題者同上
梅薫風　竹裏鴬　夜春雨　花為友　水邉蛙　浦郭公
夕早苗／　蛍似露　萩如錦　故郷虫　暁初雁　松間月
聞擣衣　窓落葉／　池水鳥　野外雪　不逢恋　後朝恋
思往事　寄鶴祝　」

777 二十首　同十廿一同上題者同上
朝鴬　夕梅　野春草　雨中花　苗代　卯花　里郭公／
夜蛍　萩風　行路萩　田鹿　浦月　紅葉盛也　残菊／　水鳥
遠村雪　忍恋　稀逢恋　山家　松積年

778 二十首　同十二二初卯通茂卿勧進
初春雪　雲間花　巌頭藤　遠郭公　野夕立　隣家萩
山家月／　折紅葉　寒草少　雪中望　忍涙恋　通書恋
逢夢恋　恥身恋／　絶悔恋　暁更雞　閑中灯　樵路雨
旅泊浪　寄民祝

779 二十首　同年三廿六御當座　題者雅豊
鴬知春　見花　風前花　欸冬露繁　暮春　雨後郭公

泉避レ暑／　荻風告レ秋　嶺月　月前虫　海邉雁　関霧
落葉　冬夜月」
忍恋　契待恋　逢恋　古寺鐘　旅宿　砌下竹

780 二十首　同十三正廿七　仙洞當座御會　題者為綱
鶯出レ谷　風前梅　菴春雨　社頭花　池欵冬　岡新樹
浦郭公／　垣夕顔　萩如レ錦　戸外槿　夜聞レ鹿　橋邉月
田上霧　暁落葉／　濵千鳥　連日雪　忍レ涙恋　惜レ別恋
山中瀧　寄レ道祝

781 二十首　同年二九　同春日社御法楽題者同上
朝山霞　梅盛也　夜帰雁　遥見花　夕藤　初郭公　簷橘／
池蛍　野外萩　庭虫　麓鹿　月秋友　紅葉深　時雨／
湖千鳥　杜雪　祈逢恋　増恋　松風　寄レ神祝

782 二十首　同年十廿六　御稽古御當座　題者同上
暁餘寒　梅薫レ風　春雨　籬欵冬　暮春　海郭公　蛍似レ玉」
野外萩　岡鹿　深夜月　初聞レ厂　菊露　河千鳥　枕雪／
契待恋　祈逢恋　忘恋　山家嵐　旅宿　鶴馴レ砌

783 二十首　同年十二兼日依前源大納言通茂卿七十年満被祝之題者為綱
若菜　鶯馴　春雨　翫レ花　躑躅　新樹　郭公／　瞿麦
野薄　遠鹿　秋田　見レ月　菊露　竹霜／　千鳥　望レ雪
聞恋　逢恋　岡篠　慶賀

784 二十首　同十五正廿九　仙洞當座御會題者雅豊
氷始鮮　竹鶯　梅薫レ風　春雨　花如レ舊　新樹　籬瞿麦／
荻告レ秋　聞レ虫　海辺鹿　見レ月　夜擣衣　枯野曙　冬月
／白地恋　契恋　夢逢恋　山家　名所松　祝言

785 二十首　同年五廿一同上題者為綱
海辺霞　柳帯レ露　夜帰鳫　古寺花　春田蛙　惜二更衣一
夕郭公／　杜夏草　暁荻風　垣根槿　野外虫　江上月
岡紅葉　見二残菊一／　池水鳥　遠村雪　寄レ枕恋　寄レ弓恋
山家水　庭上竹

786 二十首　同年十七同上題者同上
遠山霞　竹間鶯　水辺柳　雨後花　春田蛙　朝新樹

里郭公／　杜納涼　草花露　厂初来　月前鹿　海辺霧
擣二寒衣一　窓落葉／　池水鳥　古寺雪　寄レ木恋　寄レ垣恋
杣川筏　寄レ日祝

787 二十首　同年四廿五同上題者同上
河上霞　朝梅　夕帰鴈　古寺花　摘レ菫　里郭公　夜橋／
林間蝉　栽レ萩　薄露　月前鹿　山霧　簷紅葉　田霜／
瀧氷　雪似レ花　寄レ鏡恋　寄レ衣恋　述懐　浦鶴　」

788 二十首　同年十一六　仙洞御鎮守春日社御法楽題者同上
朝霞　梅薫レ風　野春雨　翫レ花　松藤　初郭公　砌橘／
夕蝉　萩映レ水　夜鹿　海辺鴈　山月　江霧　竹霜／
暁千鳥　行路雪　通レ書恋　別恋　眺望　社頭祝

789 二十首　同年月日可尋之
若木梅　竹鴬　岸柳　花映レ日　野遊　夜卯花　郭公稀也／
池蓮　雨中萩　薄風　尋レ虫　月前鹿　朝紅葉　残菊／
江水鳥　故郷雪　見恋　不レ逢恋　田家　山眺望

790 二十首　宝永二正廿九當座御會
子日松　河霞　夕鴬　雨中花　池欵冬　待二郭公一　夏草／
蚊遣火　暁萩　萩露　鹿声遠　浦月　紅葉浅　時雨　」
葦間氷　竹雪　忍恋　別恋　嶺雲　寄レ鶴祝

791 二十首　同七　長岡天満宮御内々御法楽題者為綱
都早春　簷梅　帰厂知レ春　見レ花　松間藤　五月郭公
夏草滋／　初秋露　朝萩　田家鹿　嶺月　湖上秋霧
落葉有レ声　深雪／　互契恋　遇不レ會恋　久恋　暁天雞
山家　寄レ神祝言

792 二十首　同上　題者同上
梅風　野亭鴬　池柳　花未レ飽　春欲レ暮　暁郭公　船納涼
／　七夕衣　海霧　浅茅月　夕初厂　紅葉深　河千鳥
原雪／　寄レ玉恋　寄レ鏡恋　寄レ枕恋　砌松　洲鶴
寄レ社祝

793 二十首　同上題者雅豊
春雲　春霞　春風　夏山　夏河　夏野　秋草　」

秋ノ木　秋ノ竹　冬ノ鳥　冬ノ獣　冬ノ虫　春ノ恋　夏ノ恋／秋ノ恋
冬恋　春祝　夏祝　秋祝　冬祝

794 二十首　同上題者為綱
野ノ若菜　路ノ梅　夕ノ帰鴈　浦ノ花　惜レ春　里ノ郭公　夜ノ橘／
對レ泉ニ　萩移レ袖ニ　寝覚ノ鹿　橋ノ月　関ノ霧　菊帯レ露　路ノ落葉
／湖ノ千鳥　深雪　寄レ玉恋　寄レ衣恋　庭ノ苔　山榊

795 二十首　正徳五三一条北政所八十賀題者為久
挿ノ頭梅　摘二若菜一　浦ノ春月　花初テ開　夕ノ野遊　葵懸レ簾ニ
郭ノ公遍シ／　納涼ノ風　七ノ夕契　萩移レ袖　芦ノ辺雁　月出レ山
秋ノ田露　見二残菊一／　江ノ千鳥　庭ノ上雪　初テ逢恋　経レ年恋
竹久ク緑也　寄レ巌祝」

796 二十首　享保八二廿二水無瀬御法楽
朝ノ鶯　夕ノ梅　春ノ月　山ノ花　摘レ菫　照射　夜ノ蛍／　納涼
荻ノ風　薄ノ露　見レ月　河霧　紅葉　庭ノ霜／　枯葦　嶺ノ雪
恋衣　恋帯　旅夢　浦ノ松

797 二十首　同十二正廿九御當座始
野ノ若菜　簷ノ梅　河ノ春月　松ノ間花　田ノ蛙　郭公幽也　夕ノ立／
萩ノ露　深夜ノ虫　嶺ノ鹿　橋ノ上月　籬ノ菊　磯ノ千鳥　関ノ雪／
寄レ鳥恋　寄レ獣恋　寄レ虫恋　窓ノ竹　羇中ノ嵐　寄レ國祝

798 二十首　同十五正廿一院鞍馬御奉納題者雅香
初ソ春雪　梅薫レ風　春ノ月朧也　湖ノ帰雁　花留レ人　杜ノ郭公
浦ノ夏ノ月／　樹ノ陰蝉　早ク涼到ル　草花盛也　故郷ノ月　雲ノ間ノ厂
山ノ紅葉　見二残菊一／　夜ノ千鳥　連日ノ雪　待テ空恋　逢テル、別恋
朝ノ海路　寄レ國祝」

799 二十首　同年二廿二水無瀬御法楽題者為久
社ノ頭霞　柳垂レ絲　春ノ鴈離々　花留レ露　江ノ藤　郭ノ公一声
梅ノ雨久／　閨ノ扇　薄妨二往反一　虫吟レ露ニ　終夜ノ月　河ノ霧
杣ノ紅葉　寒草少シ／　関路ノ初雪　歳ノ暮近シ　夢ノ中逢ニ恋　別ル、恋
眺望　祝言遍シ

800 二十首　同年八廿七　院御當座題者同上
早春ノ梅　舊ノ巣鶯　春ノ雪消ル　夕ノ春雨　深山ノ花　採二早苗一
郭ノ公頻也／　水ノ上蛍　萩ノ露滋シ　薄似レ袖　枕ノ邉虫　山ノ月明也

秋ノ田ノ風　朝ノ落葉／　江ノ寒芦　嶺ノ初雪　寄レ橋恋　寄レ里恋
旅ノ行夢　名ノ所松

801 二十首　同年八晦院鞍馬御奉納題者雅香
霞満レ村　竹ノ間鴬　江ノ春曙　雨ノ中花　苗ノ代蛙　新ノ樹露
夕ノ郭公／　麓ノ納涼　草ノ花早シ　尋二虫声一　旅ノ泊鹿　月ノ前厂
簷ノ紅葉　時雨晴ル、」
堤ノ千鳥　行ノ路雪　寄レ玉恋　寄レ枕恋　暁ノ遠情　名ノ所鶴

802 二十首　同年十十九同上題者為久
春ノ雲　夏ノ風　秋ノ雨　冬ノ烟　春ノ山　夏ノ野　秋ノ河／　冬ノ海
春ノ松　夏ノ杦　秋ノ檜　冬ノ竹　春ノ蛙　夏ノ雞／　秋ノ鴫　冬ノ馬
春ノ社　夏ノ寺　秋ノ里　冬ノ祝

803 二十首　同年十一廿五同上題者同上
霞ノ中ノ子日　行ノ客摘二若菜一　桟ノ春雨　渡ノ帰厂　落ノ花未タレ遍カラス
夢ノ中ニ聞二郭公一　杜ノ夏草／　泉ノ声近レ枕　寝ノ覚ノ荻風
水ノ辺ノ女郎花　家々待レ月　橋ノ辺ノ菊　深ノ山ニ尋二紅葉一　遠ノ嶋ノ雪
／　舟ノ中ノ時雨　神ノ楽及レ暁ニ　度々返レ書恋　契二二世一恋

遊ノ女棹レ舟ニ　竹ノ遐ノ年友

804 二十首　同十六正廿六同御法楽
初ソ春鴬　夕ノ梅　庭ノ春雨　花随レ風　田ノ蛙　朝ノ更衣　杜ノ夏草」
氷室　枕ノ露　虫ノ声滋シ　岡ノ薄　月ノ前厂　里ノ紅葉　暁ノ霜／
枯野　浦ノ千鳥　不レ逢恋　恨恋　夜ノ夢　寄レ民祝

805 二十首　同年二廿二水無瀬御法楽
澤ノ若菜　山ノ家鴬　故ノ郷梅　花満レ山　古ノ寺藤　岡ノ新樹
雨ノ中蛍／　泉忘レ夏ヲ　幽ノ居荻　秋ノ夕ノ風　江ノ月冷也　野ノ径ノ鶉
滝ノ紅葉　渡ノ時雨／　寒ノ草少シ　河ノ千鳥　寄レ鏡恋　寄レ車恋
草ノ菴雨　山ノ眺望

806 二十首　同年二晦院荒神御法楽題者為久
初ソ春水　松ノ間鴬　春ノ草短シ　花似レ雪　暮ノ春月　夕ノ早苗
岡ノ郭公／　夏ノ月涼シ　新ノ秋露　雨ノ中萩　暁ノ初厂　深ノ夜月
紅ノ葉霜　時ノ雨雲／　河ノ千鳥　遠ノ村雪　稀ニ逢恋　被レ忘恋
山ノ家鳥　寄レ都祝

807 二十首　同年四廿八同上題者雅香

霞中餘寒　柳露似レ玉　春曙帰厂　杜間郭公　行路夏草
苅萱乱レ風　月迎レ秋明／　紅葉交レ松　江辺寒芦
雪朝眺望　初尋レ縁恋　疑二真偽一恋　毎夕待恋　遇不レ逢恋
／人伝恨恋　晴後遠水　村々烟細　暮林鳥宿　山家送レ年
為レ君祈レ世

808 二十首　同年
早春鶯　沢若菜　松残雪　花満レ山　春田雨　郭公幽
簷盧橘／　夕納涼　新秋露　七夕契　野外鹿　海邉月
紅葉霜　時雨雲／　浦千鳥　遠村雪　忍待恋　祈逢恋
山家夕　名所鶴

809 二十首　同年六廿八　院荒神御法楽題者雅香
関路鶯　依レ風知レ梅　浦帰鴈　瞿麦帯レ露　村夕立
庭女郎花　秋夕情／　疎屋蔦　独聞二水鳥一　杣山雪
尋レ縁恋　夢中契恋　違レ約恋　見レ書増恋／　互恨恋
薄暮雲　長河似レ帯　簷忍草　竹風驚レ夢　名所松」

810 二十首　同年同月　院鞍馬御奉納題者為久
霞間柳　鶯留レ客　里春月　遠帰鴈　古寺花　郭公遍
橘薫レ枕／　草間蛍　露知レ秋　水辺薄　深夜鹿　月前情
折二紅葉一　籬残菊／　湖水鳥　枯野雪　通レ心恋　夢後恋
関路旅　船眺望

811 二十首　同年八廿八院荒神御法楽題者雅香
暁餘寒　若草　河春月　春曙雲　八重櫻　曳二菖蒲一　夕顔
／　水風涼　七夕扇　戸外槿　原露　秋夕　月前鴫
氷始結／　篠霰　狩場暮　待恋　稀逢恋　旅宿夢
寄レ世祝

812 二十首　同年九廿八同上題者為久
梅香留レ袖　遠山春月　水郷柳　雲端帰厂　花下送レ日
夕郭公　五月雨晴／　澗底泉　深更荻　薄為レ墻　閑中月
田家擣衣　林葉漸黄　枕上時雨」
曙千鳥　関屋雪　祈不レ逢恋　旅宿逢恋　山家灯　寄レ亀祝

813 二十首　同年十一廿八荒神御法楽題者同上

残雪 路《ノ》柳 帰鴈 花《ノ》匂 夕《ノ》蛙 新樹 早苗／ 澤《ノ》蛍
江《ノ》荻 閨《ノ》虫 谷《ノ》鹿 滝《ノ》月 河《ノ》霧 冬《ノ》月／ 湖《ノ》氷 竹《ノ》雪
春《ノ》恋 夏《ノ》恋 秋《ノ》恋 冬《ノ》恋

814 二十首 同廿年十一廿一一条家鎮守春日社法楽
初《ソ》春《ノ》霞 竹《ノ》裏《ノ》鶯 梅薫レ風 静見《ニ》レ花 藤《ノ》花盛《也》 聞二郭公一
杜《ノ》納涼／ 萩似《タリ》レ錦《ニ》 暁《ノ》初厂 庭上《ノ》月 紅葉遍《シ》 池《ノ》辺《ノ》菊
浦《ノ》千鳥 連峰《ノ》雪／ 忍《ヒテ》待恋 契《リテ》久恋 祈《リテ》逢恋 松歴《ル》レ年《ヲ》
鶴立レ洲《ニ》 寄レ神祝

815 二十首 元文四正晦内々當座御會
峰《ノ》霞 餘寒《ノ》氷 春《ノ》月 花似レ雪 春《ノ》田《ノ》雨 遅桜 納涼 」
野《ノ》草花 夕《ノ》鹿 湖上《ノ》霧 岡《ノ》紅葉 谷《ノ》菊 寒松 雪中《ノ》友／
寄レ笛恋 寄レ琴恋 寄レ繪恋 山家《ノ》路 浦《ノ》舩 庭《ノ》鶴

816 二十首 同年四廿四月次御會
霞 花 暮春 郭公 五月雨 初《ソ》秋 月／ 紅葉 氷 雪
忍恋 不レ逢恋 後朝《ノ》恋 遇《テ》不レ逢恋／ 怨恋 旅 山家
眺望 述懐 神祇

817 二十首 同五二廿二水無瀬宮御法楽題者雅重
暁《ノ》鶯 残雪 河《ノ》柳 春《ノ》月 見レ花 新樹 橋《ノ》蛍／ 江《ノ》荻
閨《ノ》虫 関《ノ》月 野《ノ》霧 籬《ノ》菊 池《ノ》氷 竹《ノ》雪／ 恋《ノ》鏡 恋《ノ》筵
恋《ノ》衣 嶺《ノ》松 窓《ノ》灯 神社

818 二十首 同年五二住吉社奉納為久詠之 」
初《ソ》春 野《ノ》若菜 翫レ花 帰厂幽《也》 岸《ノ》藤 更衣 暁《ノ》郭公／
納涼 七夕《ノ》契 萩《ノ》露 虫《ノ》声繁《シ》 江《ノ》月 紅葉 時雨過《ル》／
夕《ノ》千鳥 浦《ノ》雪 寄レ草恋 寄レ木恋 眺望 寄レ松祝

819 二十首 同年同月十九内々當座御會題者為村
氷鮮《ル》 夕《ノ》柳 渓《ノ》蕨 栽レ花 河《ノ》蛙 遅桜 郭公／ 草《ノ》蛍
残暑 蘭《ノ》露 波《ノ》月 田《ノ》鴫 菊《ノ》霜 木枯／ 江《ノ》鴨 深雪
憑《ム》恋 偽《ル》恋 橋《ノ》苔 島《ノ》鶴

820 二十首 同年六一當座御會題者為久
江上《ノ》霞 水郷《ノ》若菜 朝《ノ》春雨 花《ノ》色映《ス》レ月《ニ》 苗代《ノ》蛙
待《テ》聞二郭公一 夏《ノ》月涼《シ》／ 星河《ノ》秋興 女郎花《ノ》露 雨夜《ノ》虫
嶺上《ノ》月 霧隔レ舟 寒芦帯レ霜《ヲ》 雪似《タリ》二白雲《ニ》一／ 思《テ》不レ言恋

逢増恋　欲顕恋　暮林鳥宿　澗底松　社頭祝」

821 二十首　同年同月八同上題者雅重

霞春衣　梅風　春月幽　落花如雪　暮春鶯　郭公何方
五月雨久／　納涼　初秋風　草花盛　鹿声近枕　独見月
紅葉深　時雨晴陰／　浦千鳥　雪朝望　夢後恋
逢不會恋　田家烟　望遠帆

822 二十首　同年同月晦内々當座御會

春雪　暁鶯　杜桜　夕桃　田蛙　郭公　瞿麦／　納涼
簷荻　庭露　岡鹿　都月　海厂　落葉／　千鳥　埋火
恋鏡　恋琴　羇旅　述懐

823 二十首　同年七十四同上題者為村

鴬　柳　蕨　雉　蔄　橘　霖／　蝉　露　蘭　月　鶉
蔦　霜」
氷　雪　松　鷺　馬　書

824 二十首　同年壬七廿五當座御會題者為久

餘寒　野遊　春曙　新樹　夏衣　残暑　秋雨／　蔦　落葉
霙　聞恋　契恋　顕恋　怨恋／　舊恋　寄烟恋　寄関恋
寄虫恋　寄席恋　寄海人恋

825 二十首　同年八廿京極中納言五百回忌追善題故中納言為綱卿華冷泉家會

霞　鴬　春月　花　藤　郭公　五月雨／　蛍　荻　秋夕
月　擣衣　紅葉　時雨／　千鳥　雪　松　山家　旅　述懐

826 二十首　同年十一十九冷泉家當座會

初春祝道　子日小松　山花盛　雨中苗代　欵冬露
郭公未遍　夏月似秋」
籬瞿麦　七夕契久　草花色々　海上月　菊契多秋
紅葉浅深　時雨陰晴／　浦千鳥　雪中早梅　初言出恋
逢後増恋　庭上鶴　寄家祝

827 二十首　同年十二廿三當座御會題者為久

年内立春　遠村霞　関春雨　山路尋花　水辺欵冬
首夏卯花　夏草滋／　晩瞿麦　閏早秋　野亭萩
夕月照松　松間紅葉　暮山鹿　初冬時雨／　雪未積

渡千鳥　連夜待恋　夢逢恋　暁鐘声幽也　社頭祝

828 二十首　同六二十六同上題者為村

橋辺柳　野亭鶯　春暁月　深山花　雨中藤　惜更衣
尋郭公／　夏草露　待七夕　萩半綻　月前虫　山路霧
河紅葉　寒松霜／　田辺氷　関路雪　忍逢恋　惜名恋
旅宿恋　海眺望

829 二十首　同年同月廿二水無瀬宮御法楽題者同上」

氷始鮮　野鶯　夕春月　花落衣　野遊　郭公頻也　林樗／
松下泉　早凉　隣槿　枕辺虫　月下鹿　秋霜　落葉／
江残厂　雪中灯　契久恋　増恋　羇中情　寄山祝

830 二十首　寛保元三十六當座御會題者為村

花薫風　霞隔花　雲間花　雨催花　花帯露　谷郭公
岡郭公／　野郭公　関郭公　浦郭公　禁中月　社頭月
故郷月　水郷月／　閑居月　雪中鳥　雪中獣　雪中友
雪中旅　雪中望

831 二十首　同年四廿四同上題者為久

河霞　雪中鶯　門柳　関花　池杜若　郭公幽也　梅雨／
蓮露　江荻　遠初厂　秋雨　閏月　里紅葉　残菊／
島千鳥　社頭雪　増恋　怨恋　野篠　山榊」

832 二十首　同年九廿五御當座題者雅重

江上霞　春月朧也　花盛也　夕帰厂　欵冬　暁郭公　夏草／
野萩　秋田鹿　海月　隣擣衣　黄葉　松雪深　千鳥／
忍恋　不逢恋　恨恋　羇中関　山家　寄都祝

833 二十首　同年十十八同上題者同上

暁聞鶯　柳靡風　折花　雲雀　池辺藤　夜郭公　瞿麦
／　樹上蝉　野萩　深山鹿　湖月　擣衣幽也　暮秋霜
時雨過／　寒芦　浅雪　逢恋　別悔恋　羇旅　朝眺望

834 二十首　同年五廿五同上題者為久

朝霞　簷梅　春曙　落花　池蛙　更衣　早苗／　杜蝉
萩露　秋夕　江月　籬菊　擣衣　落葉」
水鳥　野霰　暁恋　夜恋　旅夢　旅祝

835 二十首 同年六廿六同上題者為村
都鄙立春 深渓餘寒 遠浦春曙 花落客稀 雨後苗代
卯花作墻 舩五月雨／ 蛍照水草 萩花移水
霧隔山寺 月前管絃 故郷野分 紅葉勝花 冬草纔残
／ 氷閉細流 冬夜難曙 寄山契恋 寄虫切恋
遠帆連浪 社頭祝君

836 二十首 同年八廿三同上題者同上
元日 餘寒 遊絲 未開花 蛙 夏衣 樹陰／ 蝉
残暑 秋風 暁月 柞 萩 初雪／ 衾 鴛鴦 雲 水海
柳 舩

837 二十首 同二
早春鴬 折梅花 春曙雁 松隔花 暮春雨 郭公稀
河五月雨
晩夏蛍 初秋薄 遊子行月 山紅葉 枕上時雨 鶴拂霜
歳暮松／ 寄雲恋 寄風恋 寄塵恋 古寺鐘 旅泊夢
寄國祝

838 二十首 同年四廿九同上後座 勅題
朝鴬 柳露 帰鳫 山花 野遊 夏月 納涼／ 七夕
萩風 夜虫 河月 擣衣 庭霜 水鳥／ 忍恋 祈恋
恨恋 旅宿 述懐 砌松

839 二十首 同年六廿一内々當座御會 同上
餘寒 若草 雉 志賀山越 残雪 夏衣 扇／ 乞巧奠
鶉 野分 廣沢池眺望 九月九日 霙 椎柴／ 聞恋
顕恋 怨恋 寄風恋 寄橋恋 寄鳥恋

840 二十首 同三二廿二水無瀬宮御法楽題者雅重
子日 聞鴬 春月 庭花 夕蛙 早苗 夜蛍／ 野薗
暁虫 海月 初鳫 菊露 木枯 深雪／ 聞恋 逢恋
恨恋 浦舟 窓竹 神社

841 二十首 同四二朔冷泉家會始當座
早春雪 行路梅 春月幽 花下友 暮春蛙 新樹露
夜郭公／ 杜納涼 野径萩 虫声滋 月前鳫 紅葉浅
秋欲暮 時雨雲／ 庭寒草 早梅匂 寄河恋 寄杜恋

旅宿ノ夢　海ノ眺望

842 二十首　延享元七廿七當座御會題者雅香

江上ノ霞　木ノ残雪　帰厂離々　月前ノ花　松ノ藤　郭公一声

採二早苗一／　納涼　荻似二人ノ来ルニ一　露如レ玉　社頭ノ月　河ノ霧

紅葉浅シ　夕ノ落葉／　雪埋二帰路一　向二炉火一　夢中ニ契恋

別恋　眺望　述懐多シ　」

843 二十首　同二二十一冷泉家當座

初ソ春ノ雪　若草　春ノ月幽也　見レ花　夕ノ雲雀　新樹　山ノ郭公／

納涼　七夕ノ契　萩ノ露　海上ノ月　擣衣　暮ノ秋ノ虫　落葉／

嶺ノ初雪　埋火　忍ヒテ待恋　変スル恋　暁ノ更雲　眺望

844 二十首　同二二廿二水無瀬宮御法楽題者同上

餘寒ノ氷　鶯ノ梅　春ノ月朧也　見レ花　春欲スレ暮ント　新樹　海ノ郭公／

路ノ薄　秋ノ夕　鹿声遠　河ノ霧　籬ノ菊　瀧ノ落葉　積ル雪／

寄レ朝恋　寄レ夕恋　寄レ夜恋　橋上ノ苔　述懐　祝言遍シ

845 二十首　同年五九當座御會題者為村

初春ノ梅　谷ノ鶯　月前ノ花　苗代　春欲スレ暮ント　新樹　郭公頻也／

夕立　草花早シ　秋ノ夕　名所ノ月　籬ノ菊　紅葉深シ　時雨　」

雪埋レ竹　鷹狩　初テ見恋　契恋　松積レ年　浦ノ鶴

846 二十首　同三二朔冷泉家當座

朝ノ露　庭ノ梅　帰鴈　見レ花　雲雀　新樹　夏ノ草／　納涼

萩ノ露　聞レ虫　山ノ月　擣衣　紅葉　水鳥／　初雪　歳暮

聞恋　逢恋　海ノ旅　浦ノ鶴

847 二十首　同年二廿二水無瀬宮御法楽題者為村

早春ノ河　餘寒ノ風　春ノ月幽也　花満レ山　暮春ノ蛙　暁ノ郭公

杜ノ納涼／　初ソ秋ノ衣　七夕ノ梶　霧中ノ鴈　水辺ノ月　紅葉ノ霜

夕ノ落葉　野外ノ雪／　忍ヒテ久恋　祈リテ逢恋　惜レ別恋　隣里ノ雞

海ノ遠望　寄レ社祝

848 二十首　同年三十八柿本影供當座御會題者同上

雪中ノ梅　浦ノ春ノ月　山花盛也　夕ノ雲雀　暮春ノ藤　初郭公

夏ノ月涼シ

樹陰ノ蝉　七夕ノ舟　野ノ草花　名所ノ月　霧隔レ舟　擣衣寒シ　」

時雨晴／　夕千鳥　雪中松　寄レ山恋　寄レ木恋　旅行友
寄レ道祝

849　二十首　同年五廿二當座御會題者同上
若菜知レ時　竹裏鶯　深夜春月　花下送レ日　苗代水
暁郭公　夏草露滋／　納涼風　七夕後朝　草花盛也　田家月
擣衣何方　暮秋虫　時雨雲／　名所千鳥　雪中炭竈
忍切恋　変レ約恋　山家松風　寄レ都祝

850　二十首　同年十二廿四月次御會題者同上
霞　鶯　花　郭公　五月雨　草花　月／　紅葉　雪　氷
神祇　釈教　暁　暮／　山路　海辺　禁中　宴遊　公事
祝言

851　二十首　同四二廿二水無瀬宮御法楽題者雅香
初春山　野若菜　河春月　花映レ日　暮春藤　聞二郭公一
雨中蛍／　秋露滋　尋二虫声一　深夜月　海辺鹿　雁成レ字
時雨晴／　浦千鳥／　契待恋　祈逢恋　被レ忘恋　関路雲
旅宿夢　寄レ道祝

852　二十首　同年十二廿九冷泉家當座
河早春　竹裏鶯　岸柳　野雉　松上藤　卯花盛也　郭公／
照射　瞿麦　夏祓　初秋風　庭荻　見レ月　鹿声遠／
紅葉深　時雨晴　残菊　深夜雪　寒松　冬祝言

853　二十首　同五二廿二水無瀬宮御法楽題者為村
山霞　梅風　春雨　見レ花　苗代　郭公　夏草／　納涼
夕萩　遠鹿　待レ月　擣衣　紅葉　松霜／　千鳥　深雪
待恋　顕恋　旅行　祝言

854　二十首　寛延二二二冷泉家當座
鶯　梅　柳　若草　櫻　卯花　蛍／　夏祓　七夕　荻　薄
月　紅葉　霜／　水鳥　雪　逢恋　恨　松　祝言

855　二十首　同年同月廿二水無瀬宮御法楽題者雅重
初春山　鶯知レ春　梅薫レ風　名所花　藤花盛也　暁郭公
採二早苗一／　七夕契　厂初来　山月明也　秋田露　籬下菊
浦千鳥　遠山雪／　忍久恋　契待恋　初逢恋　関路雞
池辺松　寄レ國祝

856 二十首 同三二廿八冷泉家當座
梅薫レ風ニ 若草 山ノ花 夕ノ苗代 欵冬 待二郭公一 夏草滋シ
／ 納涼 野ノ草花 聞レ虫 深夜ノ月 擣衣 紅葉 時雨ノ雲」
千鳥 竹ノ雪 寄レ海恋 寄レ木恋 旅泊 寄レ鶴祝

857 二十首 宝暦三二十八當座御會
子ノ日ノ松 野ノ若菜 岡ノ残雪 花満レ山 春ノ夕ノ雨 郭公幽也
採二早苗ヲ一／ 納涼ノ風 新秋ノ露 七夕ノ契 深夜ノ鹿 海邉ノ月
紅葉深シ 時雨ノ雲／ 浦ノ千鳥 遠村ノ雪 忍ヒテ待恋 欲スルレ別ント恋
山家ノ嵐 名所ノ鶴

858 二十首 同年同月廿二水無瀬宮御法楽題者為村
梅 蕨 櫻 雉 藤 巂（ホトヽギス） 橘／ 蓮 荻 露 月 菊 蒙（モミヂ）
霜／ 雪 衾 雲 河 松 舟

859 二十首 同年三廿七當座御會題者雅香
海ノ霞 若菜 春ノ曙 欵冬 松藤 菖蒲 河ノ蛍」
夕ノ蝉 路ノ薄 枕ノ蛬 波ノ月 野ノ鶉 黄葉 時雨／ 網代
炉火 遠恋 近恋 暁ノ灯 往事

860 二十首 同年九廿九同上題者同上
柳辨レ春ヲ 帰鴈 園中ノ花 野ノ菫菜 惜レ春 杜ノ郭公 對レ泉ニ
／ 萩漸ク盛也 朝ノ露 秋ノ月明也 隣ノ擣衣 暮秋 落葉 冬ノ田ノ氷
／ 見恋 待テシキ空恋 忘恋 晩ノ鐘声 橋ノ苔 行路ノ市

861 二十首 同五二二同上題者為村
若草 梅 春雨 櫻 野遊 郭公 橘／ 瞿麦 七夕 萩
月 紅葉 菊 時雨／ 千鳥 雪 祈恋 思 田家 松」

862 二十首 同年十一十三同上題者雅香
立春ノ霞 澤ノ若菜 花盛ニ開ク 河ノ苗代 晩春ノ鶯 聞二郭公一
橘薫レ風／ 林頭ノ蝉 七夕ノ契 萩露滋シ 海辺ノ月 夕ノ擣衣
杜ノ紅葉 時雨過ル／ 磯ノ千鳥 野外ノ雪 忍ヒテ待恋 祈リテ逢恋
旅行ノ友 松年久シ

863 二十首 同九二七冷泉家當座
初ソ春ノ山 海ノ霞 鶯為レ友ト 夕ノ花 苗代 籬ノ卯花 郭公稀也／
早秋ノ露 荻風 月前ノ厂 擣衣 紅葉浅シ 時雨 暁ノ更ノ雪／

待恋　初逢恋　被忘恋　田家水　湖眺望　浦鶴

864 二十首　同十正廿八御當座

初春鶯　春草　花似雲　苗代　松上藤　郭公　早苗多／
納涼　七夕契　萩露　月為友　擣衣　紅葉深　時雨／
雪埋竹　埋火　忍逢恋　久恋　名所鶴　祝言」

865 二十首　同十一五冷泉家伝来古今集秘本開封　勅許之節玉津島社奉納

早春　谷鶯　柳垂絲　春月　花欲散　郭公　五月雨／
夕鶯　早涼到　露深　島月　鳫初来　籬菊　落葉／
氷始結　月前雪　待恋　逢恋　浦鶴　寄道祝

866 二十首　同頃年月可尋之柿本社奉納為村卿詠之

初春霞　鶯馴　柳靡風　翫花　苗代　待郭公　夏草／
舩納涼　荻風　尋虫声　浦月　深山鹿　紅葉遍　残菊／
氷初結　雪埋松　寄山恋　寄枕恋　山家　寄神祝

867 二十首　同上當座御會

餘寒雪　柳風　遠山花　春曙　松上藤　聞郭公　夏草／
近荻　秋夕　野外鹿　翫月　嶺紅葉　浦千鳥　積雪」

待空恋　初逢恋　別恋　幽径苔　名所里　寄松祝

868 二十首　同上水無瀬宮御法楽

早春河　馴鶯　名所花　春月　春田雨　郭公　盧橘風／
納涼　新秋露　草花　野外鹿　杜月　紅葉深　時雨雲／
朝雪　浦千鳥　忍待恋　逢恋　里烟　松積年

869 二十首　同上當座御會

遠山霞　竹鶯　花處々　苗代水　暮春　新樹　夕郭公／
納涼　萩露　尋虫声　木間月　見菊　九月盡　木枯／
河上氷　水鳥　待恋　稀逢恋　旅宿　竹為友

870 二十首　明和三九廿八柳原光綱卿七回忌追善題者為村

霞　鶯　春月　花　藤　郭公　菖蒲」
蛍　萩　露　秋夕　月　菊　時雨／寒草　雪　夢　懐旧
述懐　釈教

871 二十首　同五二朔冷泉家稽古始當座

鶯知春　若草　春雨晴　花盛也　松上藤　郭公　盧橘風／

河蛍　萩如錦　叢蛍　月出山　擣衣　紅葉霜　時雨／
浦千鳥　竹雪　不逢恋　契恋　名所鶴　慶賀

872 二十首　同年同月廿六御當座題者為村

若菜　梅　早蕨　櫻　苗代　葵　郭公／蛍　七夕　萩
駒迎　月　擣衣　時雨／雪　炉火　松　海路　旅　祝

873 二十首　同七二四冷泉家當座始

早春霞　松残雪　梅薫袖　河辺柳　名所花　山新樹
庭卯花／萩上露　虫声滋　山月明　暁初厂　遠擣衣
落葉霜　夕深雪／契待恋　忍切恋　逢増恋　庭上竹
松久緑　鶴立洲

874 二十首　同八三十四冷泉家當座

朝霞　柳露　春月　帰厂　庭花　郭公　菖蒲／草花
納涼　野鹿　翫月　擣衣　菊盛　寒草／積雪　埋火
契恋　増恋　籬竹　春祝

875 二十首　同年八廿九同上

野若菜　夕鶯　春月幽　見花　里欸冬　郭公　夏草滋／
納涼　早秋風　草花　月前情　河霧　紅葉浅　時雨／
雪中友　早梅　不逢恋　変恋　田家水　述懐

876 二十首　年紀可尋之冷泉家出題

早春松　新正梅　暁帰雁　夕花　暮春霞　嶺郭公　夏艸／
夜蛍　新秋露　草花　河霧　社頭月　紅葉深　寒草霜／
湖氷　朝雪　契待恋　逢増恋　竹為友　寄神祝

877 二十首　同上

春雲　春霞　春風　夏山　夏河　夏野　秋草／秋木
秋竹　冬鳥　冬獣　冬虫　春恋　夏恋／秋恋　冬恋
春夢　夏夢　秋夢　冬夢

878 二十首　同上

松上霞　鶯鳴梅　柳交水　静見花　春日遅　残春
新竹／山郭公　深夜蛍　萩露重　秋花蔵水　毎夜馴月
水邉菊　雨後虫
紅葉色々　暮天霜　嶺樹雪　暁神楽　門杦　仙家

879 二十首 同上
海上晩霞　遠村梅　山寺春月　花已盛也　暮春鶯
盧橘薫レ袖　水上蛍飛／　荻似二人来一　鹿声幽　秋夕傷レ心
月照レ露　蔦紅葉　落葉埋レ路　湖辺初雪／　寄レ雲初恋
寄レ山別恋　寄レ鳥顕恋　故郷夕雨　河水流清　社頭松久
880 二十首 同上
山霞　春月　見レ花　雲雀　暮春　郭公　五月雨／　納涼
荻風　浦月　黄葉　寒草　水鳥　積雪／　祈恋　別恋
恨恋　巌松　窓竹　洲鶴
881 二十首 同上
江上霞　依レ風知レ梅　帰鴈幽也　花似レ雲　船中暮春
葵懸レ簾　夕鵜河　」
井邉納涼　秋田霧　月夜荻　名所擣衣　芦葉帯レ花
野鷹狩　歳暮雪／　尋不レ逢恋　聞レ声恋　被レ忘恋
山家松　雲間鶴　寄レ國慶賀
882 二十首 同上
山霞　春月　花盛也　夕帰鴈　欵冬　暁郭公　夏草／　野萩
秋田鹿　山月　擣衣幽也　紅葉　松雪　千鳥／　忍恋
不レ逢恋　恨恋　羇中関　山家　寄レ國祝　」

雑

883 二十首 宝永七長岡天満宮内々御法楽題者為綱
天　月　風　朝　夕　夜　山／　野　河　巌　田　庭　閨
芝／　苔　松　榊　玉　鏡　祝　」

（半丁分空白）　」

二十四首題一

884 二十四首 後栢原院時代對類和歌
高　低　遠　近　浅　深　遅　速／　厚　薄　親　疎　視
聴　前　後／　左　右　閑　忙　清　濁　新　舊　」

二十五首題 九

885 二十五首 年紀可尋之冷泉家出題

山霞 梅遠薫 海邊春月 暮天帰厂 見花 花盛久
落花随風／ 春田雨 巌藤 暮春残鴬 祈恋 不逢恋
契夕待恋 逢恋／ 暁別恋 被厭恋 忘恋 恨世恋
山家雲 田家夜雨 古郷松風／ 古寺竹 水郷鳥 旅泊
神祇

886 二十五首 同上

旅泊夏 岡卯花 郭公声遠 雲外郭公 郭公稀 採早苗
渓五月雨／ 嶺五月雨 里盧橘 夏草滋 滝下蛍 嶋瞿麦
舟納涼 村夕立／ 杜夏祓 初恋 見恋 憑恋 恨恋
増恋 別恋／ 晩鐘 暁夢 述懐 往事 」

887 二十五首 同上

立秋 野萩 暁露 隣槿 蔦風 初雁 叢虫／ 嶺月
湖月 黄葉 初恋 見恋 憑恋 祈恋／ 遇恋 顕恋
怨恋 旧恋 山家 籬竹 海路／ 野宿 懐旧 蕭寺
瑞籬

888 二十五首 同上

早秋月 月前萩 月前薄 月前露 月前初厂 月前田
月前擣衣／ 月前菊 月前紅葉 暮秋月 寄月見恋
寄月祈恋 寄月契恋 寄月待恋／ 寄月顕恋
寄月変恋 寄月恨恋 寄月絶恋 山月 河月 海月／
嶌月 旅宿月 月前松 月前鶴

889 二十五首 同上 」

初秋萩 砌薄 霧中厂 山鹿 枕上虫 秋夕 秋見月／
擣衣幽 菊露 夕紅葉 寄月恋 寄雨恋 寄山恋
寄河恋／ 寄木恋 寄草恋 寄鳥恋 寄獣恋
寄夢恋 寄旅恋 羇旅／ 海路夕 山家烟 古寺
社頭榊

890 二十五首 同上

初秋風　秋夕　山初厂　月前待人　月忘憂　田邉鹿
籬虫／　秋霜　行路紅葉　惜秋　寄鏡恋　寄灯恋
寄簾恋　寄蓑恋／　寄笠恋　寄布恋　寄縄恋
寄箒恋　羇中暁　松風　里烟／　古郷草　草菴雨
閨扇　祝

891　二十五首　同上
時雨過　寒松風　鶴拂霜　暁聞千鳥　寒夜月明也
炭竈夕烟　驛路雪
」
夜思山雪　朝深雪　歳暮霰　寄暁恋　寄朝恋
寄夕恋　寄衣恋／　寄袖恋　寄夢恋　寄涙恋
寄旅恋　寄遠恋　寄近恋　山寺鐘／　草菴雨　海邉松
雲隔遠望　名所山

892　二十五首　同上
朝子日　杜間霰　水邉鶯　曙春雨　花留客　春日遅
蛙声幽也／　市郭公　磯夏月　見池蓮　路頭萩　雨夜虫
遠山鹿　月似古／　霧中鶉　蔦紅葉　岡寒草　水鳥多

檜原雪　契待恋　忍逢恋／　恨身恋　暮林鳥　閑中灯
竹久友
」

恋

893　二十五首　土御門院御製
寄風恋　寄月恋　寄雲恋　寄露恋　寄雪恋　寄山恋
寄河恋／　寄野恋　寄浦恋　寄関恋　寄松恋
寄櫻恋　寄竹恋　寄萩恋／　寄葛恋　寄鴬恋
寄蛍恋　寄雁恋　寄蛬恋　寄鴛恋　寄衣恋／
寄枕恋　寄鏡恋　寄燈恋　寄筵恋
」

増補和歌明題部類上終
」

増補和歌明題部類下

三十首題 百九十六

春

1 三十首 永正三三十八勅題

見レ花ヲ 翫フレ花 折レ花 嶺上ノ花 野径ノ花 河ノ花／ 関ノ花
磯ノ花 花似タリレ雲ニ 花似レ雪 月前ノ花 風前ノ花／ 雨後ノ花
禁中ノ花 隣家ノ花 閑中ノ花 草菴ノ花 花留ムレ人ヲ／ 惜ムレ花ヲ
落花 寄セテレ花ニ契恋 寄テレ花逢恋 寄レ花別恋 寄レ花変恋／
寄花恨恋(ママ) 寄スルレ花旅 寄レ花夢 寄レ花述懐 寄レ花神祇
寄レ花祝

2 三十首 寛文十一二廿五聖廟御法楽

栽レ梅 若木ノ梅 梅始テ開 折レ梅 挿頭ノ梅 梅盛リ也 」
見レ梅ヲ 翫レ梅 梅ノ風 霞ノ中ノ梅 暁ノ梅 曙ノ梅／ 朝ノ梅 夕ノ梅
夜ノ梅 梅遠ク薫ル 行路ノ梅 梅移ルレ水ニ／ 津ノ梅 里ノ梅 遠村ノ梅
禁中ノ梅 社頭ノ梅 故郷ノ梅／ 山家ノ梅 垣根ノ梅 簷端ノ梅
窓前ノ梅 紅梅遅シ 路ノ梅

3 三十首 同十二二朔御當座

江上ノ霞 野ノ鴬 山ノ残雪 梅薫ルレ袖ニ 春ノ暁ノ月 遠ク尋レ花／
花盛ニ開ク 花随フレ風ニ 岡ノ雉 暮春ノ藤 初恋 忍恋／ 不レ逢恋
祈恋 契リテ待恋 逢テ増ス恋 惜レ別ヲ恋 後朝ノ恋／ 立レ名ニ恋
恨恋 関路ノ雞 浦ノ松 窓ノ竹 山家ノ嵐／ 田家ノ水 旅行
旅宿 夕ノ眺望 神祇 寄レ道祝

4 三十首 天和三二六中院亭初卯會 」

海邊ノ霞 朝ノ鴬 雪中ノ若菜 梅ノ香ノ留ルレ袖ニ 柳靡クレ風ニ 春ノ月幽也／
帰雁遥也 遠ク尋レ花 花ノ下ニ送レ日 落花如レ雪ノ 苗代ノ蛙 摘レ菫ヲ
／ 野径ノ雲雀 江ノ藤 山家ノ暮春 忍レ涙ヲ恋 祈リテ難レ逢恋
契リテ待恋／ 逢テ後増恋 惜レ別恋 依テレ涙ニ顕ル、恋 被レ厭ハ恋
惜レ身恋 暁ノ夢／ 鐘ノ声何方 閑居ノ友 名所ノ鶴 旅人渡レ橋
述懐依ルレ人ニ 寄レ道祝

5 三十首 元禄十壬二十五 仙洞石清水社御法楽

暁鶯　春雪　折レ梅　田柳　早蕨　春雁／岡雉　花雪
花雲　野遊　燕来　夕蛙／杜若　扉藤　残春　聞恋
尋恋　誓恋／語恋　帰恋　増恋　争恋　負恋　庭鶴／
原鷹　汀鴎　淵鷺　牧馬　梢猿　池亀　」

6　三十首　同十二三十五同上

野外朝霞　竹亭聞レ鶯　水郷若菜　寝覚梅風　遠浦春曙
幽栖春雨／月前帰雁　樵路早蕨　山寒花遅　花下送レ日
落花入レ簾　晴天遊絲／滝下藤花　欵冬露繁
留レ春不レ駐　思不レ言恋　相互忍恋　不レ堪レ尋恋／
俄初逢恋　深夜帰恋　見レ形厭恋　人伝怨恋　絶経レ年恋
澗戸雲鎖／村々烟細　芦隔二漁火一　夕陽映レ嶋
旅人渡レ橋　披レ書逢レ昔　寄レ社祝言

7　三十首　享保八二廿九赤山社御法楽

子日　霞　柳　春駒　雲雀　遊絲／花　苗代　田蛙　菫
聞恋　見恋／忍恋　尋恋　祈恋　契恋　待恋　遇恋／
別恋　顕恋　雲　雨　山　海　」

木　草　山家　夢　述懐　神祇

8　三十首　同年三八愛宕社御法楽

霞満レ山　雪中鶯声　庭若草　梅薫レ風　閑居春雨　帰雁少
／花始開　花春友　野雲雀　河苗代　夕躑躅
藤花遶レ家／三月盡　忍久恋　見不レ逢恋　祈経レ年恋
互契恋　深更待恋／適逢恋　欲レ別恋　依レ涙顕恋
被レ変恋　人伝恨恋　関路雞／晩鐘遠聞　草菴松
窓前竹　山家夜夢　名所浦鶴　寄レ巌祝

9　三十首　同九二十八石見國柿本社御法楽

初春雪　霞春衣　野宿梅　水郷柳　朝若草　岡早蕨／
春湊月　帰雁遥　春暁花　春夕花　春夜花　池邉藤／
暮春雲　未レ言恋　祈レ身恋　不レ逢恋　契待恋　稀逢恋　」
忿別恋　後朝恋　顕レ涙恋　被レ忘恋　恨絶恋　関路雨／
古渡舟　薄暮烟　山家燈　河邉鳥　旅宿夢　寄レ世祝

10　三十首　元文四三十三詩歌當座御會

翫レ花　見レ花　馴レ花ニ　交ルレ花ニ　折レ花　曙ノ花／　夕ノ花
霞ノ中ノ花　月ノ前ノ花　松ノ間ノ花　山ノ花　麓ノ花／　関ノ花　杜ノ花
滝ノ花　池ノ花　浦ノ花　禁中ノ花／　社頭ノ花　故郷ノ花　山家ノ花
樵ノ路ノ花　寄レ花衣　寄レ花鐘／　寄レ花燈　寄レ花恋
寄レ花夢　寄レ花懐　寄レ花旅　寄レ花祝

11　三十首　同年同月廿三御當座

野ノ子ノ日　窓ノ梅　河ノ邉ノ柳　夕ノ春雨　春ノ月朧也　帰雁幽也／
栽レ花　折レ花　落花　籬ノ欵冬　寄レ月恋　寄レ風恋　」
寄レ暁恋　寄レ夕恋　寄レ河恋　寄レ浦恋　寄レ木恋　寄レ鳥恋
／　寄レ書恋　寄レ鐘恋　夜雨　窓ノ燈　庭ノ苔　山家ノ雲／
閑居ノ木　故郷ノ草　旅行　旅泊　神祇　名所ノ浦

12　三十首　寛保元三朔同上

霞遠クユ聳　竹ノ籬ニ聞レ鶯　水ノ邉ノ柳　深夜ノ春ノ月　花漸ク盛也　朝ノ菫菜
／　山田ノ苗代　雲雀揚ル　里ノ欵冬　藤花遶ルレ松　思テ不レ言恋
忍レ涙恋／　祈レ身恋　契テ経レ歳ヲ恋　待テ空恋　初テ逢恋
急テ別恋　遇テ不レ逢恋／　絶テ久恋　人ニ伝恨恋　松歴ルレ年ヲ

植テレ竹為レ友　鶴立レ洲ニ　遠村ノ烟／　山中ノ滝ノ音　名所ノ浦
関路ノ旅行　海邉ノ望　述懐非スレ一ニ　祝言遍シ

13　三十首　同年同月廿五同上題者為村

松ノ残雪　都ノ霞　梅落レ衣ニ　田ノ邉ノ柳　春ノ月　春雨晴ル、　」
帰雁連ルレ雲ニ　尋レ花　挿頭ノ花　霞ノ中ノ花　雨後ノ花
落花如レ雪ノ／　欵冬　浦ノ藤　惜ニ暮春一　見恋　不レ逢恋
適逢恋／　別テ無レ書恋　誓フ恋　久シキ恋　不レ忘恋　経ルレ年ヲ恋
恨恋／　欲スルレ絶ントレ恋　暁眠易シレ覚　庭ノ苔　竹不レ改レ色　羇旅ノ海
祝言

14　三十首　延享四三二同上

静ニ見レ花　翫レ花　折レ花　朝ノ花　夕ノ花　嶺ノ花／　野径ノ花
滝ノ邉ノ花　河ノ邉ノ花　池ノ邉ノ花　関ノ花　花似レ雲／　花似レ雪ニ
花映レ日　月ノ前ノ花　霞ノ中ノ花　禁庭ノ花　花交ルレ松ニ／　隣ノ花
閑居ノ花　故郷ノ花　草庵ノ花　山家ノ花　花留レ人／　花春ノ友
寄レ花旅　寄レ花夢　寄レ花述懐　寄レ花神祇　寄レ花祝

15　三十首　寛延三二十八　洞中住吉社御法楽　」

初春海　竹裏鴬　谷残雪　戸外梅　柳経年　嶺早蕨／
春月幽　杜春雨　暁帰雁　原春駒　漸待花　静見花／
夜落花　春日遅　故郷菫　苗代蛙　折躑躅　沢杜若／
欵冬盛　兼惜春　関路雨　遠村烟　深山滝　岸頭竹／
鶴宿松　羇中衣　羇中舟　閑中燈　夕樵夫　寄道祝

16　三十首　同年同月廿五聖廟御法楽詩哥御當座

早春梅　翫梅　折梅　挿頭梅　若木梅　梅未開／
梅始開（ママ）　梅花盛　梅香　月前梅　風前梅　雪中梅／
霞中梅　雨中梅　暁梅　朝梅　夕梅　夜梅／行路梅
野外梅　水邉梅　社頭梅　遠村梅　庭上梅／簷端梅
窓前梅　梅薫衣　梅薫枕　梅留客　梅交松」

17　三十首　宝暦三三十三詩歌當座御會

花始開　静見花　折花　山花　野花　関花／池邉花
滝邉花　河花　岸花　湖花　浦花／花似雲　花似雪
花映月　雨後花　都花　禁庭花／隣家花　閑中花

草菴花　花交松（ママ）　花間鴬　花留人／惜花　寄花忍恋
寄花逢恋　羇旅花　寄花夢　寄花祝言

18　三十首　年紀可尋之冷泉家出題

氷鮮　遠山霞　野宿梅　朝若菜　春雨　春濵月／渓帰雁
山家柳　春暁花　春夕花　深夜花　水邉藤／暮春
不逢恋　初恋　遠恋　閑居恋　別恋／逢夢恋　恨恋
祈恋　契恋　変恋　関路雲」

古渡舟　田家　古寺　河眺望　社頭杉　祝言

19　三十首　同上

海邉霞　窓梅　河邉柳　夕春雨　春暁月　帰雁幽／
栽花　折花　落花　籬欵冬　寄月恋　寄風恋／
寄暁恋　寄夕恋　寄河恋　寄浦恋　寄木恋　寄鳥恋
／寄書恋　寄鐘恋　夜雨　窓燈　庭苔　山家雲／
閑居木　古郷草　旅行　述懐　神祇　釈教

20　三十首　同上

早春　残雪　梅風　柳露　若草　春月／帰雁　見花

落梅　苗代　初恋　見恋／　祈恋　契恋　待恋　逢恋
別恋　顕恋　」
恨恋　絶恋　暁雞　嶺松　窓竹　旅行／　旅宿　山家
田家　述懐　神祇　祝言

21　三十首同上

早春山　霞中鶯　摘若菜　梅薫袖　暁春月　遠帰雁／
久翫花　夕惜花　苗代蛙　河欵冬　浦邉藤　三月盡／
寄月恋　寄雨恋　寄海恋　寄山恋　寄木恋　寄草恋
／　寄鳥恋　寄獣恋　寄枕恋　寄衣恋　嶺上雲
澗底松／　薄暮嵐　窓前竹　羇中友　獨述懐　懐舊涙
寄世祝

22　三十首同上

暁鶯　鶯馴　寝覚梅　柳垂糸　春雨　岸春草／　早蕨
春駒　花盛也　濵帰雁　雲雀落　藤埋松　」
暮春月　不逢恋　祈恋　憑恋　會恋　後朝恋／　近恋
隔恋　悔恋　久恋　恨恋　神祇／　海路　古郷　山家
樵夫　眺望　祝言

23　三十首同上

水郷朝霞　岡上若菜　竹裏聞鶯　谷底残雪　河邉古柳
夜風告梅／　田家春雨　旧宅残花　行路見花　橋下落花
旅宿帰雁　浦邉春月／　近砌欵冬　遠岸紫藤　三月盡雨
初祈請恋　忍経年恋　契違約恋／　馴不逢恋
待夜深恋　邂逅逢恋　憚人絶恋　隔遠路恋　人伝怨恋
／　被忘後恋　暮山松風　浦鶴鳴月　羇中山路
山家流水　夜深夢覚

24　三十首同上

都霞　春氷　二月餘寒　梅落衣　田邉柳　春月　」
帰雁連雲　尋花暮日　挿頭花　霞中花　雨後花
落花似雪／　欵冬　浦藤　惜暮春　見恋　不逢恋
適逢恋／　別無書恋　憑誓恋　久恋　忘恋　経年恋
惜身恋／　旧恋　暁眠易覚　庭松　竹不改色　羇旅海

神祇

25 三十首 同上

山ノ鴬告レ春ヲ　野外ノ朝霞　雪中ノ若菜　松上ノ残雪　隣家ノ梅花
柳糸随レ風／古宅ノ春雨　湖上ノ春月　山路ニ尋レ花
風静ニシテ花盛也　花有ニ遅速一　藤ヲ為ニ松ノ花一ト／樵路ノ躑躅
帰雁成レ字　海邉ノ春夕　寄レ月忍恋　祈テ難レ逢恋
逢テ不レ遇恋／逐テレ日増恋　不レ堪レ待ニ恋　寄ニ山鳥一恋
晩風催レ恋　夜ノ涙餘ルレ袖ニ　羇中ニ憶レ都／白鷺立レ洲ニ
山村烟細シ　往事如レ夢　暁眠易レ覚　寄レ燈釈教　社頭ノ松風
」

26 三十首 同上

霞隔ニ遠樹ヲ一　岸ノ残雪　鴬鳴レ梅ニ　水邉ノ柳　野外ノ若菜
海邉ノ春月／帰雁稀也　見テレ花恋ルレ友　對シテレ花思レ昔　落花ノ雨
河ノ邉ノ欸冬　藤似レ雲ニ／暮春如レ夢ノ　寄レ門恋　寄レ戸恋
寄レ屋恋　寄レ菴恋　寄レ庭恋／寄レ垣恋　寄レ石恋
寄レ玉恋　寄レ弓恋　寄レ原恋　薄暮ノ松風／山舘烟細シ
田里ノ路　蒼海雲低ル、　江ノ雨ニ鷺飛フ　杣河ノ筏　夕ノ眺望

27 三十首 同上

霞知レ春ヲ　雪間ノ若菜　古宅ノ梅　新柳垂ル、レ絲ヲ　山ノ春雨
湖上帰雁／野春草　花有ニ遅速一　花盛久シ　落花随レ風
苗代ノ蛙　藤花埋レ松／三月盡ジン　寄レ鏡恋　寄レ鐘恋
寄レ衣恋　寄レ枕恋　寄レ筵恋／恋ノ思　恋ノ涙　恋ノ夢
恋ノ名残　恋ノ形見　山家ノ夢覚ル／田家ノ烟　海村ノ松風
野ノ亭ノ夜雨　山家ノ水　樵路ノ夕　寄レ道祝言
」

28 三十首 同上

霞遠聳クユ　晩鴬声幽也　梅散レ水ニ　水邉ノ古柳　去雁遥一也（ママ）
花洛ノ春月／花未タレ飽ス　惜ニ落花ヲ一　残花少シ　山田ノ苗代
雲雀揚ル　藤花遶レ樹／暮春ノ夢　思テ不レ言恋　不レ逢恋
憑ムレ契ヲ恋　祈請シテ逢恋　依テレ涙顕恋／歎クニ無キ名ヲ一恋
遇テ不レ逢恋　互ニ恨恋　被レ忘恋　絶テ後悔恋　遠村ノ雞
」
山寺ノ夕鐘　山舘烟細シ　行路ノ市　旅泊ノ暁夢　寄レ山懐旧
寄レ世神祇

29　三十首　同上

暮山霞　鶯呼客　澤春草　柳似烟　朧夜月　花未飽／
花處々　山落花　野径雉　帰雁稀也　春田雨　河欵冬／
池岸藤　寄鏡恋　寄鐘恋　寄玉恋　寄杉恋　寄綱恋
／寄床恋　寄車恋　寄舩恋　寄篷恋　寄棹恋
遠村雞」
山家燈　水郷烟　山寺夢　海路鳥　旅宿雨　湖夕望

30　三十首　同上

霞山衣　樹陰残雪　窓下梅　水郷柳　濵春雨　春月幽也／
遠見帰雁　毎春花芳　依花恨風　惜落花
愛欵冬　紫藤埋松／　暮春鶯　寄秋月恋
寄秋風恋　寄秋露恋　寄秋山恋　寄秋野恋／
寄秋木恋　寄秋草恋　寄秋鳥恋　寄秋虫恋
寄秋夢恋　閑居秋風／　山家夜　古寺残灯　関路旅
原上旅宿　往事催涙　社頭注連」

夏

31　三十首　宝徳四五廿五尭孝出題

首夏風　朝葵　薄暮郭公　寝覚郭公　採早苗
對橘問昔／　岡樗　水雞何方　五月雨晴　嶺照射
野夏草　水邉夏月／　蛍過窓　樹陰納涼　河夏祓
尋縁恋　祈難逢恋　忍通書恋／　契待恋　俄逢恋
後朝切恋　顕涙恋　絶不知恋　遠村雞／　夕鐘
山家送年　田家興　名所橋　江舟　述懐依人

32　三十首　元禄九五廿一御當座

首夏水　新樹　卯花　遠郭公　郭公頻也　早苗／　盧橘露
五月雨　照射　夏野月　瞿麦　蚊遣火」
江蛍　納涼風　六月祓　聞恋　見恋　祈身恋／　契夕恋
暁別恋　顕恋　久恋　湖上舟　巌苔／　洲鶴　山家路
窓灯　述懐　思往事　祝言

33　三十首　同十五廿四　仙洞石清水社御法楽

首夏風　待郭公　寝覚郭公　郭公遍　忩早苗

盧橘薫ルレ枕ニ／　五月雨晴ル、　夏草ノ露　夏ノ月易レ明　嶺ノ照射
垣ノ夕顔　林間ノ蟬／　深夜ノ蛍　松下ノ納涼　河ノ邉ノ夏祓
思テ不レ言恋　僅ニ見恋　馴テ不レ逢恋／　契テ待恋　逢テ後増恋
惜レ別恋　顕レ涙ニ恋　恨テ絶恋　山舘ノ雲／　鐘ノ声何方　暮村ノ烟
水郷ノ眺望　旅宿ノ夢　思二往事一　祈レ世神祇

34 三十首　同十一五十八同上
更衣　卯花　郭公　早苗　夏草　夏ノ月　」
盧橘　菖蒲　五月雨　鵜河　照射　夕立／　納涼　聞恋
見恋　近キ恋　遠キ恋　不レ逢恋／　逢恋　白ナル地恋　久恋
寝覚恋　旅ノ恋　朝ノ雲／　夕ノ鐘　窓ノ灯　山家　海路　市ノ商客
神祇

35 三十首　享保八四十一赤山社御法楽
新樹ノ風　卯花　挿ノ葵　待二郭公一　郭公頻也　早苗／　盧橘
五月雨　水雞　夏草　夏ノ月　水ノ邉ノ蛍／　夕立　杜ノ蟬　納涼
初恋　互ニ忍恋　見恋／　不レ逢恋　逢恋　後ノ朝恋　馴ル恋
白ナル地恋　恨恋／　絶恋　山家　田里　羇中ノ友　述懐

寄レ日祝

36 三十首　同九六十八播州柿本社同上
浦ノ夏ノ月　径ノ夏草　鵜舟多シ　原ノ照射　草ノ菴ノ蛍　滝ノ邉ノ蟬／　」
簷ノ夕垣　夕立晴ル、　深山泉　閨ノ中扇　暁ノ恋　朝ノ恋／　晝ノ恋
夕ノ恋　夜ノ恋　老恋　幼恋　遠恋／　近キ恋　旅ノ恋
雲浮二野水一　海村烟幽也　雨中ニ待レ友　山家松老タリ／
田家人稀也　旅泊ニ重レ夜　野ノ宿夢覚ル　江上眺望　寄レ月述懐
為ニレ君祈レ世

37 三十首　元文四六七御當座
夏草ノ露　夏ノ月涼シ　郭公稀也　暁ノ照射　夕ノ鵜河　橋ノ邉ノ蛍／
池上ノ蓮　尋二氷室一　夕立過ル　垣ノ夕顔　雨後ノ蟬　閨ノ中扇／
松下ノ泉　船ノ納涼　杜ノ夏祓　夏ノ待恋　夏ノ契恋　夏ノ別ル、恋／
夏ノ増ス恋　夏ノ厭フ恋　夏ノ忘ル、恋　夏ノ恨ル恋　夏ノ絶ル恋　夏ノ天象／
夏ノ地儀　夏ノ居所　夏ノ植物　夏ノ動物　夏ノ人事　夏ノ雑物　」

38 三十首　同五四十九御當座

首夏　餘花　河卯花　尋二郭公一　里郭公　杜樗／梅雨
夏暁月　瞿麦　池蛍　垣夕顔　蚊遣火／滝邉蝉　扇風
晩夏　忍恋　聞恋　馴恋／別恋　寄レ天恋　寄レ雲恋
寄レ鳥恋　寄レ獣恋　浦松／窓竹　山家　田家　海眺望
述懐　寄レ弓祝

39　三十首　同年五十五同上
新樹風　卯花　挿葵　待二郭公一　郭公頻也　早苗／盧橘
五月雨　水雞　夏草　夏月　水邉蛍／夕立　杜蝉　納涼
初恋　忍レ涙恋　見恋／不レ逢恋　逢恋　後朝恋　馴恋
白地恋　恨恋　」
絶恋　暁雞　谷橋　旅行　樵夫　海邉望

40　三十首　寛保元五朔同上
岡新樹　隣卯花　都郭公　夕早苗　砌盧橘　樗誰家／
浦夏月　愛二瞿麦一　瀬鵜河　嶺照射　滝下蛍　遠夕立／
晩夏蝉　泉避レ暑　水風涼　初見恋　久祈恋　契待恋／
夢逢恋　暁帰恋　名立恋　隔レ年恋　恨絶恋　雞告レ暁／
晩鐘声　遠村竹　橋上苔　行路市　望二遠帆一　獨述懐

41　三十首　同三四廿八同上
嶺新樹　卯花　挿頭葵　遠郭公　郭公頻也　早苗／盧橘
五月雨　水雞　夏草　夏月　河邉蛍／夕立　杜蝉　納涼
初恋　共忍恋　見恋　」
不レ逢恋　逢恋　後朝恋　馴恋　白地恋　恨恋／絶恋
暁灯　晩鐘　旅宿友　眺望　寄レ日祝

42　三十首　延享五五八仙洞玉津島社御法楽四月分
朝更衣　餘花　岡新樹　河卯花　葵露　待二郭公一／早苗
簷橘　梅雨　水雞　夏月涼　庭瞿麦／夏草　鵜舟多
池蛍　垣夕顔　夕立晴　梢蝉／扇風　夏祓　洩始恋
祈恋　逢増恋　別恋／顕恋　谷橋　沼芦　浦眺望　述懐
寄レ國祝

43　三十首　宝暦三五十六御當座
盧橘　郭公　菖蒲　早苗　夏草　夏月／瞿麦　鵜河
夕立　晩夏　初恋　忍恋　」

祈ル恋　契恋　待恋　逢恋　別恋　顕ル、恋／　変スル恋　稀ナル恋
暁ノ雲　夜ノ雨　澗ノ水　浦ノ松／　窓ノ燈　古郷　海路　羇旅
眺望　祝言

44 三十首　年紀可尋之冷泉家出題
夏ノ山　雲間ノ郭公　忩ハシ二早苗一　盧橘薫ルレ風ニ　江ノ菖蒲
五月雨久シ／　河ノ夏ノ月　瀬ノ鵜河　嶺ノ照射　深夜ノ蛍　夕立早過ル
終日對スレ泉ニ／　暮林ノ納涼　寄レ風恋　寄レ月恋　寄レ海恋
寄レ原恋　寄レ木恋／　寄レ草恋　寄レ鳥恋　寄レ虫恋
寄レ枕恋　寄レ篷恋　窓中ノ灯／　田家ノ水　旅宿ノ雨　旅宿ノ鳥
述懐多シ　思二往事ヲ一　社頭ノ松

45 三十首同上
首夏　卯花　郭公　盧橘　早苗　照射」
夏草　夏ノ月　鵜河　暁ノ蛍　夕立　納涼／　初恋　忍恋
祈恋　契恋　待恋　逢恋／　別恋　顕ル、恋　恨恋　絶ル恋
暁ノ雞　澗ノ水／　窓ノ竹　故郷　旅行　海路　眺望　祝言

46 三十首同上
首夏ノ風　岡ノ新樹　郭公頻也　採二早苗一　泊ノ水雞　野ノ夏草／
雨中ノ蛍　垣ノ夕顔　麓ノ納涼　杜ノ夏祓　寄レ鏡恋　寄レ枕恋／
寄レ床恋　寄レ櫛恋　寄レ琴恋　寄レ笛恋　寄レ車恋　寄レ筏恋
／寄レ篷恋　寄レ棹恋　隣里ノ雞　草菴ノ雨　山舘ノ竹　橋上ノ苔
／田家ノ水　塩屋ノ烟　行路ノ市　羇中ノ衣　旅宿ノ夢　眺望」

47 三十首同上
行路ノ夏衣　短夜ノ月　蛍照スレ叢ヲ　夕立晴ル　水郷ノ夕顔
蓮ノ露似タリレ玉ニ／　氷室ノ風　閨中ノ扇　泉引ク二晩涼ヲ一　荒和祓
思テ不レ言恋　時々見ル恋／　久クル祈恋　尋ルレ契ヲ恋　待テ不ルレ堪恋
稀ニ逢恋　深夜ニル、別恋　歎ク二無名ヲ一恋／　被ル、レ忘ラ恋　恨レ身恋
暁ノ眠易シレ覚　薄暮ノ雨　山家ノ嵐　田家ノ鳥／　古寺ノ鐘　江ノ邉ノ芦
関屋ノ烟　岸頭ニ待レ舟　羇中ニフ憶レ都ヲ　社頭ノ松

48 三十首同上
山ノ家ノ夏月　郭公漸ク稀也　林中ノ水雞　菴ノ五月雨　湖邉ノ蛍多シ
朝ニ折ル二瞿麦ヲ一／　池上ニ見レ蓮ヲ　夏艸露滋シ　樹陰ノ蝉ノ声

閨中扇風　夕立早過　松下流水／　名所夏祓　初祈請恋
忍経年恋　契違約恋　馴不逢恋　待深夜恋／
邂逅遇恋　憚人絶恋　顕後悔恋　被厭賤恋　被忘後恋
暮山松風／　浦鶴鳴月　野外旅宿　海路眺望　山家鳥馴
深夜夢覚　薄暮述懐」

49 三十首同上

月前郭公　忩早苗　径夏草　苅菖蒲　雨中盧橘　樗露
／河五月雨　水上夏月　暁水鶏　澤邉蛍　夕立風
寄朝恋／　寄夕恋　寄夜恋　寄思草恋　寄浅茅恋
寄海松恋　寄松恋／　寄槙恋　寄嶋恋　寄蛛恋
名所浦　山家夕　羇中関／　海路友　路芝　樵路雨　短夢
懐舊涙　寄風述懐

50 三十首同上

莭後菖蒲　梅雨留客　海邉夏草　名所瞿麦　深更照射
六月郭公／　蛍入疎簾　遠村夕立　馬上聞蝉
竹下納涼　寄日忍恋　寄雲尋恋／　寄石待恋

寄田逢恋　寄雁別恋　寄猿稀恋　寄楢顕恋
寄苔悔恋／　寄鼎変恋　寄鼓恨恋　山家橋危
野亭水色　暁鳥遠林　仙人乗鶴」
旅宿纔夢　舟中見嶋　閑居手習　追年懐旧　釋教依人
貴賤祝言

51 三十首同上

月前郭公　對橘問昔　水郷早苗　岡五月雨　原照射
山中蝉声／　朝氷室　軒夕顔　閨中扇　瀬夏祓　暁恋
朝恋／　晝恋　夕恋　夜恋　老恋　初恋　遠恋／　近恋
旅恋　暮林鳥宿　田家鷺　杣河筏　岸頭待舟／
泊雨滴篷　獨懐旧　憂喜同夢　述懐言盡　胸消是非
心静延壽

52 三十首同上

夏風　夏雲　夏雨　夏日　夏月　夏星／　夏山　夏岡
夏河　夏野　夏松　夏杉／　夏藻　夏芝　夏竹　夏雞
夏鷺　夏馬」

夏牛　夏犬　夏虫　夏衣　夏枕　夏扇／　夏船　夏鐘
夏恋　夏旅　夏夢　夏懐

秋

53　三十首　永仁二九月盡禅林寺殿
朝露結来　暮風空過　行人隔霧　古壁蛬　寝覚聞雁
鹿声近枕／　草花交色　夜々擣衣　籬下槿　田家電光
秋日急雨　晴夜月」
夜陰月　路頭月　在明月　寝所月　遠樹梢漸紅也
菊花憶昔／　羇旅暮秋　山家九月盡　初欲出詞恋
忍忘恋　聞久恋　隠在所恋／　適逢恋　見増恋　互別恋
恨隠恋　契変恋　絶久恋

54　三十首　永亨四八十三正徹獨吟三十首
初秋月　月前草花　雨後月　松間月　山家月　月前竹風／
野径月　澤邊月　月前聞雁　浦邊月　月照滝水
杜間月／　月前秋風　江上月　月前虫　月前鹿　旅泊月
月前草花／　菊籬月　暮秋暁月　寄雲恋　寄風恋
寄雨恋　寄草恋／　寄木恋　寄鳥恋　寄獣恋
寄船恋　寄琴恋　寄衣恋

55　三十首　年紀可尋之雅康卿出題
雨中荻　風前薄　槿花　松虫　鈴虫　床蛬
鹿声近　待月　月出山　浦月　月前鐘　有明月／
隣擣衣　秋田　林紅葉　初恋　見恋　稀恋／　怨恋
寄日恋　寄風恋　寄烟恋　栽竹　巌苔／　田家水
杣河筏　旅宿　思往事　述懐　祝言」

56　三十首　同上信尋公光廣卿等詠之
立秋風　初秋雨　七夕　萩露　荻風　野虫／　原鹿
曙初雁　秋夕　夜露　月出山　待月／　見月　翫月
惜月　河霧　浦擣衣　水邊菊／　初紅葉　暮秋霜
寄月恋　寄雲恋　寄山恋　寄河恋／　寄木恋
古寺松　山家路　旅泊浪　述懐　神社

57 三十首 正保八八十五中院亭放生會法楽 」
初ソ秋ノ露 原上ノ薄 朝ノ野分 秋ノ夕ノ思 虫ノ声滋 雲外ノ雁／
月前ノ風 月前ノ水 月前ノ松 曙ノ山ノ霧 里ノ擣衣 菊久ク盛也／
紅葉浅シ 寄レ月恋 寄レ夜恋 寄レ浦恋 寄レ河恋 寄レ松恋
／寄レ苔恋 寄レ鳥恋 寄レ蛬恋 寄レ鐘恋 寄レ船恋
暁ノ天山／ 薄暮ノ野 深夜雨 窓前ノ灯 山家雲 故郷ノ草
社頭ノ水

58 三十首 天和二八四初卯中院家
残暑 織女ノ契 荻ノ風 萩ノ露 秋ノ田 尋ニ虫ノ声ヲ一／ 野ノ鹿
雁初テ来ル 秋ノ夕 嶺上ノ月 海邊ノ月 江ノ月冷／ 浅キ霧 遠キ擣衣
紅葉ノ霜 寄レ雲恋 寄レ露恋 寄レ烟恋／ 寄レ草恋
寄レ鳥恋 寄レ衣恋 寄レ筵恋 寄レ枕恋 暁ノ述懐／ 閑中ノ灯
山ノ旅 海ノ旅 野旅 浦ノ浪 瑞籬 」

59 三十首 同三九十三御當座
九月十三夜 月前ノ風 月前ノ雲 月前ノ露 山ノ月 杜ノ月／
岡ノ月 関ノ月 野ノ月 河ノ月 池ノ月 江ノ月／ 浦ノ月 故郷ノ月
山家ノ月 月前ノ萩 月前ノ薄 月前ノ女郎花／ 月前ノ雁 月前ノ鹿
月前ノ虫 水郷ノ月 寄レ月忍恋 寄レ月待恋／ 寄レ月尋恋
寄レ月別恋 寄レ月恨恋 寄レ月述懐 寄レ月旅行
寄レ月神祇

60 三十首 貞享二八三中院亭放生會
月前ノ風 月前ノ雲 月前ノ烟 月前ノ露 山ノ月 杜ノ月／ 岡ノ月
関ノ月 野ノ月 河ノ月 池ノ月 江ノ月／ 浦ノ月 故郷ノ月 山家ノ月
水郷ノ月 月前ノ萩 月前ノ薄／ 月前ノ女郎花 月前ノ雁 月前ノ鹿
月前ノ虫 寄レ月忍恋 寄レ月待恋 」
寄テレ月尋ル恋 寄レ月別恋 寄レ月怨恋 寄ルレ月述懐
寄レ月旅行 寄レ月神祇

61 三十首 同頃飛鳥井家出題
砌ノ荻 田ノ上ノ稲妻 露ノ底ノ虫 旅雁連レ雲ニ 鹿ノ声 夜ノ友 秋ノ夕ノ情
／月前ノ鐘 月出ルレ山 有明ノ月 暁ノ鳴 野ノ鶉 故郷ノ擣衣／
葛ノ風 紅葉浅深 暮ノ秋ノ雨 尋レ縁恋 祈テ難レ逢恋

毎夕待恋／ 忍逢恋 後朝恋 依涙顕恋 被厭恋
恨後絶恋 雞声何方／ 山館燈 海村烟 海路日暮
旅宿夢 述懐非一 社頭松

62 三十首 元禄八八廿七御當座
残暑 聞荻 故郷萩 蘭薫風 秋田 尋虫声／ 野鹿
雁初来 秋夕 嶺上月 江月冷 河邉月／ 渡霧 遠擣衣
紅葉霜 伝聞恋 見恋 逢夢恋 」
誓恋 馴恋 被厭恋 歎名恋 絶恋 暁述懐／ 閑中灯
山旅 海旅 野旅 浦鶴 瑞籬

63 三十首 同十八八仙洞石清水社御法楽題者為綱
初昇月 停午月 漸傾月 月前風 月前雲 月前烟／
峯月照松 月浮澗水 野月露深 瀧邉月 月移河水
海邉月／ 磯上月 禁中月 社頭月 山家月 田家月
月前虫／ 月前雁 月前鹿（ママ） 月前草花 月前苔 月前竹
月前紅葉／ 月前擣衣 月前管絃 寄月夢 寄月恋
寄月神祇 寄月祝君

64 三十首 同十一九十五同上
新秋 残暑 朝荻 折萩 夜露 蛬虫／ 谷鹿 園月
船月 都月 野分 夕鶉 」
岡葛 黄葉 惜秋 恋鏡 恋枕 恋衣／ 恋髪 恋硯
恋筆 恋扇 恋灯 山風／ 路雨 田里 海村 河藻
巌苔 神祇

65 三十首 享保八七廿一御當座
新秋風 兼待七夕 幽居荻 原薄 苔上露 墻槿
虫声何方 遠山鹿 雲間稲妻 夕月 深更月 暁月／
秋時雨 暮天旅雁 山家霧 田鴫 擣衣妨夢 庭菊／
古寺紅葉 残秋 聞音恋 祈恋 来不留恋 後朝恋／
顕恋 隣里雞 径雨 野宿 水郷眺望 緑竹年久

66 三十首 同年八十八石見國柿本社御法楽
行路萩 薄随風 槿花 松虫 鈴虫 床蛬 」
鹿声近 待月 月出山 浦月 月前鐘 有明月／

擣衣寒シ　渡ノ霧　紅葉深シ　初恋　見恋　稀ナル恋／　怨ル恋
寄レ日恋　寄レ風恋　寄レ烟恋　栽ルレ竹　巌ノ苔／　田家ノ水
杣ノ河筏　旅宿　思二往事ヲ一　述懐　祝言

67　三十首　同年九十八播磨國柿本社御法楽

暁ノ露　萩映スレ水ニ　秋ノ田稲妻　渡ノ雁　湊ノ秋ノ夕　終夜見レ月／
惜二残月ヲ一　河ノ上ノ朝ノ霧　擣衣忩シ　墻ノ葛　庭ノ菊　柞ノ紅葉／
折二紅葉ヲ一　暮秋時雨　九月盡ジン　寄二秋ノ風ニ一恋　寄二秋ノ山ニ一恋
寄二秋木一恋／　寄二秋ノ鳥ニ一恋　寄二秋ノ獣ニ一恋　寄二秋ノ衣ニ一恋
寄二秋枕一恋　秋ノ夜ノ雨　秋ノ山家／　秋ノ田家　秋ノ旅宿　秋ノ旅泊
秋ノ眺望　秋ノ神祇　秋ノ祝言

68　三十首　同九七十八石見國同上」

早クノ涼到ル　野ノ萩ノ露　薄似レ袖ニ　槿未タレ開カ　寝覚ノ虫　雁初テ来ル／
田家ノ鹿　秋ノ夕ノ情　杜ノ間ノ月　秋ノ苑スノ月　窓ノ中ノ月　澤ノ畔ノ鳴／
隣ノ擣衣　岡ノ紅葉　秋ノ時雨　寄レ雲恋　寄レ烟恋　寄レ橋恋／
寄レ淵恋　寄レ嶋恋　寄レ石恋　寄レ玉恋　寄レ貝恋　名所ノ山
／　海路遠シ　暮林ノ鳥　閑中ノ灯　市ノ商客　思二往事ヲ一　暁ノ神祇

69　三十首　同十九十三　院御當座題者雅香朝臣

九月十三夜　夕ノ月　夜ノ月　暁ノ月　山ノ月　谷ノ月／　岡ノ月
杜ノ月　関ノ月　檜ノ月　水ノ邉ノ月　池ノ月／　江ノ月　滝ノ月　河ノ月
湖ノ月　浦ノ月　濵ノ月／　崎ノ月　島ノ月　泻ノ月　泊ノ月　渡ノ月
田ノ月／　都ノ月　禁中ノ月　社頭ノ月　水郷ノ月　寄レ月ニ眺望
寄テレ月祝フレ國ヲ」

70　三十首　同十六八十六　日光御門跡御上洛　公宴御當座

十六夜ノ月　雲間ノ月　霧ノ中ノ月　月ノ前ノ烟　月ノ前ノ時雨　露ノ上ノ月／
月似タリレ霜ニ　山ノ月初テ昇ル　杜ノ間ノ月　野ノ外ノ月　関ノ屋ノ月
月照ス二古橋ヲ一／　海ノ邉ノ月　古渡ノ月　社頭ノ月　月ノ山家ノ友
田家ノ月　竹亭ノ月／　月ノ下ノ浅茅　菊ノ籬ノ月　月ノ前ノ松ノ風　月ノ前ノ虫
月ノ前ノ雁　暁ノ月聞ニレ鹿ヲ／　月ノ下ノ擣衣　月照スレ枕ヲ　月似レ鏡ニ
船中ノ月　旅宿ノ月　名所ノ月

71　三十首　元文五壬七四御當座

萩盛ニ開ク　薄随レ風ニ　槿花　松虫　鈴虫　床ノ蛬／　鹿ノ声近シ
待レ月　月出ルレ山ヲ　浦ノ月　月ノ前ノ鐘　有明ノ月／　擣衣　渡ノ霧

野径鶉　初恋　見恋　稀恋／　怨恋　寄日恋　寄風恋
寄烟恋　砌竹　巌苔　」
田家水　杣河筏　旅泊　思往事　述懐　鶴立洲
72 三十首　同年九廿五御會
初紅葉　翫紅葉　紅葉浅　紅葉深　紅葉色々　紅葉遍／
遠紅葉　近紅葉　紅葉映日　月照紅葉　紅葉添雨
雨後紅葉／　紅葉待霜　紅葉帯霜　露染紅葉
霧篭紅葉　暁紅葉　朝紅葉／　夕紅葉　夜紅葉　山紅葉
林紅葉　水邉紅葉　庭紅葉／　垣紅葉　簷紅葉
紅葉交松　紅葉如酔　紅葉似錦　暮秋紅葉
73 三十首　寛保元七廿四御當座題者為村
荻似人来　初萩　蘭　薄村々　槿未開　露深／　虫
鹿交草花　秋夕　山月初昇　海邉月　惜月／
擣衣欲曙　紫菊　松蔦　忍恋　不逢恋　久恋　」
寄秋風恋　寄秋露恋　寄涙恋　寄心恋　寄身恋

関雞／　名所橋　風破旅夢　猿　山家　秋述懐　秋祝言
74 三十首　同二七十同上題者雅香
早秋風　草花露　薄似袖　隣槿　聞虫　野鹿／　秋田
山月明　湖月　花洛月　遠初雁　暁霧／　擣衣　菊映水
紅葉深　忍恋　未逢恋　増思恋／　逢恋　朝別恋
名立恋　忘恋　恨恋　暮村竹／　磯松　山家　杣河筏
旅宿　述懐　寄日祝
75 三十首　寛延元七廿一　洞中住吉社御法楽題者雅重
立秋　近荻　河萩　路薄　朝露　松虫／　谷鹿　秋田
都月　夕雁　渡霧　擣衣　」
濵菊　黄葉　暮秋　忍恋　尋恋　聞恋／　契恋　逢恋
別恋　恨恋　暁鐘　夜燈／　滝水　橋苔　旅友　眺望
往事　瑞籬
76 三十首　同年八廿七　洞中玉津島社御法楽題者為村
秋風　秋雲　秋烟　秋朝　秋夕　秋夜／　秋山　秋野
秋田　秋海　秋河　秋池／　秋窓　秋園　秋墻　秋草

秋ノ木　秋ノ竹／　秋ノ鳥　秋ノ獣　秋ノ虫　秋ノ色　秋ノ香　秋ノ声／
秋ノ衣　秋ノ燈　秋ノ舟　秋ノ恋　秋ノ旅　秋ノ祝

77　三十首　宝暦三九十三詩歌御會
十三夜ノ月　月前ノ風　月前ノ雲　月前ノ霧　月前ノ烟　月前ノ露」
花洛ノ月　禁中ノ月　水郷ノ月　故郷ノ月　山家ノ月　田家ノ月／
月前ノ荻　月前ノ薄　月前ノ松　月前ノ柞　月前ノ椎　月前ノ雁／
月前ノ鴫　月前ノ鹿　月前ノ虫　月前ノ鐘　月前ノ衣　月前ノ枕／
月前ノ船　寄レ月恋　寄レ月旅　寄レ月懐　寄レ月夢　寄レ月祝

78　三十首　同十七七同上
七夕日（シツセキノ）　七夕待レ夜ヲ　野外ノ七夕　七夕ノ瀬　海邉ノ七夕
禁中ノ七夕／　家々七夕　閑ニ思二七夕ヲ一　七夕言レ志
七夕催スレ興ヲ　七夕ノ即事　七夕ノ草／　七夕ノ木　七夕ノ鳥
七夕ノ獣　七夕ノ虫　七夕ノ枕　七夕ノ布／　七夕ノ書　七夕ノ硯
七夕ノ筆　七夕ノ管弦　七夕ノ扇　七夕ノ薫／　七夕ノ筏　七夕ノ車
旅宿ノ七夕　七夕ノ述懐　七夕ノ神祇　寄二七夕一祝

79　三十首　同十一八十五御會」

禁中ニ翫レ月　雲収テ月明也　月光映スレ露ニ　暮天ノ月　深更ノ月
山端ノ月／　林中ノ月　池月添レ光　月照ス二海邉ヲ一　月下ノ萩
月下ノ薄　月下ノ松／　月下ノ竹　月下ノ雁　月下ノ鶴　月下ノ猪
月下ノ馬　月下ノ松虫／　月下ノ鈴虫　月下逢レ人　月下別レ人ニ
海人歌レ月ニ　樵客帰ルレ月ニ　月下擣衣／　月前ノ管弦　月前ノ遠情
寄レ月懐旧　寄レ月述懐　寄レ月神祇　寄テレ月祝レ國ヲ

80　三十首　明和四八十六詩歌御當座題者為村
不知夜ノ月　月前ノ雲　月前ノ霧　月前ノ烟　月前ノ露　社頭ノ月／
禁中ノ月　故郷ノ月　山家ノ月　田家ノ月　月前ノ荻　月前ノ薄／
月前ノ松　月前ノ杉　月前ノ椎　月前ノ雁　月前ノ鴫　月前ノ鹿／
月前ノ猿　月前ノ虫　月前ノ鐘　月前ノ衣　月前ノ枕　月前ノ船／
月前ノ筏　寄レ月恋　寄レ月旅　寄レ月懐　寄レ月夢　寄レ月祝」

81　三十首　年紀可尋之冷泉家出題
立秋ノ露　野ノ浅茅　旅床ノ虫　鹿声遥也　海上ノ雁飛フ　古寺ノ秋ノ夕／
山ノ月初テ昇ル　月前ノ鐘　夕ノ霧埋レ山　名所ノ紅葉　見恋　祈恋／

逢恋　顕ルヽ恋　怨恋　朝ノ恋　夕ノ恋　旧キ恋／　遠キ恋　近恋
砌ノ下ニ有レ松　鶴立レ洲ニ　山家人稀也　田家ノ水／　樵夫入レ山ニ
半夜ノ旅泊　夕陽映レ嶋ニ　湖水ノ眺望　獨ノ懐旧　心静ニシテ延レ寿

82　三十首同上
荻ノ告レ秋　幽栖ノ萩　薄未タレ出レ穂ニ　鹿ノ声驚スレ夢ヲ　雲間ノ雁
虫ノ声近レ枕ニ／　秋ノ田ノ稲妻　山家ノ月　水郷ノ月　古屋ノ月
擣衣何方　紅葉浅深／　秋欲スントレ暮　忍レ涙恋　顕テ後変スル恋
隠スレ所ヲ恋　契レ夕ヲ恋　待テ空恋／　俄ニ初テ逢恋　疑二真偽一恋
別レテ無レ書恋　恨レ身恋　旧事ノ恋　残月越レ関ニ」
薄暮ノ雨　山館樹多シ　古寺ノ鐘　旅泊ノ夢　朝ノ眺望　懐旧非レ一

83　三十首同上
荻ノ風　萩ノ露　夕ノ虫　夜ノ鹿　山ノ月　野ノ月／　江ノ月　籬ノ菊
擣衣　暁ノ霧　紅葉　暮秋／　寄レ月恋　寄レ露恋　寄レ海恋
寄レ橋恋　寄レ木恋　寄レ草恋／　寄レ鳥恋　寄レ虫恋
寄レ枕恋　寄レ衣恋　浦ノ松　窓ノ竹／　山家　田家　古寺
海路　述懐　神祇

84　三十首同上
朝ノ萩　田ノ上ノ稲妻　露底ノ虫　旅雁連レ雲ニ　鹿ノ声夜ノ友　秋ノ夕ノ情
／　月前ノ鐘　月出ルレ山ヲ　有明月　暁ノ鴫　野ノ鶉　故郷ノ擣衣／
蔦ノ風　紅葉浅深　暮秋ノ雨　尋レ縁恋　祈テ難レ逢恋　毎夕待恋」
忍逢恋　後朝ノ恋　依テレ涙ニ顕ルヽ恋　被テレ厭ハ恨恋　恨テ後絶ル恋
雞ノ声何方／　山館ノ灯　海村ノ烟　海路ノ暮　旅宿ノ夢
述懐非レ一ニ　社頭ノ松

85　三十首同上
夕ノ萩　草花　初雁　暁ノ虫　秋ノ風　秋ノ露／　秋ノ夜　籬ノ菊
擣衣　浦ノ月　杜ノ月　残秋／　槿花　紅葉　暮秋　聞恋
見ル恋　契恋／　空キ恋　稀ナル恋　片恋　恨恋　忘恋　古寺／
山家　田家　古郷　海路　懐旧　羇旅

86　三十首同上
立秋　萩ノ露　薄ノ風　夕ノ鹿　夜ノ虫　初雁／　秋ノ田　山ノ月
海ノ月　野ノ月　河ノ霧　擣衣」

秋ノ霜　紅葉　残菊　寄レ雲恋　寄レ雨恋　寄レ風恋／
寄レ月恋　寄レ浦恋　寄レ江恋　寄レ関恋　寄レ原恋　塩屋ノ烟
／　薄暮ノ松　山家ノ嵐　田家ノ鳥　羇中ノ橋　述懐多シ　社頭ノ水

87　三十首同上

初ソ秋ノ朝　七夕　野ノ萩ノ露　庭ノ荻ノ風　夜ノ鹿　夕ノ虫／　霧ノ中ノ初雁
山ノ月　浦ノ月　水ノ郷ノ月　聞二擣衣ヲ一　栽ルレ菊ヲ／　秋ノ霜
松ノ間ノ紅葉　暮秋　寄レ月恋　寄レ露恋　寄レ松恋／　寄レ河恋
寄レ石恋　寄レ玉恋　寄レ鐘恋　寄レ舟恋　暁ノ雞／　夜ノ灯
軒ノ松　嶺ノ雲　磯ノ浪　山家ノ嵐　羇中ノ泊

88　三十首同上

幽栖ニ秋来ル　夜深テ聞レ荻　萩ノ花蔵レ水　秋ノ夕傷レ心　遠天ノ旅雁
明月如シレ晝ノ」
名所ノ擣衣　霧ノ中ニ求レ泊　霜ノ草虫吟ス　山路ノ秋ノ雨　思テ不レ言恋
祈テ難レ逢恋／　歎二無名ヲ一恋　不レ堪レ待ニ恋　憑二誓言ヲ一恋
深更ニ帰恋　逐レ日増恋　見レ形厭恋／　披レ書恨恋
絶テ経レ年恋　残月ニ越レ関　風破ル二旅ノ夢ヲ一　山家人稀也　樵路日暮ル

／　晴後ノ遠水　蒼海雲低ル、　江ノ邉ニ鷺飛フ　夜ノ涙餘レ袖ニ
憂喜依レ人　竹契ニ二遐年一

89　三十首同上

行ソ路ノ初秋　古郷ノ荻　薄ノ風　田家ノ鹿　海ノ朝ノ霧　林ノ月／
浪ノ上ノ月　浅ノ茅ノ月　暮天ノ雁連ル　虫ノ声枯ル、　原ノ鶉　暁ノ擣衣／
垣ノ蔦　庭ノ紅葉　暮秋ノ月　寄レ風恋　寄レ烟恋　寄レ嶺恋／
寄レ岡恋　寄レ榊恋　寄レ藻恋　寄レ鳥恋　寄レ蛛恋　寄レ袖恋
／　寄レ筵恋　鐘ノ声何方　雲浮二野水ニ一　澗戸ノ鳥啼ク
湊ノ頭ノ旅宿　社ノ頭ノ注連

90　三十首同上」

新秋ノ露　荻ノ風　行ノ路ノ薄　田ノ稲妻　霧ノ中ノ初雁　暮ノ山ノ鹿／
夜ノ虫　独見レ月　終夜翫フレ月ヲ　在明ノ月　擣衣　折二紅葉ヲ一／
暮秋ノ霜　秋ノ朝ノ恋　秋ノ夕ノ恋　秋ノ夜ノ恋　秋ノ暁ノ恋　寄二秋ノ天ニ一恋／
寄二秋ノ地ニ一恋　寄二秋ノ風ニ一恋　寄二秋ノ雨ニ一恋　寄二秋ノ旅ニ一恋
寄二秋ノ夢ニ一恋　古寺ノ秋ノ鐘／　水郷ノ秋ノ雨　山家ノ秋ノ枕　田家ノ秋ノ筵
羇中ノ秋ノ恋　秋ノ述懐　秋ノ懐旧

91 三十首 同上

紅葉一樹　雨後紅葉　紅葉遍　紅葉深　紅葉盛　紅葉色々

／紅葉透松　岡紅葉　杣紅葉　紅葉映水　暮秋風

暮秋雨／　暮秋雲　暮秋霧　暮秋露　暮秋霜　暮秋興

九月盡夕／　九月盡夜　九月盡暁　秋忍恋　秋待恋

秋契恋　秋逢恋／　秋別恋　秋厭恋　秋変恋　秋顕恋

秋恨恋　秋絶恋　」

冬

92 三十首 元禄十十二廿一仙洞石清水社御法楽題者為綱

落葉随風　枯野霜　冬田氷　寒閨月　薄暮千鳥

芦間水鳥／　深夜霰　遠嶺雪　雪埋苔径　雪庭樹花

向炉火　老少送年／　伝聞恋　夢中見恋　尋契恋

祈身恋　忍契恋　来不留恋／　後朝恋　欲顕恋

被厭恋　俄変恋　披書恨恋　絶不忘恋　」

山家流水　窓前竹　鶴声近枕　漁舟連波　市商客

寄神祝

93 三十首 同十一十二十五同上

初冬朝　閨時雨　橋上霜　杜落葉　岡寒艸　冬月冴／

滝邉氷　遠千鳥　水鳥多　霰似玉　禁庭雪　故郷雪／

狩場雪　炭竈烟　都歳暮　寄関恋　寄海恋　寄鳥恋／

寄獣恋　寄衣恋　寄帯恋　寄涙恋　寄夢恋　山家春

／山家夏　山家秋　山家冬　羇中鏡　独述懐　寄神祝

94 三十首 享保八十十八石見國柿本社御法楽

杜時雨　夕落葉　田霜　江寒草　湖氷　夜千鳥／　水鳥

網代寒　栢霰　初雪　閑中雪　檜雪／　狩場風　遠炭竈

早梅　隣里雞　草菴雨　山家　」

野亭　岸頭竹　橋苔　塩屋烟　行路市　林鳥／　羇中友

旅泊波　望遠帆　述懐　思往事　寄杉祝

95 三十首 同十六十一廿八（ママ）御當座題者雅香

初冬霜　夜時雨　路落葉　江寒芦　冬田氷　寒夜月／

泊千鳥　水鳥馴　屋上霰　雪散風　庭雪深　里炭竈／

向炉火　忍涙恋　洩始恋　祈身恋　待契恋　逢増恋
／欲別恋　名立恋　被厭恋　恨悔恋　絶久恋　遠山朝
／野夕風　河邊鳥　羇中席　谷樵夫　述懐多　寄竹祝

96 三十首　元文五十廿七同上題者為久
氷初結　落葉霜　寒草少　河冬月　浦千鳥　江水鳥／
狩場霰　山路雪　嶺炭竃　歳暮梅　寄風恋　寄月恋　」
寄海恋　寄岡恋　寄杜恋　寄林恋　寄鳥恋　寄鐘恋
／寄心恋　寄衣恋　暁天雞　閑中灯　遠村松　山館竹
／旅宿嵐　旅泊浪　故郷雨　水郷芦　古寺水　社頭杉

97 三十首　寛保二十五　同上
時雨告冬　路落葉　野外霜　芦葉枯　滝邉氷　水鳥遊藻
／残雁連雲　河網代　冬江月　霰驚夢　狩場暮
雪似花／　炭竃烟細　向炉火　禁中神楽　共忍恋
祈身恋　契待恋／　見書増恋　稀逢恋　惜別恋
被忘恋　絶経年恋　晴天鶴／　暁鐘声　松影映池
砌下竹　旅行重日　思往事　寄民祝

98 三十首　寛延元十廿八　洞中住吉社御法楽
時雨　落葉　寒草　木枯　残雁　千鳥　」
水鳥　網代　寒月　篠霜　河氷　柴霰／　山雪　炉火
歳暮　寄月恋　寄露恋　寄山恋／　寄橋恋　寄木恋
寄草恋　寄鳥恋　寄獣恋　寄枕恋／　寄衣恋　浦松
海路　山家　述懐　慶賀

99 三十首　年紀可尋之冷泉家出題
初雪　浅雪　積雪　山雪　嶺雪　岡雪／　杜雪　野雪
関雪　濵雪　磯雪　浦雪／　河雪　雪中望　雪埋松
竹雪深　雪散風　雪似花／　雪似雲　雪似浪　雪中鳥
雪中獣　里雪　草菴雪／　閑居雪　田家雪　船中雪
樵路雪　寄雪旅　寄雪祝

100 三十首同上
初冬山嵐　時雨雲　落葉埋橋　屋上霜　行路雪
竹亭聞霰／　水氷不流　夕千鳥　朝見水鳥　雪夜月明也
鷹狩帰路　河網代／　炭竃烟　炉火忘冬　梅告春近

寄レ日恋　寄レ月恋　寄レ星恋／　寄レ雪恋　寄レ風恋
寄レ雨恋　寄レ露恋　寄レ霧恋　寄レ烟恋／　寄レ塵恋
夜過ル二関路ヲ一　海邉波近シ　行路待レ人　旅宿ノ暮ノ雨　松久シキ友

101　三十首同上

初ソ冬ノ時雨　落葉ノ霜　山ノ冬ノ月　寒夜ノ千鳥　淵ノ水鳥　閨ノ上ノ霰／
氷閉ルレ流ヲ　竹ノ雪深シ　夕ノ鷹狩　炉火忘レ冬　庭ノ早梅　都ノ歳暮／
寄レ草恋　寄レ木恋　寄レ鳥恋　寄レ獣恋　寄レ虫恋
寄二遊女一恋／　寄二傀儡一恋　寄二海士一恋　寄二樵夫一恋
寄二商人一恋　暁ノ遠情　夕ノ幽思／　山家人稀也　田家烟
旅泊重レ夜ヲ　独ノ述懐　往事如レ夢ノ　寄二神祇一祝　」

102　三十首同上

時雨向フレ夜ニ　落葉浮レ水ニ　残菊帯レ霜　原ノ寒草　氷始テ結
見二冬ノ月ヲ一／　津ノ千鳥　淵ノ水鳥　寒閨ニ聞レ霰　鷹狩日暮ル
洛ノ初雪　孤島ノ雪／　関路ノ雪　禁中神楽　老人惜レ年
寄レ日恋　寄レ雨恋　寄レ烟恋／　寄レ塵恋　寄二杣木一恋
寄二塩木一恋　寄二朽木一恋　寄二埋木一恋　松ヲ作レ友ト／

窓前ニ栽レ竹　幽径ノ苔　暮林鳥宿ス　旅人渡レ橋　独ノ懐旧
暁ノ観念

103　三十首同上

寒松ノ霜　氷始テ結フ　冬ノ月冴ル　島ノ千鳥　田ノ残雁　網代ノ雪／
椎柴ノ霰　野ノ浅キ雪　山ノ深キ雪　路中ノ雪　杜ノ神楽　炭竈ノ烟／
歳暮ノ梅　忍レ涙恋　洩始ル恋　祈レ身恋　契テ待恋　逢テ増恋／
後ノ朝恋　立レ名ニ恋　被レ厭恋　恨テ悔恋　絶テ久恋　暁ノ更ノ雞　」
薄暮ノ鐘　山家ノ松　行路ノ市　旅宿ノ風　湖ノ眺望　寄レ神祝

104　三十首同上

枯野ノ篠　寒草ニ纔ル残　浦伝ノ千鳥　水鳥多シ　霜夜ノ月　橋ノ上ノ霰／
洛陽ノ初雪　驛路ノ雪　竹ノ雪深シ　連日ノ鷹狩　炉邉ノ閑談
家々除夜／　初恋　見恋　祈恋　契恋　別ル、恋　顕ル、恋／
稀ナル恋　怨恋　旧恋　旅ノ恋　寺近シテ聞レ鐘　松葉處々／
鶴帰ルレ皐ニ　暮林鳥宿ス　故山ノ幽栖　半夜ノ旅泊　夕陽映スレ嶋ニ
憂喜同レ夢ニ

105　三十首同上

寒庭霜　閨上雹　松上雪　濵邉寒艸　暁天千鳥　淵上水鳥
／雨中網代　月前神楽　晩頭鷹狩　深山炭竈　閑居埋火
舟中除夜／未通初恋　見手跡恋　聞音恋
絶不見恋　隠在所恋　来不逢恋」
憑人妻恋　絶後恋　寄井恋　寄鏡恋　寄錦恋
雲浮野水／田家暮雨　原上旅宿　湊頭旅泊
暁猿叫峡　江亭眺望　林下幽閑

106 三十首同上

時雨廻山　水邉寒艸　寒樹交松　芦葉帯霜　懸樋水氷
暁天千鳥／水鳥遊藻　冬夜對月　山路初雪　行路雪深
霰声驚夢　炉火欲消／歳暮炭竈　思不言恋
聞声増恋　時々見恋　尋不逢恋　祈請逢恋／
互惜別恋　依涙顕恋　逢後変恋　被忘久恋　恨身絶恋
夜過関路／鐘声何方　山家送年　田家夕烟
古寺老松　江雨鷺飛　寄社頭祝

107 三十首同上

遠郷時雨　濵邉寒芦　月照網代　連日鷹狩　氷留水声
寒閨聞霰／水鳥馴舟　霧中残雁　眺望山雪
雪埋苔径　祈難逢恋　歎無名恋」
不堪待恋　憑誓言恋　深更帰恋　後朝切恋
非心離恋　見形厭恋／披書恨恋　絶経年恋
残月越関　風破旅夢　嶺林猿叫　山家人稀也／
樵路日暮　蒼海雲低　漁舟連波　江雨鷺飛　夜涙餘袖
竹契遐年

108 三十首 同上飛鳥井家出題

朝霜　夕残菊　夜寒芦　朝氷　夕寒月　夜千鳥／朝水鳥
夕鷹狩　夜神楽　朝雪　夕雪　夜雪／朝忍恋　夕見恋
夜祈恋　朝契恋　夕待恋　夜逢恋／朝別恋　夕顕恋
夜尋恋　朝厭恋　夕変恋　夜恨恋／朝山家　夕松　夜旅
朝眺望　夕述懐　夜懐旧

109 三十首同上

冬風　冬雲　冬雨　冬日　冬月　冬山」

冬嶺　冬野　冬浦　冬河　冬木　冬草／　冬竹　冬鳥
冬獣　冬虫　冬衣　冬枕／　冬筵　冬床　冬雨　冬鐘
冬契恋　冬待恋／　冬別恋　冬恨恋　冬思恋　冬旅　冬夢
冬祝」

四季

110 三十首　元久元十二八幡三十首御會
春　夏　秋　冬　雑各六首

111 三十首　九条前内大臣家
早春霞　澤春草　暁梅　花満山　江上暮春　谷卯花／
野郭公　雨後鵜河　月前荻　夕虫　海邉鹿　閑庭薄／
名所擣衣　朝寒芦　深夜千鳥　故郷雪　聞声恋　稀恋／
増恋　怨恋　被忘恋　旅行　旅宿　旅泊／　山家松
山家橋　山家苔　寄神祇祝　寄水懐旧　寄雲述懐

112 三十首　弾正尹親王家題者中納言為藤卿
立春　霞　梅　春月　見花　落花／　藤　郭公　五月雨
納涼　初秋　草花
雁　鹿　山月　浦月　擣衣　時雨／　落葉　雪　忍恋
不逢恋　契恋　待恋／　別恋　絶恋　恨恋　暁　旅　祝」

113 三十首　文明十四　哥合
梅香留袖　荻音近枕　水郷柳　故郷萩　春曙　秋夕／
盛花　明月　暮春鶯　晩秋鹿　早苗多　寒草少／
雲間郭公　雪中待人　照射　網代　暁蚊遣火　深夜埋火
／　貴賤夏祓　都鄙歳暮　寄風恋　松風入琴　寄烟恋
遠村烟纖／寄山恋　山路旅行　寄草恋　草菴貽夢
寄鏡恋　對鏡悲老

114 三十首　永正頃道堅詠之
山霞　餘寒月　梅香留袖　菴春雨　羇中見花　落花風」
暮春　朝郭公　河五月雨　納涼　萩帯露　雲間初雁／
野亭秋風　嶺月　水邉月　處々紅葉　晩秋　旅宿時雨／
寒草霜　岡雪　忍久恋　毎夕待恋　別恋　隔遠路恋／

被忘恋　山家暁　旅行夕　夜述懐　雨中懐旧　釈教

115 三十首　同頃逍遥院被詠之

瀧霞　暁更鶯　橋柳　花留人　春曙　巌頭藤／関鵆
五月雨　夏草　鵜河篝　近萩　行路萩／秋風　野外鹿
對月　谷紅葉　朝霜　浦千鳥／原雪　向炉火　恋雲
通書恋　恋栢　祈久恋／恋鬘　古寺苔　閑居　夕幽思
旅友　都祝言」

116 三十首　同上石山法楽

立春　雪中鶯　山霞　霞中滝　暁帰雁　尋花／花雲
苅菖蒲　納涼　夕蛍　七夕　河上霧／月前露　野径月
暁鹿　水邉菊　暮秋虫　朝雪／故郷雪　湖邉雪　初恋
不逢恋　厭恋　稀問恋／見増恋　片恋　絶久恋
薄暮松　無常　海眺望

117 三十首同上

春　夏　秋　冬　恋　雑各五首

118 三十首同上

早春氷　子日　梅薫袖　餘寒月　盛花　花随風／
暮春鶯　郭公　五月雨　納涼　七夕　薄似袖／深夜虫
田上雁　山家月　惜月　紅葉　寒草」
水鳥　庭雪深　忍恋　夢中恋　誓恋　歎名恋／恨恋
暁雞　閑中灯　羇旅　述懐　祝言

119 三十首同上

山霞　野鶯　河柳　待花　遠花　欵冬／紫藤　郭公
夏月　納涼　萩盛也　路薄／暁鹿　嶺月　惜月　渡霧
紅葉　千鳥／雪朝　神楽　恋草　恋木　恋鳥　恋涙／
恋鐘　澗松　旅宿　故郷　蕭寺　神祇

120 三十首　同上多武峯法楽

連峯霞　松間鶯　梅浮水　静見花　暮春月　暁郭公／
夕早苗　水邉蛍　嶺夕立　船納涼　薄似袖　初聞雁」
深夜月　擣衣幽也　山紅葉　時雨過　寒草霜　篠上霰／
河千鳥　古寺雪　僅見恋　久祈恋　稀逢恋　恨偽恋／

被レ忘ラ恋　山家ノ雲　橋上ノ苔　旅宿ノ雨　暁ノ懐旧　社頭ノ祝

121 三十首　同頃道堅資直詠之後日逍遥院被和之

早春ノ霞　朝霞　夕梅　庭ノ春雨　見レ花　聞二郭公一／
五月雨久シ　水邉ノ蛍　遠キ夕立　樹陰ノ納涼　草花ノ露　霧ノ中ノ雁／
野ノ鹿　深夜ノ月　山ノ紅葉　初ソノ冬時雨　河ノ氷　連日ノ雪／
浦ノ千鳥　夜ノ神楽　忍恋　不レ逢恋　待恋　遇テ不レ逢恋／
恨恋　暁ノ雲　夜夢　羇中ノ灯　山家ノ嵐　社頭祝

122 三十首　慶長十四十一三近衛家當座詩歌

朝ニ聞レ鴬ヲ　依テレ風ニ知レ梅　柳先テレ花ニ緑也　終日對スレ花ニ　花ノ下ニ言レ志
春ノ雁離々　」
毎ニレ人惜レ春　郭公数声　蛍火透レ簾ニ　泉為ヲ二夏ノ栖ト一
荻似ノ二人ルニ来一　草花非レ一ニ／　秋ノ夕傷マシムレ心ヲ　月添二秋思ヲ一
寝覚ニ聞レ鹿　菊粧テ如レ錦ノ　紅葉一樹　寒樹交ルレ松ニ／　江ノ暮雪
逐テレ夜氷厚シ　嶺上ノ松　雨中ノ竹　苔ヲ為二石ノ衣ト一　暮林鳥宿ス／
獨ノ述懐　壮年ノ述懐　老後ノ述懐　寄レ日懐旧　寄レ月懐旧
寄レ硯ニ懐旧

123 三十首　寛永頃光廣卿詠之

霞ノ中ノ滝　梅薫レ枕ニ　春ノ月　獨見レ花　峯ノ花　落花／　野ノ雲雀
郭公　五月雨　澤ノ蛍　七夕　女郎花／　岡ノ鹿　尋二虫ノ声ヲ一
待レ月　湖上ノ月　擣衣　時雨／　暁ノ千鳥　炭竈　忍恋
不レ逢恋　隔ル恋　初テ逢恋／　別恋　恨恋　絶ル恋　古寺鐘
旅行　神祇　」

124 三十首　慶安四十廿　仙洞御會

初ソノ春ノ朝ノ霞　雪中ノ鴬　梅花薫レ簾ニ　柳似レ烟ニ　春ノ月朧也　花ハ春ノ友
／　樵ノ径躑躅　岡ノ新ジウ樹　暮山ノ郭公　蛍知レ夜　七夕ノ雲
草花早シ／　閑庭露繁シ　虫近レ枕ニ　花洛ノ月　秋ノ霧隔レ水ヲ
行路ノ紅葉　暁ノ落葉／　水鳥多シ　眺二望山ノ雪ヲ一　寄レ木恋
寄レ草恋　鳥　獣／　虫　山ノ館ノ竹　橋ノ上ノ苔　漁舟連レ浪ニ
旅宿ノ夢　寄レ道祝言

125 三十首　万治元九廿五　御當座

朝ノ鴬　門ノ柳　春ノ月　春ノ曙　翫レ花ヲ　帰雁／　欵冬　郭公
夏草　氷室　早秋　路薄／　夕ノ虫　崎ノ霧　湖ノ月　擣衣

黄葉　時雨／　雪朝　神楽　初恋　忍恋　待恋　逢恋／
顕恋　峯松　里竹　海路　眺望　神祇　」

126　三十首　寛文二二十七　御當座
初春霞　梅風　春暁月　春雨　帰雁遙也　山花盛也／　松藤
郭公　橘薫枕　納涼　風告秋　秋田／　萩露　虫声滋
夕初雁　海邉月　寄風恋　紅葉／　朝時雨　寒月　竹雪
寄木恋　寄雲恋　寄岡恋／　寄河恋　寄草恋
寄鳥恋　松歴年　旅行　寄亀祝

127　三十首　同十一五七　新院詩哥御會
處々立春　梅近聞鴬　對花無憂　松下躑躅
惜春不駐　竹亭夏来／　雲外郭公　河五月雨　行路夏草
晩夏蝉声　初秋朝露　萩花蔵水／　月多遠情
暁更初雁　暮秋擣衣　時雨告冬　閑庭落葉　葦間水鳥／
雪中眺望　炉火似春　寄天忍恋　寄山契恋　寄木厭恋
寄鳥偽恋　」

寄絲恨恋　夕陽映嶋　山家人稀也　田家見鶴
披書逢昔　寄道祝言

128　三十首　同十二三朔　御當座
江上霞　野鴬　山残雪　梅薫袖　春暁月　遠尋花／
花盛開　花随風　岡雉　暮春藤　初恋　忍恋／　不逢恋
祈恋　契待恋　逢増恋　惜別恋　後朝恋／　立名恋
恨恋　関路雞　浦松　窓竹　山家嵐／　田家水　旅行
旅宿　夕眺望　神祇　寄道祝

129　三十首　同頃　智仁親王御詠
初春　雪中鴬　橋邉霞　春月　遠帰雁　山花／　庭花
里郭公　夜盧橘　籬瞿麦　初秋　萩露／　尋虫声
山家月　船中月　河霧　擣衣幽也　朝時雨　」
池水鳥　松雪　寄露恋　寄烟恋　寄草恋　寄鳥恋／
寄枕恋　閑中灯　山旅　海旅　野旅　寄松祝

130　三十首　延宝八二七中院亭初卯會
早春鴬　朝霞　夕梅　庭春雨　見花　聞郭公／

五月雨久　水邊蛍　遠夕立　樹陰納涼　草花露　霧中雁／
野鹿　深夜月　山紅葉　初冬時雨　河氷　連日雪／
浦千鳥　夜神楽　忍恋　不逢恋　待恋　遇不會恋／
恨恋　暁雲　夜夢　羇中灯　山家嵐　社頭祝

131　三十首　天和三二十八　御當座
山霞　春夕月　帰雁　尋花　挿頭花　惜花／　暮春藤
郭公　五月雨　江蛍　七夕　草花露　」
野鹿　月出嶺　海邉月　暁月　紅葉　時雨／　池水鳥
深雪　忍恋　待恋　初逢恋　別恋／　経年恋　峯松
名所瀧　山家　述懐　祝言

132　三十首　飛鳥井雅章卿詠之
立春　初鴬　草残雪　里梅　雲間花　池藤／　卯花
初郭公　夕立　立秋　路薄　霧中雁／　夕鹿　湖月
水邊菊　初冬　冬月　雪似花／　初恋　忍恋　不逢恋
逢恋　後朝恋　恨恋／　岡松　林鳥　遠村烟　旅泊　眺望
寄道祝

133　三十首　元禄三正廿五　仙洞御當座
山早春　竹裏鴬　里梅　夜帰雁　尋花　落花　」
河欵冬　雲間郭公　盧橘風　旅五月雨　朝草花　故郷虫／
遠鹿　山家月　暁月　行路霧　海邉擣衣　時雨過／
夕落葉　野外雪　未言恋　契久恋　尋逢恋　惜別恋／
逢不會恋　顕涙恋　絶恨恋　暁更鐘　羇中友　社頭祝

134　三十首　同年九廿五　同上
江上霞　野残雪　依風知梅　柳靡風　春暁月　花似雲
／　落花如雪　雲間郭公　沼菖蒲　暁更蛍　故郷秋夕
深夜虫／　嶺初雁　行路月　旅泊月　秋山田　杜紅葉
時雨告冬／　浦千鳥　歳暮深雪　寄露恋　寄水恋
寄草恋　寄舟恋／　寄筵恋　山松　野篠　草菴
古寺嵐　寄天祝

135　三十首　同六正廿五　同上　」
霞始聳　窓梅　夕春雨　帰雁幽也　落花　簷新樹／　郭公稀也

江五月雨　村夕立　夕納涼　浅茅露　秋夕／遠聞レ鹿
里擣衣　惜レ月　寝覚時雨　夕霰　松雪／河上氷
冬暁月　寄レ風恋　寄レ浦恋　寄レ木恋　寄レ虫恋／
寄レ鐘恋　暁山　夕野　山家雲　旅行　社頭祝

136　三十首　同年九七　同上

春濵霞　戸外春風　春湊月　春曙花　春夕花　湖郭公／
樹陰夏風　雨後蝉　行路夏衣　江上納涼　秋枕夢
田家秋雨／　秋苑月　寒庭虫　野擣衣　閑居落葉　冬里月
海辺冬鶴／　岸千鳥　水路新雪　春恋　夏恋　秋恋　冬恋
／寄レ水恋　関路雲　古渡船　山家灯　河邉鳥　寄レ社祝」

137　三十首　同九二十　春日社御法楽

早春山　野若菜　梅迎レ客　旅春月　雁別レ花　春日遅／
巌頭藤　近郭公　朝瞿麦　納涼風　田新秋　萩半綻／
袖上露　秋見レ月　霧隔レ舟　故郷鶉　林葉紅也　氷未レ深／
寒夜衾　洛陽雪　互契恋　忍待恋　初逢恋　恨別恋／
顕悔恋　山家雲　羇中雨　思二往事一　述懐多　寄レ神祝

138　三十首　同年二十三　御當座

初春風　雪中鴬　行路梅　春月幽也　遠山花　杜卯花／
早苗多　里郭公　水邉蛍　夜盧橘　早秋露　野径萩／
閑居荻　船中月　夕紅葉　朝時雨　竹葉霜　池水鳥／
松上雪　惜二歳暮一　祈久恋　立レ名恋　不レ憑恋　契悔恋」
暁別恋　山家杉　遠村烟　鷺立レ洲　河上舟　寄レ道祝

139　三十首　同年六七　仙洞石清水社御法楽初度題者雅豊

初春山　暁霞　谷鴬　梅遠薫　春田　朝見花／　雲雀
待二郭公一　夏草露　納涼　荻近レ枕　夕薄／　野径虫
夜鹿　山月　擣衣幽也　紅葉　時雨過／　千鳥　雪埋レ竹
忍恋　祈久恋　契恋　逢切恋／　惜レ別恋　厭恋　恨レ身恋
嶺松　羇中衣　寄レ神祝

140　三十首　同年七朔同上題者為綱

霞知レ春　野亭鴬　梅香留レ袖　花下忘レ帰　春草短（ママ）
春日遅／　藤花掛レ松　杜郭公　民戸早苗　蛍近飛
荻風告レ秋　雨中萩／　薄暮雁　夜泊鹿　對レ月待レ客

紅葉遍シ　鐘ノ声送レ秋　山家ノ時雨」
岸ノ千鳥　雪中ノ興遊　寄レ雲恋　寄レ水恋　寄レ木恋
寄ニ我柄一恋／　寄ニ笭箵恋　残月ニ越レ関ヲ　鶴立レ洲ニ
漁舟連レ浪ニ　夕ノ眺望　寄ニ神祇一祝

141　三十首　同年七廿八　御當座

野外ノ霞　山家ノ鴬　若木ノ櫻　春草ノ短シ　浦ノ春ノ曙　花薫レ風ニ／
苗代ノ蛙　新樹ノ露　聞ニ郭公一　蛍知レ夜　七夕ノ契　萩妨クレ夢ヲ／
萩映レ水ニ　虫ノ声滋シ　閑ニ見レ月　霧中ノ鶉　柞ノ紅葉　時雨過ル／
池ノ水鳥　洛陽ノ雪　寄レ杣恋　寄レ瀧恋　寄レ鳥恋　寄レ獣恋／
寄レ虫恋　塩屋ノ烟　古寺ノ松　窓中ノ灯　旅行ノ友　思ニ往事一

142　三十首　同年八十五　仙洞石清水社御法楽

海辺ノ早春　竹ノ籬ニ聞レ鴬　梅香薫ルレ袖ニ　名所ノ春ノ曙　野外ノ春駒
依テレ花待レ友／　欸冬露繁シ　人伝ノ郭公　雨後夏草　蛍火秋近シ
田家ノ新秋　径ノ女郎花」
鹿ノ声驚レ夢ヲ　暮天ノ旅雁　山ノ月入レ簾　古渡ノ秋ノ霧　紅葉浅深

残菊帯レ霜／　水鳥知レ主　雪中ノ遠望　思テ不レ言恋
尋ニ在所ヲ一恋　毎夜契恋　来テ不レ留恋／　随テレ日増恋
披テレ書恨恋　絶テルレ年ヲ恋　窓前ノ竹ノ風　行客休レ橋ニ
社頭ニ祝レ世ヲ

143　三十首　同年十五　同上

若菜　山ノ鴬　池ノ柳　遠キ花　近キ花　籬ノ菫／　紫藤　更衣
水雞　對レ泉ニ　崎ノ萩　薄滋シ／　岡ノ鹿　憐レ月ヲ　惜レ月ヲ　梯ノ霧
松ノ蔦　残雁／　濵霰　早梅　恋ノ草　恋ノ木　恋ノ鳥　恋ノ涙／
恋ノ鐘　庭ノ苔　路ノ芝　江ノ藻　江ノ蘆　嶺ノ榊

144　三十首　同十正十五　同上

早春風　里ノ鴬　野ノ梅　山ノ春ノ曙　関ノ花　水上ノ花」
庭ノ欸冬　待ニ郭公一　簷ノ橘　杜ノ納涼　初秋　夕ノ薄／　虫ノ声滋シ
澗底鹿　翫レ月　残月　橋ノ紅葉　時雨／　磯ノ千鳥　雪埋レ竹
忍恋　通スレ書ヲ恋　契恋　後ノ朝恋／　増恋　湖ノ上雲　岡ノ松
夜鶴　旅行ノ友　寄レ神祝

145　三十首　同年七朔　同上

柳辨レ春ヲ　遠キ鶯　岸若菜　旅ノ春ノ月　慰レ花ヲ　山ノ藤／
春不レ留　原ノ郭公　夕顔　水風涼シ　路ノ頭萩　女郎ノ花／
閨ノ虫　稲妻　月似レ晝ニ　渡ノ霧　残秋　枯野ノ嵐／　江ノ鴨
馬上ノ雪　寄レ雉恋　寄レ雁恋　寄レ鴛恋　寄レ鷹恋／
寄レ雞ニ恋　暁ノ鐘　窓ノ灯　市商客　樵夫　竹久シキ友

146　三十首　同年十一十五同上

」

残雪　岡ノ梅　春駒　憐ムレ花ヲ　江ノ花　春ノ田／　躑躅　水雞
梅雨　山ノ蝉　早涼　野ノ蘭／　袖ノ露　鈴虫　馴ルヽレ月ニ　曙ノ鴫
濵ノ菊　淵ノ氷／　夜ノ衾　田ノ雪　恋ノ硯　恋ノ筆　恋ノ笛　恋ノ琴／
恋扇　野亭　関屋　海村　閑居　神社

147　三十首　同十一八十五同上

朝ノ子日　杜ノ間ノ霞　水ノ邉ノ鶯　曙ノ春雨　花留レ客ヲ　春ノ日遅シ／
蛙ノ声ノ幽也　市ノ郭公　磯ノ夏ノ月　見二池ノ蓮一　路ノ頭ノ萩　荒ノ籬ノ蘭／
雨夜ノ虫　遠山ノ鹿　月似タリレ古ニ　霧ノ中ノ鶉　蔦ノ紅葉　岡ノ寒草／
水鳥多シ　檜ノ原ノ雪　契テ待恋　忍テ逢恋　互ニ別ルヽ恋　恨ルレ身恋／
絶テ久シキ恋　暮林ノ鳥　樹ノ頭ノ猿　野ノ亭ノ鐘　閑ノ中ノ灯　竹久キ友

」

148　三十首　同十一廿一同上

氷始テ鮮ル　霞蔵スレ嶋ヲ　春ノ夜尋レ鶯ヲ　墻ノ柳留レ人　曙ノ春雨
山ノ花遮ルレ望ヲ／　夕ノ野ノ遊　樵ノ路ノ郭公　夏ノ月涼シ　原ノ照射
女郎花露　床ノ間ノ虫／　旅ノ月ニ聞レ鹿　朝ノ暮ノ雁　霧ノ底ノ筏
紅葉勝レ花ニ　九月盡ジン　残菊傍フレ流ニ／　芦ノ間ノ鴛　雪ノ中ノ除夜
嫌テレ人ヲ忍恋　白ナル地恋　疑フレ真ヲ恋　隔テレ物ヲ逢恋／　顕テ後悔恋
関屋ノ書　山ノ路ノ夕　名ノ所ノ眺望　思二往事一　寄レ道慶賀

149　三十首　同十二二十五同上

滝ノ霞　松ノ鶯　白梅　春ノ草　岡ノ雉　糸櫻／　野遊　遅日
夕ノ蛙　杜若　早苗　里ノ樗／　照射　早涼　對スレ萩ニ　袖ノ露
鈴虫　磯ノ鹿／　稲妻　翫レ月　海ノ霧　曙ノ鴫　黄葉　薄キ氷

」

江ノ鴨　望レ雪　遠キ恋　近キ恋　閑居　神社

150　三十首　同五十一同上

暁ノ立春　河ノ霞　紅梅盛也　春ノ曙　花慰ムレ老ヲ　田ノ蛙／　残春少シ
聞二郭公ヲ一　砌ノ盧橘　水風涼シ　七ノ夕契　萩半綻フ／　麓ノ鹿

社頭ノ月　渡ノ霧　里ノ擣衣　暮秋　時雨過ル／　湖ノ千鳥　神楽
見恋　互ニ契ル恋　疑フ恋　逢テ切ナル恋／　顕ルヽ恋　嶺ノ松　雨中ノ鷺
窓ノ灯　行路ノ市　祝言

151　三十首　同年七六仙洞賀茂社御法楽
朝ノ霞　門ノ柳　春ノ月　春ノ曙　翫レ花ヲ　帰雁／　款冬　盧橘
夏草　氷室　早秋　路ノ薄／　夕ノ虫　崎ノ霧　湖ノ月　擣衣
惜ムレ秋　落葉　」
雪ノ朝　歳暮　見恋　祈恋　待恋　逢恋／　別ルヽ恋　嶺ノ雲
砌ノ松　浦ノ鶴　述懐　神祇

152　三十首　同年壬九二同上鴨社御法楽
若菜　夕ノ梅　早蕨　春駒　雲雀　交レ花／　遊絲　卯花
水雞　湖ノ蛍　愛レ萩　原ノ露／　閨ノ虫　杣ノ鹿　稲妻　憐レ月
渡ノ霧　残菊／　池ノ鴛　杜ノ雪　恋ノ鬘　恋ノ枕　恋ノ筵　恋ノ衣／
恋ノ帯　暁ノ雲　夜ノ雨　河藻　江ノ菅　祝言

153　三十首　同日加茂社同上
霞　鶯　柳　櫻　桃　雉／　蛙　葵　鸂　霖　蝉　泉　」

露　薄　鹿　月　鴫　菊／　蔦　霙　氷　雪　衾　椎／
風　海　窓　榊　鶴　書

154　三十首　同十三二廿一同上
子日　霞　若菜　柳　残雪　蕨／　春ノ月　帰雁　櫻　桃ノ花
梨ノ花　遊絲／　蛙　苗代　藤　見恋　契恋　逢恋／　久シキ恋
思　片思　恨　山　野／　海路　故郷　鷺　猿　述懐
神社

155　三十首　同十五十七　仙洞春日社御法楽
嶺ノ上ノ櫻　野ノ径ノ櫻　磯ノ邉ノ櫻　岡ノ邉ノ櫻　隣ノ家ノ櫻　首夏ノ郭公　」
朝ノ郭公　夕ノ郭公　船中ノ郭公　馬上ノ郭公　三日月　木ノ間ノ月／
叢ノ間ノ月　對シテレ月ニ待恋　月ノ下ノ遊士　竹園雪　海邉雪　杣山ノ雪
／　花ノ洛ノ雪　旅宿ノ雪　未サルレ通セレ言ヲ恋　見ニ手跡ヲ一恋
隠スニ在ヲ所一恋　来テ不レ逢恋／　逐テレ日増恋　春ノ神祇　夏ノ神祇
秋ノ神祇　冬ノ神祇　暁ノ神祇

156　三十首　同年十廿八仙洞稲荷神社御法楽題者為綱

元日　餘寒　賭弓　志賀山越　稲荷詣　躑躅／蛙　夏衣
扇　夏祓　残暑　晩立／秋田　八月十五夜　秋山　蔦
萑　初雪／野行幸　薪　隔年恋　待人恋　別　星／
出湯　石　榊　元服　老人　船

157 三十首　同十六五廿三同上題者同上

春天象二首　春地儀同　春植物同　春動物同　春神祇同
夏天象／夏地儀　夏植物　夏動物　夏神祇　秋天象二首
秋地儀同／秋植物同　秋動物同　秋神祇同　冬天象
冬地儀　冬植物　冬動物　冬神祇

158 三十首　宝永三正廿五　仙洞松尾社御法楽

早春　河上霞　暁梅　麓早蕨　見花　野遊／欵冬盛也
新樹露　夜郭公　庭夏草　立秋　萩映水／薄風　遠鹿
海邉月　田上霧　菊露　時雨晴／泊千鳥　深雪　忍恋
聞恋　稀逢恋　忘恋／恨恋　嶺松　洲鶴　旅行友
窓中灯　神祇

159 三十首　同年六廿六　仙洞御當座

柳辨春　若菜　木残雪　梅盛開　春雨　庭花／岸頭藤
聞郭公　瞿麦　納涼　七夕舟　荻風／野外虫　夜鹿
古宅月　擣衣　秋時雨　滝落葉／千鳥　松間雪　見恋
尋恋　祈久恋　契恋／逢切恋　欲別恋　悔恋　山家水
羇旅　松歴年

160 三十首　享保八二七御當座

若菜　曙霞　里鶯　折花　惜花　春田／杜若　郭公
庭橘　納涼　残暑　岡萩／遠鹿　夕雁　思月　嶋月
秋雨　木枯／野霰　積雪　春恋　夏恋　秋恋　冬恋／
旅恋　橋雨　磯浪　古寺　夢驚　祝言

161 三十首　同年同月廿五愛宕社御法楽

早春霞　竹裏鶯　摘若菜　翫梅花　庭春雨　池邉花／
花作友　聞郭公　曳菖蒲　五月雨　籬瞿麦　河夏祓
／萩盛開　秋田風　嶺上鹿　月契秋　雁初来　挿頭菊
／紅葉深　時雨過　野径霜　浦千鳥　松雪積　杜神楽／

海上雲　遠村烟　湖眺望　巌頭苔　鶴馴砌　寄亀祝

162　三十首　同年三九　法皇御當座

子日松　嶺霞　梅始開　柳露　帰雁幽　見花／田蛙
朝郭公　籬瞿麦　夕立　初秋雲　七夕／草花早　閨虫
月前鹿　河霧　紅葉遍　江寒芦／閑中雪　歳暮
契待恋　祈恋　逢恋　欲顕恋」
恨恋　関雞　窓灯　山家嵐　旅泊　祝言

163　三十首　同年五廿八愛宕社御法楽

鶯告春　梅落衣　田邉柳　暁帰雁　霞中花　月前花／
苗代蛙　河卯花　郭公幽　晩夏蛍　待七夕　行路萩／
虫声滋　月契秋　閑見月　擣寒衣　紅葉遍　閨時雨／
夕千鳥　歳暮雪　尋縁恋　祈久恋　忍別恋　返書恋／
恨身恋　松為友　遠村烟　羇中枕　市商客　寄山祝

164　三十首　同年十二廿八　法皇石見國柿本社御法楽

餘寒風　折梅　海邉柳　春雁　雨中櫻　河蛙／花惜春
卯花盛　照射　氷室　簷下荻　槿花／秋田露　都月

雁成字　径葛　黄葉　枯野霜」
夜衾　杜神楽　見恋　祈請恋　語恋　歎名恋／舊恋
朝山　夕野　谷樵夫　濵漁父　寄苔祝

165　三十首　同九正十八同上題者雅香

山餘寒　堤柳　路若草　都春曙　杜花　夕苗代／朝菫
早夏　樗誰家　氷室　待七夕　苅萱／戸外槿　杣鹿
三日月　田上雁　葛風　残菊／椎柴　神楽　白地恋
不来恋　卜恋　片思恋／欲絶恋　杣山　磯巌　漁舟火
往事夢　神祇

166　三十首　同月同日播磨國同上

霞知春　梅花薫風　夕帰雁　夜春雨　花挿頭　花面影／
苗代蛙　郭公数声　夏月涼　蛍過窓　新秋露　荻音近枕」
鹿交草花　山端月　水上月　紅葉遍　擣衣重夜
江寒芦／雪埋竹　炉火似春　寄時雨恋　寄瀧恋
寄門恋　寄草恋／寄水鳥恋　寄鐘恋　寄灯恋

松歴ルレ年ヲ　羇中ニ憶レ都ヲ　社頭ノ祝言

167　三十首　同十六四十六御當座題者為久

田ノ若菜　遠山ノ霞　竹ノ裏ノ鶯　未タスレ飽カレ花ニ　江ノ畔ノ藤　岸ノ卯花／
杜ノ郭公　早苗多シ　嶋ノ夕立　晩夏ノ蛍　早秋ノ風　海ノ邉ノ荻／
露ノ底ノ虫　外山ノ月　暮秋ノ雲　澗ノ寒草　泊ノ千鳥　狩場ノ霰／
岡ノ上ノ雪　春漸ク近シ　寄レ露恋　寄レ浦恋　寄レ鴛恋　寄レ苔恋／
寄レ灯恋　社頭ノ松　古郷ノ草　山家ノ水　田家ノ鳥　寄レ天祝

168　三十首　元文四二廿八同上

滝ノ霞　聞レ鶯　紅梅　春ノ草　岡ノ雉　糸櫻」
野遊　田ノ蛙　杜若　欵冬　早苗　里ノ樗／　照射　夕ノ荻
對スレ萩ニ　袖ノ露　鈴虫　磯ノ鹿／　翫レ月　海ノ霧　曙ノ鴫　擣衣
黄葉　薄キ氷／　江ノ鴨　望ムレ雪ヲ　遠恋　近キ恋　閑居　砌松

169　三十首　同五八廿二同上

河ノ霞　山家ノ鶯　梅移ルレ水ニ　関ノ春月　花ノ雲　花ノ雪／　菫菜
路ノ卯花　浦ノ夏ノ月　夕立過ル　暁ノ露　江ノ荻／　野ノ虫　霧ノ間ノ雁
池ノ月　里ノ月　水ノ邉ノ菊　閨ノ時雨／　千鳥　歳暮ノ雪　忍恋

夢中ノ恋　誓恋　歎クレ名恋／　恨恋　簷ノ松　雨中ノ鷺　窓ノ灯
行路ノ市　山ノ眺望

170　三十首　延享三六十三同上題者為村

初ソ春ノ風　暁更ノ鶯　春ノ月　静ニ見花　嶺ノ花　落花／　野ノ雲雀
郭公遍シ　五月雨　沢ノ蛍　七夕　女郎花／　岡ノ鹿　尋二虫声一
待レ月　湖上ノ月　擣衣　時雨／　浦ノ千鳥　炭竈　忍恋
不レ逢恋　増恋　初テ會フ恋／　恨恋　山ノ松　野ノ篠　山家ノ友
旅行　寄レ鶴祝

171　三十首　同年十廿五聖廟御法楽　勅題

立春　初鶯　松残雪　野梅　雲間花　池ノ藤／　卯花
待二郭公一　夕立　立秋　路ノ薄　霧中ノ雁／　夕ノ鹿　湖ノ月
水邉ノ菊　初ソ冬　冬月　雪似レ花ニ／　初恋　忍恋　不レ逢恋
逢恋　後朝恋　恨恋／　岡ノ松　林ノ鳥　遠村ノ烟　旅泊　眺望
寄レ神祝」

172　三十首　同四六十三　仙洞御當座

早春霞　谷鶯　梅薫風　春草　花満山　遅日／滝下藤
郭公遍　早苗多　納涼　野荻　海邉鹿／月契秋　渡霧
聞擣衣　紅葉　菊久馥　時雨晴／千鳥　雪朝望　忍恋
待恋　憑恋　逢増恋／恨恋　名所鶴　嶺松　里竹　旅行
寄巌祝

173 三十首　同五二十三　洞中住吉社御法楽
濵霞　門柳　春月　春曙　山花　田蛙／欵冬　盧橘
夏草　氷室　早秋　径薄／夕虫　湖月　擣衣　籬菊
惜秋　落葉／雪朝　歳暮　聞恋　尋恋　誓恋　馴恋」
変恋　嶺雲　浦松　砌鶴　眺望　神社

174 三十首　同年二廿五　院聖廟御法楽題者雅重
初春松　野外鶯　雪中梅　春月幽　関路花　夕苗代／
池上藤　初郭公　夏草露　夕立晴　山早秋　女郎花／
木間月　遠村霧　暁初雁　水岸菊　紅葉盛　時雨雲／
寒草纔　水鳥多　寄雲恋　寄山恋　寄橋恋　寄鐘恋／
寄弓恋　深山瀧　鷺立洲　羇中関　望遠帆　寄社祝

175 三十首　同年五八　洞中住吉社御法楽三月分題者為村
雪中鶯　里梅　野春草　江春曙　関花　水上花／庭欵冬
待郭公　簷橘　杜納涼　初秋　夕薄／虫声滋　澗底鹿
翫月　残月　橋紅葉　時雨」
磯千鳥　雪埋竹　忍恋　通書恋　契恋　後朝恋／増恋
湖上雲　岡松　庭苔　山家友　寄巌祝

176 三十首　同日同上四月分題者雅重
柳辨春　若菜　木残雪　梅盛開　春雨　庭花／池邉藤
尋郭公　瞿麦　樹陰蝉　七夕船　荻風／野外虫　夜鹿
江上月　擣衣　山路菊　寒庭霜／千鳥　閨埋火　待恋
逢恋　後朝恋　遠恋／近恋　暮林鳥　河舟　行路市
樵夫　寄民祝

177 三十首　同年同月廿　洞中玉津島社御法楽
餘寒風　堤柳　路若菜　山春曙　見花　苗代蛙／朝菫
早夏　樗誰家　氷室　七夕橋　苅萱」

暁ノ鹿　月契レ秋ヲ　田ノ上ノ雁　擣衣幽也　秋ノ紅葉　残菊／
遠ノ嶺雪　早梅　忍恋　不レ逢恋　増レ思恋　逢恋／　朝ニ別ル、恋
関路ノ恋　遠村ノ竹　窓ノ灯　望ニ遠帆ヲ一　寄レ都ニ祝

178　三十首　寛延二五八住吉社御法楽

朝ノ柳　鶯　霞ノ間ノ月　花　水ノ邉ノ苗代　岡ノ新樹／　郭公　橘
連峰照射　納涼　萩ノ露　深夜ニ聞レ虫ヲ／　雁初テ来ル　月　擣衣
庭ノ残菊　木枯　水ノ路ノ氷／　雪　野外鷹狩　欲スル二言出ント一恋
忍テル、別恋　切ナル恋　片思／　恨　夜ノ雨　巌ノ苔　旅　述懐
名所ノ浦

179　三十首　同日玉津島社同上

霞　梅　春雨　櫻　帰雁　菫
欵冬　葵　郭公　泉　七夕　萩／　鹿　露　駒迎　菊
紅葉　寒芦／　千鳥　雪　忍恋　逢恋　後朝恋
遇テル不レ逢恋／　思　山　野　橋　海路　眺望

180　三十首　同三二十八　洞中住吉社御法楽

若菜　隣ノ梅　春ノ月　翫レ花ヲ　惜レ花ヲ　郭公／　早苗　菖蒲
夕立　氷室　籬ノ萩　初雁／　嶺ノ月　擣衣　紅葉　時雨
枯野　水鳥／　庭ノ雪　歳暮　祈恋　契ル恋　顕ル、恋　稀ナル恋／
恨ル恋　山家　覊旅　述懐　眺望　神社

181　三十首　同日玉津島社同上

暁ノ霞　若菜　春ノ雪　津ノ梅　柳ノ露　馴ル、レ花ニ／　河ノ蛙　端午
窓ノ蛍　夏祓　崎ノ萩　籬槿／　杣ノ鹿　夕月　海ノ雁　墻ノ蔦
残秋　松ノ霜／　池ノ鴛　杜ノ雪　見恋　待恋　逢恋　別ル、恋／
久キ恋　路ノ芝　岡ノ篠　沼ノ葦　樵夫　神祇

182　三十首　同上

梅ノ風　若菜　春ノ月　帰雁　夕ノ花　池ノ蛙／　欵冬　山ノ葵
郭公　林ノ蝉　草花　夜ノ虫／　初雁　秋ノ田　河ノ月　岡ノ葛
菊ノ霜　落葉／　江ノ鴨　松ノ雪　聞恋　祈恋　稀ナル恋　増恋／
久恋　峰ノ雲　橋ノ雨　庭ノ松　海村　浦ノ鶴

183　三十首　宝暦三正廿九　御當座始

初ソ春ノ松　聞レ鶯ヲ　若木ノ梅　岸ノ柳　帰雁　花満レ山ニ／　暮春ノ鐘

卯花　五月雨　池ノ蛍　夕顔　氷室ノ風／　荻告レ秋ヲ　庭ノ萩
野ノ鹿　水邉ノ月　暁ノ初雁　菊久ク馥／　暮秋　落葉深シ　寒草
水鳥　炭竈ノ雪　神楽／　忍恋　祈テ逢恋　恨ル恋　砌下ノ竹
眺望　寄レ國祝

184 三十首　同年八十御當座
鶯鳴レ梅ニ　春ノ雪　求二若菜一　堤ノ柳　早蕨　遠山ノ花／
春田雨　雲雀　池ノ杜若　夕ノ蛙　籬ノ卯花　水雞／　荒和祓
路ノ薄　蘭薫レ風ニ　鈴虫　遥ニ聞レ鹿　稲妻／　月ノ秋友　湖上ノ雁
渡ノ霧　松ノ蔦　暮秋ノ霜　野ノ寒草」
水鳥　連日ノ雪　祈リテ久シキ恋　片思　山家ノ夕　砌下ノ竹

185 三十首　同年十廿同上
海ノ邉ノ霞　夕ノ鶯　野ノ春草　見二山ノ花ヲ一　遅日　岡ノ新樹ジウ／
里ノ郭公　盧橘　杜ノ蝉　水風涼シ　七夕契　薄ノ露／　庭ノ虫
松ノ間月　菊帯レ霜ヲ　落葉ノ風　寒芦　江ノ鴨／　遠村ノ雪
嶺ノ炭竈　忍恋　不ルレ逢恋　逢テル、別恋　増恋／　隔ルレ年ヲ恋
暮ノ山雲　山中ノ瀧　岸ノ竹　磯ノ浪　久シク祝レ君ヲ

186 三十首　同四五廿九同上
初ソ春　河ノ上ノ霞　暁梅　岡ノ早蕨　見ルレ花ヲ　野遊／　欵冬ノ露
新ジウ樹　夜ノ郭公　庭ノ夏草　立秋　萩映スレ水ニ／　薄ノ風　遠キ鹿
海ノ邉ノ月　田ノ上ノ霧　菊露　時雨晴ル、」
泊ノ千鳥　深キ雪　見恋　聞恋　稀ニ逢恋　被ル、レ忘ラ恋／　恨恋
嶺ノ松　庭ノ鶴　旅ノ行友　窓ノ中ノ灯　祝言

187 三十首　同七正廿七同上
氷鮮ル　隣ノ海　朧月　遊絲　梨花　燕来ル／　杜若　遅櫻
端午　蚊火　薄滋シ　袖ノ露／　枕ノ蛬　稂田　波ノ月　野分
紅葉　寒松／　網代　深キ雪　恋ノ草　恋ノ木　恋ノ鳥　恋ノ獣／
恋ノ鐘　関屋　海村　山家　田里　慶賀

188 三十首　同八正廿七同上題者為村
正ノ朔子日　霞ノ中ノ鶯　春ノ曙　滝ノ邉ノ花　野遊　更衣惜ムレ春ヲ／
雨ノ後ノ郭公　梅雨久シ　蝉ノ声秋近シ　池ノ納涼　新秋露　河ノ萩」
行路ニ聞レ虫ヲ　月ノ前ノ秋ノ風　紅葉散ル　時雨　松ノ霜　寒夜ノ千鳥／

暮山雪　里炭竃　欲言出恋　誓恋　逢切恋　増恋／
変恋　庭上竹　洲鷺　羇中送日　漁舟火　寄亀祝

189 三十首 同十四正廿六同上題者同上

初春　鴬　若菜　柳　櫻　春雨／　欵冬　卯花　郭公
五月雨　蛍　泉／　荻　鹿　月　擣衣　虫　菊／　紅葉
時雨　千鳥　氷　雪　炉火／　忍恋　初逢恋　後朝恋　暁
竹　祝

190 三十首 年紀可尋之冷泉家出題

松残雪　野梅　古郷春雨　暁帰雁　見花　岡郭公 」
五月雨久　田家蛍　浦夏月　水邉納涼　荻風　初聞雁／
河霧　古寺月　隣擣衣　橋落葉　寒草霜　湖氷／　湊千鳥
夜雪　寄山恋　寄河恋　寄江恋　寄瀧恋／　寄湊恋
暁寝覚　芦間鶴　羇中憶都　旅泊重夜　寄身述懐

191 三十首 同上

月前霞　月前鴬　月前梅　月前柳　月前帰雁　月前折花
／　暮春月　月前葵　月前夏草　月前納涼　早秋月
月前萩／　月前鹿　月前虫　月前擣衣　月前田　月前紅葉
月前時雨／　月前氷　月前千鳥　寄月初恋　寄月忍恋
寄月尋恋　寄月見恋／　寄月契恋　寄月顕恋
寄月絶恋　山家月　月前述懐　月前神祇 」

192 三十首 同上

霞二首　花五首　郭公三首　月五首　紅葉二首　雪三首／
不逢恋五首　旅二首　山家二首　祝一首

恋雑

193 三十首

忍恋　見恋　不逢恋　尋恋　契恋　逢恋／　別恋
後朝恋　顕恋　近恋　馴恋　不憑恋／　恨恋　久恋
忘恋　寄雲恋　寄雨恋　寄露恋／　寄山恋　寄河恋
寄橋恋　寄篠恋　寄松恋　寄杉恋／　寄鳰恋
寄蒹恋　寄猪恋　寄鏡恋　寄衣恋　寄弓恋 」

194 三十首 年紀可尋之冷泉家出題
曙ノ雲 夜ノ雨 遠キ烟 閑ナル暁 幽ナル夕 湊ノ浪／濵ノ砂 深キ江
迅キ瀬 細キ径 湖ノ上 磯ノ邉／渓ノ梯 麓ノ菴 杣山 山畑
檜原 杉原／蓬生 杜ノ樹 嶺ノ松 道ノ芝 澤ノ菅 岡ノ葛／
浦ノ鶴 河ノ鷗 洲ノ鷺 枕ノ塵 窓ノ灯 釣舟」

三十一首題十

195 三十一首 寛文二三廿五 伏見宮御夢想の哥を毎首のかしらにすへて被詠之
早春ノ霞 竹ノ鶯 梅ノ風 春ノ暁ノ月 尋レ花 盛ナル花 松ノ藤／
聞二郭公一ヲ 軒ノ橘 夕ノ納涼 織女ノ契(タナハタノ) 野ノ萩 初雁 山ノ月／
池ノ月 擣衣幽也 紅葉深シ 時雨ノ雲 寒月 海ノ邉ノ雪 寄レ風恋
／寄レ海ニ恋 寄レ鳥恋 寄レ虫恋 寄レ衣恋 砌ノ松 窓ノ竹
田家ノ路／ 旅宿夢 述懐 祝言
196 三十一首 同頃雲州大社奉納八雲の神詠を一字つゝ毎首のかしらにすへて長嘯等詠之
早春ノ霞 澤ノ若菜 暁梅 花満レ山ニ 江上ノ暮春 谷ノ卯花
野ノ郭公／ 雨後ノ鵜河 月前ノ荻 夕ノ虫 海ノ邉ノ鹿 閑庭ノ薄

朝ノ寒芦 名所ノ擣衣／ 深夜ノ千鳥 故郷ノ雪 聞レ声ヲ恋 稀ナル恋
増恋 恨恋 被レ忘ラ恋」
旅泊 旅宿 田家ノ鳥 田家ノ獣 山家ノ松 山家ノ橋 山家ノ苔／
寄レ水懐旧 寄レ雲述懐 寄二神祇一ニ祝
197 三十一首 貞享五二十仙洞御夢想春日社御法楽
初ソ春 山ノ霞 夜ノ梅 春ノ曙 待レ花 惜レ花 暮春／ 郭公
夏ノ月 夕立 初ソ秋 荻ノ風 初雁 秋ノ夕／ 野月 江ノ月
菊ノ露 落葉 千鳥 雪ノ朝 祈ル恋／ 契ル恋 逢恋 別ル、恋
久シキ恋 恨恋 暁ノ雞 浦ノ松／ 窓ノ竹 旅宿 神祇
198 三十一首 享保九九廿五慈鎮和尚五百回忌 仙洞御勧進おほけなくの哥をかしらにすへて被詠
初ソ春ノ霞 夕ノ鶯 柳帯レ露 春ノ月 尋レ花 水上ノ花 暮春／
卯花 郭公幽也 早苗 瞿麦 夕立過ル 早秋ノ風 草花盛也」
夜ノ虫 月前ノ雁 惜レ月 擣衣 九月盡ジン 時雨 落葉深シ／
池ノ氷 深山ノ雪 早梅 山ノ館ノ竹 古寺ノ鐘 林ノ鳥 羇中ノ情／
暁ノ灯 湖ノ眺望 釋教

199 三十一首 同十九八廿五春宮御夢想天満宮御法楽

子日 山霞 夜梅 春曙 待レ花 惜レ花 暮春／郭公
夏月 夕立 早秋 荻風 初雁 秋夕／野月 江月
菊露 落葉 千鳥 朝雪 祈恋／契恋 逢恋 別恋
久恋 恨恋 暁雞 浦松／窓竹 述懐 神祇

200 三十一首 宝暦五三雲州大社奉納為村卿詠毎歌首令冠字

春五首 夏五首 秋五首 冬五首 恋五首 雑六首 」

201 三十一首 同十三六 崇徳院六百年聖忌頓證寺奉納為村卿

春五首 夏五首 秋五首 冬五首 雑十一首

202 三十一首 同年十一九御子左長家卿七百回忌 冷泉家

初春 山霞 夜梅 春曙 待レ花 松藤 暮春／郭公
夏月 夕立 早秋 荻風 初雁 秋夕／野月 菊露
紅葉 時雨 千鳥 朝雪 祈恋／契恋 逢恋 別恋
久恋 恨恋 暁雞 庭松／窓竹 懐旧 述懐

203 三十一首 年紀可尋之冷泉家出題

連峰残雪 餘寒風 梅移レ水 柳露 夕春雨 春暁月
閑居花／花挿頭 花匂 苗代 夕蛙 欵冬露 松藤
留レ春不レ駐 」
寄レ鐘恋 寄レ匣恋 寄レ衾恋 寄レ衣恋 寄レ裳恋 寄レ帯恋
寄レ網恋／寄レ硯恋 寄レ筆恋 寄レ弓恋 山家春 田家秋
暁述懐 夕懐旧／羇中山 旅泊浪 社頭水 」

204 三十一首 年紀不知之 浅香山難波津の二歌をくつかふりにして曾根好忠詠之

春 夏 秋 冬各五首 恋十一首 」

三十二首題

205 三十二首 年紀可尋冷泉家出題

初春祝 竹間鶯 峰残雪 暁更梅 夜帰雁 山花盛也
落花風／閑居菫 池邉藤 暮春月 山新樹 夕卯花
朝郭公 夏月明也／遠夕立 河晩夏 早秋衣 雨夜荻
蘭薫レ枕 野草花 虫吟レ露／月前風 海上月 雲外雁
擣衣幽也 秋欲レ暮 里時雨 原寒草／浦千鳥 水頭氷

山皆雪　歳暮松」

三十三首題二

206　三十三首　文永元四廿粉河寺勧進置一字上なもくわむせおむほさつ三返也為家卿詠之云々

霞　鶯　梅　花　落花　暮春　卯花／郭公　早苗　瞿麦

荒和祓　初秋　荻　鹿／月　擣衣　紅葉　時雨　落葉

氷　雪／歳暮　初恋　遇恋　後朝恋　契恋　恨恋　久恋

／山家　旅　述懐　神祇　釋教

207　三十三首　正應五八十依散位藤原親範宿願為世為方已下二十三人詠之なもいつくしまの／たいみやうしむしむちうのそまうかなへさせおはしませ右冠字

海邊霞　梅風　春暁月　雲間花　岸欵冬　関郭公

浦五月雨／芦間蛍　初秋風　露知秋　近鹿　月前舟

杜紅葉　夜時雨／浦千鳥　雪中松　山路嵐　旅泊夢

寄衣恋　寄玉恋　寄書恋」

寄舟恋　寄貝恋　浦鶴　磯鴎　夕述懐　暁懐田(ママ)　寿量品

／普門品　其仏本願力　社頭花　社頭月　社頭祝」

三十六首題七

208　三十六首　文安二正十三堯孝出題四季有之云々

天象　地儀　植物　動物　人事　雑物　恋／雑

209　三十六首　天和三九廿九　御内會當座

江上霞　野残雪　依風知梅　春暁月　夕落花　河欵冬

雲間郭公／盧橘薫風　閑居五月雨　庭夏草　名所夏月

晩夏蛍　荻驚夢　故郷秋夕／嶺初雁　湖上月　暁擣衣

秋山田　時雨告冬　野外霜　河冬月／浦千鳥　暁更霰

歳暮雪深　寄月恋　寄夕恋　寄水恋　寄草恋／

寄鳥恋　寄筵恋　遠山松　野径篠　山家夕烟　草菴雨

旅宿嵐／船中眺望」

210　三十六首　宝暦頃　奉悼　桃園院和歌光明真言の字を上にをきて為村卿詠之

露五首　月十首　秋夕五首　車五首　哀傷(ママ)五首　述懐三首

釋教三首

211 三十六首 年紀可尋冷泉家出題

春山雲　春岡風　春湖日　春江月　春河星　春関烟
春野松／　春社杉　春杣檜　春池蘋　春沼薦　春路芝
春田鳥　春園獣／　春夜衣　春暁枕　寄レ屋恋　寄レ窓恋
寄レ簷恋　寄レ柱恋　寄レ床恋／　寄レ菴恋　寄レ門恋
寄レ戸恋　寄レ墻恋　寄レ庭恋　隣家雞　名所滝／　暮山雨
古渡舟　古寺鐘　羇中嵐　行路市　朝眺望　晩述懐／
社頭榊

212 三十六首同上

遠山春月　閑中春曙　樹陰早蕨　朝尋レ花　花下送レ日
花如レ雪　花面影　」
残花何方　雨後苗代　蛙声幽也　春雉思レ子　晩呼子鳥
曲水宴　摘二菫菜一／　澤杜若　岡躑躅　欵冬露繁
藤埋レ松　谷残鴬　山家暮春　互忍恋／　歎二無名一恋
依レ恋祈レ身　待空恋　夢逢恋　後朝切恋　難レ忘恋
人伝恨恋／　暁寝覚　遠近聞レ鐘　鶴帰レ皐　旅宿嵐
海邉眺望　逐レ日懐旧　述懐涙／　寄レ松祝

213 三十六首同上

山中櫻　嶺上櫻　澗底櫻　麓間櫻　岡邉櫻　杣山櫻
杜間櫻／　野径櫻　原上櫻　行路櫻　滝上櫻　河上櫻
池岸櫻　江上櫻／　磯上櫻　水路櫻　松間櫻　杉間櫻
竹間櫻　園中櫻　庭上櫻／　砌下櫻　窓前櫻　垣間櫻
古屋櫻　遠村櫻　隣家櫻　山家櫻／　田家櫻　閑居櫻
故郷櫻　水郷櫻　名所櫻　花洛櫻　山寺櫻　」
社頭櫻

214 三十六首同上

新秋荻　薄似レ袖　萩散　床間虫　初雁一声　杣山鹿
古寺秋夕／　秋夢　月忘レ憂　残月　田家霧　待レ人擣レ衣
野草欲レ枯　岸菊／　行路紅葉　惜レ秋　初恋　久忍恋
祈レ身恋　尋不レ逢恋　契恋／　連夜待恋　邂逅恋　帰恋
立レ名恋　増レ恨恋　関路聞レ雞　野亭鐘／　滝水　山家雨

林下幽閑　朝市　行人過橋　旅泊夢覚　海路眺望／
社頭松」

四十首題　四

215 四十首　文明御屏風和歌題

孔子　唐堯　神農　義之　荘子　善導和尚　老子／東坡
褒姒　李太白　達磨大師　陶淵明　郭熈　伯牙／張良
孫子邈　楊貴妃　列子　原憲　養由基　潯陽江／羅浮山
輞川　慈恩寺　咸陽宮　西湖　銭塘江　含章簷／渭濵
昆明池　華表　廬山瀑　函谷関　黄河　湘江／商山
楓橋　巫陽臺　天津橋　赤壁

216 四十首　同上詩題

天橋立　芳野　龍田河　聖徳太子　比叡山　俊綱朝臣
小野宮大臣／難波津　利仁将軍　醍醐帝　須磨浦　晴明
住吉浦　菅家」

冨士山　神泉苑　白河関　衣通姫　御裳濯河　長谷寺
金岡／行基　成道卿　武蔵野　弘法大師　廣澤池
志賀都　人丸／道風　春日社　業平朝臣　小野小町
更科里　男山　淡海公／具平親王　惟雅卿　餝磨市
役優婆塞　大井河

217 四十首　万治二六廿五聖廟御法楽

新樹　卯花　郭公一声　菖蒲　早苗　暁照射　鵜舟／
籬夏草　軒橘　瞿麦　水雞　蛍　夕立過　遠氷室／
向泉日暮　閨中扇　杜蝉　納涼　暁夏月　夏祓　忍恋／
祈恋　契恋　待恋　逢不會恋　顕恋　悔恋　稀恋／
変恋　怨恋　民戸烟　樵夫帰　釣漁火　磯浪　水郷／
旅宿　山家路　田家　懐旧　寄松祝」

218 四十首　寛保三九廿四月次御會

立春　霞　鴬　梅　帰雁　花　藤／郭公　五月雨　夕立
納涼　荻　秋夕　虫／月　擣衣　霧　紅葉　九月盡
初冬　冬月／雪　千鳥　忍恋　不逢恋　暁別恋

遇不逢恋　忘恋／暁　松　竹　河　橋　関　旅／
海路　山家　田家　夢　神祇」

四十七首題一

219 四十七首　建久二六いろはをかしらにをきて被詠定家卿
春十首　夏十首　秋十首　冬十首　恋七首」

五十首題七十七

春

220 五十首　嘉吉四正九尭孝出題
霞春衣　朝鴬　野外残雪　名所若菜　餘寒霜　梅薫袖
柳帯露／水郷春雨　草漸青　浦春曙　嶺早蕨
帰雁知春　夕春月　尋花遠行／花盛開　落花満庭
澤春駒　田蛙　摘菫菜　松藤　寄月恋／寄雲恋
寄雨恋　寄山恋　寄野恋　寄木恋　寄草恋　寄海恋
／寄虫恋　寄鳥恋　寄獣恋　寄玉恋　寄鐘恋
寄海人恋　寄商人恋／暁雲　鐘声何方　閑中灯
古寺嵐　山村烟細　田里路　鶴声近枕／澗草　橋苔
河藻　江菅　樵路日暮　羇中憶都　湖水眺望／寄道祝」

221 五十首　承應四二廿五聖廟御法楽
江霞　竹裏鴬　庭梅　若菜　柳辨春　餘寒　春曙／
残雪　嶺早蕨　春雨　花漸開　馴花　山中花　花浮水／
對花　帰雁稀也　春月　遅日　苗代　夕菫菜　杜若／
藤埋松　路欵冬　暮春　三月盡　忍恋　初會恋　聞恋／
見恋　経年恋　祈恋　不逢恋　語恋　偽恋　恨恋／
砌松　浦舟　遠村烟　山家　田家風　窓前竹　関雞／
夕鐘　閑中灯　海邉望　樵路雨　羇旅　故郷　夜懐旧／
神祇

222 五十首　元禄十一二廿五同上
浦早春　山霞　鴬馴　春草短　梅浮水　柳風　春曙／
夕春月　春駒嘶　帰雁少　交花　折花　思花　野遊絲」

菫染レ袖　苗代　池ノ杜若　藤懸レ松ニ　庭ノ欵冬　暮春　初恋／
忍レ涙恋　通レ書恋　不レ逢恋　祈恋　契恋　互ニ待恋　逢恋
／　急ル、別恋　立レ名ニ恋　増恋　変スル恋　悔恋　恨テ久恋
欲スルレ絶ント恋／　暁ノ雲　夜ノ雨　関屋ノ烟　古渡ノ舟　鶴立レ洲ニ　峡ノ猿
谷ノ樵夫／　濵ノ漁父　市ノ商客　旅行　旅宿　朝ノ眺望　往事
述懐／　社頭ノ松

223　五十首　元文六二廿五同上

山中ノ櫻　嶺ノ上ノ櫻　禁中ノ櫻　園中ノ櫻　砌ノ邉ノ櫻　庭ノ上ノ櫻
関路ノ櫻／　岡ノ邉ノ櫻　野径ノ櫻　林中ノ櫻　遠村ノ櫻　隣家ノ櫻
社頭ノ櫻　池ノ上ノ櫻／　滝ノ上ノ櫻　橋ノ下ノ櫻　海ノ邉ノ櫻　嶋ノ上ノ櫻
磯ノ邉ノ櫻　旅泊ノ櫻　寄レ月恋／　寄レ星恋　寄レ雲恋　寄レ雨恋
寄レ山恋　寄レ嶺恋　寄レ野恋　寄レ草恋　」
寄レ木恋　寄レ虫恋　寄レ鳥恋　寄レ獣恋　寄レ玉恋　寄レ衣恋
寄レ糸恋／　名所ノ原　名所ノ杜　名所ノ野　名所ノ河　名所ノ江
嶺ノ椿　谷ノ松／　閑中ノ灯　漁舟ノ火　山家ノ嵐　山家ノ橋　田家ノ水

湖ノ眺望　述懐／　神祇

224　五十首　寛保二三十五御當座

花盛也　見レ花　翫フレ花ヲ　對スレ花ニ　馴ルレ花ニ　交ルレ花ニ　折レ花／
遠キ花　近キ花　花映スレ日ニ　花隔レ月ヲ　花匂フレ月ニ　花透ルレ霞ニ
花似レ雲／　花似タリレ雪ニ　山ノ花　麓ノ花　谷ノ花　岡ノ花　林ノ花
池ノ花／　河ノ花　湖ノ花　泊ノ花　岸ノ花　洛陽ノ花　禁中ノ花
社頭ノ花／　古寺ノ花　故郷ノ花　園中ノ花　庭ノ上ノ花　松間ノ花
杉間ノ花　竹間ノ花／　依テレ花ニ待レ人　依レ花ニ客来ル　花留ムレ人ヲ
花為ヲレ友ト　花忘ルレ老ヲ　寄テレ花ニ忍恋　寄テレ花契恋　」
寄レ花逢恋　寄レ花別恋　寄レ花恨恋　寄レ花懐　寄レ花旅
寄レ花夢　寄レ花眺望／　寄レ花祝言

225　五十首　延享元二廿五聖廟御法楽

立春ノ風　霞中ノ梅　暁ノ鴬　雪間ノ若菜　堤ノ柳　春ノ月　杜ノ春雨／
深更ノ帰雁　春駒フ斷　見レ花　翫レ花　庭ノ上ノ落花　天外ノ遊絲
摘レ菫／　河ノ蛙　夕ノ苗代　折ニ躑躅一　欵冬ノ露繁シ　滝ノ下ノ藤
残春　忍恋／　尋恋　久ル祈恋　初テ契恋　毎夜待恋　逢恋

惜レ別恋　後ノ朝恋／　立レ名恋　逢テ不レ會恋　逐レ日増恋
厭恋　悔恋　経レ年恋　恨恋／　名所ノ松　苑ノ竹　路ノ芝
鶴ノ声近レ枕　梢ノ猿　渓ノ梯　磯ノ巌／　塩屋ノ烟　野亭ノ鐘
晴後ノ遠水　羇ノ中海　風破ニ旅夢一　眺望　述懐／
寄ニ神祇一祝」

226　五十首　明和二二廿四御月次
霞知レ春　谷ノ鶯　山ノ残雪　野ノ若菜　餘寒ノ霜　白梅　紅梅／
柳ノ露　朝ノ春雨　草ノ漸クシ青　嶺ノ早蕨　帰雁幽也　春ノ月　浦ノ春曙／
尋レ花　花ノ下ノ友　花随レ風ニ　澤ノ春駒　岡ノ雉　田ノ蛙　夕雲雀／
折ニ躑躅一　河欵冬　江藤　暮春鐘　寄レ月恋　寄レ風恋
寄レ雨恋／　寄レ山恋　寄レ野恋　寄レ江恋　寄レ木恋
寄レ草恋　寄レ竹恋　寄レ虫恋／　寄レ鳥恋　寄レ獣恋
寄レ玉恋　寄レ衣恋　寄レ糸恋　関ノ雞　窓ノ灯／　嶺ノ松　里ノ竹
山家ノ嵐　名所ノ鶴　旅行ノ友　旅宿ノ夢　湖眺望／　寄レ都祝」

夏

227　五十首　万治三六廿五聖廟御法楽
首夏　卯花　神山ノ葵　菖蒲　早苗　郭公幽也　照射／　鵜舟
五月雨　盧橘　水雞　叢蛍　蚊遣火　夕立／　池ノ蓮
閨ノ扇ノ風　納涼　林中ノ蝉　暁ノ夏ノ月　夏祓　見ル恋／　忍恋
疎キ恋　尋恋　名ニ立恋　寄レ山恋　寄レ谷恋　寄レ岡恋／
寄レ野恋　寄レ関恋　寄レ草恋　寄レ鳥恋　寄レ筵恋　寄レ車恋
寄レ船恋／　岩根ノ松　窓ノ竹　江ノ鶴　遠村ノ雞　晩鐘　民戸ノ烟
漁火／　磯ノ浪　野亭　水郷　閑居　田家　述懐　懐旧／
神祇

228　五十首　天和三六廿五同上
更衣惜レ春ヲ　谷ノ餘花　卯花似レ雪ニ　雨中ノ郭公　杜ノ郭公
郭公幽也　池ノ邉ノ菖蒲」
採ニ早苗一　曙ノ盧橘　五月雨晴ル　夏草ノ露　夏ノ月涼シ　鵜河ノ篝
疎屋ノ夕顔／　里ノ蚊遣火　籬ノ瞿麦　水上ノ蛍　夕立ノ雲
樹陰ノ納涼　晩ノ夏蝉　思テ不レ言恋／　忍レ涙恋　祈レ身恋
契テ経レ年恋　待テシキ空恋　初テ逢恋　急テル、別恋　後朝ノ恋／

逢不レ會恋　憑二誓言一恋　見レ書増恋　欲レ顕恋　俄変恋
被レ厭恋　恨絶恋／　残月越レ関　隣家雞　翠松遶レ家
暮村竹　閑居烟　樵路雲　橋上苔／　行路市　江邊鷺
羇中送レ日　旅泊夢　望二遠帆一　獨懐旧　寄レ世述懐／
寄レ民祝

229 五十首　同頃御点取

遅櫻　岸卯花　待二郭公一　海郭公　遠郭公　瞿麦
岡邊早苗／　樹陰照射　五月雨　鵜河　簷盧橘　旅夕立
野蛍　納涼／　六月祓　不レ逢恋　切恋　遠恋　近恋
閑居恋　忍恋　」
片恋　馴恋　負恋　逢不レ會恋　後朝恋　聞恋　久恋／
白地恋　恨恋　祈恋　絶恋　契恋　偽恋　変恋／
暁眠易レ覚　窓竹　名所浦　名所松　野風　橋雨　旅行／
旅泊　山家松　田家烟　独述懐　往事如レ夢　神祇　釋教
／　寄レ鏡雑

230 五十首　延享二六廿五聖廟御法楽

更衣　餘花　新樹　卯花　郭公　早苗　盧橘／　夏月
梅雨　水雞　鵜河　照射　夕顔　氷室／　蛍火　蝉声
扇風　夕立　納涼　夏祓　初恋／　忍恋　祈恋　尋恋
契恋　待恋　逢恋　別恋／　顕恋　悔恋　暁雲　夕鐘
嶺松　谷河　洲鶴　」
汀鷺　稀恋　厭恋　変恋　忘恋　恨恋　山家／　田里
水郷　古寺　旅宿　旅泊　眺望　懐旧／　神祇

231 五十首　年紀可尋之冷泉家出題

待二郭公一　未レ聞郭公　初郭公　人伝郭公　郭公未レ遍
獨聞二郭公一　尋二郭公一／　郭公一声　年々郭公　連夜郭公
月前郭公　雲外郭公　雨中郭公　寝覚郭公／　卯月郭公
五月郭公　夕郭公　夜郭公　暁郭公　朝郭公　遠郭公／
近郭公　山郭公　海郭公　河郭公　杜郭公　岡郭公
渡郭公／　野郭公　関郭公　市郭公　里郭公　樵路郭公
山家郭公　古寺郭公／　故郷郭公　禁中郭公　郭公遍
聞二郭公一忘レ帰　郭公久友　郭公留レ客　羇中郭公／

夢ノ中ノ郭公　郭公稀也　郭公入ニ夜ノ琴ニ一　郭公声老タリ　郭公帰ルレ山ニ
寄ニ郭公ニ一恋　郭公増スニ述懐ヲ一」
社頭ノ郭公

秋

232 五十首　文明　八十八御月次
杜ノ初秋　残暑　聞レ荻ヲ　折ニ草花ヲ一　薄似タリレ袖ニ　虫ノ声滋シ　麓ノ鹿
／薄暮ノ雁　秋ノ夕　秋ノ田　待レ月ヲ　月出レ山ヲ　月契レ秋ヲ
遠郷ノ月／　浦ノ月　磯ノ月　関ノ月　橋ノ月　閑ニ見月　惜レ月ヲ
野外ノ鶉／　水邉ノ菊　擣衣　霧隔レ帆ヲ　初紅葉　初恋　尋ル恋
言出ル恋」
契ル恋　待恋　逢テ切ナル恋　別ル、恋　見テ増恋　違フレ約ヲ恋　立レ名ニ恋／
通レ書ヲ恋　経ルレ年ヲ恋　被レ忘ラ恋　顕テル絶恋　恨恋　暁ノ雞
古寺ノ松／　瀧ノ水　山家　田里　谷ノ樵夫　野ノ篠　旅ノ夢　述懐
／社頭ノ榊

233 五十首　享保十二八十五詩歌御會
十五夜待レ月ヲ　十五夜翫フレ月　十五夜惜レ月　十五夜ノ夕
十五夜暁　月前ノ星　雲間ノ月／　霧隔レ月ヲ　雨後ノ月　露ノ上ノ月
閑山ノ月　嶺ノ上ノ月　林中ノ月　野径ノ月／　関屋ノ月　月光映スレ水ニ
湖月似レ氷　月前ノ遠嶋　山家ノ月　閑居ノ月　草庵ノ月／
竹亭ノ月　草ノ露映レ月　月前ノ竹風　松ノ月幽也　浦ノ鶴鳴レ月
月前ノ虫声　對シテレ月ニ聞レ鹿ヲ／　月為レ友ト　老後ノ月　寄テレ月ニ見恋
寄テレ月契恋　寄テレ月不ルレ逢恋　寄レ月待恋　寄テレ月逢恋／
寄レ月別恋　寄レ月近恋　寄テレ月遠恋　寄テレ月久恋
寄テレ月恨恋　月前ノ鏡　月前ノ衣」
月前ノ枕　月前ノ舟　月前ノ鐘　月似タリレ昔ニ　月忘ルレ憂ヲ　月前ノ旅情
月前ノ遠望／　寄セテレ月祝フレ國ヲ

234 五十首　元文五九十三同上
十三夜ノ月　夕ニ出ル月　停午ノ月　深更ノ月　暁天ノ月　池ノ上ノ月
湖上ノ月／　河ノ上ノ月　庭ノ上ノ月　苔ノ上ノ月　霧ノ中ノ月　山ノ中ノ月
水中ノ月　禁中ノ月／　舟中ノ月　月下ノ荻　月下ノ葛　月下ノ浅茅

月下ノ菊　月下ノ紅葉　沼ノ邉ノ月／　濵ノ邉ノ月　渡ノ邉ノ月　海ノ邉ノ月
磯間ノ月　雲間ノ月　松間ノ月　竹間ノ月／　葦間ノ月　叢間ノ月
月前ノ虫　月前ノ鹿　月前ノ雁　月前ノ鶴　月前ノ鐘／　関屋ノ月
荒屋ノ月　竹亭ノ月　野亭ノ月　草菴ノ月　月似タリレ雪ニ　月似タリレ霜ニ／
月似タリレ氷ニ　月前ノ鏡　月前ノ弓　貴賎憐レ月ヲ　仙人伴フレ月ニ
海人歌フレ月ニ　樵客帰ルレ月ニ／　月契ニル二千秋ヲ一
」

冬

235 五十首　亨徳元十一十七尭孝出題

寝覚ノ時雨　谷ノ落葉　寒草纔ニル残　霜夜ノ月　暁ノ千鳥　田ノ残雁
水鳥知ルレ主ヲ／　袖ノ露重レ夜ヲ　霰似タリレ玉ニ　嶺上ノ初雪　雪朝ノ眺望
閑中ノ雪　尋二網代一　連日ノ鷹狩／　遠近ノ炭竃　閨ノ埋火
禁中ノ神楽　佛名夜聞　簷ノ早梅　歳暮忩シ　思テ不レ言ハ恋／
伝ヘ聞ク恋　初テ見恋　歎二無名ヲ一恋　祈レ身ヲ恋　毎夕ノ恋　俄ニ逢恋
深夜帰ニル恋／　顕ル、レ涙ニ恋　依テレ忍ニ稀ナル恋　被ル、レ厭ハレ賎キヲ恋　難キレ忘レ恋
時々聞ク恋　絶テ不ルレ知恋　互ニ恨ル恋
」

遠村ノ雞　雲浮二野水ニ一　山高シテ人稀也　田里ノ路　雞ノ声近レ枕ニ
江ノ雨ニ鷺飛フ　水郷ノ芦／　夕陽映スレ嶋ニ　旅人渡レ橋　旅宿ノ夢
湖ノ眺望　述懐非レ一ニ　往事渺茫　寄レ水釈教／　寄レ榊神祇

236 五十首　年紀可尋之冷泉家出題

冬ノ朝　冬ノ夕　冬ノ夜　冬ノ日　冬ノ月　冬ノ星　冬ノ風／　冬ノ雲
冬ノ雨　冬ノ山　冬ノ岡　冬ノ杜　冬ノ野　冬ノ原／　冬ノ海　冬ノ濵
冬ノ磯　冬ノ江　冬ノ湊　冬ノ河　冬ノ瀧／　冬ノ村　冬ノ里　冬ノ田
冬ノ庭　冬ノ池　冬ノ井　冬ノ松／　冬ノ杉　冬ノ檜　冬ノ萱　冬ノ薄
冬ノ虫　冬ノ禽　冬ノ獣／　冬ノ玉　冬ノ鐘　冬ノ衣　冬ノ枕　冬ノ筵
冬ノ契　冬ノ別／　冬ノ恨　冬ノ夢　冬ノ旅　冬ノ苔　冬ノ懐　冬ノ寺
冬ノ社
」
冬ノ祝

四季

237 五十首　建久五（ママ）夏仁和寺宮定家卿詠之

春十二首　夏七首　秋十二首　冬七首　祝二首　述懐三首　閑居二首

／旅三首　眺望二首

238 五十首　建仁元二後鳥羽院老若哥合

春　夏　秋　冬　雑各十首」

239 五十首　同年九同院(ママ)

初春待レ花　山路尋レ花　山花未レ遍　朝見レ花　遠村花
故郷花　田家花／　古寺花　花似レ雪　河邉花　深山花
暮山花　古渓花　関路花／　羇旅花　湖上花　橋下花
花下送レ日　庭上落花　暮春惜レ花　初秋月／　月前草花
雨後月　松間月　山家月　月前竹風　野径月　澤邉月／
月前聞レ雁　浦邉月　月照二瀧水一　杜間月　月前秋風
江上月　月前虫／　月前聞レ鹿　旅泊月　月前草露
菊籬月　暮秋暁月　寄レ雲恋　寄レ風恋／　寄レ雨恋
寄レ草恋　寄レ木恋　寄レ鳥恋　寄レ嵐恋　寄レ舩恋　寄レ琴恋
／寄レ衣恋

240 五十首　承久元道助法親王

初春　雪中鴬　橋邉霞　行路梅　春月　岸柳　旅春雨」
遠帰雁　山花　関花　庭花　河欵冬　杜卯花　早苗多／
里郭公　岡郭公　夜盧橘　籬瞿麦　江蛍　初秋　萩露／
荻風　尋二虫声一　山家月　野径月　舟中月　暁鹿　河霧／
擣衣幽也　夕紅葉　残菊匂　朝時雨　竹霜　池水鳥　嶋千鳥
／松雪　湖雪　惜二歳暮一　寄レ雲恋　寄レ露恋　寄レ烟恋
寄レ草恋／　寄レ鳥恋　寄レ枕恋　暁述懐　閑中燈　山旅
海旅　野旅／　寄レ松祝

241 五十首　宝徳三四二長谷寺参篭詠之正徹

早春　霞　鴬　梅　春雨　春月　柳／　花　落花　暮春
郭公　五月雨　夏草　蛍／　納涼　初秋　露　霧　草花
雁　鹿」
月　擣衣　紅葉　九月盡　時雨　寒草　氷／　水鳥　雪
忍恋　待恋　逢恋　久恋　変恋／　別恋　遇不レ逢恋
恨恋　思恋　絶恋　暁　夕／　松　竹　山家　眺望　旅
寺　懐舊／　神祇

242 五十首 文明十六七十六実隆公詠之

立春子日　霞中鴬　若菜隠レ雪　梅香移レ柳　尋レ蕨折レ花
春雨放レ駒　雁勝二呼子鳥一／　苗代菫　杜若似レ藤
對二欵冬一惜レ春　更衣日見二卯花一　挿レ葵聞二郭公一
蒲交二早苗一　照射厭レ雨／　橘下憶レ蛍　蚊遣火近レ蓮
氷室忘レ夏　六月立秋　七夕萩　女郎花傍レ薄
苅萱蘭随レ風／　庭荻雁飛　鹿臥レ露　霧隔レ槿　駒迎翫レ月
擣衣従レ虫繁　紅葉帯レ霜　九月初冬／　時雨先レ霜
岡雪埋レ霰　芦間千鳥　氷上水鳥　網代神楽分レ処
鷹狩馴二炭竈一　炉邊除夜　」
初忍恋　初會後不レ逢恋　帰無レ書絶恋　旅宿思恋　片思恨
暁更松　苔巌栽レ竹／　山頭鶴　河藻如二野草一
過レ関到レ橋　海路旅　山家餞別　田家懐旧　夢無常相共也／
寄二述懐一祝言

243 五十首 同頃雅世卿出題

連峰霞　氷鮮　若菜　梅　柳　早蕨　浦春月／　待レ花
曙花　尋二残花一　雉　松藤　更衣　卯花／　郭公頻也　橘
曳二菖蒲一　早苗　夏月涼　早秋到　織女別／　萩　秋夕風
夜虫　鹿　山月　野月　水郷月／　鳴　霧　河紅葉　木枯
橋上霜　寒草　池水鳥／　雪　鷹狩　埋火　言出恋　契恋
逢レ夢恋　後朝恋／　顕恋　恨恋　山館竹　行路市　旅
望二遠帆一　塩屋烟　」
祝

244 五十首 同上雅親卿詠之

初春　霞　朝鴬　梅薫レ風　柳　帰雁　春暁月／　山花
禁中花　落花　藤　暮春　葵　郭公／　早苗　五月雨
夏草　蛍　納涼　七夕　荻／　女郎花　叢虫　鹿　待レ月
木間月　惜レ月　霧／　擣衣　紅葉　九月盡　時雨　庭霜
氷　河千鳥／　雪　炭竈　鷹狩　忍恋　祈恋　初逢恋
後朝恋／　増恋　恨　名所浦　山家　旅　述懐　夢／　祝

245 五十首 永正十三二廿一春日社法楽実隆公詠之　」

都初春　野霞　夕鶯　原若菜　簷梅　柳靡レ風　嶺帰雁／
春野月　花交レ松　杜花　春曙　岸藤　待二郭公一
苅二菖蒲一／　早苗　五月雨　嶋夏草　湊夕立　蛍過レ窓
早涼到　七夕／　山居秋　女郎花　草花露　秋夕雲　杣鹿
月契レ秋　老惜レ月／　擣衣　水邉菊　紅葉遍　関時雨
田家霜　淵氷　千鳥／　海冬月　深山雪　歳暮近
寄レ風恋　寄レ烟恋　寄レ滝恋　寄レ橋恋／　寄レ菅恋
寄レ蓬恋　山家　樵夫　羇中衣　古寺路　神祇／　祝言

246　五十首　同頃　同上

山早春　海上霞　松鶯　梅風　故郷柳　夜帰雁　嶺春月／
尋レ花　見レ花　落花　春山田　岸藤　新樹　聞二郭公一」
早苗　夏月　夏草　夕立雲　納涼　草花　野外虫／　岡鹿
浦秋夕　月出レ山　橋月　関月　擣衣　秋時雨／　残菊匂
紅葉　暮秋　朝木枯　寒芦　河千鳥　初雪／　深雪　鷹狩
炭竈　忍恋　待恋　別恋　顕恋／　恨レ身恋　舊恋
松積レ年　巌苔　鶴立レ洲　名所市　野寺／　神祇

247　五十首　寛永頃光廣卿詠之

早春　氷鮮　島霞　河邉梅　春夜　栽レ花　花埋レ路／
遊絲　雲雀　樵路躑躅　竹亭夏来　磯郭公　澤菖蒲
幽栖五月雨／　夏草　樹蝉　軒下荻　萩半綻　初雁成レ字
旅泊鹿　秋夕／　月前鐘　月下遊士　故郷擣衣　蔦閉レ戸
秋不レ留　山館冬到　落葉驚レ夢」
田氷　淵水鳥　洛初雪　市歳暮　寄二名所山一恋
寄二名所岡一恋　寄二名所浦一恋／　寄二名所滝一恋
寄二名所河一恋　寄二名所橋一恋　寄二名所里一恋
寄二名所杜一恋　寄二名所湊一恋　寄二名所濵一恋／　伊勢
石清水　玉津島　山家猿　羇旅　寄レ草述懐　寄レ夢懐旧／
寄レ世祝

248　五十首　明暦元六廿五聖廟御法楽

早春氷　初鶯　野若菜　梅遠薫　山春曙　待レ花　花下友
／　落花　欵冬　三月盡　朝更衣　待二郭公一　聞二郭公一
夜橘／　野夏草　夏月　杜蝉　初秋露　庭荻風　薄似レ袖

暁鹿／　田上雁　嶺月　水郷月　江月　霧中鴫　岡紅葉
時雨過／　橋上霜　島千鳥　冬月　浅雪　積雪　狩場雪
寄月恋／　寄雨恋　寄山恋　寄浦恋　寄草恋
寄木恋　寄鳥恋　寄獣恋」
寄琴恋　寄弓恋　海邉松　古寺滝　旅泊浪　懐旧　神祇
／　寄日祝

249　五十首　同二三廿五同上

子日　竹鴬　江上霞　雪中梅　岸柳　春夕月　帰雁／
初花　花埋路　雲雀　新樹　郭公　盧橘　夏草／
夏月涼　野夕立　水邉蛍　七夕　聞荻　薄露　秋田／
雨夜虫　月契秋　瀧月　擣衣　菊久馥　黄葉　初冬／
時雨　寒草　氷初結　冬月　積雪　鷹狩　寄日恋／
寄雲恋　寄山恋　寄河恋　寄門恋　寄床恋　寄草恋
寄木恋／　寄車恋　寄鏡恋　暁寝覚　山家　浦舟
旅行　述懐／　寄松祝」

250　五十首　同二六廿五同上題者雅直

鴬告春　谷春氷　岡梅　遠柳　春月　山花　故郷花／
夕雉　苗代　行路藤　新樹風　郭公幽　盧橘　夏夜／
鵜河　氷室　野夕立　七夕契　荻風　薄滋　聞虫／
外山鹿　待月　見月　霧深　擣衣　紅葉　時雨過／
寒草　杜冬月　千鳥　初雪　積雪　炭竈　忍恋／　契恋
尋恋　逢恋　別恋　後朝恋　顕恋　久恋／　恨恋　絶恋
湖上雲　岸竹　林鳥　磯浪　旅行雨／　祝言

251　五十首　同三二廿五同上

初春松　山霞　路梅　春雪　柳風　牧春駒　樹陰蕨」
尋花　寄雲花　惜花　春田雨　折躑躅(ママ)　遅櫻
里郭公／　早苗　夏江月　夕顔露　氷室　潤底泉　新秋
夕荻／　薄出穂　秋夕　暮天雁　秋月　橋月　滝月
浦擣衣／　堤霧　田鴫　蔦紅葉　初冬　残雁　杣寒月
待雪／　積雪　雪散風　神楽　寝覚恋　初逢恋　白地恋
旅恋／　片思　増恋　夕樵歌　巌頭苔　名所鶴　河筏

田家／ 竹為レ友

252 五十首 同年六廿五同上題者為清

関早春 軒鶯 梅移レ枕 柳靡レ風 早蕨 菴春雨 見レ花

／ 帰雁幽也 欸冬 惜レ春 郭公 早苗 照射 瀬鵜河／

夏草 杜蝉 松陰泉 風告レ秋 隣家荻 野径薄 嶺鹿 」

聞レ虫 岡月 田家霧 擣衣稀也 紅葉 水底菊 落葉／

朝霜 閨霰 松上雪 千鳥 神楽 炭竈烟 洩始恋／

互忍恋 変恋 恨レ身恋 逢恋 後朝恋 偽恋 顕恋／

嶺雲 谷風 巌苔 朝旅 山寺 暁漁火 神社／ 慶賀

253 五十首 同四六廿五同上題者雅直

早春風 海霞 若菜 紅梅 夜帰雁 初花 尋見レ花／

惜二落花一 春田雨 欸冬 松上藤 暮春 卯花 聞二郭公一

／ 五月雨 夏草 暁蛍 納涼 初秋露 七夕 行路萩／

原虫 田家鹿 待レ月 水郷月 在明月 澤鴫 紅葉遍／

擣衣 秋欲レ暮 時雨 夕木枯 水鳥 河冬月 雪埋レ松 」

山炭竈 寄レ風恋 寄レ雨恋 寄レ海恋 寄レ山恋 寄レ虫恋

寄レ鳥恋／ 寄レ獣恋 薄暮雲 窓灯 山家杉 旅宿夢

眺望 神祇／ 祝言

254 五十首 万治元八廿四 御當座

朝霞 簷梅 残雪 岸柳 春月 春曙 待レ花／ 花盛也

暮春 更衣 聞二郭公一 早苗 五月雨 夏月／ 夏草

鵜河 杜蝉 七夕 荻風 夜鹿 秋夕／ 初雁 山月

浦月 暁霧 庭紅葉 初冬 時雨／ 落葉 朝霜 氷初結

千鳥 野霰／ 閑中雪 寄レ月恋／ 寄レ雲恋 寄レ雨恋

寄レ露恋 寄レ山恋 寄レ虫恋 寄レ枕恋 寄レ衣恋／ 浦松

窓竹 関路 山家嵐 田家 故郷 神祇 」

祝言

255 五十首 寛文元六廿五聖廟御法楽

早春朝 竹裏鶯 沢若菜 窓前梅 柳辨レ春 関帰雁

夕春雨／ 山路櫻 戸外藤 欸冬盛也 聞二郭公一 採二早苗一

五月雨 瀬鵜河／ 池上蓮 林頭蝉 晩夏月 初秋露

隣家荻　野径薄　嶺上鹿／　山家虫　湖邉月　田家霧
遠擣衣　杜紅葉　水岸菊　橋落葉／　寒草霜　閨上霰
閑居雪　江寒芦　暁千鳥　炭竈烟　寄山恋／　寄岡恋
寄原恋　寄井恋　寄鷹恋　寄鏡恋　寄枕恋　寄糸恋
／　遠村雞　古寺鐘　鷺立洲　釣漁火　旅行友　獨述懐
海遠望／　社頭松

256 五十首　同二三廿五同上　」

山早春　雪中鶯　橋邉霞　路梅　岸柳　旅春雨　遠帰雁／
春月　庭花　翫花　落花　欵冬　卯花　早苗多／　郭公
里郭公　夜盧橘　籬瞿麦　江蛍　初秋　萩露／　荻風
尋虫声　秋夕　野径月　関月　船中月　暁鹿／　崎霧
擣衣　夕紅葉　朝時雨　竹霜　池水鳥　島千鳥／　浅雪
湖雪　惜歳暮　寄雲恋　寄露恋　寄烟恋　寄草恋／
寄松恋　寄枕恋　山家　田家　閑中灯　羇旅　懐旧／
寄松祝

257 五十首　同年六廿五同上

杜霞　鶯為友　梅風　柳垂絲　春草　早蕨　濵帰雁／
春月　待花　花如旧　遅日　欵冬露　新樹　湖郭公　」
早苗　夕橘　泊水雞　沼蛍　松下泉　初秋雲　夜荻／
行路萩　蓬虫　嶺初雁　原鹿　関屋月　惜月　河霧／
田霧　擣衣稀　紅葉深　九月盡　里時雨　淵氷　浦千鳥／
積雪　雪中望　歳暮迫　寄風恋　寄雨恋　寄草恋
寄木恋／　寄衣恋　寄繪恋　庭竹　砌苔　杣木　磯浪
羇中野／　寄神祝

258 五十首　同頃　御点取

立春　海邉霞　春雪　竹鶯　野若菜　梅風　柳露／　春雨
春月　帰雁　禁中花　山花　庭上落花　里欵冬／　池藤
卯花似月　卯月郭公　雲間郭公　河五月雨　夏野草
沼蛍／　夏暁月　夕立　水邉納涼　杜蝉　初秋朝　七夕
野萩露　」
庭荻風　夜鹿　夕虫　霧中初雁　山月　浦月　水郷月／

聞二擣衣ヲ一　栽レ菊ヲ　秋霜　杜ノ間ノ紅葉　暮秋　寝覚ノ時雨
谷ノ落葉／　枯野　冬ノ月　豊ノ明ノ節會　湖ノ千鳥　田ノ氷
雪散レ風ニ　雪ノ朝／　歳暮

259　五十首　同四六朔玉津島社御法楽雅章卿出題
浦ノ霞　春氷　鶯　梅　草漸ノシ（ママ）青　古柳　帰雁／　春ノ曙　朝ノ花
夕ノ花　夜花　春ノ田　卯花　遠キ郭公／　橘　夏ノ月　夏草
暁蛍　夕立　稲妻　萩／　薄　鈴虫　山家ノ雁　嶺ノ月　野ノ月
舟中ノ月　擣衣／　霧　紅葉　菊　凩　霜　寒草　水鳥／
霰　松雪　竹ノ雪　寄レ風恋　寄レ雲恋　寄レ露恋　寄レ鳥恋」
寄レ枕恋　寄レ筵恋　閑中ノ灯　田家ノ水　山ノ旅　海ノ旅　述懐／
祝言

260　五十首　同月廿五聖廟御法楽
初ソ春　霞　鶯　梅　帰雁　春ノ月　花三首／　苗代　藤
暮春　卯花　郭公　早苗　五月雨／　橘　夏ノ月　蛍　早秋
七夕　萩　鹿／　秋ノ夕　月三首　擣衣　菊　紅葉　暮秋
時雨／　氷　冬ノ月　千鳥　雪二首　歳暮　忍恋　不レ逢恋／
祈恋　後ノ朝恋　片思　恨　松　竹　山家／　旅　神祇　祝

261　五十首　同七六廿五同上」
関ノ早春　原ノ若菜　野ノ梅　柳靡レ風ニ　春ノ草　漸ク待レ花
花留レ人／　苗代　湖ノ帰雁　江ノ藤　池ノ款冬　暮春　更衣
卯花／　岡ノ郭公　夏ノ月　水上ノ蛍　蚊遣火　晩夏　新秋ノ雨
籬ノ荻／　風前ノ薄　初雁　外山ノ鹿　暁ノ露　霧間ノ舟　渡ノ月
月前ノ虫／　砌下ノ菊　紅葉遍シ　秋不レ留　初ソ冬　時雨　草ノ霜
磯ノ千鳥／　里ノ雪　炭竈ノ烟　歳暮　初恋　切ナル恋　隔ル恋
寄レ山恋／　寄レ鳥恋　寄レ玉恋　嶺ノ雲　名所ノ河　山家ノ夕
古寺　海路／　寄レ松祝

262　五十首　同十二廿五同上
春ノ雪　氷鮮ル　梅ノ香　柳ノ風　春ノ曙　栽レ花　折レ花ヲ／　桃花
田ノ蛙　松ノ藤　郭公　早苗　夏ノ月　里ノ樗」
浦ノ蛍　梢ノ蝉　夏祓　残暑　七夕　槿花　鈴虫／　野ノ鹿
杣ノ月　泻ノ月　河ノ霧　濵ノ菊　垣ノ蔦　時雨／　竹ノ霰　千鳥

網代　岡雪　原雪　炉火　暁恋／朝恋　晝恋　夕恋
夜恋　見恋　切恋　変恋／久恋　絶恋　関杉　磯浪
漁舟　故郷　旅夢／祝言

263　五十首　延宝二六廿五同上雅章卿出題

初春霞　竹鶯　梅薫風　春曙雲　春駒　尋花　栽花／
独惜花　夕雲雀　暮春月　卯花　初郭公　賀茂祭
河夏月／夏夜短　晩夏蛍　朝蝉　早秋　稲妻　萩移袖
路薄／雨夜虫　野鹿　山家月　月似鏡　疎屋蔦　折菊
木枯風　」
冬田氷　寒月　江水鳥　樵路雪　庭雪　炭竈　忍涙恋／
見増恋　逢夢恋　後朝恋　難忘恋　切恋　閑居恋　偽恋
／恨身恋　絶恋　松嵐　里烟　田家　名所野　海路／
祝言

264　五十首　同三二廿五聖廟御法楽

春風　春雲　春月　春山　春里　春浦　春草／春木
春鳥　春獣　夏風　夏雲　夏月　夏山／夏里　夏浦

夏草　夏木　夏鳥　夏獣　秋風／秋雲　秋月　秋山
秋里　秋浦　秋草　秋木／秋鳥　秋獣　冬風　冬雲
冬月　冬山　冬里／冬浦　冬草　冬木　冬鳥　冬獣　夜
暁　」
朝　夕　車　衣　枕　燈　鐘／船

265　五十首　天和三六朔住吉御法楽　勅題

早春　竹鶯　江上霞　雪中梅　岸柳　春夕月　帰雁／
初花　花埋路　雲雀　新樹　郭公　盧橘　夏草／
夏月涼　野夕立　水邉蛍　七夕　聞荻　薄露　秋田／
雨夜虫　月契秋　瀧月　擣衣　菊久馥　黄葉　初冬／
時雨　寒草　氷初結　冬月　積雪　鷹狩　寄月恋／
寄雲恋　寄山恋　寄河恋　寄門恋　寄床恋　寄草恋
寄木恋／寄車恋　寄鏡恋　暁寝覚　山家　浦舟
旅行　述懐／寄松祝　」

266　五十首　同年六　玉津島社御奉納

海邉ノ霞　氷鮮ル　若菜　梅　柳　早蕨　関ノ春ノ月／　待レ花
曙レ花　尋二残花一　雉　松藤　更衣　卯花／　郭公頻也　橘
曳二菖蒲一　早苗　夏ノ月涼シ　早涼到ル　織女ノ別／　萩　秋ノ夕ノ風
夜ノ虫　鹿　山ノ月　野ノ月　水ノ郷ノ月／　鴫　霧　河ノ紅葉　木枯
橋ノ上ノ霜　寒草　池ノ水鳥／　雪　鷹狩　埋火　言出ル恋　契ル恋
逢レ夢ニ恋　後ノ朝ノ恋／　顕ル、恋　恨恋　山ノ舘ノ竹　行路市　旅
望二遠帆一　塩屋ノ烟／　祝

267 五十首　元禄三正廿五　仙洞聖廟御法楽題者雅豊

立春　故郷ノ鶯　梅薫ル袖ニ　関ノ春ノ月　春ノ草短シ　春雨　春駒」
近見花　暮ノ山花　夜ノ落花　苗代　残春　首夏　谷ノ郭公／
郭公ノ頻也　閑ノ庭橘　梅雨　蛍知レ夜ヲ　納涼　山ノ早秋　雨中ノ荻
／　虫近レ枕ニ　朝ノ鹿　松ノ秋ノ風　竹ノ露　霧ノ底ノ筏　待レ月
独對レ月／　欲スルレ入ント月　紅葉　暮秋　関ノ落葉　野ノ霜　氷初テ結
水鳥多シ／　初雪　霰散レ風ニ　歳暮　不レ論セ恋　忍テ久恋
通レ書ヲ恋　白地ナル恋／　顕ル、恋　絶ル恋　山ノ舘ノ雲　塩屋ノ烟　磯ノ浪
羇中ノ友　深夜ノ夢／　祝言

268 五十首　同年六八仙洞玉津島社御法楽題者為綱

早春　海邉ノ霞　鶯　梅ノ風　柳　春雨　栽レ花ヲ／　挿頭ノ花
落花　欵冬　藤　暮春　更衣　葵／　郭公遍シ　橘　夏草
夕立　納涼　立秋　荻」

萩　女郎花　初雁　山ノ月　橋ノ月　浦ノ月　暁ノ鴫／　擣衣
紅葉　九月盡ジン　初ソ冬　霜　寒芦　千鳥／　庭ノ雪　炭竈ノ烟
歳暮　忍恋　聞恋　不レ逢恋　契ル恋／　増ス恋　経ルレ年ヲ恋
名所ノ松　窓ノ竹　田家　鶴立レ洲ニ　羇旅／　社頭ノ祝

269 五十首　同年六廿五仙洞西岡天満宮御法楽題者同上

歳暮ノ立春　山ノ霞　朝ノ鶯　梅薫ル風ニ　行路ノ柳　春雨　帰雁／
初花　翫フレ花ヲ　籬ノ欵冬　松藤　暮春　首夏　聞二郭公一／
早苗　瀧ノ五月雨　夏草　水邉ノ蛍　六月祓　早秋　荻ノ風／
萩露　秋夕　初雁　夜ノ鹿　暁ノ虫　野ノ月　庭ノ月／　重陽ノ宴
杜ノ紅葉　九月盡ジン　初ソ冬ノ時雨　寒草　浮ノ千鳥　池ノ氷」

豊ノ明ノ節會　積ル雪　歳暮　寄レ雲恋　寄レ風恋　寄レ烟恋

寄レ鏡恋／　寄レ衣恋　寄レ枕恋　嶺ノ松　里ノ竹　江ノ芦　岸ノ苔
海ノ眺望／　寄レ社祝

270　五十首　同六四二藤花御會題者同上

早春　霞　鶯　梅　春雨　春ノ月　柳／　櫻　藤花　暮春
郭公　五月雨　夏草　蛍／　納涼　初ソ秋　露　霧　草花
雁　鹿／　月　擣衣　紅葉　九月盡ジン　時雨　寒草　氷／
水鳥　雪　忍恋　待恋　逢恋　別ル、恋　遇テル不レ逢恋／　変スル恋
恨恋　久シキ恋　片恋　絶ル恋　暁　夕／　松　竹　鶴　眺望
山家　田家　述懐　」
祝

271　五十首　同七八八住吉社御法楽題者雅豊

若菜　梅　杜ノ柳　蕨　糸櫻　夕ノ桃　梨／　岡ノ雉　燕来ル　蛙
菫　杜若　藤　葵／　牡丹　菖蒲　橘　樗　嶋ノ蛍　蝉　荻
／　河ノ萩　蘭　袖ノ露　虫ノ思　鹿　月　秋ノ雁／　霧　田ノ鴫
麓ノ鶉　菊　蔦　山ノ霜　井ノ氷／　霰　雪　江ノ鴨　池ノ鴛　歳暮
暁　朝／　晝　夕　夜　砌ノ竹　磯ノ松　沢ノ鶴　淵ノ亀／　祝言

272　五十首　同十二廿五聖廟御法楽

霞ノ春衣　梅花薫レ枕ニ　岡ノ早蕨　田家ノ春雨　江上ノ春ノ月
嶺ノ帰雁　静ニ見レ花／　花留レ客ヲ　落花入レ簾ニ　天外遊絲
沢ノ杜若　春欲スントレ暮　山ノ新樹ジウ　卯花隠レ水ヲ／　郭公頻也
橘知レ昔ヲ　閑庭瞿麦　滝ノ下ノ蛍　閨中扇　七夕ノ契シツ
薄妨ニ徃ク反一ヲ／　萩如レ錦　雨後ノ虫　鹿声為レ友ト　雲間ノ稲妻
関路ノ月　草露映レ月ニ　月前ノ遠鐘／　湖上ノ秋霧　菊久ク盛也
紅葉出レ墻ヲ　枯野ノ霜　氷始テ結フ　濵ノ邉ノ千鳥　夜寒重シテス（ママ）レ衾ヲ／
狩ノ場霰　連日ノ雪　炉火似レ春ニ　寄レ風恋　寄レ烟恋　寄レ鳥恋
寄レ獣恋／　寄ニ手向一恋　寄ニ笭箵一恋　谷ノ松年久シ　窓前ノ竹
水郷ノ舟　羇中ノ暁　眺望日暮ル／　社頭ノ祝言　」

273　五十首　同十三廿五同上

氷鮮ル　夕ノ霞　初鶯　翫レ梅ヲ　春ノ月　帰雁　花ノ梢／　花ノ枝
花ノ本　田蛙　欵冬　暮春　新樹ジウ　郭公　」
盧橘　水雞　夏ノ夜　草ノ蛍　夕立　暁ノ露　近キ荻／　薄滋シ

菊薫ル　蟋蟀ノ　沢鳴　待レ月　對レ月ニ　惜レ月ヲ／　霧深シ　擣衣
紅葉　木枯　残菊　滝ノ氷　冬ノ月／　水鳥　積ル雪　埋火
忍恋　憑ム恋　契ル恋　偽ル恋／　厭恋　久シキ恋　嶺ノ松　麓ノ柴
窓ノ竹　橋ノ苔　路ノ芝／　神垣

274　五十首　宝永三二廿五同上

霞知レ春ヲ　餘寒ノ風　梅盛ニ開ク　柳似タリレ烟ニ　春ノ草短シ　遠キ帰雁
漸ク待レ花／　静ニ對レ花ニ　花浮レ水ニ　春日遅シ　沢ノ杜若　兼テ惜レ春ヲ
朝ノ更衣　夕ノ卯花／　郭公幽也　郭公遍シ　夏草深シ　蛍過レ窓ヲ
六月祓　荻告レ秋　七夕ノ別／　草花早シ　虫声滋シ　鹿驚カスレ夢ヲ
田ノ稲妻　未タレ出サル月　停午ノ月　欲スルレ入ントレ月　」
梯ノ上ノ霧　菊帯レ露ヲ　暮秋ノ雲　夜ノ落葉　閑庭ノ霜　池ノ水鳥
篠ノ上ノ霰／　都ノ初雪　連日ノ雪　歳暮近シ　忍レ涙恋　契リテ久恋
後朝恋　立レ名ニ恋／　被ラレ忘恋　恨テル絶恋　松積レ年ヲ　山中ノ滝
江ノ上ノ舟　羇旅ノ里　市商客／　寄レ神祝

275　五十首　享保六三十八仙洞柿本社御法楽

立春　竹ノ鴬　春ノ雪　梅風　柳ノ露　春ノ月　山ノ花／　野ノ花

苗代　松ノ藤　更衣　郭公　盧橘　早苗／　夏ノ月　窓ノ蛍
納涼　早秋　夜ノ荻　暁ノ鹿　秋ノ夕／　駒迎　嶺ノ月　杜ノ月
朝霧　紅葉　暮秋　残菊／　湊ノ氷　冬ノ月　千鳥　篠ノ霰
里ノ雪　炭竃　初恋／　祈ル恋　尋ル恋　見恋　聞恋　契ル恋
遇恋　偽ル恋　」
変スル恋　久シキ恋　古寺　山家　田家　旅宿　述懐／　祝言

276　五十首　同八六廿五聖廟御法楽

早春ノ鴬　霞ノ中ノ瀧　若菜知レ時ヲ　月前ノ梅　磯ノ春草　花ノ下ニ忘レ帰
花ノ挿頭／　惜二落花ヲ一　藤懸レ松ニ　暮春ノ月　雨中ノ郭公
刈二菖蒲一　雲間ノ夏月　杜ノ夏草／　蛍似タリレ露ニ　夕立ノ風
樹陰ノ納涼　初ソ秋ノ夕　七夕舟　野径ノ萩　暁ノ初雁／　海邉ノ鹿
秋田露　月毎秋友　逐テレ夜ヲ月明也　山家ノ月　秋夜長シ　野時雨
岡ノ寒草　寝覚ノ冬ノ月　澤ノ水鳥　夜ノ千鳥　故郷ノ雪　狩場ノ風
寄二思草一恋／　寄二下草一ニ恋　寄レ蓬恋　寄二海松一恋
寄レ蘋恋　寄レ榊恋　寄レ栢恋　寄レ桐恋／　寄レ楸恋
寄二埋木一恋　羇中山　羇中橋　羇中ノ河　羇中浦　羇中ノ里／

羇中ノ眺望」

277 五十首 同十一六廿五同上題者為久

霞 鶯 梅 蕨 櫻 桃 梨／雉 蛙 菫 葕ヤマブキ 躑 藤

葵／鶚ホトヽギス 橘 扇 蛍 蝉 泉 萩／荻 蘭 露 雁

鹿 虫 霧／月 鶉 鴫 菊 蔦 霂シグレ 霜／氷 霰

雪 鴨 鷹 暁 朝／夕 山 野 苔 松 燈 弓／

書

278 五十首 享保十六二廿五聖廟御奉納題者同上

初春ノ梅 遠山ノ霞 田若菜 竹裏ノ鶯 餘寒ノ雪 浦ノ帰雁

未スレ飽カレ花ニ」

花半落 江ノ畔ノ藤 暮春ノ雨 岸ノ卯花 杜ノ郭公 故郷ノ橘

早苗多シ／五月雨久シ 島ノ夕立 晩夏ノ蛍 早秋風 待二七夕一

海ノ邉ノ荻 鹿隠レ萩ニ／露ノ底ノ虫 暮ノ天ノ雁 外ノ山ノ月 古ノ渡ノ月

霧ノ間ノ紅葉 暮ノ秋ノ雲 落葉交レ雨ニ／澗ノ寒ノ草 泊ノ千鳥

関ノ路ノ氷 狩ノ場ノ霰 岡ノ上ノ雪 春漸クシ近 春ノ忍恋／夏ノ待恋

秋ノ遇恋 冬ノ増ス恋 暁ノ帰ル恋 朝ニ変スル恋 夕ニ忘ルヽ恋 夜ノ恨ル恋／

社頭ノ松 古寺ノ鐘 山家ノ水 田家ノ鳥 海ノ眺望 羇中ノ嵐

述懐依ルレ人ニ／寄レ天祝

279 五十首 同年二廿五同上題者雅香

都ノ霞 残雪 島ノ鶯 尋レ梅ヲ 村ノ柳 緑草 翫フレ花ヲ／市ノ花

遅日 賞レ桃ヲ 池ノ蛙 松藤 更衣 新竹／夏草 橋ノ蛍」

杜ノ蝉 隣ノ泉 夏祓 朝ノ荻 分レ萩ヲ

籬ノ薄 蘭薫ル 促織 秋ノ田 憐ムレ月ヲ 井ノ月 麓ノ鶉／径ノ葛

黄菊 残秋 篠ノ霜 薄キ氷 寒月 夜ノ衾／澤ノ霰 夕ノ雪

除夜 誂ル恋 疑フ恋 語ル恋 疎キ恋／争フ恋 負ル恋 故郷

水郷 山家 田里 述懐／神社

280 五十首 同年六廿五聖廟御法楽題者為久

孤島ノ霞 梅香留ルレ袖ニ 遠山春月 杜ノ春雨 風前ノ帰雁

老テ栽レ花 處々花盛也／見テレ花ヲ恋ルレ友ヲ 春日遅々 山路ノ春雉

雨後ノ苗代 里ノ欵冬 卯花始テ開ク 山ノ朝葵／月前ノ郭公

夜ノ橘薫レ枕ニ 水ノ郷ノ苗代 隣ノ蚊遣火 閨中ノ扇 立秋ノ暁

薄未レ出レ穂／　槿一日栄　苅萱靡レ風　旅店虫　深山鹿
古寺秋夕　月前草露　湖月似レ氷／　月前遠鐘　夕霧埋レ枕
林葉漸黄　時雨晴陰　樵路落葉　苔径霜　湊寒芦　」
水鳥知レ主　塩竈雪　春已トレ隣　寄レ月恋　寄レ河恋
寄レ獣恋　寄二遊女一恋／　寄二海人一恋　寄二商人一恋
松作レ友　鶴立レ洲　山館烟細　田家鳥　漁父出レ浦／
披レ書逢レ昔

281　五十首　元文四二廿五同上

鴬告レ春　梅薫レ風　尋二若菜一　田邉柳　江春曙　暁帰雁
夕春雨／　霞中花　月前花　花未レ飽　苗代蛙　惜二暮春一
杜首夏　河卯花／　郭公幽　五月雨　沢夏草　瀧邉蝉
晩夏蛍　新秋雨　待二七夕一／　行路萩　秋夕雲　芦邉雁
虫声滋　鹿隠レ霧　月契レ秋　海邉月／　閑見レ月
擣二寒衣一　紅葉遍　閨時雨　籬残菊　冬暁山　冬海月／
夕千鳥　雪似レ花　歳暮近　尋レ縁恋　祈久恋　待空恋
忿別恋／　返レ書恋　恨レ身恋　山村烟　名所市　羇中朝
旅宿嵐　野眺望　」
社頭松

282　五十首　同五二廿五同上

立春朝　春雪　行路梅　橋邉柳　早蕨　尋レ花　花浮レ水／
春田　海帰雁　摘レ菫　欵冬露　春欲レ暮　卯花　杜郭公／
菖蒲　照射　五月雨　蛍過レ窓　晩夏蝉　新秋　朝萩／
初雁　遠聞レ鹿　暮山霧　深更虫　水邉月　庭月　秋夕／
里擣衣　紅葉　九月盡　落葉　篠霜　寒芦　濵千鳥／
池水鳥　松雪　惜二歳暮一　寄レ風恋　寄レ草恋　寄レ木恋
寄レ鳥恋／　寄レ獣恋　寄レ枕恋　暁雞　滝水　磯浪
羇中関　述懐／　寄レ社祝　」

283　五十首　同年六廿五同上題者為村

立春暁　橋霞　鴬為レ友　若木梅　路柳　菴春雨　帰雁／
花匂　花色　折二欵冬一　岡藤　暮春水　新樹　関郭公／
早苗　閑庭橋　夏草滋　沢蛍　六月祓　初冬雲　江荻／

崎ノ萩　蘭薫レ風ニ　閨ノ虫　谷ノ月　秋ノ田ノ露　河ノ霧　禁中ノ月／
惜ムレ月　岸ノ紅葉　暮秋ノ霜　時雨　池ノ寒芦　湖ノ氷　水鳥多シ／
嶺ノ雪　向ニ炉火ニ一　歳暮ノ松　春恋　夏恋　秋恋　冬恋／
寄レ鳥ニ恋　寄レ菫恋　朝ノ旅　夕ノ旅　夜ノ旅　旅ノ夢　神祇／
寄レ國祝

284 五十首　寛保二六廿五同上題者雅重

初ソ春ノ鶯　橋ノ上霞　梅移ルレ袖ニ　田ノ邉ノ柳　春ノ月　帰雁　春ノ曙ノ雲
／　雨中ノ花　糸櫻　夕ノ欵冬　卯花盛也　郭ノ公　早苗
池ノ菖蒲」
夏ノ夜短シ　湖ノ蛍　晩夏　新秋ノ暁　野ノ萩　杣ノ鹿　芦ノ邉ノ雁／
秋ノ夕　閑ニ見レ月　惜レ月ヲ　擣衣　河ノ霧　紅葉遍シ　関ノ時雨／
樵路霜　千鳥　寒月　栢ノ霰　松ノ雪深シ　炉火　伝聞ク恋／
見テ増ス恋　逢フ恋　暁ル帰恋　誓フ恋　馴ル恋　偽ル恋　厭フ恋／
歎クレ名ヲ恋　絶テ久恋　山ノ舘竹　行路ノ市　旅宿　望ニ遠帆ヲ一
述懐／　寄社祝

285 五十首　延享元八廿八柿本社御法楽　勅題

立春　谷ノ鶯　若菜　簷ノ梅　春ノ曙　春雨　待レ花ヲ／　見レ花
落花　池ノ藤　卯花　聞ニ郭公ヲ一　故郷ノ橘　五月雨／　草ノ蛍
夏ノ月　杜ノ蝉　七シツ夕　萩露　夕虫　初雁／　山月　河ノ月
浦ノ月　擣衣　岡ノ紅葉　暮秋　初ソ冬」
落葉　寒草　水鳥　冬ノ月　野ノ霰　積ル雪　寄レ雲恋／
寄レ雨恋　寄レ山恋　寄レ海恋　寄レ橋恋　寄レ草恋　寄レ虫恋
寄レ玉恋／　寄レ枕恋　寄レ糸恋　浦ノ松　山家ノ風　暁ノ更雞
故郷　羇旅／　神祇

286 五十首　同年十二廿二水無瀬宮御奉納　勅題

初ソ春　霞　鶯　梅　帰雁　春ノ月　花三首／　苗代　藤
暮春　卯花　郭公二首　早苗　五月雨／　夏ノ月　蛍　早秋
七シツ夕　萩　鹿　秋ノ夕／　月三首　擣衣　菊　紅葉　暮秋
時雨　氷／　冬ノ月　千鳥　雪　歳暮　忍恋　不ルレ逢恋二首
後ノ朝恋／　片思　恨　松　雪　山家　旅二首　述懐」
祝言

287 五十首 同三六廿五聖廟御法楽題者為村
朝鶯 海邊霞 野若菜 軒梅 柳 春雨 栽花／盛花
挿頭花 苗代 蛙 藤 更衣 葵／郭公遍 橘 夏草
蛍 納涼 早秋 荻／萩 初雁 田家鹿 山月 橋月
暁鴫 擣衣／河霧 菊 紅葉 時雨 寒芦 氷 千鳥／
網代寒 庭雪 鷹狩 忍恋 不逢恋 逢恋 増恋／思
恨 暁 窓竹 山家松 獨述懐 神祇／祝

288 五十首 同四二廿五同上 」
初春松 餘寒風 若木梅 遠帰雁 夕春雨 花初開
花満山／花如雪 躑躅紅也 暮春月 朝更衣 待郭公
早苗多 磯夏月／夕立過 蛍知夜 晩夏蝉 初秋露
七夕別 草花早 深山鹿／野径虫 嶺月明也 海邊月
橋上月 擣衣幽也 河紅葉 杜時雨／池寒芦 寒夜月
濵千鳥 野外雪 松雪積 夕炭竈 寄風恋／寄雨恋
寄山恋 寄海恋 寄草恋 寄木恋 寄鳥恋 寄虫恋
／山館竹 遠村烟 田家水 名所浦 行路市 羇中嵐
独述懐／暁神祇

289 五十首 寛延二六廿五同上
立春 霞 朝鶯 梅遠薫 春草 帰雁 春暁月／待花
山花盛也 落花 藤 暮春 早夏 郭公 」
早苗 五月雨 夏草 蛍 納涼 七夕 萩／女郎花
庭虫 鹿 見月 松間月 惜月 霧／擣衣 夕紅葉
暮秋 時雨 篠霜 氷 河千鳥／望雪 埋火 除夜
尋恋 見恋 初逢恋 後朝恋／増恋 久恋 名所浦
田家烟 旅行 海路 朝眺望／神祇

290 五十首 宝暦十二九春日社御法楽
立春 野霞 朝鶯 梅風 河柳 春月 春曙／杜花
帰雁 欵冬 松藤 暮春 郭公 早苗／夏草 夏月
沢蛍 氷室 納涼 早秋 路薄／萩盛也 初雁 夕虫
原鹿 霧深 山月 擣衣 」
濵菊 紅葉 暮秋 時雨 千鳥 網代 寒月／雪朝

神楽　埋火　初恋　忍恋　契ル恋　待恋／　逢恋　顕ル、恋
嶺ノ松　里ノ竹　海路　眺望　述懐／　神祇

291　五十首　同頃聖廟御法楽

松ノ上ノ霞　聞レ鶯ヲ　梅盛ニ開ク　河ノ柳　谷ノ春雨　待レ花　雲ノ間ノ花／
池ノ邉ノ藤　躑躅紅也　暮ノ春ノ鐘　餘花　郭公頻也　里ノ樗　瞿麦ノ露／
山ノ夕立　簷ノ萩　路ノ萩　原ノ薄　夜ノ初雁　野ノ鹿　閑ニ見レ月／
名ノ所ノ月　惜レ月　瀧ノ紅葉　暮秋ノ菊　暁ノ時雨　庭ノ霜　湖ノ氷／
雪似タリレ花ニ　神楽　初恋　忍恋　不レ逢恋　祈ル恋　契ル恋／
待恋　後朝ノ恋　偽ル恋　顕ル、恋　恨テ久恋　関ノ雞　山家ノ水
田家ノ烟　籬ノ竹　巌ノ苔　沼ノ葦　鶴立レ洲ニ　羇旅遠シ　浦ノ眺望／
寄レ松祝

292　五十首　明和元六廿五同上

杜ノ霞　春ノ氷　鴬　梅　草漸クシ青　門ノ柳　帰雁／　春ノ曙　朝ノ花
夕ノ花　夜ノ花　春ノ田　卯花　遠キ郭公／　橘　夏ノ月　夏草
暁ノ蛍　夕立　稲妻　萩／　薄　鈴虫　嶺ノ初雁　谷ノ月　野ノ月
舟ノ中ノ月　擣衣／　霧　紅葉　菊　木枯　霜　寒草　水鳥／

霰　松ノ雪　竹ノ雪　忍恋　遠キ恋　近キ恋　逢レ夢ニ恋／　別ル、恋
恨ル恋　閑ノ中ノ燈　田家ノ水　山ノ旅　海ノ旅　眺望／　瑞籬

293　五十首　同年八廿四月次御會

春ノ氷　夕ノ霞　初鴬　翫レ梅ヲ　春ノ月　帰雁　花ノ梢／　花ノ枝
花ノ本　田ノ蛙　欵冬　暮春　新樹ジウ　郭公／　盧橘　水雞
夏ノ夜　草ノ蛍　夕立　暁ノ露　近キ萩／　薄滋シ　蘭薫ル　蟋蟀
沢ノ鴫　待レ月ヲ　對レ月ニ　惜レ月／　霧深シ　擣衣　紅葉　木枯
残菊　滝ノ氷　冬ノ月／　水鳥　積ル雪　埋火　忍恋　憑ム恋
契恋　偽ル恋／　厭フ恋　久シキ恋　嶺ノ松　麓ノ柴　窓ノ竹　関ノ杉
路ノ芝／　巌ノ苔

恋雑

294　五十首　寛文十二二廿五聖廟御法楽

不レ知ラレ名ヲ恋　観シテレ身ヲ不ルレ會恋　秘スル二知音ニ一恋　時々聞ク恋
乍ラレ見隠ル恋　見被テル、レ疎マ恋　乍レ随ヒ不ルレ逢恋／　咎テレ言ヲ不レ逢恋
憑テ深會恋　疑ニ行末ヲ一恋　不ルレ憚ニ人目ヲ一恋　不ルレ知ニ身ノ程ヲ一恋

過門不入恋　見家思出恋／触事思出恋
偽教在所恋　送書待恋　見偽書慰恋　返迎車恋
度々延約日恋　隔物談恋／祈神不逢恋
詣古寺恋　迎不遂恋　隔一夜逢恋　逢夜有妨恋
無一二相語恋　契来世恋／悔前世契恋　思後厭世恋
辞後逢恋　被慰人恋　被妨友恋　思移媒恋
祢他人恋／契女人恋　老後恥人恋　欲代命恋
依恋被謗人　恋学問妨　恋自我下人　被軽賎恋／
借人名恋　隔年序恋　言切後増恋　稀逢不絶恋
誓思絶恋　被嫉妬恋　不誤被恨恋／留形見恋」

295 五十首　永亨頃　御月次
日　月　風　雲　雪　野　山／田　海　河　菊　竹　藤
萍／松　桐　柳　梅　橘　荷　鶴／烏　雁　鴬　雉
馬　牛　熊／鹿　羊　城　門　宅　井　車／床　席
簾　鏡　扇　詩　書／紙　筆　硯　琴　箏　笛　歌／
舞」

296 五十首　寛文六於摂州有馬温泉詠之　資慶卿
天象　地儀　居所　草　木　鳥　獣」

虫　神祇各五首　釈教不殺生戒　不偸盗戒　不邪婬戒　不妄語戒　不飲酒戒」

五十五首題一

297 五十五首　天文二十一廿七石山寺奉納実隆
桐壷　帚木　空蝉　夕顔　若紫　末摘花　紅葉賀／花宴
葵　賢木　花散里　須磨　明石　澪標／蓬生　関屋
繪合　松風　薄雲　槿　乙女／玉鬘　初音　蝴蝶　蛍
瞿麦　篝火　野分／行幸　蘭　槙柱　梅枝　藤裏葉
若菜上　同下／柏木　横笛　鈴虫　夕霧　御法　幻
雲隠／匂兵部卿宮　紅梅　竹川　橋姫　椎本　総角
早蕨／寄生　東屋　浮舟　蜻蛉　手習　夢浮橋」

（半丁分空白）

六十首題四

298 六十首 年紀可尋之 御屏風色紙形和哥

山早春 梅薫風 春暁月 夜花 惜花 幽栖春月
春日遅／ 花主 帰雁似字 落花 早春鴬 餘花
古郷花 暮春花／ 卯花似雪 馬上郭公 扇 早涼
朝草花 夜荻 荻驚夢／ 浦月 秋雨 鹿声夜友
秋夕情 霧 鶉 暁出月／ 月前釣翁 嶺紅葉 河紅葉
暮秋霜 時雨 嶺時雨 暁落葉／ 風払落葉 寒草霜
椎 暁天千鳥 依雪待人 忍久恋 返書恋／
通書顕恋 不逢恋 寝覚恋 寄夜雨恋 寄山恋
恋草 被忘恋／ 恨絶恋 飛滝音清 名所渡 竹
古寺鐘 田家 塩屋烟／ 旅 述懐 夜述懐 庭上松 」

299 六十首 同上実隆公詠之

早春鴬 朝鴬 夕梅 庭春雨 見花 聞郭公

五月雨久／ 水辺蛍 遠夕立 樹陰納涼 草花露 霧中雁
野鹿 深夜月／ 山紅葉 初冬時雨 河氷 連日雪
浦千鳥 夜神楽 忍恋／ 不逢恋 待恋 遇不逢恋
恨恋 暁雲 夜夢 羇中燈／ 山家嵐 社頭祝各二首

300 六十首 寛保元六廿四 御月次題者為久

春神祇 夏神祇 秋神祇 夏月 秋月 春風 秋風／
冬風 春雨 秋雨 夏暁 秋暁 冬暁 春朝／ 夏朝
秋朝 夏夕 秋夕 夏夜 冬夜 春山／ 夏山 秋山
冬山 春野 冬野 春海 秋海 」
春河 夏河 春池 夏池 秋池 夏鳥 秋鳥／ 夏河
秋田 冬田 秋松 春草 夏草 秋草／ 冬草 夏花（ママ）
冬花 冬祝 春山家 夏山家 秋山家／ 春旅 夏旅
冬旅 夏恋 冬恋 春述懐 夏述懐／ 秋述懐 夏眺望
秋眺望 冬眺望

301 六十首 延享元八四同上

早春 暁霞 聞鴬 若菜 残雪 餘寒 春月／ 岡梅

帰雁 春雨 遠キ柳 春ノ草 山ノ花 杜ノ花／ 谷ノ花 暮春
更衣 郭公 菖蒲 夏ノ雨 夏ノ夜／ 叢ノ虫 夕立 納涼
立秋 對レ荻 秋ノ夕 初雁／ 惜レ月 擣衣 菊移フ 紅葉
初ソ冬 落葉 寒草
」
水鳥 谷ノ氷 冬ノ月 鷹狩 閨ノ霰 初雪 早梅／ 尋ル恋
逢恋 変スル恋 久恋 恨恋 朝ノ恋 晝ノ恋／ 夕ノ恋 岡ノ松
岸ノ竹 峡猿 林鳥 浦鶴 巌ノ苔／ 山家 海村 水郷
神社
」

六十五首題二

302 六十五首 元文六二廿四 御月次

連ノ峰ノ霞 旧巣ノ鴬 梅移レ水ニ 柳帯レ露ヲ 春ノ月朧也 朝ノ春雨
春ノ曙ノ眺望／ 暮天ノ帰雁 花未タレ飽ス 花如レ舊 落花満レ庭
暮ノ春ノ藤 尋ニ郭公一 夢中ノ郭公／ 滝ノ五月雨 竹間ノ夏ノ月
野ノ夏草 瀬ノ鵜河 納涼ノ風 山ノ早秋 夜深テ聞レ荻／ 萩移ルレ袖ニ

行路ノ薄 葦邊ノ雁 田家鹿 秋ノ夕催レ涙 臨テレ水ニ待レ月
松ノ月幽也／ 暁ノ月厭レ雲 擣衣寒シ 古渡霧深シ 寝覚ノ鴫
紅葉如レ錦ノ 初ソ冬ノ嵐 枕ノ上時雨／ 寒草纔也 懸ノ樋ノ氷
寒ノ夜明月 浦ノ伝千鳥 水鳥多シ 篠ノ上ノ霰 常磐木ノ雪／
炭竈ノ烟 歳暮忩ハシ 思テ不レ言恋 不レ堪レ待恋 契ル二行末ヲ一恋
逢テ不レ會恋 名ニ立恋／ 不レ憑恋 見テレ書増恋 被レ厭恋
恨レ身恋 暁更ノ雞 古寺ノ松 故郷ノ路／ 橋ノ上ノ霞 暮ノ林ニ鳥宿ス
谷ノ樵夫 漁舟連レ浪 山家ノ隣 羇中衣 旅宿ノ雨
」
述懐依ル二人ニ一 寄レ民祝

303 六十五首 延享二二廿四同上

正朔ノ子日 海路霞 竹林鴬 雪中ノ若菜 窓前ノ梅 岡ノ辺ノ早蕨
山ノ路ノ欅／ 閑中ノ春雨 山田ノ苗代 滝ノ下ノ欵冬 沼水ノ杜若
旅宿ノ三月盡ジン 山家ノ首夏 遠村ノ卯花／ 江中菖蒲 門田早苗
暁ノ更照射 旅ノ舩五月雨 毎ノ夜鵜河 樹陰納涼 池ノ上ノ蓮／
林ノ頭蝉 河ノ辺ノ荒和祓 泉ノ邊初秋 七夕後朝 野ノ径薄
風ノ前ノ苅萱 雨ノ後ノ蘭／ 羇ノ旅ノ雁 嶺ノ上ノ鹿 杜ノ間ノ紅葉 苔ノ上ノ露

田家霧　深夜駒迎　嶋邉虫／　水岸菊　十三夜月
初冬時雨　橋上落葉　寒庭霜　松上雪　暁天千鳥／
谷河氷　月前神楽　晩頭鷹狩　閑居埋火　舟中除夜　卜恋
契久恋／　後朝隠恋　互忍恋　谷風　嶺雲　洲鶴　梢猿
神社／　山寺　高麗笛　釣舟　王昭君　上陽人　楊貴妃
遊女　」
眺望　慶賀　」

六十六首題二

304　六十六首　寛保元四廿四　御月次
島霞　鴬馴　子日　残雪　春月　春曙　岡梅／　春雨
遠柳　春草　山花　杜花　水花　雲雀／　路藤　暮春
卯花　神祭　郭公　菖蒲　蚊火／　夏月　氷室　夕立
七夕　對萩　砌蘭　薄滋／　秋夕　径虫　紅葉　暮秋
時雨　落葉　寒草／　千鳥　水鳥　谷氷　冬月　鷹狩

閨霰　都雪／　忍恋　聞恋　契恋　逢恋　別恋　久恋
恨恋／　絶恋　朝恋　夜恋　暁恋　岡松　岸竹　峡猿／
林鳥　浦鶴　淵亀　磯浪　巌苔　山家　旅宿　」
故郷　水郷　述懐

305　六十六首　同年十廿四　同上
初春　嶺霞　海邉霞　野若菜　里梅　柳　春雨／　帰雁
栽花　尋花　朝花　夕花　暮春　更衣／　待郭公
郭公遍　橘　夏月　蚊遣火　蛍　夕立／　六月祓　初秋
荻　萩　叢虫　田鹿　秋夕／　山月　橋月　浦月　社頭月
菊　九月盡　時雨雲／　霜　篠霰　冬月　千鳥　積雪
神楽　炭竃烟／　歳暮　寄雲恋　寄露恋　寄雨恋
寄風恋　寄山恋　寄関恋／　寄海恋　寄原恋
寄橋恋　寄木恋　寄草恋　寄虫恋　寄獣恋／
寄鏡恋　寄枕恋　寄衣恋　寄糸恋　暁雞　名所野
田家　」

山旅　海旅　寄松祝　」

七十首題二

306 七十首　年紀可尋之冷泉家出題

初春山　霞添春色　雪中鶯　若木梅　門柳春久　野若草
浦春月／帰雁遥也　栽花　花映日　花有佳色　遅日
桃花　春風不分処／　菫染袖　田蛙　雨中苗代
里欵冬　藤為松花　暮春　餘花／　新竹　初郭公
郭公数声　早苗多　夏月涼　水邉夏草　蛍似玉／
夕立晴　晩夏蝉　田新秋　七夕契　寝覚荻　萩如錦
野草花／　虫声入琴　蘭薫風　秋望　暁鹿　對山待月
月似晝　月秋友／　雲間雁　菊花色々　伴菊延齢
河邉霧　秋霜　黄葉　紅葉満山／　暮秋興　初時雨
谷落葉　岡寒草　水氷無音　冬暁月　河千鳥／　篠上霰
雪散風　関路雪朝　歳暮松　濵砂　仙家　田家鶴　」
巌苔　竹不改色　嶺椿　池亀　樵歌入山　社頭杉
寄月花祝

307 七十首同上

早春山　残氷　連峰霞　曙鶯　岡残雪　谷餘寒　梅花盛久
／　水邉柳　春雨晴　夕帰雁　江春月　花半開
終日見花　花満山／　遊絲　春日望山　春田蛙
欵冬露　浦藤　暮春　首夏衣／　新樹風　夕卯花
郭公一声　海郭公　採早苗　庭橘　河五月雨／
對泉見月　夜納涼　早秋風　七夕橋　荻近枕　雨中萩
行路薄／　野花留人　露似玉　籬中虫　風前鹿　秋興
秋月冷　馴月／　池上月　雲外雁　菊帯露　菊久芳
深夜鳴　松蔦　紅葉處々／　秋将暮　山時雨　残紅葉
落葉深　冬山霜　寒樹　冬月照衣／　河氷　暁千鳥
薄暮雪　歳暮　海邉雲　径雨　山中瀧　」
遠村水　夜旅泊　白鷺飛　庭上竹　澗底松　嶺椿
鶴千年友　」

七十五首題二

308 七十五首 享保十六二廿四 御月次

立春 山霞 海霞 初鴬 若菜 曙梅 紅梅／河柳
春雨 春月 帰雁 立秋 残暑 七夕／暁荻 萩盛
夕薄 山鹿 松虫 初雁 秋田／待月 湖月 惜月
夕霧 擣衣 野分 江鶉／黄葉 暮秋 時雨 木枯
落葉 枯野 田氷／寒月 千鳥 水鳥 篠霰 初雪
深雪 埋火／鷹狩 神楽 歳暮 初恋 忍恋 聞恋
見恋／尋恋 祈恋 契恋 待恋 逢恋 別恋 顕恋／
稀恋 忘恋 恨恋 絶恋 関雞 山家 田家 」
嶺松 籬竹 路苔 岡篠 沼葦 島鶴 樵夫／旅行
野宿 眺望 神祇 祝言

309 七十五首 宝暦三十廿四同上

氷始鮮 原霞 餘寒 梅薫風 河邉柳 浦春月
閑居春雨／朝花 夕花 名所花 寄雲花 風前花
三月三日 江藤／閏三月盡 更衣 新樹露 郭公
山田早苗 盧橘 菴五月雨／竹亭夏月 瞿麦 野草秋近
鵜河 里蛍 夕立風 馬上聞蝉／六月祓 湖邉早秋
月下虫 野外鹿 秋夕 駒迎 深山翫月／海邉月
花洛月 月似玉 月似氷 月前擣衣 暮秋 寝覚時雨／
暁落葉 落葉深 橋上霜 寒芦 井氷 冬夜月 磯千鳥／
関路雪 鷹狩 忍恋 祈恋 待空恋 逢恋 後朝恋 」
立名恋 逐日増恋 寄風恋 寄門恋 寄月草恋
寄宿木恋 寄鳥恋／寄虫恋 寄硯恋 寄葦恋
暁雞 鐘声何方 山家嵐 晴後遠水／海路 羇旅
述懐非一 獨懐旧 寄鏡祝 」

百首題七十一

310 百首 年紀可勘注 出題不知之

立春天 立春日 立春風 立春雲 立春水 山霞 関霞／
橋霞 湖霞 海霞 岡残雪 谷残雪 杜残雪 島残雪／
庭残雪 旧巣鴬 初鴬 洛鴬 竹鴬 関鴬 朝子日／
野子日 子日松 子日友 子日興 原若菜 澤若菜
尋若菜／ 橋若菜 若菜多 餘寒霜 餘寒嵐 餘寒氷
山居餘寒 二月餘寒／ 梅始開 梅有遅速 軒梅
梅薫風 依梅待人 江柳 岸柳／ 隣家柳 遠村柳
門柳 麓早蕨 岡早蕨 樵路早蕨 野径早蕨／ 岩根早蕨
深夜春月 暁更春月 旅泊春月 春月憶昔 春月言志
社頭春雨／ 古寺春雨 草菴春雨 旅行春雨 苗代春雨
水邉若草 故郷若草 山家若草 」

野亭若草 垣根若草 帰雁知春 帰雁連雲 帰雁成字
帰雁越峰 帰雁幽也／ 待花 栽花 遠花 近花 馴花
落花随風 落花似雪／ 落花難駐 落花盈庭
落花埋路 朝菫菜 夕菫菜 菫菜露 野菫菜／ 籬菫菜

河邉欵冬 里欵冬 山家欵冬 欵冬盛也 欵冬散 池藤／
瀧邉藤 松藤 折藤 暮春藤 三月盡夕 三月盡夜
三月盡鐘／ 惜三月盡 三月盡祝

311 百首 年紀可尋之冷泉家出題

待花 栽花 尋花 初花 盛花 見花 交花／
遠花 近花 暁花 曙花 朝花 夕花 夜花／ 月前花
風前花 霞中花 雨中花 松間花 竹間花 山花／ 嶺花
谷花 岡花 杣花 林花 坂花 関花 」

杜花 橋花 市花 瀧花 河花 岸花 汀花／ 池花
径花 野花 原花 湖花 津花 浦花／ 江花 泊花
島花 崎花 泻花 磯花 濵花／ 湊花 里花 隣花
都花 禁中花 社頭花 古寺花／ 故郷花 水郷花
山家花 田家花 閑居花 志賀花園 糸櫻／ 八重櫻
花雲 花雪 花梢 花枝 花本 花根／ 花挿頭 花手向
花麻 花袂 花衣 花鏡 花錦／ 花匂 花色 花便
花主 花有遅速 花留客 花春友／ 花慰老

花下忘帰　依花待人　花未飽　花処々　花催懐旧
花漸稀／花面影　花形見　惜花　庭落花　河落花
落花多　花随風／残花　暮春花」

夏

312 百首　元禄十五廿四　御月次題者雅豊

首夏　朝更衣　更衣惜春　餘花　新樹　路卯花　籬卯花
／田家卯花　卯花似月　卯花似雪　葵　待郭公
尋郭公　人伝郭公／始聞郭公　郭公未遍
月前郭公　雲外郭公　雨中郭公　暁郭公　曙郭公／
朝郭公　夕郭公　夜郭公　山郭公　関郭公　杜郭公
岡郭公／野郭公　原郭公　浦郭公　渡郭公　夢中郭公
寝覚郭公　獨聞郭公／郭公幽也　田家早苗　忩早苗
早苗多　池菖蒲　沼菖蒲　苅菖蒲／夏草露　杜夏草
野夏草　径夏草　庭夏草　夏山　夏野」
照射　鵜河　夜蛍　橋蛍　水上蛍　池上蛍　江蛍／澤蛍
浦蛍　草蛍　蛍似露　蛍似玉　蚊遣火　垣夕顔／池蓮
盧橘薫風　雨中盧橘　簷盧橘　樗　夜五月雨　山五月雨
／杣五月雨　橋五月雨　江五月雨　瀧五月雨　河五月雨
湖五月雨　浦五月雨／故宅五月雨　夜水雞　夏夜
雲間夏月　水上夏月　樹陰夏月　夏月涼／夏月易明
瞿麦露　庭瞿麦　氷室　夕立雲　夕立風　路夕立／
河夕立　夕立早過　杜蝉　樹陰蝉　樹陰納涼　松下水
夕納涼／納涼忘夏　六月祓」

秋

313 百首　年紀可勘注　出題不知之

都初秋　山初秋　杜初秋　岡初秋　関初秋　野初秋
田初秋／海初秋　河初秋　湖初秋　七夕月　七夕風
七夕露　七夕霧／七夕雲　七夕橋　七夕舟　七夕扇
七夕枕　七夕衣　草花初開／草花未遍　草花盛也
移草花　折草花　露滋草花　月照草花　風前草花
／雨中草花　霧間草花　三日月　夕月夜　弓弦月

十五夜月　不知夜月／　立待月　居待月　臥待月　廿日月
在明月　山居秋夕　田家秋夕／　古寺秋夕　野亭秋夕
水郷秋夕　関屋秋夕　橋上秋夕　江邉秋夕　澤間秋夕／
海路秋夕　鹿声始聞　鹿声幽也　鹿声近　鹿声繁
鹿声催涙　鹿声増思／　鹿声為友　鹿声驚夢
鹿声連夜　鹿声稀也　暁虫　朝虫　夕虫／　夜虫　旅虫
籬中虫　枕邉虫　床間虫　月下虫　露底虫　」
初雁声　初雁似字　初雁交霧　初雁連雲　初雁横月
嶺頭雁　湖上雁／　関路雁　橋邉雁　旅泊雁　初紅葉
尋紅葉　遠紅葉　砌紅葉／　紅葉曝錦　紅葉留人
紅葉帯霜　紅葉移水　紅葉欲散　紅葉随風　暮秋雨／
暮秋嵐　暮秋木　暮秋草　暮秋鳥　暮秋獣　暮秋衣
暮秋鐘／　暮秋興　暮秋懐
314 百首　文永九八十五　入道前大納言為家卿續歌
八月十五夜　望月　不知夜月　立待月　居待月　臥待月
廿日月／　在明月　三日月　弓弦月　月前星　月前風
月前雲　月前霞／　月前霧　月前烟　月前時雨　月前露
月前霜　月前雪　山月／　杣月　峯月　谷月　杜月　林月
岡月　関月／　野月　原月　水月　河月　瀧月　淵月
瀬月　」
橋月　池月　江月　沼月　澤月　浦月　濵月／　泻月
磯月　崎月　汀月　湊月　渡月　泊月／　湖月　花洛月
禁中月　古寺月　社頭月　故郷月　水郷月／　山家月
草菴月　田家月　閑居月　月前荻　月前萩　月前薄／
月前女郎花　月前蘭　月前松　月前杉　月前檜　月前柞
月前櫨／　月前雁　月前鳴　月前鶉　月前雞　月前鶴
月前鹿　月前猿／　月前蛬　月前松虫　月前鈴虫　月前玉
月前鏡　月前衣　月前枕／　月前席　月前糸　月前扇
月前舟　月前筏　月前燈　寄月恋／　寄月旅
寄月眺望　寄月懐旧　寄月述懐　寄月夢　寄月無常
寄月神祇／　寄月釈教　寄月祝
315 百首　文明九八十五　石清水御法楽　」

入後慕ㇾ月　兼待二十五夜一　十五夜當日　十五夜夕
十五夜待ㇾ月　十五夜翫ㇾ月　十五夜惜ㇾ月／　十五夜暁
十五夜易ㇾ過　十五夜難ㇾ忘　十五夜後朝　三日月　夕月夜
上弦月／　望月　不知夜月　立待月　居待月　臥待月
廿日月　下弦月／　在明月　嶺上月　岡上月　原上月
橋上月　江上月　池上月／　湖上月　河上月　庭上月
苔上月　霧中月　山中月　水中月／　洛中月　禁中月
閑中月　閨中月　籬中月　窓中月　舟中月／　月下荻
月下萩　月下薄　月下女郎花　月下蘭　月下葛　月下浅茅
／　月下菊　月下紅葉　月下擣衣　澤邉月　沼邉月
浦邉月　濵邉月／　渡邉月　海邉月　磯邉月　嶋邉月
水郷月　山家月　田家月／　関屋月　荒屋月　竹亭月
草菴月　貴賎憐ㇾ月　緇素見ㇾ月　寄ㇾ月聞恋／　寄ㇾ月契恋
寄ㇾ月待恋　寄ㇾ月別恋　寄ㇾ月顕恋　寄ㇾ月尋恋
寄ㇾ月変恋　寄ㇾ月稀恋

」

寄ㇾ月忘恋　寄ㇾ月怨恋　寄ㇾ月久恋　寄ㇾ月絶恋
寄ㇾ月述懐　寄ㇾ月懐旧　寄ㇾ月餞別／　寄ㇾ月旅行
寄ㇾ月旅宿　寄ㇾ月旅泊　寄ㇾ月閑居　寄ㇾ月眺望
寄ㇾ月哀傷　老人馴ㇾ月／　遊子行ㇾ月　浄侶對ㇾ月
仙人伴ㇾ月　商人耽ㇾ月　海人歌ㇾ月　漁父棹ㇾ月
樵夫帰ㇾ月／　月似ㇾ古　月似ㇾ晝

冬

316 百首　元禄十一十二廿四　御月次題者為綱
初冬暁　初冬朝　初時雨　山時雨　嶺時雨　谷時雨
杜時雨／　関時雨　野時雨　河時雨　里時雨　閨時雨
暁落葉　朝落葉／　夕落葉　落葉随ㇾ風　落葉混ㇾ雨
山落葉　谷落葉　路落葉　橋落葉

」

庭落葉　野霜　田霜　庭霜　草霜　篠霜　谷寒草／
岡寒草　野寒草　原寒草　庭寒草　池寒芦　江寒芦
湊寒芦／　谷氷　滝氷　湖氷　田氷　懸樋氷　冬寒月

冬月冴／　暁千鳥　夜千鳥　河千鳥　浦千鳥　濵千鳥
池水鳥　河水鳥／　夜網代　網代寒　竹霰　篠霰　柏霰
尾上霰　寝覚霰／　初雪　山雪　嶺雪　谷雪　杣雪　杜雪
野雪／　関雪　河雪　湖雪　浦雪　濵雪　島雪　田雪／
都雪　禁中雪　社頭雪　古寺雪　故郷雪　里雪　閑居雪／
松雪　竹雪　杉雪　檜雪　狩場風　夕鷹狩　野鷹狩／
炭竈烟　遠炭竈　炉火　神楽　佛名　年内早梅　年欲暮
／夜歳暮　山歳暮　路歳暮　河歳暮　歳暮松　山家歳暮
閑居歳暮」
老後歳暮　惜歳暮

四季

317 百首　堀河院初度或云大納言公実卿勧進之仍無院御製歟題者大江匡房
立春　子日　霞　鴬　若菜　残雪　梅／　柳　早蕨　櫻
春雨　春駒　帰雁　呼子鳥／　苗代　菫菜　杜若　藤
欵冬　三月盡　更衣／　卯花　葵　郭公　菖蒲　早苗
照射　五月雨／　盧橘　蛍　蚊遣火　蓮　氷室　泉
荒和祓／　立秋　七夕　荻　女郎花　薄　苅萱　蘭」
萩　雁　鹿　露　霧　槿　駒迎／　月　擣衣　虫　紅葉
菊　九月盡　初冬／　時雨　霜　霰　雪　寒芦　千鳥
氷／　水鳥　網代　神楽　鷹狩　炭竈　炉火　除夜／
初恋　不逢恋　忍恋　初遇恋　後朝恋　會不逢恋　旅恋
／思　片思　恨　暁　松　竹　苔／　鶴　山　河　野
関　橋　海路／　旅　別　山家　田家　懐舊　夢　無常／
述懐　祝

318 百首　同院号類聚次郎百首承久（ママ）四十二廿云々」
元日　餘寒　春日　春曙　遊絲　賭弓　春日祭
石清水臨時祭　志賀山越　稲荷詣　未発花　紅梅　桃花
落花／　躑躅　雉　残鴬　蛙　賀茂祭　夏衣　夏草／
瞿麦　扇　樹陰　避暑　夏虫　鵜河　夏猟／　蝉　水雞
残暑　晩立　秋風　七夕後朝　八月十五夜／　九月九日

秋夜　暁月　嵐　稲妻　稂田　草香／　蔦　柞　秋山
松虫　鈴虫　蛬　霙／　初雪　野行幸　落葉　五茆　椎柴
薪　衾／　鴛鴦　貢調　佛名　旧年立春　忍恋
隔一夜恋　隔月恋／　隔年恋　隔遠路恋
不見書恋　且見恋　寝覚恋　待人恋　別恋／　雲　星
出湯　石　水海　原　滝／　池　故郷　寺　社　榊　桂
小篠　」
萍　元服　賀　七夜　仙宮　唐人　王昭君／　妓女　老人
泉郎　船　隣　笛　筝／　蜘蛛　猿

319 百首　久安六崇徳院第二度
春廿首　夏十首　秋廿首　冬十首　恋廿首　神祇二首　釈教五首／
無常二首　離別一首　羇旅五首　慶賀二首　物名二首　短哥一首

320 百首　年紀可尋之　二條院
櫻　郭公　月　雪　祝　初恋　忍恋／　初會恋　後朝恋
會不遇恋已上各十首

321 百首　治承頃　後法性寺入道前関白家
立春　鶯　花　郭公　五月雨　月　草花　」
紅葉　雪　歳暮　初恋　忍恋　初逢恋　後朝恋／
遇不會恋　祝　旅　述懐　神祇　釋教已上各五首

322 百首　文治三十一廿一後京極摂政家
元日立春　兼待子日　霞隔行舟　雪中聞鶯
独摘若菜　梅有遅速（ママ）　門前垂柳／　早蕨未遍
櫻花盛開　遥見春駒　晴天帰雁　晩喚子鳥　蛙鳴苗代
故郷桃花／　杜若泻水　杜間菫菜　欵冬傍岸　樵路躑躅
藤花始綻　惜春似友　貴賎更衣／　卯花遶家
水雞何方　郭公数声　沼邉菖蒲　雨中早苗　盧橘近砌
久愛瞿麦／　蛍火透簾　深更鵜河　夜々照射
馬上聞蝉　近見池蓮　泉為夏栖　家々夏祓／
風告秋使　庚申七夕　萩散瀑湲　女郎夾墻
苅萱乱風　蘭香薫枕　荻声驚眠／　薄妨往反
寝覚聞鹿　雲間初雁　浅茅露重　霧中聞鶉　隣家槿花
夜半駒迎／　湖上翫月　擣衣声幽也　虫声非一　菊花色々

雨後ノ紅葉　毎レ人ニ惜ムレ秋ヲ　閑居ノ初冬」
庭ノ草帯レ霜　草菴ニ聞レ霰　雪朝ノ眺望　寒芦満レ江ニ　古渡ノ千鳥
氷閉ニ滝ノ水一　水鳥駭レ筏ニ／　網代ノ群遊　禁中ノ神楽
鷹狩ノ帰路　遠近炭竃　炉火忘レ冬　五節ノ舞姫　除夜ノ佛名／
老後ノ初恋　忍テ尋レ縁恋　馴テ不レ遇恋　俄ニ初テ逢恋　帰無レ書恋
絶テ互ニ悔恋　城外ニ聞ク恋／　等シク思ニ両人ヲ一　尋常ノ片思　人伝ニ恨ル恋
暁見ニ漁舟一　澗底ノ古松　窓前ニ栽レ竹　苔ヲ為ニ石ノ衣ニ一／
仙洞鶴多シ　遊テレ山ニ催レ興ヲ　白鷺立レ汀ニ　野亭ニ聞レ鐘
夜過ニ関路一　行客休レ橋ニ　海路日暮ル／　羇中風吟ス
遣唐使ノ餞　山家送レ年ヲ　田家ノ老翁　社頭ノ祝言　夢ニ談ニ故人ト一
深観スニ無常ヲ一／　山寺ノ懐旧　聞法ノ述懐

323　百首　建久元十二　後京極摂政家被号二夜百首
霞　梅　帰雁　照射　納涼　霧　鹿／　擣衣　時雨　氷
寄スルレ雲ニ恋　寄レ山恋　寄レ河恋　寄レ松恋／　寄レ竹恋　禁中
神社　佛寺　山家　海路已上各五首」

324　百首　建久四後京極摂（ママ）次家　六百番哥合
元日ノ宴　餘寒　春ノ氷　若草　賭弓　野遊　雉／　雲雀
遊絲　春ノ曙　遅日　志賀ノ山越　三月三日　蛙／　残春
新樹　夏草　賀茂祭　鵜河　夏ノ夜　夏ノ衣／　扇　夕顔
晩立　蟬　残暑　乞キ巧奠　稲妻／　鶉　野分　秋ノ雨　秋ノ夕
秋ノ田　鴫　廣沢ノ池ノ眺望／　蔦　柞　九月九日　秋ノ霜　暮秋
落葉　残菊／　枯野　霙　野行幸　冬ノ朝　寒松　椎柴
衾／　佛名　初恋　忍恋　聞ク恋　見ル恋　尋ヌル恋　祈ル恋／
契ル恋　待恋　遇恋　別ル、恋　顕ル、恋　稀ナル恋　絶ル恋／　怨ル恋
舊キ恋　暁ノ恋　朝ノ恋　晝ノ恋　夕ノ恋　夜恋」
老恋　幼キ恋　遠キ恋　近キ恋　旅ノ恋　寄スルレ月ニ恋　寄レ雲恋／
寄レ風恋　寄レ雨恋　寄レ烟恋　寄レ山恋　寄レ海恋　寄レ河恋
寄レ関恋／　寄レ橋恋　寄レ草恋　寄レ木恋　寄レ鳥恋
寄レ獣恋　寄レ虫恋　寄レ笛恋／　寄レ琴恋　寄レ繪恋
寄レ衣恋　寄レ席恋　寄ニ遊女ニ一恋　寄レ傀儡ニ一恋　寄ニ海人一恋
／　樵夫　商人

325 百首 正治二後鳥羽院初度
春廿首　夏十五首　秋廿首　冬十五首　恋十首　羇旅五首　山家五首
／鳥五首　祝五首

326 百首 同年月日未勘第二度
霞　鶯　花　郭公　五月雨　草花　月／紅葉　雪　氷
神祇　釈教　暁　暮」
山路　海邉　禁中　遊宴　公事　祝言已上各五首
327 百首 建仁元後鳥羽院第二度千五百番哥合
春廿首　夏十五首　秋廿首　冬十五首　祝五首　恋十五首　雑十首

328 百首 同年三　両宮御百首
春廿首　夏十五首　秋廿首　冬十五首　祝五首　神祇五首　雑廿首

329 百首 建保三　光明峯寺入道前摂政家
早春　春雪　野鶯　海霞　関霞　朝若菜　庭梅／夜梅
夕帰雁　栽花　待花　尋花　翫花　惜花／残春
首夏　夏草　初郭公　嶺郭公　杜郭公　池菖蒲／
山五月雨　故郷橘　沢蛍　樹陰納涼　初秋　行路萩

山家虫／夕荻　谷鹿　原鹿　島月　江月　浦月　橋月」
河月　暁擣衣　遠村紅葉　古寺紅葉　暮秋　田家時雨
野径霜／水郷寒芦　寒夜千鳥　湖氷　林雪　濵雪　岡雪
深更霰／歳暮　寄名所恋廿五首(ママ)　旅五首（春夏秋冬暁）
述懐五首（山河海里関）／祝五首（天日月星雲）　神祇五首（伊勢石清水賀茂春日住吉）
釋教五首（大日阿弥陀釈迦／薬師弥勒）

330 百首 同四後鳥羽院第三度
春廿首　夏十五首　秋廿首　冬十五首　恋十五首　雑十五首

331 百首 貞永元四洞院摂政家
霞　花　暮春　郭公　五月雨　初秋　月／紅葉　氷　雪
忍恋　不逢恋　後朝恋　遇不逢恋／恨恋　旅　山家
眺望　述懐　祝已上各五首」

332 百首 宝治二正　後嵯峨院初度
歳中立春　山霞　春雪　朝鶯　沢若菜　餘寒　梅薫風／
行路柳　春雨　若草　春月　帰雁　初花　見花／翫花

惜レ花　落花　籬ノ欵冬　松ノ藤　暮春　首夏／　待二郭公ヲ一
聞二郭公ヲ一　早苗　溪ノ五月雨　夏草　夏ノ月　水ノ邉ノ蛍／　夕立
六月祓　早秋　乞キ巧奠　荻ノ風　萩ノ露　秋ノ夕／　初雁　秋田
夜ノ鹿　暁ノ虫　山ノ月　湖ノ月　野ノ月／　渡ノ月　庭ノ月　関ノ霧
聞二擣衣一　重陽宴　杜ノ紅葉　河ノ紅葉／　九月盡ジン　初ソ冬ノ時雨
落葉　寒草　浅キ雪　積ル雪　池ノ氷／　豊ノ明ノ節會　冬ノ月
泻ノ千鳥　歳暮　寄レ月恋　寄レ雲恋　寄レ雨恋／　寄レ風恋
寄レ烟恋　寄レ関恋　寄レ滝恋　寄レ原恋　寄レ橋恋　寄レ湊恋」

寄レ木恋　寄レ草恋　寄レ虫恋　寄レ鳥恋　寄レ獣恋　寄レ玉恋
寄レ鏡恋／　寄レ枕恋　寄レ衣恋　寄レ弓恋　暁ノ雞　夜ノ灯
嶺ノ松　里ノ竹／　磯ノ巌　島ノ鶴　岡ノ篠　江ノ葦　浦ノ船　杣山
岸ノ苔／　山家ノ水　山家ノ嵐　田家ノ雨　旅行　旅宿　旅泊
海ノ眺望／　寄レ社祝　寄レ日祝

333　百首　弘長元　同院第二度

初ソ春ノ霞二首　鶯　春ノ雪　若菜　梅二首　柳／　春雨　帰雁
花五首　春ノ月　欵冬　藤　三月盡ジン／　卯花　郭公三首　夏ノ月

五月雨二首　蛍　白雨　納涼／　初ソ秋　七シツ夕　七夕ノ後朝
露　荻　萩　薄／　虫　鹿　初雁　月五首　擣衣　霧
紅葉二首」
暮秋　初ソ冬　時雨　落葉二首　冬ノ月　霰　雪三首／　歳暮
初恋　忍恋二首　不レ逢恋五首　初テフ逢恋　暁ル、別恋　後ノ朝恋／
逢テ不レ遇恋五首　忘恋三首　恨恋　暁　松　竹　山／　河
橋　関　旅二首　海路　山家二首　田家／　述懐二首　懐旧
夢　神祇　釈教　祝

334　百首　同頃　禅林寺殿御會

立春　海ノ邉霞　春雪　竹ノ鶯　野ノ若菜　梅ノ風　柳ノ露／　春雨
春ノ月　帰雁　禁中花　山花　庭上落花　里ノ欵冬／　池ノ藤
卯花似タリレ月ニ　卯月ノ郭公　雲間ノ郭公　河ノ五月雨　野ノ夏草
沼ノ蛍／　夏ノ暁ノ月　夕立　水ノ邉ノ納涼　杜ノ蝉　初ソ秋ノ朝　七シツ夕
野ノ萩ノ露／　庭ノ荻ノ風　夜ノ鹿　夕ノ虫　霧ノ中ノ初雁　山ノ月　浦ノ月
水ノ郷ノ月」

聞擣衣 栽菊 秋霜 松間紅葉 暮秋 寝覚時雨
谷落葉／ 枯野 冬月 豊明節會 湖千鳥 田氷
雪散風 雪朝／ 歳暮 寄月恋 寄雲恋 寄風恋
寄雨恋 寄露恋 寄山恋／ 寄海恋 寄池恋
寄杜恋 寄河恋 寄木恋 寄草恋 寄水恋／
寄石恋 寄火恋 寄玉恋 寄衣恋 寄絲恋 寄鏡恋
寄舟恋／ 寄屋恋 寄門恋 寄戸恋 寄墻恋
寄庭恋 暁雞 夜灯／ 簷松 窓竹 嶺雲 瀧水 杣木
澗草 磯浪／ 山家嵐 山家杉 山家苔 山家夢 山家烟
羇中山 羇中野／ 羇中関 羇中浦 羇中泊 祝 伊勢
石清水 賀茂／ 春日 日吉

335 百首 年紀可勘注 山階入道左大臣

年内立春 早春霞 子日松 雪中鶯 野若菜 梅風 柳露
／ 春月 帰雁 春雨 寄雲花 寄霞花 寄露花
寄月花／ 寄風花 寄雪花 春田 河欵冬 松藤
暮春 夕卯花／ 卯月郭公 夜盧橘 五月郭公 五月雨
夏草 夏月 蛍／ 晩立 納涼 初秋露 閑居秋風
野草花 夜虫 暁雁／ 深山鹿 杜月 河月 浦月 島月
江月 山朝霧／ 海邉擣衣 田家秋寒 野草欲枯（ママ） 庭菊
雨中紅葉 河邉紅葉 山家秋暮／ 閏九月盡 初冬時雨
谷落葉 寒草霜 篠霰 池氷 冬月／ 河千鳥 行路雪
里雪 歳暮雪 忍恋 見恋 不逢恋／ 待恋 後朝恋
久恋 変恋 忍絶恋 寄秋月恋 寄秋風恋／
寄秋露恋 寄橋恋 寄涙恋 寄関恋 寄心恋
寄衣恋 寄鏡恋

寄舟恋 絶恋 恨恋 関雞 名所鶴 名所松 名所橋／
名所滝 名所濵 羇中雲 旅泊 漁舟火 眺望 故郷雨／
山家嵐 田家水 暁夢 懐旧 寄夢述懐 秋述懐 神祇
／ 釋教 秋祝

336 百首 同上九條内大臣家

立春 残氷 春洞雪 原上霞 春濵霞 野宿梅 浦鶯／
朝若菜 戸外春風 桟路春雨 春湊月 山家柳 渓帰雁

花有遅速／　春暁花　春夕花　春夜花　落花未遍
水邉藤　暮春　林早夏／　古宅郭公　市郭公　湖郭公
舟路卯花　夏草露　樹陰夏風　夏月／　初五月雨　島蛍
深山泉　雨後蝉　行路夏衣　江上納凉　晩夏／　早秋
名所七夕　草花早　羇旅雁　秋窓鹿　秋枕夢　遠村秋夕」

秋宮霧　田家秋雨　秋苑月　閑山月　松宿月　岡竹月
苔径月／　寒庭虫　野擣衣　旅泊紅葉　水郷紅葉　橋辺菊
暮秋　初冬／　閑居落葉　滝辺時雨　故郷寒草　冬里月
杉路霜　冬沢霜　海辺冬鶴／　岸千鳥　沼水鳥　芦邉氷
水路新雪　冬池雪　嶺樹深雪　歳暮／　春恋三首　夏恋六首
秋恋三首　冬恋二首　寄山恋三首　寄水恋二首　関路雲／
古渡雨　薄暮烟　寄杜旅　山家灯　古寺松　河辺鳥
海懐旧／　暁神祇　夜釈教　名所述懐五首

337 百首　同上従二位家隆卿詠之

暁立春　谷餘寒　檜原霞　杜霞　名所鶯　若菜　草漸青／
里梅　門柳　初花　朝花　嶺花　島花　残花／　濵春月

湖帰雁　松藤　苗代　折欵冬　暮春　遅櫻」
岸卯花　待郭公　遠郭公　海郭公　瞿麦　岡辺早苗
樹陰照射／　五月雨　鵜河　簷盧橘　旅夕立　野蛍　納涼
六月祓／　早秋　七夕別　荻風　籬萩　行路薄　田上雁
外山鹿／　原露　夜虫　渡霧　駒迎　関月　竹間月　浦月
／　古宅月　浪月　擣衣　秋時雨　江紅葉　九月盡　初冬
／　滝落葉　庭霜　柴霰　嶺雪　杉雪　松雪　枯葦／
杣寒月　磯千鳥　冬暁　河氷　鷹狩　澤水鳥　歳暮／
不逢恋　切恋　遠恋　近恋　閑居恋　忍恋　片恋／
別恋　負恋　遇夢恋　後朝恋　聞恋　久恋　白地恋／
恨恋　祈恋　絶恋　契恋　偽恋　変恋　寄衣雑／
寄枕雑　寄帯雑　寄市雑　寄舟雑　寄橋雑　寄鐘雑
寄木雑」

寄苔雑　寄水雑

338 百首　同上諸好士公重清輔以下十二人詠之

鴬　梅　櫻　郭公　七夕　月　紅葉／　雪　恋
述懐已上各十首

339 百首　同上入道光俊朝臣詠之
早春霞　早春雪　山早春　海早春　早春鴬　白梅盛也
紅梅遅／　隣家梅　折梅花　梅浮水　都春曙　岡春曙
崎春曙　春曙雁／　春曙眺望　漸待花　松隔花　花参差
未飽花　花随風　暮春雨／　暮春躑躅　暮春欹冬
暮春藤　惜暮春　首夏郭公　朝郭公　杜郭公／　島郭公
郭公稀也　墻夏草　岸夏草　原夏草　夏草露　夏草滋／
初五月雨　岡五月雨　泻五月雨　河五月雨　五月雨晴
五月蝉　山路蝉　」
林頭蝉　滝上蝉　故郷蝉　鵜河蛍　故溪蛍　池蛍　湖蛍／
晩夏蛍　初秋風　初秋荻　初秋萩　初秋薄　初秋虫
野秋夕／　浦秋夕　山居秋夕　旅秋夕　秋夕述懐
月迎秋明也　遊子行月　釣夫棹月／　樵客帰月
暁月厭雲　聞擣衣　江邉擣衣　擣衣誰家　擣衣為愁
擣衣幽也／　紅葉遍　紅葉山錦　霧篭紅葉　露添紅葉
紅葉秋深　初冬時雨　田家時雨／　羇中時雨　寝覚時雨
袖上時雨　嶺落葉　里落葉　関落葉　窓落葉／　落葉深
寒夜霜　竹間霜　筏上霜　苔径霜　鶴拂霜　水路氷／
湊畔氷　芦洲氷　石間氷　橋下氷　庭初雪　雪似花
旅泊雪／　雪埋竹　歳暮雪

340 百首　同上慈鎮和尚詠之
花　郭公　月　雪　恋　旅　祝
述懐　無常　釋教已上各十首　」

341 百首同上
神祇　月　風　雨　暁　朝　夕／　夜　山　野　海　河
池　鳥／　田　松　杜　草　花　祝　山家／　旅　恋
述懐　釈教已上各四季

342 百首　同上右大臣家俊成卿詠之
立春　鴬　初恋　忍恋　花　初逢恋　郭公／　後朝恋
五月雨　遇不逢恋　月　祝　草花　旅／　紅葉　述懐

雪　神祇　歳暮　釈教已上各五首

343 百首　同上定家卿詠之」

花　月各五十首

344 百首　同上円位上人勧進之

春廿首　夏十首　秋廿首　冬十首　恋十首　述懐五首　無常五首／

神祇五首　暁　夕　夜　山家　田家　山／　河　別各一首

旅二首　楊貴妃　李夫人　王昭君　上陽人／　陵園妾各一首

345 百首　同上定家卿詠之

春十五首　夏十首　秋十五首　冬十首　忍恋　逢テ不レ遇恋

寄レ名所ニ恋／　雑恋各十首　旅恋　寄二法文一恋各五首

346 百首　同上春日社法楽慈鎮和尚詠之

花　夏月　鹿　落葉　法文　春　夏」

秋　冬　雑各十首

347 百首　同上西行法師詠之

花　郭公　月　雪　恋　述懐　無常／　神祇　釈教

雑各十首

348 百首　同上入道中納言定家卿詠之

関路早春　湖上朝霞　霞隔二遠樹一　羇中聞レ鴬　隣家竹鴬

田辺若菜　野外残雪／　山路梅花　梅薫二夜風一　水辺古柳

雨中待レ花　野花留レ人　遠望二山花一　暁庭落花／

故郷夕花　河上春月　深夜帰雁　藤花随レ風　橋辺欵冬

船中暮春　卯花隠レ路／　初テ聞二郭公一　閑居郭公

池朝菖蒲　隣蚊遣火　盧橘驚レ夢　杜五月雨　野夕夏草／

澗底蛍火　行路夕立　初秋朝風　閏月七夕　野亭夕萩

江辺暁荻　山家初雁／　海上待レ月　松間夜月　深山見レ月

草露映レ月　関路惜レ月　鹿声夜友　田家擣衣」

古渡秋霧　秋風満レ野　籬下聞レ虫　紅葉写レ水　山中紅葉

露底槿花　河辺菊花／　獨惜二暮秋一　初冬時雨

霜埋二落葉一　屋上聞レ霰　古寺初雪　庭雪厭レ人　海邉松雪

／　水郷寒芦　湖上千鳥　寒夜水鳥　歳暮澗水

初テ尋レ縁恋　聞テレ声忍恋　忍二親昵一恋／　祈テ不レ會恋

旅宿ニ逢恋　兼テ厭レ暁恋　帰テ無レ書恋　遇テ不レ逢恋　契テ経レ年恋
疑二真偽一恋／　返事ニ増ス恋　被レ厭レ賤恋　途中ニ契ル恋
従レ門帰恋　忘二住所一恋　依レ恋祈レ身　隔二遠路一恋／
惜二人ノ名一恋　絶テ不レ知恋　互ニ恨テ絶恋　暁ノ更寝覚　薄暮ノ松ノ風
雨中ノ緑竹　浪洗二石苔一／　高山ニ待レ月　山中ノ滝ノ水
河ノ水流清シ　春秋ノ野遊　関路ノ行客　山家ノ夕ノ嵐　山家人稀也／
海路ノ眺望　月羇中ノ友　旅宿ノ夜ノ雨　海辺ノ暁ノ雲　寄レ夢無常
寄レ草述懐　寄レ木述懐／　逐レ日懐旧　社頭ノ祝言

349 百首　同上入道光俊朝臣出題

歳中ノ立春　野外ノ朝ノ霞　海上ノ晩霞　山居ノ子日　水郷ノ若菜
春ノ鴬呼レ客　氷消二田地ニ一」
南北ノ梅花　露暖ニシテ梅開ク　春雁離々　獨見二春ノ月一　閑中ノ春ノ曙
柳無二気力一　旅泊ノ春雨／　行路ノ春草　山寒シテ花遅シ
花ノ下ニ送レ日　落花入レ簾　桃花曝レ錦　留テレ春不レ駐
羇旅ノ更衣／　残花何在　人伝ノ郭公　寝覚ノ郭公　盧橘子低ル
民戸ノ早苗　杣ノ五月雨　湖ノ五月雨／　鵜舟廻レ嶋　連峰ノ照射

里ノ蚊遣火　閑庭ノ瞿麦　沙ノ月ニ忘レ夏　野亭ノ蛍火　晩夏ノ蝉ノ声／
幽栖ニ秋来ル　二星適逢　織女惜レ別　夜深聞レ荻　萩ノ花蔵レ水
女郎花ノ露　風動二野ノ花一／　鹿ノ声何方　秋ノ夕傷レ心
遠天ノ旅雁　横峰待レ月　明月如レ晝　十五夜ノ月　雲間ノ稲妻／
名所ノ擣衣　霧ノ中ニ求レ泊　伴テレ菊ニ延レ齢　霜ノ草ニ虫吟ス　紅葉出レ牆
山路秋過ル　初ソ冬ノ落葉／　遠郷ノ時雨　寒草處々　濵ノ畔ノ寒芦
月照二網代一　連日ノ鷹狩　薄暮ノ千鳥　氷留二水声一／
寒閨ニ聞レ霰　水鳥馴レ舟　雪中ノ残雁　眺二望山ノ雪ヲ一
雪埋二苔径一　炉火似レ春　老人惜レ歳／　思テ不レ言恋
祈テ難レ會恋　歎二無名一恋　相互ニ忍恋　不レ堪レ待ニ恋
臨テレ期ニ変スル恋　時々驚ク恋／　憑二誓言ヲ一恋　深更ニ帰恋
後朝ニ切ナル恋　逐テレ日増恋　非シテレ心離ル、恋　見レ形厭恋　披レ書恨恋」
絶テ経ルレ年ヲ恋　残月ニ越レ関　風破二旅ノ夢ヲ一　嶺林ニ猿叫フ
翠松遶レ家　山家人稀也　野寺ノ僧帰／　田家ニ見レ鶴　樵路日暮ル
晴後ノ遠水　滄海雲低ル　漁舟連レ浪ニ　江ノ雨ニ鷺飛　夜ノ涙餘レ袖ニ／
憂喜依レ人ニ　竹ニ契（ママ）遐年ヲ一

350 百首 文永五 五ヶ日之間詠之号徒然百首為家卿

立春朝 春雪 湖霞 初鶯 簷梅 渡柳 春草／
帰雁知レ春 禁中花 社頭花 古寺花 山家花 閑中花
野菫／ 路苗代 暮春月 欸冬露 岡躑躅 杜藤 三月盡
待二郭公一／ 里郭公 山畦早苗 澤五月雨 庭瞿麦 夏月
夏草 池蛍／ 夕立 納涼 初秋風 二星適逢 野萩
朝薄 秋夕／ 山初雁 秋田 閑居月 月前露
月前待レ人 月似レ鏡 月忘レ憂／ 里鹿 関虫 河霧
栽レ菊 秋霜 行路紅葉 柞紅葉 」
惜レ秋 落葉混レ雨 寒草霜 霰随レ風 江水鳥 樵路雪
庭雪／ 田氷 冬月 浦千鳥 歳暮 寄レ玉恋 寄レ錦恋
寄レ鏡恋／ 寄レ弓恋 寄レ舟恋 寄レ枕恋 寄レ席恋
寄レ鐘恋 寄レ灯恋 寄レ鬘恋／ 寄レ簾恋 寄レ筥恋
寄レ櫛恋 寄レ原恋 寄レ網恋 寄レ衣恋 寄レ緒恋／
寄レ帯恋 寄レ蓑恋 寄レ笠恋 羇中暁 羇中夕 羇中夜
山風／ 渓水 浦舟 里烟 島鶴 名所橋 名所関
名所杜／ 山家松 田家竹 草菴雨 月幽栖友 眺望
懐旧 独述懐／ 閨夢 寄レ社祝

351 百首 同八四廿八當座 為家卿

立春朝 春雪 湖霞 初鶯 簷梅 渡柳 春草／
帰雁知レ春 禁中花 社頭花 古寺花 関屋花 閑中花
暮春月 」
杜藤 待二郭公一 里郭公 山畦早苗 谷五月雨 瞿麦露
夏月／ 夏草 池蛍 夕立 納涼 初秋風 二星適逢
野萩／ 秋夕 山初雁 山家月 月前露 月夜待レ人
月似レ鏡 月忘レ憂／ 田邊鹿 籬虫 秋霜 行路紅葉
惜レ秋 落葉混レ雨 寒草霜／ 霰随レ風 江水鳥 樵路雪
庭雪 冬田氷 冬月 浦千鳥／ 歳暮 寄レ玉恋 寄レ錦恋
寄レ鏡恋 寄レ弓恋 寄レ舟恋 寄レ枕恋／ 寄レ席恋
寄レ鐘恋 寄レ灯恋 寄レ鬘恋 寄レ扇恋 寄レ箏恋 寄レ簾恋
／ 寄レ筥恋 寄レ櫛恋 寄レ緒恋 寄レ網恋 寄レ衣恋
寄レ糸恋 寄レ帯恋／ 寄レ蓑恋 寄レ笠恋 寄レ縄恋

寄レ綱恋　寄レ篩恋　羈中ノ暁　羈中ノ朝／羈中ノ夜　曙ノ雲
松ノ風　渓ノ水　浦ノ舟　里ノ烟　島ノ鶴／故郷ノ草　橋ノ苔　径ノ篠
名所ノ岡　名所ノ野　名所ノ滝　名所ノ河」
名所ノ濵　山家ノ杉　田家ノ竹　草菴ノ雨　夕ノ眺望　懐レ旧非レ一ニ
独ノ述懐／閨ノ夢　寄レ松祝

352 百首　同八六中務卿親王家哥合

歳中ノ立春　六月ノ立秋　霞遠山ノ衣　霧織女ノ帳　梅香留レ袖ニ
荻ノ音近レ枕ニ　水郷ノ柳／故郷ノ萩　渓ノ蕨　砌ノ蘭　春ノ月　秋ノ霧
春ノ曙　秋ノ夕／春ノ風　秋ノ田　初花　新月　盛ナル花　明月
落花／残月　連日ノ早苗　隔レ夜擣衣　橋ノ辺ノ藤　澤ノ畔ノ菊
岸ノ欵冬　嶺ノ紅葉／暮春ノ鶯　晩秋ノ鹿　首夏　初ソ冬　卯花
時雨　盧橘／落葉　早苗多シ　寒草少　島ノ夏草　江ノ寒芦
月前ノ郭公　雪朝ノ遠樹ジウ／雲間ノ郭公　雪中ニ待レ人　雨後ノ郭公
雪中ノ興遊　五月雨晴ル　千鳥暁ニ鳴ク　照射／網代　鵜河ノ蛍
狩場ノ霙　杜ノ蟬　神楽　晩立　佛名」

晩ノ蚊遣火　深夜ノ埋火　貴賎ノ夏祓　都鄙ノ歳暮　寄レ月恋
鐘ノ声何方　寄レ風恋／松風入レ琴ニ　寄レ雲恋　雲浮ニ野水一
寄レ雨恋　田家ノ暮ノ雨　寄レ烟恋　遠村烟織／寄レ山恋
山路ノ旅行　寄レ野恋　原上ノ旅宿　寄レ浦恋　湊頭ノ旅泊
寄レ杣恋／山家人稀也　寄レ関恋　澗戸ノ鳥帰ル　寄レ松恋
夜ノ鶴鳴レ皐　寄レ杉恋　暁ノ猿叫レ峡／寄レ竹恋　江亭ノ眺望
寄レ草恋　草菴貽スレ俤ヲ　寄レ葛恋　林下幽閑　寄レ玉恋／
窓ノ灯欲スレ盡ントス　寄レ鐘恋　對シテレ鏡ニ悲レ老　寄レ衣恋　述懐依レ人
寄レ枕恋　徃事催レ涙／寄レ莚恋　社頭ノ祝言

353 百首　年紀可勘注　為家卿一夜百首

立春ノ氷　初春ノ霞　雪中ノ若菜　初鶯　簷ノ梅　門ノ柳
帰雁知レ春／二月ノ餘寒　故郷ノ春ノ月　夜ノ春雨　春ノ日遅シ
尋レ花　見レ花　翫レ花／折レ花　惜レ花　三月三日　欵冬
松間ノ藤　三月盡ジンノ夕　卯花似レ月ニ」
待ニ郭公一　寝覚ノ郭公　五月ノ郭公　菴ノ五月雨　夏草ノ露　里ノ蛍
夜河ノ篝火／遠キ夕立　樹陰ノ納涼　立秋ノ風　初ソノ秋露

七夕ノ後朝　秋夕　夜荻／　朝ノ萩　夕ノ薄　山ノ初雁　田家ノ鹿
野亭ニ聞レ虫　嶺ノ月　谷ノ月／　海ノ月　湖ノ月　関ノ月　擣衣響レ風ニ
紅葉増レ雨　紅葉映レ日ニ　暮秋ノ露／　惜二九月盡一　初冬ノ時雨
風前ノ落葉　庭ノ霜　冬ノ月　古屋ノ霰　暁ノ千鳥／　池ノ氷
常磐木雪　深キ雪　歳暮雪　寄レ雲恋　寄レ風恋　寄レ雨恋／
寄レ月恋　寄レ烟恋　寄レ山恋　寄レ杜恋　寄レ関恋　寄レ海恋
寄レ橋恋／　寄二埋木一恋　寄二塩木一恋　寄二宿木一恋
寄二杣木一恋　寄二朽木一恋　寄二初草一恋　寄二忍草一恋／
寄二思草一恋　寄二下草一恋　寄二忘草一恋　暁眠易レ覚
窓ノ灯　名所ノ松　名所ノ浦／　名所ノ鶴　野ノ風　橋ノ雨　渡ノ舟
旅行　旅宿　旅泊／　山家ノ路　山家ノ鳥　田家ノ烟　独述懐
老後ノ懐旧　往事如レ夢　神祇」
釋教　祝言

354 百首同上

歳暮ノ立春　山ノ霞　海ノ霞　旧巣ノ鴬　澤ノ若菜　松ノ残雪　庭ノ梅／
野ノ梅　朝ノ柳　故郷ノ春雨　春ノ月　暁ノ帰雁　待レ花　尋レ花／

見レ花　折レ花　惜レ花　里ノ款冬　池ノ藤　暮春　里ノ卯花／
挿ノ葵　杜ノ郭公　関ノ郭公　岡ノ郭公　五月雨久シ　田ノ邉ノ蛍
浦ノ夏月／　水辺ノ納涼　遠キ夕立　早秋ノ朝　七夕ノ夜深シ　野ノ萩
荻ノ風　薄ノ露／　夕ノ鹿　初テ聞レ雁　草ノ虫　河ノ霧　秋ノ田
禁中ノ月　社頭ノ月／　古寺ノ月　山家ノ月　閑居ノ月　隣ノ擣衣
岸ノ菊　嶺ノ紅葉　谷ノ紅葉／　九月盡（ジン）　行路ノ時雨　橋ノ落葉
寒草ノ霜　湖ノ氷　冬ノ月　湊ノ千鳥／　朝ノ雪　夕ノ雪　夜ノ雪　歳暮
寄レ山恋　寄レ嶺恋　寄レ杜恋」
寄レ関恋　寄レ岡恋　寄レ野恋　寄レ原恋　寄レ河恋　寄レ江恋
寄レ沼恋／　寄レ沢恋　寄レ池恋　寄レ滝恋　寄レ橋恋
寄レ海恋　寄レ浦恋　寄レ濵恋／　寄レ泻恋　寄レ湊恋
寄レ嶋恋　暁ノ寝覚／　谷ノ松年久シ　籬ノ竹　路ノ苔／　葦間鶴
羇中ニ送レ日　羇中ニ憶レ都　旅泊重レ夜　海辺眺望　寄レ夢懐旧
寄レ老懐旧／　寄レ世懐旧　寄レ情述懐　寄レ涙述懐
寄レ身述懐　寄レ榊神祇　寄レ鏡神祇　寄レ水釋教／
寄レ灯釋教　祝言

355 百首同上

立春　朝ノ霞　谷ノ鴬　残雪　若菜　里ノ梅　簷ノ梅／　春ノ月
春ノ曙　帰雁　春雨　岸柳　待レ花　初花／　見レ花　花盛也
落花　欵冬　池ノ藤　暮春　更衣／　卯花　待二郭公一
関ノ郭公　郭公稀也　故郷ノ橘　早苗　五月雨」

鵜河　叢ノ蛍　夏草　夏ノ月　夕立　杜ノ蝉　夏祓／　早秋
七夕　荻ノ風　萩露　女郎花　夕ノ虫　夜鹿／　初雁　秋ノ夕
山ノ月　野ノ月　河ノ月　江ノ月　浦ノ月／　籬ノ菊　擣衣　暁ノ霧
岡ノ紅葉　庭ノ紅葉　九月尽ジン　初ソ冬／　時雨　落葉　朝ノ霜
寒草　千鳥　水鳥　氷始テ結／　冬ノ月　鷹狩　野霰　浅キ雪
積ル雪　閑中ノ雪　歳暮／　寄レ月恋　寄レ雲恋　寄レ露恋
寄レ雨恋　寄レ風恋　寄レ山恋　寄レ関恋／　寄レ海恋
寄レ原恋　寄レ橋恋　寄レ木恋　寄レ草恋　寄レ鳥恋　寄レ虫恋
／　寄レ獣恋　寄レ玉恋　寄レ鏡恋　寄レ枕恋　寄レ衣恋
寄レ絲恋　浦ノ松／　窓ノ竹　山家ノ嵐　田家　故郷　海路
羇旅　述懐／　神祇　祝言」

356 百首　観應三八廿八後普光園殿詠之

春廿首　夏十首　秋廿首　冬十首　恋廿首　雑廿首

357 百首　年紀可尋之　頓阿詠之

春廿首　夏十五首　秋廿首　冬十五首　恋廿首　雑十首

358 百首　同上　慶運詠之

立春　浦ノ霞二首　鴬　春ノ雪　春駒　里ノ梅　柳／　早蕨
若菜二首　帰雁　花五首　菫　旅ノ春雨　暮春／　朝ノ更衣
餘花　卯花　尋二郭公一三首　早苗　五月雨　鵜河／　照射
瞿麦　夕顔　海ノ夕立　氷室　夏祓　立秋／　山家ノ初ソ秋
七夕　荻　萩　薄　槿　鹿／　虫　月五首　霧　擣衣
紅葉二首　菊　暮秋」

初ソ冬　時雨　落葉　寒草　江ノ寒芦　湖ノ氷　千鳥／　鷹狩
水鳥　篠ノ霰　雪三首　炭竈　歳暮　忍恋／　忍二親昵一恋
寄レ夢恋　不レ逢恋二首　疑二住所一恋　切ナル恋　寄レ鳥恋　待恋
／　寄レ月待恋　遇恋　尋テ逢恋　旅宿ニ逢恋　別恋　祈ル恋

未レ絶恋／　稀恋　絶後顕恋　怨恋二首　杣河筏　名所鶴
山家　田家／　寄レ船雑　羇中送レ日　懐旧　述懐
神祇二首

359　百首　應永廿一正　正徹詠之
立春　山霞　海霞　子日　若菜　朝鶯　津梅／　夜梅
岸柳　春雨　春月　春曙　帰雁　栽レ花／　翫レ花　惜レ花
春駒　欵冬　紫藤　暮春　首夏／　更衣　卯花　郭公
庭橘　早苗　菖蒲　五月雨　」
夕立　夏草　夏月　瞿麦　氷室　納涼　夏祓／　早秋
七夕　稲妻　籬荻　野萩　路薄　暁露／　隣槿　蔦風
夕鹿　初雁　叢虫　崎霧　嶺月／　湖月　関月　濵菊
擣衣　黄葉　暮秋　初冬／　時雨　落葉　枯野　寒芦
井氷　千鳥　残雁／　網代　寒月　庭雪　炭竈　埋火
佛名　歳暮／　初恋　忍恋　聞恋　見恋　尋恋　祈恋
契恋／　待恋　逢恋　別恋　顕恋　稀恋　絶恋　怨恋／
旧恋　山家　田家　閑居　籬竹　羇旅　海路／　野宿
故郷　眺望　述懐　懐旧　無常　蕭寺／　瑞籬　祝言　」

360　百首　永亨四十　持為卿詠之
初春　山霞　名所鶯　若菜　木残雪　梅薫レ風　山家柳／
春草　春月二首　晴天帰雁　嶺早蕨　山花　野花　惜レ花／
落花　暁庭落花　苗代　野菫　松上藤　首夏風　待二郭公一
／　郭公遍　山葵　五月雨　早苗　雲間夏月　蛍　旅夕立
／　納涼　荻風　萩映レ水　女郎花　薄未レ出レ穂　秋夕
鹿／　初雁二首　暁虫　名所月　深山月　古郷月　山家月
湖月似レ氷／　濵月　擣衣二首　秋雨　籬菊　暮秋　時雨
竹霜／　関路氷　冬月　浦千鳥　池水鳥　松雪　驛路雪
網代／　歳暮　忍恋　不レ逢恋　會不レ逢恋　逢後切恋
城外聞恋　等思二両人一／　来帰恋　夜恋　別恋二首
後朝恋　秋増恋　変恋　恨恋　」
人伝恨恋　寄レ山恋　寄レ衣恋　寄レ虫恋　寄レ夢恋
寄レ舟恋　暁雞／　名所滝　名所河　松風　嶺雲

海辺暁雲二首　山関／鶴　浦舟　古寺鐘　寄花雑
旅行　月羇中友　田家／　旅泊　瑞籬　神祇　祝言

361 百首　同頃　御製

霞　鴬　梅　柳　蕨　桜　桃／　梨　雉　鶬(ヒバリ)　蛙　菫　蕳(ヤマブキ)
躑／藤　葵　鶺(ホトヽギス)　橘　鵙(クヰナ)　霖(サミダレ)　扇／　蛍　蝉　蓮　泉
荻　萩　露／　薄　蘭　雁　鹿　虫　霧　月／　鶉　鴫
菊　蔦　蒃(モミヂ)　𩅧(シクレ)　霜」
氷　雹　霰　雪　鴨　鷹　衾／　椎　暁　朝　昼　夕　夜
星／　雲　風　雨　烟　山　野　関／　河　海　菴　窓
門　墻　橋／　竹　蓬　苔　蘋　薦　松　杉／　榊　桐
栢　鶴　鷺　雞　鳩／　鵜　虎　馬　猿　猪　牛　鏡／
衣　枕　筵　箏　鐘　灯　舟／　書　弓

362 百首　文正元為撰歌所献之　栄雅

立春　山霞　海邉霞　鴬　野若菜　梅風　柳」
春月　春雨　帰雁　早蕨　栽花　尋花　盛花／　挿頭花
落花　苗代　欵冬　藤　暮春　更衣／　葵　待郭公
郭公遍　菖蒲　橘　五月雨　夏草／　夏月　蚊遣火　蛍
池蓮　夕立　納涼　六月祓／　早秋　七夕　荻　萩
女郎花　叢虫　初雁／　田鹿　秋夕　山月　橋月　浦月
社頭月　古寺月／　暁鴫　擣衣　河霧　菊　紅葉　九月盡
初冬／　時雨　落葉　霜　寒芦　冬月　氷　千鳥／　水鳥
網代　嶺雪　庭雪　鷹狩　炭竈　歳暮／　初恋　忍恋
祈恋　聞恋　不逢恋　契恋　逢恋／　別恋　後朝恋
遠恋　馴恋　顕恋　増恋　偽恋」
悔恋　経年恋　忘恋　思　片思　恨　暁／　名所松
窓竹　山家　田家　羇旅　述懐　夢／　釈教　祝

363 百首　文明六秋逍遥院詠之

立春　山霞　竹鴬　野若菜　春雪　行路梅　梅風／　柳露
春雨　帰雁幽也　春月　寄雲花　霞隔花　雨中花／
風前花　花如雪　苗代　岸欵冬　松藤　三月盡　更衣／
河卯花　初郭公　郭公遍　盧橘　簷菖蒲　早苗　五月雨／

夏ノ月　夏草滋シ　蚊遣火　窓ノ蛍　夕立　納涼　六月祓／
早秋　七夕ノ契　深夜ノ荻　水ノ邊ノ萩　薄似レ袖　原ノ虫　暁ノ鹿／
雲ノ端ノ雁　秋夕　駒迎　嶺ノ月　関ノ月　杜ノ月　磯ノ月　」

泻ノ月　朝ノ霧　擣衣　山ノ紅葉　滝ノ紅葉　暮秋　時雨過ル／
落葉深シ　残菊　寒草ノ霜　湊ノ氷　冬ノ月　枯芦　浦千鳥／
池ノ水鳥　篠ノ霰　夕鷹狩　里ノ雪　庭ノ雪　炭竈　惜二歳暮一／
初恋　忍恋　不レ逢恋　祈恋　尋恋　聞恋　見恋／　契恋
待恋　逢恋　後ノ朝ノ恋　顕ル、恋　偽ル恋　変スル恋／　稀ナル恋　久恋
被レ厭恋　被レ忘恋　絶ル恋　恨恋　寝覚ノ雞／　古寺ノ鐘
名所松　山家　田家　羇中ノ衣　旅泊夢　思二往事一／　述懐
祝言

364　百首　同十五自九月二日毎日至十月廿二日詠進之

都ノソ初春　里ノ霞　寝覚ノ鴬　水ノ辺ノ若菜　餘寒ノ風　軒ノ梅
柳ノ帯レ露／　帰雁連ル二雲一　尋レ花　折レ花　竹ノ間ノ花
依レ花待レ人　閑居ノ花　旅ノ春雨　」

山田ノ苗代　庭ノ菫　松ノ下ノ躑躅　籬ノ欵冬　浦ノ藤　惜テレ春不レ留
首夏ノ朝ノ露／　岸ノ卯花　雲ノ外ノ郭公　故郷ノ橘　池ノ菖蒲
橋ノ五月雨　深夜ノ鵜河　島ノ夏草／　樹陰ノ蝉　河ノ夏祓　新秋ノ風
野外ノ七夕　軒ノ荻　澤ノ女郎花　岡ノ萩／　薄似レ袖ニ　戸外ノ槿
苔ノ径ノ露　虫ノ怨　古渡ノ秋夕　杣ノ鹿　薄暮ノ雁／　月契レ秋ヲ
禁中ノ月　草ノ菴ノ月　月前ノ遠ノ嶋　月前ノ行客　擣衣幽也　紅葉誰家
／　鐘ノ声送レ秋ヲ　時雨告レ冬ヲ　聞二落葉ヲ一　樵ノ路ノ霜
冬ノ夜ノ難レ曙　河ノ氷　泊ノ千鳥／　霰ノ残レ夢ヲ　逐テレ日雪深シ
向二炉ノ火ニ一　家々ノ歳暮　寄レ月恋　寄レ雲恋　寄レ烟恋／
寄レ嶺恋　寄レ杜恋　寄レ市恋　寄レ江恋　寄レ瀧恋　寄レ原恋
寄レ猪恋／　寄二山鳥一恋　寄二蜻蛉一恋　寄二浅茅一恋
寄二海松一恋　寄二沼縄一恋　寄二織畫一恋　寄二懸樋一恋／
寄二木綿一恋　寄二笭箵(ママ)一恋　寄二頭挿一恋　社頭ノ暁　古寺ノ朝
関屋ノ晝　山家ノ夕／　田里ノ夜　窓ノ灯欲レ消スント　軒ノ忍草　門ノ杉
砌ノ松　濵ノ楸　麓ノ柴　」

暮林ノ鳥宿　晴後ノ遠水　磯ノ浪　名所ノ眺望　寄レ車神祇

寄レ鏡釈教　寄レ舟無常／　寄レ弓述懐　寄レ國祝言

365　百首　永正二八廿同上

早春ノ湖　関ノ霞　春ノ濵ノ霞　残ル氷　春情有レ鴬　鴬稀也　野ノ梅／
依テレ風知梅　古柳　磯ノ若草　朧月　暮山春雨　花三首
閑中ノ春ノ曙／　摘レ菫　欵冬散ル　紫藤　舟中ノ暮春　竹亭夏来
岡ノ卯花　郭公三首／　採二早苗一　菖蒲　盧橘晩ニ薫
杣ノ五月雨　滝ノ夏ノ月　蛍火秋近シ　夕顔／　朝ノ氷室　麓ノ納涼
晩夏ノ雲　都ノ早秋　二星待レ契　露脆シ　獨聞レ荻／　萩盛也
薄似レ袖ニ　槿未タスレ開　虫ノ怨　芦ノ邉ノ雁　秋ノ窓ノ鹿　遠近ノ秋ノ風／
古寺秋ノ夕　故郷ノ鶉　月三首　擣衣寒シ　秋ノ霜　霧篭二紅葉一
惜レ秋ヲ／　山舘冬到ル　河ノ時雨　落葉有レ声　寒叢残ル　水路ノ氷
冬ノ月　津ノ千鳥　」

池ノ鴨　林間ノ霰　雪三首　炭竈　埋火待レ暁　除夜
欲スルレ出ントレ詞ニ恋／　忍テ忘恋　聞テシキ久恋　来テ不レ留恋　適逢恋
別ル、恋　疑二真偽ヲ一恋　隔ル恋／　春ノ夜恋　夏ノ夜恋　秋ノ夜恋
冬ノ夜ノ恋　暮春ノ恋　暮秋ノ恋　歳暮ノ恋／　雨ノ夜難レ曙　山家ノ巌

田里　簷ノ忍草　澗ノ槙　鶴声近シ　白鷺立レ江ニ／　山ノ旅　野ノ旅
海旅　朝ノ眺望　寄レ灯述懐　寄レ夢懐旧　夕ノ聞法／
寄レ書祝

366　百首　同五九九着到　同上

都ノ立春　連峰ノ霞　霞隔二行舟ヲ一　旧巣ノ鴬　求二若菜一
垣根残雪　梅花夜薫／　梅移ルレ水ニ　柳帯レ露　春月朧也
朝ノ春雨　春ノ曙ノ眺望　暮天帰雁　漸ク待レ花／　花未タレ飽
花如レ旧　花ノ下ニ忘レ帰コトヲ　落花満レ庭　折二欵冬一　暮春藤
更衣惜レ春ヲ／　籬ノ卯花　尋二郭公一　夢中郭公　郭公稀也
對シテレ橘問レ昔　瀧ノ五月雨　竹間ノ夏ノ月　」

野ノ夏草　瀬ノ鵜河　蛍似レ玉ニ　夕立早ク過ル　樹陰ノ蝉　納涼ノ風
杜ノ夏祓／　山早秋　七夕舟　夜深聞レ荻　萩移レ袖　行路ノ薄
虫声非レ一　芦辺ノ雁／　田家ノ鹿　秋ノ夕催レ涙　臨レ水ニ待レ月
松ノ月幽也　月契レ秋ヲ　見テレ月恋レ友　暁ノ月厭レ雲／　擣衣
古渡ル、霧深シ　寝覚ノ鴫　紅葉浅シ　紅葉如レ錦ノ　暮秋ノ霜　初ソ冬ノ嵐
／　枕上ノ時雨　窓ノ落葉　寒草纔也　懸樋ノ氷　寒夜ノ明月

浦伝ノ千鳥　水鳥多シ／　篠ノ上ノ霰　遠山ノ雪　常磐木ノ雪
逐テレ日雪深　炭竈ノ烟　炉火忘レ冬　歳暮忩シ／　思テ不レ言恋
忍レ涙恋　聞レ声恋　不レ堪レ待ニ恋　契二行末一恋　祈テ逢恋
忩別ル恋／　遇テ不レ逢恋　名ニ立恋　不レ憑マ恋　見レ書増恋
被レ厭ハ恋　難レ忘恋　留ル二形見ヲ一恋／　恨レ身恋　暁更ノ雞
晩鐘何方　古寺ノ松　故郷ノ路　橋上ノ苔　暮林鳥宿ス／　谷ノ樵夫
漁舟連レ波ニ　山家ノ隣　山家ニ送レ年　羇中ノ衣　旅宿ノ雨
述懐依レ人／　思二往事一　寄二神祇一祝」

367　百首　同八三三巳来内裏御着到
山ノ早春　子日ノ友　海上ノ晩霞　旧巣ノ鶯　尋二若菜一　松ノ残雪
梅香留レ袖／　橋ノ邉ノ柳　幽栖ノ春ノ月　野ノ春雨　春ノ曙ノ雁
花始テ開ク　静ニ見レ花　依レ花待レ人／　花慰レ老　落花随レ風ニ
雲雀落ル　水辺ノ苗代　欵冬ノ露　暮春ノ藤　新樹ノ風ジウ／　里ノ卯花
杜ノ郭公　郭公何方　池ノ菖蒲　對シテレ橘問レ昔　五月雨晴ル
嶺ノ照射／　庭ノ夏草　夏ノ月易レ明　隣ノ蚊遣火　蛍似レ玉
遠キ夕立　樹陰ノ蟬　納涼忘レ夏／　浦ノ初ソ秋　七夕ノ別

荻ノ声驚レ夢　萩映レ水ニ　薄似レ袖ニ　雲間ノ初雁　田家ノ鹿／
露底ノ虫　故郷ノ秋ノ夕　對シテレ山待レ月　江ノ月冷　月催レ涙
秋ノ月添レ光　獨惜レ月／　近キ擣衣　霧隔レ舟　澤ノ畔ノ鴫
菊久ク盛也　岡ノ紅葉　暮秋ノ紅葉　朝ノ時雨／　落葉有レ声
竹間ノ霜　寒草處々　湊ノ寒芦　懸樋ノ氷　冬ノ月冴ル　暁聞二千鳥一
／　河ノ千鳥　関路ノ雪　雪中ノ眺望　夕ノ鷹狩　炭竈ノ烟
炉辺ノ閑談　年欲スレ暮ント」

忍レ涙恋　伝聞ク恋　纔ニ見ル恋　祈テレ難レ逢恋　契テ経レ年恋
待テ空恋　来テ不レ留恋／　返レ書恋　逢テ不レ會恋　尋二在所一恋
欲スルレ顕ント恋　恥レ身恋　難キレ忘恋　留二形見一恋／　恨テ絶ル恋
寝覚ノ雞　古寺ノ鐘　閑中ノ灯　薄暮ノ松ノ風　巌頭ノ苔　葦間ノ鶴／
澗ノ戸雲鎖ス　樵路ノ雨　杣河ノ筏　山家送レ年　羇中憶レ都
旅泊ノ浪　往事如レ夢／　述懐多シ　寄二神祇一祝

368　百首　同九二　尭孝法印撰偏題
正朔ノ子日　海路ノ霞　竹林ノ鶯　雪中ノ若菜　窓前ノ梅　河岸ノ柳
岡ノ邉ノ蕨／　山路ノ櫻　閑中ノ春雨　澤ノ辺ノ春駒　関路ノ帰雁

谷ノ中ノ喚子鳥　山田ノ苗代　古ノ砌ノ菫菜／　野ノ外ノ遊糸　巌ノ上ノ躑躅
滝ノ下ノ欵冬　沼水杜若　池ノ岸ノ藤花　旅ノ宿三月盡ジン　山家ノ首夏／
遠ノ村ノ卯花　雲ノ間ノ郭公　江ノ中ノ菖蒲　門ノ田ノ早苗　暁更照射
旅ノ舟ノ五月雨　寝覚ノ水雞／　叢ノ中ノ蛍火　毎夜鵜河　遠山ノ氷室
樹陰納涼　池ノ上ノ蓮　林頭ノ蝉　河ノ辺ノ荒和祓」
泉ノ辺ノ初ソ秋　七夕後朝　庭ノ荻　籬ノ中ノ女郎花　野ノ径ノ薄
風前苅萱　雨後蘭／　隣家ノ萩　羇旅ノ雁　嶺ノ上ノ鹿　苔ノ上ノ露
田家ノ霧　垣ノ根ノ槿　深更ノ駒迎／　島ノ辺ノ虫　水ノ岸ノ菊　十三夜ノ月
遠ノ郷ノ擣衣　杜ノ間ノ紅葉　閏九月盡ジン　初ソ冬ノ時雨／　橋ノ上ノ落葉
寒ノ庭ノ霜　閨ノ上ノ霰　松ノ上ノ雪　濵ノ辺ノ寒芦　暁ノ天ノ千鳥　谷ノ河ノ氷／
河ノ辺ノ水鳥　雨ノ中ノ網代　月ノ前ノ神楽　晩ノ頭ノ鷹狩　深ノ山ノ炭竈
閑ノ居ノ埋火　舟ノ中ノ除夜／　洩シル始恋　人ノ伝ノ恋　被レ返サレ書恋
憑レ媒恋　詞テ和不レ逢恋　トフ恋　告レ偽恋／　契テ久恋
後ノ朝ニル、隠恋　互ニ忍恋　谷ノ風　嶺ノ雲　遣水　島ノ巌／　洲ノ鶴
梢ノ猿　神社　山寺　和琴　高麗笛　野ノ酌／　温泉　釣舟
王昭君　上陽人　楊貴妃　浦ノ島子　遊女／　眺望　慶賀

369 百首　明暦二七廿四　御月次題者為清
早春　山ノ霞　谷ノ鴬　若菜　餘寒　軒ノ梅　梅盛也／　岸ノ柳
岡ノ蕨　春雨　春ノ曙　帰雁　春ノ月　栽レ花／　翫レ花　落花
春駒　欵冬　紫藤　惜レ春ヲ　首夏／　新樹ジウ　郭公　砌ノ橘
菖蒲　早苗　照射　梅雨／　夕立　夏草　夏ノ月　瞿麦
氷室　納涼　夏ノ祓／　立秋　稲妻　籬ノ荻　野ノ萩　路ノ薄
暁ノ露　隣ノ槿／　葛ノ風　夕鹿　初雁　叢ノ虫　河ノ霧　駒迎
林ノ月／　湖ノ月　関ノ月　庭ノ菊　擣衣　黄葉　暮秋　初ソ冬／
時雨　朝ノ霜　枯野　篠ノ霰　寒芦　井ノ氷　網代／　水鳥
寒月　浅キ雪　深キ雪　炭竈　炉火　歳暮／　初恋　忍恋
聞恋　見恋　尋ル恋　祈ル恋　契ル恋」

370 百首　寛文十二廿四　同上
待恋　逢恋　別ル恋　顕ル、恋　稀ナル恋　絶ル恋　恨恋／　旧キ恋
嶺ノ松　窓ノ竹　山家　磯ノ巌　閑居　夜ノ灯／　旅行　旅宿
橋ノ苔　海路　故郷　古寺　眺望／　懐旧　祝言

立春風　霞始聳　野邉霞　田若菜　巌残雪　待ㇾ鴬
暁更梅／夕梅　柳　磯春草　江春月　去雁遥也　尋ㇾ花
初花／花留ㇾ人　雨後花　落花　蛙　欵冬　春欲ㇾ暮
首夏藤／餘花　新樹　葵　里郭公　市郭公　橘　池菖蒲
／朝早苗　夏月涼　鵜河　蓮　氷室　野夕立　蛍／
残暑　待二七夕一　山家荻　萩　薄　蘭　竹露　」
秋夕雨　虫怨　鹿声幽也　雁　駒迎　待ㇾ月　月契ㇾ秋／
翫ㇾ月　見ㇾ月　惜ㇾ月　擣衣　黄葉　暮秋霜　山初冬／
時雨　残菊　橋落葉　冬夕風　氷　寒月　千鳥／鴨
網代　霰　湖雪　篠雪　向二炉火一　関歳暮／忍恋　見恋
不ㇾ逢恋　尋恋　契恋　逢恋　別恋／後朝恋　顕恋
近恋　馴恋　不ㇾ憑恋　悔恋　久恋／忘恋　暁　薄暮雲
松歴ㇾ年　里竹　山舘烟　瀧水／田家　故郷雨　旅　猿
鷺　島鶴　野風／夢　祝

371 百首　貞享五四十一貴布祢社御法楽

立春風　早春氷　海路霞　竹林鴬　名所若菜　窓前梅
幽栖春月　」
湖上春曙　帰雁消ㇾ雲　杜春雨　河岸柳　山寒花遅
関路花　磯邉花／見ㇾ花恋ㇾ友　深山花稀也　簾外燕
巌上躑躅　瀧下藤　季陽已闌也　山家首夏／谷餘花
遠村卯花　初郭公　市郭公　馬上郭公　江菖蒲　門田早苗
／浦五月雨　原照射　暁鵜河　夏草深　夏月涼　池上蓮
河荒和祓／泉辺初秋　織女契久　古砌荻　隣家萩
雨後蘭　苔上露　旅店虫／岡邉鹿　雁過ㇾ湊　深夜駒迎
木間月　山端月　水上月　閨中月／在明月　墻根槿
田家霧　遠郷擣衣　風前紅葉　閏九月盡　初冬時雨／
夕木枯　山路残菊　寒庭霜　暁天千鳥　谷川氷
狩場欲ㇾ暮　月前神楽／嶺初雪　塩屋雪　芦間雪
閑居埋火　遠炭竈　早梅薫ㇾ風　家々歳暮／未ㇾ通ㇾ詞恋
互忍恋　洩始恋　人伝恋　聞ㇾ声恋　時々見恋
被ㇾ返ㇾ書恋／隠二在所一恋　契久恋　来不ㇾ會恋
深夜帰恋　後朝切恋　逐ㇾ日増恋　被ㇾ厭ㇾ賎恋　」

絶テ不レ知恋　澗ノ戸雲鎖ス　薄暮ノ松ノ風　雨中ノ緑竹　河ノ水流清シ
鶴ノ立レ洲　山家ノ烟／　田家ノ鳥　水邉ノ葦　杣川ノ筏　樵路日暮ル
旅泊ノ夢　漁舟ノ火　老眠易レ覚／　獨ノ述懐　寄レ社祝

372 百首　元禄十三四廿四御月次題者為綱
元日ノ宴　海邉ノ霞　霞隔レ村　求二若菜一　谷ノ鶯　春ノ雪
若木ノ梅／　落梅　春ノ月　春駒　夕ノ帰雁　柳似レ烟　春ノ草
早蕨／　尋レ花　花盛也　老テ惜レ花　欵冬　松ノ藤　残春
首夏ノ山／　卯花　岡ノ新樹(ジウ)　待二郭公一　郭公頻也　橘薫レ枕
菖蒲　採二早苗一（ママ）／　水雞　夏草　雨中ノ蛍　池ノ蓮　麓ノ納涼
夕立　夏祓／　ソ初秋　七夕　稲妻　籬ノ荻　野ノ萩　路ノ薄
暁ノ露／　隣ノ槿　葛ノ風　夕ノ鹿　初雁　叢ノ虫　崎ノ霧　嶺ノ月」
湖上ノ月　関ノ月　濵ノ菊　擣衣　紅葉　惜レ秋　初ソ冬／　時雨
橋ノ落葉　寒草　江ノ寒芦　河千鳥　水鳥　瀧ノ氷／　寒ノ月
篠ノ上ノ霞　杜ノ間ノ雪　庭ノ雪　狩場ノ衣　遠キ炭竈　歳暮ノ忩シ／　初恋
忍恋　聞恋　見恋　尋ル恋　祈ル恋　契ル恋／　待恋　遇恋

別ル、恋　顕ル、恋　稀ナル恋　絶ル恋　恨恋／　舊キ恋　山家ノ烟　田家ノ水
行路ノ市　閑居　離別　羇中ノ友／　旅泊ノ夢　海路　野ノ宿
水郷　古寺　眺望　往事／　瑞籬　祝言

373 百首　元文四四廿一同上
霞　花　暮春　郭公　五月雨　初秋　月／　紅葉　氷　雪
忍恋　不レ逢恋　後朝ノ恋　遇テ不レ逢恋」
怨ル恋　旅　山家　眺望　述懐　神祇各五首

374 百首　同五六廿四同上　勅題
霞　鶯　花　郭公　五月雨　萩　月／　紅葉　氷　雪各五首
恋廿首　松　鶴　海路／　山家　述懐　祝各五首

375 百首　宝暦頃　柿本社奉納為村卿詠之
春廿首　夏十五首　秋廿首　冬十五首　恋十首　雑廿首」

雑

376 百首　建久二　後京極摂政家十題
天象　地儀　居所　草　木　鳥　獣／　虫　神祇

釋教各十首

377 百首 年紀可尋之慈鎮和尚詠之

高 低 遠 近 浅 深 多／少 遅 速 厚 薄 視
聴／閑 忙 清 濁 新 舊各五首

378 百首 貞治五十二廿 年中行事歌合

四方拝 供屠蘇白散 小朝拝 朝賀 氷様 腹赤御贄
臨時客／若水 白馬節會 視告朔 春日祭 御齋會
女叙位 除目／御薪 踏哥節會 賭射 内宴 大原野祭
祈年祭 旬 」
平野祭 大神宮祭 灌佛 松尾祭 梅宮祭 賀茂祭
三枝祭／五日節會 騎射 最勝講 賑給 献醴酒
施米 大祓／廣瀬龍田祭 乞巧奠 盂蘭盆 相撲
祈年穀奉幣 北野祭 釋奠／献胙 甲斐駒引 定考
武蔵駒牽 放生會 信濃勅旨駒引 上野駒引／
季御読経 御燈 不堪田奏 重陽宴 例幣 撰虫
十月更衣／射場莚 維摩會 吉田祭 五節 新嘗會
豊明節會 賀茂臨時祭／月次祭 神今食 内侍所御神楽
佛名 荷前 節折 追儺／寄南殿櫻恋 寄南殿橘恋
寄御溝水恋 寄竹臺恋 寄夜御殿恋 寄朝餉恋
寄萩戸恋／寄桐壷恋 寄梨壷恋 寄藤壷恋
寄梅壷恋 寄雷鳴壷恋 寄壷前栽恋 寄問籍恋／
寄夜行恋 宣命 詔書 行幸 御元服 御賀齢 天文奏
／祈雨 止雨 封事 恩赦 牛車 庚申 奏慶 」
輦車 大唐商客

379 百首年紀可尋之 於住吉社壇祈雨津守宿祢國冬

雨中立春 雨中子日 雨中霞 雨中鴬 雨中若菜
雨中残雪 雨中梅／雨中柳 雨中蕨 雨中春駒 雨中雉
雨中雲雀 雨中帰雁 雨中花／雨中苗代 雨中蛙
雨中菫菜 雨中欵冬 雨中藤 雨中暮春 雨中更衣／
雨中餘花 雨中新樹 雨中神祭 雨中卯花 雨中郭公
雨中早苗 雨中菖蒲／雨中橘 雨中夏草 雨中蚊遣火
雨中蛍 雨中蝉 雨中納涼 雨中六月祓／雨中立秋

雨中ノ七夕　雨中ノ露　雨中ノ荻　雨中ノ萩　雨中ノ女郎花　雨中ノ薄
／雨中ノ刈萱　雨中ノ虫　雨中ノ雁　雨中ノ鹿　雨中ノ鶉　雨中ノ鴫
雨中ノ稲花／　雨中ノ霧　雨中ノ月　雨中ノ擣衣　雨中ノ菊
雨中ノ紅葉　雨中ノ暮秋　雨中ノ初冬／　雨中ノ落葉　雨中ノ霜
雨中ノ寒草　雨中ノ寒松　雨中ノ氷　雨中ノ千鳥　雨中ノ水鳥　」
雨中ノ網代　雨中ノ霰　雨中ノ雪　雨中ノ鷹狩　雨中ノ炭竈
雨中ノ炉火　雨中ノ歳暮／　寄レ雨ニ初ル恋　寄レ雨ニ忍テ恋
寄レ雨不レ逢ル恋　寄レ雨契恋　寄レ雨祈恋　寄レ雨待恋
寄レ雨逢恋／　寄レ雨別恋　寄レ雨絶恋　寄レ雨恨恋
寄ルレ雨暁　寄レ雨松　寄レ雨竹　寄レ雨鶴／　寄レ雨苔
寄レ雨山　寄レ雨河　寄レ雨野　寄レ雨関　寄レ雨橋　寄レ雨海
／　寄レ雨旅　寄レ雨山家　寄レ雨夢　寄レ雨田家
寄レ雨懐旧　寄レ雨述懐　寄レ雨神祇／　寄レ雨釋教
寄レ雨祝

380 百首　明應四十一廿二水無瀬殿御法楽續歌

伊勢　石清水　賀茂　平野　松尾　稲荷　春日／　住吉
日吉　北野　大日　釋迦　多宝　弥陀／　薬師　文珠
普賢　観音　弥勒　地蔵　天／　地　東　南　西　北　巽
坤　」
乾　艮　春　夏　秋　冬　朝／　晝　夕　夜　歳　時　寒
暑／　日　月　水　旱　山　河　草／　木　青　黄　赤
白　黒　甘／　辛　苦　酸　鹹　眼　耳　鼻／　舌　身
意　前　後　左　右／　甲虫　昆虫　鱗虫　雞　犬　牛
馬／　猪　羊　人　管　絃　歌　舞／　書　畫　碁　酒
弓　鞠　一／　二　三　四　五　六　七　八／　九　十　」

（半丁分空白）

百五十首題二

381 百五十首　貞治二二廿五於北野宝前為秀卿講之

立春天　早春ノ雪　山ノ霞　野ノ霞　河ノ霞　水邉ノ若菜　夕ノ鴬／

竹《ノ》残雪　夜《ノ》梅　梅《ノ》香　餘寒《ノ》月　路《ノ》若草　柳靡《ク》レ風《ニ》　朝《ノ》春雨

／　帰雁知レ春　春《ノ》曙　尋レ花　交レ花《ニ》　社頭《ノ》花　花《ノ》手向

折レ花／　惜レ花《ヲ》　花《ノ》面影　山田《ノ》苗代　摘レ菫　原《ノ》雲雀

岡《ノ》雉　松《ノ》藤／　欵冬《ノ》露　暮春《ノ》雲　卯花似レ月《ニ》　待二郭公一

人伝《ノ》郭公　月前《ノ》郭公　餘花／　岡《ノ》早苗　径《ノ》夏草　刈二菖蒲一

雨中《ノ》盧橘　樗《ノ》露　暁《ノ》照射　河《ノ》五月雨／　水上《ノ》夏《ノ》月

夜々《ノ》鵜河　夜《ノ》蛍　蚊遣火　池《ノ》蓮　夕立《ノ》風　杜《ノ》蟬／

樹陰《ノ》納涼　立秋《ノ》風　初《ソ》秋《ノ》露　七夕《ノ》衣　野《ノ》萩　路《ノ》薄　夕《ノ》荻／

雲間《ノ》初雁　朝《ノ》鹿　山《ノ》霧　戸外《ノ》槿　秋《ノ》夕　秋《ノ》田　野分　」

澤《ノ》鴫　古郷《ノ》鶉　庭《ノ》虫　秋興　夕《ノ》月　深夜《ノ》月　暁《ノ》月／

社頭《ノ》月　水郷《ノ》月　海邉《ノ》月　閑居《ノ》月　秋《ノ》夜長《シ》　遠《キ》擣衣

水邉《ノ》菊／　紅葉浅《シ》　紅葉如レ錦《ノ》　暮秋《ノ》雨　山《ノ》時雨

落葉随レ風《ニ》　岡《ノ》寒草　草《ノ》霜／　柏《ノ》霰　椎柴　夜《ノ》千鳥

江《ノ》水鳥　河《ノ》寒月　山《ノ》雪　野《ノ》雪／　社《ノ》雪　谷《ノ》氷　朝《ノ》網代

夕《ノ》鷹狩　夜《ノ》神楽　暁《ノ》炉火　炭竈／　年内《ノ》早梅　歳暮《ノ》松

寄レ月恋　寄レ風恋　寄レ雨恋　寄レ暁恋　寄レ朝恋／

寄レ夕恋　寄レ夜恋　寄レ山恋　寄レ河恋　寄レ海恋

寄二思草一恋　寄二浅茅一恋／　寄二海松一恋　寄レ松恋

寄レ槙恋　寄レ鷹恋　寄二山鳥一恋　寄レ虎恋　寄レ蛛恋／

寄レ猿恋　寄レ船恋　寄レ席恋　寄レ書恋　寄レ糸恋　寄レ夢恋

名所《ノ》山／　名所《ノ》野　名所《ノ》河　名所《ノ》浦　名所《ノ》橋　山家《ノ》朝

山家《ノ》夕　田家《ノ》雲／　羇中《ノ》風　羇中《ノ》関　芦間《ノ》鶴　巌《ノ》苔

路《ノ》芝　海路《ノ》友　樵路《ノ》雨　」

眺望日暮《ル》　老後《ノ》懐旧　懐旧《ノ》涙　短《キ》夢　寄レ風述懐

寄レ瀬述懐　寄レ露無常／　社頭《ノ》松　寄レ水釋教　寄レ國祝

382　百五十首　年紀可勘注

初《ソ》秋《ニ》憶レ月　未《タ》《サル》レ出月　半出《ル》月　漸《ク》昇《ル》月　停午《ノ》月　稍傾《ク》月

欲《スル》レ入《ント》月／　巳《ニ》入月　入《テ》後慕レ月　兼《テ》待二十五夜一

十五夜《ノ》當日　十五夜《ノ》夕　十五夜待レ月　十五夜翫レ月／

十五夜惜レ月　十五夜《ノ》暁《ノ》月　十五夜易《シ》レ明　十五夜難《シ》(ママ)忘

十五夜《ノ》後朝　三日月　夕月夜／　上弦《ノ》月　望月　不知夜《ノ》月

立待《ノ》月　居待《ノ》月　臥待《ノ》月　廿日《ノ》月／　下弦《ノ》月　晨明《ノ》月

嶺上月　岡上月　原上月　橋上月　江上月／池上月
湖上月　河上月　庭上月　苔上月　霧中月　山中月／
水上月　洛中月　禁中月　閑中月　閨中月　籬中月
窓中月／船中月　月下荻　月下萩　月下薄　月下女郎花
月下蘭　月下葛　」
月下浅茅　月下菊　月下紅葉　月下擣衣　瀧辺月　澤辺月
沼辺月／渡辺月　海辺月　浦辺月　濵辺月　磯辺月
島辺月　湊辺月／雲間月　杜間月　林間月　溪間月
市間月　石間月　松間月／竹間月　芦間月　叢間月
月前露　月前烟　月前雁　月前虫／月前鹿　月前鶉
月前鳴　月前雞　月前猿　月前鐘　蕭寺月／叢祠月
故郷月　水郷月　山家月　田家月　関屋月　荒屋月／
竹亭月　草菴月　貴賎憐レ月　緇素見レ月　老人馴レ月
遊子行レ月　浄侶對レ月／仙人伴レ月　商人耽レ月
海人歌レ月　漁人棹レ月　樵夫帰レ月　月似レ古　月似レ晝／
月似レ雪　月似レ霜　月似レ氷　月似レ玉　月似レ鏡　月似レ扇

月似レ弓／月似レ心　寄レ月初恋　寄レ月忍恋　寄レ月見恋
寄レ月聞恋　寄レ月契恋　寄レ月待恋／寄レ月別恋
寄レ月顕恋　寄レ月尋恋　寄レ月変恋　寄レ月稀恋
寄レ月忘恋　寄レ月怨恋　」
寄レ月久恋　寄レ月絶恋　寄レ月述懐　寄レ月懐旧
寄レ月餞別　寄レ月旅行　寄レ月旅宿／寄レ月旅泊
寄レ月閑居　寄レ月眺望　寄レ月哀傷　寄レ月顕教
寄レ月密教　寄レ月神祇／寄レ月祝レ民　寄レ月祝レ國
寄レ月祝レ君　」

二百首題一

383　二百首　年紀可尋之冷泉家出題

初春風　春氷　野子日　嶺霞　原上霞　霞春衣　初聞レ鴬
／雪中鴬　鴬求レ友　名所若菜　岡残雪　春雪消
春雪似レ花　餘寒氷／山餘寒　尋レ梅　梅風　山居梅

雨中柳　古柳　門柳／路若草　岡早蕨　浦春曙　朝春雨
夕春雨　河春雨　帰雁消レ雲／惜レ帰雁　待レ花　花半開
朝見花　雲間花　山落花　野遊／径菫　夕蛙　躑躅
山春月　浦春月　春月幽　澤杜若／雨中藤　折二欵冬一
名所欵冬　春関　春池　春旅　暮春霞／三月盡　首夏衣
新樹風　新竹　卯花為レ垣　待二郭公一　人伝郭公／
夜郭公　門田早苗　簷菖蒲　盧橘露　故郷橘　梅雨久
瀧五月雨　」
暁水雞　夏月涼　籬瞿麦　岡夏草　鵜舟連　橋蛍
蛍過レ窓／夕蚊遣火　遠夕立　晩夏蟬　泉忘レ夏
秋隔二一夜一　新秋日　残暑如レ夏／七夕雲　暁聞レ荻
路頭萩　女郎花多　薄村々　戸外刈萱　蘭薫／
草花得レ時　槿花　秋夕露　径露　草菴露　遠尋レ虫
虫声非レ一／虫声欲レ枯　古寺秋風　雨中鹿　暮山鹿
稲妻　秋夜　雲間待レ月／獨對レ月　不知夜月　月如レ晝
欲レ入月　薄暮雁　雲外雁　湖上雁／霧籠レ山　秋朝霧

深夜擣衣　澤辺鴫　麓鶉　月前葛　野分／菊初開
籬菊匂　菊帯レ霜　柞紅葉　紅葉色々　松間紅葉　秋地儀
／水邉秋　故郷秋　秋恨　秋鐘　惜レ秋　九月盡夕
初冬暁／時雨雲　残菊　夕落葉　篠霜　深夜木枯　寒草
氷初結／氷満二池水一　杜冬月　寒夜残月　月前千鳥
河千鳥　名所千鳥　芦間水鳥　」
古屋霰　浅雪　風前雪　山皆雪　鷹狩日暮　里炭竈
閨埋火／冬梅　冬旅　惜二歳暮一　不二言出一恋　路頭見恋
契レ夕恋　馴恋／適逢恋　忍帰恋　惜レ名恋　被レ忘恋
顕恋　恨絶恋　寄レ月恋／寄レ雨恋　寄レ橋恋　寄レ草恋
寄レ鳥恋　寄レ虫恋　寄レ琴恋　寄レ車恋／寄レ貝恋
寄二名所一恋　朝雲　暮山雨　海村烟幽　関路　名所市／
故郷籬　閑居苔深　古寺水　旅行友　旅泊夢　山家隣
山家井／田家路　窓竹　嶺松帯レ雲　嶺椿　門杉
鶴宿レ松　暁更雞／淵亀　寝覚聞レ鐘　遠島眺望
對レ月述レ懐　寄レ枕述懐　懐旧涙　寄レ鐘懐旧／濵漁翁

寄レ巌祝　社頭榊　社頭久シ」

（半丁分空白）」

三百三十三首題一

384 三百三十三首　文永十一善峯寺　入道光俊朝臣出題

立春朝　早春氷　山子日　連峰霞　湊畔霞　原上霞
関路霞／　野亭鶯　孤島霞　竹裏鶯　溪餘寒　澤若菜
田若菜　岸若菜／　雪中早梅　梅発得レ客　寝覚思レ梅
梅香留レ袖　落梅浮レ水　幽栖春月　遠山春月／　暁月春静也
閑中春曙　湖上春曙　杜春雨　江春雨　雲端帰雁
風前帰雁／　牧春駒　樹陰蕨　行路柳　故郷柳
垂柳蔵レ水　山寒花遅　獨待レ花／　遥尋レ花　老栽レ花
終日對レ花　處々花盛也　花下忘レ帰　見レ花恋レ友　深山花稀也
／　落花満レ庭　春日遅々　天外遊絲　三月三日
志賀山越　山路春雉　林喚子鳥／　簾外燕　夕雲雀

摘二菫菜一　雨後苗代　橋杜若　戸外藤　瀧下藤／　里欵冬
欵冬露滋シ　岩上躑躅　季陽已闌也　貴賎更衣　田家首夏
餘花似レ春」

卯花初開　卯花夾レ路　卯花作レ垣　山朝葵　待二郭公一
初郭公　聞二郭公一／　暁郭公　夕郭公　月前郭公
雲間郭公　雨中郭公　郭公頻也　郭公幽也／　夜橘薫レ枕
對レ橘問レ昔　盧橘散レ風　端午興　曳二菖蒲一　葺二菖蒲一
民戸早苗／　水郷早苗　早苗多シ　岡五月雨　野五月雨
河五月雨　浦五月雨　五月雨晴／　山陰鵜河　原照射
照射欲レ明　隣家蚊遣火　竹亭夏月　蛍知レ夜　蛍過レ窓／
叢間蛍　夏草深シ　籬瞿麦　簷夕顔　荷露成レ珠　山裏蝉声
朝氷室／　遠村夕立　澗底泉　閨中扇　松風忘レ夏
瀬夏祓　立秋暁　初秋露／　待二七夕一　二星逢　織女別
田上稲毒（ママ）　古砌荻　深更荻　萩漸盛也／　萩欲レ移
薄未レ出レ穂　池辺薄繁シ　山女郎花　庭女郎花　草菴槿
槿一日栄／　刈萱靡レ風　野浅茅　荒籬蘭　旅店蕣

雨夜虫　遠尋虫　深山鹿／　郊外鹿　鹿声遥　江邉鶉
古寺秋夕　秋夕感思　秋夕催涙　関駒迎　」
山月初昇　月前草露　月前竹風　見月思旅　湖月似氷
月前孤舟　月前遠鐘／　雁随風来　暮天旅雁　海上雁飛
九月九日　老對菊　十三夜晴　月前幽情／　月前空観
残月掛岑　待人擣衣　擣衣何方　擣衣到暁　古渡霧深
秋霧湿袂／　夕霧埋枕　澤畔鴫　疎屋蔦　林葉漸黄
雨添紅葉　紅葉待霜　名所紅葉／　嵐前紅葉
商律欲盡　山居冬到　初冬木枯　時雨晴陰　時雨廻岡
枕上時雨／　落葉有声　樵路落葉　落葉窓深　外山椎柴
寒樹交松　谷残菊　苔径霜／　枯野篠　寒草纔残
湊寒芦　旅泊千鳥　浦伝千鳥　曙千鳥　水鳥知主／
池水鳥多　尋網代　網代興　葦間氷　氷閉細流
袖氷重夜　霜夜月／　寒閨月　霰妨夢　橋上霰　林間霰
連日鷹狩　狩場欲暮　豊明節會／　嶺初雪　洛陽雪
遠郷雪　関屋雪　驛路雪　船中雪　磯辺雪／　塩竈雪

松雪積　竹雪深　杜神楽　炭竈烟　炉辺閑談　佛名夜闌　」
老送年　春已卜隣　家々除夜　初恋　忍恋　聞恋　見恋
／　尋恋　祈恋　契恋　待恋　遇恋　別恋　顕恋／　稀恋
絶恋　怨恋　舊恋　暁恋　朝恋　晝恋／　夕恋　夜恋
老恋　幼恋　遠恋　近恋　旅恋／　寄日恋　寄星恋
寄雨恋　寄烟恋　寄塵恋　寄山恋　寄河恋／
寄海恋　寄関恋　寄橋恋　寄草恋　寄木恋　寄鳥恋
寄獣恋／　寄虫恋　寄笛恋　寄琴恋　寄繪恋
寄衣恋　寄席恋　寄遊女恋／　寄傀儡恋
寄海人恋　寄樵夫恋　寄商人恋　社頭祝
寺近聞鐘　松葉不失／　砌下有松　松作友
竹色不改　窓前栽竹　竹為師　巌頭苔　幽径苔／
鶴立洲　鶴帰皐　鶴声近枕　暮林鳥宿　山樹高低
山中瀧音　故山猿叫／　深山幽居　山村烟細　山舘燈幽
山亭人稀　澗戸雲鎖　樵歌入山　牧笛帰野　」

野径暮草　野外遊人　田家興　田家水　田家鳥　水郷葦
水郷鷺／相坂関雞　不破関杉　白河関風　杣河筏
長河似帯　岸頭待舟　湖水眺望／旅人渡橋　春旅行
夏旅宿　秋旅情　冬旅思　半夜旅宿　泊雨滴篷／
別無遠近　漁父出浦　遠帆連雲　夕陽映嶋
往事渺茫　独懐旧　披書逢昔／筆写人心　憂喜同夢
老眠易覚　述懐言盡　胸消是非　心静延寿　暁観念
／夕聞法　寄風空諦　寄雲假諦　寄月中諦」

三百六十首題四

385 三百六十首　年紀可尋之曽根好忠詠之
四季十二月上中下分之年中三百六十日詠之

386 三百六十首　同上　入道光俊朝臣出題
元日　立春　早春　氷鮮　子日　若菜　山霞／野霞
岡霞　海霞　島霞　春雪　餘寒　谷鴬／里鴬　杜鴬
春風　春雨　暁帰雁　晩帰雁　行路梅／山居梅　野亭梅

河邉梅　江畔柳　遠村柳　水郷柳　杜柳／岸柳　春草
早蕨　遊絲　春朝　春日　春夜／春月　春曙　待花
尋花　栽花　見花　折花／花盛　深山花　花欲散
惜花　花埋路　桃花　故郷菫」

喚子鳥　春雉　雲雀　春駒　蛙声幽　苗代　梨花／
樵径躑躅　庭欵冬　橋辺欵冬　田家欵冬　沼杜若　瀧辺藤
古寺藤／雨中藤　湊暮春　関暮春　惜春　三月盡
竹亭夏来　貴賎更衣／卯花廻庵　水郷卯花
漸待郭公　尋郭公　聞四月郭公　郭公何方　岡郭公／
磯郭公　早苗多　澤菖蒲　閑庭橘　籬瞿麦　樗誰家
河五月雨／嶺五月雨　幽栖五月雨　深夜五月雨
五月雨欲晴　蚊遣火　連夜照射　叢蛍／鵜河　夏草
池蓮　夕顔　夏月　夕立　杜蝉／納涼　六月祓　立秋
初秋　残暑　待七夕　織女契久／七夕後朝　簷下荻
荻知秋　萩半綻　萩盛　雨中萩　風前薄／原刈萱
槿花　紫蘭馥　砌女郎花　松虫　鈴虫　織促／床蛬

驛路鹿 旅泊鹿 鹿声近 初雁成字 遠雁連雲 松秋風」
竹露 苔露 秋夕 秋夜 稲妻 待月 月出山／
見月 浦月 杣月 湖月 野月 月前鐘 月前遠情／
對月待客 月下遊士 有明月 獨惜月 朝霧 夕霧
山路霧／ 遠郷霧 泻霧 故郷擣衣 隣擣衣 籬菊 濵菊
秋田／ 澤鶉 暁鴫 小鷹狩 蔦閉戸 葛廻垣 山紅葉
岡紅葉／ 林紅葉 磯紅葉 関紅葉 渡紅葉 河紅葉
秋欲暮 惜秋／ 秋不留 九月盡 山舘冬到 初冬嵐
時雨告冬 時雨向夜 寝覚時雨／ 時雨催涙
落葉驚夢 静処落葉 落葉朽水 残菊帯霜 原寒草
江辺寒芦／ 田氷 氷閉細流 見冬月 津千鳥
淵千鳥 寒閨聞霰 橋上霰／ 鷹狩日暮 洛初雪
孤島雪 遠嶺雪 関路雪 庭雪深 遠炭竃／ 禁中神楽
佛名夜闌也 老人惜歳 市歳暮 寄名所恋八十首 伊勢」
石清水 賀茂 春日 大原野 住吉 日吉 吉田／ 北野

玉津島 地獄界 餓鬼界 畜生界 修羅界 人界／ 天界
声聞界 縁覚界 菩薩界 佛界 春山家 夏山家／
秋山家 冬山家 山家雲 山家烟 山家猿 山家鳥
山家巌／ 山家橋 春旅 夏旅 秋旅 冬旅 旅風
旅月／ 旅夢 旅行 旅宿 旅泊 春眺望 夏眺望
秋眺望／ 冬眺望 朝眺望 夕眺望 山眺望 海眺望
野眺望 河眺望／ 寄玉述懐 寄鏡述懐 寄衣述懐
寄席述懐 寄船述懐 寄車述懐 寄華述懐／
寄墨述懐 寄弓述懐 寄矢述懐 寄色無常
寄声無常 寄香無常 寄味無常／ 寄觸無常
寄地無常 寄水無常 寄火無常 寄風無常
寄空無常 寄天祝／ 寄星祝 寄歳祝 寄世祝
寄國祝 寄民祝 寄松祝 寄竹祝 」
寄鶴祝 寄亀祝

387 三百六十首 同上 出題同
立春 子日 山霞 江霞 浦霞 旧巣鴬 竹裏鴬／ 若菜

餘寒　雪中ノ梅　雨中ノ梅　風前ノ梅　月前ノ梅　暗夜ノ梅／
柳辨レ春ヲ　柳経レ年ヲ　若草　春ノ曙　帰雁　栽レ花ヲ　待レ花／
尋レ花ヲ　初花　遠キ花　近キ花　盛ノ花　折レ花ヲ　對レ花ニ／　馴レ花ニ
花作レ友ト　花留レ人ヲ　花未レ飽カ　花如レ舊　花似レ雪ニ　花欲レ散スント
／　花漸クル散　花浮レ水ニ　花埋レ路ヲ　臨時ノ祭　遅日　苗代
菫菜／　杜若　躑躅　人家ノ欵冬　行路欵冬　瀧ノ辺ノ藤
暮春ノ藤　残春／　三月盡ジン　首夏　餘花　新樹ジウ　卯花
翫レ葵フヲ　待二郭公一ヲ／　初郭公　郭公忙ハシ　郭公頻也　郭公稀也
菖蒲　早苗　盧橘
」
五月雨渉レ日ヲル　五月雨欲レ晴スント　瞿麦　夏草　水雞　沼ノ蛍
梢ノ蝉／　夕顔　納涼月　納涼ノ風　夕立　荒和祓　初ソノ秋風
初ソノ秋露／　七夕　夜ノ荻　朝ノ荻　蘭薫ル　槿花　女郎花　花薄
／　刈萱　聞レ鹿　初雁　放生會　夕出ニル月　暁入ル月
終夜ノ月／　暁出ル月　晴夜ノ月　雨後ノ月　雲間ノ月　木間ノ月
高低ノ月　砂上ノ月／　水上ノ月　禁中ノ月　洛陽ノ月　洛外ノ月
故郷ノ月　古寺ノ月　草菴ノ月／　閑居ノ月　寝覚ノ月　袖上ノ月

擣衣幽也　擣衣繁シ　松虫　鈴虫／　蟋蟀　秋ノ田　秋ノ日　秋ノ夕
秋ノ霧　秋ノ霜　見レ菊／　紅葉遍シ　紅葉如レ錦　池辺ノ紅葉
澗底ノ紅葉　暮秋ノ紅葉　九月盡ジン　時雨／　木枯　落葉　残菊
篠ノ霜　枯野ノ　寒芦　霜／　氷始テフ結　氷不レ鮮　千鳥　水鳥
冬ノ月　豊明節會　神楽
」
炭竈　澤ノ霙　磯ノ霰　降ル雪　浅キ雪　深キ雪　望レ雪／　凌レ雪ヲ
歳欲レ暮スント　除夜　初恋五首　不レ逢恋同　祈恋同／　契恋同
後朝ノ恋同　遇テ不レ逢恋同　恨恋同　絶ル恋同　久シキ恋同
寄レ嶺羇旅／　寄レ麓羇旅　寄レ梯羇旅　寄レ岳羇旅
寄レ野羇旅　寄レ原羇旅　寄レ杜羇旅　寄レ海羇旅／
寄レ河羇旅　寄レ嶋羇旅　寄レ濵羇旅　寄レ泻羇旅
寄レ泊羇旅　寄レ里羇旅　寄レ関羇旅／　山家ノ路　山家ノ橋
山家ノ隣　山家ノ門　山家ノ戸　山家ノ牆　山家ノ樋／　山家ノ井
山家ノ庭　山家ノ籬　山家ノ柱　山家ノ簷　山家ノ庇　山家ノ窓／
山家ノ床　寄二忍草一懐旧　寄レ蓬懐旧　寄レ萓懐旧
寄レ葛懐旧　寄レ藻懐旧　寄レ松懐旧／　寄レ杉懐旧

寄レ檜懐旧　寄レ槙懐旧　寄レ榊懐旧　寄レ鶴懐旧
寄レ雞懐旧　寄二山鳥一懐旧／寄レ馬懐旧　寄レ牛懐旧
寄レ猿懐旧　寄二蜘蛛一懐旧　寄レ蛙懐旧　寄二木綿一述懐
寄二四手一述懐／寄レ玉述懐　寄レ鏡述懐　寄レ鬘述懐
寄レ衣述懐　寄レ帯述懐　寄レ枕述懐　寄レ席述懐　」
寄レ書述懐　寄レ筆述懐　寄レ琴述懐　寄レ笛述懐
寄レ弓述懐　寄レ簾述懐　寄レ絲述懐／寄レ緒述懐
寄レ灯述懐　寄レ鐘述懐　寄レ舟述懐　寄レ天祝六首　寄日祝同
寄月祝同／寄レ星祝同　寄レ雲祝同　寄レ春祝同　寄レ夏祝同
寄レ秋祝同　寄レ冬祝同　寄レ暁祝同／神祇卅六首　礼敬諸佛
稱讃如来　廣修供養　懺除業障　随喜功徳　請転法輪／
諸佛住世　常随佛学　恒順衆生　普皆廻向　不殺生戒
不偸盗戒　不邪婬戒／不妄語戒　不沽酒戒
不説四衆過罪戒　不自讃毀他戒　不慳貪戒／不瞋恚戒
不謗三宝戒　法身　報身　應身　空諦　假諦／中諦
上輩往生　中輩往生　下輩往生　火宅喩　窮子喩　雲雨喩
／化城ノ喩　繋珠ノ喩　頂珠ノ喩　警師ノ喩

388 三百六十首　同上　詠鷹　定家卿
春四十首　夏二十首　秋四十首　冬百九十五首　小鷹六十五首　」

（半丁分空白）　」

七百首題一

389 七百首　文永二七七禅林寺殿御會出題春恋入道大納言為家卿夏冬左京大夫行家／秋雑入道光俊

年内立春　都ノ初ソ春　初ソ春風　子ノ日祝言　子日松　山ノ霞
野ノ霞／関ノ霞　里ノ霞　橋霞　瀧ノ霞　渡ノ霞　湖ノ霞　海ノ霞／
濱ノ霞　旧巣鴬　雪中鴬　竹ノ鴬　寝覚鴬　夕鴬　春ノ氷／
野ノ若菜　原若菜　澤ノ若菜　水辺ノ若菜　残雪　餘寒ノ風
二月餘寒／依レ風テ知レ梅ヲ　里ノ梅　簷梅　古宅ノ梅　梅薫レ枕ニ
暗夜梅　梅移レ水／梅薫留レ袖　梅浮二澗水一　梅落レ衣ニ
柳ノ露　門ノ柳　行路柳　柳靡レ風／河柳　橋邉柳　田邉ノ柳
春ノ夕ノ月　春ノ夜ノ月　春ノ暁ノ月　故郷ノ春ノ月／浦ノ春ノ月

帰雁連レ雲　帰雁幽也　帰雁似レ字　峯帰雁　海帰雁　待レ花
／尋レ花　栽レ花　初花　見レ花　翫レ花　交レ花　花忘レ老」
折レ花　挿頭花　暁花　朝花　夕花　夜花　花交レ松／
竹間花　花似レ雲　花留レ人　花下忘レ帰　依レ花待レ人
花未レ飽　糸櫻／　八重櫻　禁中花　社頭花　古寺花
山家花　閑居花　志賀花園／　山花　嶺花　渓花　岡花
野花　里花　杜花／　林花　関花　池邉花　雲間花
霞中花　月前花　雨後花／　水上花　庭花　瀧花　惜レ花
落花　落花如レ雪　苔上落花／　朝春雨　菴春雨　旅春雨
春曙　山田苗代　河邉苗代　路苗代／　野菫　庭菫
松下躑躅　島欵冬　河欵冬　夕欵冬　里欵冬／　籬欵冬
松藤　池藤　夕藤　岸藤　浦藤　兼惜レ春／　春欲レ暮
惜レ春不レ留　三月盡夕　三月盡夜　首夏朝　杜首夏
谷餘花／　岸卯花　籬卯花　卯花盛也　待二郭公一　初郭公
聞二郭公一　郭公一声　」

暁郭公　曙郭公　朝郭公　夕郭公　夜郭公　雲外郭公
月前郭公／　雨中郭公　郭公幽也　山郭公　里郭公　渡郭公
関郭公　岡郭公／　原郭公　郭公稀也　盧橘初開
盧橘薫レ嵐　故郷橘　沼菖蒲　池菖蒲／　刈二菖蒲一
簷菖蒲　袖上菖蒲　田家早苗　急早苗　峯五月雨
杣五月雨／　磯五月雨　湖五月雨　橋五月雨　船中五月雨
泻五月雨　閑中五月雨　連日五月雨／　五月雨欲レ晴
寝覚水雞　深夜鵜河　瀬鵜河　遠村蚊遣火　庭夏草
島夏草／　澤夏草　隣瞿麦　瞿麦帯レ露　行路夕立
湊夕立　野夕立　名所夏月／　水辺夏月　夏月似レ秋
樹陰蝉　瀧辺蝉　叢端蛍　蛍過レ窓　晩夏蛍／　夏夜待レ風
松下納涼　對レ泉避レ暑　河夏祓　立秋暁　新秋雨　初秋風
／早涼到　山早秋　田早秋　待二七夕一　織女契久
二星適逢　海辺七夕／　野外七夕　羇中七夕　七夕別
聞レ荻　遠荻　近荻　山居荻　」
垣荻　簷荻　荻驚レ夢　女郎花多　野亭女郎花　澤女郎花

原ノ萩／　岡ノ萩　行路ノ萩　河ノ辺ノ萩　萩盛也　折レ萩　萩欲スレ散ント
籬ノ薄／　薄似レ袖ニ　薄随レ風ニ　蘭薫レ枕ニ　戸外ノ槿　草花ノ露
浅茅ノ露　苔径ノ露／　朝ノ露　夕ノ露　袖ノ上ノ露　尋ニ虫ノ声ヲ一
虫ノ声繁シ　雨夜ノ虫　虫ノ怨／　蛬ノ思　秋ノ夕ノ雲　秋ノ夕ノ雨　秋ノ夕ノ風
閑中ノ秋ノ夕　古渡ノ秋ノ夕　峯ノ鹿／　谷ノ鹿　杣ノ鹿　麓ノ鹿　叢間ノ鹿
田家ノ鹿　遥ニ聞レ鹿　鹿ノ声何方／　旅宿ノ鹿　寝覚ノ鹿
初雁連レ雲ニ　風前ノ雁　雨中ノ雁　薄暮ノ雁　深更ノ雁／　雁作レ字ヲ
湖上ノ雁　湊ノ畔ノ雁　葦ノ辺ノ雁　関ノ駒迎　待レ月　月出レ山／
月契レ秋　叢祠ノ月　蕭寺ノ月　禁中ノ月　華洛ノ月　草菴ノ月
庭ノ月／　遠郷ノ月　野店ノ月　関屋ノ月　水郷ノ月　池上ノ月
海路ノ月　浦ノ月／　磯ノ月　濵ノ月　泻ノ月　江ノ月　泊ノ月　崎ノ月
瀧ノ月　」
橋ノ月　月前ノ遠嶋　月前ノ扁舟　月前ノ行客　閑ニ見レ月　独對スレ月ニ
老テ惜レ月／　擣衣幽也　松下ノ擣衣　連夜ノ擣衣　擣衣稀也
擣衣到レ暁ニ　山路ノ菊　水辺ノ菊／　菊久ク香シ　遠村ノ霧　霧隔レ帆ヲ
霧ノ底ノ筏　驛路ノ霧　梯ノ霧　曙ノ鴫／　初紅葉　露染ニ紅葉一

雨後ノ紅葉　紅葉處々　紅葉遍シ　松間ノ紅葉　杜ノ紅葉／
隣ノ紅葉　紅葉誰カ家　紅葉映レ水ニ　秋徐ク暮ル　暮秋ノ霜
故郷秋闌也　鐘ノ声送レ秋ヲ／　惜ニ九月盡ジンヲ一　山ノ初ソ冬　里ノ初ソ冬
時雨告レ冬　朝ノ時雨　夕ノ時雨　時雨易レ過／　杜ノ時雨
峯ノ時雨　関ノ時雨　閨ノ時雨　旅宿ノ時雨　山家ノ時雨
落葉残レ秋ヲ／　落葉如レ雨ノ　庭ノ落葉　聞ニ落葉一
落葉不レ待レ風ヲ　冬ノ田ノ霜　野外ノ霜　樵路ノ霜／　見ニ残菊一
垣根ノ寒草　澗ノ寒草　江ノ寒芦　枯野ノ朝　冬ノ暁ノ山　冬ノ夕ノ嵐／
冬ノ夜難シレ曙　氷始テ結　水氷テ無レ音　淵ノ氷　汀ノ氷　石間ノ氷
海ノ冬ノ月／　泊ノ冬ノ月　水郷ノ冬ノ月　浦ノ千鳥　古渡ノ千鳥
寒夜ノ千鳥　独聞ニ水鳥一　池ノ水鳥　」
尋ニ網代一　霰残レ夢　竹ノ霰　鷹狩日暮ル　岡ノ鷹狩　初雪
浅キ雪／　積ル雪　雪中ノ望　雪埋レ松　依テレ雪待レ人　雪似レ花ニ
羇中ノ雪　逐テレ日雪深／　深山ノ雪　原ノ雪　池ノ岸ノ雪　濵ノ辺ノ雪
崎ノ雪　島ノ雪　磯ノ雪／　河ノ邉ノ雪　水上ノ雪　社頭ノ雪　古寺ノ雪
炭竈ノ烟　向ニ炉火ニ一　歳暮近シ／　家々ノ歳暮　寄レ天恋

寄レ日恋　寄レ月恋　寄レ星恋　寄レ雨恋　寄レ風恋／
寄レ雲恋　寄レ霞恋　寄レ霧恋　寄レ露恋　寄レ霜恋　寄レ雪恋
寄レ靄恋／　寄二時雨一恋　寄レ烟恋　寄レ山恋　寄レ嶺恋
寄レ杣恋　寄レ谷恋　寄レ岡恋／　寄レ杜恋　寄レ野恋
寄レ原恋　寄レ関恋　寄レ田恋　寄レ里恋　寄レ市恋／
寄レ河恋　寄レ瀧恋　寄レ江恋　寄レ沼恋　寄レ池恋　寄レ海恋
寄レ浦恋／　寄レ濵恋　寄レ磯恋　寄レ湊恋　寄レ汀恋
寄レ島恋　寄レ泻恋　寄レ崎恋／　寄レ橋恋　寄二網代一恋
寄二井堰一恋　寄二懸樋一恋　寄レ松恋　寄レ杉恋　寄レ檜恋」
寄レ槙恋　寄レ桂恋　寄レ柞恋　寄レ楢恋　寄レ榊恋　寄レ柏恋
寄二紅葉一恋／　寄レ竹恋　寄レ篠恋　寄レ菅恋　寄レ葛恋
寄レ葦恋　寄レ薦恋　寄二菖蒲一恋／　寄レ蘋恋　寄二沼縄一恋
寄レ藻恋　寄二海松一恋　寄レ葵恋　寄レ蓬恋　寄レ苔恋／
寄レ芝恋　寄二浅茅一恋　寄レ萱恋　寄二忍草一恋　寄二忘草一恋
寄二月草一恋　寄レ鶯恋／　寄二郭公一恋　寄二水雞一恋
寄レ鶉恋　寄レ鴫恋　寄レ鷹恋　寄二千鳥一恋　寄二山鳥一恋／

寄レ鴛恋　寄レ雞恋　寄レ蛛恋　寄レ蛍恋　寄レ蛬恋
寄二松虫一恋　寄二蜻蛉一恋／　寄レ屋恋　寄レ窓恋　寄レ簷恋
寄レ柱恋　寄レ床恋　寄レ菴恋　寄レ門恋／　寄レ戸恋
寄レ墻恋　寄レ庭恋　寄レ玉恋　寄レ鏡恋　寄レ錦恋　寄レ衣恋
／　寄レ糸恋　寄レ布恋　寄レ帯恋　寄レ紐恋　寄レ筵恋
寄レ枕恋　寄レ髪恋／　寄二挿頭一恋　寄レ櫛恋　寄レ匣恋
寄レ書恋　寄レ硯恋　寄レ筆恋　寄レ扇恋／　寄レ繪恋
寄レ笛恋　寄レ箏恋　寄レ弓恋　寄レ箭恋　寄レ簾恋　寄レ笠恋」
寄レ蓑恋　寄レ緒恋　寄二祓麻一恋　寄二木綿一恋　寄二四手一恋
寄二注連一恋　寄レ塵恋／　寄レ車恋　寄レ舟恋　寄レ櫂恋
寄レ碇恋　寄レ筏恋　寄レ篝恋　寄レ灯恋／　寄レ綱恋
寄レ縄恋　寄レ笘恋　寄レ泛恋（ママ）　寄二澱盡一恋　寄レ罧恋
寄レ網恋／　寄二筌箐一恋　寄レ漆恋　寄レ鐘恋　寄レ貝恋
社頭朝　社頭暮　社頭榊／　社頭水　社頭雞　祈年祭
石清水臨時祭　賀茂祭　春日祭　新嘗會／　古寺嵐
古寺鐘　古寺瀧　古寺路　古寺苔　御齋會　最勝講／

仁王會　維摩會　大乗會　原上行人　島漁客　谷樵夫
市商客／　船中遊女　岸頭傀儡　遊子越関　隠士出山
老人夜長　浄侶暮帰　野行幸／　山狩猟　暁遠情　夕幽思
拝趨積年　餞別欲夜　眺望日暮　興遊未央／
孤夢易驚　披書知昔　羇中春　羇中夏　羇中秋
羇中冬　羇中暁／　羇中朝　羇中晝　羇中夕　羇中夜
羇中風　羇中雨　羇中烟」
羇中山　羇中野　羇中関　羇中河　羇中舟　羇中橋
羇中衣／　羇中枕　名所山　名所野　名所岡　名所林
名所村　名所里／　名所関　名所驛　名所田　名所橋
名所瀧　名所河　名所堤／　名所湊　名所津　名所海
名所濵　名所磯　名所崎　名所湖／　山家春　山家夏
山家秋　山家冬　山家暁　山家朝　山家夕／　山家夜
山家雲　山家雨　山家風　山家梯　山家巌　山家水／
山家垣　山家戸　山家猿　山家鳥　山家経年　山家待人
窓竹／　簷忍草　路芝　澗草　岡篠　岸忘草　巌麦門冬

河玉藻／　沼葦　江葦　砌松　庭合歓　山椿　嶺桂
杣檜／　杜杉　岡椎　麓柴　濵楸　磯樫　寄金述懐
寄玉述懐／　寄鏡述懐　寄錦述懐　寄糸述懐
寄布述懐　寄衣述懐　寄紐述懐　寄枕述懐」
寄筵述懐　寄扇述懐　寄灯述懐　寄簾述懐
寄弓述懐　寄矢述懐　寄琴述懐／　寄笛述懐
寄車述懐　寄舟述懐　寄筏述懐　寄天祝　寄日祝
寄月祝／　寄星祝　寄雨祝　寄地祝　寄國祝
寄郡祝　寄都祝　寄道祝」

（半丁分空白）」

千首題七

390 千首　建長七　権大納言顕朝卿野宮亭會　出題入道光俊朝臣

春上
立春三首　山早春　海早春　都早春　早春風　早春雨

早春水／早春鶯　霞始聳　暁霞　夕霞　嶺霞　霞中瀧
浦霞／渡霞　故郷霞　霞隔二遠樹一　羇中霞　子日五首
若菜　求二若菜一／若菜知レ時　摘二若菜一　原若菜
澤若菜　田若菜　園若菜　水辺若菜／名所若菜　谷残雪
松間残雪　竹畔残雪　庭残雪　垣根残雪　待レ鶯／聞レ鶯
故郷鶯　河邉鶯　島鶯　遠鶯　鶯馴　鶯為レ友／閑中鶯
鶯稀也　初梅　梅花　栽レ梅　雪中梅　月前梅／梅盛也
見レ梅　翫レ梅　折レ梅　寝覚梅　梅薫レ風　梅移レ袖／
梅留レ客　簷梅　隣梅　津梅　梅處々　梅欲レ散　落梅」
梅花浮レ水　柳垂レ絲　柳似レ烟　路柳　河柳　堤柳　江柳
／水郷柳　村柳　門柳　故柳　春雨七首　春草
野径春草／磯春草　岸春草　沼春草　早蕨五首　春駒
牧春駒　春駒嘶／春下　花三十首　帰雁　深夜帰雁　帰雁連レ雲
帰雁消レ霞　帰雁幽　遠近帰雁／橋辺帰雁　湖帰雁
濵帰雁　帰雁不レ駐　三月三日　桃花三首　春月十首／
春曙五首　遊絲　春雉思レ子　澤春雉　田雲雀　雲雀揚

雲雀落／喚子鳥三首　苗代三首　朝菫　野亭菫　籬菫
欵冬五首　橋杜若／池杜若　野杜若　山躑躅　浦躑躅
巌躑躅　藤埋レ菴　社頭藤／古寺藤　藤埋レ松　泊藤
暮春　暮春風　暮春雲　暮春水／山家暮春　坂暮春
崎暮春　三月盡　惜二三月盡一　三月盡暁　夏　首夏二首／
更衣二首　新樹二首　卯花五首　葵　郭公廿首　樗」
牡丹　五月五日　菖蒲五首　早苗三首　五月雨十首　水雞二首
鵜河二首／照射二首　蚊遣火同　夏草五首　瞿麦二首
夕顔二首　蓮二首　夕立三首／夏月五首　蟬二首　蛍七首
氷室二首　泉二首　納涼二首　晩夏二首／六月祓　秋上　立秋三首
早秋風　早秋露　早秋朝　遠郷早秋　閑居早秋／濵早秋
早秋扇　待二七夕一　七夕舟　七夕衣　七夕扇　七夕枕／
七夕絲　七夕別　海辺荻　簷荻　荻似二人来一　独聞レ荻
荻催レ涙／荻破レ夢　萩　初萩　栽レ萩　野萩　岡萩
朝萩／夕萩　愛レ萩　分レ萩　萩変レ色　女郎花三首
蘭三首　薄村々／行路薄　薄似レ袖　薄為レ垣　古砌薄

薄散ル　刈萱三首　路ノ浅茅／　槿未タレ開　槿不レ待レ夕ヲ　隣ノ槿
露浅シ　露深シ　露如レ珠ノ　露霑レ袂／　露脆シ　尋レ虫　虫声滋シ
庭ノ虫　叢ノ虫　夕虫　旅宿ノ虫　」
虫近レ枕　深更ノ虫　虫ノ怨　虫ノ声幽也　鹿　鹿交二草花一　嶺ノ鹿
／谷ノ鹿　杣ノ鹿　林ノ鹿　杜ノ鹿　田家ノ鹿　鹿隠レ霧
鹿ノ声何ノ方／　秋ノ夕五首　秋ノ風同　月九首　八月十五夜三首
駒迎　秋下 月十首　初雁／　雁過レ湊　山家ノ雁　里ノ雁　雁作レ字
雁似二櫓ノ声ニ一　馬上ノ雁　夢ノ後ノ雁／　朝暮ノ雁　左右ニ聞レ雁　霧
曙ノ霧　驛ノ霧　山舘ノ霧　水郷ノ霧／　霧ノ間ノ舟　霧ノ中ノ塩竈　崎ノ霧
泻ノ霧　霧隔レ望　九月九日　白菊／　黄菊　紫菊　菊延レ齢
挿頭ノ菊　海辺ノ菊　池辺ノ菊　秋来擣レ衣／　擣衣稀也　擣衣忩シ
風前ノ擣衣　聞二擣衣ヲ一　南北ノ擣衣　海辺ノ擣衣　閑夜ノ擣衣／
擣衣不レ眠　擣衣欲（ママ）スレ曙　九月十三夜　月九首　暁ノ鴫　野ノ鴫
田ノ鴫／　夕ノ鶉　麓ノ鶉　故郷ノ鶉　岡ノ葛　径ノ葛　松ノ葛　墻保ノ蔦
／蔦懸レ松　秋ノ田　紅葉　初紅葉　紅葉浅シ　紅葉一樹
雨後ノ紅葉　」

紅葉遍シ　紅葉深シ　紅葉盛也　紅葉色々　紅葉透レ松ニ
紅葉誰家　関ノ紅葉／　連峰ノ紅葉　嵩ノ紅葉　岡紅葉　杣ノ紅葉
澗底ノ紅葉　紅葉映レ水　島ノ紅葉／　紅葉随レ風ニ　暮秋
暮秋霧　暮秋興　暮秋送レ客ニ　旅ノ暮秋　暮秋ノ遠情／
幽栖ノ暮秋　九月盡ジン　九月盡ノ夜　駐二九月盡一　冬 初冬ソ五首
時雨十首　落葉五首／　霜三首　残菊二首　寒草三首　寒芦同
氷五首　冬ノ月三首　千鳥十首／　水鳥三首　網代同　霙二首　霰同
鷹狩五首　五節二首　神楽同／　雪廿首　炭竈二首　埋火同
佛名同　歳暮五首　除夜　恋上 初恋三首／　忍恋五首　不レ見恋二首
不レ逢恋五首　見恋二首　聞恋同　祈恋同　契ル恋同／　憑ム恋三首
待恋同　逢恋同　後朝恋五首　別ル、恋三首　顕ル、恋同　近キ恋二首／
馴ル恋三首　隔恋同　遠キ恋二首　尋ル恋同　偽ル恋同　不レ憑恋同
厭恋同／　悔恋三首　変スル恋五首　隠恋三首　稀ナル恋同　片恋二首
久恋五首　舊キ恋三首　」
忘ル、恋五首　怨恋同　絶ル恋同　恋下 寄レ日恋　寄レ月恋　寄レ風恋

寄レ雲恋／寄レ霞恋　寄レ烟恋　寄レ霧恋　寄レ露恋
寄レ雨恋　寄レ雪恋　寄レ山恋／寄レ峰恋　寄レ坂恋
寄レ岳恋　寄レ谷恋　寄レ杜恋　寄レ野恋　寄レ原恋／
寄レ路恋　寄レ田恋　寄レ水恋　寄レ澤恋　寄レ池恋　寄レ河恋
寄レ湖恋／寄レ海恋　寄レ浦恋　寄レ江恋　寄レ嶋恋
寄レ泊恋　寄レ隣恋　寄レ里恋／寄レ家恋　寄レ窓恋
寄レ床恋　寄レ門恋　寄レ戸恋　寄レ垣恋　寄レ庭恋／
寄レ市恋　寄レ草恋　寄レ竹恋　寄レ苔恋　寄二忍草一恋
寄二忘草一恋　寄レ芝恋／寄レ菅恋　寄レ葛恋　寄レ萍恋
寄レ藻恋　寄レ木恋　寄レ松恋　寄レ柏恋／寄レ杉恋
寄レ榊恋　寄レ槙恋　寄レ椎恋　寄レ槻恋　寄レ桐恋　寄レ梨恋
／寄レ鶴恋　寄レ鷲恋　寄レ鷹恋　寄レ雞恋　寄レ烏恋
寄二山鳥一恋　寄レ鷺恋／寄二都鳥一恋　寄レ鴛恋　寄レ鴫恋
寄二蜻蛉一恋　寄レ蝶恋　寄レ蛙恋　寄レ蛍恋／寄レ蝉恋
寄二促織一恋　寄レ蛬恋　寄二松虫一恋　寄二鈴虫一恋　寄レ蛛恋
寄レ玉恋」

寄レ錦恋　寄レ糸恋　寄レ衣恋　寄レ紐恋　寄レ帯恋　寄レ布恋
寄レ鏡恋／寄レ琴恋　寄レ笛恋　寄レ墨恋　寄レ筆恋
寄レ弓恋　寄レ劍恋　寄レ扇恋／寄レ枕恋　寄レ筵恋
寄レ灯恋　寄レ鐘恋　寄レ舟恋　雑上 神祇五首　釋教同／暁十首
朝五首　晝二首　夕十首　夜五首　山廿首　河十首／路七首
関十首　橋五首　故郷六首　雑下 山家十首　田家五首　松同／竹五首
莓三首　鶴同　餞別二首　旅十首　眺望八首　樵夫二首／狩猟同
漁五首　夢十首　懐旧同　述懐同　祝同

391　千首　年紀可尋之　前大納言為家卿中院亭會　出題亭王

立春朝　立春天　立春日　立春風　立春霞　立春雲
立春雪／立春氷　立春水　立春都　早春山　早春関
早春河　早春湖／早春浦　野子日　子日松　子日祝
山霞　峯霞　野霞」
関霞　径霞　橋霞　江霞　瀧霞　河霞　海霞／湖霞
濵霞　島霞　渡霞　里霞　旧巣鴬　初鴬／雪中鴬　暁鴬
朝鴬　夕鴬　里鴬　山家鴬　竹鴬／寝覚鴬　野若菜

原若菜　澤若菜　水辺若菜　田若菜　岡残雪／草残雪
木残雪　餘寒月　餘寒風　餘寒氷　梅雪　梅風／夜梅
故郷梅　里梅　庭梅　簷梅　隣梅　梅移水／梅薫枕
梅香　折梅　若木梅　紅梅　落梅　柳露／池柳　河柳
岸柳　門柳　路若草　岡早蕨　樵路早蕨／山春月
関春月　江春月　春暁月　春月幽　朝春雨　夕春雨／
谷春雨　野春雨　菴春雨　春駒　岡雉　野雲雀　路雲雀／
帰雁知春　暁帰雁　夕帰雁　夜帰雁　帰雁連雲　峯帰雁
海帰雁　」
遠帰雁　帰雁似字　帰雁幽　春山　春野　春関　春河／
春海　野遊　遊絲　待花　栽花　尋花　初花／見花
翫花　折花　交花　暁花　朝花　夕花／夜花　山花
嶺花　谷花　岡花　杜花　野花／関花　瀧花　禁中花
社頭花　古寺花　故郷花　里花／山家花　庭花　閑居花
花雲　花雪　花梢　花枝／花本　花根　花挿頭　花手向
花麻　花袂　花衣／花鏡　花錦　花匂　花色　花便

花主　花面影／花形見　惜花　落花　残花　三月三日
桃花　梨花／山田苗代　路苗代　河苗代　夕蛙　田蛙
野菫　庭菫／摘菫　松下躑躅　躑躅紅　池杜若
澤杜若　欵冬露　夕欵冬　」
路欵冬　池欵冬　河欵冬　島欵冬　岸欵冬　里欵冬
庭欵冬／籬欵冬　夕藤　岡藤　池藤　江藤　浦藤　岸藤
／松藤　春欲暮　暮春月　暮春雲　暮春霞　暮春鐘
留春不駐／惜三月盡　三月盡夕　三月盡夜
閏三月盡　首夏　朝更衣　更衣惜春／餘花　新樹
路卯花　籬卯花　田家卯花　卯花似月　卯花似雪／
葵　待郭公　尋郭公　始聞郭公　人伝郭公
郭公未遍　月前郭公／雲外郭公　雨中郭公　暁郭公
曙郭公　朝郭公　夕郭公　夜郭公／山郭公　杜郭公
岡郭公　野郭公　原郭公　関郭公　浦郭公／渡郭公
夢中郭公　寝覚郭公　獨聞郭公　郭公幽　田家早苗
急早苗／早苗多　池菖蒲　沼菖蒲　刈菖蒲

盧橘薫レ風　雨中ノ盧橘　簷ノ盧橘／　樗　夜ノ五月雨
山ノ五月雨　杣ノ五月雨　橋ノ五月雨　江ノ五月雨　瀧ノ五月雨」
河ノ五月雨　湖ノ五月雨　浦ノ五月雨　古宅ノ五月雨　夜ノ水雞
夏ノ夜　雲間ノ夏ノ月／　水上ノ夏ノ月　樹陰ノ夏ノ月　夏ノ月涼シ
夏ノ月易レ明　瞿麦ノ露　庭ノ瞿麦　夏草ノ露／　杜ノ夏草　野ノ夏草
径ノ夏草　庭ノ夏草　夏ノ山　夏ノ野　照射／　鵜河　夜ノ蛍　橋ノ蛍
水上ノ蛍　池ノ蛍　江ノ蛍　澤ノ蛍／　浦ノ蛍　草ノ蛍　蛍似レ露
蛍似レ玉　蚊遣火　垣ノ夕顔　池ノ蓮／　氷室　夕立ノ風
夕立ノ雲　山ノ夕立　河ノ夕立　夕立早過ル　杜ノ蟬／　樹陰ノ蟬
松下ノ水　夕ノ納涼　樹陰ノ納涼　納涼忘レ夏　六月祓　立秋ノ朝
／　立秋ノ天　立秋ノ日　立秋ノ風　立秋ノ露　初ソ秋ノ暁　初秋ノ夕
初ソ秋ノ夜／　初ソ秋ノ雲　初秋ノ衣　待ニ七夕一　七夕ノ雲　七夕ノ霧
七夕ノ橋　七夕ノ衣／　七夕ノ舟　七夕ノ後朝　暁ノ露　朝ノ露　夕ノ露
夜ノ露　野ノ露／　原ノ露　径ノ露　故郷ノ露　菴ノ露　庭ノ露　草ノ露
浅茅ノ露」

苔ノ露　袖ノ露　枕ノ露　夕ノ荻　夜ノ荻　江ノ荻　庭ノ荻／　簷ノ荻
野ノ萩　行路ノ萩　河ノ萩　崎ノ萩　庭ノ萩　女郎花靡レ風／
野ノ女郎花　径ノ女郎花　岡ノ薄　原ノ薄　径ノ薄　刈萱乱レ風ニ
岡ノ刈萱／　庭ノ刈萱　蘭薫レ風ニ　蘭ノ露　野ノ蘭　籬ノ槿　暁ノ虫
夕ノ虫／　夜ノ虫　野ノ虫　原ノ虫　径ノ虫　菴ノ虫　庭ノ虫　閨ノ虫／
聞レ虫　暁ノ初雁　夕ノ初雁　夜ノ初雁　雲間ノ初雁　山ノ初雁
峯ノ初雁／　遠キ初雁　近キ初雁　初テ聞レ雁　初雁幽也　朝ノ鹿
夕ノ鹿　夜ノ鹿／　山ノ鹿　谷ノ鹿　岡ノ鹿　野ノ鹿　原ノ鹿　海邉ノ鹿
田ノ鹿／　野ノ鶉　江ノ鶉　里ノ鶉　暁ノ鶉　澤ノ鴫　田ノ鴫　秋ノ田ノ風／
秋ノ田ノ露　秋ノ雨　山ノ霧　野ノ霧　関ノ霧　河ノ霧　浦ノ霧／　駒迎
八月十五夜　夕ノ月　夜ノ月　暁ノ月　山ノ月　嶺ノ月」
谷ノ月　杣ノ月　岡ノ月　杜ノ月　野ノ月　原ノ月　関ノ月／　径ノ月
橋ノ月　水辺ノ月　池ノ月　澤ノ月　沼ノ月　江ノ月／　瀧ノ月　河ノ月
湊ノ月　湖ノ月　浦ノ月　濵ノ月　磯ノ月／　汀ノ月　崎ノ月　島ノ月
泻ノ月　泊ノ月　渡ノ月　田ノ月／　都ノ月　禁中ノ月　社頭ノ月
古寺ノ月　故郷ノ月　村ノ月　里ノ月／　山家ノ月　菴ノ月　庭ノ月

井ノ月　閏ノ月　隣ノ月　閑居ノ月／　船ノ月　惜レ月　夜ノ擣衣
里ノ擣衣　聞二擣衣一　遠キ擣衣　近キ擣衣／　秋ノ夜長シ　野分
葛ノ風　径ノ葛　垣ノ葛　野ノ草欲レ枯（スント）　栽レ菊ヲ／　菊ノ露　山ノ菊
谷ノ菊　水辺ノ菊　尋二紅葉一　初ノ紅葉　葛ノ紅葉／　柞ノ紅葉
櫨ノ紅葉　山ノ紅葉　嶺ノ紅葉　谷ノ紅葉　岡ノ紅葉　杜ノ紅葉／
行路ノ紅葉　瀧ノ紅葉　河ノ紅葉　岸ノ紅葉　古寺ノ紅葉　遠村ノ紅葉
里ノ紅葉　」
墻ノ紅葉　庭ノ紅葉　簷ノ紅葉　松間ノ紅葉　竹間ノ紅葉
紅葉増ル雨ニ　紅葉映レ日ニ／　紅葉移レ水ニ　紅葉如レ錦ノ　暮秋ノ風
暮秋ノ雲　暮秋ノ露　暮秋ノ雨　暮秋ノ霜／　九月盡（ジン）ノ夕
九月盡ノ夜　九月盡（ジン）ノ暁　初冬ノ暁　初冬ノ朝　初時雨　山ノ時雨
／　嶺ノ時雨　谷ノ時雨　杜ノ時雨　関ノ時雨　野ノ時雨　河ノ時雨
里ノ時雨／　閨ノ時雨　暁ノ落葉　朝ノ落葉　夕ノ落葉　落葉随レ風ニ
落葉混スレ雨ニ　山ノ落葉／　谷ノ落葉　路ノ落葉　橋ノ落葉　庭ノ落葉
野ノ霜　田ノ霜　庭ノ霜／　草ノ霜　篠ノ霜　谷ノ寒草　岡ノ寒草
野ノ寒草　原ノ寒草　庭ノ寒草／　池ノ寒芦　江ノ寒芦　湊ノ寒芦

谷ノ氷　瀧ノ氷　湖ノ氷　田ノ氷／　懸樋ノ氷　冬ノ寒月　冬ノ月冴ル
暁ノ千鳥　夜ノ千鳥　河ノ千鳥　浦ノ千鳥／　濵ノ千鳥　池ノ水鳥
河ノ水鳥　夜ノ網代　網代寒シ　竹ノ霰　篠ノ霰／　柏ノ霰　屋上ノ霰
寝覚ノ霰　初雪　山ノ雪　嶺ノ雪　谷ノ雪　」
杣ノ雪　杜ノ雪　野ノ雪　関ノ雪　河ノ雪　湖ノ雪　浦ノ雪／　濵ノ雪
島ノ雪　田ノ雪　都ノ雪　禁中ノ雪　社頭ノ雪　古寺ノ雪／　故郷ノ雪
里ノ雪　閑居ノ雪　松ノ雪　竹ノ雪　杉ノ雪　檜ノ雪／　狩場ノ風
夕ノ鷹狩　野ノ鷹狩　炭竃ノ烟　遠キ炭竃　炉火　神楽／　佛名
年内ノ早梅　年欲レ暮（スント）　夜ノ歳暮　山ノ歳暮　路ノ歳暮　河ノ歳暮／
歳暮ノ松　山家ノ歳暮　閑居ノ歳暮　老後ノ歳暮　惜二歳暮一
寄レ天恋　寄レ日恋／　寄レ月恋　寄レ星恋　寄レ風恋
寄レ雲恋　寄レ烟恋　寄レ霞恋　寄レ霧恋／　寄レ露恋
寄レ雨恋　寄レ霜恋　寄レ霰恋　寄レ雪恋　寄二稲妻ニ一恋
寄レ暁恋／　寄レ朝恋　寄レ晝恋　寄レ夕恋　寄レ夜恋
寄レ山恋　寄レ峯恋　寄レ谷恋／　寄レ岡恋　寄レ杣恋
寄レ杜恋　寄レ野恋　寄レ原恋　寄レ関恋　寄レ径恋／

寄レ橋恋　寄レ水恋　寄レ池恋　寄レ沼恋　寄レ江恋　寄レ瀧恋
寄レ河恋」
寄レ淵恋　寄レ瀬恋　寄レ湊恋　寄レ海恋　寄レ浦恋　寄レ濵恋
寄レ磯恋／寄レ汀恋　寄レ崎恋　寄レ嶋恋　寄レ瀉恋
寄レ泊恋　寄レ渡恋　寄レ岸恋／寄レ石恋　寄レ巌恋
寄レ砂恋　寄レ田恋　寄レ都恋　寄レ禁中恋　寄二社頭一恋／
寄レ寺恋　寄レ里恋　寄レ菴恋　寄レ門恋　寄レ戸恋　寄レ垣恋
寄レ籬恋／寄レ庭恋　寄レ井恋　寄レ屋恋　寄レ柱恋
寄レ簷恋　寄レ窓恋　寄レ床恋／寄レ閨恋　寄レ隣恋
寄レ簾恋　寄二初草一恋　寄二忍草一恋　寄二忘草一恋
寄二思草一恋／寄二下草一恋　寄二月草一恋　寄レ葵恋
寄二菖蒲一恋　寄レ薦恋　寄レ菅恋　寄レ葛恋／寄レ萱恋
寄二浅茅一恋　寄レ蓬恋　寄レ芝恋　寄レ苔恋　寄レ蘋恋
寄レ藻恋／寄二沼縄一恋　寄二海松一恋　寄レ松恋　寄レ椿恋
寄レ榊恋　寄レ杉恋　寄レ檜恋／寄レ槙恋　寄レ椎恋
寄レ桂恋　寄レ楢恋　寄レ柏恋　寄レ桐恋　寄レ柞恋／

寄レ櫨恋　寄レ楸恋　寄二常磐木一恋　寄二杣木一恋
寄二宿木一恋　寄二塩木一恋　寄二朽木一恋」
寄二埋木一恋　寄レ鴬恋　寄レ雉恋　寄二郭公一恋　寄二水雞一恋
寄レ雁恋　寄レ鶉恋／寄レ鴫恋　寄レ鵙恋　寄レ鳩恋
寄二千鳥一恋　寄レ鳰恋　寄レ鴛恋　寄レ鴨恋／寄レ鵜恋
寄レ鷺恋　寄レ鵲恋　寄レ鷹恋　寄二山鳥一恋　寄レ雞恋
寄レ鶴恋／寄レ熊恋　寄レ虎恋　寄レ馬恋　寄レ猪恋
寄レ鹿恋　寄レ蝶恋　寄レ蛙恋／寄レ蛍恋　寄レ蛬恋
寄二松虫一恋　寄二鈴虫一恋　寄二織促一恋　寄レ蛛恋　寄レ蠒恋
／寄二我柄一恋　寄レ玉恋　寄レ鏡恋　寄レ匣恋　寄レ櫛恋
寄レ鬘恋　寄二本結一恋／寄レ枕恋　寄レ席恋　寄レ衾恋
寄レ裳恋　寄レ衣恋　寄レ紐恋　寄レ帯恋／寄レ書恋
寄レ繪恋　寄レ硯恋　寄レ筆恋　寄レ笛恋　寄レ箏恋　寄レ弓恋
／寄レ箭恋　寄レ扇恋　寄レ蓑恋　寄レ笠恋　寄レ糸恋
寄レ錦恋　寄二挿頭一恋／寄二手向一恋　寄二祓麻一恋
寄二木綿一恋　寄二四手一恋　寄二注連一恋　寄レ車恋　寄レ船恋

／寄櫼恋　寄帆恋　寄碇恋　寄笘恋　寄網恋
寄綱恋　寄縄恋　」
寄泛恋　寄筏恋（ママ）　寄篝恋　寄濺尽恋　寄貝恋
寄斧恋　寄筌箒恋／　寄灯恋　寄鐘恋　山榊　嶺椿
澗槙　麓柴　杣檜／　杜柏　岡椎　濵楸　磯松　門杉
窓竹　籬草／　庭苔　簷忍草　岸忘草　野篠　路芝　沼芦
江菅／　河藻　名所山　名所峰　名所岡　名所杣　名所杜
名所野／　名所原　名所関　名所路　名所橋　名所池
名所澤　名所沼／　名所瀧　名所河　名所海　名所湊
名所湖　名所浦　名所濵／　名所磯　名所汀　名所崎
名所島　名所泻　名所泊　名所渡／　名所田　名所里
名所市　羇中山　羇中嶺　羇中野　羇中原／　羇中関
羇中路　羇中橋　羇中河　羇中湊　羇中海　羇中湖／
羇中浦　羇中濵　羇中磯、羇中汀　羇中島　羇中泻
羇中渡　」

羇中泊　羇中里　山家春　山家夏　山家秋　山家冬
山家暁／　山家朝　山家夕　山家夜　山家風　山家雲
山家烟　山家雨／　山家路　山家水　山家菴　山家草
山家苔　山家木　山家鳥／　山家虫　田家春　田家夏
田家秋　田家冬　田家風　田家雲／　田家烟　田家雨
田家鳥　田家虫　春夜夢　夏夜夢　秋夜夢／　冬夜夢
暁夢　短夢　夢驚　山眺望　野眺望　海眺望／　雨中懐旧
深夜懐旧　菴懐旧　閑居懐旧　夢中懐旧　寝覚懐旧
懐旧涙／　獨懐旧　老後懐旧　懐旧非一　寄日述懐
寄月述懐　寄星述懐　寄風述懐／　寄雲述懐
寄烟述懐　寄露述懐　寄雨述懐　寄霜述懐
寄雪述懐　寄山述懐／　寄関述懐　寄道述懐
寄橋述懐　寄沼述懐　寄江述懐　寄河述懐
寄瀬述懐／　寄海述懐　寄浦述懐　伊勢　石清水
賀茂　松尾　平野　」
稲荷　春日　三輪　布留　大原野　吉田　住吉／　日吉

梅宮　祇園　北野　貴布祢　出雲　玉津島／熊野
如是相　如是性　如是躰　如是力　如是作　如是因／
如是縁　如是果　如是報　如是本末究竟等　餓鬼界
地獄界／畜生界　修羅界　人界　天界　声聞界　縁覚界
菩薩界／佛界　寄レ天祝　寄レ日祝　寄レ月祝　寄レ星祝
寄レ雨祝　寄レ風祝／寄レ國祝　寄レ郡祝　寄レ都祝
寄レ道祝　寄レ水祝　寄レ巌祝　寄レ苔祝／寄レ竹祝
寄レ松祝　寄レ椿祝　寄レ榊祝　寄レ杉祝　寄レ鶴祝　寄レ亀祝

392　千首　建武頃　内弟（ママ）二度　出題御子左中納言
春二百首　夏百首　秋二百首　冬百首　恋二百首　雑二百首／天象
地儀　植物　動物　雑物各有之」

393　千首　年紀可尋之大僧正源恵
立春十首　早春五首　子日三首　霞十五首　鴬十首　若菜五首
残雪三首／餘寒三首　梅十五首　柳五首　若草二首　早蕨同
春月五首　春雨同／春駒　帰雁十首　遊絲　花五十首　桃花
梨花　雉子二首／雲雀二首　野遊　苗代二首　蛙三首　菫三首
躑躅　杜若二首／欵冬十首　藤同　暮春七首　三月盡五首
首夏五首　更衣三首　餘花二首／新樹五首　卯花同　葵
郭公廿五首　早苗二首　菖蒲　盧橘五首／樗　五月雨十首
水雞五首　夏夜　夏月五首　瞿麦　夏草五首／照射　鵜河
蛍二首　蚊遣火同　夕顔　蓮　氷室／夕立二首　蝉三首
納涼同　六月祓　立秋五首　初秋同　七夕七首／露十五首
秋夕二首　荻五首　萩同　女郎花同　薄三首　刈萱同」
蘭二首　槿三首　虫十首　初雁同　鹿五首　鶉三首　鴫同／
秋田二首　霧五首　駒迎二首　月五十首　擣衣十首　秋夜三首
秋雨二首／野分　葛三首　菊五首　紅葉廿首　暮秋五首
九月盡　初冬五首／時雨十首　落葉同　霜五首　寒草同
寒芦三首　氷五首　冬月同／千鳥五首　水鳥二首　網代同
霰五首　雪廿五首　神楽　佛名／早梅　歳暮十首　初恋同
忍恋十五首　不レ遇恋十五首　見恋五首　聞恋同／祈恋五首
契恋十首　待恋同　逢恋五首　別恋十首　顕恋五首　暁恋同／
朝恋五首　夕恋同　夜恋同　遠恋二首　近恋同　尋恋三首

旅恋五首／偽恋五首　誓恋二首　厭恋三首　増恋同　変恋同
隠恋二首　稀恋五首／遇不逢恋十首　久恋五首　忘恋同
恨恋十五首　絶恋同　天象十首　地儀同／名所廿首　山家同
田家十首　草同　木同　鳥同　獣同　」
雑物十首　旅廿首　述懐十首　懐旧同　夢七首　無常三首
神祇十首／釈教十首　祝同
394　千首　應永廿二 為尹卿詠之 雑部以十界題易此／十題　同為家卿千首題但春部餘寒氷作餘寒水
大日　阿弥陀　釈迦　聖観音　千手観音　馬頭観音
十一面観音／准泥観音　如意輪観音　一乗
395　千首　貞享三五　内侍所御法楽　或称十百首題
第一 立春　子日　霞　鶯　若菜此題載百首題中／第二 立春風　霞始聳
野邉霞　田若菜　嶺残雪同上／第三 歳中立春　六月立秋
霞遠山衣　霧織女帳同上／第四 初春　霞二首　鶯　春雪
若菜同上／第五 立春　朝霞　谷鶯　残雪　若菜同上　」
第六 山早春　子日友　海上晩霞　旧巣鶯　尋若菜同上／

第七 立春　山霞　海霞　初鶯　若菜　曙梅　紅梅／河柳
春雨　春月　帰雁　尋花　朝花　落花／春駒　苗代
躑躅　欵冬　松藤　暮春　首夏／卯花　山葵　菖蒲
郭公　早苗　夏草　夏月／梅雨　鵜河　夕顔　夕立
杜蝉　納涼　夏祓／立秋　残暑　七夕　暁荻　荻盛也
夕雁　山鹿／松虫　初雁　秋田　待月　湖月　惜月
夕霧／擣衣　野分　江鶉　秋霜　黄葉　暮秋　時雨／
木枯　落葉　枯野　田氷　寒月　千鳥　水鳥／篠霰
初雪　深雪　埋火　鷹狩　神楽　歳暮　」
初恋　忍恋　聞恋　見恋　尋恋　祈恋　契恋／待恋
遇恋　別恋　顕恋　稀恋　忘恋　恨恋／絶恋　関雞
山家　田家　嶺松　籬竹　路苔／岡篠　澤葦　島鶴
樵夫　旅行　野宿　眺望／神祇　祝言／第八 暁立春　山霞
海邉霞　春雪　朝鶯　原若菜　雨中梅／岸柳　春月
帰雁　初花　連峰花　関花　花盛也／花埋苔　野外雉
夕雲雀　庭欵冬　松藤　残春少　更衣／林新樹　卯花

山ノ郭公　郭公頻也　早苗　池ノ菖蒲　夜ノ盧橘／　五月雨　瞿麦
浦ノ夏ノ月　河夕立　水ノ邉蛍　納涼　夏祓／　立ノ秋風　七夕
聞レ荻ヲ　萩欲レ散スント　薄ノ露　秋ノ夕　初雁」
田家ノ鹿　虫ノ声滋シ　待レ月　橋ノ月　湖ノ上月　雨後ノ月　寝覚ノ月
／　水郷ノ霧　擣衣　初紅葉　瀧ノ紅葉　籬ノ菊　暮秋　初ソ冬／
岡ノ時雨　寒草　木枯　氷始テ結フ　冬ノ月　遠キ千鳥　池ノ水鳥／
霰ノ残レ夢ヲ　浅キ雪　竹ノ雪深シ　鷹狩　神楽　炭竈　歳暮／
寄レ雲恋　寄レ雨恋　寄レ露恋　寄レ山恋　寄レ河恋　寄レ橋恋
寄レ篠恋／　寄レ松恋　寄レ杉恋　寄レ鳰恋　寄レ葢恋
寄レ猪恋　寄レ鏡恋　寄レ衣恋／　寄レ弓恋　暁更ノ雞　暮山ノ雲
名所ノ浦　名所松　名所鶴　樵夫／　行路ノ市　漁舟　眺望
羇旅　旅ノ夢　独述懐　懐旧ノ涙／　神祇　祝言／　第九 早春
憐レ霞　聞レ鴬ヲ　子日　若菜　残雪　餘寒／　春ノ月　春曙
岡ノ梅　帰雁　春雨　遠キ柳　春ノ草」
山ノ花　杜ノ花　水ノ花　欵冬　路ノ藤　暮春　更衣／　卯花

神ノ葵　郭公　菖蒲　夏ノ雨　夏ノ夜　鵜河／　蚊遣火　夏草
叢ノ蛍　氷室　夕立　納涼　夏祓／　立秋　七夕　荻ノ風
對スレ萩ニ　女郎花　原ノ蘭　薄滋シ／　悲ムレ露ヲ　霧深シ　秋ノ夕　庭ノ虫
野ノ鹿　初雁　待レ月ヲ／　見レ月　惜レ月　擣衣　菊移フ　紅葉
暮秋　初ソ冬／　時雨　落葉　寒草　千鳥　水鳥　谷氷
冬ノ暁／　鷹狩　閨霰　初雪　深キ雪　炉火　炭竈　歳暮／
初恋　忍恋　尋ル恋　契ル恋　待恋　逢恋　別ルヽ恋／　久シキ恋
絶ル恋　恨ル恋　朝ノ恋　晝ノ恋　夕ノ恋　夜恋／　暁ノ恋　岡ノ松
岸ノ竹　峡ノ猿　林ノ鳥　浦ノ鶴　淵ノ亀」
瀬ノ魚　磯ノ浪　沼ノ水　巌ノ苔　山家　野亭　海村／　水郷
関屋／　第十 歳中ノ立春　山ノ霞　春ノ雪　朝ノ鴬
澤ノ若菜 此題已載百首題中

396 千首 寛延元二内侍所御法楽　為家卿千首題同シ但無二釈教題一述懐ノ下神祇上有二此二十題一

隠士出レ山ヲ　雨夜老人　妓女對スレ鏡ニ　行人過レ橋ヲ　遊子越レ関ヲ
市ノ商客　谷ノ樵夫／　濵ノ漁父　泊ノ遊女　岸頭ノ傀儡　祈雨
止雨　元服　詔書／　宣命　恩赦　牛車　輦車　奏慶

七夜」

和漢朗詠題

397 百廿三首 大納言公任撰

春 立春 早春 春興 春夜 子日付若菜 三月三日／ 暮春
三月盡 閏三月 鶯 霞 雨 梅付紅梅／ 柳 花付落花
躑躅 欵冬 藤 夏 更衣 首夏／ 夏夜 端午 納涼 晩夏
盧橘 蓮 郭公／ 螢 蟬 秋 立秋 早秋 七夕 秋興
秋晩／ 秋夜 八月十五夜付月 九月九日 九月盡
女郎花 萩／ 蘭 槿 前栽 紅葉付落葉 雁付帰雁 虫／
鹿 露 霧 擣衣 冬 初冬 冬夜 歳暮／ 炉火 霜 雪
氷付春氷 霰 佛名 雑 風」
雲 晴 暁 松 竹 草 鶴／ 猿 管絃付舞妓
文詞付遺文 酒 山付山水／ 水付漁父 禁中 故郷
故宮付故宅 仙家付道士 隠倫／ 山家 田家 隣家 山寺

佛事 僧 閑居／ 眺望 餞別 行旅 庚申 帝王付法王
親王付王孫／ 丞相付摂政 将軍 刺史 詠史 王昭君 妓女
／ 遊女 老人 交友 懐旧 述懐 慶賀 祝／ 恋
無常 白」

詩句題十二

398 三首 永正元八 御會

浸天秋水白茫々 隣雞鳴遅知夜永 林下幽閑氣味深

399 二十首 長治元六廿 文集楽府二十句

四海清 舟中老 不記年 薫衣裳 一人有慶
波沈西日／ 故郷迢逓 秋風拂松 寒草疎也 宮樹紅也
以人為鏡（ママ） 池似鏡／ 山嶮人路絶 残鴬一声
花簇雪 願天寒 到暁徘徊 居送旅中／
挙面有珠姿 深可釣

400 二十首 享保十六四廿八 院鞍馬御奉納題者為久卿

雪消氷又釋 南枝暖待鴬 月流春夜短 覓花来渡口

明朝三月盡ク　新樹葉成レ陰ヲ／　傾レ心向レ日葵ニ　近レ水微涼生ス
早涼晴後到ル　秋露草花香シ　迎テレ秋夜更長シ　月照ニ青苔ノ地ヲ一」
移シテレ坐就ニ菊叢ニ一　珠箔籠ニ寒月ヲ一　簷氷纔ニ結レ穂
枝弱シテ不レ勝ヘレ雪ニ　誰カ識ン相念フ心　十書九不レ達／
林幽ニシテ不レ逢レ人ニ　君恩如ニ雨露ノ一
401　二十首　寛保二三廿六　御當座　勅題
江霞隔レ浦ヲ　鶯呼レ客　梅浮ニ澗水ニ一　林中ノ花錦　紫藤ノ露
盧橘子低ル／　蛍知レ夜　白露如レ珠ノ　感ニ思在ニ秋天ニ一
苔ノ径月　竹霧暁籠ム　花中偏ニ愛レ菊／　鴛鴦鋪レ翅ヲ
雪満ニ群山ニ一　為ニレ君薫ニ衣裳ニ一　臥ニ冷席ニ一　窈窕隔レ簾ヲ語
池似レ鏡ニ／　晩船分テレ浦釣ル　楽未タレ央ナラ
402　三十首　元禄十六六廿二　仙洞春日社御法楽　題者為綱卿
春色従レ東到ル　鶯呼レ客　野草芳菲シ　花處々　紫藤ノ露
一声ノ山鳥／　夏日長シ　水檻風涼シ　新秋ノ月　星河欲レ曙ント
草間ノ虫　一行ノ斜雁／　花中偏ニ愛レ菊　瀧水凍咽
松竹雪初テ霽　坐シテ在ニ炉ノ邉ニ一　驛路ノ鈴ノ声　孤舟ノ夢」

為ニレ君薫ニ衣裳ヲ一　露應ベシニ別涙ノナル一　晴後青山　渓風吹レ樹ヲ
湖水連レ天　石上ノ苔／　松下ノ鶴　竹間ノ燈　林下幽閑
往事渺茫　夜琴ノ声　楽未タレ央
403　五十首　貞應二二十　土御門院御製
春 林変ニシテ容輝ヲ一宿雪紅也　露暖ニシテ南枝花始テ開ク　鑽レ沙ヲ草只三分計リ
氣霽テハ風梳ニ新柳ノ髪ヲ一／　舊巣為レ後ニ属ス春雲ニ一
江霞隔レ浦ヲ人烟遠シ　林中ノ花錦時ニ開落　落花狼藉風狂シテ後／
山腰ノ帰雁斜ニ牽レ帯ヲ　春情難シレ繋ノ夕陽ノ前　夏 竹亭陰合テ偏ニ宜レ夏ニ
花薫ニ紫麝ヲ一飄レ風程ニ／　谷静ニシテ纔ニ聞ク山鳥ノ語
松高シテ風有ニ一声ノ秋一　未タ是ス蝉ノ悲ナラ客意ノ悲ム　秋 風ハ従ニ昨夜ニ一声弥怨ム
／　炎景剰ヘテ残衣尚重シ　暁露鹿鳴テ花始テ発ク　竹風鳴レ葉ヲ月明ノ前
由来感思在ニ秋天ニ一／　緑草如今麋鹿ノ苑　水底横書雁渡ル時
蔓草露深シテ人定テ後　蘆洲ノ月色随ニ潮ニ満ツ／　蘭蕙苑ノ嵐摧テレ紫ヲ後
冬 毎朝声少シ漢林ノ風　雪點シテ林頭ニ見ルニ有レ花　霜妨ニ鶴唳ヲ寒シテ無レ露
／　群源暮ニ叩テ谷心寒シ　人無ニ更少キコト時須ヘシレ惜
恋 楊貴妃帰唐帝思　年々別思驚ニ秋雁ニ一」

寒閨獨臥無失声　身化早為二胡朽骨一　洲蘆夜雨他郷涙

雑
終宵床底見二青天一／　蕭索村風吹レ笛処　故山無レ主晩雲孤
晴後青山臨レ牖近　三千世界眼前盡／　深洞聞レ風老檜悲
人知鳥路穿レ雲出　暮鳥栖レ烟守二廃籬一
觸レ石春雲生二枕上一／　暁鼯飛落峡烟深　未レ送春花夢裏名
儻汰難レ逢一乗文　一生西望是長襟／　諫鼓苔深鳥不レ驚
不老門前日月遅

404　五十首　年紀可尋之　同上

春
春風春水一時来　春入二枝條一柳眼低　雁返炉峰頂北霞
白片落梅浮二澗水一／　樹根雪花催レ花発　暖雨晴開一径花
鴬声誘引　来二花下一／　遊絲繚乱碧羅天／　紛々花落門空閉
紫藤花下漸黄昏

夏
初着二単衣一支體軽　一声山鳥曙雲外／
盧橘子低山雨重　緑樹陰前逐二晩涼一　蛍火乱飛秋已近

秋
窓中海月初知レ秋／　耿々星河欲レ曙天　寒露已催二雁北至一（ママ）
遠壁暗蛬無レ限思　蝉鳴二黄葉一漢宮秋　」

月穿二疎屋一夢難レ成　南楼月下擣二寒衣一
菊為二重陽一冒レ雨開　霜草影枯虫思苦／　林葉肅々一夜霜

冬
紅葉添レ愁正満レ階　烏鵲群飛欲レ暮天　寒流帯レ月澄如レ鏡
／　蘆花風起暮潮来　暁過二千山一雪氣寒

恋
與レ君後會知何日　胡情歡喜開レ書後／　雪月花時尤憶レ君
何况雞鳴即頂前　分レ袂二年似二夢寐一

雑
柴扉日暮随レ風掩／
草堂深鎖白雲閑也　月入二斜窓一暁寺鐘　野寺訪レ僧帰帯レ月
嶺猿群宿夜山静也／　孤舘有レ時風帯レ雨　世間飄泊海無邉
雲愛二山高一旦暮帰　暮對二月明一思二往事一／
往事渺茫　都似レ夢　白髪鏡中暫易レ老　毎夜坐禅観二水月一
但有三泉声洗二我心一／　碧落無レ雲稱二鶴心一
但有三雙松當二砌下一

405　五十首　永正三五廿五　禁裏聖廟御法楽　後柏原院御製作杜子美句題

春
東風吹二春氷一　流霞分片々　鴬入二新年一語　梅花交二近野一
臥柳自生レ枝　春風草又生／　帰雁喜二青天一　衣霑春雨時
故園花自発　花辺行自遅　吹レ花随レ水去　寂々春将レ晩　」

二九二

夏 冥々子規叫　仲夏苦二夜短一　涼月白紛々　脩竹不レ受レ暑
暗飛蛍自照　荷清納涼時／　葉密鳴蝉稠　秋 牛女年々渡
高秋心苦悲　名園花草香　秋蟲声不レ去　荊扉對二麋鹿一／
宿雁聚二圓沙一　雲月逓二微明一　入レ簾残月影　江流宿霧中
重巌細菊班　月明垂レ葉露／　塞雁一行鳴　冬 葉稀風更落
人遠晃鴨乱　寒日経レ簷短　晴雪落二長松一　雪裡江紅渡／
艶々待レ香梅　歳暮日月疾　恋 君意人莫レ知　久待無二消息一
苦道来不レ易　相對如二夢寐一／　中宵涙満レ牀　別来歳月週
雑 野寺隠二喬木一　雨瀉暮簷竹　遠水兼レ天浄　野風吹二征衣一
／故人入二我夢一　神明依二正直一

406 百首　建保六　文集題慈鎮和尚詠之

春 今日不レ知誰計會春風春水一時来
春風先発苑中梅櫻杏桃李次第開／
白片落梅浮二澗水一　黄梢新柳出二城墻一
春来無レ伴閑遊少　鶯声誘引来二花下一／
逐レ處花皆好随レ年貌自哀
遥見二人家一花便入不レ論三貴賎與二親疎一」

花下忘レ帰因(ママ)美景一
落花不レ語空辞レ樹流水無レ情自入レ池／
花落城中地春深江上天
背レ燈共憐深夜月踏レ花同惜少年春／
歳時春日少世界苦人多
留レ春々不レ住春帰人寂寞／
厭レ風々不レ定風起花蕭索
夏 微風吹二袷衣一不レ寒復不レ熱／
残鶯意思盡新葉陰涼多
盧橘子低山雨重／
池晩蓮芳謝窓秋竹意深
風生レ竹夜窓間臥月照レ松時臺上行／
青苔地上消二残暑一緑樹陰前逐二晩涼一
可三是禅房無二熱到一但能心静即身凉／
暑月貧家何所レ有客来唯贈北窓風
蕭颯風雨天蝉声暮啾々／

夏臥北窓風枕席如二涼秋一

秋

夜来風雨後秋氣颯然新／

團扇先辞レ手生衣不レ着レ身

大抵四時心總苦就レ中腸断是秋天／

八月九月正長夜千声萬声無二了時一

相思夕上二松臺一立蛬思蝉声満耳秋

遅々鐘漏初長夜耿々星河欲レ曙天

残燈影閃レ墻斜月光穿レ牖／

黄茅崗頭秋日晩苦竹嶺下寒月低

月隠雲樹外蛍飛廊字間／

凝レ日暮山青簇々浸レ天秋水白茫々

塞鴻飛急覚二秋盡一隣雞鳴遅知二夜永一／

前頭更有二蕭條物一老菊衰蘭三両叢

不レ堪紅葉青苔地又是涼風暮雨天／

葉声落如レ雨月色白似レ霜

萬物秋霜能壊レ色／

」

冬

十月江南天氣好可レ憐冬景似二春華一

寒流帯レ月澄如レ鏡／

策々窓戸前又聞新雪下

爐火欲レ消燈欲レ盡夜長相對百憂生／

唯有二数叢菊一新開籬落間

南窓背レ燈坐風霰暗紛々／

寂寞深村夜残雁雪中聞

雪盡終南又欲レ春

望レ春々未レ到可レ在二海門東一／

香花一炉灯一盞白頭夜禮佛名経／

恋

夜深方獨臥誰為拂二塵牀一

夕殿蛍飛思悄然孤燈挑盡未レ能レ眠

」

行宮見レ月傷レ心色　夜雨聞レ猿断レ腸声

舊枕古衾誰與共 文集猿作鈴／

山家

従レ今便是家山月試問清光知不レ知

始知天造二空閑境一不(ママ)為二奔忙富貴人一／

蘭省ノ花ノ時錦帳ノ下盧山ノ雨ノ夜草菴ノ中

人間ノ栄耀因縁浅ク林下ノ幽閑氣味深シ／

何ノ時カ鮮二塵網一此地来テ掩ハンレ関ヲ

舊里付懐旧

前庭後院傷レ心事唯是春風秋月知ル／

蒼苔黄葉ノ地日暮テ多二旋風一

挿レ柳作二高林一種レ桃成二老樹一／

閑日一思レ舊々遊如二目前一／

黄壤詎リ知レ我白頭徒ニ憶レ君ヲ唯将テ二老年ノ涙ヲ一一ヒ洒ク故人ノ文／

閑居

但有三雙松ノ當二砌下ニ一更ニ無三一事ノ到二心中ニ一／

山林太タ寂寞朝闕空ク喧煩唯茲ノ郡閣ノ内囂静タリ得二中間ヲ一／

偶得テ二幽閑ノ境ヲ一遂ニ忘二塵俗ノ心一始知ル真ノ隠者不三必ス在二山林ニ一／

更ニ無三俗物ノ當二人眼ニ一但有三泉声ノ洗二我心一

」

盡日坐シテ復臥ス不レ離二一室ノ中一々心本無レ繫亦與レ出レ門同シ／

外順二世間ノ法一内脱二區中ノ縁一進テ不レ厭二朝市ヲ一退テ不レ恋二人寰ヲ一／

深ク閉竹間ノ扉静ニ拂松下ノ地獨嘯晩風ノ前何人カン知二此意一／

頽然タリ環堵ノ客蘿蕙ヲ為二巾帯ト一自得二此道一来身窮心甚タ泰シ／

心足レハ即為レ富身閑乃當貴富貴在二此中一何必居二高位一／

看レ雪尋レ花翫二風月一洛陽城裏七年閑也

述懐

置二心ヲ世事ノ外ニ一無レ喜亦無レ憂／

欲下留二年少待中富貴上富貴不レ来年少去ル／

春去有二来日一我老テ無三(ママ)少時一／

我有二一言一君記取セヨ世間自取レ苦人多シ

従レ道人生都テ是夢々ノ中歓笑亦勝然／

生死尚復然リ其餘安ソン足ニレ道

身心一無レ繫浩々トシテ如二一(ママ)虚舟／

委レ形老少ノ外忘レ懐生死ノ間／

我若未レ忘レ世雖レ閑心亦忙シ世若未レ忘レ我雖レ退身難レ蔵我今

異也レ於是一身世更ニ相忘ル

」

人生無二幾何一必寄二天地ノ間ニ一心有二千載ノ憂一身ニ無二一日ノ閑一／

無常

親愛日ニ零落存スル者仍別離

逝者不二重テ廻一存スル者難二久留マリ一／

往事渺茫トシテ都テ似レ夢舊遊零落シテ半帰スレ泉ニ

秋風満衫涙泉下故人多／
原上新墳委二一身一城中舊宅有二何人一
生去死来都是幻々人哀楽繫二何情一／
早世身如二風裏燭一暮年髪似二鏡中絲一
幻世春来夢浮世水上漚／
耳裏頻聞故人死眼前唯覚少年多／
古墓何代人不レ知二姓與一レ名化作二路傍土一年々春草生／
法門
追想當時事何殊昨夜中自三我学二心法一萬縁成二一空一／
廻念發二弘願一々此見在身但受二過去報一不レ結二将来因一／
誓以二智惠水一永洗二煩悩塵一／
由来生老死三病長相随除レ却無生念一人間無二薬治一」
此身何足レ恋萬劫煩悩根此身何足レ厭一聚虚空塵

407 百首　年紀可尋之頓阿法師詠之

春
遥峰帯二晩霞一　残雪更粘レ枝　春浅霜連夜　梅残数點雪
清月上二梅花一　柳間黄鳥路／　春江浪拍レ空　春深花始開
花開紅樹乱　花発風雨多　坐久落花多　花落樹猶香／

頽簷掛二古藤一　歳時春尚少　春盡鳥声中
夏
深谷夏聞レ鴬
緑樹連村暗　山雲夏忽繁／　松風五月寒　風樹鳴蝉咽
秋声帯レ雨荷　扇罷風生レ竹　泉声入レ池盡　雨餘生二晩涼一（ママ）／
蛍入定僧衣
秋
露氣早知レ秋　一雨洗二残暑一　野色混二秋光一
天高雁横レ空　終夜着二蛬声一／　稲花千頃浪
江声入二秋寺一　月色一窓虚　江清月近レ人　雞声茅店月
山暁月初上／　月向二白波一沈　遠山青入レ霧　風便数砧声
新霜染二楓樹一
冬
落葉無二行路一　木落見二他山一／
人跡板橋霜　破レ林霜後月　山寒水欲レ氷　一鳥過二寒水一
清晨雪擁レ門　晴雪落二長松一／　獨釣寒江雪　流年川暗度
恋
心知人不レ知　唯有二涙痕多一　三年不レ見レ書　涙盡腸欲レ断」
入レ夢到二如今一　花開更憶レ君　空閨残燭夜　恨レ別鳥驚レ心
別後會難レ期　何處更相逢／
旅
山路雲間没　江邉問二船子一
舟行夜已深　棹入黄芦浦　蒼苔満二山径一　郷信寄二胡雁一／
人行秋花中　路明残月在　灘声入レ夢寒　客愁雙鬢覚
閑居
幽居有二餘楽一　盡日掩二柴扉一／　秋月離レ喧見

深居絶是非　山中無暦日　鳥啼人不見
残生随白鷗　閉門留野鹿／　身在能無事
竹径通幽處　雑　半山無夕陽　鐘声雲外残　水窮天盡頭
流水浸雲根／　山光落釣舟　舩與浪高低
風林無鳥宿　天色無情談　人間多苦人　世路山河嶮也
／　清溪孤照影　松多寺不見　遠嶂収残雨
落日沈沙頭　清風隔世塵　衰鬢臨朝鏡／
瀑近夜疑雨　鷺立斜陽裏　山田級々高　僧談悟色空

408　百首　同上　自撰文集句題逍遥院詠之

春
春風来海上　雪消氷又釋　朝尋霞外寺　南枝暖待鴬
風揺白梅朶　波拂黄柳梢／　暮采山上薇　背春有去雁
風燕雙々飛　月流春夜短　春深微雨夕　巣禽下相呼（文集下作不）」
覓花来渡口　花時鞍馬多　豈獨花堪惜　萎花蝶飛去
故山花正落　藤飄落水花／　明朝三月盡　春帰日復暮

夏
新樹葉成陰　鳥思残花枝（文集思作恋）　杜鵑声似哭　傾心向日葵／
苦雨初入梅　稍々笋成竹　夏雲忽嵯峨　風荷嫋翠蓋（文集蓋作葢）

樹々風蝉声　近水微涼生／

秋
西風飄一葉　早涼晴後到
秋露草花香　秋蘭已含露　早蛩鳴復歇（文集鳴作啼）　槿花不経宿／
秋鴻次第過　灘声秋更急也　山秋雲物冷　迎暁夜更長（文集暁作秋）
天陰夕無月（同上夕作多）　月出清風来／　月照青苔地　沙明連浦月也
月斜天未明　城暗雲霧多　秋雨簷果落　家々擣秋練／
移坐就菊叢　霜園紅葉多

冬
孟冬草木枯　坐愁樹葉落
帆白満船霜　水禽飜白羽／　珠箔籠寒月
簷氷纔結穂　山冷有微雪　飄零上堦雪
枝弱不勝雪　芳歳忽已晩／

恋
莫問胸中事　誰識相念心
與君生此世　無実有虚名　夢中握君手
無夕不思量／　暗凝無限思　獨對孤燈坐
相逢是何日　會稀歳月急也　抱枕無言語
君意軽偕老／　語少意何深　仍嗟別太頻　帰来数行涙
亦莫厭此身　真偽何由識　至死不相離」
十書九不達　音信日已疎

雑
宮樹影相連　鶴憶松上風
心與竹倶空　山明虹半出／　天低極海隅

暮雨濕二村橋一　山中契二泉石一　薙レ草通二三径一
林幽不レ逢レ人　掩レ涙別二郷里一／　雲有二帰レ山情一
行客舟已遠　暮宿波上島　只将レ琴作レ伴　静談古人書（文集談作読）
徃事思如レ昨／　浮世短二於夢一（文集世作生）　萬縁皆已消
君恩如二雨露一（文集如作若）　幸逢二太平代一

409 百首　貞享二十廿四　禁裏御月次　勅題朗詠句題

［春］春色従レ東到　江霞隔レ浦　雪埋レ松　氷消二田地一　鶯呼レ客
梅浮二澗水一／　柳色雨中深　野草芳菲　山底採レ蕨
春朝雨　林中花錦　花處々／　携レ客酔睡レ花　花下忘レ帰
朝踏二落花一　雁北飛　遊絲繚乱　紅躑躅／　紫藤露
留レ春々不レ住　［夏］初着二單衣一　緑樹陰前　一声山鳥
盧橘子低／　黄梅雨　蒹葭水暗　夏日長　蝉声満レ耳
蛍知レ夜　水檻風涼／　［秋］新秋月　炎景剰残　星河欲レ曙
白露如レ秋　槿花一日　草間虫　」
鹿在レ林　一行斜雁　感思在二秋天一　秋夜長　街レ嶺月
秋月高懸／　芦洲月　苔径月　暁月繊　秋風拂レ松

擣衣寒　竹霧暁籠／　花中偏愛レ菊　宮樹紅也　［冬］落葉窓深
霜草欲レ枯　瀧水凍咽　寒閨夢驚／　寒流帯レ月
鴛鴦鋪レ翅　雪満二群山一　松竹雪初霽　坐在二炉邉一
夜禮佛名経／　［旅］朝雲出二馬鞍一　驛路鈴声　蒼波路遠
孤舟友　他郷涙　［恋］為レ君薫二衣裳一／　為レ君事二容飾一
孤臥冷レ席　窈窕隔レ簾語　露應二別涙一　［雑］晴後青山　暮山雲
／池似レ鏡　渓嵐吹レ樹　洲芦夜雨　湖水連レ天
泉声遥落　澗戸鳥帰／　岸竹枝低　石上苔　松下鶴
寒汀鷺立　竹間燈　嶺猿吟／　藻中魚　晩船分レ浦釣
松風吹レ笛　鏡中甎レ易レ老　林下幽閑　柴門人不レ到／
晩寺僧帰　人無二更少一　諫鼓苔深　徃事渺茫　通夢夜深
雞人暁唱／　忠臣待レ且　夜琴声　臺頭有レ酒　楽未レ央　」

（半丁分空白）

韻歌題二

410　六十四首

建保六年の事にや内裏に此韻の字を人々にたまはりて詩をつくると伝へ聞てつれ〴〵なりしかは哥にも成なんやと心にかきならへて見侍りしいたつらことをおもひ出て／かきつく云々　又云　詩中請左相府御點　定家卿

春

芳節愛来望二帝畿一先レ花照耀是春衣
溪嵐吹レ波冬氷盡山氣帯レ霞晩月微也／
宿雪猶封松葉重早梅纔綻鳥声稀也
閑眠徒負南簷日賓雁徒レ今欲二北飛一／
媚景漸深情感頻林叢増レ色鳥声新也
妓楼花綻映二紅錦一樵径蕨生踏二紫塵一／
歌吹出レ霞禁苑夕綺羅薫レ月洛城春
幸逢四海■(ママ)安世臨レ水登レ山遊覧人／
節属二烟霞一風景好香袂細馬互相尋
暫難レ瑩レ鏡花零レ水先欲レ背レ燈月出レ岑／
斜岸夕陽春暮永古溪昨雨暁来深
閑居雲物在二斯處一墻柳林鶯幾動レ心／
三春芳節徐垂暮躑躅新開宿露圓也
霞隔南山黄綺跡雲連蒼海碧羅天／
草菴雨裏送二遅日一花樹月前夢二少年一
無事終朝挑レ牖望紅櫻高挿夕陽邉
親故抛レ吾忘二舊好一忘来送誰問暮山霞
烟生翠竹村南路雲聳紫藤河北家／
遊客漸辭庭有レ草樵夫獨往嶺無レ花
九春将レ盡幾残レ日瞻望巌陰簷間斜也／

夏

夏来新樹葉徐暗當レ牖家山不レ得レ瞻
盧橘匂中開二露簟一梧桐影底巻二風簾一／
孤夢未レ結暁鐘急團扇暫忘晨月纖
雨後終宵欹レ枕聴松声如レ舊水声添／
節迎二晩夏一夜初永夢覚愁人枕不レ知
石竹餘花多栽程庭槐一葉且辭レ枝／
夕陽染レ影遠村樹微雨引レ涼方丈池
淅々好風吹二北牖一宜哉林席此中施／

凌片猶思衙鼓早嵇康陶令定作レ嘲
北窓風力贈二来客一南澗泉声是淡交／
蛍照洲芦微月後蝉鳴宮樹夕陽梢
雙蓬霜色先レ秋變地芥恩餘老匹レ抛／

秋

金韻忽生残暑盡獨吟古集早秋詩
乱レ風荻葉傷レ人夕飜レ浪荷花結レ子時／
柴戸掩レ窓朝雨冷草廬待レ隙暁天遅
蕭條原野催二閑望一露色蟲声逐レ夜滋／
秋山迢遞秋望遠仙室泉声老二故溪一
清漏移レ霜銀水右紅嵐吹レ浪錦江西

平原露重草烟短遠浦浪高松月低
無レ藝無レ方無レ所レ好琴詩酒興隔二提携一／
凄涼八月々明夜無レ限秋風吹レ袖寒
鳴レ枕暗蛬尋二露底一繋レ書遠雁出二雲端一／
孤燈背レ壁暁夢断急雨灑レ窓陽景残
雞犬声稀 隣里静遥村人定漏可レ闌／

萬物変衰蕭瑟候流年徐暮半空過
芳蘭憑レ架残花悴槁葉満レ階明月多／
露染湘山千嶺樹風清桂水九秋波
寒閨碪杵向レ霜怨醉客徒誇白綺歌／
短晷悠揚雲物冷蕭條景色望方幽
且敷桐葉山人路遥別荻花商客舟／
隣杵暁寒床上月行衣夕薄袖中秋
秋風吹レ草空催レ涙白露竟零似二舊遊一／

冬

四運回環推節候金風不レ駐属二玄冬一
長河霧外失二行客一遥嶺嵐中送二遠鐘一／
籬有二残花一纔紫菊林無二黄葉一只青松
都門路僻 今誰問霜上獨望麋鹿蹤／
地民收レ稼玄冬節田畒有レ年萬國娯
治世伝レ声鳴レ澤鶴敬神喩禮在レ汀凫／
暁嵐拂レ雨斜陽見寒浪閉レ氷流水無
掩レ牖終朝頭未レ梳賢愚進退跡尤殊也

歳暮時昏思二往事一當初幽襟尚難レ堪
侵レ頭霜色白過レ半憶レ子鶴声絃第三／
商老昔容遺二嶺雪一鄭公舊跡問二溪嵐一
家僮心倦皆抛レ我寒月巻レ簾與レ誰談／

411 百廿八首 建久七九十八内大臣家他人不詠 定家卿

春
風空籠夢蹤松鐘峰／江釭雙矼池
移籬鸝／夏遅葵芝遺飛暉衣帰／車
虚餘初桴珠湖途秋啼棲梯迷柴涯
埋乖／哀盃廻摧鵑隣匂人／冬雲聞
分薫村鴛原昏／瀾残難寒菅還山
関」

恋
烟年蝉伝霄消焦朝／茅泡巣梢皐
述懐
蒿高涛／多過歌河遐家花霞／嵐
山家
菴南塹霧郷陽夕―光／櫻傾声驚庭
青零萍／秋流萩求陰岑心尋／
旅
纎添簷簾氷憑燈澄／杉函芰巌

凡盌皸帆」

経文題三十三

412 一首 慶安三十一本源自性院関白左府一周忌追善勧進 後水尾院御製
未顕真實

413 一首 年紀不知 同上
應化真佛 維摩経文

414 一首 同上
如是我聞

415 二首 享禄五四六 宗長法師追善 逍遥院詠之
法師功徳品 観普賢經

416 二首 年紀不知 後水尾院御製
啐啄同時眼 啐啄同時用」

417 三首 同上 権大納言師兼卿詠之
空諦 假諦 中諦

418 三首 同上 後水尾院御製
空 假 中

419 五首 同上 後京極良経公詠之
檀波羅密 尸羅波羅密 羼提波羅密 毘梨耶波羅密
禅波羅密

420 五首 同上 師兼卿詠之
寄レ地無常 寄レ水無常 寄レ火無常 寄レ風無常
寄レ空無常

421 六首 同上 六道のうたよみけるに云々 西行法師
地獄 餓鬼 畜生 修羅 人 天

422 六首 永正十一十二五 就山和尚七回忌追善逍遥院詠之 」
夢 幻 泡 影 露 電

423 七首 年紀可尋之師兼卿詠之
火宅喩 窮子喩 雲雨喩 化城喩 繋珠喩 頂珠喩／
警師喩

424 八首 寛永五 三島明神法華経奉納 光廣卿詠之

一巻 二巻 三巻 四巻 五巻 六巻／ 七巻 八巻

425 九首 貞應三 四天王寺色紙形詩歌題
上品上生 上品中生 上品下生 中品上生 中品中生
中品下生／ 下品上生 下品中生 下品下生

426 十首 年紀可尋之 大納言公任卿詠之 」
此身如泡 此身如水月 此身如焔 此身如芭蕉 此身如幻
此身如夢／ 此身如影 此身如響 此身如浮雲 此身如電

427 十首 同上 後京極良経公詠之 十界題
地獄 餓鬼 畜生 修羅 人道 天道／ 声聞 縁覺
菩薩 佛界

428 十首 同上 定家卿詠之 十如是題
相 性 體 力 作 因／ 縁 果 報 本末究竟等

429 十首 天文二六八 逍遥院詠之
如是相 如是性 如是體 如是力 如是作 如是因／
如是縁 如是果 如是報 如是本末究竟等 」

430 十首　年紀可尋之師兼卿詠之

不殺生戒　不偸盗戒　不邪婬戒　不妄語戒　不飲酒戒
不説四衆過罪戒／　不自讃毀他戒　不慳貪戒　不瞋恚戒
不謗三宝戒

431 十首　寛文頃　後西院御製并諸卿分題詠之　十牛題

尋牛　見跡　見牛　得牛　牧牛　騎牛帰家／　忘牛存人
人牛倶忘　返本還元　入鄽垂手

432 十二首　年紀可尋之　為家卿詠之　十二因縁題

無明　行　識　名色　六入　觸／　受　愛　取　有　生
老死憂悲苦悩

433 十七首　明和八八廿五　冷泉家　観自在尊前法楽

（な）世尊妙相具　（も）弘誓深如海　（た）發大清浄願　（い）心念不空過
（し）火坑変成池　（た）波浪不能没 」
（い）如日虚空住　（ひ）釋然得解脱　（の）還着於本人　（く）時悉不敢害
（は）観音妙智力　（む）能救世間苦／　（せ）真観清浄観　（を）常願常瞻仰
（む）普明照世間　（ほ）念々勿生疑　（さ）慈根視衆生

434 廿八首　康治頃　俊成卿詠之

序品 廣度諸衆生其数無有量　方便品 深着於五欲如犛牛愛尾
譬喩品 其中衆生悉是吾子／　信解品 無上宝聚不求自得
薬草喩品 無有彼此愛憎之心　授記品 於未来世咸得成佛／
化城喩品 以大慈悲力度苦悩衆生　弟子品 世尊於長夜常愍見教化
人記品 寿命無有量以愍衆生故／　法師品 漸見濕土泥決定知近水
宝塔品 若暫持者我即歓喜　提婆品 採薪及菓蓏随時恭敬與／
勧持品 我不愛身命但惜無上道　安楽行品 深入禅定見十方佛　涌出品 従地而涌出
寿量品 現有滅不滅／　分別功徳品 若坐若径行除睡常攝心
随喜功徳品 最後第五十聞一偈随喜　法師功徳品 又如浄明鏡悉見諸色像／
常不軽品 而打擲之避走遠住
神力品 於我滅度後應受持斯経是人於佛道決定無疑
嘱累品 今以付嘱汝等　薬王品 即往安楽世界　妙音品 及衆難処皆能救済 」
普門品 弘誓深如海　陀羅尼品 乃至夢中亦復莫悩　厳王品 又如一眼之亀値浮木孔
勧発品 即往兜率天上

435 廿八首　年紀可尋之　正廣法師詠之

（序品）令見此瑞與本無異　（方便品）十方佛土中唯有一乗法
（譬喩品）火来逼身苦痛切已／（信解品）於窓牖中遥見子身
（薬草喩品）現世安穏後生善處　（授記品）於未来世咸得成佛／
（化城喩品）至珍宝處有一導師　（五百弟子品）醉酒而臥繋其衣裏　（人記品）蹈七宝華／
（法師品）於此経巻敬視如佛　（宝塔品）如所説者皆是真実　（提婆品）即往南方無垢世界
／（勧持品）何故憂色而視如来　（安楽行品）欲説是経當安住四法
（涌出品）是諸菩薩従地出已／（寿量品）常在霊鷲山　（分別功徳品）聞世尊分別説得法利者
（随喜功徳品）如是展転教至於第五十／（法師功徳品）又如浄明鏡悉見諸色像
（不軽品）杖本尾石而打擲之　（神力品）如風於空中一切無障礙／
（嘱累品）如是三摩諸菩薩　（薬王品）病即消滅不老不死
（妙音品）化作八萬四千衆宝蓮華／（普門品）音声皆得解脱
（陀羅尼品）令百由旬内無諸衰患」
（厳王品）現如是等種々神變令其父王心浄信解　（勧発品）於如来滅後必得是経

436　廿八首　慶長十五八　二位法印玄旨追悼　光廣卿詠之

（序品）雨曼陀羅曼殊沙華　（方便品）但以一佛乗故為衆生説法
（譬喩品）各賜諸子等一大車／（信解品）無量珍宝不求自得
（薬草喩品）一地所生一雨所潤　（授記品）魔訶迦葉名曰光明如来／
（化城喩品）故以方便力権化作此城　（五百弟子品）富樓那號曰法明如来
（人記品）佛告阿難山海恵如来／（法師品）受持讀誦解説書写
（見宝塔品）如所説者皆是真実　（提婆品）採薪及菓蓏随時恭敬與／
（勧持品）唯願不為慮我等當廣説　（安楽行品）勧一切法空如実相
（涌出品）讃歎於佛五十小劫／（寿量品）成佛已来無量無邉
（分別功徳品）無量無邉阿僧祇衆生得大饒益／（随喜功徳品）随喜功徳尚無量無邉
（法師功徳品）又如浄明鏡悉見諸色像　（不軽品）我深敬汝等不敢軽慢／
（神力品）為悦衆生故現無量神力　（嘱累品）難得阿耨菩提今以付嘱汝等
（薬王品）諸佛讃言是真精進／（妙音品）化作八萬四千衆宝蓮華
（観音品）弘誓深如海歴劫不思議　（陀羅尼品）離諸衰患消衆毒薬」
（厳王品）善化其父令心信解　（普賢品）無有非人能破壊者

437　廿八首　寛永七七　中和門院追悼　光廣卿詠之

序品　方便品　譬喩品　信解品　薬草喩品　授記品／
化城喩品　五百弟子品　人記品　法師品　宝塔品　提婆品
／勧持品　安楽行品　涌出品　壽量品　分別功徳品

随喜功德品／　法師功德品　不軽品　神力品　嘱累品
薬王品　妙音品／　普門品　陀羅尼品　厳王品　勧發品

438　廿八首　同頃　御製已下光廣卿通村卿等廿餘人詠之
序品 照于東方　方便品 諸法実相　譬喩品 悉是吾子　信鮮品 浄佛國土　薬草喩品 現世安穏
授記品 心尚懐憂懼／　化城喩品 権化作此城　五百弟子品 内秘菩薩行　人記品 我願既満
法師品 法華最第一　宝塔品 有七宝塔　提婆品 龍女成佛／　勧持品 我不愛身命
安楽行品 常有是好夢　涌出品 我常遊諸國　寿量品 常在霊鷲山　分別功德品 不久諸道場
随喜功德品 如是展転教 」

法師功德品 唯獨自明了　常不軽品 我深敬汝等　神力品 即是道場　嘱累品 各還本土　薬王品 如渡得船
妙音品 不鼓自鳴／　観音品 心念不空過　陀羅尼品 無諸衰患　荘厳品 出家作沙門
勧發品 作禮而去

439　廿八首　年紀可尋之　勅題
序品 如是我聞　以下同上

440　三十首　同上　法雲院前亜相三十三回忌追善
無量義経 盡諸結漏　法華経 照于東方　諸法実相　等一大車　無上宝珠
後生善處／　無有魔事　観彼久遠　不覺内衣裏　我願既満
柔和忍辱衣　有七宝塔／　龍女成佛　我不愛身命
在於閑處　我常遊諸國　無有生死　清浄之果報／
如是展転教　唯獨自明了　我深敬汝等　即是道場
各還本土　如渡得船／　衆宝蓮華　便得離欲　無諸衰患
願母放我等　作禮而去　観普賢経 以成宝臺 」

441　三十首　同上　出題不知之
種々説法　如是我聞　諸法実相　悉是吾子　止宿草菴
現世安穏／　心尚懐憂懼　従冥入於冥　内秘菩薩
我願既満　法華最第一　皆在虚空／　又聞成菩提
何故憂色　在於閑處　我常遊諸國　無有生死　清浄之果報
／　如是展転教　唯獨自明了　我深敬汝等　現大神力
各還本土　如渡得船／　衆宝蓮華　心念不空過　無諸衰患
善知識者　成就四法　衆罪如霜露

442　卅三首　宝暦十二四廿三　十三回聖忌観世音尊前御手向　冷泉家
無量義経 世（な）尊妙相具　弘（も）誓深如海　侍（く）多千億佛　発（わ）大清浄願
聞（む）名及見身　心（せ）念不空過／　能（を）滅諸有苦　火（む）坑変成池

ほ波浪不能没　さ如日虚空住　つ釋然得解脱　な還着於本人／
も時悉不敢害　く観音妙智力　わ能救世間苦　む無刹不現身
せ真観清浄観　を廣大智恵観／　む常願常瞻仰　ほ無垢清浄光
さ恵日破諸闇　つ能伏災風火　な普明照世間　も慈意妙大雲／
く澍甘露法雨　わ衆怨悉退散　む是故須常念　せ念々勿生疑
を能為作依怙　む具一切功徳　」
ほ慈眼視衆生　さ福聚海無量　つ是故應頂禮

443　五十首　天文元九晦　後土御門院三十三回忌　実隆公詠之
無三悪趣　不受悪趣　悉皆金色　無有好醜　宿命通
天眼通／　天耳通　他心悉知通　神通如意　不貪計身
住正定聚　光明無量／　佛寿無量　声聞無数　眷属長寿
遠離不善　稱讃我名　念佛往生／　聖衆来迎　係念定生
具三十二相　心至補處　供養諸佛　供養如意／　説一切智
得金剛身　萬物厳浄　見道場樹　得辨才智　辨才無窮／
徹見十方　香薫十方　觸光柔軟　聞名得生　女人往生
常修梵行／　天人致敬　衣服随念　楽如漏盡　見諸佛道
聞名具根　聞名得定／　生尊貴家　具足徳本　聞名見佛
随意聞法　聞名不退　得三法忍／　観無量寿経　阿弥陀経」

444　百首　年紀可尋之　集有百二題不審　慈鎮和尚詠之　廿八品之内取百句為百題云々　本
序品 如是我聞　照于東方　入於深山　悉捨王位
其後當作佛号名曰弥勒／　我見燈明佛　方便品 其智恵門
諸法実相　止々不須説　五千人等禮佛而退／　出現於世
開佛知見　唯有一乗法　如我昔所願　常自寂滅相
乃至以一華／　若有聞是法　知法常無性　世間相常住
聞是法亦難　譬喩品 必當得作佛　猶如火宅／　等一大車
悉是吾子　諸苦所因　信解品 無上宝聚　浄佛國土　止宿草菴／
報佛之恩　以佛道声　薬草喩品 現世安穏　普皆平等
汝等所行是菩薩道／　授記品 無有魔事　心尚懐憂懼　化城喩品 観彼久遠
従冥入於冥　願以此功徳普及於一切／
以是本因縁今説法華経　権化作此城　五百品 内秘菩薩行
其不在此會汝當為宣説／　不覺内衣裏　人記品 我願既満
法師品 法華最第一　柔和忍辱衣　寂寞無人声　宝塔品 有七宝塔／

移諸天人置於他土　皆在虚空　諸宝樹下　擔負乾草
是名持戒」
提婆品 皆因提婆達多　又聞成菩提　龍女成佛　勧持品 何故憂色
我不愛身命　安楽行品 在於閑處／　不可得聞　常有是好夢
湧出品 我常遊諸國　父小而子老　寿量品 無有生死　常在霊鷲山／
寿命無数劫　如医善方便　得入無上道　分別功徳品 清浄之果報
不久詣道場　随喜功徳品 如是展転教／　法師功徳品 父母所生眼　唯獨自明了
皆與実相不相違背　是人持此経　不軽品 我深敬汝等／　避走遠住
神力品 現大神力　即是道場　於我滅度後應受持斯経　嘱累品 如世尊勅／
各還本土　多宝佛塔還可如故　薬王品 而自燃身　最為第一
如渡得船／　於此命終即往安楽世界　廣宣流布　病即消滅
妙音品 衆宝蓮華　不鼓自鳴／　観音品 便得離欲　以種々形遊諸國土
施無畏者　心念不空過　陀羅尼品 無諸衰患／　羅刹女等
厳王品 願母放我等出家作沙門　善知識者　勧発品 成就四法／
皆是普賢威神之力　作禮而去」

假名題四十二

445 一首　寛保二八廿九冷泉家追善會女房歌通題
月にむかひてふるきをおもふ

446 一首　宝暦十三十一九同上御子左長家卿七百回忌同上
松ちとせのしるしをあらはす

447 三首　年紀可尋之冷泉家出題
をのゝすみかま　こひわひぬ　おもふこと

448 五首　文禄三二廿九関白吉野花御覧時人々詠之
花のねかひ　花を散さぬ風　瀧の上の花　神のまへの花
はなのいはひ

449 七首　永正九九後土御門院十三回忌折句題実隆公道堅法師等詠之
なむあみた　なむしやか　みろくふつ　くはんをん
ちそうほさ　もんすしり　ふけんほさ」

450 十首　建久六秋大将殿にて末の句十をかき出してよむへきよし侍りしに云々　定家卿

荻の上風　萩の下露　秋のよの月　秋の夕霧
さをしかの声　初厂のこゑ　うつら鳴也／　衣うつ也
夕くれの空　暁の空

451 十首　文明十三七十八　御會題者雅康
をみなへし　花すゝき　ふちはかま　はしもみち
おもかけに　恋わひぬ　うちもねす／　あかつきは
露ふかし　おもふこと

452 十首　宝永七八八　仙洞貴布祢御法楽題者雅豊
霞にこめて　花の雫に　なと時鳥　松を秋風
やとる月さへ　雪にましりて　恋のみたれの／
ことつてもなし　浦こく舟の　神代のことも

453 十首　年紀可尋之中院家
霞にこめて　散花ことに　よるは蛍の　尾上の鹿は
やとる月さへ　衣手さむし　涙せきあへす
」

454 十二首　天暦十三廿九　女御哥合
こぬ人たのむ　いはのかけ道　浦こく舟の
かすみ　かせ　あめ　うくひす　むめ　やなき　さくら／
やまふき　ふち　わかな　あはぬ恋　あひてのこひ

455 十四首　元文五八廿　定家卿五百回忌追善　冷泉家
空(か)行月の　こ(た)よひの月の　更(ふ)行月の　なか(く)むる月の
袖(つ)の月影　か(き)たふく月の　在(の)明の月の／　月(お)の光に
月(し)は木間に　月(き)そやとれる　月(の)をかたしく
月(み)のあはれも　月(か)にうれへて　つ(は)きも涙に

456 十五首　元禄九二　御稽古御當座題者為綱
霞にこめて　鴬さそふ　花のところは　鳴ほとゝきす
床夏のはな　松を秋風　やとる月さへ／　紅葉のにしき
枯行をのゝ　雪降しきて　こぬ人たのむ　恋のみたれの
ゆふつけ鳥は　むかしをこふる　ちとせのためし
」

457 二十首　年紀可尋之　近江御息所哥合
むめ　やなき　花さくら　かには桜　あふち
ひさくらの花　庭さくら／　もゝの花　いはつゝし
梶木の花　山ちさの花　さるとりの花　楓　山なしのはな

／岩やなき　みつゝしの花　うきくさ　やまふきの花
ふちの花　みやす所の御こしにて宮の花といふ哥をあはす右はあはせす

458 二十首　寛文七九十三　新院御當座
はなすゝき　はしもみち　うちもねす　おもふこと各五首

459 二十首　延宝二三廿九　御當座
春立けふの　消あへぬ雪の　鴬さそふ　若なつみけり
鳫かへる也　花をしみれは　けふこそ桜／　花の所は
さける藤波　春はいくかも　旅ゆく人も　何かわかれの
はかなき世をも　あるをみるたに／　絶す涙の
年へぬる身は　おもひ尽せぬ　うさこそまされ
夢かとそ思ふ　末の代までの　」

460 二十首　天和三十一廿五　御當座　冠字
はつゆき四首　をのゝすみかま七首　うつみひ四首
あかつきは五首

461 二十首　貞享三二廿二　新院一周忌御追善　同上
あさかすみ　かきつはた　こひわひぬ　おもふこと各五首

462 二十首　元禄十六二廿二　水無瀬宮御法楽　題者為綱
霞を分て　柳のまゆそ　まつさく花を　春の山田を
すみれの花の　夏はみとりの　ほとゝきすさへ／
風のすゝしく　秋の七日の　まねく尾花に　鳴行鳫の
てる月かけの　あかぬ紅葉の　袖の氷は／　雪は花とそ
年はくれにき　人まつよひの　あひ思ふ人の　軒の玉水
ひしりのみよの

463 二十首　延享元二廿二同上　題者為村
とくる氷の　いつれを梅と　鳫かへる也　花のところは
さける藤なみ　山ほとゝきす　花たちはなに／
かたへすゝしき　このした露は　松むしのねそ
月のかつらも　菊のかきねに　もみちのにしき
かれ行をのゝ／　雪降しきて　衣手さむし　かつみる人に
あふよはこよひ　うらこく舟の　ちとせのためし　」

464 二十首　宝暦十一十一十　冷泉家
あまきるかすみ　なくうくひすや　花の匂ひの

花のたよりに　春の夕くれ　花たち花の　すゝしかりけり
／　星合の影も　鹿そ鳴なる　秋のよの月　月のくまなき
もみちたつぬと　みそれし空の　しらふのたかの
また俤は　逢瀬ありやと　うらみつる哉　鶴の毛衣
久しきよまて　ちとせをそふる

465　二十首　明和五二廿二　水無瀬御法楽
春立けふの　うくひすさそふ　春の野に出て　花の所は
咲るふちなみ　山ほとゝきす　はな橘に／
やまとなてしこ　秋の初風　たなはたつめの
てらす月かけ　菊のかきねに　紅葉の錦　しくれ〳〵て／
雪ふりしきて　としの暮ぬる　あはて年ふる
恋のみたれの　いはのかけみち　ちとせのためし

466　二十首　年紀出題可尋之　源氏物語句題
春のかきねを　花もてはやす　花のたよりを
はなのあるしも　なはしろ水の　花橘も　ほたるをみても
／　うつる朝かほ　露のをきそふ　野への松むし
なかむる月も　秋に心を　いとゝしくれに　我身そ雪と」
まつ風そ吹　かよふまほろし　かけみぬ水の
うつせみの世そ　ほとをみつゝも　法そはるけき

467　三十首　萬治二十一晦　御点取　後水尾院勅点
山も霞みて　なく鴬の　かきねの柳　花のたよりに
散つむ花の　春のなかめは　とまらぬ春の／　さける卯花
このさみたれに　河邊すゝしき　あへる七夕
あかつき露に　はた織虫の　都の月を／　月はうきよの
もみちを分て　秋のかたみを　木葉なかるゝ
雪をたもとに　春のとなりの　見ぬ人こふる／
あらはあふよの　いたつらふしを　いひはなたて
なきて別れし　谷の埋木　あし分小舟　かさなる山を／
はかなきよをは　八百萬代を

468　三十首　元禄十二二十　仙洞石清水社御法楽　題者為綱
霞にこめて　ころもはるさめ　鳫かへる也　花そむかしの
咲るふち波　山ほとゝきす　花橘に／　床夏の花
よるは蛍の　かたへすゝしき　七夕つめの　松むしのねそ

なひく浅茅の　月のかつらも／　霧立わたり
しくれ〳〵て　かれ行くをの丶　雪にましりて
冬そ淋しさ　年のくれぬる　涙せきあへす
」
おもへはくるし　あふよはこよひ　恋こそまされ
ことつてもなし　瀧の水上　あしたつのねに
かきなすことの／　旅ゆく人を　神代のことも

469　三十首　同十三五廿九　加茂社御法楽題者同上
霞にこめて　うくひすさそふ　春の柳か　花の雫に
咲る藤波　鳴ほと丶きす　花たちはなに／
やまとなてしこ　よるはほたるの　かたへ涼しき
七夕つめの　木の下露は　尾上の鹿は　やとる月さへ／
霧立わたる　しくれ〳〵て　枯行をの丶　霜にましりて
衣手さむし　年の暮ぬる　かつみる人に／
おもへはくるし　逢を限りと　恋のみたれの
いとはれてのみ　ゆふつけ鳥は　我ゐる山の　浦こく舟の
／　むかしを恋る　神代のことも

470　三十首　同十五壬八廿七　仙洞稲荷社御法楽題者同上
春立けふの　うくひす誘ふ　衣はるさめ　鳫かへる也
花やをそきと　花の所は　岸の山吹／　山ほと丶きす
はな橘に　よるは蛍の　秋の初風　木の下露は
尾上の鹿は　松むしのねそ　」
月のかつらも　やとる月さへ　菊のかきねに　枯行をの丶
雪にましりて　冬そ淋しさ　かつみる人に／
おもへはくるし　よふかくこしを　恋のみたれの
我やわする丶　瀧の水上　あしたつのねに
かきなすことの／　むかしを恋る　神代のことも

471　三十首　享保九六十八　石見國柿本社御法楽
春立ぬらし　霞たなひく　わかなつまんと　うくひす鳴て
野への青柳　花のさかりは　池の藤浪／　初うの花の
山ほと丶きす　夏の丶草の　涼しくなりぬ　暁つゆに
萩の下葉も　浅茅色つく／　在明の月の　鳫なき渡る
紅葉の色や　時雨降らし　夕波ちとり　あまきる雪の

あはてぬるよの／　こぬよあまたに　思ひみたれて
ゆふつけ鳥の　生る玉もの　いさよふ波の　あまの釣舟
露わけ衣／　神のいかきも　万代かねて

472　三十首　寛保二四廿五　当座御會　題者為村
ころもかへ　うのはな　ほとゝきす　なつの田
あやめくさ　たちはな　なてしこ　」
なつの月　なつの野　夜かは　いはて思ふ　人つて
あひ思ふ　人をまつ／　はしめてあへる　くれとあはす
名をおしむ　かたこひ　おもかけ　うらみ　あまのはら／
やま　もゝしき　やしろ　こけ　まつ　わかれ　たひ／
むま　ふね

473　四十首　延享元十廿四　月次御會
はるくれは　かすみたつ　梅のにほひに　あをやきの
さわらひあさる　けふの春雨　澤邊のこまの／　咲る藤浪
春の明ほの　きゝすなく　さほ姫の　蛙鳴なり
あふひくさ　山ほとゝきす／　あやめふく也　さなへとる
ともしする　かやりひに　扇の風の　池のはちすに
秋きぬと／　花すゝき哉　荻の上風　秋の田の
あさかほの花　はつかりの　望月のこま　はたをる虫の／
きり／＼す　いなつまの　もみちの色に　しくるゝ空の
をく霜の　しほれ芦の　ちとり鳴也／　かりはのをのゝ
あさくらのこゑ　すみかまの　仏の御名を　うつみひに　」

474　五十首　文明十三七十八　御會　題者雅康　冠字
をみなへし　はなすゝき　ふちはかま　はしもみち
おもかけに　こひわひぬ　うちもねす／　あかつきは
つゆふかし　おもふこと各五首

475　五十首　年紀可尋之　後水尾院　仙洞御會
年も越ぬる　はつうくひすも　生るわかなを　梅の初花
柳のまゆそ　木のめ春風　花もてはやす／　花のときはも
春の山田を　鳴てかはつの　藤のうらはの　春のかきりの
夏の衣に　夏はみとりの／　なをうの花の
あふひてふ名を　ほとゝきすさへ　風のすゝしく

夏はらへする　初秋風は　秋の七日の／　まねく尾花に
野への浅茅は　ねを鳴むしの　鹿立ならす　鳴行鴈の
月のうへより　立秋きりは／　垣ねの菊は　袖も紅葉の
過行秋や　時雨そ冬の　こよひの霜に　さむきあしたの
住をし鳥の／　雪は花とそ　たれすみかまの
年はくれにき　つゝむ思ひの　待くらすまの
とはぬはつらき　恋しき世にそ／　いとふにはゆる
舟をそ恨むる　尾上の小松　たつも鳴なる　谷の心や
都わするな　あかつき起を　」
ひしりの御代の

476　五十首　寛文四六廿五　聖廟御法楽　題者雅章

春たつけふの　霞にこめて　うくひすさそふ
いつれを梅と　春の柳か　衣はるさめ　鴈かへる也／
花やをそきと　花の所は　ちる花ことに　咲る藤波
春そすくなき　あなうの花の　なと時鳥／　はな橘に
床夏の花　よるは蛍の　夏はうつ蝉　かたへ涼しき
秋の初風　七夕つめの／　萩の下葉も　尾上の鹿は
松むしのねそ　初かりかねそ　月のかつらも
やとる月さへ　在明の月を／　霧立わたり　菊のかきねに
紅葉の錦　しくれ〱て　枯行をのゝ　をく初霜を
雪にましりて／　雪降しきて　衣手さむし　年の暮ぬる
しのふることに　かつみる人に　あはてとしふる
逢よはこよひ／　をのかきぬ〱　わすれかたみに
ゆふつけ鳥は　わかゐる山の　ふるさと人の　たひ行人を
神代のことも／　ちとせのためし　」

477　五十首　元禄七七朔　住吉御法楽　題者為綱

春たつけふの　霞にこめて　うくひすさそふ
いつれを梅と　春の柳か　鴈かへる也　春の野に出て／
花の所は　散花ことに　岸の山吹　咲る藤なみ
春そすくなき　あなうの花の　山ほとゝきす／　花橘に
床夏の花　よるは蛍の　夏はうつせみ　かたへ涼しき
秋の初風　七夕つめの／　この下露は　尾上の鹿は

松むしのねそ　稲葉そよきて　もりくる月の　在明の月を
霧立わたり／　菊の垣ねに　紅葉のにしき　秋はかきりと
時雨〱て　枯行をの丶　あられみたれて　雪降しきて／
衣手さむし　冬そ淋しさ　年の暮ぬる　涙せきあへす
思へはくるし　こぬ人たのむ　逢夜はこよひ／
いとはれてのみ　わすれかたみに　ゆふつけ鳥は
枕たてる門　なひく玉もの　塩みちくらし　神代のことも
／　ちとせのためし

478　五十首　同九三十一　同上　題者同上

年立かへる　山も霞みて　なくうくひすの　若木の梅は
垣ねの柳　春のあら田を　花のたよりに／　花こそぬさと
はなのなかめは　あさる雉子の　きしの藤波
とまらぬ春の　咲るうの花　山ほと丶きす　」
あやめの草も　このさみたれに　わか床夏に　草の蛍を
河邊涼しき　あへる七夕　萩かるおのこ／　あかつき露に
鹿のたちとの　鴈の便りに　はた織虫の　山のはの月

都の月を　はねかく鴫も／　よを長月と　紅葉を分て
秋のかたみを　しくる丶空を　薄き氷に　をしの羽風の
ねさめのちとり／　雪を袂に　あしろのひをに　春の隣の
みぬ人恋る　涙をのこふ　ともに契りし　いたつらふしを
／　おもひの烟　わすれぬ人も　峰のしら雲　谷の埋木
芦分をふね　か丶みのかけに　ゆふしてかけて／
八百万代に

479　五十首　明和頃　為村卿廿五番自歌合

春　秋　さほひめ　たつた姫　花　もみち　さくらかり／
紅葉かり　はつ花　朧月　花のあした　月のゆふへ
ちる花　入月／　残花　残月　春の在明　秋の在明　春風
秋風　春の雨／　秋の雨　春霞　秋霧　春曙　秋夕
春の山　秋の山　」
春の野　秋の野　春の庭　秋の庭　春の花　秋の花
春の鴈／　秋の鴈　春の色　秋の色　春の香　秋の香
春の声　秋のこゑ／　柳さくら　萩をみなへし

かすある花　霧のそなたのもみち　うつろふ花　ちる紅葉
桜の枝の鶯／　紅葉の下の鹿

480 百首　建久元六廿六自未初至未終一時間詠之慈鎮和尚
初句 春くれは　才二 けふの子日の　才三 霞たつ　才四 鶯きゐる
才五 已下同 わかな也けり　雪きえぬ　梅のにほひに／　青柳の
さわらひあさる　けふの春雨　さくら花　さはへの駒の
かへるかり　苗代水の／　よふこ鳥かな　もゝの花
咲藤波の　すみれつむ　ゐての山ふき　春の明ほの
きゝすなく／　あかるひはりの　かきつはた
いはつゝしさく　玉つはき哉　さほ姫の　山なしの花
つはくらめ／　蛙鳴なる　春のくれ哉　夏ころも
卯花かきね　あふひ草　やま時鳥　あやめふく也／
さなへとる　花橘の　さみたれに　ほたる飛かふ
水鶏也けり　ともしする　蝉のもろこゑ　」
かやりひに　扇の風の　床夏の花　あちさいの　池の蓮に
氷室やま　むすふいつみに／　夏はらへかな　秋きぬと
織女つめに　秋はきの　をみなへしにや　花すゝきかな
かるかやの／　荻の上風　藤はかま　うつら鳴也
ひくらしのこゑ　秋の田の　鴫も立也　秋風に／
尾上の鹿の　朝皃の花　はつかりの　野への白露
霧こめて　衣たつ也　望月の駒／　秋の月　はた織むしの
きり〳〵す　野へのすゝ虫　松むしの声　いなつまの
秋のしくれの／　しらきくの　紅葉の色に　秋のわかれを
神なつき　しくるゝ空の　をくしもの　霰ふる也／
つもる白雪　しほれ芦の　ちとり鳴也　つらゝゐて
うきねの鴨の　瀬々のあしろ木　あしたつの／
乙女のすかた　をとめ子の　かりはのをのゝ
朝くらのこゑ　すみかまの　仏の御名を　埋火に／
松きる賎の　つもる年かな

481 百首　同年同月廿七一時半之間詠之　毎哥初置一字詠其題　同上
春 あさかすみ　むめのはな　たまやなき　かきつはた
夏 ほとゝきす　とこなつ　はなたちはな　」

秋 をみなへし　はなすゝき　ふちはかま　はしもみち
冬 はつゆき　をのゝすみかま　うつみひ／　恋 おもかけに
こひわひて　うちもねす　雑 あかつきは　つゆふかし
おもふこと

482 百首 同頃定家卿詠之上之題全同但はなすゝきをしのすゝきに作る
寛文十二二廿四　禁裏御月次／此題を被用

（歌題記載ナシ）

483 百首 永正二十二　勅題古今集句

春たつけふの　とくる氷の　霞にこめて　雪まを分て
うくひすさそふ　若なつまんと　いつれを梅と／
このめもはるの　春の柳か　衣はるさめ　鳫かへる也
春の野に出て　花やをそきと　花の所は／　花そむかしの
はなの雫に　散花ことに　きしの山吹　咲る藤波
春そすくなき　あなうの花の／　山ほとゝきす　なと時鳥
鳴ほとゝきす　花立はなに　床夏の花　やまとなてしこ
よるは蛍の／　夏はうつ蝉　かたへ涼しき　秋の初風
織女つめの　萩の下葉も　この下露は　尾上の鹿は／
松むしのねそ　初鳫かねそ　いなはそよきて　まつを秋風

なひく浅ちの　もりくる月の　月のかつらも／
てらす月影　やとる月さへ　在明の月を　霧立わたり
菊のかきねに　秋のこのはの　紅葉のにしき
」

秋はかきりと　しくれ〳〵て　かれ行をのゝ　をく初霜を
霰みたれて　雪にましりて　雪降しきて／　雪のまに〳〵
衣手さむし　冬そ淋しさ　年の暮ぬる　しのふることそ
かつみる人に　涙せきあへす／　おもへはくるし
あはて年ふる　逢を限りと　なるゝを人は　こぬ人たのむ
あふよはこよひ　よふかくこしを／　をのかきぬ〳〵
たか名はたゝし　たかまことをか　恋のみたれの
こひこそまされ　思ひおもはす　いとはれてのみ／
わすれかたみに　我やわするゝ　ことつてもなし
ゆふつけ鳥は　瀧の水上　わかゐる山の　ふるさと人の／
杦たてる門　いはのかけ道　あしたつのねに　杜の下くさ
野なる草木そ　なひく玉もの　塩みちくらし／
かきなすことの　ひなの別に　旅行人を　浦こく舟の

みはてぬ夢の　むかしを恋る　何かつねなる／
神代のことも　ちとせのためし
484　百首　同三壬十一　同上　後撰集句
年も越ぬる　霞を分て　初うくひすの　生るわかなを
雪たにとけぬ　梅の初花　柳のまゆそ／　荻のやけ原
このめはる風　まつさく花を　花もてはやす
花のときはも　花のあるしや　散くる花を　」

春のよの夢　はるの山田を　すみれの花の　鳴てかはつの
藤のうらはの　春のかきりの　夏の衣に／　夏はみとりの
なをうの花の　あふひてふ名を　ほと丶きすさへ
さみたれ近み　夏のくさはに　なてしこの花／
風のす丶しく　夏はらへする　初秋風は　秋のなぬかの
荻のはならは　まねく尾花に　野への浅茅は／
色なる露は　ねを鳴虫の　鹿立ならす　鳴行かりの
月のうへより　てる月影の　月をあはれと／
なかる丶月の　在明の月の　朝皃の花　立秋きりは

かきねの菊は　あかぬもみちの　袖も紅葉と／　過行秋や
しくれそ冬の　こよひの霜に　袖の氷は　さむきあしたの
すむをし鳥の　霰ふりしけ／　まつ初雪を　雪は花とそ
たれすみかまの　年はくれにき　つ丶む思ひの
待くらすまの　人まつよひの／　いかに契りし
夢にたにみぬ　とはぬはつらき　あはぬ歎きや
逢みて後そ　まれにあふよの　かへるあしたの／
したふ涙の　なといつはりを　あひ思ふ人の
我かねことの　しゐて恋しき　恋しきせにそ
いとふにはゆる／　くゆる思ひに　行てうらみん
身をそ恨むる　尾上の小松　みねの杦村　みきはの芦の
まさきのかつら／　たつも鳴なる　ゆきかふ鳥の
みねの嵐の　谷の心や　草のとさしの　軒の玉水
つま木こるへき　」

旅行人を　都わするな　うかへる舟の　舟こすしほの
塩やくあまの　あかつき起を　さためなきよの／

みよの仏に　ひしりのみよの

485 百首　同五六　同上　拾遺集句

年立かへる　山も霞みて　子日の松の　若な摘へく
鳴うくひすの　消ぬる雪は　若木の梅は／　かきねの柳
春のあら田を　花みてかへる　ぬるとも花の
花のたよりに　花こそぬさと　散つむ花の／
春のなかめは　あさるきゝすの　蛙鳴なり　八重山吹は
きしの藤波　とまらぬ春の　衣かへうき／　咲るうの花
山ほとゝきす　あやめの草も　このさみたれに
夏のゝ草の　わか床夏に　草の蛍を／　河邊涼しき
なこしのはらへ　あへる七夕　萩かるおのこ　暁つゆに
秋風ふけは　鹿のたちとの／　鳫のたよりに　はた織虫の
みねの葛はの　山田の稲を　山のはの月　都の月を
空行月の／　月はうきよの　かたわれ月の　秋に秋そふ
はねかく鴫も　よを長月と　菊の白露　紅葉を分て／
秋のかたみを　しくるゝ空を　木葉なかるゝ　薄き氷に
をしの羽風の　ね覚の千鳥　冬のよふかき　」

雪を袂に　雪にこもれる　網代のひをに　春の隣の
いはてもの思ふ　みぬ人こふる　涙をのこふ／
物思ふ時の　あはてぬるよの　待ほと過て　あらは逢よの
ともに契りし　我名は立て　いたつらふしを／
いひははなたて　よるは恋しき　しゐてもたのむ
思ひわつらふ　おもひの梢　うきもつらきも　ね覚の恋そ
／　わすれぬ人も　なきてわかれし　我をうらむる
峰の白雲　谷の埋木　くたす筏の　芦分をふね／
朝川わたり　みきはのたつの　松と竹との　遠きわかれを
かさなる山は　山こえくれて　草のまくらに／
入相のかねの　かゝみのかけに　老にける身そ
こゝのかさねの　天の羽衣　はかなき世をは
ゆふしてかけて／　法の道には　八百よろつよを

486 百首　年記可尋之　以古今集歌為題目　慈鎮和尚詠之

★原本は二段組、各段一首二行書。

春

としのうちに春はきにけりひとゝせをこそとやいはんことしとやいはん
袖ひちてむすひし水のこほれるをはるたつけふの風やとくらん
はるかすみたてるやいつこみよし野のよしのゝやまにゆきはふりつゝ
かすみたちこのめもはるの雪ふれは花なきさともはなそちりける
春やときはなやをそきときゝわかんうくひすたにもなかすもあるかな
あつさゆみをしてはるさめけふふりぬあすさへふらはわかなつみてん　」
をちこちのたつきもしらぬ山中におほつかなくもよふことりかな
うくひすのかさにぬふてふむめのはな折てかさゝん老かくるやと
世中にたえてさくらのなかりせははるのこゝろはのとけからまし
さくら花咲にけらしもあしひきの山のかひより見ゆるしら雲
花の色はかすみにこめてみせすともかをたにぬすめはるの山かせ
花の木もいまはほりうへし春たてはうつろふ色に人ならひけり
はるのいろのいたりいたらぬ里はあらしさけるさかさる花のみゆらん
三輪やまをしかもかくすか春かすみひとにしられぬ花やさくらん
咲はなはちくさなからにあたなれとたれかは春をうらみはてたる
こつたへはをのか羽風にちる花をたれにおほせてこゝらなくらん
こまなへていさみにゆかんふるさとは雪とのみこそ花はちるらめ
ふく風と谷の水としなかりせはみやまかくれの花を見ましや
わかやとにさける藤波たちかへり過かてにのみ人の見るらん
けふのみと春をおもはぬ時たにもたつことやすき花のかけかは
我やとの池のふちなみ咲にけりやまほとゝきすいつかきなかん
花ちれる水のまに／＼とめくれは山にははるもなくなりにけり

夏

ほとゝきすなかなくさとのあまたあれはなをうとまれぬおもふものから
けさきなきいまたたひなるほとゝきす花たちはなにやとはからなん
をとは山今朝こえくれはほとゝきす梢はるかにいまそなくなる
おもひ出るときはの山のほとゝきすからくれなゐのふり出てそなく
声はしてなみたは見えぬ時鳥わかころもてのひつをからなん
やよやまて山ほとゝきすことつてんわれ世中にすみわひぬとよ　」
さみたれにものおもひをれはほとゝきすよふかく鳴ていつちゆくらん
よやくらき道やまとへるほとゝきす我やとをしも過かてになく
やとりせしはなたち花もかれなくになとほとゝきすこゑ絶ぬらん
こその夏鳴ふるしてしほとゝきすそれかあらぬか声のかはらぬ
五月雨の空もとゝろにほとゝきすなにをうしとかよたゝ鳴らん
はちすはのにこりにしまぬこゝろもて何かは露をたまとあさむく
夏と秋とゆきかふ空のかよひ路はかたへすゝしき風やふくらん

秋

秋きぬと目にはさやかに見えねともかせのをとにそおとろかれぬる
こよひこん人にはあはしたなはたのひさしきほとに待もこそすれ
わかためにくる秋にしもあらなくにむしのねきけはまつそかなしき

久方の月のかつらも秋はなをもみちすれはやてりまさるらん
秋風にはつかりかねそ聞ゆなるたか玉つさをかけて来つらん
やまさとは秋こそことにわひしけれ鹿のなくねに目をさましつゝ
あきはきの下葉色つくいまよりやひとりある人のいねかてにする
ぬししらぬ香こそ匂へれ秋のゝにたかぬきかけし藤はかまそも
みとりなるひとつ草とそ春は見し秋は色〳〵の花にそありける
里はあれて人はふりにし宿なれやにはもまかきも秋の野らなる
草も木も色かはれともわたつうみのなみの花にそ秋なかりける
もみちせぬときはの山はふく風の音にやあきをきゝわたるらむ
神無月しくれもいまたふらなくにかねてうつろふかみなひのもり
白露の色はひとつをいかにしてあきのこのはをちゝにそむらん
秋のよの露をはつゆとをきなからかりのなみたや野へをそむらむ 」

霜のたて露のぬきこそよはからしやまのにしきのをれはかつちる
ちはやふる神代もきかすたつた川からくれなゐに水くゝるとは
見る人もなくて散ぬるおくやまのもみちはよるのにしきなりけり
ゆふつくよをくらの山になくしかのこゑのうちにや秋はくるらん
道しらはたつねもゆかんもみちはをぬさとたむけて秋はいにけり

冬

龍田川にしきをりかく神無つきしくれのあめをたてぬきにして
山さとはふゆそさひしさまさりけるひとめもくさもかれぬと思へは
おほそらの月のひかりしきよけれは影見し水そまつこほりける
夕されはころもてさむしみよしのゝよしのゝ山にみゆきふるらし
この川にもみちはなかるおく山の雪けの水そいまゝさるらし
ふるさとはよしのゝ山しちかけれはひと日もみゆきふらぬ日はなし
しら雪のところもわかす降しけはいはほにもさく花とこそ見れ
浦ちかくふりくる雪はしらなみのすゑのまつ山こすかとそみる
朝ほらけ在明の月と見るまてによしのゝさとにふれる白雪
梅のはなそれとも見えす久方のあまきる雪のなへてふれゝは
雪ふれは木ことに花そさきにけるいつれを梅とわきて折まし
わかまたぬとしはきぬれと冬くさのかれにし人はをとつれもせす
ゆきふりて年のくれぬるときにこそつゐにもみちぬまつも見えけれ
きのふといひけふとくらして飛鳥河なかれてはやき月日なりけり
行年のおしくも有かなますかゝみみるかけさへにくれぬとおもへは

祝

我君はちよにやちよにさゝれいしのいはほとなりてこけのむすまて
しほの山さしてのいそにすむちとり君か御代をは八千代とそなく 」
かくしつゝとにもかくにもなからへて君か八千代にあふよしもかな
ふしておもひおきてかそふるよろつよは神そしるらんわかきみのため
よろつよをまつにそ君をいはひつるちとせのかけにすまんとおもへは

恋

郭公なくやさつきのあやめくさあやめもしらぬこひもするかな

我恋はむなしき空にみちぬらしおもひやれとも行かたもなし
あふことのなきさにしよるなみなれはうらみてのみそ立かへりける
人しれぬわかかよひ路の関もりはよひ〱ことにうちもねなゝん
君やこん我やゆかんのいさよひにまきの板戸もさゝすねにけり
いまこんといひしはかりになか月の在明のつきを待いてつるかな
いにしへに猶立かへるこゝろかな恋しきことに物わすれせて
月やあらぬはるやむかしの春ならぬわか身ひとつはもとの身にして
花かたみめならふ人のあまたあれはわすられぬらん数ならぬ身は
あひにあひて物おもふころの我袖にやとる月さへぬるゝかほなる
秋ならてをく白露はねさめするわかたまくらのしつくなりけり
あかつきのしきのはねかきもゝはかき君かこぬよはわれそかすかく
色見えてうつろふものはよのなかのひとのこゝろの花にそありける
なかれてはいもせの山の中におつるよしのゝ川のよしやよのなか
風ふけはおきつしら波たつた山よはにやきみかひとりこゆらん

雑

ほの〱とあかしのうらの朝きりに島かくれゆくふねをしそ思ふ
いそのかみふるからをのゝもとかしはもとのこゝろはわすられなくに
世中にふりぬるものは津の国のなからのはしと我となりけり
さくらあさのおふの下くさ老ぬれはこまもすさめすかる人もなし　」
をしてるやなにはのみつにやくしほのからくも我は老にけるかな
老らくのこんとしりせはかとさしてなしとこたへてあはさらましを
我見てもひさしくなりぬ住の江のきしの姫まついくよへぬらん
なにはかたしほみちくらしあまころもたみのゝしまにたつ鳴わたる
鴈のくるみねの朝きりはれすのみおもひつきせぬよのなかのうさ
山河のをとにのみきくもゝしきをみをはやなから見るよしもかな　」

六帖題二

487 五百十六首　古今六帖と号す奥書に云　嘉禄二年仲春下旬之候以民部卿本書写畢云々

第一帖

春たつ日　むつき　ついたちの日　のこりの雪　ねのひ
わかな　あをむま／　なかの春　やよひ　みかの日
はるのはて　はしめの夏　ころもかへ　うつき／　うの花
神まつり　さつき　いつか　あやめくさ　みな月
なこしのはらへ／　なつのはて　秋たつ日　はつ秋
なぬかのよ　あした　はつき　十五夜／　こまひき
なかつき　こゝぬか　秋のはて　はつふゆ　神なつき
しもつき／　かくら　しはす　仏名　うるふ月

としのくれ　あまのはら　てる日／　はるの月　なつの月
秋のつき　冬の月　さうの月　みか月　ゆふつくよ／
ありあけ　ゆふやみ　ほし　はるの風　なつの風
秋のかせ　冬の風／　山おろし　あらし　さうの風　あめ
むらさめ　しくれ　ゆふたち　」

くも　つゆ　しつく　かすみ　きり　しも　ゆき／
あられ　こほり　ひ　けふり　ちり　なるかみ　いなつま
／　かけろふ　第二帖 やま　山とり　さる　しか　とら　くま／
むさゝひ　やまかは　やまた　やまさと　山の井
やまひこ　いはほ／　みね　たに　そま　おのゝえ
すみかま　せき　はら／　をか　もり　やしろ　みち
つかひ　むまや　はるの田／　夏の田　あきのた　冬の田
かりほ　いなおほせとり　そほつ　春の野／　なつのゝ
秋の野　ふゆのゝ　さうの野　かり　ともし　わし／
おほたか　こたか　きし　はと　うつら　大たかゝり
小たかゝり／　野邊　みゆき　みやこ　みやことり

もゝしき　くに　こほり／　さと　ふるさと　やと
やとり　かきほ　いへ　となり　」

井　まかき　には　にはとり　かと　戸　すたれ／　とこ
むしろ　おきな　をんな　おや　うなひ　わかいこ／
くるま　うし　むま　てら　かね　法し　あま／　第三帖 みつ
みつとり　をし　かも　にほ　う　かめ／　いを　こひ
ふな　すゝき　たひ　あゆ　ひを／　かは　かはつ　はし
ひ　ゐせき　しからみ　よかは／　あしろ　やな　江
いけ　ぬま　うき　たき／　にはたつみ　うたかた　さは
ふち　せ　うみ　あま／　たくなは　しほ　しほかま
ふね　つり　いかり　あみ／　なのりそ　も　みるめ
われから　うら　かひ　なきさ／　しま　はま　濵ちとり
はまゆふ　さき　いそ　なみ　」

みをつくし　かた　みなと　とまり　第四帖 こひ　かたこひ
ゆめ／　おもかけ　うたゝね　なみた河　うらみ

うらみす　ないかしろ　さうのおもひ／　いはひ　わかな
つえ　かさし　わかれ　ぬさ　たむけ／　たひ　かなしひ
なかうた　小なかうた　古きなかうた　せとうか
第五帖 しらぬ人／　いひはしむ　としへていふ　はしめてあへる
あした　しめ　あひおもふ　あひおもはぬ／
こと人を思ふ　わきて思ふ　いはておもふ　人しれぬ
人にしらるゝ　よるひとりをり　ひとりね／　ふたりをり
ふせり　あかつきにおく　一よへたてたる
二よへたてたる　ものへたてたる　日ころへたてたる／
としへたてたる　とを道へたてたる　うちきてあへる
よひのま　ものかたり　ちかくてあはす　人をまつ／
人をまたす　ひとをよふ　みちのたより　ふみたかへ
ひとつて　わする　わすれす／　こゝろかはる
おとろかす　おもひいつ　むかしをこふ　むかしあへる人
あつらふ　ちきる／　人をたつぬ　めつらし　たのむる
ちかふ　くちかたむ　人つま　家とうしをおもふ　」

おもひやす　おもひわつらふ　くれとあはす　人をとゝむ
とゝまらす　名をおしむ　おします／　なき名　わきもこ
わかせこ　かくれつま　になき思ひ　今はかひなし
こむ世／　かたみ　玉くしけ　玉かつら　かみ　もとゆひ
くし　たま／　玉のを　たまたすき　かゝみ　まくら
たまくら　はた　ころも／　しほやきころも　なつころも
秋のころも　衣うつ　かりころも　すり衣　あさころも／
かはころも　ぬれきぬ　さうの衣　ふすま　裳　ひも
おひ／　火とり　ことのは　ふみ　こと　ふえ　ゆみ
や／　たち　かたな　さや　はかり　あふき　かさ　みの
／　かたみ　つと　いろ　くれなゐ　むらさき　くちなし
みとり／　にしき　あや　いと　わた　ぬの　第六帖 春の草
夏のくさ／　秋のくさ　冬の草　したくさ　にこくさ
さうのくさ　やまふき　なてしこ　」
秋はき　をみなへし　すゝき　しのすゝき　おき　らに
きく／　くさのかう　きちかう　りうたん　しをに

くたに　さうひ　かるかや／　かや　はちす　かきつはた
こも　花かつみ　あし　ひし／　ぬなは　ねぬなは　あさゝ
うきくさ　つきくさ　わすれくさ　しのふくさ／
ことなしくさ　せり　なき　たて　むくら　玉かつら
くす／　さねかつら　あをつゝら　あさかほ　あさち
つはな　かにひ　あちさゐ／　さこく　すみれ　をはき
わらひ　ゑく　ゆり　あゐ／　まさきかつら　ひかけ
やまたちはな　すけ　さゝ　あふひ　みくり／　よもき
こけ　いちし　しは　むし　せみ　なつむし／
きり〱す　まつむし　すゝむし　ひくらし　ほたる
はたをりめ　くも／　てふ　木　しをり　はな　秋の花
もみち　はゝそ」
まゆみ　かえて　まつ　かへ　たけ　たかむな　むめ／
こうはい　やなき　さくら　かにはさくら　はなさくら
やまさくら　にはさくら／　ひさくら　ふち　たちはな
あへたち花　しゐ　さくろ　なし／　やまなし　もゝ
すもゝ　からもゝ　くるみ　すき　むろ／　まき　かつら
かうか　あふち　かし　くぬき　つはき／　かしは
ほゝかしは　なかめかしは　つゝし　いはつゝし　ひさき
くは／　はたつもり　しきみ　あせみ　やまちさ
ゆつるは　かたかし　つまゝ／　さねき　とり
はなち（ママ）とり　ひなとり　かひ　つる　かり／　うくひす
ほとゝきす　ちとり　よふことり　しき　からす　さき／
はことり　かほとり　かさゝき　もす　くゐな
つはくらめ

488 五百廿七首　自寛元々年至同二年　衣笠内大臣家長公中院入道為家九條入道知家左京太夫行家／右大辨入道光俊詠之」

第一帖之内
みか古今六帖みかの日　たなはな同なぬかのよ　後のあした同あした
秋のけう／　秋のゆふへ同こまひきの下　ふゆのよ同神なつきの下
あかつき　あした　ひる／　ゆふへ　よひ　よは同としのくれの下
ゆみはり　もちつき　いさよひの月／　たちまち　ゐまち
ねまち　はつかの月同ゆふつくよの下　あかつきやみ同ゆふやみの下／
はるさめ　さみたれ　ゆふたち　秋の雨　冬の雨　くも

むらさめ／　しくれ　しも　ゆき　つゆ　しつく　かすみ
きり／　あられ　こほり　ひむろ已上古今六帖 雨の下　ひの上
第二帖之内
野にのそむ同野へ 此題に除之　には／　にはとり　まかき同井の下かきの 上
をうな同をんな　うなひこ同うなひ／　仏事同てらの上
第三帖之内
ちとり同はまちとり　第四帖之内 なみた同なみた河　おもひをのふ／
ふるきを思ふ同さうのおもひの下　同なかうた　小なかうた 古きなかうたせとうか等此題に除之
第五帖之内
はしめてあふ同はしめて あへる　後のあした／　同あした
ひとりぬ同ひとりね　あかつきわかる同あかつきに おく
ひとよへたつる同一よへたてたる」

二夜へたつる同ふたよへたて たる　またす同人をまたす
第六帖之内
きく同此題の下　草のかうきちかう りうたんしをにくたに／　さうひ等除之　同つはなの下 かにひ　さこく等又除之
まさきのかつら同まさきかつら　はたをり同はたをり め
かはさくら／　同かにはさ くら　あつたち花同あへたちはな同さくろ 此題に除之
さなき同さねき　かへるかり／
同かりの下　うくひすの上　同かひちとりつはくらめ等此題に除之
已上　古今六帖と相違之分をしるす此外全同」

増補和歌明題部類下終」

ならの葉の名におふ宮のふることにはよつの時のつゐて／をわかたせたまはねと和哥の題といふもの、ふるくよりさた／まれることは此ふみにかうかへて知り侍りぬそれよりも、／とせ／あまりをへて醍醐のみかとのちうたはたまきをえらはしめ／たまひし時はしめて春夏秋冬恋のうたの外にくさ〳〵の／うたなとをもまさしくつゐてをさためさせたまへれと百首／題といふことは堀河院のおほむときより起りて組題に／四季恋雑を立ることも大略これをはしめとするよし／東の常縁はしるされためりされは十首廿首なとの題を組／分るも此ころより後さかりにをこなはれたる事にて其／

数多きは禅林寺殿の七百首為家の卿の千首なとをもて見」
侍るへし近き世に及ひておほやけに題者の家をたてさせ／
たまへるよりわたくしに題をさためて歌よむことはいとあ
る／
ましき事にそなり侍るされは此れうにとて何人のあら／
はしけるか明題部類といふふみを梓にえりたれと茂き／
ことはの林を分入む人の為にはいまたそなはれりとしも／
見えねはこれをましをきなはむのこゝろさしとし比／
にて家々の打聞をちこちの世々の集ともあまたつと／
へて一首の通題より千首の組題にいたるまてその年月／
あるは題者のしらるへきかきりはこと〳〵くしるしつけ侍
り／
其外法文題詩句題かな題なとのうつしあやまれりとおほ／
ゆるはをの〳〵本書につきて正しあらため侍りて増　」
補明題部類となつけ侍りなを此書にもらせる名所題は／

いにしへよりそのところ〳〵によみ合せたる景物を部類し
て／
續集にをさめ十首より百首まての題の此書にのこりたるも／
あまた侍れは又拾遺のくはたてにも及ひ侍りかくあつめ／
ぬることのよしをことさらにことはり侍るもいとをこかま
しき／
やうなれとあまさかる鄙の長路の末かすゑにもやすくたの
し／
むへき御代にあひたる人々のこの道に入たゝまほしうおも
へ／
らんか組題にともしけれは花にも紅葉にもおもひをかまへ
ん／
よすかなくていたつらに春秋を過しなんことのいとをしく
て／
見あつめたるまゝをかいつけたることに侍れはことのとゝ
の／
ほりたゝしからさるは彼ちからなきかへるのしわさとも」

都人は見ゆるしたうひてむかし寛政五年十月望の日／
なにはの尾崎雅嘉しるす

」

解説

一

本書は、群書一覧、百人一首一夜話等の著書により知られる尾崎雅嘉（宝暦五（一七五五）〜文政十年（一八二七））の編になる増補和歌明題部類を翻刻したものである。後述するように、庭田重嗣の序辞と雅嘉の自跋を備える同書は歌題集成書の集大成ともいうべき著作でその資料的価値は高い。

本書公刊の意図は、これを活字版という扱い易い形態で供し、その一層の活用を促進することにあるが、類似する書の翻刻、公刊には先例がある。慶安三年に板行され大いに広まった明題部類抄（板本）は歌題に訓みを付すが、この訓みも含めて翻刻したものが宗政五十緒他編『明題部類抄』（新典社　一九九〇年）である。増補和歌明題部類編纂の契機であり題名の由来ともなっているこの書の原型は鎌倉末期には成立していたと考えられる。また国立歴史民俗博物館蔵類題鈔は「類題鈔」研究会編『類題鈔（明題抄）影印と翻刻』（笠間書院　一九九四年）として影印と翻刻とが公にされた。上冊には宮内庁書陵部蔵類題鈔による校異を加え、また部分的に防府天満宮蔵明題部類抄による校異も施す同書は、従来の和歌史を補う内容を含むものとして注目された。

公刊されたこともあり両書はしばしば研究に用いられるものとなったが[1]、明題部類抄以降も歌題集成書は引き続き編纂されていたと考えられ、決してこの両書に集約されるものではない。例えばその中には明題古今抄や袖中題抄等が含まれる[2]。

これら一連の書に対して歌題集成書という名称を与えたのは井上宗雄氏である。同氏は俯瞰的な視点から歌題集成書の特質と学術的意義を述べられた。「鎌倉後期に近くなって歌題を集めた書が出来、その後、作歌人口の拡大に伴って多く編まれたこと」を指摘したあと、増補和歌明題部類に対して次のように言及し、明題、類題という呼称についても触れる。

…最も多くの歌題を集めたのは尾崎雅嘉編の『増補和歌明題部類』（板本二冊。正編は寛政五年十月の、続編は翌六年九月の、雅嘉の跋がある）と思われ、今も便利なものとして用いられるが、序で成立・内容が示されている（寛政五年三月庭田中納言重嗣かに「この書は和歌の題てふだいをあげて、中比より今の世までのこす事なくそれがおこれる所をたゞして月日をさへしるせり」と述べている）。なお「明題」とは、題をその和歌の催し（歌合・歌会・撰集・定数歌など）と共に掲出し、題がどういう場において、どういう形で、いつ頃からもちいられたかを明らかにする、の意であろうか。簡単にいえば、題の性質（いつ頃からどのような折に、どのような形で出されたか）を明らかにする意であろう。なお「類題」とは同類の題を集めることであろう。かなり交錯して用いられたので、一書で明題・類題という複数の呼称を付されたり、同名異書が出来たりするのである。

右に述べるように、増補和歌明題部類は現存する歌題集成書中、最大規模のものとなる。先行する明題部類抄は千首題から一首題へと題数の多い組題から始まるのに対して、増補和歌明題部類はその逆の配列を採用し、庭田重嗣による序辞が述べるように、歌題のすべてを掲げ尽くし、さらにその用いられた機会や時期を特定して記すという壮大な構想のもとに編纂された。

以下、尾崎雅嘉について特に歌題に関わる著作類を中心に略述し、増補和歌明題部類の構成と内容の大凡を記す。

二

大坂難波で生まれた尾崎雅嘉は、多数の編著書を遺した。その著、群書一覧が板本一〇七七点、写本六五二点を扱っていることからも知られるように、雅嘉は蔵書家、博覧家と称するのが相応しい人物で、木村蒹葭堂や香川景樹一門との交流も指摘される。和歌関係の著作については、百人一首一夕話の他、古今和歌集の俗語訳ともいうべき古今和歌集ひな言葉等があるが、以下に挙げる一連の歌題に関する著作類からは、本文解釈や注釈作業よりも、収集、披見した広汎な文献から必要な内容を抽出、再編成し、それらを新たな著作として世に送ることにその力を発揮した、という印象を受ける。

管宗次氏により、その伝記と著作については詳らかに論じられてきた(3)。同氏によれば、安永四年（一七七五）、二十一歳のときにものした千首部類（別名千首類題）一巻一冊（国会図書館蔵わ九一一・一四・二〇）が、雅嘉の和歌に関する著述の初作となる。和歌に関する著作が集中するのは寛政年間であるが、ここでは特筆すべき事柄のない寛政年間の冒頭を割愛し、寛政五年以降の時期に絞って関連著作の成立、刊行状況を確認してみたい。

管氏作成の年譜を参考にしつつ、和歌関連著作のうち、成立年、刊年が明らかな書のみを記すと次の通りである。＊は『享保以後大阪出版書籍目録』（清文堂　一九六四年）の記載によることを表す。書名の表記は同書により、初めて板行された時を太字で示した。

寛政五年（一七九三）　三十九歳

十月、増補和歌明題部類二巻二冊成立。雅嘉自跋（同月望日付け）あり。

*十一月、和歌明題部類二冊、板行出願、十二月許可。
*同月、続和歌明題部類一冊、板行出願、十二月許可。
寛政六年（一七九四）四十歳
三月、**増補和歌明題部類**二巻二冊刊。（一冊本もあり）（寛政十年板、嘉永二年板、安政五年板、刊年不明板あり）
九月、**続和歌明題部類**一冊刊。雅嘉自跋（同月九日付け）あり。
寛政七年（一七九五）四十一歳
九月、和歌呉竹集十巻二冊成立。雅嘉自序あり。
*十二月、掌中和哥明朗類集一冊、板行出願、同月許可。
冬、掌中和歌明題集、続掌中和歌明題集成立。雅嘉自序あり。
寛政八年（一七九六）四十二歳
正月、**古今和哥集ひな言葉**六巻六冊刊。（二冊本もあり）
*三月、古今和哥集ひな言葉六冊、板行出願、五月許可。
*同月、続撰吟和歌集類題一冊、板行出願、五月許可。
*九月、百人一首ひなことば四冊、板行出願、十月許可。
十一月、掌中和歌題林抄成立。雅嘉自序あり。
寛政九年（一七九七）四十三歳
*六月、和歌枕詞補註二冊、板行出願、十二月許可。
*同月、掌中和哥類題集一冊、再板願出、十二月許可。

九月、**和歌呉竹集**十巻二冊刊。（三冊本もあり）（天保六年板、万延元年板、文久三年板等あり）

＊十一月、古今和歌集両序雛言二冊、板行出願、寛政十年十月許可。

寛政十年（一七九八）　四十四歳

十一月、**和歌枕詞補註**二巻二冊刊。雅嘉自序あり。（天保四年板、万延元年板、明治版あり）

増補和歌明題部類二巻二冊再刊。（一冊本もあり）

続和歌明題部類一冊再刊。

寛政十一年（一七九九）　四十五歳

＊三月、掌中和歌題林抄小本一冊、板行出願、四月許可。

四月、**掌中和歌題林抄**横本一冊刊。

同月、**掌中和歌明題集・続掌中和歌明題集**横本一冊（合刻）刊。

（和歌幣袋横本一冊もこの時刊行か。嘉永二年補刻板あり）

寛政十二年（一八〇〇）　四十六歳

五月、**続撰吟和歌集類題**六巻一冊刊。

〈備考〉刊年不明…**古今和歌集両序雛言**二冊、雅嘉自跋あり。

未刊…百人一首ひなことば（但し、吉海直人『百人一首注釈書目略解題』（和泉書院　一九九九年）は「ごく少部数私家版的に頒布された可能性もある」と指摘する）

寛政十二年は群書一覧の板行が出願された年でもあり、三十代後半以降、雅嘉は著述作業に没頭していたと想像される。

この時期の雅嘉の和歌についての関心は、歌ことばと歌題に集約されよう。それは、古語を鄙言（ひなことば）に置換した著作や続撰吟和歌集類題のような類題集に加え、歌題を分離し歌題のみを列記する、或いは歌題の題意を述べて例歌を添えるといった形態の一連の著作に顕著に窺える。特に歌題と関わる書として、増補和歌明題部類、続和歌明題部類と、和歌幣袋[4]に含まれる掌中和歌明題集、続掌中和歌明題集、掌中和歌題林抄の三書が相次いで成立、板行され、量産ともいうべき状況であったことがわかる。寛政十一年（一七九九）に刊行された和歌幣袋は薄葉摺の懐中本一冊で、「不関子」による掌中まさな草、石津亮澄[5]による掌中仮名字例と、雅嘉による掌中和歌明題集・続掌中和歌明題集・掌中和歌題林抄の計五種を合刻したものである。うち雅嘉による書については、掌中和歌明題集・続掌中和歌明題集を合刻して一冊とした形、掌中和歌題林抄を一冊とした形で、それぞれ寛政十一年四月に単行していることも確認される。

これらの書に加えて、掌中和歌明朗類集、掌中和歌類題集という書名が確認されるが、この二書については、同題の書が見当たらず一考を要する。特に掌中和歌明朗類集という書名中の明朗類集はその意味するところが不明で類例もない。

この二書は『享保以後大阪出版書籍目録』に次のように載ることによってのみ知られる。掌中和歌類題集は初板の願出が載らず、「再板願出」という形でのみ同書に掲載される。尚、左の記載中の春蔵とは雅嘉の通称で、俊蔵と記す場合も認められる。

掌中和哥明朗類集　一冊
丁数六十六丁
作者　尾崎春蔵（難波村）
板元　奈良屋長兵衛（博労町）

出願　寛政七年十二月
許可　寛政七年十二月

掌中和哥類題集　一冊
再板願出
作者　尾崎春蔵（梶木町）
板元　奈良屋長兵衛（博労町）
出願　寛政九年六月
許可　寛政九年十二月五日

掌中和哥明朗類集については、和歌幣袋に含まれ単行もされた掌中和歌明題集・続掌中和歌明題集（合刻本、丁数六十六丁）のことを指すかとも考えられるが、或いは掌中和哥類題集という表題に混乱が生じたもので掌中和哥類題集とは同一の書であるかとも考えられ、これだけの情報では判然としない。

一方、掌中和歌類題集という書は、現在、その存在が確認できないものの、「再板願出」であることから未刊であったとは考えにくい。『享保以後大阪出版書籍目録』に記載がないが、書名中の語順が入れ替わる和歌掌中類題集という書は現存する。同書は、目録題が和歌掌中類題集、尾題が掌中類題集、丁数は六十五丁、序辞に「寛政やつのとし霜月ついたち」と記し、刊記には「寛政八年丙辰冬十一月／奈良屋長兵衛板」とある。遠近廬主人の編とされる同書の内容は、既に三村晃功氏によって詳論されるところである。(6) 同書は雅嘉の歌題に関わる一連の書と共通の関心のもとにあり、歌題の配列を月次順、素材別に列記した実用的な内容である。その刊行時期、書肆から察するに、特に本体である歌題集成部分については雅嘉自身の関与も想起されなくはないが、群書一覧(7)にある次の記述によりそれは否定される。

> 掌中類題集　一巻
> 作者詳（ツマビラカ）ならず　此書は組題にはあらずして四季恋雑の常によむべき題どもをあつめしるし巻尾に制（セイ）の詞小点の詞等を附録（フロク）したる小冊也

尚、同書には冒頭の序辞とは別に、本体の後半辺りに無記名の跋文的文章が挿入される。この部分について、三村氏は「序文に連続するとおぼしき記述」とされ、書林広告を「咀嚼・吸収し」「自家薬籠中のものにし」た遠近廬主人により作成されたものという考えを示した。全文は以下の通りで、その中には明題部類、続明題部類、掌中題林抄の名が見える。

> この外会席の當座に用ゆへき組題の分は一首の通題をはしめとして十首廿首五十首百首千首の組題詩句題経文題かな題にいたるまてあまねく明題部類にあつめのせ又続明題部類には名所題ならひに四季恋雑よみあはせの景物をしるしたれはこれらは彼書にゆつりて此書にはもらし侍りさて題のこゝろの解しかたきは掌中題林抄に注釋してをの〳〵證歌を引たれは此書の題のこゝろをもかよはして考ふへきものにこそ侍るめれ

同時期に同書肆から本を刊行してはいるとは言え、遠近廬主人が雅嘉の編著書名を引用しつつこのような口吻で述べうるものかどうかという点で、また引用される掌中題林抄は成立が和歌掌中類題集の刊記と同じ年月でこの時点では未刊であるという点で、この文章を遠近廬主人のものとする考えには些か疑問を感じる。この文章については、和歌掌中類題集刊行の過程において、遠近廬主人のあずかり知らぬ形で雅嘉自身かその周辺の人物（書肆）によって付されたものではなかろうか。この文章の付加自体、『享保以後大阪出版書籍目録』に同書が「再板願出」として載ることと関係があるようにも思われるが、後考を俟つこととしたい。

以上述べたように、寛政期の雅嘉が編纂した歌題集成書及び歌題解説書で現存するものは、増補和歌明題部類、続和歌明題部類、和歌幣袋があり、和歌幣袋のうち、掌中和歌明題集、続掌中和歌明題集と掌中和歌題林抄はそれぞれ単行もされた。千首部類から始まった雅嘉の和歌に関する書は、歌題への関心が集約された最も大部な増補和歌明題部類、続明題部類の刊行に結実し、以降の和歌幣袋やこれに含まれる書の単行本は、両書の内容を再編成、抜粋し書き増す形となっている。つまり、雅嘉の歌題への関心は、大著である増補和歌明題部類、続明題部類とに集約され、これらが以降の書の基盤となっていると言えよう。

三

寛政六年（一七九四）三月に刊行された増補和歌明題部類は、寛政五年（一七九三）季春の「庭田中納言」の序辞と同年十月の自跋とを備えた板本（二冊本）である。管氏によれば、十年板、嘉永二年板、安政五年板、刊年不明板もあり、当時、かなり流布したものと考えられ、現存する数も少なくはない。また同年九月には名所題を集成する続和歌明題部類も刊行された。

この二書については、群書一覧中に雅嘉自身がその内容について述べている。その本文を記すと次の通りである。

増補和歌明題部類　二巻　尾崎雅嘉

此書は原本明題部類抄のあやまれる事どもを正し彼書の中の採へきかぎりはこれを用ゆ　彼原本には貞治の比までの組題を挙てその後に及ぼさず　今此書には建久前後の題の原本にもれたるものを諸書に考へてこれをしるしそれより以来宝徳文明天和寛永の比より近く享保延享宝暦明和正しく當時にいたるまですべて公宴御会諸家内会に用ひられたる組題どもをひろく考へあつめをの〱その年月日題者等をしるしつけてそのよりどころをしらしむ　一首通題よりはじめて二首題三首題五首七首十首十二首十五首廿首三十首あるひは四十七首等次に五十首より百首三百六十首七百首千首にいたるまでをの〱四季に次第してその時々に用ゆべき組題をわかち収め奥に和漢朗詠題詩句題経文の題仮名題かな句題六帖題等を附してもつはら近體家和歌会宴の用にそなふ　巻首に庭田大納言殿の御序をのす　巻尾に雅嘉自跋をくはふ　寛政六年上木す

續和歌明題部類　一巻　同上

明題部類にもらせる名所の組題一首通題より二首三首五首題八景題十首題十二景題より三十首五十首百首題にいたるまでをの〱年月題者等をしるしてこれをのせ次に四季恋雑に次第してあまたの題をあげそれらの題によみ合せ来れる名所の分をひろく諸書に考へてこれをしるしをの〱引書國名等をしるせり　○此書巻首に名所の組題を挙るをもつて續明題部類と号すといへどももつはら会席に携へて四季恋雑の題によみあはすべき名所をしらしめんがためにあらはせるものなれば先にあらはせる増補明題部類とはその趣意ことなる書也　此書にも庭田大納言殿序辞を賜へり　寛政六年刻

文中には、増補和歌明題部類が先行する明題部類抄に訂正を加えつつ、「建久前後」から「享保延享宝暦明和正しく當時にいたるまで」の「公宴御会諸家内会に用ひられたる組題ども」を収集し、詠作機会や題者等を注記したものであったことが述べられる。また続和歌明題部類は名所を中心にしたもので「増補明題部類とはその趣意」は「ことなる書」であったが、一連のものとして編まれたものであったことも記される。このことは、増補和歌明題部類の冒頭の目録に、上下巻に加え、続集、拾遺についても記載されていること、自跋中に続集、拾遺について述べていることとも一致する。また「書林宣英堂歌書目録　大坂奈良屋長兵衛板」に次のように掲載されるところからも、これらの書が相次いで板行される予定であったことが明らかである。(8)

尾崎雅嘉著 増補和歌明題部類	一首より千首までの組題并ニ 経文題詩句題かな題五万余を集メ 出所年月等委しく記シ及びよみくせを知しむ	小本 二冊
同続和歌明題部類	名所組題各題名所読合を四季恋 雑景物にて分ち大に会席ニ携る便 用とす尤此證哥ハ松葉集にてみるべし	同 一冊
同明題部類拾遺	正続にもれたるところの組題并ニ名 所題いろは分景物よみ合くはしく記す	同 一冊
同明題部類之抄	すべて題のこゝろを初心の聞やすき やうに解してよみかたを知らしむ	同 一冊

右によれば、まず、増補和歌明題部類が編まれ、続いてその続編が名所組題と名所に詠み合わせる景物を集めて作られた。さらに、拾遺としていろは分類による景物の詠み合わせ等を採録した書、抄として初心者向けに題を解説した書まで

もが掲載され、これらが増補和歌明題部類を含む四部作として企画されたものであったことを知る。しかし現在のところ、拾遺と抄の二点については書籍の形での確認ができず、未刊であったかとも考えられる。

尚、増補和歌明題部類、続和歌明題部類に序辞を寄せたのは「庭田大納言」すなわち庭田重嗣（宝暦七（一七五七）～天保二年（一八三一））である。序辞に記される年月は寛政五年（一七九三）三月と十一月で、当時の重嗣は従二位権中納言、群書一覧の板行が出願された寛政十二年（一八〇〇）には正二位権大納言であった。堂上歌人としての活動が認められる重嗣には、寛政五～七年のことを記した庭田重嗣歌道之日記（書陵部蔵二六四‐四七三）等が遺るが、増補和歌明題部類、続和歌明題部類の序辞を執筆するに至ったいきさつは不明である。

四

さて増補和歌明題部類は、その自跋によれば「何人のあらはしけるか明題部類といふふみを梓にえりたれと茂きことはの林を分入む人の為にはいまたそなはれりとしも見えねはこれをましをきなはむのこゝろさしとし比にて」編纂したものである。これを文字通りに解すれば、増補和歌明題部類は先行する明題部類抄に増補を加えた書ということになる。しかし、既述のように組題数の多いものを先として配列する明題部類抄と、少ないものを先としてさらに詩句題や、経文題、仮名題等の区分を付加する増補和歌明題部類とでは配列、内容が異なり、明題部類抄の枠組みに単純に歌題を書き増すことだけでは増補和歌明題部類は成立しない。ここでは簡略に両書の構成の比較をおこない、増補和歌明題部類の独自性について明確にすることを試みたい。

まず、増補和歌明題部類の配列について述べる。同書冒頭の目録に明示される通り、所収される組題は一首通題から千首題までが順に配され、その後、和漢朗詠題等の漢詩句題、さらに経文題、假名題、六帖題を収める。千首題までは、各区分内がおおむね春夏秋冬四季恋雑に部類され、それぞれに組題が配される。(9) 詩句題の区分内が三首題、二十首題、三十首題、五十首題、百首題の順であるように、以後の区分内も少ない題数から多い題数へと整然と配される。六帖題は古今六帖の標目を順に掲載し、新撰六帖については六帖題を基本とし相違箇所を記す形をとる。

一方、明題部類抄の構成の大凡を板本によって示し、その所収組題数を算用数字で記すと以下の通りである。(10) 尚、所収組題数は目録表記にはよらず本文による。

巻一　千首題4
巻二　七百首題1　現存六帖題1　三百六十首題3　三百三十三首題1
巻三　百首題22
巻四　和漢朗詠題1　百首題10　百五十首題1
巻五　百首題11
巻六　五十首題5　四十六首題1　三十首題1　十五首題2　十首題10　一字抄題1
巻七　十首題5　六首題1　五首題7　三首題36　二首題3　一首題90

これらのうち、一字抄題は明題部類拾遺に入れられる予定であったため増補和歌明題部類には含まれない。(11) また百首題、五十首題の中に含まれる組題のうち名所題は続和歌明題部類に収められ増補和歌明題部類には含まれない。増補和歌明題部類では、漢詩句による組題は詩句題に、現存六帖題は假名題に一括されている。このような状況からは、明題部類抄を元にしながらも、和歌明題部類各書に載せるものを選り分けたことや、単に区分ごとに増補したのではなくまず区分を立て各組題を適切に配置していくような精緻で計画的な編纂方法が採られたことが窺える。

増補和歌明題部類で新設された区分は四首題、七首題、八首題、九首題、十二首題、十三首題、十四首題、十七首題、十八首題、二十首題、二十四首題、二十五首題、二十五首題、三十一首題、三十二首題、三十三首題、三十六首題、四十首題、四十七首題、五十五首題、六十首題、六十五首題、六十六首題、七十首題、七十五首題、二百首題、詩句題、韻歌題、経文題、假名題の多数にのぼる。例えば新設された二十首題の区分には二百近くの組題が収録され、建暦、承久以降、永享、嘉吉、文安、宝徳といった元号とともに詠作機会が記される場合も見える。また収集した組題は、題数だけでなく、内容によっても部類されているが、自跋には「法文(ママ)題詩句題かな題などのうつしあやまれりとおほゆるはをの〳〵本書につきて正しあらため」とあり、これらの中には細やかな確認作業をおこなったものが含まれていることもわかる。

さて区分ごとに明題部類抄からの継承状況を確認してみると、七百首題、和漢朗詠題等のように、明題部類抄をそのまま受け継ぎ増補を加えない場合や、千首題、三百六十首題等のように、明題部類抄を基本とし増補和歌明題部類では単純に組題を増補しているだけという場合もある。しかし、多数の組題を収集している百首題や五十首題、三十首題等においては、区分内で春夏秋冬各季と四季、恋雑に部類するという明題部類抄にはなかった編纂方針を用いたことによって、両書は随分異なったものとなっている。

例えば五十首題の部分を例にとってみると、明題部類抄では「建仁元年春　後鳥羽院老若歌合」「匂(ママ)題建仁元年十一月　後鳥羽院」「建仁元年夏　守覚法親王」「承久元年　道助法親王」「名所　年記可ㇾ尋之　入道前大納言為家卿」を詠作機会として注する五組題が載るばかりである。一方、増補和歌明題部類では下巻に配され、目録に「五十首題七十七」とその収録組題数を示す。部類別組題数は春7（220〜226）夏5（227〜231）秋3（232〜234）冬2（235・236）四季57（237〜293）恋雑3（294

〜296）となっている。明題部類抄に見えた五組題中為家の名所題は採られず、残りの四組題は詠作年次順に四季の冒頭に配される。(12) この四組題以外の七三組題についてはすべて増補となる。それらの詠作機会注記に含まれる年次を見ると、早いものが295「永享頃　御月次」220「嘉吉四正九尭孝出題」、最も遅いものが226「明和二二廿四御月次」で、増補の年代幅が三百年以上の期間にわたる相当に広いものであったことに改めて気付かされる。

以上のごくわずかな部分の比較を通してみても、増補和歌明題部類は、その書名に明題部類という語を含み骨格は明題部類抄によりながらも、その内容は同書をはるかに凌駕するものであり、単に「増補」という語では捉えきれないものと考えるべきであることがわかる。

五

さらに増補和歌明題部類の配列、内容について続ける。五首題までを除いて、各区分を比較すると、収載組題数が多いのは二十首題、三十首題、五十首題、百首題等であり、当時の実際の詠作の場における組題の用いられ方を反映しているものと考えられる。このうち、下巻三十首題の四季に部類される組題（全八四）の記載を例に、その配列原則について見ると次の通りである。

三十首題のうち四季の部類は、110「元久元十二　八幡三十首御會」と記す「春　夏　秋　冬　雑各六首」という組題から始まり、以降、113「文明十四　哥合」114「永正頃道堅詠之」115「同頃逍遥院被詠之」116「同上石山法楽」等、詠作機会を記す組題が続き、さらに、122「慶長十四十一三近衛家当座詩歌」124「慶安四十廿　仙洞御會」等、年次順に記載が続く。この部類の末尾の詠作機会を順に記すと、188「同（宝暦）八正廿七同上（御當座）題者為村」189「同（宝暦）十四正廿六同上（御當座）題者同上（為村）」190「年紀可尋之冷泉家出題」191「同上（年紀可尋之冷泉家出題）」192「同上（年紀可尋之冷泉家出題）」となっている。このように、その詠作年次によって古いものから新しいものへと並べ、年次を明記しないものは末尾に集めるというのが増補和歌明題部類の配列原則で、下巻の五十首題295のように例外はあるものの、大凡、各区分内はこれに従う。例えば、一首通題についても素材ごとにまとめられた中は年次順配列になっている。

また年次を明記されないものの中には「冷泉家出題」「飛鳥井家出題」という詠作機会注記を伴うものがあり、「年紀可尋之」という注も併記されることが多い。こういった注記から、増補和歌明題部類編纂資料の中には、歌道家由来の歌会もしくは出題の記録類が含まれていたことが思量される。例えば、奥書に「天和三年九月中旬　羽林中郎将藤原為綱」とある伊達文庫蔵組題飛鳥井家（九一一-二〇三・二）と引き比べてみると、上巻446・同449・下巻262が組題飛鳥井家の4・3・9と一致すること等を指摘することができる。歌道家に関わる人名を本書中に求めてみると、飛鳥井家の場合は、雅世、雅親（栄雅）、雅康の他、雅章、雅直、雅豊、雅香、雅重等歴代の名が、冷泉家の場合は、下冷泉家の持為、政為の他、上冷泉家の為尹以下、為清、為綱、為久、為村等の名が見える。

年次が明記される組題のうち、最も新しいものは明和八年（一七七一）八月で、安永、寛政といった編纂直前期の元号は見えない。明和八年七月及び八月と記す詠作機会例を具体的に示すと次の通りである。

上巻十五首題の区分の四季474には「同（明和）八七廿五同上（冷泉家當座會）」とあり、「鶯　櫻　惜春　郭公　橘　納涼　草花　月　紅葉　時雨　雪　早梅　古松　鶴　祝言」の十五題を載せる。また下巻経文題十七首の区分の433には「明和八八廿五　冷泉家　観自在尊前法楽」とあり、この催事は、上巻1一首通題の79「寄月釈教」題の詠作機会として記される「明和八八廿五同上（冷泉家）観自在尊前供養」、唯一の十八首題の例として載る上巻478の「明和八八廿五観自在法楽冷泉家　載経文題中」（歌題記載ナシ）と同一のものである。二十首題の四季に区分される上巻875には「同（明和八）年八廿九同上（冷泉家當座）」とあり、八月二十九日に催行された歌会の当座題であったことが示される。いずれも冷泉家の関わる場での組題であることから、年次を明示するものの最下限となる辺りの資料源は冷泉家に由来するものであったと推定される。

以上より、収載組題のうち、年次を示す詠作機会の下限は明和八年八月となることが明らかとなったのであるが、これは既に掲げた群書一覧中の増補和歌明題部類について述べる部分でその採題の下限を「近く享保延享宝暦明和正しく當時にいたるまで」と記していたこととも呼応する。本書の完成、刊行が寛政に入ってからであることを考え合わせると、雅嘉は刊行直前まで資料収集に努め増補を重ねていたのではなく、既に手元に収集していた資料群に、明和八年前後までのある程度まとまった冷泉家由来の歌題資料等を加え、それらを明題部類抄の枠組みを利用しつつ一書としてまとめ上げていく作業に相当の時間を費やしたのではなかろうか。

多数の歌合や歌会で用いられた題を収載する増補和歌明題部類の編纂資料について、自跋では「家々の打聞をちこちの世々の集ともあまたつとへて」と述べるに留まり、個別の集名を掲げることはしない。中世以降、多く編纂されていた類題集の類いからは組題の形で歌題を収集することは難しく、それらは直接の編纂資料とはなりにくかったと考えられ、編纂資料としては、公宴続歌や御会集に類する歌集や歌稿、正徹、尭孝、実隆等の私家集、個別の歌会や続歌の歌稿等がその中心であったのではないだろうか。明示される出典の中には明月記の名も見え、その範囲が歌書に留まらなかったことを窺わせる。さらに中世成立の歌題集成書類から採題したことも考えられよう。雅嘉は、その交友関係から稀覯本を目にする機会にも恵まれたと思われ、資料を博捜して本書の編纂に携わったに違いない。編纂資料の詳細については今後の研究に委ねたい。[13]

六

最後に、本書編纂と少なからず関係があったであろう雅嘉自身の著作物について触れておきたい。

雅嘉には歌題による詩歌の分類意識や題詠そのものへの関心に基づいて編纂された集があったことが確認できる。大阪府立中之島図書館に現存する倭歌題詩集（七巻七冊、雅嘉自筆稿本）は、歌題によって詠じられた近世日本漢詩を類聚した書で、雅嘉の歌題に対する関心が漢詩にまで及ぶものであったことを示している。(14)

また自身が編纂した類題和歌集を、複数、群書一覧に載せるが、「千首類題　写本　二巻」については「上巻は千首部類の例にしたがひ下巻は混雑（コンザツ）の題をふたゝび類題に分てり」と述べる。「續（ショク）撰吟和歌集類題　六巻　一本」と「新続撰吟和歌集類題　写本　二巻」については、前者が北畠親顕卿自筆の写本を元に「類題の體にあつめて袖珍（シウチン）本」としたものであることを述べ、後者については次のように述べている。

文明永正大永の頃の諸家の打聞続歌百首等のうたをえらひて類題とす　此書題の数を多く収（オサ）むるを専（セン）とすれば会席に携（タヅサ）へて證歌をもとむるに便（ベン）なるべし

これらの記述からは、雅嘉が、従来の部類された定数歌や続歌等の形態には飽きたらず、歌題をもとに和歌の配列を再編成した類題という形態にこそ、歌作上の実用性を見いだしていたことがわかる。

引き続いて掲載する類題證歌集という類題集については、特に詳細に次のように述べる。

類題證歌集　写本　八巻　同上（尾崎雅嘉）

勅撰集私撰集諸家集歌合物語記録等より禁裏仙洞御会續歌諸家打聞等にいたるまで數百部の書によりて博く題詠の歌を採その中に於て題ごとに一首をえらひてこれをのす　其題の義は同じけれど文字の異なるものは三首五首といへどもならびにこれをのせあるひは假名題句題詩句題故事題経文題物名題名所題等にいたるまで愚眼の及ぶかぎりはもらさずこれをとりたれば題の数二萬五千に餘れり　よみ人は延喜天暦の比より當時にいたる　此書一題に一首のうたをとりたれば證哥を考ふるにせばきやうなれども其題の前後に同意の題ともをのする事勅撰類題に倍すればかへりて考索に便ある事多かるべきものなり

この書については、新続撰吟和歌集類題とともに、福井久蔵『大日本歌書綜覧』上巻（国書刊行会　一九七四年（初版は一九二六年））等にも載るが、詳しくその所在や内容について触れるものは管見に入らない。「題の数二萬五千に餘れり」「一題に一首のうたをとりたれば」といった記述から題詠手引き書として大規模な内容を備えたものであったと考えられ、雅嘉が撰歌に力を注いだものであったことが窺われる。

これらの類題和歌集は、群書一覧（享和二年（一八〇二）刊）に掲載されていることから一八〇〇年初めころまでに成立していたことは間違いない。

雅嘉にはまた広類題集という歌集もあった。これは蘿月庵国書漫抄に添えられた実弟谷川于喬の跋文中に「歌の書には広類題集とて、勅撰集に入らぬうた、又めづらしき題のうた共のかぎり、見出るまゝに、ついでをわかちて、三十六巻あり」と載るものである。(15)

この書については、自筆稿本とされるものが静嘉堂文庫に所蔵されており、内容を確認することができる。以下、簡単に書誌を記す。袋綴、各冊ほぼ縦二三・〇×横一六・三糎、三五巻拾遺一巻計三六冊（春五・夏三・秋七・冬三・雑十三・拾遺一）、墨付き丁数は最も少ない秋之七で三十丁、最も多い雑之十一で六十二丁である。各冊巻頭の目録部分には「轟月庵」の方印、松井簡治旧蔵書であることを示す「松井氏蔵書章」印、他一種の朱印がある。後補表紙の貼題簽には各冊とも「廣類題倭歌集」（「倭」を「和」、「歌」を「哥」とする場合もある）と記し、その下に「春之一　一」「秋之一　九」といった形式でその巻数を示す。仮綴時点での表紙がそのまま表見返し、裏見返しとしてそれぞれ後補表紙に糊付けされる体裁で、その原装表紙にも各冊ごとに「廣類題」という外題と「春部一」といった巻名が記されていることが読み取れる。雑部についても後補表紙と原装表紙双方に「雑之一　天象　地儀」といった形で巻名が記されるが、後補表紙と原装表紙とで文言に若干の相違が認められる場合もある。各冊とも目録に引き続いて本文を記すが、その本文は半丁十三行書で、題、出典、和歌、詠者名を一行書にする。本文部分には丁数を打ち、目録にその対応する丁数を表示し、また目録末尾には掲載歌題数を記す冊が多い。また原装裏表紙にあたる部分（現在裏見返しで糊付けされている面）に歌数を記す冊もある。その和歌は、六帖題を除き、一題につき一首を掲載する形で一貫している。目録部分冒頭には目録題、本文冒頭には内題を備え、それぞれ「廣類題倭歌集巻第…」という形式で記される。

実は、春之一、春之四の目録題を除き、各冊の目録題と内題には補筆と訂正が認められる。題中の「廣」は補筆であり、「倭」は「證」を消して上書きされているのである。つまり、静嘉堂文庫に蔵される「廣類題倭歌集」の本来の目録題及び内題は「類題證歌集」であることが確認できるのである。春之一、春之四の目録部分は目録題を含めすべて書き換えられたものとおぼしく、両冊とも、書き換えられていない本文冒頭の内題には「證」を消した痕跡がはっきりと窺える。

本来の内題「類題證歌集」は以下の二箇所に残存している。

拾遺の直前冊となる三五冊雑之十三は、雑部十三と公事部を合わせて一冊となっている。この目録部には、それぞれに書き換えの痕跡を留める「廣類題倭歌集」という目録題に引き続いて、「神　伊勢…」で始まる「雑部十三」と、「四方拝」から始まる「公事部」が記される。これらに対応する本文部分の内題をみると、雑部十三については「廣類題倭歌集　巻第三十五」に書き換えられているが、中間の二八オからはじまる公事部については、書き換えをする際に見落としたらしく「類題證歌集」のままとなっている。また現在、裏表紙に糊付けされている原装裏表紙には、冊によっては反古紙が用いられ袋綴の内側に文字を確認することができる場合がある。そのうち、二三冊雑之一の裏見返し内面には天地逆になった「類題證歌集　巻第二十三」の文字が読み取れる。

これらの状況を鑑みると、雅嘉自身が群書一覧に載せる「類題證歌集」と実弟谷川于喬が蘿月庵国書漫抄の跋文で述べる「広類題集」とは、多少の補訂がおこなわれたことは考えられるものの、その内容は同一の書と見なすべきであろう。「類題證歌集」の「一題に一首のうた」という掲載形式は六帖題を除外すると静嘉堂文庫本の現状にあてはまり、群書一覧に記される内容の上からも矛盾するところがない。

現存する静嘉堂文庫本の形態から推察されるのは、群書一覧執筆の時点では八冊であった「類題證歌集」が、三五巻拾遺一巻の三六冊に仕立て変えられて書写され、続いてその書名が「類題證歌集」から「廣類題倭歌集」に改変され、「広類題集」として蘿月庵国書漫抄に記載された、という過程である。八冊から三六冊への編成変更、書名の改変という操作がいつおこなわれたのか、またどこまでが雅嘉の、そしてどこからが于喬の所為であるのか、という点については判然としない。雅嘉と于喬の筆跡が類似していることも判断を難しくする。

この類題集は群書一覧の記述からわかるように雅嘉によって編纂されたものである。所収歌には出典が記され、一首毎に勅撰集、私撰集、家集、千首、歌合等の名が記される。しかし中には和歌を欠く場合がある。歌題だけを載せ「歌未勘」

とするのは、歌題を優先して採録したことを示していよう。このような場合からもわかるように、一連の類題集編纂の際の資料源は、歌題集成書のそれと重複するところがあったと想像される。ただ「類題證歌集」すなわち「廣類題倭歌集」の所収歌は余りに多く、本書とこの歌集との関係性、編纂資料の共通点等については、今は検討が及ばない。

七

既に井上氏が指摘するように、現存する歌題集成書類の数は夥しい。その中で板行された実用的な書として、雅嘉の一連の書や和歌掌中類題集、和歌組題集等(16)がある。これらの記載方法に見るように、歌題集成書は、時代が下るほど詠作の場や出題者等の記述を省き、その用途を歌作現場における出題手引きに特化して編纂される傾向にある。しかし増補和歌明題部類は寛政期の著作でありながら詠作機会に関する注記を完全には消し去っていない歌題集成書である。鎌倉期以降成立の歌題集成書である明題部類抄を基に、中世から近世に至る時期の資料を相当数加え、再編成したものが増補和歌明題部類であり、明和期までの詠歌状況を考究する資料としても有用なものである。また増補和歌明題部類は歌題集成書の展開を通史的に考える立場からみると一つの到達形態を示すものとも言えよう。御会や各種歌会での歌道家による出題状況や組題の構成の変化、組題の転用の実態、編纂資料の復元、続歌、御会の記録や古記録類との照応等、増補和歌明題部類を用いた研究の進展により、明らかになることは多い。

増補和歌明題部類の翻刻本文の公刊が、今後の和歌文学研究の進展に寄与することを願ってやまない。

注

（1）明題部類抄を用いた研究の例として、佐藤恒雄『藤原為家研究』（笠間書院　二〇〇八年）第二章第四節「新撰六帖題和歌の成立」、第七章第五節「三十六人大歌合撰者考」、拙著『題詠に関する本文の研究』（おうふう　二〇〇〇年）第二章第一節「原撰本『和歌一字抄』上巻の基礎的考察」、同章付節一「崇徳院句題百首考」、拙稿「祐徳稲荷神社蔵「文集句題」の本文形態」（『国語と国文学』第七八巻第九号　二〇〇一年九月）、同「祐徳稲荷神社中川文庫蔵『文集句題』について」（文集百首研究会編『文集百首全釈』風間書房　二〇〇七年）等がある。類題鈔を用いた研究の例として、浅田徹「藤原仲実の類林和歌について」（橋本不美男編『王朝文学　資料と論考』笠間書院　一九九二年）、拙稿「国立歴史民俗博物館蔵『組題集成』①について（上）」（『神戸女学院大学論集』第五七巻第一号　二〇一〇年六月）、同「国立歴史民俗博物館蔵『組題集成』①について（下）」（『同』第五七巻第二号　二〇一〇年十二月）等がある。

（2）井上宗雄『鎌倉時代歌人伝の研究』（風間書房　一九九七年）付章一「『明題部類抄』をめぐって—中世成立の歌題集成書の考察—」（初出は「『明題部類抄』をめぐって—中世成立の歌題集成書の考察—」（『国文学研究』一〇二　一九九〇年十月））、同「類題鈔（明題抄）について—歌題集成書の資料的価値—」（『国語と国文学』第六七巻第七号　一九九〇年七月）、拙稿「井上宗雄氏蔵『明題古今抄』翻刻」（『神戸女学院大学論集』第五六巻第一号　二〇〇九年六月）、同「歌題集成書『明題古今抄』の伝本・構成とその資料的価値」（『文学・語学』二〇〇号　二〇一一年七月）参照。尚、以下の井上著書の引用は『鎌倉時代歌人伝の研究』による。

（3）年譜を収める管宗次解題『尾崎雅嘉自筆稿本　百人一首一夕話』（臨川書店　一九九三年）や「尾崎雅嘉とその学問」（『論集近世文学』五　勉誠社　一九九四年）、「尾崎雅嘉」（『文学』隔月刊第一巻第五号　二〇〇〇年九—一〇月）をはじめとする多数の論考より学恩を蒙った。

（4）管宗次「蘿月庵社中門人小伝」（『群書一覧研究』和泉書院　一九八九年）は、和歌幣袋について「諸本ごとに書誌が異なり、改刻・序文異同が著しく、成立刊年に問題を含む本である」とする。

（5）石津亮澄については、管宗次前掲注（4）同書、三村晃功「石津亮澄編『屏風絵題和歌集』の成立」（『近世類題集の研究
和歌曼陀羅の世界』第四章　青簡舎　二〇〇九年）参照。

（6）三村晃功前掲注（5）同書の序章「近世類題和歌集研究における歌題の問題―遠近廬主人編『和歌掌中類題集』の紹介―」参照。三村氏の紹介する刈谷市中央図書館本と板を同じくする関西大学蔵本は遠近廬主人の序辞と末尾の「書林宣英堂歌書目録」を持たない形態で表紙、題簽は異なる。序辞と目録部分については当初よりなかったのか、脱落したのか不明だが、本文最終丁の「寛政八年丙辰冬十一月／奈良屋長兵衛板」の刊記は存する。和歌掌中類題集の全体構成は、本体と付録いろは分から成り、本体は①月次順題②恋題③雑題④仮名句題⑤七夕題⑥毎月集題、付録は制の詞・准する詞・嫌ふ詞等をいろは順で載せる。また①の前には「遠近廬主人識」とある序辞、⑤と⑥の間に半丁分の分量で無記名の跋文的な文章がある。序辞では「ある人のふところにせる」「さゝやかなるふみ」が「彼日歌よまんれうのみにもあらてすき人ともの出たらん旅の調度にもかならすもるましきふみなればそのよしをかいつけてかの人にかへし侍ることになん有ける」とこの書の有用性を述べるが、そのままに解すれば編者遠近廬主人は「ある人」の編纂したものから二次的に同書を編纂したもので、元本にあたる本の編者が別に存在したことが読み取れよう。尚、この頃に遠近廬を名乗る人物には、俳句短冊帖「其唐松」（天地二冊）、俳書「其唐松」（安永五年（一七七六）序）で知られる甲州の俳人遠近廬引蝶がいる。俳句短冊帖「其唐松」は諸国の俳人の短冊を俳人の国別に分類したもので、引蝶の活動が甲州に留まるものではなかったことを示す。また寛政七年（一七九五）には自序を付した「老木行」が刊行されている。或いはこの人物が遠近廬主人その人であるのかもしれない。

（7）以下、同書の引用は全て『定本群書一覧』（ゆまに書房　一九八四年）による。私意により各文末には一字空白を挿入した。

（8）目録の本文は複数種類あり異同がある。ここで掲出した本文は字配りも含め朝倉治彦監修『近世出版広告集成』第三巻（ゆまに書房　一九八三年）による。「書林宣英堂歌書目録」には掌中和歌題林抄、掌中和歌明題集も記載されており、雅嘉は、同一の資料源、手法を駆使して、需要に応じて次々と実用的な歌題集成書、歌題解説書を編み出し、奈良屋長兵衛のもとから板行していったと考えられる。

（9）一首通題、三首題には四季の部類がなく、四首題、六首題～九首題、十二首題～十四首題、十七首題、十八首題、三十一首

題～四十七首題、五十五首題～七十五首題、百五十首題以降には部類そのものがない、恋の部類は五首題以降に置かれるが二十首題、百首題にはない、二十五首題は無部類と恋から成る等、区分ごとに部類の立て方に差違がある。これは部類が収集した組題に応じて立てられたことを示していよう。

（10）井上著書が述べるように明題部類抄は諸本により配列、構成が異なる。雅嘉が編纂作業の基にした明題部類抄の系統については確定し得ていないが、ここでは自跋に「明題部類といふふみを梓にえりたれと」とあること、活字で供されていることを勘案して、宗政五十緒他編『明題部類抄』（新典社　一九九〇年）の翻刻本文によった。

（11）明題部類抄所収の一字抄題が現行の和歌一字抄本文とは一致せず、一字抄題に歌林苑題を増補したものであることは前掲注（1）拙著に触れる。

（12）但し、下巻の237には「建久五夏仁和寺宮定家卿詠之」とあり歌題の雑に相当する部分を祝、述懐、閑居、旅、眺望に細分している。尚、「五」は「九」の誤記であろう。下巻の239に「同年九同院」とある部分も「九」は「十一」の誤記かと考えられる。

（13）坂内泰子「御会集の成立」（『近世堂上和歌論集』明治書院　一九八九年）は、御会集が類題集の編纂資料や家集増補に用いられたことを示唆する。

（14）管宗次「尾崎雅嘉著未刊本について―書林広告にみる漢学者尾崎雅嘉―」（『みをつくし』第一号　一九八三年一月）参照。

（15）于喬の跋文は十巻本にのみ附載される。本文は前掲注（3）管論文より引用。尚、狩野文庫（第四門　国文学9類題集・歌合・百首・連歌）に蔵される廣類題は類似する書名の異書である。

（16）拙稿「版本『和歌組題集』の祖型をめぐって―中世歌題集成書『袖中題鈔』の利用―」（『国語と国文学』第八七巻第六号　二〇一〇年六月）参照。

付記

本書は、学術研究助成基金助成金基盤研究（C）（平成二三年度～平成二六年度）による研究成果の一部を、神戸女学院大学研究所出版助成及び神戸女学院大学文学部総合文化学科出版助成による補助を受けて公にするものである。

藏中　さやか（くらなか・さやか）
博士（国文学）。
現在、神戸女学院大学教授。
著書『題詠に関する本文の研究』（おうふう、二〇〇〇年）、『校本和歌一字抄―付索引・資料』（共著、風間書房、二〇〇四年）、『歌合・定数歌全釈叢書八　文集百首全釈』（共著、風間書房、二〇〇七年）、『新注和歌文学叢書10　頼政集新注　上』（共著、青簡舎、二〇一一年）等。

尾崎雅嘉　増補和歌明題部類―翻刻と解説―

二〇一三年三月一五日　初版第一刷発行

編著者　藏中さやか
発行者　大貫祥子
発行所　株式会社青簡舎
〒一〇一-〇〇五一
東京都千代田区神田神保町二-一四
電　話　〇三-五二一三-四八八一
振　替　〇〇一七〇-九-四六五四五二

印刷・製本　富士リプロ株式会社

ISBN978-4-903996-63-9 C3092